閱讀這本小說的人，是蒙福的人！

現代文學 55

怎能忘記你

孫莉玲◎著

博客思出版社

目次 CONTENTS

「怎能忘記你？若我忘記你，
　　　　情願我的雙手忘記彈琴的技巧。」

　　三個夢、一個男子的微笑、一個三不五時在腦海中提
醒的聲音，於是有她的故事。如果說「人生如夢」，那麼
她的故事就是「夢中之夢」。

第一章 誕生

　　她的故事要從她出生那天說起；那天是農曆七月二日，民間傳說開鬼門關的第二天，也是那年天氣最炎熱的一天；中午氣溫飆破攝氏三十八度。她的母親蘭心因為堅持要自然生產，在醫院裡陣痛了超過二十四小時，好不容易才在那天早上將她生了下來。

　　出身南台灣望族陳家的蘭心，秀外慧中，端莊嫻淑，美麗溫婉。深深烙印在她骨子裡的教養，讓她舉止高貴優雅，處事圓融得體，一心想當個賢德的女子。她雖然出身富裕的家庭，但生活卻非常簡樸，身上沒有任何奢華的衣物，凡事親力親為不假他人之手。她和她的丈夫朱愛華是大學同校但不同系的同學。有別於蘭心是數代定居台灣的道地台灣人，愛華是祖籍東北瀋陽的外省人第二代。

　　愛華高大英俊，風度翩翩，博學多聞，能言善道。凡事深思熟慮，謹小慎微，言語舉止成熟穩重，是位溫潤如玉的謙謙君子。他以第一名的成績從大學電機系畢業，一畢業就有好幾家公司主動提供他工作機會。但他還是毅然決然地前往美國留學，取得碩士學位後，又在美國工作一年才回台灣。

　　當時正是高科技業蓬勃發展的起步，幾家公司為了爭取他，都提供給他數量頗豐的配股。他也因著這些股票，在高科技股股價一飛沖天的時候，積累了相當的財富。因此按著蘭心與愛華婚前的約定；只要愛華能提供他們一家過小康的生活，蘭心就在家相夫教子，做個能幫助丈夫的家庭主婦；蘭心辭去了工作，成為一位全職的家庭主婦。愛華則專心當一位電腦工程師，在高科技產業的領域裡漸漸嶄露頭角。

　　她是愛華和蘭心的第一個孩子，也是愛華父母親的第一個孫

女。她的誕生讓愛華的父母親欣喜若狂、笑不攏嘴，對蘭心更加的疼惜。蘭心的父母親雖然已經有了孫子、孫女，但對獨生女蘭心所生的這個外孫女，仍是愛意滿滿疼愛有加。愛華和蘭心的母親都爭著要幫蘭心做月子，經過愛華的一番協調，終於決定由兩位媽媽輪流來為蘭心做月子。

依照老一輩的習俗，孕婦坐月子期間不能著涼，所以不能洗澡洗頭，更別提吹冷氣了；蘭心和愛華的母親都不准蘭心在坐月子期間吹冷氣。蘭心不敢違逆母親和婆婆的意思，雖然屋內悶熱得令人難以忍受，也沒有打開冷氣。愛華受不了夏日如火烤般炎熱的氣溫，偷偷地打開冷氣，馬上被到家裡來幫蘭心坐月子的媽媽給關掉。小女娃或許也受不了高溫的煎熬啼哭不停；她的哭聲強壯有力，驚天動地響徹雲霄，連天上的天使都忍不住探頭向下張望。

「媽，天氣實在太熱了，連妹妹都受不了哭個不停，妳就讓我們開一下冷氣吧！」愛華請求說。

「不行！你們年輕人不懂，坐月子對一個剛生孩子的女人是很重要的。坐月子期間如果著了涼，年紀大了所有的毛病都會跑出來。為了蘭心將來的身體著想，你們就暫時忍耐幾天。剛出生的小孩哪知道冷熱，妹妹哭可能是蘭心的乳汁不夠，餓了。你們可以讓妹妹喝一些牛奶填填肚子，她就不哭了。」愛華的媽媽意志堅定地說，絲毫無妥協的餘地。

「在醫院的時候，護士給妹妹喝牛奶，但妹妹一喝就吐出來，她不能喝牛奶。」愛華說。

「這樣的話，蘭心就要多吃些有營養的食物，也要多喝點水，才能有足夠的母乳給妹妹吃；妹妹吃飽了自然就不會哭鬧。我用中藥燉的湯還在爐子上，我去看看好了沒有？」愛華的媽媽一邊說一邊走向廚房。

愛華看母親如此堅持，坐月子期間不能吹冷氣，他搖搖頭嘆了一口氣，無奈地說：「有時候，老一輩人的觀念，就像是潔淨的水和新鮮的空氣，無法打敗。看來只能勉為其難，繼續忍受沒有冷氣的炎炎夏日了。」

小女娃的哭聲劃破夏夜的寧靜。這個小女娃似乎特別愛哭，蘭心剛生完孩子，體力還沒有完全恢復，早就被這停不下來的哭聲，搞得心力交瘁棄子投降了。哄這小女娃的責任，自然就全部交給了愛華。愛華笨拙地抱著小女娃既搖又晃，但小女娃似乎並不領情，哭得更大聲。她是愛華有生以來抱過的第一個嬰兒。之前，愛華對嬰兒的態度都是避之唯恐不及。他不喜歡嬰兒身上的味道，他稱那種嬰兒身上的味道為乳臭味。但這個小女娃不同，她是他的女兒，他的心肝寶貝，他的心頭肉。所有發自於這個小女娃身上的味道，不僅不是乳臭味，反而是芬芳濃郁唯有天上有的奇香。

　　「寶貝，寶貝，我的心肝寶貝！不哭不哭，爸爸疼，爸爸愛。」愛華抱著小女娃邊說邊搖，語氣盡是溫柔愛憐。只是小女娃依舊哇哇地哭，絲毫沒有偃旗息鼓的意思。

　　「會不會是太熱了？要不你抱她到陽台看看。」蘭心關心地說。

　　「陽台也是熱，但空氣應該會好一些。」愛華邊說邊往陽台的方向走。來到通往陽台的玻璃門，他一手抱著小女娃，一手拉開玻璃門走了出去。

　　愛華和蘭心的家是一棟兩層樓式的花園洋房。洋房的前面有個庭院，庭院裡種著一棵土芒果樹，一片嬌嫩潔白的茉莉花，還有幾株豔紅的玫瑰花。庭院的一旁鄰近芒果樹的地方，有一座砌著仿大理石磁磚的小蓮花池；蓮花池的四周有色彩繽紛的小花圍繞。庭院的另一旁是可以停放兩輛車的紅磚道。洋房二樓外面有個面積相當大的陽台，陽台的四周擺放著各種品種的茉莉花盆栽。陽台的中央放著一張圓桌，圓桌的中間插著一隻遮陽傘，有幾張椅子圍繞著圓桌，又有一張折疊式的長椅放在一旁。現在正是茉莉花盛開的季節，天賦仙姿露華洗盡鉛華的茉莉花，淡雅潔白宛若珍珠般的花朵，朵朵盛開綻放在碧綠的葉子中，誠如夏日飄落的雪花，點綴在這庭院中、陽台上；為這美麗的庭院、潔淨的陽台增添幾分趣意盎然。

　　愛華抱著小女娃走到陽台上，在陽台上依舊可以感受到那種令人汗流浹背的熱。微風徐徐吹來，陽台上茉莉花的清香隨著微風飄散，彌漫在夏日的空氣中。愛華深深地吸了一口茉莉花淡雅的香氣；茉莉花獨特的花香清淡芬芳沁人心脾。他頓時覺得無比舒暢，

不禁讚嘆說：「真是一卉能熏一室香啊！」他低頭看著懷裡的小女娃，說也奇怪，到了陽台小女娃的哭聲竟然停了下來。

「寶貝，妳是不是也喜歡這裡？」愛華溫柔地問他懷裡的小女娃。小女娃安靜無聲閉著眼睛好像睡著了。

愛華似乎想到什麼似的，輕輕地將小女娃放在長椅上，壓低聲音說：「妳不要亂動，乖乖地待在這裡，爸爸到裡面去把妳的小搖籃拿到這裡來。」說畢，他躡手躡腳地走向通往客廳的玻璃門，深怕一不小心就會吵醒小女娃。

夜深了，除了偶而的幾聲貓叫聲，和蟬兒竊竊私語的喊喊嚓嚓聲，四周一片安祥寧靜。無垠的蒼穹長空萬里雲無留跡，更顯得遼闊無邊不見盡處。如勾的明月像是嘴角上揚微笑的美唇，向著任意散布在天際之間的眾星，傾訴亙古通今醉人的情話。夏日的夜空沉浸在一片寂靜的等待中；一顆特別璀璨耀眼的星星脫穎而出，在繁星點點的黑色舞台上亮麗登場，其他的星辰瞬間黯然失色。小女娃似乎受了感應睜開她的眼睛，目不轉睛地看著那顆熠熠生輝的星星，一眨也不眨；小小的嘴角微微上揚不哭也不鬧。

愛華奮力將小搖籃搬到陽台上放在長椅的旁邊。他偏過頭看著躺在長椅上的小女娃。小女娃睜開的眼睛，和微微上揚的嘴角，看起來就像是個快樂的小天使；愛華不禁心花怒放露出笑容。

「小寶貝，妳在看什麼呢？是在看星星嗎？爸爸就知道妳喜歡這裡。來，爸爸把妳放到妳的小搖籃裡，好讓妳舒舒服服地躺著睡覺，過一會兒我們再進屋去。」愛華說著，彎下腰把小女娃從長椅上抱起來，再小心翼翼地將她放到小搖籃裡。

夜色中，小女娃的眼睛依舊看著遠方那顆明亮的星星；好像世界上除了那顆星星並不存在任何東西。愛華斜躺在長椅上，一隻手枕著頭，一隻手輕輕地搖動小搖籃。漸漸地搖動的速度變慢了，接著完全停了下來。愛華不知不覺地睡著了，此起彼落的打呼聲，在這寧靜的夜裡顯得格外的響亮。小女娃似乎不受鼾聲的影響，眼睛依舊不離開那顆光輝耀眼的星星。那顆星星彷彿是帶著魔力的明眸，釋放出一種難以言喻的吸引力，緊緊地吸住小女娃的視線。小

女娃專注地凝視著那顆星星，彼此好像正用聽不見的話語，互通著屬於他們彼此才能理解的訊息。時間不知經過了多久，那顆耀眼奪目的星星慢慢地消失了。小女娃也閉上眼睛，面帶微微的笑意，安靜地睡著了。

愛華慢慢地睜開眼睛，冷不防地被彎著身子正看著他的蘭心嚇了一跳，立刻坐直身體。

「唉喲！是妳呀！妳不在房間裡好好睡覺，跑到這裡來幹什麼？」愛華沒好氣地對蘭心說。

「還不是擔心你們父女倆嗎？你看，天都快亮了，還不快點帶你女兒回房睡覺。」蘭心站直身子嬌嗔地說。

愛華偏過頭看向身旁搖籃裡的小女娃，年輕英俊的臉龐略帶驚喜，興奮地說：「妳快來看，我們的小寶貝在微笑呢！」

蘭心彎下身子將頭湊了過去，仔細端詳嘴角微微上揚熟睡中的小女娃。她產後略顯豐腴的臉，不由地綻放出滿意的微笑。她輕聲地說：「真的是在笑，我們小聲點，不要吵醒她！」

「嗯！」愛華同意地應了一聲，「好漂亮的小女孩，將來不知道會有多少追求者呢！」他與有榮焉驕傲地說。

他低頭沉思片刻，接著轉向蘭心，徵詢她的意見說：「我希望我們的小寶貝，將來在為人處事上有智慧，但人單憑智慧是不夠的，還需要有上帝恩典的保守看顧。妳看，我們就以慧恩做為我們寶貝的名字好不好？」

蘭心抬起頭來若有所思，嘴裏喃喃地唸著：「慧恩，朱慧恩……」隨即展露歡顏，側頭看著愛華高興地說：「太棒了！還是我老公聰明，取了一個這麼好聽又有意義的名字。我喜歡這個名字，以後我們的小寶貝就叫朱慧恩。」

愛華從長椅上站起來，調整了一下身體的角度。然後彎下腰從搖籃裡小心翼翼地抱起小女娃，愛意滿滿地對她說：「恩恩，我的小恩恩，爸爸好愛妳哦！」

蘭心也站直身子，一隻手扶著愛華抱著小女娃的胳膊，和愛華一起走向通往客廳的玻璃門。

9

第二章 天使的眼睛

從那個夜晚之後，小慧恩變得非常安靜乖巧鮮少哭鬧。時光荏苒如白駒過隙，她的容貌隨著時光的腳步出落得益發美麗。她有一雙異於常人的明亮眼睛；她的眼睛所散發的光芒，就好像那天夜裏，高懸在天空的那顆璀璨的星星所散發出來的一樣。每個見到她的人，都發自內心讚美她的美貌；尤其是對她那雙熠熠生輝異常明亮，卻又柔美得幾乎能融化人心的眼睛讚不絕口。所以只要慧恩出門，除了上學外，回家後蘭心一定會問她：「今天有沒有人說妳好漂亮呀？」只是慧恩並不在意有沒有人誇讚她漂亮，她回家後常常是鬱鬱悶悶的。愛華和蘭心問她為什麼悶悶不樂？是不是有什麼事情讓她不開心？她總是回答說：「不知道！」

小慧恩本來話就不多，隨著年齡的增長，話說得就更少了。她跟「人」幾乎不說話；不管在什麼地方，在學校、在家裡、在爺爺家、在外公家、在同學家，她總是安靜地坐著。或是看書或是聆聽別人興高采烈地談話，然後露出淺淺的笑容。她不知道如何與其他小朋友打成一片玩在一塊；她幾乎沒有朋友。她只有一些「非人類」的朋友；那顆蒼穹中最明亮的星星，還有家裡面的花和樹。尤其是庭院和陽台上的茉莉花，她常常對她們說話。白天她對著茉莉花說話，晚上她對著星星說話，將高興和不高興的事都告訴他們。

她喜歡白天，因為有陽光她可以看到潔白的茉莉花、鮮紅的玫瑰花、還有其他的花和樹；這些是她白天的玩伴。她也喜歡晚上，因為天越黑她的星星就越明亮；她是她晚上傾訴的對象。慧恩雖然不喜歡說話，卻愛聽大人講故事。她也喜歡讀童話故事書，然後幻想自己是書中的主人翁，神遊在童話的世界裏。

「我是溫蒂，我要想一件讓我覺得最快樂的事。然後小仙子叮叮的金粉撒在我身上，我就可以飛起來和彼得潘到夢幻島去探險了⋯⋯」她幻想著。

因為家人的疼愛，她的日子過得十分愜意。唯一讓她覺得難過的是，她常常感受到別人不愉快的心情，讓她也跟著鬱悶起來。

鄰近傳統市場有一條窄巷，窄巷的兩旁是幾棟年久失修的破舊公寓。公寓一樓的違章建築，將原本已經不寬敞的巷子，擠壓得更加狹窄。零星堆積在一樓違章建築外面的雜物、垃圾、回收的瓶罐，讓車輛出入險象環生。這條巷子有些陰暗，住在這裡的人經濟情況似乎都不怎麼好。不是說太陽沒有偏見，照著富貴的人也照著窮困的人？但高貴的太陽似乎也嫌棄這條窄巷，翩然臨到這個地方，卻僅是稍微施捨了些許陽光，就轉身離開拒絕全身而入。

天空橘紅色的彩霞才剛嶄露頭角，周鐵生就滿臉通紅，拖著疲憊的身軀，跟跟蹌蹌地走在這條寂靜的巷子裡。他喝了些酒，他實在太氣憤了；在牌桌上奮戰了一天一夜，剛開始還贏了一些錢，想說這次一定可以把以前輸的錢全部贏回來。沒想到最後不但把所有的錢都輸光了，還欠了一屁股債。他搖搖晃晃地走著，不時碰撞到放置在一樓違章建築外面的回收瓶罐。瓶瓶罐罐發出來的碰撞聲，在這寧靜的巷子裡顯得格外的刺耳，讓他不由地怒從中來。

「王八蛋！真沒公德心，東西到處亂放，好像這條巷子是你們的一樣。」他生氣地辱罵著。他突然覺得胃翻騰得厲害，還來不及反應，已將一團穢物從肚子裡吐到一堆回收的瓶罐上。他單手扶著牆壁，低下頭讓自己稍微休息一下，然後用手擦了擦嘴巴。他看了一眼吐在瓶罐上的穢物，臉上微微抽動了一下，喃喃地說：「算是給你們一點懲罰，誰叫你們東西要亂放。」接著繼續往巷子裡面走，一路上他連一個人也沒有碰到。

「住在這個巷子裡的人好像都睡死了，沒有早起做運動的人。不過這樣也好，免得讓那些三姑六婆看到我這副狼狽樣，又在背後喊喊嘰嘰偷偷批評我。」周鐵生嘴巴嘀咕著。他走到一棟公寓的門

口，門是開的，他毫不猶豫地走了進去，扶著樓梯的扶手直接爬向四樓。「真累人！每天都要爬四層樓，連一個電梯也沒有。如果我有錢，我一定要換有電梯的公寓住。」他自言自語地抱怨著。

到了四樓，他佇立在門口沒有立即開門。他已經有一段時間沒有工作了；自從他的腿因工作摔傷後，他就沒有再工作過。現在家裡的一切開銷，都是靠他的妻子秀秀打零工勉強維持。前天晚上，他把她所有的錢都拿去賭光了。眼看連房租都沒有辦法付，更別提還有兩個年幼的兒子嗷嗷待哺。他有些猶豫，不知道自己該不該走進去？這是他唯一可以睡覺休息的地方，但他不曉得自己還能在這裡待多久？欠的賭債不可能被一筆勾銷，而且他完全沒有還這筆賭債的能力。他真的很後悔，不知道自己為什麼會把所有的錢都拿去賭？當初他只是想拿一點錢去試一下運氣，如果贏了秀秀和孩子們就可以過一段時間的好日子；輸了也不會有太大的問題。起初還真的贏了一些錢，但也就是這起初的贏讓他越陷越深。他知道要見好就收，可是他不知道要好到哪一個點就要收？他不知道要收的點在哪裡。他覺得他當時的運氣特別好可以贏得更多，所以當他由贏轉輸的時候，他還是覺得有回本的可能。

「我當時真是鬼迷心竅！明明想好了，只要輸到三千塊就不賭了。沒想到把身上一萬多塊全輸光了，還欠了十萬塊的賭債。」周鐵生懊腦地想著。他根本不知道怎麼還這十萬元的賭債？他沒有工作，秀秀打零工一個月只能賺一萬塊左右。這一萬塊還要付房租和生活費用，他怎麼還這十萬元的賭債呢？如果他不還，賭場的人一定不會放過他。他覺得自己好像掉入無底的深淵裡，毫無出路也無人能救得了他。他背靠著門坐了下來，地上有些涼，但他的心更涼。

「如果秀秀知道我把她的錢都輸光了，她一定會瘋掉。她一定會哭天搶地，囉哩囉嗦抱怨咒罵我。我實在無法忍受女人的嘮嘮叨叨，那簡直是疲勞轟炸，非把人逼瘋不可。」他思忖著，不禁起了一身雞毛疙瘩。

「我看，我真的是走投無路了。我只能逃離這個家，我才有存活的可能性。」周鐵生下定離家的決心。他抓住門把站了起來，用

手拍落褲子和手上的灰塵。再從褲子口袋裡拿出鑰匙，打開門進入屋內。屋子裡一片寂靜，今天是放假日，秀秀和孩子們都還在睡覺。

這是一間一房一廳的公寓，面積不大傢俱也不多。狹小的客廳裡，有一張破舊的咖啡色長沙發，沙發上堆放著一些小孩子的衣物。客廳的另一邊靠近廚房的地方，有一張掉了漆露出白底的斑駁餐桌，以及四張圍繞著餐桌脫了皮的椅子。餐桌上有一本攤開的課本、一本作業本，和一個舊得退色的鉛筆盒；其中的一張椅子上，放著一個深綠色的書包。

周鐵生走到餐桌旁拿起作業本，看著他大兒子維新作業本上絹秀的筆跡，他露出驕傲的微笑。「維新字寫的真好看，希望他將來能有出息，不要像我一樣這麼窩囊。」周鐵生放下作業本，走向屋裡唯一的房間，房間的門是敞開的。他往房間裡面望去，秀秀和小兒子維亞睡在床上，大兒子維新則舖著發黃的舊棉被睡在地上。這間房間只有一張大床，還有一個塑膠布衣櫥。原本他們兩個大人，和兩個分別是五歲與十歲的男孩，一起擠在這一張床上睡覺。最近秀秀在房間的地上舖了舊綿被，讓十歲的維新睡在地上；以免因為太擁擠了，半夜翻身掉到磁磚地上。

周鐵生走進房間內，在維新的旁邊蹲了下來，伸手輕輕撫摸熟睡的維新的頭。「爸爸對不起你，讓你睡在這麼硬又這麼冰冷的磁磚地上。」他眼眶不覺地濕潤起來，他站起身子，一面用手拭去眼角的淚水，一面走到維亞的身邊；維亞的棉被被維亞的腳踢開了。周鐵生把維亞踢開的棉被蓋回維亞的身上。「爸爸對不起你，讓你過苦日子，這麼小就要沒有爸爸了。」他的眼睛又泛出淚水，他側過頭抹去眼淚，然後徐徐地轉向閉著雙眼正在睡覺的秀秀。「秀秀本來是一位，有著豐腴的圓臉，美好身材的清秀佳人。因為跟著我，讓她現在變得臉部凹陷、骨瘦如柴，看起來十分蒼老；一點都不像才三十歲出頭的女人。」他把手放在秀秀的臉頰上，輕聲地說：「秀秀，對不起！跟著我讓妳受苦了！」

秀秀慢慢地睜開眼睛，睡眼惺忪地迎視正看著她的周鐵生。她剛才彷彿聽到他喃喃自語，好像在說什麼對不起之類的話。她張開嘴打了一個哈欠，慵懶地說：「你這兩天跑到哪裡去了？昨天晚上，我等你等到凌晨三點才上床睡覺。房東太太昨天來收房租，我

告訴她錢都在你那裡，叫她今天來拿。我知道你是怕把錢放在家裡不安全，所以出門的時候把錢都帶走了。但是你既然把家裡所有的錢都放在身上，就應該早一點回來。你不回來，我們什麼東西都不能買，房租也不能付。」

周鐵生把視線從秀秀的臉上移開，茫然地看向前方不發一語。秀秀感覺周鐵生最近有些奇怪；常常喝酒也常常徹夜不歸，家裡的錢也經常莫名其妙地就少了幾千元。她懷疑他不是外面有女人就是去賭博。她猜想周鐵生在外面有女人的機率比較小，因為他沒有工作，養自己都成問題了，哪有錢去養女人。她想他拿錢出去，最有可能的是去賭博。如果他真的拿她賺的錢去賭博，她不知道該怎麼辦才好？她認為即使她賺再多的錢都不夠他賭，何況她賺的錢僅能勉強維持他們的生活開支，根本沒有多餘的錢。她很擔心周鐵生真的拿錢去賭博，但她不敢問他。因為最近他常常喝酒，一喝酒脾氣就變得很火爆。講一句他不喜歡聽的話，他就對她拳打腳踢。

秀秀掀開棉被下床穿上她的拖鞋，一面走向房間的門口，一面說：「我去做早餐給你吃，然後我再打電話叫房東太太過來拿房租。」

周鐵生立刻阻止她說：「不要打電話給房東太太！錢沒有了，所有的錢都輸掉了。」

秀秀聽周鐵生說錢都輸掉了，眼淚瞬間如洪水沖垮堤防般，毫無招架地往下奔流。她無法控制自己既激動又痛苦的情緒，大聲地咆哮起來：「為什麼你要去賭博？為什麼你要拿我們家所有的錢去賭？你知道我們沒有了這些錢，我們不但不能付房租、水電，我們一家四口連吃飯都有問題嗎？你為什麼完全不顧我們的死活？」秀秀的吼叫聲實在是太大了，維新和維亞都從睡夢中被驚醒。維亞害怕得哭了起來，維新見狀馬上爬到床上抱住維亞。

周鐵生被秀秀的斥責聲激怒了，他大聲地喊叫說：「你吼什麼吼！我還不是為了要給你們過上好日子，所以才會去賭博。想說碰碰運氣，也許能贏一點錢。這樣妳就不用那麼辛苦，孩子們也可以吃好一點。不會這麼瘦巴巴的，好像營養不良一樣。」周鐵生說著，從塑膠布衣櫥裡面拿出一個袋子，開始裝起衣服。

秀秀看周鐵生拿著袋子裝衣服，立刻一個箭步衝到周鐵生的身邊，抓住周鐵生裝衣服的袋子不讓他裝衣服。她聲淚俱下請求周鐵生說：「鐵生，不要走！不要離開我們！我知道你是為了我們才會去賭博。你用的方法雖然不對，但你的用心我理解，我也很感謝。只要你不要再賭了，我賺的錢足夠供我們吃住。你還年輕，你受傷的腳也越來越好了；走路的時候已經完全看不出有什麼異樣。只要你願意，你很快就可以找到工作。如果你真的找不到工作也沒有關係，你在家照顧維新和維亞，這樣我就可以多兼一份工作；我們的生活會越來越好的。請你不要走！不要丟下我們！」

維新和維亞也從床上爬過來，用他們纖細瘦弱的手抓住周鐵生的胳膊。維新哭喊著說：「爸爸，不要走！不要離開我們！我以後會更聽話，不會惹你生氣。也會更用功讀書，拿好成績讓你有面子。」

周鐵生聽了眼淚如斷線的珍珠滾滾滑落。他伸手拭去眼淚，振作起精神說：「我不能留下來！我欠太多賭債了，他們很快就會來找我要錢。如果他們知道我住在這裡，他們一定不會放過你們。為了你們的安全，我一定要離開這裡，到一個沒有人認識我的地方重新開始。秀秀，我一直都是妳的負擔，我離開妳，妳才會好。」他轉向維新，叮嚀他說：「維新，你要幫爸爸照顧媽媽和弟弟。也要好好讀書，將來要有出息，不要像我一樣廢物一個。」他又囑咐維亞：「維亞，你要乖乖聽媽媽和哥哥的話做個好孩子。」周鐵生說完，秀秀、維新、維亞哭得更大聲，更加用力地抓著周鐵生的胳膊不放。

秀秀哽咽地說：「如果沒有你，我不會好，我和維新、維亞都不會好。你欠的賭債，我們可以一起想辦法還，沒有問題是不能解決的。不要走！不要丟下我們！」

「我欠的賭債太多了，我們還不起。」周鐵生說完，手臂用力一揮，掙開了秀秀、維新、維亞三個人的手，向前邁出步伐。方才走了一步，他的一隻腳又被秀秀雙手緊緊抱住。他試著抽出他的腳，秀秀卻更加死命地抱住他的腳不放。他心一橫用力踢向秀秀抽出他的腳，頭一回也不回地快步走到門口，迅速開門走了出去，然後又關上門。

秀秀看周鐵生關上公寓的門，便與維新和維亞抱在一起，三

個人痛哭了起來。維新停住了哭泣，伸出他瘦弱的手擦拭秀秀的眼淚，安慰她說：「媽媽妳不要哭！爸爸雖然離開我們了，但是妳還有我和維亞。妳放心，我會照顧妳和維亞的。」

秀秀伸手撫摸維新的頭，停止了哭泣，愣愣地坐在磁磚地上發呆。「鐵生已經離開了，但生活還是要過下去。我自己不算什麼，有吃沒吃都沒有關係。維新和維亞還小，他們需要營養，需要吃東西。鐵生把家裡所有的錢都輸光了，我現在連一塊錢也沒有。而且現在沒有了鐵生，我如果出去工作，維新和維亞就沒有人照顧了。我不能不去工作，維新和維亞也不能沒有人照顧，我真的不知道該怎麼辦才好？」她苦惱地想著。

維新看秀秀不說話，呆呆地坐在地上好像在想什麼。他把臉湊到秀秀的面前，關心地問：「媽媽妳在想什麼？」

秀秀迎視維新關心的眼神，露出淺淺的笑容說：「媽媽在想，現在沒有爸爸照顧你們了，如果媽媽去工作，你和維亞沒有人照顧怎麼辦？」

維新露出純真的神情，自告奮勇地說：「沒有關係！如果媽媽去工作，我可以在家裡照顧維亞。」

秀秀摟著維新的肩膀，說：「你要去上課，不能一直照顧維亞。而且你年紀還小，讓你照顧維亞我也不放心。不過你不要擔心，媽媽一定會想出一個兩全其美的好方法。」

維新從地上站起來走到餐桌旁，從深綠色的書包裡，拿出一條亮珠串成的手環；那是一條小女孩戴的玩具手環。他原本想在秀秀生日的時候，把這條手環送給她當生日禮物。但現在情況特殊，他想讓秀秀高興，讓她不要因為周鐵生的離開而難過，因此決定現在就把手環送給她。

維新走回到秀秀的身旁坐了下來，他把手環套在秀秀瘦骨嶙峋的手腕上，說：「媽媽，妳戴這條手環很漂亮！這是我幫我的同學林淑惠做事換來的手環。我看林淑惠戴這條手環很好看，我從來沒有看過媽媽妳戴手環。我想妳戴這條手環一定也會很好看，所以就用幫林淑惠做事的方式換了這條手環。媽媽，你喜不喜歡這條手環？」

秀秀看著手上的玩具手環，眼眶泛著淚水，臉上露出微笑說：「這是我戴過最漂亮的手環，我很喜歡這條手環。維新，謝謝你送給我這條漂亮的手環。」

維新因為秀秀說的話，心裡既驕傲又高興，突然覺得肚子餓了起來。他對秀秀說：「媽媽我肚子餓了！」

「我現在就去做飯！」秀秀說著，從地上站了起來，走到冰箱前打開冰箱。冰箱裡除了兩顆蛋和一把麵條什麼也沒有。秀秀把兩顆蛋和一把麵條從冰箱裡拿出來，然後又翻箱倒櫃想找找看有沒有米可以煮，或其他可以吃的東西；她什麼都沒有找到。

「現在才早上，這一餐勉強可以過關，但後面還有午餐、晚餐；過了今天還有明天、後天，真的不知道怎麼辦才好？或許今天中午可以到菜市場，撿一些菜販不要的菜、水果攤要丟棄的水果。如果運氣好能多撿一些，也許夠我們再撐幾天。」想到這裡，她不知不覺地憂鬱了起來。

慧恩今天很早就起床了！愛華幾天前到美國出差，他搭的飛機今天早上抵達台灣。前天愛華在電話中告訴慧恩，今天要送她一份禮物，是他在美國為她特別挑選的禮物。慧恩迫不及待地想知道愛華會送她什麼禮物，所以就起得特別早。

慧恩拿著一本童話書「快樂王子」走到前面的庭院。她向庭院裡的芒果樹、蓮花、玫瑰花、茉莉花，和環繞在蓮花池四周的小花道早安。然後又走回茉莉花叢，站在茉莉花叢前面。潔白剔透的茉莉花，覆蓋著一層薄薄的霧，看上去好像脈脈含愁。花瓣上沾著露珠，看起來又像是默默飲泣。慧恩將整片茉莉花叢巡視了一回，說：「茉莉花，你們也想念我爸爸嗎？你們不要難過，我爸爸待會兒就回來了。我現在講一個快樂王子的故事給你們聽。」慧恩開始講快樂王子的故事：

「有一個王子逍遙自在的住在王宮裡。他不知道什麼是眼淚也沒有憂愁。白天有人陪伴他在花園裏玩，晚上他在大廳裡領頭跳舞。在他身邊一切都太美好了，他太快樂了，他的臣僕們都叫他快

樂王子。」

　　「他死後被做成雕像，高高地站在城市上空一根高大的石柱上面。他身上鑲滿了薄薄的黃金葉，藍寶石是他的雙眼，劍柄上還嵌著一顆紅寶石。他的雕像高高地立在那裡，使他能看見自己城市裡所有的醜陋和貧苦。所以他的心雖然是鉛做的，他還是忍不住流淚。」

　　「有一夜，一隻早在6個星期前，就應該隨著同伴飛到埃及過冬的小燕子，在飛往埃及的途中停留在這個城市。小燕子睡在雕像的腳上，當他把頭埋進翅膀中時，卻感到一滴一滴的水珠打在他身上。他舉頭一看發現原來是快樂王子正在哭泣，因為他看見城市裡需要幫助的窮人。」

　　「快樂王子請求小燕子做他的使者，從他的佩劍中取出紅寶石，送給一位女裁縫師。她的兒子病了，她沒有錢只能餵他喝河水。第二夜，快樂王子看見，在一個閣樓上，一位年輕男子正在趕寫劇本。可是因為寒冷和饑餓，讓他無法動筆。快樂王子請求小燕子，從他眼中取出其中一顆藍寶石，送給這個年輕男子。第三夜，快樂王子看見一位賣火柴的女孩，不小心把所有的火柴都掉到水溝裡，她怕回去被她父親責打而哭泣。為了幫助她，快樂王子請求小燕子，從他眼中取出剩下的藍寶石送給那女孩。」

　　「由於他把自己的雙眼都送出去了，無法再看見東西。小燕子就繞著城市飛，把城市內的貧窮告訴快樂王子。快樂王子因此請求小燕子，把他身上所有金箔送給窮人。」

　　「小燕子因為幫助快樂王子，錯過了飛往埃及避冬的時間。最後，小燕子知道快要死了，他親吻快樂王子一下，然後掉到快樂王子的腳邊死去。小燕子死了，快樂王子那顆鉛造的心也破裂了。早上，市長看見雕像已經不再美麗，所以把它拆下來放入熔化爐裡。那顆鉛造的心卻沒有熔化，被丟進廢物堆裡跟小燕子在一起。」

　　「上帝吩咐天使把城中最寶貴的兩樣東西找來。天使向上帝呈上小燕子和快樂王子破裂的鉛心。上帝就讓小燕子在他的花園裡永遠歌唱，快樂王子則住在黃金城市中永遠頌揚上帝。」

　　慧恩對著茉莉花講完快樂王子的故事，轉身走到大門用力拉開

鐵門，探頭向外面左右張望；外面的街道上連一個人也沒有。「爸爸還沒有到家！」她失望地關上鐵門，走回茉莉花叢前唱起歌來。「好一朵美麗的茉莉花，好一朵美麗的茉莉花，芬芳美麗滿枝椏，又香又白人人誇……」歌唱到一半，庭院的鐵門打開了。慧恩聽到聲音迅速轉頭，愛華肩上背著一個公事包，手推著一個小行李箱，笑容滿面正向她走過來。她的臉驀然如朝霞中升起的旭日，綻放出喜悅的光芒。說時遲那時快，她如一隻雀躍的蜂鳥，快樂地向愛華飛衝過去，用全身的力量抱住他。

　　愛華蹲下身子，把手輕輕按在慧恩的肩膀上，溫柔地說：「恩恩，妳在這裡等爸爸嗎？妳一定很想念爸爸，爸爸也很想念妳。剛才爸爸因為心裡一直想著妳，差一點就走過頭了。妳知道爸爸為什麼沒有走過頭嗎？」慧恩看著愛華的眼睛搖搖頭。「那是因為我聽到了非常非常好聽，全宇宙最美妙的歌聲，我才發現我已經到了家。恩恩，是妳悅耳的歌聲引導爸爸回家的路，妳是我的小天使。」慧恩聽愛華說她是他的小天使，高興地伸手抱住愛華的脖子。

　　「恩恩，爸爸有禮物要送妳。」愛華慈愛地說。慧恩鬆開抱著愛華的手，眼睛直盯著愛華，等待愛華拿出要送她的禮物。愛華從公事包裡取出了一個絨布盒遞給慧恩。慧恩接過盒子打開一看，是一條純銀的十字架項鍊。她睜大她燦爛如星的眼睛，驚喜地看著盒子裡的十字架項鍊，喜愛毫無保留地寫在她的臉上。她在愛華的臉頰上親了兩下，然後拿出盒子裡的項鍊戴在自己的脖子上。

　　「好漂亮哦！恩恩，妳戴這條項鍊真漂亮。我送妳這條十字架項鍊，是要妳知道上帝一直在保守看顧妳。」愛華笑著說。

　　蘭心從屋子裡走出來，瞥見愛華蹲著正和慧恩說話，便走近他們。慧恩看見蘭心來了，欣喜地拿起她脖子上的十字架項鍊，展示給蘭心看。蘭心彎下腰，仔細審視慧恩脖子上的十字架項鍊，不禁發出讚美的聲音說：「好漂亮的十字架項鍊！是爸爸買回來送恩恩的嗎？」慧恩愉快地點點頭並沒有說話。

　　愛華站起身子伸了伸腰，蘭心看愛華一臉疲憊，體貼地說：「愛華，你坐了十多個小時的飛機一定很累，你先回房間好好睡一覺。我帶恩恩去菜市場買菜，吃飯的時候再叫你下來吃。」

「好！」愛華應了一聲，隨即低下頭對慧恩說：「恩恩，妳跟媽媽去菜市場買菜。等爸爸睡醒了，再講故事給妳聽。」

「嗯！」慧恩點頭哼了一聲，眼睛仍注視著愛華。蘭心牽起慧恩的手走向鐵門，慧恩回頭留戀地再看了愛華一眼，才依依不捨地和蘭心踏出鐵門。

秀秀把煮好的麵和兩個蛋平均盛入兩個大碗中，然後將湯倒入大碗裡，讓兩個大碗看起來好像裝了滿滿的湯麵。她將兩碗湯麵分別端到餐桌上，喊著說：「維新、維亞，麵好了，快來吃麵。」

維新、維亞馬上跑過來坐在餐桌旁的椅子上。維亞拿起筷子立刻吃了起來，維新聞了一下麵的味道，陶醉地說：「嗯……好香哦！肚子餓死了！」他拿起筷子正要吃麵，無意間抬眼一看，秀秀坐在椅子上，在她面前並沒有任何東西，於是問秀秀說：「媽媽妳的麵呢？為什麼妳不跟我們一起吃麵？」秀秀輕鬆地回答說「媽媽不餓，待會兒餓了再吃。」

「媽媽，妳昨天晚上沒有吃東西，為什麼還不餓呢？我去幫妳盛麵。」維新說著，從椅子上站起來跑到廚房瓦斯爐前，打開鍋蓋一看鍋子裡什麼也沒有。他又打開冰箱，冰箱內空空如也一物不留。維新的眼眶充滿了淚水，接著宛若失控的水龍頭向下奔流。他伸手擦拭湧流的淚水，垂著頭走到餐桌前，將自己的那碗麵端到秀秀的面前，說：「媽媽，我不是很餓，這碗麵給妳吃。維亞吃不完一碗麵，我吃他剩下的就夠了。」

秀秀把那碗麵端回維新的面前，說：「維新，媽媽真的不餓。你還小需要營養，快把麵吃了。」維新心疼媽媽，又把那碗麵端到秀秀的面前，秀秀又把麵端回去給維新。就在一來一往間，那碗麵掉到地上，碗打破了麵灑了一地。維新看碗破了麵灑了一地，不由地大聲哭了起來，他難過地說：「麵掉了，媽媽沒東西吃了！」

秀秀趕緊到廚房拿一個碗，將掉在地上的麵和蛋撿到碗裏，又把碗的碎片撿起來丟進垃圾桶裏。她安慰維新說：「沒關係！這磁

磚地我每天都有擦過，麵掉下去不會太髒，我用滾水再燙洗一下就可以吃了。」維新一聽止住哭泣，拿起掃把抹布幫秀秀把碗的碎片清理乾淨。

秀秀把掉落的麵和蛋重新處理過後，又做了一碗湯麵。她看維新為了她不願吃麵，便提議說：「維新，我跟你一起吃這碗麵，但是蛋你要吃，這樣才能有足夠的營養。」

維新點點頭同意地說：「好，我們一起吃麵。媽媽，我一定會好好讀書，將來我要讓我們都有麵吃，不要像現在一樣。」

秀秀伸手摸摸維新的頭，說：「媽媽相信你將來一定會很有出息，不會讓我們再挨餓。但是現在我們連一塊錢都沒有，媽媽這幾天沒有工作，也不知道什麼時候才會有工作？所以等我們吃完麵，我們必須到菜市場，撿一些菜販不要的菜，還有賣水果的人要丟掉，還能吃的水果回來，暫時維持幾天。等媽媽有了工作，我們就有錢買東西吃了。」

維新體貼地說：「媽媽，我知道了。等會兒我們去菜市場，我幫妳撿菜，還有撿人家不要，但還可以吃的水果回來。」

蘭心牽著慧恩的手走到菜市場。今天愛華剛從美國出差回來，她想多做一些菜慰勞愛華的辛勞，所以多帶了一些錢出來買菜。來菜市場買菜的人很多，販賣各種服飾、物品、食物的攤販，佔據了走道的部分空間，使得狹窄的走道顯得人擠人有些擁塞。慧恩緊緊地握著蘭心的手，邊走邊東張西望。突然間，慧恩的眼睛被一個一隻腳從大腿以下綁滿白色繃帶，趴在地上乞討的乞丐所吸引，眼睛一眨也不眨地看著他。

「這個乞丐看起來很可憐，但他卻沒有悲傷難過的心。」慧恩疑惑地想著。過了一會兒，慧恩抬起眼睛，看向離乞丐不遠處，站在樹下的秀秀，也是同樣定睛看著她。「那個阿姨有一顆破碎的心，她既傷心又難過，我可以感覺到她的痛苦。」慧恩目不轉睛地看著秀秀，眼眶不禁泛出淚水。她用力拉了拉蘭心的手，蘭心感覺到慧恩手的拉力，低下頭看向慧恩；慧恩眼睛直視前方，似乎在看

什麼東西。她順著慧恩的視線，看到了那個趴在地上乞討的乞丐。

「恩恩一定是對那個乞丐動了惻隱之心！」蘭心從皮包裡，拿出了一張一百元的鈔票交給慧恩，說：「拿去給他！」慧恩面露喜色，高興地接過蘭心給的一百元鈔票，向乞丐的方向跑過去。然後經過乞丐，把一百元鈔票遞給站在樹下的秀秀。她略顯羞怯小聲地對秀秀說：「阿姨，給妳！」

秀秀接過一百元鈔票，一臉茫然訝異地看著慧恩說：「謝謝妳！」隨即喊了一聲：「維新、維亞你們過來。」維新和維亞全身髒兮兮的，不知道從何處鑽了出來，跑到秀秀的身邊。秀秀對維新和維亞說：「向這位妹妹說謝謝，她剛剛借給我們一百元。」維新和維亞聽話地向慧恩鞠躬，說：「謝謝妳借給我們一百元！」維新接著對慧恩說：「我將來一定會把一百元還給妳！」慧恩不知道該如何回答，只是一直搖頭。

秀秀的眼睛微微溼潤，笑著對維新和維亞說：「我們今天有東西可以吃了。」

「哇啊！太棒了！我們今天有東西可以吃了！」維新和維亞舉起雙手歡呼。

蘭心看慧恩跑過趴在地上乞討的乞丐，原本想開口提醒，卻被眼前所看到的景象深深感動；憐憫之心油然而生。她舉步走到秀秀的面前，向秀秀打了一聲招呼說：「妳好！」慧恩看見蘭心來了，馬上伸手握住蘭心的手。秀秀看慧恩握著蘭心的手，猜想蘭心可能是慧恩的媽媽，立刻露出感激的神情，問蘭心說：「她是妳的女兒嗎？」蘭心點頭回答說：「是的！」

「妳真是好福氣！有這麼一位漂亮又善良的女兒，她剛才還給了我一百元。」不等蘭心回應，秀秀接著說：「我實在不應該拿這一百元，只是我現在沒有工作又身無分文；這一百元至少可以讓我和兩個孩子，今天有東西吃不用挨餓。這一百元就算是我向妳女兒暫借的，我們以後一定會還給她。」

蘭心將視線轉向維新和維亞。維新和維亞長得很清秀，但看起來很瘦弱，一副營養不良的樣子；身上的衣服既髒又舊，看起來生

活條件並不好。她將視線轉回到秀秀的臉上，內心暗自思忖：「這位婦人可能是一位單親媽媽，獨力扶養兩個孩子。她形容憔悴看起來有些蒼老。但從這兩個孩子的年齡看來，婦人的年紀應該不會太大。」她想知道她心中的猜測是否正確，她親切地問秀秀說：「妳先生沒有跟妳們在一起嗎？」

「我先生昨天把我們家裡所有的錢都輸光了，又欠了一大筆賭債；怕被人追債，今天早上跑了，怎麼留也留不住。」秀秀沮喪地說。

「妳沒有工作嗎？」蘭心關心地問。

「原本有，但也只是打打零工而已。我只有初中學歷，又要照顧這兩個孩子，工作不好找。」秀秀無奈地說。

蘭心從皮包裡，拿出了原本要買菜的兩張一千元鈔票遞給秀秀，感同身受地說：「人難免會有困難的時候，這兩千元妳先拿去用，給孩子們買些吃的東西。以後如果有困難就到教會去，教會的人一定會幫妳的忙。」

秀秀接過錢，眼眶泛淚感激地說：「謝謝妳！妳真是個大好人！這些錢我暫時借用，將來我有了錢一定會還給妳。」接著偏過頭對維新和維亞說：「這位阿姨是我們的恩人，她借給我們兩千元，你們快向阿姨說謝謝。」

維新和維亞向蘭心恭敬地鞠躬，說：「謝謝阿姨借給我們錢！」維新露出緬腆的笑容對蘭心說：「阿姨，妳和妳的女兒借給我們的錢，我將來一定會還給妳們。還有，阿姨，妳和妳的女兒都長得好漂亮。尤其是妳的女兒，她的眼睛又漂亮又明亮，好像天使一樣。」他偏過頭對慧恩說：「妳脖子上的項鍊好漂亮，我真希望我也能有像妳一樣的項鍊。」

慧恩摸摸她脖子上的十字架項鍊，想起了「快樂王子」的故事。她解開脖子上的十字架項鍊拿在手上，她沒有立刻將項鍊遞給維新。她先抬頭望向蘭心，看蘭心並沒有任何不高興的反應，才放心地把項鍊遞給維新，說：「送你！」

維新沒想到慧恩會把項鍊送給他，驚訝得目瞪口呆。他抬頭看蘭心，蘭心微笑地說：「既然恩恩要把她的項鍊送給你，你就收下

23

來吧！記住要好好讀書，孝順媽媽，友愛弟弟，當一個堂堂正正的人，就不辜負恩恩送你這條項鍊的心意了。」

維新轉頭看著秀秀，秀秀心想，雖然這條項鍊看起來閃閃發亮很漂亮，但既然是戴在一個小女孩脖子上的，應該不是什麼貴重的物品，因此說：「既然妹妹要送你，你就收下吧。要記住妹妹的心意，將來做個有出息的人。」

維新聽蘭心和秀秀都贊成他收下慧恩送的項鍊，便露出笑容接過項鍊，說：「謝謝妳送給我這條項鍊！妳告訴我，妳希望我將來做什麼？我一定會為妳完成。」慧恩心想醫生可以救人，於是脫口說出：「醫生！」維新認真地對慧恩說：「為了妳，我將來一定要成為一位全世界最棒的醫生。」

秀秀再次謙卑地向蘭心道謝，說：「謝謝妳！妳不但借給我們救命的錢，又送給我兒子這麼漂亮又有意義的項鍊。」

「沒事！別這麼客氣！妳和孩子們好好保重，我們後會有期，再見！」蘭心說完，牽著慧恩的手轉身離開。

秀秀看著蘭心和慧恩的背影，逐漸淹沒在買菜的人群中，心中滿是感激。倏忽之間，一個念頭閃過，秀秀想起她忘了問這對好心母女的姓名。她趕緊拉開嗓門，大聲喊著說：「喂，妳叫什麼名字？」沒有聲音回答，蘭心和慧恩母女早已不知去向了。

維新拿起手上的十字架項鍊，遞給秀秀說：「媽媽，妳幫我把這條項鍊戴在我的脖子上。」秀秀拿起項鍊審視了一下，項鍊上刻了些英文字母，她看不懂。她按著維新的意思，把項鍊戴在維新的脖子上。維新摸著他脖子上的十字架項鍊，說：「我要永遠戴著這條項鍊！」接著天真地問：「媽媽，我要怎麼做才能娶到那個妹妹？」

「我看她們的言談舉止和穿著打扮，都非常高貴優雅，想必是富貴人家。這種事我是連想都不敢想，但是如果你真的能成為那個妹妹說的醫生，或許還有希望娶到她。」秀秀看著維新回答說。

「媽媽，我一定會成為醫生，而且是最棒的醫生。我一定要娶那個妹妹，那個眼睛很亮叫恩恩的妹妹。媽媽，那個妹妹身上好

香，好像是茉莉花的香味……」維新和秀秀對話的聲音，逐漸地消失在人聲鼎沸的市場裡。

　　「一件東西有它的價錢，也有它的價值。如果恩恩的項鍊能鼓勵那個男孩向上，那麼那條項鍊就發揮它的價值，做出意義非凡的貢獻。恩恩這麼小就懂得取捨，真是令人刮目相看。」蘭心牽著慧恩的手邊走邊想。她們步伐輕快地走著，雖然沒買到菜，但做好事的感覺，讓蘭心和慧恩的心情特別愉悅。

　　「媽媽妳看！」慧恩的手突然拉了一下蘭心的手，睜大眼睛表情驚訝，好像發現了什麼不得了的事一樣。

　　慧恩一向安靜不太愛說話，更不用說像現在這樣略帶激動的說話，那簡直是少之又少。所以學校老師在慧恩帶回家的學生評估報告的評語欄內，對她的評語只寫兩個字「沉默」。

　　蘭心被慧恩突如其來的動作和聲音嚇了一跳，眼睛立刻往下看著慧恩。慧恩用食指指向一個方向，蘭心順著慧恩食指指的方向看過去；一個中年男子衣衫襤褸，一隻腳上綁滿了白色的繃帶，大喇喇地走在路上。蘭心將視線轉向那個男子的腳，那隻綁滿白色繃帶的腳，健步如飛正快速地行進，怎麼看都不像有毛病。

　　「欸，那不是剛才趴在地上乞討的乞丐嗎？唉！又是假乞丐！」蘭心說著，心裏卻覺得奇怪；慧恩才小學一年級，年紀還這麼小，怎麼能分辨那位婦人需要幫助，而這個乞丐是假乞丐呢？難道是學校老師教的？雖然慧恩很少主動說學校的事，但從慧恩由學校帶回家的東西，蘭心知道老師有特別告訴她們，要小心陌生人，不要和陌生人說話。

　　「也許學校老師也告訴恩恩她們，有許多乞丐是假的。但如果學校老師有告訴她們，許多乞丐是假的，為什麼她會知道那位婦人需要幫助呢？」蘭心越想越覺得無法理解，她蹲下身子問慧恩說：「恩恩，告訴媽媽，妳怎麼知道那個阿姨需要幫助，而剛才看到的那個叔叔不需要呢？」

　　慧恩的眼睛看著蘭心，她可以感覺到蘭心的心裡有疑問。她也

不知道為什麼，只要她專注地看著一個人幾秒鐘，她就可以感受到那個人的情緒和感覺。就像她可以感受到那個阿姨的掙扎痛苦和她的飢餓；而那個趴在地上乞討的乞丐，並沒有讓她有那樣的感覺。但慧恩不知道怎樣把她的思想用言語表達出來？她很少說話，和家人同學相處，她總是扮演那個聆聽者。有時候慧恩的同學和蘭心的互動，反而比慧恩和蘭心的互動還熱絡；不知道的人還以為慧恩的同學和蘭心才是母女。

「恩恩，媽媽在問妳話，妳聽見了嗎？」蘭心一隻手摟著慧恩的肩，一雙眼睛盯著她問。

慧恩凝視蘭心疑問的眼睛，她有些不知所措，勉強地擠出了幾個字：「我……感覺的。」

「妳感覺的？」蘭心問。

「嗯！」慧恩點點頭，簡單地應了一聲。

蘭心本想繼續追問下去，但她了解慧恩的個性；她知道自己再怎麼問，也問不出個所以然來。她輕輕地嘆了一口氣，說：「感覺就感覺吧！」

有時候蘭心真的會懷疑，自己是不是抱錯小孩了？她的個性雖然不能算是外向活潑，但口條還算順暢。愛華也是能言善道，說話很有說服力，是領導型的人物。偏偏慧恩卻異常的沉默安靜，惜話如金，難得開金口。蘭心再度牽起慧恩的手，往回家的方向走去。

第三章　轉學生

　　夜幕低垂，一輪明月如黑暗裡的夜明珠，散發出黃橙橙的光芒，孤獨地懸掛在清冷的夜空中。無垠的蒼穹，眾星隱匿行蹤無一留跡。秦漢祥站在他位於第十五層樓，佔地超過百坪的豪華公寓的陽台上，抬頭仰望夜空。寒風凜凜侵肌裂骨，他不由地打了個冷顫。「真是高處不勝寒，住的越高視野越好，但吹來的風也特別冷。」他雙手抓住陽台上的欄杆看向遠方；遠處萬家燈火遙遠而不真實。所有的建築物看起來都那麼渺小，似乎伸手可得。他伸出右手，嘗試去抓那些建築物。抓了一次空，他又抓了一次，還是空空如也，什麼也沒有抓到。

　　「那些建築物看起來好像伸手就可以抓住，事實上是遙不可及。只有像我這樣的笨蛋，才會認為可以抓住它們。捕風，一切都只是捕風。」他苦笑著說。

　　秦漢祥是台中一家建築公司的老闆，四十歲出頭；長得高大挺拔，風流倜儻，為人正直。他有一位溫柔婉約、面貌姣好的妻子顏婉容，還有一位八歲大就讀美國學校的兒子秦凱瑞。秦凱瑞從出生，身長就比一般剛出生的嬰兒長。兩個月大的時候，醫生說他有十個月嬰兒的長度。現在八歲的年齡，看起來已有十歲男童的身高。再加上他長得濃眉俊眼，皮膚白裡透紅宛若初熟的蘋果，看起來相當漂亮可愛；讓他在學校大受老師同學的喜愛和歡迎。他從小學一年級開始就當班長，到現在二年級，依舊是班長的不二人選。他活潑好動，和班上同學打成一片。他熱愛上學，學校是他的舞台；他永遠是這個舞台的主角，受到老師和同學的追捧，是萬千矚目的焦點。秦漢祥想起他的兒子凱瑞，臉上露出驕傲的微笑。

「凱瑞是每個為人父母夢寐以求的好兒子。他絕頂聰明，將來絕對是一顆明亮耀眼的珍珠。只是我的愚蠢，一時的失算，可能再也不能提供他過這麼舒適的生活；他可能不能繼續在美國學校讀書了。」秦漢祥想著，瞬間覺得烏雲罩頂，好像陽光從此銷聲匿跡，不會再出現了一樣。

「我為什麼沒有深思熟慮？為什麼對市場的發展缺乏敏銳感？偏偏在房地產榮景的尾聲，大量投注金錢蓋房子。現在房地產價格幾乎崩盤，我資金的缺口這麼大，沒有銀行願意接受我融資貸款的申請，眼看就要宣布破產了；我真的很對不起婉容和凱瑞。」他緊蹙眉頭不斷地責備自己。

秦漢祥探頭往下看，路上車水馬龍，兩旁的霓虹燈，將整條路照得宛若白天般的明亮。「如果從這裡掉下去會有什麼結果？婉容和凱瑞會痛哭流涕肝腸寸斷，然後一群人包圍著他們問東問西。接著他們就會被趕出這個地方，無處可去顛沛流離；搞不好還要靠人接濟才能過活。婉容和凱瑞的個性都很倔將好強，他們一定不會接受人家的接濟；婉容為了凱瑞一定會出去工作。她已經有一段時間沒工作了，可能很難找到好的工作，生活或許會過得很苦。婉容雖然已經三十幾歲了，但還是頗有姿色。她會不會為了生活而淪落紅塵陪酒賣笑？或是找個有錢的人再嫁，讓凱瑞成為拖油瓶？」秦漢祥思忖著，不禁嘆了一口氣。

「依凱瑞的個性，他一定不會願意成為拖油瓶叫別人爸爸。如果婉容再婚，凱瑞有可能會離家出走。雖然凱瑞的個子長得高，但畢竟還是個小孩子。一個小孩子離家出走，如果被拐騙或為了生活誤入歧途，那他這一生就完了。」他憂心忡忡地想著。

「聽說有人跳樓自殺，卻壓到一個賣粽子的，結果自己沒死，卻壓死了賣粽子的。這真的很缺德，害了人家的性命，又使人家的家庭破碎。」秦漢祥又探頭向下仔細察看。

「這裡是高級住宅區，下面是花圃，應該不會有賣東西的攤販，或閒雜人在那裡逗留。如果沒有壓到人也沒有死，卻受了傷或有了殘缺需要人照顧，那比死更令人難過，真的就是生不如死了！」秦漢祥想到這裡，覺得有些毛骨悚然，身體不由地向後面退

了一步。

「但我的問題完全沒有辦法解決，我已經走到死巷的盡頭，路全被擋住了看不到出路。我還能存活嗎？」秦漢祥向前邁進一步，低下頭將額頭靠在欄杆上哭了起來。

婉容走到陽台上，看見秦漢祥趴在欄杆上哭泣。便從秦漢祥的後面抱住他的腰，臉頰靠在他的背上，溫柔地說：「漢祥，不要難過！人活在這個世界上，遇到挫折是難免的。當我們遇到問題困難時，我們有兩種選擇。一種是被問題困難打敗，從此一蹶不振，一生就這樣完了；自己痛苦，愛你的家人也跟著痛苦。另一種是把問題困難當做是一種磨練，從中學習進而改變，從此如浴火重生的鳳凰，不再重蹈覆轍。只要我們一家人在一起，任何困難我們都可以一起面對，再苦也甘之如飴。」

秦漢祥轉過身抱住婉容，說：「我所面臨的問題，大到我完全束手無策。公司向銀行提出的融資貸款申請，全被銀行拒絕了。眼看貸款利息紛紛到期，公司根本沒有足夠的資金可以支付這些利息。而當初公司向銀行貸款的時候，我都以個人名義為公司擔保。如果公司不能支付這些利息，我們就要負責償還。我們現在住的房子可能會被查封拍賣，我們就沒有房子可以住了；我們也沒有辦法再供凱瑞讀美國學校了。」

「我聽說下雨的時候，幾乎所有的鳥，都會在雨中找一處可以避雨的地方躲雨，只有老鷹是飛到雲層上面避開雨。如果我們一直在問題裡面打轉，就容易把問題無限放大，讓問題變得好像無法解決一樣。我們應該像老鷹一樣跳到問題外面，把目光放在解決問題的方法上。我們離開這裡一段時間，暫時遠離這裡的一切紛擾。讓我們能冷靜思考解決問題的方法，而不要再執著於問題本身。」婉容委婉地說。

「離開這裡，我們要去哪裡呢？」秦漢祥問。

「我們回高雄我娘家住一段時間，等我們想到解決問題的方法再回來。」婉容說。

「我現在已經是六神無主了！在這個問題裡面，我的確看不到出路。好吧，聽妳的。我們暫時回高雄住一段時間，等我們想到好

的解決方法再回來。妳先去幫凱瑞辦轉學，再想辦法安撫他。要他轉學到高雄，絕對不會是一件容易的事。妳要好好跟他說，不要太心急了。」秦漢祥說。

「你放心！我知道該怎麼做。等我把凱瑞轉學的事情辦好之後，我們就回高雄。」婉容說完，勾著秦漢祥的胳膊，離開陽台走進屋內。

婉容開車到美國學校接放學的凱瑞。凱瑞被幾個男、女小朋友圍繞著，在校門裡面等婉容。他看見婉容來了，露出笑容對圍著他的小朋友說：「我媽媽來了！」隨即跑出校門，握住婉容的手。他總是主動握住婉容的手，不是為了尋求婉容的保護，而是想保護婉容。在同學面前，他是英雄，他是領袖；在媽媽面前，他是勇士，他要保護媽媽。

「媽媽，我們今天去吃麥當勞好不好？我想吃大麥克，好久沒吃大麥克了。」凱瑞眉開眼笑地說。

「好，沒問題！我們先回家，爸爸在家裡等我們，我們待會兒跟爸爸一起去吃麥當勞。」婉容笑著說。

「爸爸怎麼會在家裡？爸爸今天不用到公司上班嗎？」凱瑞好奇地問。

婉容打開後車門，讓凱瑞坐到車子後座，然後自己再坐進駕駛座。她轉過頭看凱瑞，確定他已經繫好安全帶，又將頭轉回，發動引擎開車離開學校。

「凱瑞，爸爸的公司發生了一些問題，我們必須到高雄外婆家住一段時間，讓爸爸冷靜思考解決問題的方法。過幾天，我們就要到高雄外婆家，你也要轉學到高雄的小學。」婉容說。

凱瑞聽到要轉學到高雄的小學，立刻撅著嘴不高興地喊著說：「我不要轉學到高雄，我不要離開這裡，我不要離開我現在的學校。我不要住外婆家，我不喜歡住外婆家，我喜歡住我們現在的家。」

「我們只是暫時住外婆家，等爸爸找到解決問題的方法後，我們就會回來。凱瑞，你是最乖最懂事的好孩子。爸爸現在遇到一些問題，我們應該一起幫爸爸的忙。爸爸需要離開這裡一段時間，我們要陪伴在他的身邊。讓他知道，不管在任何情況下，我們都會支持他，不會離開他。」婉容心平氣和地說。

　　凱瑞沉默了，他心裏有一萬個不願意離開台中。在這裡一切都那麼美好；有漂亮舒適的家，又就讀眾人羨慕的美國學校。在家裡他是爸爸媽媽的寶貝；在學校他是班長是領袖，男女同學和老師都喜歡他。現在他必須放棄這裡的一切，到完全陌生的高雄重新開始，他已經開始排斥高雄了。他覺得他在高雄一定不會快樂；那裡沒有空間寬敞、設計精美的房子；也沒有捧著他，把他當成英雄、領袖的同學。他一想到高雄，他就覺得不舒服。「這裡是天堂，高雄是地獄，我討厭高雄！」他心裏吶喊著。但媽媽說的沒錯，爸爸現在遇到問題，他們要支持他，陪伴在他的身邊。

　　「爸爸要到高雄，我們就必須一起到高雄陪爸爸。讓爸爸知道，他不是獨自一個人，還有我和媽媽在。」凱瑞想著，無奈地嘆了一口氣。

　　婉容把車子開進她自己的停車位內，然後打開後車門讓凱瑞下車。凱瑞悶悶不樂垂頭喪氣地走到電梯前。婉容向凱瑞伸出手，凱瑞伸手握住婉容的手，跟婉容一起走進電梯。凱瑞在電梯裡靜默不語，一句話也沒說。以前在電梯裡，他總會滔滔不絕，向婉容報告當天在學校發生的事。但今天不一樣，他有心事不想講話。電梯到第十五層樓，凱瑞和婉容走出電梯，這一層樓只有凱瑞家這一戶。

　　婉容打開鐵門讓凱瑞先進門，自己隨後跟著進去。凱瑞脫掉鞋子穿上拖鞋，踩在乳白色光可照人的高檔大理石地磚上，無精打采地走進他的房間。他把書包放在椅子上，接著打開放在書桌上的琴盒，拿起小提琴拉了起來。瞬間，簡單的音符化成優美的旋律，飄盪在空氣中。凱瑞從五歲開始學小提琴，到現在已經學了三年。他很喜歡拉小提琴，以前他都是快樂地拉小提琴；今天是他第一次在心情鬱悶的情況下拉小提琴。

黎明的曙光照射在慧恩房間的紅色窗簾上，窗簾逐漸呈現一片明亮的紅。慧恩的眼睛感受到光線的刺激，慢慢地睜開來。她看了一眼枱燈下的鬧鐘，快7點了。她趕緊掀開棉被下床，穿著室內拖鞋走到浴室裡刷牙洗臉。梳洗完畢後，她脫去睡衣換上制服。再從書桌的抽屜裡，拿出一個繡著花的小錦袋。她轉身走到門口，拉開門走出房間，經過客廳到達通往陽台的玻璃門。她用力拉開玻璃門，換上陽台穿的拖鞋，再走到茉莉花盆栽前。

　　「早安，茉莉花！」慧恩向茉莉花問候一聲，隨即打開錦袋，伸手摘取了幾朵茉莉花，再將茉莉花放入錦袋裡。她拿起錦袋看向裏面，數了起來「1、2、3、4、5、6、7、8」，她又伸手摘了兩朵茉莉花放入錦袋裡，再把錦袋口束好。她露出滿意的笑容，將錦袋放入她裙子的口袋裡。同時走回到玻璃門前，換上室內拖鞋，進屋走進自己的房間。她從裙子的口袋裡拿出錦袋，鬆開錦袋口用鼻子聞了一下，「好香！」她神情愉快地說。

　　「恩恩，媽媽已經把早餐做好了。」愛華從門邊探頭對慧恩說。慧恩拿起放在椅子上的書包，背在肩上走出房間，跟著愛華下樓吃早餐。

　　婉容帶著凱瑞來到教室門口，凱瑞低著頭不情願地站在婉容旁邊。剛進教室的陳佳美老師，看見婉容帶著凱瑞站在門口，便走了出來。婉容恭敬地對陳佳美老師說：「陳老師妳好，他是我的兒子秦凱瑞。在台中的時候，他讀的是美國學校。所以有些公立學校的規矩，他可能不知道，請妳多多包涵！」

　　「秦太太，妳放心回去吧！小孩子適應能力強，很快就會跟其他小朋友打成一片，應該不會有太大的問題。如果秦凱瑞有什麼事，我會打電話通知妳。」陳佳美老師親切地說。

　　「謝謝陳老師！那我就先回去了。如果凱瑞有什麼事，請妳立刻打電話給我，我會馬上趕過來。」婉容對陳佳美老師說完話，轉向凱瑞叮嚀他說：「你要乖乖聽老師的話，媽媽先回去了。等你放

學的時候，我再來接你。」婉容又向陳佳美老師說了聲謝謝，才轉身離開。

　　凱瑞目不轉睛一直看著婉容離開的背影，沒有要進教室的意思。陳老師攬著凱瑞的肩膀，半推地將他帶進教室站到講台上。陳老師是剛從師專畢業不久的新手老師，矮矮瘦瘦的戴著一副眼鏡；看起來相當年輕，大概只有二十歲出頭。她長得還算清秀，但面部表情有些嚴肅，沒有年輕老師的稚氣柔和。凱瑞站在講台上，看著陳老師嚴肅的臉，又轉頭看向講台下坐著的小朋友；這些小朋友他全然陌生一個也不認識。他開始覺得有些害怕，有些不舒服。

　　「這位是剛從台中轉學到我們班上的秦凱瑞……」陳老師對著講台下的小朋友說。凱瑞只知道陳老師提到他的名字，其他她講什麼他都不知道；好像陳老師講的是另一種聽不懂的語言一樣。他感覺陳老師摟著他的肩膀，推著他走下講台，在接近教室的後牆停了下來。

　　「秦凱瑞，你以後就坐這個位子。」陳老師以命令的語氣說。

　　凱瑞看了一眼他旁邊的小朋友，又舉目望向教室裡其他的小朋友；每個小朋友好像都以奇怪的眼神看著他。他覺得呼吸困難，好像要窒息了一樣。他實在受不了了，他如悶燒的鍋瞬間炸開來。

　　「我不要在這裡！我不喜歡這裡！我要回家！我要回家！我要我媽媽！我要找我媽媽！」凱瑞哭喊起來。

　　陳老師對凱瑞突如其來的哭鬧，有些不知所措。她放低聲音好言相勸說：「秦凱瑞，你長得這麼高，比這裡的每個小朋友都高。他們長得比你矮卻比你勇敢，沒有人像你一樣哭著找媽媽。你要勇敢乖乖坐在你的位子上，放學的時候你媽媽就會來接你。」凱瑞不為所動，依舊哭鬧著要回家。陳老師沒有辦法上課只好走出教室，打電話通知婉容到學校來。

　　婉容接到陳老師打來的電話，馬上開車到學校。一停妥車子，立刻直奔陳老師的教室。婉容還沒有進教室就聽到凱瑞的哭聲，她著急得兩步併一步快步走進教室。凱瑞看見婉容走進教室，飛也似地衝向婉容，拉著婉容的手往教室門口走。婉容拉住凱瑞的手，蹲下身子

對凱瑞說：「媽媽現在來不是要帶你回家，你放學的時候媽媽才會帶你回家。媽媽來是要了解你為什麼不要上課？有問題就要想辦法解決，不能躲起來逃避問題。你現在告訴我，你的問題是什麼？為什麼你不要上課？媽媽和你，我們一起來找出解決的方法。」

凱瑞不知道如何說出自己的問題，於是隨便找了一個理由說：「我不喜歡坐在那裏，我不喜歡坐在我旁邊的人。」陳老師聽凱瑞說，是因為不喜歡坐在他旁邊的人，所以才會哭鬧。便將凱瑞帶到講台上對他說：「秦凱瑞，你自己選，你喜歡坐在誰的旁邊？」

凱瑞看向講台下的小朋友，他立刻被慧恩燦爛如星的眼睛所吸引，怔怔地看著慧恩。「秦凱瑞，你要坐在誰的旁邊？」陳老師又問了一次。凱瑞毫不猶豫地指著慧恩說：「我要坐在她的旁邊！」

「好！那以後你就坐在朱慧恩的旁邊，不可以再哭鬧了。」陳老師說著，把凱瑞帶到慧恩旁邊的位子，又讓原來坐在慧恩旁邊的小朋友，坐到原本要給凱瑞的位子上。婉容看凱瑞不再哭鬧，又向陳老師說了聲「謝謝」，便離開教室回家了。

下課後的休息時間，教室裡所有的小朋友，除了慧恩和凱瑞，都到外面去玩了。慧恩靜靜地坐著，凱瑞也安靜地坐著。凱瑞對慧恩那雙明亮的眼睛十分著迷，不時偏過頭偷偷地看她。慧恩感覺到凱瑞看她的眼神，轉過頭對他微笑。凱瑞看慧恩對他微笑，也跟著微笑。慧恩從桌子的抽屜裡，拿出了她裝有茉莉花的錦袋，從裡面取出了兩朵茉莉花遞給凱瑞。凱瑞從慧恩的手上接過茉莉花，聞了一下，露出一副陶醉的模樣，說：「嗯……好香！」他想跟慧恩說話，但慧恩好像沒有要說話的意思。

幾個小朋友從外面跑進教室，他們看見慧恩給了凱瑞兩朵茉莉花，也向慧恩要茉莉花。「朱慧恩，妳給這個轉學生茉莉花，妳也要給我們這樣才公平。」其中一人說。

慧恩數了一下向她要茉莉花的人，一共有5個人。她想，如果每一個人都給兩朵茉莉花肯定不夠，因此只給他們每個人一朵茉莉

花。班上長得最胖的王振興不滿地說：「朱慧恩，妳不公平！妳給他兩朵茉莉花，卻只給我們一朵茉莉花。妳不給我們兩朵茉莉花，我們就自己拿。」說完，他立刻伸手從慧恩手中搶走錦袋。

慧恩被王振興搶走錦袋，眼淚瞬間如雨水般滑落下來。凱瑞見狀，起身抓住王振興的胳膊，從他的手上將慧恩的錦袋拿回來。王振興被凱瑞拿回錦袋，覺得面子掛不住，便揮拳打向凱瑞的背部。凱瑞被王振興這一拳打得怒從中來，轉過身用手推了他一下。王振興被凱瑞這麼一推，身體失去平衡跌坐在地上。他覺得又丟臉又委屈，於是坐在地上哭不願意起來。

上課鈴聲響起，陳老師走進教室。她看見王振興坐在地上哭，便問他說：「王振興，發生了什麼事？你為什麼坐在地上哭？」

「秦凱瑞打我又推我！」王振興哭著回答。

「秦凱瑞，你有沒有打王振興又推他？」陳老師不悅地問。

「我有推他，但沒有打他。」凱瑞老實地回答。

「不管你有沒有打他，你出手推他就不對。你現在到教室後面罰站十分鐘，下次你再犯，我就叫你媽媽來。」陳老師生氣地說。

凱瑞覺得很委屈，但還是聽話地走到教室後面站立不動，接受陳老師罰站的處罰。慧恩覺得凱瑞會被罰站，都是因為她的緣故，所以不時地偷偷轉頭看凱瑞。凱瑞看見慧恩不時地轉頭看他，心裡滿是歡喜，完全忘了被罰站的委屈。

天氣宛如一位喜怒無常的暴君，早上還是晴空萬里，沒有幾個小時的時間就突然變臉，既刮風又下雨。到了放學時間，天空還飄著毛毛雨。蘭心和婉容分別拿著雨傘，站在校門口等候。慧恩和凱瑞一起走出校門，慧恩走到蘭心的身邊，凱瑞則走到婉容的旁邊。婉容看慧恩走到蘭心的身邊，便和蘭心交談起來。

「她是妳女兒嗎？長得真漂亮，像媽媽一樣。」婉容說。

「謝謝妳的誇獎！妳真有福氣，兒子長得又高又帥，將來一定有不少女孩子搶著當妳的媳婦。」蘭心微笑說。

婉容看了凱瑞一眼，笑著對蘭心說：「誰能娶到妳女兒，才真的是有福氣呢！」

突然刮起一陣強風，婉容緊緊地抓住雨傘。蘭心還沒有反應過來，手上的雨傘已經被強風吹走，往學校裡面飛去。凱瑞見狀，馬上跑過去追蘭心的雨傘。強風似乎有意和凱瑞作對，凱瑞好不容易追到雨傘，才伸手要去拿雨傘，雨傘又被風刮起來，飛到更遠的地方。凱瑞不死心追著雨傘跑，雨傘飛過操場卡在矮灌木叢中。凱瑞試著伸手去拿雨傘卻拿不到，便將身體直接趴在灌木叢上，奮力拿到了雨傘。

凱瑞高興地拿著雨傘，一路狂奔跑到校門口。所有接小孩的家長，除了蘭心和婉容外，都已經回家了。蘭心、慧恩和婉容，一起看著凱瑞身上髒兮兮的手上拿著雨傘，面帶笑容像是得到百米賽跑金牌的選手一樣，驕傲地跑了過來。他將雨傘遞給蘭心，說：「阿姨，妳的雨傘！」

蘭心接過雨傘，彎下身子用手將凱瑞身上的髒東西拍掉。她向凱瑞道了一聲：「謝謝你！」又親切地問：「你叫什麼名字？」

「我叫秦凱瑞，秦朝的秦，凱旋的凱，祥瑞的瑞。」凱瑞說。

「秦凱瑞！嗯，你的名字真好聽。阿姨會記住，你跑了好長的路，幫我把這把雨傘撿回來。」蘭心站直身子，轉過頭對婉容說：「我很喜歡凱瑞，真希望他是我兒子。」

「我也很喜歡妳的女兒，真希望妳的女兒……」婉容說到這裡，才想到自己根本不知道慧恩的名字，她問蘭心說：「妳的女兒叫什麼名字？」蘭心回答說：「朱慧恩！」婉容臉上帶著笑容，繼續說：「我真希望慧恩是我的女兒。」

蘭心和婉容沒想到，彼此才第一次見面就那麼投緣，不禁相視而笑。蘭心自我介紹說：「我的名字叫陳蘭心，很高興認識妳！」

「我叫顏婉容，我也很高興能認識妳！凱瑞和慧恩是同班同學，以後我們還會有很多碰面的機會。」婉容愉悅地說，接著問：「妳走路來的嗎？」

「是的，我走路來的。我家離這裡很近，走路過來接恩恩，順

便散散步。」蘭心回答說。

　　「我是開車來的，現在還有一點雨，我送妳們回去。」婉容停了一下，看蘭心似乎有些猶豫，又說：「這樣我也可以知道妳家在哪裡。以後凱瑞和慧恩有什麼要一起做的功課，我要送他到妳家就知道路了。我的車子就在旁邊，我們一起走吧！」

　　蘭心聽婉容這麼說，也不好意思拒絕，便帶著慧恩一起坐上婉容的車子。婉容開車，蘭心坐在婉容的旁邊，慧恩和凱瑞則坐在後座。凱瑞不時轉頭看慧恩，慧恩也總是以微笑迎視他的凝望。婉容從後視鏡上看到凱瑞和慧恩的互動，不禁莞薾一笑。她裝作什麼都沒看到，輕鬆愉快地和蘭心聊著天。

　　自從凱瑞坐到慧恩的旁邊後，凱瑞變得很喜歡上學，上學成為他最期待的事。在學校，慧恩總是靜靜地坐在她的位子上。凱瑞因為不認識其他同學，又喜歡看慧恩閃閃發亮的眼睛，也跟著安靜地坐在他的位子上。他天天坐在慧恩的旁邊偷看她，與其他的小朋友鮮少有互動。跟他以前在美國學校時的活潑好動，和所有同學打成一片，引領風騷的領袖型風格完全不同，簡直有天壤之別。

　　星期五，全校二年級的學生要到澄清湖遠足。陳老師早上一上課，就高興地對全班學生宣布說：「今天老師要告訴你們一個好消息，這個星期五我們學校二年級的學生要到澄清湖遠足。到澄清湖遠足，你們可以欣賞美麗的風景，呼吸新鮮的空氣，又能走路運動一舉數得。我希望我們班上每個同學都能參加，你們可以帶水，還有要吃的東西去，但不要帶太多。」

　　小朋友們聽到要去遠足都興奮不已，凱瑞也很期待這次的遠足。他本來就很好動，很喜歡運動，遠足正好投其所好。當他聽到要去遠足，高興得差點跳起來。但慧恩則不同，她不喜歡出門，因為她可以感應到別人的感受和情緒。在外面她常常感應到不愉快的情緒，而她也受這些不愉快情緒的影響，不禁鬱悶起來。所以當小朋友們都因為遠足而歡欣鼓舞時，只有她一個人面露難色，好像要她去走鋼索一樣。

「你們有誰星期五不能去遠足的？星期五不能去遠足的舉手！」陳老師問全班學生。班上靜悄悄的沒有人舉手。陳老師嘴角微微上揚正要說話，慧恩膽怯而緩慢地舉起她的手。陳老師詫異地看著慧恩，班上所有小朋友的目光同時集中在她的身上；凱瑞也睜大眼睛驚訝地看著她。

慧恩在眾目睽睽之下有些窘迫，她覺得耳根發熱，接著整個臉都紅了起來。她的手高高地停留在空氣中，臉卻向著桌面不斷地下沉。陳老師面色有些鐵青，皺著眉頭不悅地問：「朱慧恩，妳這個星期五為什麼不能去遠足？」

慧恩怯怯地抬起頭看著陳老師，她原本就不太能用語言表達自己。陳老師嚴肅的臉和不悅的語氣，讓她更加不知所措，緊張得身體微微顫抖。她的兩片嘴唇稍稍打開欲言又止。她的眼淚無聲無息地流過臉頰，滴落在桌上打開的書本上；她依舊靜默不語。

陳老師失去耐心，眼睛嚴厲地盯著慧恩，尖酸刻薄地說：「你是啞吧嗎？為什麼不說話？」慧恩的眼淚像失控的水龍頭不斷地流出來，依舊沒有說話。

班上的胖哥王振興譏笑慧恩說：「朱慧恩不會說話，她是啞吧！」

凱瑞聽了猛然地站起來，義憤填膺地大聲說：「她不是啞吧！朱慧恩會說話，她不是啞吧！」

王振興不服氣地問：「秦凱瑞，你說朱慧恩不是啞吧，那你聽過她講話嗎？」

凱瑞一時語塞答不出話來。他知道慧恩不是啞吧，她會說話。但他仔細地想了又想，他好像從來沒有聽慧恩說過話。他只看過慧恩的微笑，慧恩常常對他微笑。對凱瑞而言，那就是一種話語，一種無聲友善的話語。凱瑞吱吱唔唔地說：「我……好像……有聽過，她常常微笑。」

王振興噗哧一聲笑了出來，他發出如雷的聲音說：「你有沒有搞錯？微笑和講話差很多欸。你別騙人了！你也沒聽過朱慧恩講話。」

凱瑞無言以對，他雙唇微張卻沒有聲音從裡面出來。他蘋果般的臉頰更顯紅潤，他無助地垂下頭看著默默流淚的慧恩。慧恩臉頰上掛著兩行淚痕，抬頭看著為她辯護而一臉尷尬的凱瑞。她緩緩地站了起來，發出如黃鶯出谷般悅耳的聲音說：「我會說話！」

　　凱瑞白裡透紅的臉，驀然綻放出如旭日般和煦燦爛的笑容。他高興地對慧恩說：「我就知道妳會說話，妳不是啞吧！」

　　陳老師對凱瑞挺身為慧恩辯護，有些許的不悅。她覺得凱瑞頂撞她，挑戰她當老師的權威，但她也說不出凱瑞有什麼錯，於是說：「秦凱瑞，沒你的事，你坐下。」凱瑞坐了下來，抬頭看著仍然站立的慧恩。

　　陳老師將視線轉向慧恩，板著一張臉說：「妳既然說不出妳不去遠足的理由，那表示妳是故意不去遠足。」陳老師停了一下，看慧恩沒有反應，只是低著頭站著。她繼續說：「我看過妳一年級的老師對妳的評語，她對妳的評語是『沉默』。『沉默』在我看來，就是表示妳不合群，不願意融入團體中和大家打成一片。今天妳沒有任何理由卻不去遠足，就是不合群的表現。合群在團體生活中是非常重要的，我們班上沒有一個人像妳一樣這麼不合群。」

　　凱瑞看慧恩因被陳老師指責而低頭垂淚，憐憫之心油然而生。他從座位上站了起來，對陳老師說：「老師，我也不去星期五的遠足。不是朱慧恩一個人不去而已，我也不去。」

　　陳老師聽了怒從中來，沒好氣地問凱瑞說：「你不去遠足的理由是什麼？」

　　凱瑞昂首挺胸，義氣凜然地說：「我不喜歡遠足，所以我不要去星期五的遠足。」

　　陳老師被凱瑞的言語和態度所激怒，更加的生氣。她面露慍色，不悅地說：「朱慧恩還有秦凱瑞，你們兩個人沒有正當理由，卻不參加星期五的遠足，現在就站到教室後面反省。如果你們不能想出，不去遠足的正當理由，你們就站到下課。」

　　凱瑞和慧恩一前一後走到教室後面站在那裏。陳老師轉過頭在黑板上寫了一些字，開始上起課。凱瑞轉頭看著慧恩，慧恩也看著凱瑞。慧恩不再流淚了，她的臉像慢動作綻放的美麗花朵；先是淺

淺的微笑，然後嘴角慢慢往上揚，接著兩唇微微張開，露出潔白可愛的牙齒，眼睛也瞇了起來；她的笑顏宛若嬌豔的花朵，盛開在宜人的春風裡。凱瑞看了也跟著展露歡顏，他淡紅色的蘋果肌向上提升，在喜悅裡將眼睛擠成一條線。陳老師高而尖銳的聲音，在鳥雀無聲安靜的教室裡，顯得格外的刺耳。慧恩和凱瑞兩小無猜溫馨的情誼，就在陳老師的推波助瀾之下，如雲霧氤氳瀰漫在空氣中，向時光的隧道不斷地飄送。

　　知識就像是個百寶箱，只要不斷地挖掘，總是會發現自己渴想的珍寶。秦漢祥在高雄的幾個月，每天都到圖書館，閱讀各種與房地產以及建築有關的書籍、報紙、雜誌。他為自己的建築公司，擬定了一份振興方案；他檢討過去的錯誤，分析現在的情勢，做出未來的展望。他自己本身就是建築師，他有建築方面的專業技能。現在他對於市場的走勢與需求有更進一步的了解，他已經走出困惑。他覺得他像浴火重生的鳳凰，對未來信心十足。他相信他草擬的這份振興方案，足以讓他的建築公司起死回生。即使他的公司不能起死回生，他也有信心再創立一個更卓越的公司。他從過去走投無路的沮喪，轉換成現在充滿希望的信心滿滿。能有這樣的改變，都要感謝他的妻子婉容。是婉容告訴他，不要陷在問題裡，要跳離問題尋找解決的方法。在問題裡，他差一點就自我了斷。但在尋找解決方法的過程中，他得到重生。他覺得他可以重新回去台中，解決他所留下來的問題，為他的事業再創高峰。

　　「婉容，我們可以回台中了。我已經為我的問題找到解決的方法，我有把握說服銀行同意公司的融資貸款。即使銀行不同意給公司融資貸款，我還是有辦法重新站起來。」秦漢祥愉快地說。

　　「那太好了！你先回台中，我等凱瑞這個學期結束後，再和凱瑞一起回去。凱瑞又可以見到他以前的老師同學，他一定會很開心。」婉容興奮地說。

凱瑞在高雄的生活過得充實而快樂。幾個月來，他每個上課日都坐在他的位子上，看著慧恩那雙發出光芒的明亮眼睛，陪伴她度過每個無聊的休息時間。但他不再只是坐著偷偷地看她，他開始和慧恩有些互動。慧恩還是很少開口說話，但每次凱瑞對她說話的時候，她都會用她那雙美麗的眼睛溫柔地凝視他，專心聽他說話。所以凱瑞一到下課的休息時間，就會絞盡腦汁對慧恩嘰哩呱啦地說話。每次慧恩聽他講的笑話就會呵呵地笑；她的笑聲是那麼的清脆悅耳，宛若春雷喚醒沉睡的大地，讓凱瑞心花怒放陶醉不已。

　　「凱瑞，媽媽告訴你一個好消息，我們要搬回台中了。這個學期結束後，我們就回台中。」婉容面露喜色說。

　　「我不要回台中，我要住這裡。」凱瑞用力搖頭說。

　　「你不是喜歡台中不喜歡這裡嗎？怎麼現在可以回台中了，你反而不要回去要住這裡呢？」婉容不解地問。

　　「我不要回台中，我就是不要回台中，我就是要住這裡。」凱瑞哭鬧了起來，不講理地說。

　　婉容被凱瑞的哭鬧聲搞得有些糊塗。她不懂為什麼凱瑞沒有因為能回台中而開心，反而因為要回台中而哭鬧？她很確定凱瑞喜歡台中；在台中他活得像個王子，在高雄雖然住的是外婆家，但總有寄人籬下的感覺。

　　「台中有你喜歡的老師同學，又有我們自己的房子，為什麼你不要回台中呢？」婉容微蹙眉頭問。

　　「台中沒有朱慧恩，我不要離開朱慧恩。」凱瑞說。

　　「哦！原來是為了朱慧恩！」婉容恍然大悟。她將凱瑞摟在懷裡，溫柔地對他說：「我也很喜歡朱慧恩。我們先回台中，將來我們再把朱慧恩娶回家，這樣你和朱慧恩就可以永遠在一起了。」

　　「那我要怎樣做才能把朱慧恩娶回家呢？」凱瑞問。

　　「媽媽是女人，媽媽知道女人要的是怎樣的男人。朱慧恩的家世那麼好，長得又那麼漂亮。你除了要好好讀書有出息，還要有好的品格操守。最重要的是不能花心，在眾多漂亮女生的誘惑下，想要把持得住不是件容易的事。如果你真的喜歡朱慧恩，那你就要把持得住自己，這樣將來我們就能把朱慧恩娶回家。」婉容說。

「那我怎麼知道朱慧恩將來在哪裡呢？」凱瑞問。

「你放心！媽媽的高中同學，就是那個常來我們家的陳阿姨，和朱慧恩的爸爸媽媽是教會的教友。以後我每年打電話給陳阿姨問朱慧恩的情況，這樣你就知道朱慧恩在哪裡了。」婉容說。

「好吧！我們回台中吧！我將來一定要把朱慧恩娶回家！」凱瑞說。

第四章 榕樹下的孟爺爺

　　「喔喔……」公雞的啼叫聲，劃破清晨的寧靜。孟廣仁掀開棉被，緩慢地坐了起來。他轉頭看了一眼睡在旁邊單人床的妻子。他嘆了一口氣，抱怨地說：「唉！又把棉被給踢掉了，真是越老越像小孩子。」他慢慢地移動他的屁股，雙腳著地穿上拖鞋，費力地站了起來。他舉步維艱地走到他妻子的單人床，將棉被從他妻子腳下拿起來，重新蓋在她身上。他伸手撫摸他妻子全白而稀疏的頭髮，又愛憐地看著她瘦削凹陷的鴨蛋臉。

　　躺在這床上的是他一生鐘愛的妻子林雅君。他注視著她滿臉皺紋憔悴的臉，彷彿進入時光的隧道。他記得第一次看到她時，她就像一朵盛開的玫瑰花嬌豔動人；豐腴的小臉俊眼修眉，娥娜的身材削肩細腰。他第一眼看到她就愛上她。那時他就知道，她一定會在他的生命中扮演重要的角色。他記得當初為了追求她，他每天等在她家的巷口。有一回，還被誤為是小偷在觀察地形而被扭送警察局。他回憶過往，嘴角不禁微微地上揚。

　　「雅君曾經有一頭烏黑濃密的頭髮。她還常常抱怨頭髮太多了，一留長就好熱好重，所以一直留著短髮；現在她也不用再抱怨了。」孟廣仁喃喃自語。他抬起頭看向牆上掛的鐘，才6點。雅君早上的藥有兩顆是飯前，5顆是飯後。醫生說，飯前的藥要在吃飯前一個小時服用；飯後的藥要在吃飯後服用。趁著雅君還在睡覺，他可以先到巷口買早餐，回來後再給雅君吃飯前的藥。他一步一步走到房間門口，輕輕地拉開門走了出去，又輕輕地關上門。他怕吵醒雅君不敢發出太大的聲音。他把手伸進左邊褲子口袋裏，拿出一把鑰匙將房門鎖了起來。

「這樣雅君醒的時候，如果我還沒有回來，她就不會亂跑跑丟了。」他心裏嘀咕著。雅君幾年前得了老人痴呆症，不僅不再記得回家的路，也不認得孟廣仁。她忘了自己的年齡，常常以為自己還很年輕。她的脾氣起伏不定，有時候像個不講理的小孩子哭鬧不休；有時候又異常安靜一句話也不說，只是呆呆地坐著。她對孟廣仁很客氣，稱他為「老爺爺」。

孟廣仁拿起放在客廳沙發上的米色夾克穿上，又拿著放在門邊的枴杖走出屋子來到前院。這是他分配到的眷村房子，原本是一層樓的日式平房。他不喜歡日式建築，所以當他們一家四口住進來沒多久，他就把它重新整修一番。他很喜歡這個庭院，這個庭院有他和雅君太多美好的回憶。雅君愛花愛樹，所以他為她在這個庭院裡種了芒果樹、龍眼樹、茉莉花、桂花、玫瑰花。

孟廣仁打開前院的鐵門走了出去。他從他右邊褲子口袋裏，掏出一把鑰匙將鐵門鎖上。他轉向右邊，挂著拐杖佝僂著背，慢慢地往巷口的方向走。這條巷子的中央有一棵巨大的老榕樹，老榕樹下有一張長板凳。孟廣仁走到老榕樹下的長板凳，調整一下身體的角度坐了下來。

「年紀大了，越來越不能走了，才走幾步路就覺得累。還好老榕樹下有這張長板凳，可以坐下來暫時休息一下。」孟廣仁休息了一會兒，覺得腳好一些了。他雙手壓著枴杖費力地站起來，繼續往巷口的方向走過去。

慧恩的爺爺朱滬生獨自住在眷村裡。愛華和蘭心曾向朱滬生提了好幾次，請他搬去與他們同住好有個照應，都被朱滬生拒絕了。他捨不得離開住了三十多年眷村的老房子和眷村的老朋友。他對這個眷村已經非常熟悉了。這個巷子裡住了些什麼人他都知道，巷子外面的商家他也都熟悉。住在這裡很方便，菜市場離這裡很近，要吃什麼東西都有。在這裡他覺得自由自在無拘無束，偶而還可以和以前軍中的同僚打打麻將；眷村的生活讓他覺得愜意踏實。他的妻子三年前過世了，讓他更不想打擾他兒子們的生活。

朱滬生有兩個兒子一個女兒。大兒子朱念華住新竹，開了一家高科技公司；小兒子朱愛華在高雄的一家高科技公司當主管；女兒朱鍾華則遠嫁澳洲。最近朱滬生的身體不太好，所以蘭心每天都會帶慧恩過來看他，幫他燒菜做飯整理房子。

　　慧恩喜歡到爺爺家，爺爺在眷村的房子是一間一層樓的平房；有客廳、廚房、用餐的餐房、現代化的衛浴設備，還有四間房間；全部都已經重新整修過了。房子前後都有院子，後院種了幾棵果樹，都是慧恩的奶奶喜歡的。慧恩的奶奶老家在哈爾濱，是出身富貴人家的千金小姐；教養好人也很賢淑，是一位稱職的母親、嫻慧的妻子。房子的前院有一棵土芒果樹，枝葉茂盛結實累累。芒果樹下面有一座用磚塊砌成的小池塘，小池塘裡有蓮花和幾隻紅白相間的鯉魚。此外，前院還有茉莉花、桂花、水仙花、鬱金香等各式各樣的花卉盆栽。

　　朱滬生喜歡養狗養貓，狗養在家裡，貓則自由來去，通常吃飯的時候才會出現。最近這隻貓生了幾隻小貓，朱滬生只留下一隻小貓給慧恩來的時候玩，其他的小貓都送人了。慧恩很喜歡這隻小貓；每次來到爺爺家，她都會把這隻小貓裝在一個小籃子裏，帶著牠到巷子中央的老榕樹下玩。

　　蘭心的爸爸陳益聽說朱滬生的身體不好，今天下午也跟著蘭心和慧恩一起來看朱滬生。陳益是受日本教育長大的台灣人，在國民黨政府接收台灣後才開始學講國語，所以講的國語有濃濃的台灣腔。朱滬生是生長在瀋陽的東北人，講的國語也有濃厚的東北口音。但他們兩個人談話很投機，溝通上一點問題也沒有。陳益常常在蘭心面前誇獎朱滬生口才好、能言善道、講話很有說服力；朱滬生也稱讚陳益忠厚善良、說話實在、言之有物。

　　慧恩來爺爺家都會背著一個小袋子，小袋子裡面裝著一隻小梳子、一面小鏡子、一小包面紙、一個錦袋，還有一本童話書。小梳子是幫爺爺梳頭用的；小鏡子是梳好頭給爺爺看滿意或不滿意的；面紙是梳好頭用來擦梳子的；錦袋是用來裝爺爺家裡的茉莉花；童話書則是帶著小貓咪到老榕樹下玩的時候看的。

　　慧恩到爺爺家，通常會在客廳幫爺爺梳頭髮；梳好頭髮，讓爺爺照鏡子；爺爺滿意了，再幫爺爺按摩一下肩膀；接著就是爺爺講

故事的時間了。今天因為外公也在爺爺家，慧恩幫爺爺按摩好了之後，也幫外公梳頭按摩做同樣的事。

「你知道恩恩幫你梳頭按摩後，你要怎樣回報她嗎？」朱滬生笑著問陳益說。

「我知道！要講故事給她聽。我一時之間也不知道講什麼故事？不如你先講，等你講完了我再講。」陳益回答說。

「好吧，我先講。我講一個我年輕的時候，在火車上發生的事給你們聽。」朱滬生喝了一口茶，開始講他的故事：

「我年輕的時候，有一次搭火車到台北出差。當時正是鐵路電氣化工程進行中，火車經常被迫停在半途，等一兩個小時才能繼續前進；我搭的火車也被迫停在半途。那是個夏天，天氣很熱，火車內的冷氣又不足，車廂內悶熱得令人受不了，讓人不由地煩躁起來。突然間，傳來陣陣美妙的歌聲，悠揚悅耳就像是一陣清涼的風吹進車廂內一樣。讓車廂內的熱氣全消，我原本煩躁不安的情緒也穩了下來。心情一舒暢，也就不覺得等待是一件難以忍受的事。」

朱滬生拿起茶杯啜了一口茶，繼續說：「歌聲是由一群年輕的基督徒唱出來的。當時我還不是基督徒，所以我不知道他們唱的是什麼詩歌？但他們的合音實在太好聽了，我感覺我好像在演唱會現場，聆聽動人的歌聲。現在回想起來，我還覺得意猶未盡。」

慧恩聽了爺爺講的故事，小小的心靈有了深刻的感動。「原來好聽的歌聲，可以安慰煩躁不安的心，讓人的心情好起來，而且還可以讓人回味無窮。從現在開始我要每天禱告，請求上帝給我好的歌喉，也要請求爸爸媽媽帶我去學唱歌。」慧恩沉吟不語，隨即轉頭看向陳益。

陳益看慧恩的眼睛注視著他，他心領神會明白她的意思。他露出笑容愉快地說：「輪到我了嗎？好！我也講一個我年輕的時候發生的事給你們聽。」陳益開始講他的故事：

「我家是傳統的台灣人家庭，以前我的親戚朋友中，沒有一個是外省人。我們也不喜歡和外省人通婚，我們覺得和外省人通婚沒面子。國民黨政府剛接收台灣的時候，我學了一些國語。當時我家

附近的派出所，需要一位會講國語的台灣人。我媽媽想和派出所建立好關係，所以叫我去派出所幫忙。」

陳益拿起咖啡桌上的茶杯喝了一口茶，繼續說他的故事：「有一次，我們派出所的員工到西子灣戲水。我從小就會游泳，所以一到西子灣我馬上跳入海中游泳，我那些外省籍同事也下海游泳。突然間，海中掀起大浪，一波接著一波，我趕緊游回沙灘。但每次我要站起來，大浪就撲過來，不管我怎麼努力都沒有辦法站起來。我的一位外省籍同事抵抗巨浪站穩腳步後，伸手拉了我一把，所以我今天才能坐在這裡。從此以後，我對外省人不再有偏見，當蘭心說要嫁給愛華，我也沒有反對。」

「原來愛華能和蘭心結婚還要感謝那隻救命的手！」朱滬生笑著說。

慧恩聽了外公的故事，心靈有更深的觸動。她暗自思忖：「原來幫助人可以消除偏見，那我以後一定要多多幫助人，這樣他們就不會對我有偏見。」

「親家公，你現在身體怎麼樣？聽蘭心說，你最近的身體好像不太好。」陳益問朱滬生說。

朱滬生喝了一口茶，輕鬆地說：「年紀大了就是這樣，三不五時就會出現一些毛病，沒什麼大不了的。我是希望『日落以前就回家』；在不能自理之前就回天家，免得成為家人的負擔，自己也受苦沒有尊嚴。我的一位鄰居孟廣仁，他的妻子是愛華的小學老師，非常好的一個女人。幾年前，她得了老人痴呆症，完全不能自理。老孟照顧她幾年，現在看起來比他實際年齡老十歲。以前老孟英姿煥發，背挺得直直的。現在背駝了走路也慢了，跟他在他妻子生病以前的樣子相比，真有天壤之別。」

「是啊！我也希望『天黑之前就回家』！」陳益心有戚戚焉，感慨地說。

慧恩看爺爺和外公講完故事聊起天了，便向朱滬生說：「爺爺，我要去榕樹下玩。」

「好吧！妳去吧！我和妳外公在這裡聊天，待會兒再去找妳。」朱滬生回答說。

慧恩背起她的小袋子,彎腰拿起放在茶几下面的小籃子。她先走到紗門前換鞋子,再拉開紗門走了出去。在門旁邊她蹲下身子,從放貓的小木屋裡,抱出那隻小貓放到小籃子裡,然後走到前院的茉莉花盆栽前。她把裝著小貓咪的小籃子放在地上,從背在她肩上的小袋子裡拿出錦袋。她伸手摘下幾朵茉莉花放入錦袋裡,她看了一眼錦袋裡的茉莉花,露出滿意的微笑。她將錦袋放回她的小袋子裡,拿起小籃子走到小池塘,看那幾隻紅白相間的鯉魚,忽前忽後自由自在地悠游其中,她的嘴角微微上揚。小池塘裡,粉紅色的蓮花盛開在圓形的綠葉之上,花姿優雅纖塵不染。慧恩伸手想去觸摸池塘裡嬌豔高潔的蓮花,她想起媽媽說:「這些蓮花只可遠觀,不可褻玩;只能看不能碰。」她又把手收了回去。她轉身走到鐵門前,打開鐵門走了出去又關上鐵門。她不加思索地轉向左邊,往老榕樹的方向走過去。

雅君從上個月開始,身體出了些狀況,整天躺在床上。孟廣仁坐在她床邊的椅子上,身體前傾費力地把她扶起來坐著。他哄著雅君說:「把嘴張開,吃完藥我給妳一顆糖吃。」

雅君乖乖地張開嘴,孟廣仁把藥放進雅君的口中,又把裝著水的杯子,放在雅君的兩唇之間,說:「乖乖把水喝下去,藥吞下去就可以吃糖了。」

雅君聽話地喝了水把藥吞下去,隨即從孟廣仁的手中拿過糖果吃了起來。孟廣仁看吃著糖果的雅君,像是個天真無邪的老小孩,心裡不由地一陣酸楚。

「以前都是妳對我噓寒問暖照顧我,現在輪到我照顧妳了。但是我真的不想像這樣照顧妳,我要妳像從前一樣跟我有說有笑。只要妳能像以前一樣對我說話對我笑,我願意燒菜做飯,做牛做馬服侍妳,而不是像現在這樣。」孟廣仁說著,淚水從眼眶裡流了出來,他伸手拭淚。

雅君看孟廣仁拭淚,不解地問:「老爺爺,你為什麼流眼淚

呢？是不是有人欺負你了？」

「沒有，沒有人欺負我。我剛剛眼睛進了沙子，沒事！」孟廣仁一邊拭淚，一邊回答。

「老爺爺，你對我真好，我不舒服你還拿藥給我吃。等我先生回來，我會叫他好好謝謝你。我兒子和我女兒應該快放學了，等他們回來，你就不用照顧我了。」雅君天真地說。

孟廣仁抬頭看向牆上的鐘，5點10分。他扶著雅君讓她躺回床上睡覺，說：「剛才妳吃的是飯前的藥，妳現在可以再睡一個小時。6點的時候，我再叫妳起來吃飯。好好睡，我出去買晚餐，很快就會回來。」孟廣仁說完，慢慢地從椅子上站起來，緩慢地移動他的腳步。他艱難地走到門口，拉開門走了出去又關上門。他把手伸入褲子右邊的口袋裡，拿出一把鑰匙。他嘗試了幾次，都沒有辦法把鑰匙插入鑰匙孔。他拿起鑰匙仔細端詳一番，他恍然大悟地說：「拿錯鑰匙了！」他把鑰匙放回褲子右邊的口袋，又從褲子左邊的口袋裡，拿出一把鑰匙把門鎖上。

孟廣仁走到客廳，拿起放在沙發上的米色夾克穿上。又拿著放在門邊的枴杖走出前院的鐵門。他鎖上鐵門再轉向右邊，拄著拐杖佝僂著背，慢慢地往巷口的方向走過去。他走到老榕樹下的長板凳，長板凳的一邊坐著一個正在看書的小女孩。小女孩的旁邊有一個袋子，和一個裝有一隻小貓咪的籃子。孟廣仁調整了一下身體的角度，緩慢地彎下身子，在長板凳的另一邊坐了下來。

慧恩抬起頭看見孟廣仁走向長板凳的另一邊坐下來。她將手邊的書放到旁邊，站起來走到孟廣仁的面前，說：「爺爺，你的夾克穿反了！」

孟廣仁低頭看了一下他的夾克，果然是穿反了。「謝謝妳提醒我！」孟廣仁說著，動作遲鈍地脫夾克。慧恩見狀，趕緊伸手幫孟廣仁脫掉夾克，又將夾克翻正，再幫孟廣仁把夾克穿好。

「妳是朱滬生那個眼睛很亮，長得很漂亮的孫女吧？」慧恩點點頭。「朱滬生真有福氣，有妳這麼一位又漂亮又善良的孫女。」孟廣仁露出微笑說。

慧恩聽孟廣仁誇獎她，愉快地露出甜美的笑容。她看孟廣仁

的頭髮有些亂，便拿起她放在長板凳上的小袋子，從裡面拿出小梳子，純真地說：「爺爺，我幫你梳頭髮。」

孟廣仁沒有反對的表示，任憑慧恩幫他梳頭髮。慧恩幫孟廣仁梳好頭髮，又從小袋子裡拿出鏡子交給孟廣仁。孟廣仁拿起鏡子照了一下，然後把鏡子還給慧恩，說：「梳得真好看！謝謝妳！」

慧恩從她的小袋子裡取出錦袋，再從錦袋裡拿出兩朵茉莉花遞給孟廣仁。孟廣仁伸手接過茉莉花，說：「這茉莉花真香！謝謝妳！妳叫什麼名字？」慧恩發出稚嫩的聲音回答說：「朱慧恩！」

朱滬生和陳益走到老榕樹下，朱滬生看見慧恩和孟廣仁在一起好像在說話，便對孟廣仁說：「老孟，你也在這裡呀。她是我孫女，平常很少開口說話。我看你們剛才好像在說話，可見她跟你還蠻投緣的。」

「老朱，你真有福氣，有這麼一位漂亮又善良的孫女。」孟廣仁由衷地說。

「你才真有福氣呢！兒子、女兒都在美國，都那麼優秀；你還有孫子、孫女、外孫。我們這個村子裡，沒有幾個人可以跟你比的了。」朱滬生笑著說。

孟廣仁點點頭，苦笑地說：「是啊！我真的很有福氣！兒孫滿堂，兒子和女兒都很有出息；只是看得到吃不到。」他停了一下，驀然想起他的任務，又說：「老朱，我不跟你聊了，我要去買晚餐了。」孟廣仁雙手壓著枴杖費力地站了起來，佝僂著背拄著枴杖，一步一步慢慢地走向巷口。

朱滬生看著孟廣仁的背影，搖搖頭嘆了一氣說：「老孟現在看起來就像八、九十歲的老人，以前的意氣風發都不見了。」

「你剛才在屋內說的孟先生就是他嗎？他看起來的確像八、九十歲的老人，他實際年齡是幾歲？」陳益問朱滬生。

「七十幾歲，他以前看起來，比他實際年齡年輕很多，現在剛好反過來。所以我才說『日落以前就回家』，對自己和愛自己的親人都好。」朱滬生有感而發。

「天黑以前能回家也算是福氣，但操之在天就只能祈求了。」

陳益說著，和朱滬生一起牽著慧恩的手，往回家的方向走去。

　　孟廣仁餵雅君吃完飯前的藥，看著雅君睡著後，拿起雅君瘦骨嶙峋的手親了一下。然後慢慢地從椅子上站起來，端起放在小茶几上裝滿茉莉花的碗，將鼻子湊過去聞了一下，說：「真香！一天兩朵茉莉花，不知不覺地就把一個碗給裝滿了。」

　　孟廣仁放下裝滿茉莉花的碗，抬頭看牆上的鐘，5點10分了。他趕緊轉身一步一步慢慢地走出房間，關上房門再把門鎖上。他來到客廳，拿起放在沙發上的米色夾克，刻意地將夾克反過來穿。然後拿著放在門邊的枴杖走到前院。前院的茉莉花開得很茂盛，朵朵潔白剔透宛如珍珠；淡雅芬芳的香氣瀰漫在前院的空間裡。

　　「這裡的茉莉花再香，也比不上恩恩每天兩朵茉莉花的香氣。」孟廣仁邊說邊打開鐵門，走了出去又鎖上鐵門，再向右轉往老榕樹的方向前進。

　　慧恩背著小袋子，提著裝有一隻小貓咪的小籃子，走到老榕樹下，在長板凳的一邊坐了下來。她把小籃子放在自己的身邊，伸手抓起籃子裡面的小貓咪抱在懷裡。她舉目看向左邊，孟爺爺還沒有出來買晚餐。她低下頭對懷裡的小貓咪說：「孟爺爺太老了，每次出門都把夾克穿反。所以我們要在這裡等他，幫他把夾克穿好。」

　　孟廣仁駝著背拄著枴杖，出現在慧恩的視線裡。慧恩露出笑容，將小貓咪放回小籃子裡。隨即從長板凳上站起來，背著小袋子走到孟廣仁的身邊，牽著孟廣仁的手，領他坐到長板凳上。

　　「孟爺爺，你的夾克又穿反了。」慧恩憐憫地說。她幫孟廣仁把夾克脫下來，將夾克翻正之後，又幫孟廣仁重新把夾克穿好。接著從她的小袋子裡拿出小梳子，幫孟廣仁梳頭髮。梳完頭髮後，她從小袋子裡拿出一面鏡子遞給孟廣仁。孟廣仁拿起鏡子照了照，滿意地說：「梳得真好看，我覺得我好像變帥了，謝謝妳恩恩。」

　　慧恩將梳子和鏡子放回小袋子裡，又從小袋子裡拿出錦袋。她

從錦袋裡拿出兩朵茉莉花，放在孟廣仁的手掌上。然後轉身走到孟廣仁的背後，幫孟廣仁按摩肩膀。

「孟爺爺，從明天開始，我要去上聲樂課。我要學鋼琴，又要上聲樂課，所以不能常常來這裡。你要記得，不要再把夾克穿反了哦！」慧恩叮嚀孟廣仁說。

孟廣仁發了一會兒呆，然後他沙啞低沉的聲音說：「恩恩要去學唱歌這是好事，以後恩恩可以唱好聽的歌給我聽了。」接著一片靜默。孟廣仁看見朱滬生走過來，他將手上的茉莉花，放進夾克的口袋裡。雙手壓著枴杖站了起來，慢慢地走到朱滬生的身邊，說：「老朱，恩恩還給你，我要去買晚餐了。」

「老孟，我媳婦做了很多菜，我一個人也吃不完。我們湊合著一起吃吧，不用再到外面買了。」朱滬生提議說。

「謝謝你的好意！醫生說我需要運動，趁著買晚餐這個機會，我正好可以走走路運動運動。」孟廣仁說著，同時往巷口的方向走過去。

接下來的幾個星期，慧恩都沒有出現在老榕樹下。每天下午剛超出五點，孟廣仁就反穿夾克坐在老榕樹下的長板凳上，等了差不多十分鐘，再將夾克脫下來翻正重新穿上。那天晚上，孟廣仁餵雅君吃完飯後的藥後，拿起梳子幫雅君梳頭髮。雅君的頭髮白而稀疏，孟廣仁一面輕輕地梳著雅君的頭髮，一面說：「妳以前常說，妳的頭髮太黑太厚，但妳知道嗎？我就是喜歡妳又黑又濃密的頭髮。妳的頭髮真是好看，我從來沒有看過像這麼美麗的頭髮。」

雅君天真地問：「老爺爺，你喜歡我的頭髮嗎？我先生常常說，我的頭髮很好看。」

孟廣仁放下梳子，伸手按摩雅君的肩膀，說：「以前妳常常幫我按摩肩膀，我要幫妳按摩都被妳拒絕，妳說怕我太累不想麻煩我。」

雅君露出笑容說：「老爺爺，你按摩好舒服哦！不要停！繼續

按摩！」

孟廣仁將雅君轉過來面對自己，他伸手撫摸雅君滿臉皺紋、憔悴凹陷的鴨蛋臉，說：「這張臉不管有多少皺紋，也不管多麼凹陷，在我的眼裡依然是舉世無雙的美顏。」

雅君純真無邪地問：「老爺爺，我很漂亮嗎？我先生經常說我很漂亮。」

孟廣仁抱住雅君，眼角流出淚水說：「是的，妳很漂亮，妳是世界上最漂亮的女人。」

雅君撅著嘴，不悅地說：「老爺爺，你不要這樣抱我，我先生會不高興的。」

孟廣仁放開雅君，拿起茶几上的碗，碗裡的茉莉花已經枯萎了。他看著碗裡枯萎的茉莉花，說：「妳以前也喜歡茉莉花，這個屋子裡，常常可以看到妳用線串起來的茉莉花。滿屋子濃濃的茉莉花香，讓人好像置身在茉莉花花叢裡面一樣；我常說妳是茉莉花仙子。」

雅君睜大眼睛，興奮地說：「茉莉花，我先生喜歡聞茉莉花的香味，我要去摘茉莉花。」接著做勢要下床。孟廣仁趕緊阻止她說：「現在外面天很黑看不到茉莉花，我們明天早上天亮的時候再去摘。」

雅君皺著眉頭，憂愁地問：「老爺爺，你知不知道我先生在哪裡？我很想他，你去叫他回家好不好？」

孟廣仁眼眶泛出淚水，溫柔地安慰雅君說：「好，妳現在好好睡覺，我明天早上去把妳先生找回來。」

雅君聽話地躺到床上。孟廣仁突然覺得胸口有些不舒服，又緊又悶。他上床躺在他的單人床上，伸出手想去握雅君的手。手才剛伸出去就垂了下來，他閉上眼睛睡著了；他既睏又累，現在終於可以好好休息了。

雅君轉過身看孟廣仁躺在床上沒有蓋被，她關心地說：「老爺爺，你不蓋被睡覺會著涼的。」

孟廣仁沒有任何反應。雅君掀開棉被坐直身子，緩慢地把腳放

到地上站了起來。她覺得有些昏眩又坐回床上休息了一會兒，然後起身走到孟廣仁的身邊。她用手搖了搖躺在床上的孟廣仁，孟廣仁沒有反應。她稍微出力搖了搖孟廣仁，孟廣仁還是沒有反應。最後她使盡全身的力量去搖孟廣仁，他還是一樣沒有反應。她怔怔地看著孟廣仁，接著不發一語地走回自己的單人床躺了下來。她側身看著孟廣仁，眼淚沿著她的臉頰流到枕頭上。她難過而絕望，從來沒有的絕望。她閉上她的眼睛，在滿臉的淚痕裡漸漸地睡著了。

孟廣仁和雅君再也沒有醒過來。三天後，鄰居因為一直沒有看到孟廣仁出門，按門鈴也沒有人回應，報警處理後，才發現孟廣仁和雅君相伴離開了。

第五章 愛華和慧恩的遊戲

　　黃昏的天空宛若一位慵懶的美女，披蓋色澤豔麗的彩霞躺臥在天際間。夕陽是她多疑善妒的戀人，使出他最後的力量，散發出刺眼的強光，讓人無法直窺她華麗的轉身。

　　愛華的車子慢慢地駛進車庫。屋內傳來的鋼琴聲，彷彿跳躍的音符輕快地舞動著。愛華舉起手隨著鋼琴聲擺動，宛若一位在交響樂團裡，搖頭晃腦、手舞足蹈的指揮。慧恩正在樓下的客廳彈鋼琴，她知道這個時間是愛華下班回家的時間。每到這個時候，慧恩就會下樓彈鋼琴，引導愛華回家的路。讓愛華聽到琴聲就知道到家了，不會因為想著工作的事，心不在焉而開過頭。

　　慧恩常常黏著愛華，她喜歡聽愛華講話，愛華也樂於講話給她聽。慧恩雖然很少說話，卻是一個非常稱職的聆聽者。她不會在人家講話的時候中途插嘴，也不會發表任何評論。她總是安靜地聽，用她那雙深邃又異常明亮的眼睛，溫柔地看著說話的人。更重要的是，任何的話都是到她為止，絕不會傳到第二個人的耳朵；愛華就是那個最能利用慧恩這項優點的人。愛華所有的心事，不管是什麼都會說給慧恩聽。每次愛華將心事告訴慧恩之後，心情就變得特別愉快。原本悶在心裡覺得難以解決的問題，好像一下子都變得容易處理了。慧恩並沒有提供他任何意見，甚至她根本連開口說話都沒有，但就是不知道為什麼？對慧恩講講話之後，愛華就覺得一切豁然開朗。

　　「恩恩，妳的鋼琴彈得越來越好，快要趕上媽媽了。妳再好好練習，我相信不出兩年的時間，妳的琴藝一定會超過媽媽。」愛華打開門，一面說一面走向慧恩。

慧恩聽到愛華的聲音，立刻停止彈鋼琴的手，迅速起身走過去抱住愛華的腰。在家裡，愛華和慧恩最親近，愛華對慧恩也最有耐心。愛華不是個有耐心的人，正確的說法是，他是一個缺乏耐心的人，但愛華獨獨對慧恩耐心十足。慧恩不知道如何用語言表達自己的想法，愛華就用溫柔的語調，循循善誘耐心地引導慧恩。讓她從一點再到另一點，順利地表達她的思想。而慧恩則喜歡安靜地陪伴愛華，她尤其喜歡愛華將他的心事告訴她。她可以感受到愛華說心事前後情緒的差異，這讓她很有成就感、很愉悅。愛華放下肩上的公事包蹲下身子，讓慧恩在他的臉頰上親了一下。然後站起來牽著慧恩的手，上樓更換衣服準備吃晚餐。

愛華每天晚上睡覺前，都會到慧恩的房間唸故事書給她聽。唸完故事書後，慧恩總會告訴他一些令他無法理解的事。前一陣子，蘭心天天帶她回眷村，晚上愛華唸完睡前故事書後，慧恩常常會告訴他：「孟爺爺好可憐，他今天的心情不好。」愛華問她：「妳怎麼知道孟爺爺的心情不好？孟爺爺告訴妳的嗎？」慧恩回答說：「不是！」就不再說話了。

愛華覺得慧恩的感知能力有些特別，她好像能感覺到別人沒有說出來的感受。但慧恩是不是真的能感覺到別人的感受？如果她真能感覺到別人的感受，那她感覺的程度又是如何？他則全然不知。

慧恩對人家問她的問題，通常只能簡答不能申論。她可以對天上的星星、地下的花和樹木講話，卻沒辦法與人無障礙的溝通。愛華左思右想，就是想不通為什麼會發生這種情況？他唯一能想到的是，對星星、花和樹木講話是單向的，而與人溝通是雙向的。

「難道恩恩缺乏雙向溝通的能力？如果恩恩雙向溝通的能力有問題，那我應該怎樣幫助恩恩才能增強她與人溝通的能力呢？」愛華心裡嘀咕著。

一直以來，愛華都是用引導的方式，幫助慧恩言語的表達，但他認為這種方式並非長久之計。「恩恩現在年紀還小，可以用引導的方式幫助她語言的表達。但總不能年紀大了，還要靠人引導她才

能講話，那不就糟了嗎？我該用什麼方法幫助恩恩，讓她能無障礙地用言語表達她的思想呢？」愛華坐在書房裡獨自思忖。

愛華是個絕頂聰明的人，在校成績優異；從小學到大學都是以第一名的成績畢業。在處理人際關係上他也是游刃有餘，工作上的表現更是卓越出色。從各個方面來看，他都算是個出類拔萃的菁英。他很少遇到困難，即使遇到困難他也都能解決，幾乎沒有什麼事情可以難倒他。只有慧恩這件事情，讓他百思不得其解持續地困擾他。

「恩恩長得超凡脫俗這麼漂亮，幾乎遺傳了我和蘭心所有的優點。偏偏在語言的表達能力上，沒有遺傳到我和蘭心的長處。」愛華喃喃自語。

「我相信上帝在給人一個問題之前，就為問題預備了解答。任何問題都存在一個解答，我現在要做的是找出問題的解答。」他在腦海裡思索。

「我目前面臨的問題是，恩恩不能無障礙地用語言表達她的思想。我需要的解答是，能幫助恩恩順暢地用語言表達想法的方法。」他確定解答的方向。

愛華將椅子往後推站起身子，轉頭看向窗外的夜空。一輪皎潔明亮的月，正循著軌道悠閒地在天際間漫步。繁星點點任意散布在無垠的蒼穹中，以不等的距離陪伴那輪悠然自得的明月。

「上帝創造天地的第四天，造了兩個大光體，又造眾星擺列在天空。上帝將祂所造的都看為好，祂所造的一切都有他們存在的目的。所以上帝創造人，讓我們存在這個地球上，一定也有祂的目的。就像太陽和月亮一樣，按著上帝所定的目的各司其職。」愛華冥想著。

「上帝創造人，讓我們生存在這個地球上，既然有祂的目的，那祂對我們每個人一定都有個計劃；也會賜給我們每個人應有的能力，讓我們能達成祂為我們所設定的目的。那上帝對恩恩所設定的目的是什麼呢？恩恩完成上帝為她所設定的目的的能力又是什麼呢？」愛華沉吟不語，偏過頭將目光轉向書架上的書。

愛華的書房十分寬敞明亮。書房四周的牆壁盡是內嵌式的書

架，書架上擺滿了琳瑯滿目的書籍。中間靠牆的地方，有一張寬大的紅木書桌背對著窗戶。書桌的後面是一張黑色長背皮椅，前面是一張體型較小的紅色短背皮椅。這張紅色的椅子是專為慧恩購買的，因為她喜歡紅色。

愛華離開窗邊走到書桌右邊的書架前，這個書架放的是有關人生哲理和心理學的中英文書籍，以及各種版本的中英文聖經。「恩恩可以對非人類的植物講話，那表示她是有表達能力的，但為什麼她面對人就失去了表達能力呢？」愛華邊想，邊從書架上抽出一本有關兒童心理學的書。他先看目錄找出他想看的文章，然後右手迅速翻頁，直翻到他要看的文章。他站在書架前，速讀式地瀏覽文章的內容後，抬起頭望著天花板。

「或許恩恩需要的只是練習。她是個獨生女，個性又比較內向文靜。我哥哥沒有生小孩，蘭心的哥哥們都在美國。她從小就一個人玩，所以不習慣跟其他小朋友玩在一起。不過，上次我們全家到美國玩的時候，她雖然不太說話卻和憶慈玩得很好。我想，她應該是屬於小心謹慎的人，不敢隨便與人接觸交流。書上說口才是可以靠練習而得的，我只要訓練她常常說話，讓她常常發表對事情的看法。她一旦習慣發言，久而久之自然能無障礙地與人溝通。」愛華仔細揣摩後，覺得問題的答案近在咫尺，嘴角不由地往上揚起。

他的視線回到書架上的書，他上下左右把書架上所有的書掃瞄式地看了一下；他的眼睛停留在一本聖經上。

「雖然每一個人的存在都有上帝的目的。上帝也為每個人訂了計劃，讓人能完成他們存在這個世界的目的。但很多人還是錯過了上帝的計劃，渾渾噩噩地過一生，沒有完成來到這個世界的目的就灰飛煙滅了。」

「因為上帝給人選擇權，讓人選擇是否願意照著祂的計劃行。人們因為錯誤的選擇，而錯過了上帝對他們的計劃；沒有完成來到這個世界的目的就歸於塵土。錯誤的選擇來自於沒有正確的價值觀，恩恩這一生要成就上帝讓她存在的目的，必須有正確的價值觀來幫她做選擇。我何不利用訓練她講話的機會，同時也灌輸她正確

的價值觀。」愛華深入地思考後，從書架上抽出一本聖經拿在手上，轉身走出書房。

慧恩爬上窗前的書桌，屈膝抱著雙腿坐在上面，眼睛凝視著窗外那顆夜空中最明亮的星星；這是慧恩在家最常做的事。慧恩一直都相信，在一望無際的蒼穹中，有一顆屬於她的星星。所以每個不愉快的夜晚，她都會坐在這裡遙望她的星星，將她的心事全盤托出，無保留地告訴她的星星。而她的星星也總會出現，閃爍著無言的光芒陪伴她。就像今晚一樣，那顆屬於她的星星又出現了。

「我的星星，妳一定是知道我不快樂，所以又出現了。妳是我最忠實的朋友，總是在我需要妳的時候出來陪伴我。」她對著她的星星說。

慧恩就一般人的標準來看是非常幸福的；有疼愛她的爸爸、媽媽、爺爺、外公、外婆……，家境又算富裕。天塌下來還有一大群人幫她頂著，實在沒有不快樂的理由。但她常常不愉快，因為她只要離開家出門，就常常會感受到不快樂的心，讓她也跟著憂鬱起來。所以現在除了上學外，她幾乎都待在家裡很少外出。

愛華來到慧恩房間的門口，看見慧恩的門沒有關，便輕輕地在門上敲了兩下。慧恩看星星看得太出神了，並沒有聽到愛華的敲門聲。愛華逕自走到慧恩的書桌前，他擔心突然開口會嚇到慧恩，於是用指背在書桌上敲了兩下。

慧恩聽到敲桌聲，轉過頭看見愛華，她訝異地睜大眼睛問：「爸爸你怎麼在這裡？」

「我剛才敲妳的門妳沒聽見，所以就直接走過來了。」愛華邊說邊走到慧恩的旁邊，伸手輕輕地摟著她的肩膀，探頭向窗外看了一下。

「妳在看什麼看得那麼出神？連我敲門妳都沒有聽見。星星嗎？」愛華溫柔地問。他知道慧恩從很小的時候就喜歡看星星，而且一看可以看很久。他也很納悶，星星到底有什麼獨特之處，竟然能讓慧恩那麼著迷？

「嗯！看我的星星。」慧恩微笑地回答。這是慧恩的標準答案也是固定答案，愛華已經聽過無數次了。但慧恩的笑容真是好看，令人百看不厭。尤其配上她那雙燦爛如星的眼睛，更顯得美麗動人。愛華不禁與有榮焉地讚美她說：「我的小寶貝真是漂亮！」

　　聽到愛華的讚美，慧恩笑得更加璀璨迷人。她低下頭看見愛華手上拿著一本書，不禁好奇地問：「爸爸你手上拿什麼書？」

　　愛華經慧恩這麼一問，想起了來找慧恩的目的，他面帶笑容說：「我差點忘了，我來找妳是有一個目的，我想跟妳玩一個遊戲。」

　　慧恩自從減少出門後，就常常一個人孤獨地待在房裏。她沒有什麼有趣的事可以做，經常悶得發慌。聽愛華說要跟她玩遊戲，立刻坐直身子充滿期待地問：「什麼遊戲？」

　　愛華將手中的書遞給慧恩，說：「這是一本聖經，妳拿去好好閱讀。每個星期我會問妳問題，妳必須能回答我的問題。回答得好，每十次妳可以要求買一本書；書的價格不限。如果不是書，妳可以要求一份不超過200元的禮物。妳也可以選擇累積到100次，每累積100次我就帶妳去美國加州玩。妳說好不好？」

　　美國加州是慧恩最想去的地方，那裡有疼愛她的舅舅、舅媽，還有可以跟她玩在一起的表哥大衛和表姐憶慈。尤其是憶慈表姐只比她大幾個月，年齡相近又特別投緣，是她最好的朋友。

　　「太棒了！我一直想和美國的憶慈表姐一起到迪斯耐樂園玩。」慧恩興奮地說。

　　「那妳必須累積100次哦！」愛華強調說。他很少看到慧恩表現得那麼開心，也沒有想到自己的提議那麼容易就被她接受了。所以加重100次的語氣，想暗示慧恩這並不是容易達成的目標。

　　慧恩並不在意100次是不是難以達成，她認為只要有數字可以倒數，就一定有達到的一天。倒數是她常常做的事；離聖誕節還有10天，她就從10倒數，數到0聖誕節就到了。離春節還有20天，她就從20倒數，數到0春節就到了。讀書也是一樣，要讀30頁就從30倒數，數到0就全部讀好了。倒數數字對慧恩來說是一種激勵，提醒她離目

標越來越近了。

「好！」慧恩點頭應允，接著撒嬌地說：「但不能太難哦！」

愛華用手輕輕晃了一下慧恩的頭，說：「我會先給妳一個範圍，只要妳有看，一般來說都不會有問題。」

慧恩睜大她那雙絕美的眼睛，興致勃勃地問：「我們可不可以從下星期六開始？你現在可以告訴我這星期的範圍嗎？」

「如果妳在下星期六以前，能把整本聖經看過一遍，我們就從下星期六開始。我下星期六要問妳的是有關孝順父母的問題。我會講一些在聖經裡有關孝順父母的話，然後妳要能補充我沒有說到的。我還會問妳一些簡單的問題，看妳能不能回答？所以這次妳必須把整本聖經看一遍，而且還要邊看邊把聖經有關孝順父母的話寫下來；這樣才能補充我講的。妳可以做到嗎？」愛華說。

慧恩低頭沉思；一個星期把整本聖經看完，再從中找出有關孝順父母的話，應該不是件難事。過去每個寒暑假，蘭心都會要求她每天讀一本書。這本聖經看起來並不厚，應該不會有問題。但慧恩還是有些擔憂，她擔心如果聖經太難了看不懂怎麼辦？

「如果我有看不懂的地方可以問你或媽媽嗎？」慧恩微蹙眉頭問。

「當然！妳有任何問題隨時可以問我和媽媽，我們都會很樂意回答妳的問題。」愛華笑著回答說。愛華十分高興聽到慧恩問問題的請求。他認為問問題是獨立思考的起步，如果慧恩能問問題，在思考和表達能力方面，都一定會有不錯的進展。

「太好了！謝謝爸爸！」慧恩眉開眼笑地說。隨即迅速地翻了一下聖經，她內心不斷地告訴自己：「我一定可以做到！」

接下來的一個星期，慧恩每天一有空就抱著聖經看。按著愛華的要求，把有關孝順父母的話寫下來。有問題或看不懂的地方就去問蘭心，蘭心也都耐心地詳加解說。除了有關孝順父母的話，聖經上還有對不孝順父母的人懲罰的話。慧恩猶豫著，要不要把那些懲罰的話也一起寫下來？

「還是把這些懲罰的話也都寫下來，如果爸爸要我補充，或許這些可以派上用場，做為我補充爸爸的話。」慧恩概略地把聖經讀了一遍，把其中有關孝順父母的話，和對不孝順父母的人懲罰的話，都寫在筆記本上。

慧恩看完最後一頁闔上聖經，她抬起頭看向窗外。窗外夜幕低垂萬籟俱寂，繁星點點散佈在遼闊的天際間。已經有一個星期，慧恩未曾爬上這個書桌，坐在上面看她的星星了。她不知道她的星星是不是還在那裡等著她？她從椅子上站起來，將椅子稍稍往後推，然後踩在椅子上爬上書桌，屈膝抱腿坐在上面。她的頭上下左右四處移動，試著尋找她的星星。今晚的夜空非常的晴朗，長空萬里雲無留跡，北斗七星清晰可見；只是慧恩的星星似乎不在其中。慧恩有些失望，她想她的星星一定是因為她太久沒看她生氣了。

「我的星星，妳不要生我的氣，不要躲起來不見我好不好？我不是不理妳，我只是正在跟我爸爸玩遊戲。妳好好休息吧！等妳氣消了，一定要記得再來看我哦！」慧恩對著夜空喃喃自語。

「明天就要開始第一次的遊戲了。如果我順利通過，就只剩下99次我就可以去美國玩了。」慧恩愈想心裏愈興奮，全然忘了剛才沒看見她的星星的失望。「真希望明天快點到！」慧恩期待著。

星期六在慧恩引頸期盼下到來。一大早，慧恩就迫不及待地起床刷牙洗臉。梳洗完畢後，她拿起書桌上的聖經和筆記本，匆匆地跑到愛華和蘭心的房間。愛華和蘭心還沒有起床，慧恩不敢吵醒他們，她獨自下樓坐在餐桌旁的椅子上等愛華。星期六因為是放假日，愛華和蘭心起得比平常晚了些。慧恩安靜地坐在寂靜無聲的一樓，她知道蘭心早上起床梳洗完畢後，一定會下來做早餐給愛華和她吃。因為三餐是蘭心所重視的，她一定要親自為之，不假他人之手；這是她期望成為賢德的女子對自己的要求。慧恩雖然必須等待，但她還是因著內心充滿了期待而歡喜快樂。

蘭心從樓上慢慢地走下樓梯準備做早點。她看見慧恩坐在餐

桌旁等候，不禁露出詫異的表情，連環炮似地問慧恩說：「恩恩，妳怎麼這麼早就起床了？妳忘了今天是星期六嗎？妳是不是肚子餓了？」

「我知道今天是星期六，我在等爸爸。」慧恩回答說。

「妳為什麼要等爸爸呢？」蘭心一邊問，一邊走向慧恩。在她的旁邊拉出一張椅子坐了下來，用關心的眼神凝視著她。

「等爸爸玩遊戲！」慧恩簡單地回了一句，隨即將目光從蘭心的臉上轉向樓梯。快速地掃視了一下，然後低下頭用手翻了翻她手上的聖經和筆記本。

蘭心記起愛華要和慧恩玩遊戲，訓練她表達能力的事。她猜想，他們可能約在今天進行第一次的遊戲。這對慧恩可能意義重大，否則她不會一大早就起來等愛華。她露出微笑溫柔地說：「爸爸等會兒就會下來，我們先吃早餐，吃過早餐後你們再去玩遊戲。」蘭心說完，起身走到冰箱前伸手打開冰箱，從裡面拿出麵包、蛋、蕃茄、生菜等放在流理台上，開始做起早餐。

「恩恩在等爸爸玩遊戲嗎？迫不及待地想到美國玩嗎？」愛華面帶笑容說，同時步伐輕快地走下樓梯，來到慧恩的身邊，拉出椅子坐了下來。

今天蘭心做的早餐是荷包蛋三明治，有幾片蕃茄和生菜與荷包蛋一起夾在兩片吐司中間；這是慧恩最愛吃的早餐。蘭心從冰箱裡拿出一瓶牛奶，倒一杯給愛華一杯給自己，然後將牛奶放回冰箱。再從冰箱裡拿出一瓶豆漿，倒了一杯給慧恩。慧恩從來不喝牛奶；她出生的時候，醫院的護士曾經餵她喝牛奶，但她把牛奶全吐出來了；從此以後慧恩就不再喝牛奶。慧恩雖然不喝牛奶，卻不拒絕豆漿，所以蘭心就以豆漿代替牛奶給慧恩喝。

慧恩迅速吃完早餐後，偏過頭用她美麗的眼睛痴痴地凝視愛華。愛華感覺到慧恩眼睛的催促，不由地加快吃早餐的速度，匆匆地吃完荷包蛋三明治。他拿起桌上的紙巾擦了擦嘴，然後將椅子稍稍往後推，起身牽起慧恩的手一起走向書房。

　　愛華領著慧恩一前一後走進書房。愛華讓慧恩坐在書桌前的紅色皮椅上，自己則坐在書桌後的黑色長背皮椅上。愛華將早已放在書桌上的筆記本打開來，他看著前面正襟危坐的慧恩，覺得她對這場遊戲非常慎重其事，好像勢在必得。

　　「恩恩，妳準備好了嗎？」愛華問。

　　「準備好了！」慧恩信心滿滿地說，同時將聖經和筆記本一起放在書桌上，又將筆記本打開來。然後目不轉睛地看著愛華，預備好回答愛華即將提出的第一個問題。

　　「我從我的筆記本上數了一下，在聖經上約有十處記載著關於孝順父母的話。爸爸認為以弗所書6章2節，概括了這十處關於孝順父母的話。妳能不能告訴我那段話是怎麼說的？」愛華問。

　　慧恩翻了翻她的筆記本，找到了以弗所書6章2節的經文。她回答說：「要孝敬父母，使你得福，在世長壽。這是第一條帶應許的誡命。」

　　「妳知道帶應許的誡命是什麼意思嗎？」愛華問。他想這個問題對一個小學五年級的孩子來說並不容易。不知道慧恩能不能回答？

　　慧恩聽到愛華問這問題，立刻露出喜悅的笑容。因為她曾經問過蘭心這個問題，而蘭心也已經仔細地解釋給她聽。

　　「帶應許的誡命，就是說孝敬父母是上帝的命令，而如果我們遵守孝敬父母這個命令，上帝就一定會祝福我們，讓我們得福，讓我們享長壽。因為應許是上帝的承諾，誡命是上帝的命令；孝敬父母是上帝承諾要給我們得福享長壽的命令。上帝承諾的事，對我們這些相信的人，上帝一定會做到！」慧恩欣喜地回答說。

　　愛華對慧恩的回答既訝異又高興，沒想到才五年級的慧恩，對帶應許的誡命竟然有如此正確的觀念，於是好奇地問：「妳是怎麼知道的？」

　　「我問過媽媽，是媽媽告訴我的。」慧恩驕傲地回答。

　　「原來是這樣！恩恩真棒，懂得有問題就問。我還有一個問題要問妳，看妳知不知道答案？」愛華思考了一下，說：「妳知道妳

長大後是要嫁人的，像媽媽嫁給爸爸一樣。妳嫁的那個人也就是妳的丈夫，就像爸爸是媽媽的丈夫一樣。妳有爸爸媽媽，妳的丈夫也會有爸爸媽媽。就像媽媽有自己的爸爸媽媽，就是妳的外公外婆。爸爸也有我自己的爸爸媽媽，就是妳的爺爺奶奶。我要問妳的是，要孝敬父母的這個父母，有沒有包含妳丈夫的父母？也就是說爸爸的父母，是不是也是媽媽的父母，媽媽要不要孝敬爸爸的父母？」愛華費盡口舌試著讓慧恩了解他的意思。

「爸爸的父母是媽媽的父母，媽媽要孝敬爸爸的父母，就像媽媽很孝敬爺爺奶奶一樣。我丈夫的父母也是我的父母，我也要孝敬他們，否則我丈夫和他的父母都會很難過。」慧恩先是興奮，接著皺起眉頭有些難過地說。

愛華很滿意慧恩的回答，卻對「否則我丈夫和他的父母都會很難過。」這句話不能理解。慧恩怎麼會知道，如果不孝敬丈夫的父母，丈夫和他的父母會很難過呢？愛華滿臉疑惑，好奇地問：「妳怎麼知道不孝敬丈夫的父母，丈夫和他的父母會很難過呢？」

「因為我們對街的美玉阿姨，不煮飯給她丈夫的媽媽郭奶奶吃，還會罵郭奶奶。我上下學經過他們家，常常看見郭奶奶腳很痛，還要自己走路去買東西吃。我也常常看見郭奶奶一個人坐在她家門口，她覺得很寂寞身體又不舒服。我還看過郭叔叔買飯給郭奶奶吃，我看到他的心也是很難過；郭叔叔和郭奶奶的心都不快樂。」慧恩毫不困難地敘述著，好像有什麼人將這些事情詳細地告訴過她一樣。

慧恩越說愛華就越覺得奇怪；他非常了解慧恩的個性，慧恩從來不和家人以外的人交談，就是停下來聽別人閒話家常都沒有過。她怎麼會那麼清楚對街郭先生和郭奶奶的事呢？愛華百思不得其解，忍不住問慧恩說：「恩恩，妳怎麼知道這些事？妳聽誰說的？」

慧恩由剛才的侃侃而談陷入結巴。她囁囁嚅嚅為難地講出兩句話：「我……我……看到的，還有……還有……我……我感覺到的。」

每次愛華或蘭心問慧恩這樣的問題，慧恩就會變得不知所措。講起話來有些結巴、有些緊張，沒有辦法講出個所以然來。事實上

慧恩並不是不想說，她有很大的衝動，想把她能感應人心的秘密告訴愛華。但她越想說就越緊張，越緊張講話就開始結巴，就更不能把要講的話正確的表達出來。最後只能簡單的回答，不然就是流出淚來沉默以對。愛華從慧恩困窘的表情，有些緊張結巴的講話，看出她的為難。他知道慧恩一定有什麼事想告訴他，但不知道如何表達。這也是他提議要玩這個遊戲的目的……加強慧恩的表達能力。他知道這件事不宜再追問下去，只要遊戲繼續下去，他相信將來有一天，慧恩一定能把她的思想順利地表達出來。

「好了！關於孝敬父母妳還有沒有要補充的？」愛華故意轉移話題，免得讓慧恩繼續為難。

慧恩低頭快速翻了一下她的筆記本。她的眼睛停在寫著紅字的紙上。她笑顏逐開剛才的為難已經煙消雲散，她自信地陳述說：「我最後的補充是馬太福音15章提到的話。意思是說，不能因為把錢奉獻給教會就說可以不養父母，把錢奉獻給教會還是要養父母。」

「真行！恩恩，今天的遊戲妳贏了。繼續努力，現在妳又向美國靠近一步了。」愛華愉快地宣布。

「太棒了！只剩下99次就可以去美國了。」慧恩綻放出燦爛的笑容，興奮地歡呼。

愛華凝視慧恩藏不住喜悅的臉，發出會心一笑。他知道慧恩最後的補充，一定又是問蘭心所得到的答案。但這又何妨，至少慧恩開始懂得問問題了。問問題是獨立思考的一環，事實上也是表達能力的展現。慧恩能充份的表達自己，將只是時間的問題。

「下星期妳要看的是馬太福音，而我要問妳的問題是有關耶穌在裡面講的話。妳有一星期的時間可以準備。」愛華快樂地說。

愛華將第一次遊戲的情況告訴蘭心。蘭心聽了十分高興，她覺得慧恩的語言表達能力，並不像她想像的那麼糟糕。應該是可以藉著不斷的練習，而達到無障礙自由表達她心思意念的程度。她相信愛華這種漸進式的練習方式，有一天一定可以讓慧恩在語言表達能

力上，達到令他們滿意的水準。

「聽你這麼說，我覺得恩恩的敘述能力還可以。假以時日，她應該能將她心裡的想法正確地表達出來。但最重要的是，恩恩必須要有開口說話的勇氣。不只是在你的面前敢說，在別人的面前也要敢說才行呀。」蘭心說。

「我知道！我現在訓練恩恩多講，讓她願意講話。接著，我再訓練恩恩對事情發表自己的看法。久而久之，我認為恩恩就會對自己的語言表達能力有信心，到時候就敢在別人面前說話了。這種事急不得，我們按步就班走穩一步再進一步；最終我們一定會走到終點線，達到我們的目標。」愛華信心滿滿地說。

蘭心很滿意慧恩在第一次遊戲的表現，但她最在意的還是慧恩有關郭奶奶的敘述。蘭心覺得可以使用郭奶奶這件事，讓慧恩明白一些道理。於是她來到慧恩的房間，在門上敲了兩下，隨即推開門走了進去。

慧恩正坐在書桌前看書，聽到敲門聲她立刻轉過頭，正好看見蘭心打開門向她走過來。蘭心走到慧恩的床邊坐了下來，她拍拍她旁邊的位子，示意慧恩坐到她的旁邊。慧恩放下手中的書，起身走到蘭心的旁邊坐了下來。蘭心用手將慧恩落在臉上的頭髮梳到耳後，然後握著慧恩放在腿上的手，愛憐地看著她宛若空谷幽蘭的女兒。慧恩也靜靜地看著蘭心充滿母愛的眼睛，笑容在她美麗得令人眩目的臉上，如旭日般燦爛地綻放出來；慧恩感應到蘭心的愛。

「媽媽講一個故事給妳聽，」蘭心摟著慧恩讓她的頭靠在自己的肩上，開始說起她的故事：

「古時候有一位老奶奶，她年紀大了手會不自主地顫抖。所以就拿不住碗，常把吃飯的碗掉到地上摔破了飯菜撒滿地。老奶奶的媳婦對老奶奶很兇，每當老奶奶摔破碗，她就會罵老奶奶，要老奶奶自己把撒在地上的飯菜撿起來。」

「後來老奶奶的媳婦，因為老奶奶經常打破碗飯菜撒滿地，就不讓老奶奶坐在椅子上和她們同桌吃飯，要老奶奶自己坐在地上的

小板凳吃飯。她又覺得老奶奶經常打破碗太費錢了，於是到處找人家丟棄不要的破碗，拿來給老奶奶當碗吃飯。」

「有一天，老奶奶的媳婦看見她自己的兒子，到處收集人家不要的破碗。她好奇地問她的兒子為什麼要收破碗？她的兒子天真地說：『等我長大了，媽媽老了給媽媽用的。』老奶奶的媳婦聽了幡然悔悟。趕緊將家裡給老奶奶吃飯用的破碗丟棄，讓老奶奶坐回椅子跟她們全家人一起同桌吃飯，也不再罵老奶奶了。」

「媽媽，美玉阿姨也罵郭奶奶，不煮飯給郭奶奶吃。是不是美玉阿姨的兒子將來也會這樣對美玉阿姨？」慧恩問。

「非常有可能哦！」蘭心揚起雙眉，認真地回答說。

「那將來美玉阿姨的心一定也會很痛。」慧恩皺著眉頭，憂心地說。

蘭心看著自己心地善良的女兒慧恩，心中既安慰又不捨。她面帶微笑說：「所以我們要為美玉阿姨禱告，祈求上帝改變美玉阿姨。讓她有一天能像故事中老奶奶的媳婦一樣幡然悔悟，煮飯給郭奶奶吃，不要再罵郭奶奶，好好孝敬郭奶奶。」

「這樣郭奶奶和郭叔叔的心就不痛了，將來美玉阿姨的心也不會痛了，對不對？」慧恩露出歡顏，高興地問。

「對！不知道要花多長的時間美玉阿姨才會改變？但只要我們為她禱告，若上帝祝福她，總有一天她僵硬的心會變得柔軟，他們家就會往好的方向改變了。」蘭心期盼地說。

慧恩伸出手快樂地抱住蘭心。他們的心如果不痛了，那表示她從他們身上就不會感應到痛，那她就不會感到不愉快了。原來方法這麼簡單，只要為他們禱告。若上帝祝福他們，總有一天他們會向好的方向改變，他們的心就不痛了。慧恩開始為郭家禱告。

第六章 樓頂鐵皮屋的父女

　　清晨，太陽像喝醉酒的醉漢，無力地發出微微的光芒，就蓋上雲被呼呼睡去。天空幽幽暗暗的，一陣冷風吹進樓頂的鐵皮屋。雨柔感覺到一股涼意襲來，拉起棉被將她的身體裹了起來。她緩緩地睜開眼睛，轉過頭看向左邊擺在小桌子上的鬧鐘，快7點了。她轉回頭將自己縮在被窩裡，哆嗦地說：「好冷哦！真不想起床。」她轉向右邊看著睡在另一張單人床的爸爸張英雄；張英雄鼾聲大作正熟睡著。

　　「爸爸昨天晚上又喝醉了！」雨柔想著，不情願地掀開棉被下床。她拿起放在小桌子上的外套穿上，走進浴室裡刷牙洗臉。

　　雨柔今年8歲，和她現年23歲的爸爸張英雄，住在公寓樓頂的鐵皮屋。鐵皮屋裡有一間浴室，兩張單人床。右邊的單人床旁邊有一張小桌子，小桌子上放著一個鬧鐘。左邊的單人床下方靠牆處，有一個塑膠布衣櫥。靠近浴室的一邊，有個開放式的小廚房。廚房裡有一台舊冰箱、一台小電爐、一台小電鍋，還有一台烤麵包機。廚房旁邊有一張舊桌子、兩張椅子，桌子上面有一台舊的小電視。

　　張英雄是來自台東的原住民；長長的臉，鼻樑高挺，雙眉如墨，眼睛大而深邃，頭髮黑而濃密，高瘦英俊，有著古銅色的皮膚和結實的肌肉。他是個計程車司機，晚上他常常帶著雨柔開計程車載客。因為他長得帥，看人的眼神溫柔迷人，又有個小女孩坐在旁邊，所以很多女生喜歡坐他開的計程車。尤其是在舞廳、夜店工作的女生，更是指定由他每天接送上下班。

　　他敦厚老實、為人正直，但他有個致命的缺點，就是他酷愛

杯中物,經常喝到爛醉如泥不醒人事。他算是個盡責的父親,對雨柔疼愛有加。他從來不提雨柔的媽媽,也沒有人看過雨柔的媽媽。鄰居常常看到他牽著雨柔的手下樓出門,但很少人跟他交談。只有住在一樓的黃太太唐娟會主動關心他和雨柔,常常做一些東西送給他們吃,也邀請他們到教會。張英雄因盛情難卻,跟著唐娟去了教會,也因為去了教會,他才看到令他驚為天人的慧恩。

雨柔從浴室出來,走到塑膠布衣櫥前拉開拉鍊,從衣櫥裡面拿出制服換上。換好制服後,她走到冰箱前打開冰箱,從裡面拿出一條吐司和一瓶雙色果醬。她取出兩片吐司放入烤麵包機內,接著按下開關功能鍵。一雙圓滾滾的眼睛直盯著烤麵包機看,約莫一分鐘,兩片吐司從烤麵包機裡彈了出來。雨柔拿起烤好的吐司,放在旁邊的盤子裡。又拿出另外兩片吐司放進烤麵包機裡,再按下開關功能鍵。她將烤好的吐司塗上果醬,再把兩片吐司合在一起做成果醬三明治。然後拿出從烤麵包機彈出來的另外兩片吐司,也同樣做成果醬三明治。她打開冰箱把沒有用完的吐司和果醬放回去,又從裡面拿出一瓶牛奶倒了一杯。她把牛奶和盛有吐司三明治的盤子拿到桌子上,獨自坐在椅子上吃喝起來。她吃完一個果醬三明治,喝完一杯牛奶。將剩下的一個果醬三明治留在盤子裡放在桌上,再將杯子拿到水槽洗乾淨放好。

雨柔走回桌子前,從放在椅子上的書包裡拿出一張考試卷。她走到張英雄的床邊,邊搖張英雄的胳膊邊喊說:「爸爸快起來幫我綁頭髮,我要去上課了。」

張英雄用手揉了揉眼睛,張開嘴巴打了一個哈欠,睡眼惺忪地問雨柔:「現在幾點了?」

「7點20分!」雨柔回答一聲,隨即將手中的考卷遞給張英雄,老神在在地說:「我老師要你在這張考卷上簽名。」

張英雄坐起身子拿過考卷看了一眼,睡意立刻消失得無影無蹤。他皺著眉頭說:「算術怎麼只考20分?妳真的是青出於藍勝於藍。我以前考30分已經是不得了的事了,妳比我還行考20分。算術不就是1加1等於2嗎?有什麼難的。妳不是每天放學後,還多上了1個小時的課後輔導嗎?怎麼算術成績還是沒有起色?」

雨柔聳聳肩，嘟著嘴說：「我不喜歡算術，算術太無聊了。還有，老師說從下星期一開始，輔導課改成早上7點到8點，因為老師每天下午要搭火車到成大夜間部聽課。」

　　「哦！我知道了！從下星期一開始，每天要少睡一個小時。」張英雄跳下床邊說邊走進浴室。很快地梳洗一番後，他拿著梳子和鬆緊帶走出浴室來到雨柔的身邊，幫雨柔梳頭髮再將她的頭髮綁成一條馬尾。他仔細端詳雨柔；雨柔五官深邃，頭髮黑而濃密，完全遺傳了他的優點是個小美人。

　　「雨柔，妳長得這麼漂亮，如果算術成績也能好的話，那就很完美了。」張英雄略帶遺憾地說。

　　「可是我就是不喜歡算術，我對算術沒有興趣。」雨柔撇撇嘴說。

　　張英雄低頭沉思：「雨柔不喜歡算術，所以算術成績不好。如果有人能幫雨柔的忙，讓雨柔對算術產生興趣。那雨柔的算術成績應該就會好轉，但誰能幫雨柔這個忙呢？」

　　「爸爸，你的果醬三明治在桌上，你快去吃。」雨柔催促說。

　　張英雄走到桌子旁邊，拿起果醬三明治往嘴裡送。雨柔趕緊打開冰箱，拿出牛奶倒了一杯端給張英雄。張英雄伸手接過牛奶，咕嚕咕嚕地一口喝完。他用手擦了一下嘴說：「謝謝妳，雨柔。爸爸想找一個人幫妳把算術成績拉起來，妳看找誰比較好呢？」

　　雨柔想起，張英雄每次看到慧恩都特別高興，而她自己也很喜歡慧恩；她尤其喜歡慧恩那雙一閃一閃亮晶晶的眼睛。她脫口而出說：「慧恩姐姐，我希望慧恩姐姐教我做算術。」

　　「慧恩姐姐？」張英雄抬起頭看向屋頂，回憶起唐娟第一次帶他去教會的情景。那天是他首次看到擔任青年樂團主唱的慧恩，在樂團其他成員的伴奏下，唱著扣人心弦的詩歌。那天也是他第一次到這個教會，第一次聽到慧恩的歌聲。慧恩的歌聲實在是太美妙了，他不知道該用什麼形容詞來形容她歌聲的優美動聽。他只知道他完全陶醉在她的歌聲裡渾然忘我，真希望這歌聲永遠持續不要停止。散會後，唐娟將慧恩介紹給他認識。當時他離慧恩很近，他真不敢相信自己眼睛所看到的；她的五官深邃美麗，皮膚潔淨白皙，

眼睛閃爍著光芒，面帶溫柔和善的微笑。如果不是唐娟在旁邊介紹慧恩，他會以為第一次到教會就看到天使。

後來每次看到慧恩，他就不自覺地心跳加快耳根發熱臉紅了起來，宛若喝了一杯醉人的醇酒。他沒有勇氣開口跟慧恩說話，只會愣愣地看著她。每當慧恩面帶微笑主動跟他打招呼，他就高興得像吃到糖果的小孩一樣。

「找慧恩姐姐教妳算術的確是個好主意。她是高雄女中高二的學生，教妳算術應該不成問題。只是我不知道怎麼開口向她說？每次我一看到她就說不出話來。」張英雄為難地說。

雨柔臉上露出神秘的微笑，瞅著張英雄說：「爸爸，你是不是喜歡慧恩姐姐？每次慧恩姐姐跟你打招呼，你的臉都會變得紅紅的，而且還會傻呼呼地笑，好像很高興的樣子。羞羞臉！男生愛女生！」

張英雄敲了一下雨柔的頭，兩眼瞪著她說：「小孩子不懂，不要亂說話！我哪有資格去愛慧恩姐姐，我只是喜歡看她。如果能經常看到她，我就已經心滿意足了。」

雨柔明白張英雄的心意，也想幫他的忙。她撒嬌地說：「我不管！我一定要慧恩姐姐教我做算數，你一定要去跟她說，請她教我做算數。」

張英雄伸手撓了撓自己的腦袋，露出尷尬的表情，說：「我不知道怎麼開口向慧恩姐姐說？或許我們可以請唐阿姨向慧恩姐姐說，請她教你做算術。」

雨柔不依，嘟著嘴嬌嗔地說：「不行！你不能請唐阿姨代替你去說，你要自己向慧恩姐姐說才有誠意。」

張英雄拗不過雨柔，嘆了一口氣勉為其難地說：「好吧！妳是我們家的老大，聽妳的。不過，妳先要讓我練習練習怎樣對慧恩姐姐說，然後找個機會我再去找她談這件事。時間不早了，我先開車送妳去學校。回來後我再好好想一想，看要怎麼說還有什麼時候說最恰當，這件事急不得需要從長計議。」

雨柔伸手打了一下張英雄的屁股，老氣橫秋地說：「你怎麼變

得這麼婆婆媽媽！你要考慮那麼多，等你去向慧恩姐姐說的時候，我都老了。」

張英雄立正舉手，正經八百地說：「老大教訓得對！這種事絕對不能拖，我一定會在最短的時間內，把這件事辦好。」雨柔露出滿意的微笑，牽著張英雄的手走向門口。

愛華和慧恩的遊戲已經進行超過百次，慧恩全家已經去過美國迪斯耐樂園三次。慧恩現在對加州迪斯耐樂園已經瞭若指掌，她能毫無困難地穿梭在它兩個園區而不會迷路。初中升高中的那個暑假，愛華和蘭心為了獎勵慧恩考上第一志願的高中，還在美國加州住了一個月，把加州從北到南玩了一遍。慧恩除了喜歡迪斯耐樂園，到美國最令她高興的，是能和住在爾灣市的憶慈表姐一起聊天逛街。憶慈表姐是慧恩舅舅的女兒，長得修長漂亮，口才非常好。慧恩的舅舅，除了憶慈這個女兒外，還有個長得很帥、很高、很陽光的兒子大衛。大衛熱愛運動是個游泳健將；他是憶慈最愛的哥哥，也是慧恩最喜歡的表哥。

愛華吃過晚餐後，拿著一杯茶走進書房，這是愛華飯後最常到的地方。他喜歡泡一杯味道清香的茶，坐在他黑色長背皮椅上看書，或是在書桌上的筆記型電腦前工作。他喜愛看書，各種領域的書籍他都看。對於電腦軟、硬體的設計工作，他也很有興趣。尤其是電腦硬體的設計更令他著迷；他對硬體設計著迷的程度，和瘋狂只有一步之差，這是他的熱情所在。他常為了設計工作廢寢忘食卻不以為苦，硬體設計對他來說是趣事而非難事，他做的得心應手表現卓越。

愛華將茶杯放在書桌上，走到右邊書架前抽出一本啟導本聖經。然後走回書桌後，在他黑色長背皮椅上坐了下來，翻開聖經開始閱讀。慧恩穿著一件乳白色的睡衣，不知道什麼時候冒了出來，在書架前找書。愛華抬起頭看見慧恩在書架前，上下左右瀏覽書架上的書。便問突然進到他書房的慧恩說：「聖經上說：『靠著愛我們的主，在這一切的事上，已經得勝有餘了。』恩恩，妳來說說

看，妳對『得勝有餘』的見解。」

　　愛華和慧恩的遊戲，從慧恩上高中開始，就變成不定期舉行的討論會。討論的內容包羅萬象，常談論聖經，但不以聖經為限。絕大多數的討論，只是彼此看法的發表。慧恩在書架前，一邊尋找她想看的書，一邊回答愛華的問題說：「依我個人的看法，聖經上有句話：『要愛你們的仇敵，為那逼迫你們的禱告。』這句話是得勝有餘的具體展現。」

　　愛華從來沒有聽過這樣的說法，覺得十分詫異。他疑惑地說：「真的嗎？妳說說看妳的理由。」

　　「我們與敵人作戰，如果我們勝利了，我們最多是少了一個敵人。」慧恩停了一下，想看看愛華有什麼反應？愛華雙眼炯炯有神看著慧恩，同意地點點頭說：「沒錯！繼續！」

　　「但是，如果我們不用去打我們的敵人，敵人就與我們和好。那我們是不是少了一個敵人，又多了一個朋友？我們因為消滅了一個敵人，所以我們得勝了。而我們又將敵人變成了朋友，也就是說，我們不僅僅是得勝了，而且還超過了得勝，所以是得勝有餘。」慧恩邊說邊從書架上抽出一本書，快速地翻了一下。

　　愛華將身體往前傾，想聽清楚慧恩說的話。他對她的見解有些疑問，他又問：「如果我們不打敗我們的敵人，敵人如何會屈服？敵人怎麼可能自動放棄對抗成為我們的朋友呢？」

　　慧恩拿著她從書架上找到的書，走到愛華的書桌前，在紅色的短背皮椅上坐了下來。她揚起雙眉笑著對愛華說：「縱使我們比敵人強，以強大的力量打敗敵人。我們可能只是將明的敵人，轉成暗的敵人而已。得勝有餘的關鍵就是『愛』。愛是在追求自己的利益時，同時兼顧別人的利益；彼此都退一步，讓雙方都得益處。所以說要『愛你們的仇敵』，同時也要『為他們禱告』，祈求讓他們也能明白這個道理，與我們和好成為我們的朋友。」

　　慧恩經過愛華長期的訓練後，不僅不再害怕跟人講話，也能有效率地表達自己的思想。有時候慧恩的見解，還大大超出了愛華的理解，讓愛華非常的意外。

「很有意思！那妳所說的愛，與聖經中的『愛人如己』有什麼差別呢？」愛華將身體往後靠著椅背，輕鬆地問。

「我所說的『愛』就是指『愛人如己』。『愛人如己』就是你們願意人怎樣待你們，你們也要怎樣待人。它是一種愛的高上表現……總之，愛人如己就是我們老祖宗說的，己所不欲勿施於人，己所欲施於人。」慧恩說著，同時向愛華扮了個鬼臉。

就像這樣，愛華常常讓慧恩發表她的看法，也非常尊重她的見解。除非愛華認為慧恩的想法有錯誤，會立刻加以糾正外；一般來說，愛華對慧恩的看法，都採取鼓勵的態度予以稱讚。慧恩也因為愛華的稱讚得到激勵，更能擺脫自己的膽怯放膽講話。現在慧恩與人互動，表達能力及其他各方面都沒有問題。她還是安靜，鮮少主動與人交談。但她因受她的爺爺那次搭火車的經歷的影響，喜歡上唱歌；還加入教會青年樂團擔任主唱。

星期一，張英雄一大早就開計程車送雨柔到學校。雨柔湊過頭在張英雄的臉頰上親了一下，才開門下車。雨柔一步一回眸，頻頻回頭看張英雄，好像不放心張英雄一個人開車似的。她張開嘴巴用唇語無聲地對張英雄說：「爸爸小心開車！」張英雄似乎聽到了雨柔無聲的叮嚀，微笑地點點頭。雨柔看張英雄點頭回應，臉上綻放出愉悅的笑容，轉身和其他小朋友一起走進校門。張英雄的目光隨著雨柔前進，直到雨柔從他的視線範圍消失，他才轉回頭發動引擎將車開離學校。

「現在正是上班上學的時間。反正我現在也睡不著，不如到附近的街道馬路繞一繞，看看能不能載到客人？」張英雄開著計程車，緩慢地沿著馬路前進。他隨意轉進一條安靜的街道。在街道前方不遠的地方，他看見一位穿著白衣黑裙的女高中生，從門裡面出來又關上門。然後沿著街道散步似地慢慢走。

「前面這個女生看起來好像是慧恩，她可能是要到公車站等公車，她走路真悠哉好像在散步一樣。」張英雄偏過頭，看了一下車上的時間顯示器，7點25分。他開著計程車忽停忽動，緩慢地跟在慧

恩的後面。他想靠近慧恩，對她說他可以載她去學校，但他沒有勇氣這樣做，他只敢慢慢地跟著她，看著她的背影。

「慧恩是我看過最美麗的女孩。她的氣質高貴優雅，就像是一位高高在上的公主，不是我這種凡夫俗子可以配得上的。我只要能這樣看著她，我就已經心滿意足了。」張英雄沉吟不語，目不轉睛地看著慧恩。

慧恩走到街道的盡頭，正要跨越馬路到對面的公車站等公車；一輛公車駛到公車站停了下來。慧恩著急了起來，她想快一點越過馬路，去搭那輛停在公車站的公車。但馬路上來往的車輛實在太多了，她沒有辦法穿越。她看著眼前的公車，慢慢地移動開離公車站，整個人像洩了氣的氣球。

「糟糕！已經7點半了。錯過這班公車，下班公車不知道什麼時候才會來？看來，我今天可能要遲到了。」慧恩沮喪地走過馬路，在無人的公車站等公車。

張英雄瞄了一眼車子裡的時間顯示器，7點32分。「如果下班公車5分鐘內沒來，慧恩今天肯定會遲到。下班公車看情形不太可能5分鐘到，我還是開過去問慧恩要不要讓我載她去學校？」

張英雄將車子開到慧恩的身邊，拉下車窗偏過頭，對站在公車站等公車的慧恩說：「慧恩上車，妳快遲到了，我載妳去學校。」

慧恩低頭看向坐在駕駛座上的張英雄，「是英雄哥！」她看了一眼手腕上的手錶，已經7點35分了。如果不坐張英雄的車子到學校，今天肯定會遲到。她稍微遲疑了一下，接著伸手打開車子前門坐進車內。

「英雄哥，你怎麼會在這裡？不過還好你在這裡，否則今天我非遲到不可。謝謝你，英雄哥。」慧恩面帶微笑地說。

「不要這麼客氣！我剛才送雨柔去學校，回程經過這裡，看到公車剛走妳才到公車站。我想妳可能會遲到，所以就過來了。」張英雄愉快地說，同時轉頭看了慧恩一眼；他覺得耳根有些熱，臉不由地紅了起來。

慧恩在教會看過張英雄幾次，她記得張英雄是唐娟阿姨帶來的

慕道友。他看起來很年輕差不多20歲左右，但有個非常活潑可愛的女兒張雨柔。她對他的第一個印象是他長得很帥，比在電視上、電影上看到的男明星還帥；有點像廣告海報上的外國男模特兒。他很靦腆，每次她跟他講話，他的臉就會紅起來。慧恩記得媽媽曾經說過，不要吝嗇講讚美人的話，於是她讚美張英雄說：「英雄哥，你長得真帥可以去當電影明星了。」

張英雄聽慧恩讚美他，整個人輕飄飄的，高興得簡直要飛起來。他露出靦腆地笑容說：「慧恩，妳長得才漂亮，無人可比的漂亮；可以當明星中的明星。」慧恩聽了張英雄的誇讚，羞赧地低下頭。

張英雄想起請慧恩教雨柔做算數的事，他開口對慧恩說：「慧恩，有一件事我想請妳幫忙。」

慧恩知道張英雄是單親爸爸，一直想幫他的忙。聽張英雄這麼講，馬上說：「什麼事？只要我能做到的，我一定幫你忙。」

「雨柔的算術成績不太好，上次考試的成績只有20分。我想請妳教她做算術，幫她把算術成績拉起來。」張英雄不好意思地說。

「沒有問題！我可以教雨柔做算術。你每天晚上7點送雨柔到我家，9點再來接她回家。我可以一邊讀書，一邊教她做算術，她也可以在我家做家庭作業。我家裡還留了一些童話故事書，雨柔可以看，這樣你就有兩個小時的自由時間了。」慧恩毫不猶豫地回答。

張英雄沒想到慧恩這麼爽快就答應，而且每天還要幫他照顧雨柔兩個小時。他心裡充滿感激，對她的愛意更加深了。但他自覺自己的條件不好配不上慧恩，硬是把這份感情壓在心底。

「謝謝妳！慧恩！從今天開始，我每天晚上7點送雨柔到妳家，9點再去接她回家，這樣可以嗎？」張英雄說。

「當然可以！今天晚上7點我在家等雨柔。」慧恩輕鬆地說。

車子停下來等紅燈，張英雄偏過頭深情地看著慧恩，慧恩正好也轉頭看張英雄。四目在張英雄隱約滲透出來的綿綿情意中相遇。慧恩感應到飄盪在空氣中的愛情，她心跳加速趕緊將頭轉回正視前方。張英雄內心甜滋滋的，在這小空間裡只有他和慧恩。他和慧恩的距離是那麼的近，這是他可以夢想的最短距離。他從來沒有這麼

快樂過，在開車送慧恩到學校的一路上，他的笑容沒有消失過。

　　張英雄回到鐵皮屋，他的心依舊是甜蜜蜜的。他回想慧恩的一顰一笑，整個人都快樂起來。「今天是好日子，該好好慶祝一下！」他喃喃自語。

　　張英雄從廚房裡拿出一瓶米酒和一個杯子，這是他的慶祝方式，也是他的解憂方式；喝米酒。他想盡情地喝酒，又怕喝酒後睡過頭，錯過接雨柔回家的時間。他先將鬧鐘設好再坐回椅子上，拿起放在桌上裝有米酒的酒杯，將米酒往嘴巴裡灌。他心裡滿滿的都是慧恩，他真想把自己對她的好感告訴她，但他知道他絕對不可以這麼做。慧恩是夜空中明亮的星星，他只能看無法觸及。他又倒了一杯米酒喝了下去。剛才慧恩就在他的旁邊，他伸手就可以觸摸到她的手，但他知道他絕對不能觸摸她的手。她是一朵在最美的季節裡盛開的花，而他卻是別人看不起的牛糞，無法與她相提並論；她如果和他在一起只會被恥笑。他的心從剛才的甜蜜快樂開始轉變，他覺得很心酸，自己愛的人近在咫尺，但距離卻是遙遠得無法到達。

　　「如果慧恩不要出身在那麼好的家庭，如果她不要那麼優秀，我們的距離就不會那麼遠；她就可以成為我的妻子。只要她能成為我的妻子，我願意為她戒酒好好工作。但這些都只是我的痴心妄想，根本是不可能的，她根本不可能成為我的妻子。」他無奈地想著。

　　張英雄拿起酒瓶，把瓶子裡剩下的米酒全部灌進胃裡。他開始覺得鬱悶起來，心裡越愛慧恩感覺就越痛苦。他從椅子上站起來，踉蹌地走到單人床躺了下來。他不知道自己該後悔，還是該高興遇見慧恩？如果他從來沒有遇見過慧恩，他的生活就會像以前一樣平淡如水；沒有特別快樂，也不會覺得難過。自從遇見慧恩後，他的情緒在暗戀的浪潮下有了高低起伏，生活也變得五味雜陳；慧恩成了掌握他喜怒哀樂鑰匙的人。他現在除了雨柔還掛念慧恩，尤其是今天慧恩主動提出，每天要幫他照顧雨柔兩個小時，他對她的愛意更深了。他忘不了他們兩個人的目光相接觸時，慧恩那雙溫柔明

亮，好像在訴說著浪漫愛情的眼睛。他的心時甜時苦，一會兒是晴天，一會兒是雨天，偶而還是晴時多雲偶陣雨。

「慧恩，只要能常常看到妳，我就心滿意足了。但願我能成為保護妳的勇士，永遠守護在妳身邊的戰士。」他沉吟不語，不知不覺地睡著了。

張英雄每天晚上7點送雨柔到慧恩家，9點再從慧恩家接回雨柔。每天的這兩個時間點，是張英雄一天最快樂的兩個點。慧恩晚上7點會出來接雨柔，晚上9點也會送雨柔到門口。張英雄一天可以見到慧恩兩次，每次張英雄見到慧恩，除了「慧恩，謝謝妳！」外，幾乎沒有再多說一句話。但他深情凝視慧恩的眼神，卻將他濃得化不開的情意不斷地向慧恩傳送。

慧恩完全能感應到張英雄沒有說出口的愛。他的眼神、他心的悸動，將他深藏在心底的感情，毫無保留地洩漏出來。慧恩從來沒有見過像張英雄這麼帥的男生，也第一次這麼深刻地感受到，一股強烈的愛如巨浪般向她襲捲而來。她有些招架不住、有些心動，但她心裡明白她和張英雄是不可能的。張英雄可能很愛她，但他絕對不是她的靈魂伴侶。他們的思想、價值觀、為人處事的態度，都有很大的差距。除了愛的感覺外，這份愛沒有堅固的基礎支撐，慧恩不認為這樣的愛情可以走下去，但她仍被張英雄沒有說出口的愛所感動。每天晚上張英雄接走雨柔後，慧恩時常會爬到她的書桌上，屈膝抱腿側身靠著窗戶，眼睛與淚水相伴，對著窗外那顆宇宙中最明亮的星星說：「我懂得他的心，只是愛要走下去，除了愛的感覺外，還需要心靈的契合做為基礎。我們沒有這樣的基礎可以走下去，但他的深情依舊觸動我。」

雨柔天天到慧恩家做算術，這次的算術考試她覺得特別容易。她認為她一定可以考出好成績，至少會比張英雄的30分還要高。上課鈴聲響起，雨柔的老師王勇走到講台上，開始叫著名字將算術考

卷發回給學生。雨柔滿心期待等著看考試的成績，但王勇老師把考卷發完了，卻沒有叫到雨柔的名字。雨柔不明白，於是舉手問王勇老師說：「老師，我沒有拿到考卷，我的考卷呢？」

「妳的考卷在我這裡，下課後留下來，我有問題要問妳。」王勇老師回答說。

雨柔不知道老師為什麼要留下她的考卷？她猜想一定是她考得太好了，老師要當面獎勵她，所以才會留下她的考卷。她越想心裡越高興，迫不及待地希望下課鈴聲早點響起。

下課鈴聲響起，王勇老師說了一聲：「下課！」所有的小朋友，除了雨柔和坐在雨柔旁邊的黃依雯外，紛紛走向教室門口魚貫而出。黃依雯從座位上站起來正要離開，王勇老師叫住她說：「依雯，妳等一下再出去，先把妳的考卷拿過來給我。」

黃依雯把考卷拿給王勇老師，嬌滴滴地問：「老師，我現在可以出去玩了嗎？」黃依雯是教五年級的董清月老師的女兒，全校所有的老師都認識她。她的成績一向很好也非常外向，每天課外活動和學習行程安排得滿滿的，她多才多藝是老師心目中的好學生。

「可以！妳出去玩吧！」王勇老師回答說。

班上除了雨柔外，所有的小朋友都離開了。雨柔面帶微笑，從座位上起身走到講台前，等待老師對她的誇獎。王勇老師將雨柔的考卷遞給雨柔，雨柔看了考卷高興得要跳起來，她只錯了一題拿了95分。

「太棒了！我就知道老師一定是因為我考太好了，所以留下我的考卷想當面獎勵我。爸爸看到我的算術成績，一定會高興得昏倒；我恨不得現在就能讓爸爸看到我的算術成績。」雨柔想著，不禁露出驕傲的笑容。

「張雨柔，妳為什麼要作弊？為什麼要偷看黃依雯的考卷？」王勇老師不悅地問。王勇老師是雨柔的級任老師，二十四歲；長得不高差不多168公分左右，瘦瘦的戴著一副黑框眼鏡；他白天是小學老師，晚上是成功大學夜間部會計系的學生。

雨柔聽王勇老師不分青紅皂白就說她作弊，既生氣又不滿。她

面有慍色，不悅地頂嘴說：「老師，我沒有作弊！」

王勇老師把黃依雯的考卷，和雨柔的考卷放在一起，眼睛盯著雨柔說：「妳看看妳的考卷跟黃依雯的考卷。」

雨柔按著王勇老師的指示，好奇地看了她和黃依雯的考卷。她簡直不敢相信自己的眼睛所看到的；黃依雯也是做錯一題拿95分，而且錯的地方和她錯的地方一模一樣。雨柔目瞪口呆，驚訝地說不出話來。

「明天把妳爸爸叫來，我要跟他談談這件事。」王勇老師說完走出教室，只留下雨柔呆立在空無一人的教室裡。

張英雄和雨柔回到鐵皮屋。雨柔回家的一路上都悶悶不樂，沒有開口和張英雄說話。與她之前活潑開朗有些雞婆，一上車就和張英雄說得沒完沒了的個性有很大的不同。張英雄納悶地問雨柔說：「妳今天吃錯藥了嗎？怎麼從上車到現在一句話都不說？是不是算術又沒考好？沒考好也沒關係，反正有慧恩姐姐教妳，妳總會有考好的一天。」

「我考了95分。」雨柔無精打采地說。

「考95分那不是很好嗎？我從來沒有考過95分，不會95分是班上最低分吧？」張英雄好奇地問。

「95分是班上第二高分。」雨柔意興闌珊說。

張英雄撓了撓自己的腦袋，皺著眉頭不解地問：「我真的是一頭霧水。妳考了95分又是班上第二高分，為什麼沒有很高興反而悶悶不樂呢？」

「因為老師說我作弊，所以他叫你明天去學校找他。」雨柔撇撇嘴說。

「不會吧！雨柔老大，妳不會作弊吧？」張英雄詫異地說。

雨柔睜大眼睛瞪著張英雄，大聲地嚷著說：「爸爸，連你也懷疑我作弊嗎？連你也不相信我嗎？」

張英雄凝視雨柔生氣的臉，暗自思量：「雨柔以前雖然算術成

績不好，但從來沒有發生過作弊的事情。現在她天天到慧恩家做算術，算術肯定有進步，更不可能作弊了。但老師也不會無緣無故的就說她作弊，一定有什麼原因讓老師覺得她作弊。」

張英雄伸手摟著雨柔的肩膀，溫柔地說：「爸爸相信妳不會作弊，但為什麼老師說妳作弊呢？」

「因為黃依雯的分數跟我一模一樣，而且錯的地方也跟我完全一樣。黃依雯的媽媽是我們學校的老師，她的成績一直都很好，所以老師說我偷看她的考卷。」雨柔垂頭喪氣地說。

張英雄聽了真是一個頭兩個大。一個原本算術成績不好的雨柔，和原本成績就好的黃依雯，不僅成績一樣高，而且做錯的地方也完全一樣；任誰都會認為是雨柔偷看了黃依雯的考卷。他相信雨柔沒有作弊，但他不知道如何證明雨柔沒有作弊。他束手無策不知道如何是好？他問雨柔說：「雨柔，妳想想看有沒有什麼方法或是什麼人，可以證明妳沒有作弊？」

「我不知道什麼方法可以證明我沒有作弊，但我想慧恩姐姐也許可以幫我的忙。因為慧恩姐姐好厲害，她好像什麼都知道。」雨柔認真地說。

張英雄能想到的也只有慧恩。慧恩每天教雨柔算術，她應該最清楚雨柔的程度，只有她知道雨柔能不能考這麼高分？張英雄點點頭說：「我看，我們也只能請慧恩姐姐幫忙，只有慧恩姐姐知道妳算術的程度。我們今天晚上拜託她幫我們想個方法，證明妳真的能考出這樣的成績。」

晚上7點，張英雄開計程車載著雨柔到慧恩家。雨柔一看到慧恩，馬上興奮地對慧恩說：「慧恩姐姐，我的算術考95分！」慧恩還來不及回答，雨柔接著嘆了一口氣，沮喪地說：「但是，老師說我作弊！」

「老師怎麼會說妳作弊呢？」慧恩驚訝地問。

「因為坐在我旁邊的黃依雯，她考的分數和我一樣，做錯的

地方也和我相同。而且黃依雯的成績一直都很好，所以老師說我作弊，偷看黃依雯的考卷。」雨柔垂下肩膀，一臉無辜地說。

慧恩天天教雨柔做算術，也經常出題目測試雨柔的算術能力。她知道依照雨柔現在的算數能力，考95分應該沒有問題，但她不知道為什麼會出現這種巧合？慧恩微蹙眉頭思考了一會兒，說：「雖然我想不出為什麼會有這樣的巧合？但我知道妳的算術能力，我相信妳沒有作弊。」

張英雄站在一旁，安靜地看著慧恩和雨柔，聽她們的對話。

「老師叫我爸爸明天到學校找他。慧恩姐姐，妳能不能想個辦法幫我們忙？讓老師知道我沒有作弊。」雨柔請求慧恩說。

慧恩側頭認真地思索，她左思右想還是想不出有什麼方法可以幫雨柔。她唯一能想到的是愛華和蘭心；愛華和蘭心的口才好，推理能力又強，不管在哪裡講話都很有份量。這件事看起來，只有他們可以幫雨柔和張英雄的忙。

「我爸爸媽媽或許可以幫你們，你們先在這裡等一下。」慧恩說完，轉身走進門內。過了幾分鐘，慧恩面帶微笑走了出來，對雨柔和張英雄說：「我爸爸媽媽請你們到裡面坐，他們很樂意幫你們。」

雨柔和張英雄坐在客廳的沙發上，雨柔緊緊地握著張英雄的手。蘭心稍稍打量了一下張英雄；她曾經在教會看過張英雄，他看起來很年輕，聽唐娟說他只有23歲，卻有個8歲讀小學二年級的女兒。聽說他從來不談雨柔的媽媽，也沒有人看過雨柔的媽媽。甚至沒有人知道他是不是結過婚？大家只聽說他是從台東來的原住民，開計程車為生。他長得既高又帥，五官深邃濃眉大眼，有著一頭黑而濃密的頭髮、古銅色的皮膚、和結實的肌肉。他沉默寡言很少主動跟人交談，但人緣很好。教會裡有人想幫他介紹女朋友，都被他拒絕了。聽說他還是個好父親，對雨柔十分疼愛照顧有加。

「我剛才聽恩恩說，雨柔的老師懷疑雨柔作弊，所以要你明天去學校見他？」蘭心親切地問張英雄。

「是的，雨柔是這麼說的。」張英雄回答說。

「雨柔每天到家裡來做算術，她的努力和進步慧恩都看到了。絕對不能因為老師先入為主的觀念，而讓雨柔努力的成果付之東流還受到汙衊；這對雨柔非常不公平。巧合不能任意解釋成他想的事實，這種推理解釋顯然犯了邏輯上的錯誤。我明天跟你一起去學校找老師，我們必須還雨柔一個公道。」愛華義憤填膺地說。

「這種事還需要你親自出馬嗎？你還是乖乖去上班吧！明天我和英雄一起去找老師就可以了。」蘭心對愛華說。

「是的，我和阿姨去找老師就可以了。」張英雄說著從沙發上站起來，向蘭心和愛華鞠躬道謝：「謝謝你們願意幫我們的忙。」

蘭心趕緊揮手示意張英雄坐下，她面帶微笑說：「不要這麼客氣！大家都是主內的弟兄姊妹，互相幫忙是應該的。何況雨柔天天到家裡來，我們早就把她當成是家裡的一份子了。她受委屈，我們也不能閉著眼睛裝作沒看到。沒問題，明天早上我跟你一起去學校找老師。」

蘭心和張英雄坐在王勇老師辦公桌的前面。王勇老師將雨柔和黃依雯的考卷攤在辦公桌上，說：「這是張雨柔和黃依雯的算術考卷，你們看看他們錯的地方是不是一模一樣？」

蘭心和張英雄看了一下雨柔和黃依雯的考卷。沒錯，正如雨柔昨天告訴他們的一樣。蘭心和張英雄早已知道情況，所以表情並沒有特別的不同。

「兩張考卷錯的地方完全一樣，這能證明什麼嗎？」蘭心問。

「這證明他們其中有一個人作弊！」王勇老師回答。

「如果這證明他們其中有一個人作弊，那你怎麼知道那個作弊的人是雨柔，而不是黃依雯呢？」蘭心問。

「張雨柔上次算術考了20分。才幾個星期她的成績就跳到95分，妳不覺得奇怪嗎？而黃依雯的成績一直都很好。一個成績本來就很好的學生，有可能去偷看一個成績比她差很多的人的考卷嗎？」王勇老師理直氣壯地說。

「我是個比較重視證據的人，我不認為兩張考卷錯相同的地方就一定有人作弊；只是作弊的可能性比較高罷了。如果真的有人作弊，我也不認為作弊的人一定就是那個原本成績差的人；只是可能性比較高而已。」蘭心明確地說明她的看法。

「我的想法是，不能因為『可能性高』就推理解釋成『一定是』。可能性高低都只是可能，『一定是』卻成了確定。『可能』應該有證據的支持才能成為『確定』。」蘭心態度和藹據理直言。

「雨柔這幾個星期天天到我家，由我女兒教她做算術。雨柔很努力，我女兒也常常出題目測試她的算術能力。我女兒覺得雨柔現在的算術能力，考95分應該沒有問題。」蘭心陳述事實。

「我是希望王老師你能重新出題，讓雨柔和黃依雯重新再考一次算術。這樣你也能知道雨柔是不是有能力可以考95分？」蘭心提出她的建議。

王勇老師思考片刻，也覺得蘭心講得有道理，他點頭同意說：「我也想做到勿枉勿縱！好吧！我重新出題讓張雨柔和黃依雯再考一次算術。」

重新考試的結果出爐了，雨柔考了滿分，黃依雯卻做錯了幾題。王勇老師在雨柔的班上，把雨柔叫到講台上，表揚她說：「張雨柔的算術成績進步神速，這和她每天努力做算術有關。你們都應該向張雨柔看齊，學習她努力不懈的精神。」雨柔昂首挺胸驕傲地站在講台上，接受全班同學羨慕般的注目禮。

黃依雯雖然做錯了幾題，但王勇老師認為，這並不能證明上次的算術考試黃依雯偷看雨柔的考卷。雖是如此，王勇老師還是勸導黃依雯說：「依雯，每天的課外活動和學習行程，不要安排得那麼緊湊，學校的功課也是很重要的。」

暑假到了，慧恩全家即將起程前往美國加州。到美國加州過暑假，已經成為慧恩每年的固定行程。有時是全家一起去，有時只有慧恩一個人獨自前往。

張英雄開計程車送雨柔最後一次來慧恩家。張英雄的內心甚

是不捨，當慧恩帶著雨柔轉身要進門的時候，張英雄叫了一聲「慧恩！」慧恩回頭看張英雄。張英雄有千言萬語想對慧恩說，卻說不出口，只是溫柔地看著她。慧恩看張英雄沒有說話，只是含情脈脈地看著她，心裡明白張英雄的意思。她對張英雄微微一笑，然後轉過身準備進門。慧恩才剛轉過身，張英雄又叫了一聲：「慧恩！」慧恩又回頭看張英雄。張英雄想說話，但還是說不出口，急得臉都紅了起來。他有滿腔的愛語哽在喉嚨裡，卻發不出聲音來；他只能用充滿柔情的眼睛凝視慧恩。慧恩看了張英雄一會兒又轉身，張英雄第三次叫：「慧恩！」卻仍不知道如何開口。他深邃的眼眶閃爍著晶瑩的淚光，滿溢的淚水不由地向下滑落。慧恩回頭看張英雄，淚水也無聲地順著臉頰流下來。張英雄看慧恩臉上的淚珠不斷地滑落，想伸手為她拭淚又不敢，只是默默地注視著她。

雨柔走過去拉張英雄的手，皺著眉頭說：「爸爸，你一直叫慧恩姐姐又不說話，把慧恩姐姐都惹哭了。我看你還是回家好好想想你到底要說什麼？等9點來接我的時候，你再好好地跟慧恩姐姐說。」

張英雄伸手拭去眼淚，低下頭對雨柔說：「好！雨柔老大，妳說得很對，我該回家了，9點我再來接妳。」張英雄再次舉目深情地看著慧恩，幾秒鐘後他張開雙唇發出聲音說：「慧恩，雨柔就麻煩妳了！」

慧恩微笑點頭並沒有說什麼。她默默地牽著雨柔的手，轉身走進門內再關上門。張英雄看著慧恩關上門後，打開車門坐進駕駛座，將計程車開離慧恩家。一路上，他的腦海裡盡是流著淚的慧恩。

慧恩已經到美國一個星期了。張英雄每天思念慧恩，酒喝得越來越多。張英雄一喝酒，雨柔就當起小媽媽，一邊嘮叨地數落張英雄，一邊又端茶倒水照顧他。

「爸爸，你不能再喝酒了。你再喝酒你就不能開計程車賺錢，我們就要喝西北風了。」雨柔苦口婆心地規勸張英雄。

「我再喝一杯，這是最後一杯，喝完這一杯我就不喝了。」張

英雄醉言醉語地說。

「不行！你已經說了好幾次最後一杯了。爸爸，你應該向慧恩姐姐學習。慧恩姐姐從來不喝酒，她天天都在看書。」雨柔撇著嘴說。

張英雄聽到雨柔談起慧恩，眼睛一亮醉意全消，整個精神都來了。他連不迭地問雨柔：「慧恩姐姐每天都在讀書嗎？她都讀些什麼書？是學校的教科書還是課外書籍？」

「慧恩姐姐讀很多書，有學校的教科書，也有課外的書。朱伯伯有一間書房，書房的牆壁都是書架，書架上有滿滿的書，慧恩姐姐經常到書房找書看。」雨柔認真地說。

張英雄突然覺得，有股希望的氣息從絕望的山谷底下冉冉升起。他問雨柔說：「雨柔老大，妳看爸爸如果從現在開始好好讀書；像慧恩姐姐一樣，看學校的教科書，也看課外的書籍。然後我再上個大學，有好的工作。妳說這樣我是不是就能配得上慧恩姐姐？」

雨柔伸手拍拍張英雄的臉頰，煞有其事地說：「慧恩姐姐長得漂亮，你長得帥，你配得上慧恩姐姐；慧恩姐姐讀很多書，你也讀很多書，你配得上慧恩姐姐；慧恩姐姐要讀大學，你也讀大學，你配得上慧恩姐姐；慧恩姐姐住漂亮的房子，你有好的工作，也住漂亮的房子，你配得上慧恩姐姐。」

張英雄聽了精神為之一振，但他還是有些不確定，他問雨柔說：「但是爸爸現在已經23歲了，從現在開始讀書會不會太晚了？」

雨柔微蹙眉頭，一副正經八百的樣子說：「爸爸，你已經23歲了嗎？我還以為你跟慧恩姐姐一樣大呢！」

張英雄快樂了起來，他覺得他還是有可能配得上慧恩，並不是完全沒有希望。他振作起精神說：「雨柔，去把放在冰箱旁邊的米酒全部拿過來。我要重生，過了今天我要重新生活。喝完了這些酒，我就不再喝酒。我要把全部的精神放在趕上慧恩姐姐的事上，我要迎頭趕上慧恩姐姐。」

「爸爸，喝完這些酒你就不喝酒了嗎？你要比慧恩姐姐還棒嗎？」雨柔雙眸閃爍著熠熠的光芒，興奮地問。

「沒錯！我不喝酒了！我要比慧恩姐姐還棒！」張英雄堅定地說。

「那太好了！我去幫你拿酒。」雨柔高興地說。

雨柔向左右伸手，如飛翔的蝴蝶般旋轉舞動。她停在冰箱旁邊，拿起最後的兩瓶米酒，又再次展開翅膀翩然飛向張英雄。

「爸爸，這是最後的兩瓶酒，喝完就不能再喝了哦。」雨柔叮嚀張英雄。

「好！喝完這兩瓶酒，我絕對不會再喝酒了。」張英雄掛保證說。

雨柔開心地為張英雄打開瓶蓋又為他倒酒，她看著張英雄把酒從口中灌入胃裡，她的臉上充滿了對未來美好期待的笑容。突然間，張英雄手上的酒杯掉到地上，他的臉趴在桌上昏了過去。雨柔驚嚇得臉上一片慘白，她一邊搖著張英雄的胳膊，一邊大聲哭喊：「爸爸！爸爸！起來！起來！」

張英雄被送進醫院，後來就沒有人有他的消息了。他沒有再回去樓頂的鐵皮屋，也沒有再出現在教會。有人說他酒精中毒死了，也有人說有位打扮高貴典雅的中年貴婦，把他和雨柔一起帶走了。大家都不能確切地知道他是從哪裡來的？只聽說他是來自台東的原住民。現在也不知道他到哪裡去了？他好像就這樣失蹤了，連雨柔也失蹤了。他們是生是死沒有人知道，他們留給大家的是生死未卜的謎團。

夜深人靜，萬籟俱寂，慧恩屈膝抱腿側身靠窗坐在書桌上，靜靜地凝視夜空中那顆最明亮的星星，眼眶裡閃爍著晶瑩剔透的淚光。「我的星星，不管英雄哥和雨柔現在在哪裡？請妳一定要告訴他們，我很想念他們，希望他們一切安好，有一天能回來看我。」慧恩仰頭對著她的星星說。

慧恩從美國回來就聽到這個消息。在眾說紛紜的猜測中，她只相信一個而且是堅信不移；那就是張英雄還活著，他帶著雨柔在某一個地方正快樂地生活著。慧恩相信在未來的某一天，她一定會再見到這對父女，這對住在樓頂鐵皮屋的父女。

第七章 公車上的男生

　　冬天不會永遠持續，春天也不會跳過她的季節，又是春雷一聲萬綠齊發的時節。天空宛若捨不得離去的冬娘，穿著灰濛濛色澤的雲裳，百般無奈地流著離別的淚水。莊瀟坐在書桌前的椅子上，看向窗外不斷滴落的淚水，他的心也跟著哭泣起來。

　　莊瀟是左營高中三年級的學生；高高瘦瘦，五官清秀，戴著一副黑框眼鏡，文質彬彬像個書生。他是家裡的老么，媽媽當他是心肝寶貝般疼愛。他還有一個在台北讀大學的哥哥，和一個當空姐的姐姐。

　　「寫情詩怎麼這麼難呀！」莊瀟撓了撓自己的腦袋，眉頭深鎖地抱怨著。

　　莊瀟已經坐在這裡將近一個小時了，但還是寫不出令他滿意的情詩。他傳簡訊給他所有的同學，要他們把他們認為最好的情詩提供給他。最近他喜歡上一個女生。那是在一次偶然的機會，他心血來潮搭乘了另一條路線的公車回家。這條路線的公車，雖然多繞了一些路，多花了一點時間。但他卻在這班公車上，看見了那位讓他無法移開視線的女生。

　　想起公車上看到的那個女生，莊瀟的心就跳躍起來。他從來沒有看過那麼超凡脫俗的女生；她清新潔白如纖塵不染的蓮花，高貴優雅如空谷中的幽蘭。尤其是她那雙燦爛如星的眼睛，更是美得不可方物。現在莊瀟每天都搭這條路線的公車回家，為了就是要看她。

　　他問過五個和他關係比較好的同學，向自己心儀的女生最好的表白方式是什麼？有人說送花再夾一張小卡片；有人說寫情書；有人說當面直接向她表白；也有人說寫情詩。主張寫情詩的有兩個

人，他們說寫情詩比較浪漫。女生通常都比較喜歡浪漫，所以寫情詩是最好的表白方式。他採取寫情詩的表白方式，因為是多數決，但他沒有想到寫情詩竟然這麼難。

手機的簡訊聲響起，莊瀟拿起手機一看，是李嘉思傳來的英文情詩外加中文翻譯。情詩的內容很簡短：

"I love three things in the world.
Sun, Moon and You.
Sun for morning, Moon for night,
and You for forever."
浮世三千，吾愛有三
日，月與卿
日為朝，月為暮
卿為朝朝暮暮

莊瀟將這首英文情詩和中文翻譯讀了一遍又一遍。「英文情詩的內容不錯，中文翻譯也很有意境。這麼簡短就能把愛完全表達出來，我寫了一個小時卻沒有辦法寫出像這樣的詩；寫情詩看似簡單寫起來還真難。」

莊瀟從椅子上站起來，在房間裡來回踱步。「聽說吟詩要搖頭晃腦，把頭搖一搖晃一晃，搞不好可以把絕美的情詩給搖晃出來。」莊瀟開始搖頭晃腦，在房間裡走來走去。他走到窗前，停下腳步看向窗外。窗外冬娘難忍離別之苦，眼淚依舊嘩啦啦地流下來。

「有一位法國詩人說，最美麗的詩歌也是最絕望的詩歌。有些不朽的篇章是純粹的眼淚，也因絕望而具魅力。所以不識愁滋味的少年，為賦新詞要強說愁。我看我必須讓自己愁思滿懷，才有可能寫出感人肺腑的情詩。」莊瀟看著窗外不斷滴落的淚水，集中精神嘗試感受冬娘的悲傷。

「最近的天氣乍暖還寒，已經是初春了，冬天卻好像還捨不得離開；頻頻回眸做最後的凝望又不禁傷心落淚。情若是深，離別便是苦。苦的感受使人傷心落淚，但極苦的感覺又讓人欲哭無淚，流不出眼淚來。所以絕望的感覺就是痛苦得流不出淚來，這種感覺發

洩在詩歌上就成了美麗的詩歌。絕望對我來說太過了，我難過的感受必須拿捏得恰到好處；不能到絕望的程度以免得了憂鬱症，但也不能太少以致無法寫出感人的情詩。」

　　莊瀟讓自己的心沉浸在冬娘離別的苦裡，他的眼眶微微的濕潤，卻不足以讓淚水滴落下來；他有些洩氣坐回書桌前的椅子上。「暴君尼祿殘酷殺人後，還能擠出兩滴眼淚存到小瓶子裡。我還不如尼祿，連一滴眼淚都擠不出來。」他越想心裡越悶，漸漸地整個心都鬱悶了起來。

　　「當雨天的時候，我渴望看到陽光；當憂愁的時候，我渴想快樂；當寒冬的時候，我盼望春天。當雨天、憂愁、寒冬的時候，她就是陽光、快樂、春天，我就以這些為基礎創作我的情詩。」莊瀟突然起了靈感，立刻振筆疾書自由揮灑出一首情詩。他拿起情詩讀了又讀看了又看，覺得十分滿意。

　　他從書桌的抽屜裡拿出信封，將寫好的情詩放進信封裡封了起來，在信封上寫下慧恩的姓名。「我只知道她的名字叫朱慧恩，是高雄女中三年級的學生，但我不知道她家的地址。沒有地址，再厲害的郵差，也沒有辦法把這封情詩送到她的手上。」

　　莊瀟從椅子上站起身子在房間裡繞圈子，思考該如何把信送給慧恩？「看來我只能跟著她下車，看她住哪裡再將信封丟進她家的信箱。」

　　莊瀟舉目望向窗外，雨好像停了。他走近窗戶再看，雨果然是停了。「哈！情書寫好了雨也停了。冬天最終還是要離開，春天也不會停止她的腳步。我喜歡春天，春天是戀愛的季節。我現在就在春天裡，在戀戀春風裡！Yahoo！」莊瀟歡呼起來。

　　公車到了高雄女中站。莊瀟坐在公車上，看著幾位高雄女中的學生走上公車，慧恩和她的同班同學林海若也上了公車。

　　「往裡面走！不要擠在門口！」司機喊叫著。

　　慧恩和林海若走到車子的中間，在莊瀟的面前停住了腳步。莊瀟坐在椅子上，目不轉睛地看著站在他面前的慧恩。慧恩肩上背著看

起來相當沉重的綠色書包，他很想幫她拿書包減輕她肩膀的負擔。但慧恩好像沒有感覺到他的存在，和站在她旁邊的林海若講起話來。

「朱慧恩，我聽蔡佳純說，最近好像有兩個雄中的男生在打聽妳。」林海若說。

「雄中的男生？我沒有遇見過雄中的男生，他們怎麼會知道我呢？」慧恩好奇地問。

「我聽蔡佳純說，他們是在公車上看到妳，知道妳是高雄女中三年級的學生。」林海若回答說。

「他們怎麼會知道我是三年級的學生呢？」慧恩問。

慧恩和林海若繼續聊著天。莊瀟的一雙眼睛依舊盯著慧恩看，他心裡暗自嘀咕：「妳穿著高雄女中的制服，又有一雙絕無僅有明亮的眼睛。向高雄女中的學生稍微打聽一下，就可以知道妳的姓名和年級。何況妳跟妳的同學聊天的時候，妳的同學已經把妳的姓名說出來了。」

快到慧恩下車的公車站，慧恩和林海若向公車車門移動。莊瀟從座位上站起來走到慧恩的旁邊，慧恩拉著拉環站著，沒有注意到站在她旁邊的莊瀟。莊瀟站在慧恩的旁邊，眼睛依然沒有離開慧恩。

「朱慧恩現在離我這麼近，只要司機緊急煞車，朱慧恩必定會靠向我的身體。」莊瀟沉吟不語，真希望司機現在馬上來個緊急煞車。可惜司機太專心開車了，並沒有讓緊急煞車的情況發生，就已經到了慧恩要下車的公車站。

慧恩和林海若下了公車，莊瀟也跟著走下公車。慧恩在公車站與林海若揮手道別，然後轉進一條寧靜的街道。街道的兩旁，都是獨立式的兩層樓花園洋房。慧恩悠然自得緩慢地沿著街道走，莊瀟隔著一個房子的距離走在她的後面。慧恩走到家門口，從書包裡拿出鑰匙打開門，走了進去又關上門。

莊瀟走到慧恩家的門口停住腳步，從書包裡拿出了裝有情詩的信封。他向四周張望見四下無人，便將信封丟進慧恩家的信箱裡。莊瀟在慧恩家門口留戀地停留了片刻，正準備轉身離開，他驀然想起信封裡面的信紙，除了一首情詩外，其他什麼都沒有。他忘了附

上他的姓名，以及其他有關他的資訊。

　　「信封裡的信紙只有一首情詩，其他什麼都沒有。朱慧恩怎麼會知道是我寫的呢？」莊瀟試著將手伸入信箱，但信箱口太小了，他連手掌都伸不進去。莊瀟嘆了一口氣，自言自語地說：「花了那麼多時間全都白費了！」

　　莊瀟垂下肩膀沮喪地沿著街道往回走。有一位男生走過莊瀟的身邊，莊瀟好奇地轉頭看那個男生的去處。男生走到慧恩家，四處張望後將一件像信的東西投入信箱。然後走到對面的房子看向慧恩家，似乎想一窺慧恩家的內部。

　　「我的情敵可真多！」莊瀟轉回頭繼續沿著街道走去。

　　旋律優美的鋼琴聲在空氣中迴旋盪漾；時而氣勢磅礴如巨浪拍岸；時而輕柔溫潤如潺潺溪流。愛華將車子緩緩開入車庫，打開車門走了出來。他的手隨著鋼琴聲揮舞跳動，腳步輕快地走到信箱前，打開信箱拿出裡面的信件。他翻了一下信件，有幾封是慧恩的信。他有些納悶，慧恩明明都待在家裡很少出門，怎麼經常有男生寄信給她？有時候還有男生在鐵門外面站崗。他常常對於要不要把信打開來看猶豫不決。打開來看怕對慧恩不尊重；不打開來看又怕信件有不堪入目的字眼。最後他總是選擇尊重慧恩的決定，把信都交給她，由她自己選擇要不要看。愛華把慧恩的信抽出來，拿在手上走進屋內。

　　「恩恩，妳的鋼琴彈得真棒，連媽媽都比不上妳了。」愛華一邊走向慧恩一邊說。

　　慧恩聽到愛華的聲音，立刻停止彈鋼琴的手，站起身子走向愛華，在愛華的臉頰上親了一下。愛華把慧恩的信遞給慧恩說：「恩恩長大了，有這麼多男生寫信給妳，妳不能再像這樣親爸爸了。」

　　慧恩拿起信件前後看了一下，她實在有些好奇這些信到底會寫些什麼？但她怕自己的情緒會受到信件內容的影響，所以決定全部都不看，直接丟進垃圾桶裡。「爸爸，我真的不能再親你了嗎？」慧恩問。

愛華摸摸慧恩的頭，笑了笑沒有回答。他真希望慧恩能親他一輩子，但她已經快18歲了，再這樣親他適當嗎？他有些猶豫。

　　莊瀟和同班同學李嘉思，在籃球場上一邊打籃球一邊聊天。李嘉思是莊瀟小學、初中、高中同學，也是莊瀟最好的朋友。他長得白白淨淨，中等身材，戴一副黑色金絲框眼鏡。他聰明、有智慧、善謀略，同學們私底下都暱稱他為「軍師」。

　　「什麼？你說你花了一、兩個小時寫的情詩，沒有寫上你的名字就直接丟進她家的信箱？」李嘉思錯愕地問。

　　「嗯！」莊瀟回應了一聲，隨即停止打籃球在球場外的地上坐了下來。

　　「那你不是白搭了嗎？」李嘉思說著，走過去坐到莊瀟的旁邊。

　　「我看，寫情詩給她不是一種好的表白方式。她根本不知道我這個人的存在，即使有寫上名字她也不知道寫的人是我。」莊瀟無奈地說。

　　「說的也是，我看你還是換另一種表白方式，至少要讓她知道表白的人是你呀！」李嘉思贊同地說。

　　莊瀟偏過頭面對李嘉思，一臉正經地問：「你看，我是不是高射炮？」

　　李嘉思搞不清楚狀況，反問莊瀟說：「什麼是高射炮？」

　　「我聽人家說，學弟追求學姐是高射炮。我在想朱慧恩讀的是高雄女中，是我們高雄第一志願的高中。而我讀的是左營高中，總是比她差了些。如果我跟她在一起，我就是高攀，她就是低就。所以我問你我是不是高射炮？」莊瀟一臉茫然說。

　　李嘉思歪著頭想了一會兒，說：「如果按照你的說法，你的確是高射炮，但事情不是這樣看的。你現在讀的學校雖然比她差，但將來的成就未必比她差。我很看好你，依照你的聰明才智，我相信你將來一定會有非凡的成就。如果從這點來看的話，朱慧恩有可能才是高射炮。」

莊瀟伸手摟了一下李嘉思的肩膀，笑著說：「你真是我的好兄弟，總是激勵鼓舞我。希望你真的是伯樂，而我真的是千里馬。」

　　「現在你有什麼打算？要放棄還是繼續努力？」李嘉思問。

　　「我是不想放棄！事情都還沒開始就放棄，這不是我的作風，但我也必須做最壞的打算。追求朱慧恩的人這麼多，不管我將來怎麼樣，我現在的確是不如她；我也沒有把握她會願意低就。」莊瀟聳聳肩說。

　　「試總比不試好！不管結果如何至少是試過了，將來就不會有遺憾。話說回來，我跟你從小學開始就是同學，我從來沒有聽你說過喜歡哪個女生；朱慧恩是你第一個提起的女生。我對她很好奇，很想一窺她的廬山真面目，讓我看看她如何？」李嘉思說。

　　莊瀟伸出拳頭輕擊李嘉思的胳膊，說：「現在別想！我怕你一旦看到她也想追求她，這樣我們兩個好兄弟就反目成仇變為情敵了。」

　　「我們兄弟的情誼就那麼經不起考驗嗎？為了一個女生反目成仇？我告訴你那是不可能的事。朋友妻不可戲，我絕對不會追求你喜歡的人。不看就不看，等時機成熟了我自然看得到。」李嘉思笑著說。

　　「嘉思，你幫我想想有沒有更好的表白方式？可以讓朱慧恩知道我，而且也知道我的心意。」莊瀟認真地問。

　　李嘉思仔細思考片刻後，說：「我認為你當面向她表白是最好的方式，但結果我並不看好。」

　　莊瀟不懂，為什麼李嘉思明明不看好結果卻要他當面表白？他不悅地問：「這是什麼意思？難道你是故意要我當面出醜嗎？」

　　李嘉思心平氣和地說：「別生氣！你想想看，朱慧恩有那麼多的追求者，她卻沒有跟任何一個人交往。你認為他們每一個人都比你差嗎？如果有比你優秀的人追求她，但她都沒有跟他交往。那表示她不是個隨便的人，絕對不會因為你突然的表白就和你交往。我建議你當面向她表白，是要讓她對你留下一個印象。將來有一天，你不再認為你是高射炮，而她還是自由之身，那你就有機會了。」

　　莊瀟想起慧恩和林海若在公車上的對話；追求慧恩的人中，據他所知，起碼有兩個人是高雄中學的學生。高雄中學是高雄最好的

男子高中，不管他們的長像如何，至少學校比他好。慧恩既然沒有跟這些人交往，自然不會因為他突然的表白就跟他交往。但當面表白讓朱慧恩知道他的存在也不錯，他露出笑容說：「同學們都說你足智多謀，是我們班上的軍師，果然是名不虛傳。佩服！佩服！好吧，我就當面向朱慧恩表白，然後等著她拒絕我。不過，那天的太陽也許是從西邊出來，跌破一群人的眼鏡也說不定。」

「我們就期待，那天的太陽碰巧從西邊升起，驚天動地震碎一群人的眼鏡。」李嘉思幽默地著說。

公車到了公車停靠站，慧恩和林海若走下公車，莊瀟也跟著走下公車。慧恩和林海若還沒有說完話，所以站在公車站繼續說話。莊瀟站在慧恩的後面，對著正在聽林海若講話的慧恩說：「我可以跟妳做朋友嗎？」

慧恩聽到聲音轉過頭一看，是一位穿著左營高中制服的男生。她一時沒有反應過來，不了解他話中的含義，愣愣地看著他。莊瀟帶著期待的眼神，溫柔地注視著慧恩。慧恩回過神來，臉頰立刻泛起紅暈，她低下頭不勝羞澀地回答說：「以後再說吧！」

莊瀟雖然早已經有被慧恩拒絕的準備，但多少還是存有一絲希望。他聽慧恩這麼說，頓時像是洩了氣的皮球。原本閃爍著希望光芒的眼神暗淡了，掛在臉上的微笑僵住了，接著整個臉垮了下來。莊瀟的失望全寫在臉上，他的眼睛無助地凝視著慧恩。「唉！太陽還是沒有打從西邊出來，每個人的眼鏡都還完好無缺。」莊瀟沉吟不語，禮貌地點點頭後轉身離開。

慧恩看著莊瀟微駝著背無精打采的背影，心裡有些許悵然。她可以感應到莊瀟的沮喪與難過，她對於拒絕和莊瀟成為朋友的做法是否正確產生疑問。「我是不是傷害了他的感情？我這樣拒絕他是對的嗎？」慧恩困惑地想著。

林海若伸手搭在慧恩的肩膀上，笑著說：「又是個追求者，不過這個追求者還真大膽，不管有沒有人在場都敢向妳表白。」

慧恩無奈地聳聳肩，與林海若揮手道別後轉入街道，充滿疑惑地沿著街道走回家。

　　那天晚上吃完晚餐後，慧恩來到愛華的書房。書房的門是敞開的，慧恩在門上輕輕敲了兩下便走了進去。愛華正坐在他的黑色皮椅上，翹著二郎腿喝茶看書。他看慧恩從門口向他走來，立刻放下手上的書，揮手招呼慧恩坐到她平常坐的紅色皮椅上。愛華啜了一口熱茶，親切而溫柔地問慧恩說：「恩恩，妳怎麼來了？找書看嗎？我最近買了幾本新書……」

　　「爸爸，我可以跟你聊聊嗎？」慧恩一隻手托著臉頰，微蹙眉頭說。

　　愛華注意到慧恩和往常有些不同，似乎有什麼事情困擾著她。他語帶詼諧地說：「別人不可以，但妳隨時都可以。」

　　慧恩一副無精打采的樣子，懶洋洋地說：「爸爸，今天有一位左營高中的男生說要跟我做朋友。」

　　愛華身體往前靠著書桌，雙手放在書桌上，一副慎重其事的樣子。他問慧恩說：「那妳怎麼說？」

　　「我告訴他以後再說！我怕我已經傷了他的心，他是真的很喜歡我。」慧恩說著，把頭埋在兩手之間。像是個做錯事的孩子，試著將自己隱藏起來。

　　「妳怎麼知道妳傷了他的心？還有，妳怎麼能確定他真的喜歡妳呢？」愛華注視著慧恩，好奇地問。

　　「爸爸你說過，上帝造人，祂所造的每個人都不一樣，都是獨特的。上帝也賜給人不同的能力，讓人能成就祂的目的。上帝賜給我一種能力，就是所謂的感應能力；我可以感應到別人的感受。我只要注視一個人數秒鐘，我就可以感應到他的感受。當那個男生問我可不可以跟他做朋友的時候，我轉過頭看了他數秒鐘。我可以感應到他的心是真摯的。當他轉身離開的時候，我注視他的背影數秒鐘，我就感應到他內心的沮喪與難過。」

　　慧恩凝視著愛華，她感應到愛華內心的疑惑。她繼續說：「小

時候，我就想把我有這種感應能力的事告訴你和媽媽，但我不知道怎麼說。後來它變成我的秘密，好像也就沒有說的必要了。今天若不是你問起，我可能會把這個秘密一直放在我的心裡。」

愛華回想過去，的確有很多事情都指向慧恩確實有感應人心的能力。愛華的目光和慧恩的目光相接觸，有一股無形的壓力悄悄地逼近他。他刻意忽視它，若無其事地問：「妳是說妳只要注視一個人數秒鐘，妳就可以感應到那個人的感受？」

「嗯！我只要專心地注視一個人數秒鐘，我就可以感應他的心。所以我不喜歡出門，因為有很多不快樂的心。」慧恩撇撇嘴，無奈地說。

愛華知道慧恩有一雙異常明亮的眼睛非常迷人，卻不知道這樣的一雙眼睛竟然能感應人心，而且也因為這樣讓慧恩不喜歡出門。愛華靜默不語陷入沉思。

慧恩的困惑未解，她有些過意不去，擔心那個男生會因她的拒絕而自卑。所以把話題從她的感應能力，轉回她來找愛華聊天的問題上。「爸爸，那個男生讀的是左營高中，而我讀的卻是高雄女中。他一定會以為我看不起他，所以才拒絕跟他做朋友。」慧恩憂鬱地說。

愛華從慧恩感應能力的問題中回過神來。這是慧恩第一次問他有關男生的問題，做為一個父親他必須謹慎地處理這個問題。他問慧恩說：「那妳為什麼不跟他做朋友呢？」

慧恩身體向後靠著椅背，不經意地說：「因為我的同學林海若在現場，而且很突然我沒有反應過來。」

「那妳喜歡他嗎？」愛華語調平和地問。

「談不上喜歡，但我不喜歡看他那麼難過，也不喜歡他以為我很傲看不起他。」慧恩仰頭看著天花板，若有所思地回答。

「恩恩，世界上的男生那麼多，各懷心思各有優劣，即使只是做朋友都必須謹慎選擇。妳不可能因為擔心喜歡妳的男生們難過，而和所有喜歡妳的男生交往，這樣就太沒智慧了；妳必須有所選擇。今天這位男生，我相信他是真的喜歡妳。妳拒絕他，我相信他

一定會難過，但時間一定不會太長。何況妳根本不認識他，和一個完全不認識只有一面之緣的男生交朋友，我認為是一種冒險。我這個做爸爸的，不贊成妳交這樣的朋友。」愛華嚴正地說。

「哦！這麼說我並沒有做錯囉？」慧恩睜大眼睛問。

「對，妳沒有做錯！」愛華斬釘截鐵地說。

經愛華這麼一說，慧恩原先的擔憂一掃而空，整個人頓時輕鬆不少。凝重與不安的感覺已全然銷聲匿跡不復存在，她又快樂起來了。

愛華想到慧恩已經快18歲了，早晚會談戀愛。他覺得有必要提醒她一些事情，於是說：「人生是一連串的選擇，妳有選擇的自由，卻沒有逃避其後果的自由。妳一旦做了選擇，就必須承擔選擇所產生的後果。在妳的生活中，很多情況的發生不是妳可以控制的，但妳可以控制妳的選擇。妳可以選擇如何去回應，讓它成為痛苦，還是成為前進的動力。人可以傷害妳卻不能毀滅妳，只有妳的選擇可以毀滅妳。要有美好的未來必須先有正確的選擇，只有正確的價值觀，才能幫助妳做出正確的選擇。妳能告訴我妳的價值觀是什麼嗎？」

「我的價值觀是愛上帝、愛人如己、溫柔、良善、和平、喜樂、信實、恩慈、堅忍、簡單樸實、有愛心的誠實，這些是我的處事原則。符合我的價值觀的事我就做，任何違反我的價值觀的事我就不做。」慧恩回答說。

「很好！但是我希望妳能把『貞節』加入妳的價值觀裡，絕對不能有婚前的性行為。」愛華說。

「好！我把『貞節』也加入我的價值觀裡，任何違反我的價值觀的事物，都不能成為我的選擇。」慧恩點頭同意地說。

自從慧恩告訴愛華，她有感應人心的能力後，愛華就不斷地在思考這件事情。他猶豫著，要不要把這件事情告訴蘭心？他擔心蘭心在慧恩的面前會不自在，會以為自己好像是個透明人；所有的感覺，在慧恩的眼前無所遁形，全部顯露無遺。就像愛華自己剛知道慧恩有感應能力時，內心所產生的不自然感覺一樣。

　　愛華和蘭心在慧恩將她的特殊感應能力告訴愛華之前，就察覺到慧恩對事物似乎有一種說不出來的敏銳感。她好像能知道別人沒有說出來的心裡感受，但愛華和蘭心不能確切地知道，為什麼慧恩會如此的敏銳？為什麼她能知道別人沒有說出口的感覺？愛華和蘭心都曾嘗試問慧恩，但慧恩也說不出個所以然來。現在愛華終於明白了，原來那是因為慧恩有感應人心的特殊能力。長久以來的疑問有了解答，但愛華卻沒有因此覺得輕鬆反而更加沉重。

　　愛華想起慧恩對他說的話：「所以我不喜歡出去，因為很多人的心不快樂。」慧恩雖然可以感應到別人的感受，但別人的愁緒也同時影響到她。他真的不知道慧恩這麼可憐，從小就承受別人的痛苦感受。難怪她會經常爬上書桌，一個人獨自看星星。但從這一點也可以看得出來，慧恩是個非常善良的女孩。她一定是充滿憐憫心，所以才會受到別人不愉快的心的影響。

　　「恩恩是我的女兒、我的愛、我的至寶！我心裏的感受，即使被她看透了又有何妨。只要我行得正，就不怕恩恩的感應能力對我一覽無遺。何況她知道我心裡的感受，表示她知道我什麼時候高興，什麼時候生氣。難怪她那麼貼心，總是在我心情不愉快的時候，守在我身旁靜靜地陪伴我。」愛華從正面的方向思考這件事，突然覺得如釋重負，沉重感瞬間銷聲匿跡，取而代之的是無比的安慰。

　　「現在最重要的是，怎樣幫助恩恩有效地控制她的感應能力，讓恩恩不會再受到別人不快樂的心的影響。」愛華想，如果慧恩不要那麼善良，或者是冷酷點、無情點，也許她就不會受到別人愁緒的影響。但為了避免受到別人的影響而不要善良，好像也說不過去。

　　「會不會是恩恩太年輕經歷太少了？如果讓她到外面多感應一些不快樂的心，或許她對不快樂的心的感覺就麻木了，就能以平常心看待不快樂的心。但這有點以毒攻毒的味道，會不會毒還沒有解就毒發沒命了？這有點冒險還是謹慎的好。」愛華絞盡腦汁，不斷地尋找解決慧恩問題的方法。

　　「或者帶恩恩去看心理醫生。」但這個想法馬上就被愛華否決了。「絕對不行！這種事還是愈少人知道愈好。何況心理醫生也未必能解決恩恩的問題，反而會留下記錄，不是明智之舉。」愛華覺

得自己現在是一個頭兩個大，怎麼想也想不出好法子來幫助慧恩。他想要的好方法是面面俱到毫無風險，不會讓慧恩受到任何傷害，又可以解決她的問題的方法。他已經謹慎地分析過他想到的所有方法，結果沒有一個方法是符合他的條件；他實在無計可施了。他想或許應該把這件事告訴蘭心，畢竟蘭心是慧恩的媽。兩個人共同分擔，總比他一個人獨自煩惱的好。至於他先前所擔心，蘭心在慧恩面前會不會覺得像透明人的問題；愛華認為他都能克服了，相信蘭心也應該能克服。愛華決定把慧恩有特殊感應能力的事，一五一十地告訴蘭心。

　　愛華把慧恩有特殊感應能力的事告訴蘭心。「那就難怪她會不喜歡出門，原來她感應到那麼多不快樂的心。」蘭心憐憫地說。

　　「所以我才來找妳商量，看妳能不能想出個好辦法？讓我們恩恩，不要再受她感應到的不快樂的心的影響。」愛華說。

　　「這種與生俱來的能力哪能用什麼方法阻止，最多只能告訴恩恩不要注視人。如果不小心感應到別人不快樂的心，叫她不要當作一回事就好了。」蘭心微蹙眉頭說。

　　「說的容易做的難。如果能像妳說的這麼容易，叫恩恩不要當一回事，她就不當一回事，我們恩恩能被困擾這麼久嗎？」愛華有些不高興，悻悻然地說。

　　「那你說怎麼辦？不然我們找個心理醫生幫恩恩開導開導。」蘭心聳聳肩無奈地說。

　　「我也想過找心理醫生，但我認為這種事越少人知道越好。而且心理醫生也未必有用，還可能留下記錄，對恩恩反而不好。」愛華回答說。

　　當愛華和蘭心都覺得無計可施準備放棄的時候，有個念頭忽然出現在蘭心的腦海裡。蘭心略顯興奮愉快地說：「說到心理醫生，我倒有個想法。」

　　「妳有什麼想法？」愛華不抱希望，語調平淡地問。

　　「我們恩恩的眼睛那麼漂亮而且又特別明亮，把她白淨的臉襯

得更加美麗動人。你看，我們收到多少男生寄給恩恩的信，連我們家門口不時都有男生徘徊。我一直擔心怕她會遇到不好的男生，對她的將來帶來不好的影響。」蘭心說。

「這和解決我們恩恩現在的問題有什麼關係嗎？」愛華問。

「我的意思是說，真正愛她的好男生，不會只愛她漂亮的臉蛋，他會看到她的內在，愛她這個整體。所以我們何不利用這個機會，讓我們恩恩戴上一副不太適合她臉型的眼鏡，遮住她明亮漂亮的眼睛。讓她用她的內在美來吸引人，而不是美麗的容貌。」蘭心說。

「我還是不懂，這樣能解決恩恩現在的問題嗎？」愛華問。

「你有沒有讀過曾參殺人的故事？」蘭心問。

「曾經讀過！孔子的學生曾參，他是個非常孝順的人！有一天，有人跑去對曾參的母親說：『曾參殺人了！』曾參的母親說：『不可能的！我們曾參他不會殺人的！』過了不久，又有人跑去對曾參的母親說：『曾參殺人了！』曾參的母親還是說：『不可能的！我們曾參他不會殺人的！』可是，當第三個人跑來對曾參的母親說：『曾參殺人了！已經被官兵抓起來了！』曾參的母親開始相信曾參殺了人。」愛華一邊說故事，一邊思考這故事對慧恩能有什麼幫助。

「對！我們可以向這個故事取經。我們告訴恩恩，我們討論的結果發現，她的特殊感應能力可能和她眼睛的光芒有關。如果用眼鏡遮住眼睛的光芒，那麼戴上眼鏡的眼睛，雖然還是可以正常看東西，但已經不能再感應別人的心了。然後，我們叫她戴上我們準備的眼鏡，再叫她感應我們的心。每次她說出我們心裏的感受，我們就說她說錯了。這樣久而久之，她就會相信只要戴眼鏡就不能感應別人的心了。即使她感應到別人不快樂的心，她也會認為是自己胡思亂想。只要她不在意，她就不會因憐憫而對別人不快樂的心感到難過了。」蘭心的眼睛盯著愛華看，期盼他能認可她想出來的這個方法。

愛華費盡心思也想不出更好的方法，只好勉強同意說：「看來也沒有其他更好的辦法，就只能試試看這個方法了。但願這個方法能幫助恩恩，我們明天就去買眼鏡吧！」

愛華和蘭心按著先前的計劃，試著說服慧恩戴上眼鏡。令愛華和蘭心詫異的是，慧恩非常容易就被說服了，而且很樂意地戴上眼鏡。慧恩之所以那麼容易被愛華和蘭心說服，除了她本身個性溫和與人無爭外，最重要的是她對愛華和蘭心的信任。她認為他們所說的話都是正確的，所做的事都是為她好。她從來不懷疑，他們做事是不是有其他的動機？他們說的話是不是實話？會不會害她？即使他們說的話不是實話，她也相信那一定是善意的謊言。因為要「用愛心說誠實話」，可見誠實話有時會有很大的殺傷力。她曾聽愛華說過：「有時候，誠實話讓說的人得到解脫，卻讓聽的人跌入地獄！」所以一定要用愛心去考量如何說才適當，而愛華和蘭心就是能用愛心說誠實話的人。

　　「這副眼鏡的鏡框好像太大了，能不能換一副鏡框小一點的眼鏡？」慧恩照著鏡子抱怨地說。

　　蘭心看著戴眼鏡的慧恩，滿意地說：「恩恩，爸爸和媽媽讓妳戴這副不適合妳臉型的眼鏡，還有一個目的就是讓妳用妳的內在美來吸引人，而不是妳美麗的容貌。美麗的容貌不能持續永恆，唯有漂亮的心才能讓妳永遠漂亮。如果一個男生愛妳的內在美，那他就會愛妳一輩子，妳才能得到真正的幸福。」

　　愛華看慧恩似乎並不滿意這副，讓她看起又奇怪又土的眼鏡，他安慰她說：「恩恩，別擔心！妳戴這副不太適合妳的眼鏡，雖然不是那麼好看，但比起妳原本的容貌還有五成美。」

　　「恩恩，妳應該感應不到我們的心了吧？」蘭心故意轉移有關眼鏡美醜的問題，進入另一個她和愛華想達到的目。她以肯定的「妳應該感應不到」代替「妳能不能感應到」來暗示慧恩，她所戴的眼鏡的確擋住了她眼睛的光芒，而她眼睛的光芒正是她能感應人心的原因。

　　慧恩戴著眼鏡看了看蘭心，又轉過去看了看愛華。她受了蘭心的暗示，真的覺得戴上眼鏡的自己，已經不能再感應到他們的心了。「好像真的不能感應了！我可以控制我的感應能力了！太棒了！」慧恩高興得手舞足蹈。

　　「我能不能上大學以後再戴眼鏡？現在突然戴，同學和老師都

會覺得很奇怪。」慧恩以懇求的口吻問。

愛華看慧恩戴眼鏡的滑稽樣，覺得很有趣。他雖然希望眼鏡能阻止慧恩的爛桃花，卻也不希望眼鏡影響到她遇到好對象的機會。如何正確的拿捏他也說不上來，於是把眼鏡要戴多久的決定權交給慧恩，讓她隨著情況自己做決定。

「也對！現在妳可以戴，也可以不要戴，隨妳高興！恩恩，雖然我們希望妳戴上這副眼鏡，但選擇權還是在妳。妳一旦選擇戴這副眼鏡，妳就必須有心理準備承擔後果。上大學後妳先戴一段時間，如果戴這副眼鏡的後果讓妳無法忍受，或是妳覺得沒必要戴了，妳可以選擇不戴。這副眼鏡就算是我送給妳上大學的禮物吧！」

「那我能不能在遇到我喜歡的男生時，偷偷地摘下眼鏡，看看他的心是不是也喜歡我？」慧恩俏皮地問。

「人的心是會變的！這一刻妳看的時候，他是喜歡妳的。也許下一刻妳再看的時候，他已經改變了。用心吧！用心去感受他是不是喜歡妳。」愛華笑著說。

之後，慧恩又戴眼鏡對蘭心和愛華試看了幾次，結果都被他們以看錯了打回票；她完全相信戴眼鏡的確能使她失去感應人心的能力。

「我終於可以控制我的感應能力了！」慧恩高興地想著。她覺得她快樂得要飛起來了。

第八章 初遇任翔

　　蔚藍的天空白雲朵朵，時而相聚時而離散。聚也依依，散也依依，像情人又像家人。愛華和蘭心把慧恩上大學所需要的衣服、物品、文具，搬到慧恩的宿舍寢室後，帶著慧恩來到法學院。法學院藍色的教室大樓矗立在藍天之下，顯得清新淡雅悅人雙目。藍色教室大樓的旁邊是一片翠綠的草坪，陽光照射下的草坪，油油亮亮的宛若水光瀲灩的綠海。草坪內，有零星分佈如優雅的仕女，撐著小陽傘站立的矮樹。草坪外，有宛若綠色小矮牆的灌木叢圍繞著。灌木叢外面有一條步道，步道的另一邊種著一排蒼翠的樹。還有一張石椅子，悠閒地放置在靠灌木叢的一邊。

　　今天是中秋節學校放假，法學院教室大樓裡空無一人。愛華和蘭心帶著慧恩逛了法學院教室大樓後，又在如森林公園般的校園裡散步。校園裡隨處可見的樹木、灌木叢、花圃，枝葉繁盛，高低疏密，錯落有致。風一吹迎面飄來陣陣芬芳宜人的清香；像是桂花香，又像是灌木叢上的小花朵散發出來的香味。慧恩深深地吸了一口校園裡新鮮的空氣，整個人瞬間覺得神清氣爽、心曠神怡。她發聲讚美說：「這所校園像是座公園，真是花木扶疏風送香，綠草如茵塵落壤。」

　　「這所學校的確是漂亮！走進學校就好像走進世外桃源一樣。」愛華笑著說。

　　「你把這裡說成是人間仙境，感覺有點老王賣瓜，自賣自誇。自己的女兒讀這所學校，就說這所學校漂亮。」蘭心對愛華說。

　　「那當然！只要是我們恩恩上的學校，那所學校一定是最美麗的學校。」愛華說著，牽起慧恩的手，走向女生宿舍西樓。

到了慧恩的寢室，愛華從外套口袋裏，拿出了一個紅色絨毛盒，遞給慧恩說：「這裡面是一條純金的十字架項鍊。妳小學一年級的時候，我曾經送妳一條純銀的十字架項鍊。妳把那條項鍊送給了一位貧窮的小男孩，我覺得適得其所。現在我把這條純金的十字架項鍊送給妳，是要時時提醒妳什麼是最重要的價值。妳將來如果遇到一位真心愛妳，品格操守都不錯的好男孩。妳決定和他終身廝守，就把這條純金的十字架項鍊送給他。若有哪個男孩戴上妳送給他的這條項鍊，我就知道他是我的女婿。但妳千萬要記住，不要隨便把這條項鍊戴在一個男孩的頸上。妳一定要用心體會謹慎選擇，清楚明白價值與價錢的不同。知道嗎？」

　　慧恩打開紅色絨毛盒，拿出裡面的純金十字架項鍊。十字架項鍊，在透進寢室的陽光照耀下，綻放出金黃色的光芒。慧恩把十字架金項鍊戴在自己的脖子上，拿起鏡子照了又照。她露出喜悅的笑容，發自內心地讚美說：「太美了！我實在捨不得把它送出去。所以我一定會非常謹慎，除非那個男生能大大地感動我，否則我寧可留著自己戴。爸爸你放心！這條項鍊絕對不會輕易戴在一個男生的頸上。」

　　愛華聽了欣慰地點點頭，說：「這樣，我就放心了！」在離開學校回家之前，愛華特別叮嚀慧恩說：「我們是基督徒，聖經上說：『在上有權柄的，人人當順服他。因為沒有權柄不是出於神的。凡掌權的都是 神所命的。所以抗拒掌權的，就是抗拒 神的命。』掌權者的對與錯自有 神處理，所以妳絕對不能參與任何對當權者的示威抗爭活動。我希望妳的生活過得簡單點，因為簡單就是幸福。要讓自己的生活簡單，就是遵守一切的規定，懂嗎？」

　　「爸爸，我知道了！你不要擔心！我不在家的時候，你和媽媽好好照顧自己的身體就好了。」慧恩撒嬌地說。

　　慧恩想到爸爸和媽媽，從今天開始就要過著沒有她在家陪伴的空巢期生活，心中很是不捨有些想哭。但她絕對不能在爸爸媽媽面前哭出來，否則爸爸媽媽回家後一定不會安心。所以她故作輕鬆，面帶笑容送爸爸媽媽，讓他們能放心回家。

慧恩住的是女生宿舍西樓，西樓是專供大學一年級新生住的宿舍。慧恩住的寢室是一間兩人房的寢室。寢室的設備很簡單：兩張桌子和兩張椅子，分別放在靠窗的兩面牆，兩張桌子上都有個小書架；另外還有兩個衣櫥分置在靠門的兩邊；床是上下兩層式的雙層床，慧恩睡的是上舖。

　　慧恩從書架上拿出一本她從家裡帶來的書，隨便地翻了一下，又將書本闔起來。她有些悶有些煩，也不知道自己在悶什麼？煩什麼？在家的時候，她會走到前院或二樓陽台上看花，對花說話解悶解煩。這裡雖然有比家裡更多的花和樹木，但感覺就是不一樣。家裡的花和樹木像是親人像是老友，這裡的花和樹木有些像偶遇的過客，沒有辦法交心。慧恩將椅子往後推站起身子，在寢室裡走來走去。

　　「今天是中秋節，晚上的月亮應該很美，我的星星應該也會出來。不如趁著宿舍還沒關門，到校園裡賞月看星星。心動不如馬上行動，現在就去看。」慧恩思量後，拿起一件薄外套走出寢室。

　　慧恩走出西樓大門。她對這個校園完全陌生，不知道應該走哪個方向？她站在西樓前面的路上東張西望。「我看，我就順著西樓門前這條路走，沒有路了就轉彎。校園就這麼一點大，我應該不會走迷路吧！何況我還沒有聽說過，有人在校園裡迷路回不了宿舍的。」

　　慧恩以初生之犢不畏虎的精神邁出步伐向前進。沿路上她所遇到的人，不管是男是女，都對她行注目禮。她聽到有人說：「哇！她的眼睛好漂亮！還會發光呢！」她有些害羞，她還沒有開始戴眼鏡，她打算明天早上才開始戴。她有些好奇，戴了那副醜眼鏡後，對她會產生怎樣的影響？

　　慧恩不想讓別人一直對她品頭論足，所以避開人多的地方走入步道，步道人煙稀少非常的安靜。「這裡才是可以賞月看星星的地方！」慧恩停止腳步抬頭仰望夜空，蒼茫的夜空中，那輪宛若金盤的月皎潔明亮，四周的光暈渲染而散，顯得格外清冷孤寂。從那輪明月飛落而下的清輝，籠罩著這幽靜的步道，隱隱約約可見婆娑的樹影。她有些害怕正想離開，一陣清涼的微風，挾帶著桂花芬芳的

香味，拂過她的臉龐。她忘記害怕左右張望尋找花香的來處，她遍尋不著不禁脫口而出：「真是吹到一片秋香，清輝了如雪。」

慧恩開始想家了，眼淚不聽話地奪眶而出，她需要有人聽她說話。她一邊走一邊抬頭望向蒼穹尋找她的星星，一顆特別明亮的星星，閃爍著璀璨奪目的光芒，彷彿含情脈脈的明眸，暗示著與她深厚的情誼。

「妳是我的星星嗎？」慧恩看著那顆明亮的星星問。

「我想念我的爸爸媽媽，但我不能讓他們知道。他們如果知道了一定會擔心，我必須獨立不能讓爸爸媽媽操心。明天就要開始我的大學生活了，我有些興奮，但更多的是害怕。我從來沒有獨自一個人生活過，我不知道自己能不能適應？我知道我的人生開始步向另一個新的階段，我也知道我即將面對新的挑戰；不管是課業上的，還是生活上的。而這些挑戰將要由我獨自去面對，沒有爸爸媽媽在旁邊像以前一樣幫我忙。」慧恩仰頭對著星星說。

那顆綻放著燦爛光芒的星星一閃一閃的，彷彿對慧恩眨著眼睛安慰她說：「不要害怕！妳可以勝過一切的挑戰！一切都會很好的！」

旋律優美的小提琴聲輕柔地盪漾在這清涼的夜裡，秦凱瑞在男生宿舍理一舍的寢室裡拉著小提琴。他的室友蔣若水靠著枕頭坐在下舖的床上，欣賞他拉的小提琴。秦凱瑞和蔣若水是法律系法學組的新生，他們兩個人也是高中同班同學。秦凱瑞和蔣若水都有著既高又瘦的健美身材。秦凱瑞有186公分高，蔣若水也有183公分高。兩個人都長得英俊瀟灑，風流倜儻。蔣若水的女朋友一個接著一個換，他從來沒有空窗期。秦凱瑞則從來沒有女朋友，他對女生的態度高傲冷漠近乎無情。若不是他有一本記事本證明他的多情，大家恐怕都會認為他是一個女生絕緣體。秦凱瑞停住他拉小提琴的手，問蔣若水說：「聽說你最近又交了一個新的女朋友？」

「你真是個消息靈通人士，才交往幾天你就知道了。」蔣若水笑著說。

「前面那個分手了嗎?」秦凱瑞看著他的小提琴,心不在焉地問。

蔣若水從床舖上站起來伸了伸懶腰,說:「同時進行中,但我想也快了。保鮮期已過,最多只能再吃幾天就要丟棄,這樣比較健康。」

秦凱瑞將他的小提琴收入琴盒內,轉過頭面對蔣若水說:「我對你交女朋友的事沒有興趣。我只是要告訴你,我們班上有個女生叫朱慧恩,你絕對不能碰她。」

蔣若水從來沒有聽過秦凱瑞說過類似的話,他好奇地問:「為什麼我不能碰朱慧恩?」

秦凱瑞轉回頭將他的琴盒放到書桌的一邊,若無其事地說:「她是我的小學同學,你不能碰她。」

蔣若水聽了有些納悶,不解地問:「是你所有的小學同學我都不能碰,還是只有朱慧恩我不能碰?」

秦凱瑞坐到書桌前的椅子上,拿起他的記事本用特別的一塊布擦拭。他看著記事本說:「小學的女同學我只記得朱慧恩。」

「所以你的小學同學只有朱慧恩我不能碰,其他都可以。朱慧恩是何方神聖?竟然會讓我們不近女色的大帥哥秦凱瑞,從小學記憶到現在。」蔣若水語帶詼諧地說,心裡卻對慧恩產生好奇。

秦凱瑞沒有回答,他將記事本翻到第一頁,上面寫著:「曾經滄海難為水,除卻巫山不是雲。」

蔣若水探頭過去看了一眼,問:「朱慧恩不會就是你那位情有獨鍾的女生吧?」

秦凱瑞若有所思並沒有回答。蔣若水更加好奇了,他挑起雙眉說:「明天我一定要好好地看看那個朱慧恩,看她是不是長得像天仙美女?竟然有能耐讓我們的秦帥對她念念不忘。」

慧恩沿著步道走著,發現已經接近宿舍關門的時間了。她趕緊轉身往回走,一路馬不停蹄地走到步道的盡頭,來到一個陌生的地方。她停住腳步向四周張望,不知道該往哪個方向走?她開始責怪自己,一路上只顧著看星星沒有注意到路。現在慘了,不知道該如

何走回去？「西樓快關門了，但我還找不到回西樓的路。如果我今天回不了西樓，明天一定會成為學校的大笑話。」她憂心地想著。

慧恩繼續在校園裡繞來繞去，就是不知道西樓在哪個方向？眼看已經接近西樓關門的時間了，她心裡更加著急了起來。越是著急就越找不到回西樓的路，她提醒自己：「我必須要冷靜，不能心慌，不能著急。」

慧恩又走了一段路，終於看到人了，她走向一個正向她迎面而來的女生，客氣地問那位女生說：「請問女生宿舍西樓往哪個方向走？」

女生聽慧恩問西樓的方向，知道慧恩是新生，便說：「妳還要再繞幾條路才能到西樓。我是法律系二年級的學生，我住校外。西樓快關門了，我帶妳回西樓。」

慧恩沒想到女生竟然是與她同系的學姐，而且還主動提出要帶她回西樓。她雀躍不已欣喜地對女生說：「謝謝妳！那就麻煩妳了！」說完，和女生一起走向西樓。

女生的名字叫鞏秋霞，是法律系法學組二年級的學生。她戴著一副金絲框眼鏡，長得端莊秀麗氣質優雅，衣服、裙子都燙得筆直，講起話來輕聲細語，對人十分體貼，是讓人有如沐春風感覺的女生。

「我叫朱慧恩，是法律系法學組一年級的新生。真沒想到第一個晚上就遇到學姊，而且還幫我忙帶我回西樓。如果沒有妳，我今天恐怕回不了西樓了。」慧恩感激地說。

鞏秋霞被慧恩芳澤無加，鉛華弗御的絕美素顏所吸引，打從心底喜歡慧恩。她面帶微笑親切地說：「應該不會回不了西樓，但有可能進不了西樓，必須在西樓外面守夜。西樓是有門禁的，晚上十點關門，十點半再開一次門。過了十點半就進不去了，必須等到隔天早上西樓重新開門才能進去。」

慧恩感覺和這位學姊特別投緣，所以有別於她平時不喜歡與陌生人聊天的個性，和鞏秋霞邊走邊聊天聊了一段時間。當慧恩和鞏秋霞到達西樓時，西樓已經關門了。鞏秋霞陪著慧恩在西樓外面等候，直等到十點半西樓重新開門了，她目送慧恩進入西樓後才轉身離開。

清晨，旭日在朝霞簇擁下亮麗登場，大地籠罩在一片和煦的陽光下。任翔和小偉悠閒地漫步在如詩如畫景色優美的校園裡。任翔，28歲，是中國大陸當紅的男演員。小偉，27歲，是任翔的助理。戴著黑框眼鏡的任翔，長得高瘦挺拔氣宇軒昂，眉宇間有股剛毅的英氣，五官精緻俊美。他為人謙恭有禮令人折服；說話的聲音柔和、宛若荒漠中的甘泉沁人心脾；看人的眼神十分的溫柔，足以攝人心魄；他是個不折不扣溫潤如玉的謙謙君子。任翔的助理小偉，長得眉清目秀，文質彬彬，中等身材。他聰明伶俐、口才便捷，是任翔相交多年的好友。

　　任翔一面慢慢地散步，一面欣賞校園裡美麗的花木。他是應大眾傳播學系系主任黃永樂的邀請，來商討彼此合作的可能性。任翔來的另一個目的是散心，他和知名女星莫言真剛剛分手，依舊有濃濃的情傷。他不想觸景傷情，所以離開上海到相對陌生的台灣療傷。與黃永樂約在學校見面，是喜歡學校給人充滿青春活力的感覺。所以趁著早晨空氣清新，人沒有那麼多的這個時候來見黃永樂。任翔看著校園裡盛開的玫瑰花，一幕幕的影像浮現在他的腦海裡。他彷彿看到莫言真站在玫瑰花叢邊，綻放出美麗動人的笑容向他揮著手。

　　「言真喜歡玫瑰花，尤其是粉紅色的玫瑰花。她在餐桌的中央，放了一個造型可愛的花瓶，花瓶裡每天都插著一束玫瑰花；連她房間的小桌子上也有玫瑰花。」任翔沉吟不語。不由地沉浸在他與莫言真柔情繾綣，軟語溫存的回憶裡。片刻，他回過神來，搖搖頭試著逃離這樣的思緒。「我不應該再想她，不應該緬懷過去，我不應該在失去快樂的地方尋找快樂。言真不願意為我放棄演藝事業，我既然無法改變她，我就必須改變我自己。我必須有勇氣和決心，放棄我不能改變的莫言真。」

　　他無心欣賞校園美麗的風景，他低頭沉思：「但改變卻要經過一番痛苦的掙扎。這種掙扎像針般常常刺痛我，讓我幾乎無法忍受。」任翔邊走邊想，時而抬頭時而低頭，偶而頭轉向一邊，默默地凝視遠方。他的腳在走路，心卻在九霄雲外。

法律系法學組的新生訓練，將於早上九點在法20教室舉行。慧恩梳洗完畢後，換上一件白色T恤，和一件深藍色直筒牛仔褲。她拿起她的眼鏡戴在臉上，又拿起鏡子照了照。她嘆了一口氣，心裡嘀咕著：「爸爸真是沒有審美眼光，什麼不好選，偏偏選這麼一副醜到不行的眼鏡。要不是我已經答應爸爸媽媽要戴這副眼鏡，我絕對不會為了要遮住我的感應能力，而戴這副奇醜無比的眼鏡。」不過她也有些好奇，一直受到男孩們追捧的她，戴上這副醜眼鏡後，沒有了原先的美貌，會發生怎樣的結果？

　　眼鏡有些大，一下子就滑落到慧恩的鼻頭上方。慧恩拿起鏡子，看了看眼鏡滑落到鼻頭上方的自己；她覺得她看起來好像是喜劇片裡的滑稽人物。她又對著鏡子自得其樂地擠眉弄眼，做了各種有趣的表情。她從來沒有想過她「會」這麼滑稽，也沒有想過她「能」這麼滑稽。她拿下眼鏡用鏡子看了看原來的自己，又戴上眼鏡看了看戴上眼鏡的自己。她嘟著嘴說：「一個是美女，一個是趣味橫生的醜八怪。」

　　慧恩拿起手機看了一下時間，已經8點35分了。「時間快到了，我該走了。我還沒有自己一個人到過法學院，今天絕對不能再心不在焉。走路的時候，一定要留意四周的景物找好參考點，這樣我就不會再迷路了。」她背起背包，拿著一件紅色薄外套走出寢室。

　　慧恩走出西樓大門往法學院的方向前進。她記取昨天晚上迷路的教訓，一路上邊走邊東張西望，全心全意留意兩旁的景物，並沒有注意前面有人正向她走過來。說時遲那時快，慧恩還來不及反應，就和心思渙散的任翔撞了個正著。

　　「對不起！對不起！」慧恩一臉窘迫低頭連聲道歉。

　　「沒事！我也有錯！我只顧著看旁邊的景色，沒留意到前面走過來的妳。」任翔不在意地說。

　　慧恩抬起頭來，她的眼睛和任翔的眼睛，透過任翔的眼鏡四目交會。慧恩驀然一驚，心裡不禁暗叫一聲：「好憂鬱的心啊！」

小偉彎下腰撿起慧恩掉落在地上的眼鏡遞給慧恩。他注視著慧恩的眼睛，臉上有一抹驚為天人的詫異。他和氣地問：「這是妳的眼鏡嗎？」

　　慧恩看到眼鏡，才赫然發現自己的眼鏡也因碰撞掉落到地上。她趕緊接過眼鏡，回答小偉說：「是的！謝謝你！」

　　這是慧恩第一次在外面戴眼鏡，她還不習慣覺得難以適應。她又看了任翔一眼，心裡暗自沉吟：「難怪我能感應到他的心！」自從在家裡對爸爸媽媽做了多次實驗後，慧恩已經確信只要戴上眼鏡就沒有了感應能力。所以她認為這次能感應到任翔的心，是因為眼鏡掉落的關係，並沒有懷疑眼鏡能否遮住感應能力的效能。

　　小偉似乎對慧恩甚有好感，眼睛一直盯著她看。他問慧恩說：「妳是這裡的學生嗎？」

　　慧恩客氣地回答說：「是的，我是法律系的新生。」她看了一下手機上的時間，已經快九點了。她不願第一天到學校就遲到，她緊張了起來，急著說：「對不起！我快遲到！我必須走了！」

　　「好吧！那妳快走！不要遲到了！」小偉體貼地說，眼睛依舊沒有離開慧恩。

　　慧恩離開任翔和小偉，往法學院的方向快步走過去。她不敢再東張西望，但還是忍不住回頭若有所思地再看任翔一眼。「奇怪！這麼光鮮亮麗的男生，為什麼會有一顆憂鬱的心呢？」她不解地想著。

　　小偉目送慧恩離開，又看見她若有所思地回頭看任翔。他露出笑容對任翔說：「這個女生長得真漂亮，尤其是她的眼睛，我從來沒有見過這麼明亮的眼睛。不曉得她為什麼要戴那麼醜的眼鏡？」

　　「也許是她有近視吧！」任翔無精打采，不經意地說。

　　「她的眼鏡看起來不像是有度數，只是普通的眼鏡，就像你的眼鏡一樣。」小偉不敢苟同地反駁任翔，接著說：「不知道她是認出你呢？還是對你有意思？一直回頭看你。不過話說回來，你，任翔，長得又帥，又是現在演藝圈首屈一指的當紅明星，早就不知道是多少女人的夢中情人了。也難怪她會回頭看你，她不回頭看你才真的有問題呢！」

　　「小偉，別胡扯了！」任翔苦笑地說。剛才慧恩和他四目交會

113

的時候，他仔細地看了她。她亮麗如朝霞中升起的旭日，纖塵不染如綠葉間綻開的蓮花。她的眼睛燦爛如星，肌膚白皙可人。她脂粉未施的素顏，芳澤無加，鉛華弗御，的確是美得不可方物。他在演藝圈那麼久了，也看了不少美麗動人的女明星。和他剛剛分手的知名女演員莫言真，算得上是美女中的翹楚，但與慧恩比起來還是略遜一籌。他真的不敢相信她是凡世間的人，若不是小偉也讚美她的美顏，他還以為自己是在作夢。

「我蠻喜歡這個女生的，有一股想追求她的衝動。如果她願意進演藝圈，我也不反對當她的經紀人。只可惜剛才忘了問她的名字。」小偉略帶遺憾說。

「如果你追得上她就去追呀！我樂觀其成！」任翔嘴角微微上揚說。

「可是她剛才頻頻回頭看你，我看她是比較喜歡你。只要有你在，她的目光肯定在你的身上，我追也只是白費力氣而已。做做白日夢可以，付諸行動就得深思熟慮。何況她在台北我在上海，距離遠了點。」小偉無奈地說。

「距離不是問題，心才是問題。」任翔笑著說。

「任翔，你可不能懷疑我的心，我對她可是真心的。時間和空間是我現在不能克服的問題，否則我一定會立刻行動。」小偉說著，看了一下手機上的時間，然後對任翔說：「時間不早了，我們走吧，永樂在等我們呢！」

任翔轉頭往慧恩剛才回頭看他的地方留戀地看了一下，然後和小偉一起往大眾傳播學院的方向慢慢地散步過去。

慧恩到達法律系法學組集合的法20教室時，已經接近9點。所有法律系法學組的新生幾乎已經全數到齊。慧恩走進法20教室，隨便找一個空位坐了下來。

9點整，班導師稍為介紹一番後，隨即要求每個學生，按著學號的次序，簡單扼要地自我介紹。學生的學號是學校依照學生是否

為重考生，以及學生報考時的居住城市來定的。重考生的學號在最前面，然後是住北部的學生，住得愈南部學號就愈後面。慧恩的班上有60個人；其中9個女生，51個男生。慧恩是住南部高雄市的應屆生，所以她的學號是58號。輪到慧恩自我介紹時，時間已經過了一個多小時。經過前面57個人的自我介紹後，大部分的新生都有些按捺不住。有些人不斷地打哈欠，有些人偷偷地玩手機，有些人則做自己的事；沒有幾個人有心再聽其他同學的自我介紹。

慧恩走向講台，她一邊走，一邊忙著扶正不斷掉到鼻頭上方的眼鏡。一不留意腳踩了個空，身邊稍稍傾斜碰到講台桌發出響聲。所有的人聽到響聲，馬上將注意力集中到慧恩身上。慧恩說了一聲：「對不起！」眼鏡隨即不受控制地開始往下滑。她伸手將眼鏡扶好，才開口說了兩個字「各位」，她的眼鏡又滑了下去。所有在講台前的同學們都屏氣凝神看慧恩如何搞定她的眼鏡。她有些不好意思，趕緊將眼鏡扶正，又重新說了兩個字「各位」。這副眼鏡似乎故意跟她作對，隨著她的聲音再度往下滑落。她不知道該如何是好？所有的同學都在等她自我介紹，她不能一直在搞她的眼鏡，浪費大家的時間。她決定不管它了，等自我介紹結束後再說，她繼續說：「我的名字叫……」她的眼鏡滑得更下去，還好眼鏡的鏡框大，眼睛並沒有完全露出來。

講台前，所有的同學都看著她不斷往下滑的眼鏡。一些同學睜大眼睛，一些同學張大嘴巴，一些同學張大眼睛和嘴巴。沒有打哈欠的，沒有玩手機的，也沒有做其他事的。慧恩在眾目睽睽之下，只好使出最後的方法，用手壓住鏡框。她很快地自我介紹說：「我的名字叫朱慧恩。朱熹的朱，智慧的慧，恩典的恩。」然後禮貌地向講台前的同學們躬了一個躬，手壓著眼鏡走下講台。講台前的同學們，好像剛看完一齣好笑的滑稽秀，立刻響起一片熱烈的掌聲。

接下來的班幹部選舉，慧恩被推選為副班代表，因為她是唯一一個全班同學都認識的女生。班代表則由班上年紀最大的男生徐志堅擔任；徐志堅比慧恩足足大了10歲，剛結婚一年多，妻子懷孕中。

新生訓練結束後，慧恩的室友何晴晴主動走到慧恩的身邊，笑咪咪地對慧恩說：「朱慧恩，我是妳的室友何晴晴。」何晴晴也是應屆生，皮膚白皙，留著一頭瀏海長髮。雖然有點暴牙，但穿著時髦又善於打扮，看起來活潑可愛。

　　「妳好！今天總算看到妳了！」慧恩扶著眼鏡，親切地說。這是慧恩第一次看到她的室友何晴晴。剛才自我介紹的時候，她忙著搞定她的眼鏡，並沒有注意到台上自我介紹的同學。何晴晴臉上堆滿笑容，和和氣氣的看起來似乎很好相處，慧恩不禁對她產生好感。她暗自思忖：「何晴晴看起來活潑可愛，待人親切和善，又和我住同一個寢室，真希望能跟她成為交心的好朋友。」

　　何晴晴看慧恩一直扶著眼鏡，好意地提醒她說：「朱慧恩，學校大門對面有一家眼鏡行，妳可以到那裡請人幫妳把眼鏡調整一下，這樣妳的眼鏡就不會一直往下掉了。」

　　「謝謝妳！沒有人關心我的眼鏡問題只有妳，妳真好！」慧恩感激地說，心中對何晴晴的好感又加深了。

　　「我們班的男同學很多從中南部來的，看起來真土，只有蔣若水和秦凱瑞不一樣又酷又帥。秦凱瑞雖然長得帥，但太冷了，感覺上好像拒人於千里之外。我比較喜歡蔣若水，我們跟蔣若水和他的室友來個寢室聯誼好不好？」何晴晴笑著說。

　　慧恩不太清楚寢室聯誼是如何運作？但和自己同班同學寢室聯誼，聽起來就有些不合常理。她不解地問：「寢室聯誼，顧名思義是寢室與寢室間的聯誼。感覺上好像應該跟其他系組的寢室相互聯誼。蔣若水已經是我們的同班同學了，我們為什麼還要跟蔣若水寢室聯誼呢？」

　　「誰說寢室聯誼一定要跟別的系組？同班同學也可以聯誼。何況我們沒有看過其他系組的人，怎麼知道我們喜不喜歡他們？要跟不喜歡的人聯誼，還不如不聯誼呢！」何晴晴嘟著嘴說。

　　慧恩略為思考後，也覺得何晴晴說的沒錯。如果真的需要寢室聯誼，與其跟不認識的人寢室聯誼，還不如跟自己的同班同學寢室聯誼。但對寢室聯誼她還有些疑問，她又問何晴晴說：「要怎樣才

能寢室聯誼呢？」

「寢室聯誼是我們兩個寢室的人，約定一個時間，一個地點，一起出去玩，彼此認識一下。妳去向蔣若水說，我們要跟他們寢室聯誼，他就知道了。」何晴晴回答說。

慧恩並不反對寢室聯誼，事實上她渴望有個精彩的大學生活，能參與大學生們會從事的一切正當活動。她認為大學生活是她經歷人生的一個階段過程，它應該充滿許多值得回味的記憶。但她很少跟男生講話，現在要她去邀請一個男生寢室聯誼，她有些為難。她微蹙眉頭提出她的疑問說：「可是，為什麼要我去說呢？」

「因為妳是副班代呀！妳去說比較方便！」何晴晴有些沒耐心地回答。

「副班代去說比較方便？也許吧！」慧恩沉吟不語。她現在是副班代，她的確需要主動和班上的男、女同學交談。主動邀請蔣若水跟她們寢室聯誼，雖然讓她覺得很不自在，但仍不失為一次練習跟男同學交談的機會。她勉為其難地說：「好吧！我去向蔣若水說，我們要跟他們寢室聯誼。」慧恩說完，突然想到她根本不知道誰是蔣若水？她問何晴晴說：「誰是蔣若水呀？」

何晴晴將手指指向一個，站在法20教室走廊的角落獨自抽煙的男生，說：「他就是蔣若水！」

慧恩往何晴晴指的方向看過去，錯愕地問：「抽煙的那個嗎？」

何晴晴神情自若地回答說：「沒錯！就是他！」

慧恩看著正在抽煙的蔣若水，不禁猶豫起來。她對高中就開始抽煙的男生沒有好印象，而且她自己一聞到香煙的味道就想吐。她覺得要和一個抽煙的男生聯誼，好像不是那麼妥當。她面有難色，囁囁嚅嚅地問：「真的……真的……要寢室聯誼嗎？」

何晴晴意志堅定地說：「沒錯！一定要寢室聯誼！」接著指示慧恩說：「妳待會兒約他，今天晚上一起到法學院餐廳吃飯，再將寢室聯誼的事告訴他。」

慧恩見何晴晴如此的堅持，她也不好再說什麼，只好勉強自己按著她的意思去做。她微蹙眉頭，有些心不甘情不願地說：「好

吧！我試試看！」

慧恩在何晴晴一再地催促下走向蔣若水。蔣若水已經抽完煙，斜靠著牆壁看著來來往往的同學。慧恩有些膽怯，這是她第一次要主動去跟一位陌生的男生說話，而且還要邀請這位男生一起共進晚餐。她結結巴巴地問蔣若水說：「蔣若水，今天晚上你……你……可以……我們……我們……可以一起到法學院餐廳吃飯嗎？」

蔣若水怔怔地看著慧恩有些受寵若驚，他原本就對慧恩十分好奇；眼前的慧恩戴著一副眼鏡看起來很土，有點像滑稽的卡通人物。他實在不能了解，像秦凱瑞這麼帥，眾多女生求之不得的俊男，怎麼會有那麼差的眼光？對這樣的慧恩念念不忘，從小學記憶到現在。

「秦凱瑞對所有的女生都冷若冰霜，惟獨對朱慧恩不同。朱慧恩雖然看起來並不出色，但一定有什麼特別的地方我沒有看到。我不妨利用這個機會去了解一下朱慧恩到底好在哪裡？」蔣若水暗自思量，隨即露出一副吊兒啷噹的樣子，輕鬆地說：「好啊！今天晚上6點，我在法學院餐廳前面等妳，我們一起吃飯。」

慧恩向蔣若水微笑點頭，接著轉身離開蔣若水站的地方。她偷偷地向等候在一旁的何晴晴，擺出了Ok的手勢。這是慧恩有生以來，第一次主動邀請一位男生一起吃飯。

第九章 重逢秦凱瑞

　　校園裡各個社團招募新血的攤位隨處可見，秦凱瑞和蔣若水閒來無事，一邊逛校園一邊到各個攤位參觀。

　　「你那位小學同學朱慧恩真的有夠誇張，戴著一副既大又醜的眼鏡站在講台上，好像是從卡通片裡走出來的滑稽人物在表演幽默劇。我真的無法想像，怎麼會有人賣那麼醜的眼鏡？我更無法理解，怎麼會有人買那麼醜的眼鏡來戴？」蔣若水說。

　　秦凱瑞也和蔣若水一樣，不能了解為什麼慧恩要戴那副大而醜的眼鏡？媽媽的朋友陳阿姨，每年都會把慧恩的照片傳給媽媽。前不久陳阿姨傳來的照片，慧恩依舊那麼美麗動人，而且沒有戴眼鏡。慧恩現在戴眼鏡，戴的又是那麼難看的眼鏡。把自己裝扮得雖然不是很醜，但也絕對不能說好看。她的目的是什麼呢？

　　「如果我猜的沒錯的話，她一定是故意遮住她的美貌，為的是避免不必要的麻煩。」秦凱瑞想著，露出理解的微笑說：「我倒是蠻喜歡看她戴那副眼鏡的。這樣只有內行人才能看得到她這塊樸玉的美。」

　　蔣若水聽得有些糊塗，他完全不能了解秦凱瑞的審美觀。慧恩戴上那副眼鏡明明不好看，秦凱瑞卻說他喜歡，而且還說慧恩是樸玉。「樸玉是什麼意思？未經琢磨的玉？未經琢磨的玉，外表看起來像普通的石頭，但裡面卻蘊藏著美玉。秦凱瑞的意思是不是說，朱慧恩的內在很美麗？雖然她外表不漂亮，但卻有內在美？」蔣若水想著，不禁失笑說：「原來你是個有智慧的人，想效法諸葛亮娶醜老婆。我對醜女人沒有興趣，醜女人的內在再美我也不喜歡。朱慧恩雖然沒那麼醜，但憑她的姿色還沒有資格成為我的女朋友。朱

慧恩你就留著自己用吧！別說你不許我碰她，即使你叫我碰她，我也不碰。」

秦凱瑞雖然對自己很有信心，但蔣若水是情場老手；只要他喜歡的女生，到目前為止，還沒有一個他得不到的。慧恩怎麼看都是一個單純的女孩。如果蔣若水看上她，難保她不會成為蔣若水的囊中物。若讓蔣若水捷足先登，和慧恩成為一對情侶，那他十年來的苦心等待不就前功盡棄了嗎？還好聰明的慧恩，戴了這麼一副眼鏡，擋住了蔣若水的眼睛，讓他看不到她的美，否則事情就麻煩了。秦凱瑞面帶笑容說：「這可是你自己說的，君子一言既出，駟馬難追。你說到就要做到，現在以致於將來，你都不能碰朱慧恩。」

蔣若水看秦凱瑞那麼在乎慧恩，為了向秦凱瑞證明他說話算話，便決定將慧恩邀請他，晚上到法學院餐廳共進晚餐的事告訴他。蔣若水驕傲地說：「我不僅說到做到，我還可以幫你的忙，撮合你和朱慧恩。朱慧恩剛才邀請我，今天晚上跟她一起到法學院餐廳吃飯。我可以利用這個機會，在她的面前幫你美言幾句。順便讓她對我死心，把對我的感情轉移到你的身上。你看我這樣夠不夠朋友？」

秦凱瑞聽蔣若水這麼一說，心裏不由地嘀咕起來：「我知道蔣若水很有魅力，很多女生第一眼看到他就喜歡他。朱慧恩不會也對蔣若水一見鍾情吧？但事情也有可能不是像蔣若水說的那樣。朱慧恩現在是副班代，或許有什麼事要找蔣若水商量也說不定；蔣若水也許是自作多情。」秦凱瑞問蔣若水說：「你怎麼知道朱慧恩喜歡你？朱慧恩現在是副班代，她邀請你到法學院餐廳吃飯，說不定是有什麼事要跟你商量。」

蔣若水覺得自己說的話受到挑戰，為了證明自己對慧恩的確有吸引力。而慧恩確實是因為喜歡他，才邀請他一起吃晚餐，他說：「如果一個女生真的喜歡一個人，在對那個人說話的時候，有時候就會結結巴巴的。尤其是那些越單純的人越是這樣，這種事情我看太多了。朱慧恩找我一起吃晚餐的時候，講話結結巴巴的，這代表什麼？我想我不用說你也明白。如果只是單純找我商量事情，講話會那麼結巴嗎？」

秦凱瑞幾乎不和女生有任何接觸；他對女生總是那麼高傲冷漠，讓女生只能仰望他，不太能跟他說話。他完全不知道，女生在自己喜歡的人面前，說話會不會結巴？他想，蔣若水既然號稱是情場老手，交往過的女生那麼多，經驗應該很豐富。他說女生有時候，在自己喜歡的人面前說話會結巴，有可能是真的。但他所知道的慧恩很少開口說話；偶而說一、兩句話就會臉紅結巴。慧恩是不是因為喜歡蔣若水，所以講話結巴？還是個性使然？他真是一頭霧水，搞不清楚狀況。

　　「不管朱慧恩是不是因為喜歡你，所以邀你吃飯，你都必須守住你的承諾不碰朱慧恩。至於在朱慧恩面前幫我講好話，這也省了不勞你費心。」秦凱瑞說。

　　秦凱瑞和蔣若水不管到哪一個攤位都受到特別的矚目。每個社團都想爭取他們加入，但他們都只拿一些簡介的單張就離開了。

　　「你放心！我一定會守住不碰朱慧恩的承諾。雖然你的眼光異於常人，但做為你的好兄弟，有機會我還是會撮合你和朱慧恩。」蔣若水說。

　　「那就謝謝你了！」秦凱瑞說。

　　「別客氣！如果你和朱慧恩成了，別忘了我這個媒人就行了。」蔣若水說。

　　秦凱瑞沉吟不語：「我是朱慧恩的小學同學，我還需要你幫忙嗎？但多一個助手，總比多一個情敵好。你想當我和朱慧恩的媒人，就當吧！」他露出愉快的神情說：「放心！如果你真的當了我和朱慧恩的媒人，我一定會好好謝謝你。」

　　秦凱瑞和蔣若水邊聊天邊向理一舍的方向走過去。

　　慧恩與何晴晴在西樓的寢室裡。慧恩坐在書桌前的椅子上看書，何晴晴則在一旁整理物品床舖。慧恩的眼鏡經過眼鏡行的師傅調整後，雖然偶而還是會往下掉一點，但已經不需要用手去按著了。慧恩想起邀請蔣若水寢室聯誼的事，她越想越覺得不妥。她轉向何晴晴，問：「寢室聯誼，好像應該是男生邀請女生。我去邀請

蔣若水寢室聯誼，會不會讓他產生誤會以為我喜歡他？」

何晴晴停止整理物品，坐到她下舖的床上，眼睛上下打量慧恩。「朱慧恩看起來滑稽土氣，應該不會對我造成威脅。」她想著，露出甜美的笑容說：「我倒是沒想過這個問題。聽妳這麼一提，我覺得蔣若水很有可能會以為妳喜歡他。不過這樣更好，妳有沒有聽過女追男隔層紗？搞不好蔣若水會因此喜歡妳也說不定。」

慧恩有些糊塗，搞不清楚狀況。明明是何晴晴想邀請蔣若水寢室聯誼，現在怎麼好像變成了她在追求蔣若水。在她的觀念裡，會抽煙的男生不怎麼正派。蔣若水看起來像個老煙槍，一定不是什麼正派人物。雖然他長得還算帥，但畢竟不是她喜歡的類型。如果邀請蔣若水寢室聯誼會造成他的誤會，還不如不邀請的好。

「蔣若水會抽煙，不是我喜歡的類型。如果邀請他寢室聯誼會造成他的誤會，我看我還是不要邀請他比較好。」慧恩說。

「美醜是需要比較才能顯現出來，沒有看到醜就不知道美。同樣地，沒有看到美就不知道醜。朱慧恩看起來雖然不是那麼醜，但戴著一副大眼鏡，怎麼看都不能和美麗劃上等號。我不管怎樣都比朱慧恩好看，如果能讓蔣若水先看朱慧恩，我再以亮麗的姿態出現；我就不信蔣若水會喜歡朱慧恩而不喜歡我。」何晴晴暗自思忖後，說：

「妳剛才已經邀請他，今天晚上到法學院餐廳吃飯。如果蔣若水真的會誤會，那麼誤會已經造成了。妳再邀請他跟我們寢室聯誼，也不會因此增加或減少他的誤會。至於蔣若水會抽煙，那也不是什麼大不了的事，你未免太小題大作了。我認識的男生中也有會抽煙的，不是抽煙的男生就不好。你不要一竿子打翻一船人，把抽煙當成不喜歡蔣若水的原因；你還是去邀請他和我們寢室聯誼吧！」

慧恩還是有個問題無法理解，何晴晴不是喜歡蔣若水，所以才要她邀請蔣若水寢室聯誼嗎？為什麼她會說女追男隔層紗，搞不好蔣若水會因此喜歡她？難道何晴晴不喜歡蔣若水？還是有什麼她不知道的原因讓何晴晴這麼說？

「妳不是喜歡蔣若水，所以才叫我邀請蔣若水寢室聯誼嗎？

妳為什麼說，搞不好蔣若水會因為我的邀請而喜歡我呢？你不在意嗎？」慧恩問。

　　何晴晴為了讓慧恩願意去邀請蔣若水寢室聯誼，她認為自己必須好好地回答這個問題，免得慧恩知道她的想法，拒絕邀請蔣若水寢室聯誼。她低頭沉思片刻後，說：「人生如戲，在戲劇的人生裡，任何不可能的事情都有可能發生。我只是好奇，蔣若水會不會因為妳的邀請而喜歡上妳？我們何不來玩個遊戲；妳去邀請蔣若水寢室聯誼，然後妳再告訴他我喜歡他。我們看看結果蔣若水會喜歡誰？如果他喜歡妳，我就不再喜歡他；如果他喜歡我，妳就祝福我。這樣好不好？」

　　慧恩從來沒有遭遇過情感上的挫折，一直以來都是男生追捧著她。她的確有些好奇，戴上眼鏡的她，對蔣若水這樣的男生，是否還有吸引力？既然何晴晴說是玩遊戲，輸贏並不是那麼重要，卻可以滿足她和何晴晴的好奇心，試試應該也無妨。她揚起雙眉，略帶興奮地說：「好啊！我今天晚上就去邀請蔣若水跟我們寢室聯誼，看他會喜歡妳還是喜歡我？」她忽然想起另一個問題，又問：「如果蔣若水不喜歡我也不喜歡妳，怎麼辦？」

　　「那就表示他沒有眼光，看不到我們的美。這種不懂得欣賞我們的人，不要算了！」何晴晴不在乎地說。

　　「妳說的對，不懂得欣賞我們的人，不要也罷！」慧恩和何晴晴見解吻合相視而笑。

　　下午將近6點，蔣若水來到法學院餐廳門口。慧恩還沒有到，他走到旁邊的涼亭，從褲子口袋裡拿出香煙和打火機，開始吞雲吐霧。他一邊抽著煙，一邊留意走到法學院餐廳門口的女生。他不禁想入非非：「年輕的女生，就像春天裡盛開的花朵嬌豔欲滴。每朵花都有不同的風采韻味，讓人情不自禁想伸手摘取，將全部據為己有。可惜兩隻手就只能拿幾朵，不得不選擇地摘取。」

　　蔣若水嘴巴吐出一口煙，煙雲氤氳向四周擴散，宛若薄霧瀰漫。「霧裡看花，花非花，霧非霧，朱慧恩讓人的感覺就是這樣。

她看起來不像是一朵會讓人想伸手摘取的花朵，但秦凱瑞卻好像把她當成百花中獨佔鰲頭的花魁。令人彷彿陷入迷霧中，迷迷濛濛看不清。我雖然說要幫忙撮合他和朱慧恩，但在撮合他們之前，我必須讓朱慧恩先喜歡我，這樣我的面子才掛得住。」

慧恩悠閒地走近法學院餐廳。蔣若水趕緊擠熄香煙，將剩餘的煙蒂放入褲子口袋裡，快步走向慧恩。「朱慧恩！」蔣若水喊了一聲。慧恩轉過頭，看見蔣若水臉上堆滿笑容，正向她走過來，她停住腳步等待蔣若水。蔣若水走到慧恩的身邊，靦腆地說：「我在這裡等妳一段時間了，我剛剛還在擔心妳會突然改變心意不來了。」

慧恩有些錯愕，她不能理解為什麼蔣若水會擔心她不來？於是問蔣若水說：「是我邀請你來這裡用餐的，為什麼你會擔心我不來呢？」

蔣若水撓了撓自己的腦袋，臉不紅氣不喘地說：「對於一個內心覺得重要的人，總是會患得患失擔心多一點。」

慧恩聽了瞬間耳根發熱，臉色宛如盛開的桃花。她低下頭，心中暗暗竊喜：「蔣若水說這話的意思，是不是在暗示我他喜歡我，我在他的心裡很重要？」

蔣若水見慧恩臉頰泛紅低頭不語，他心裡有數。「魚兒已經被跳動的餌吸引住了，就等著她上勾。」他想著，嘴角不禁微微上揚。他刻意隱藏內心的得意，輕聲細語地說：「我們先進去吃飯，時間還早我們可以邊吃邊聊天，吃完飯後我再送妳回西樓。」

慧恩的心被蔣若水的溫柔所融化，像個吃了迷藥的小孩，迷迷糊糊地應了聲「嗯！」就跟著蔣若水走進法學院餐廳。

慧恩和蔣若水一走進法學院餐廳，一股濃郁的菜肉香立刻撲鼻而來。慧恩整天沒吃什麼東西早就飢腸轆轆，聞到這股襲人的香味，不覺眼餓骨軟，暗叫：「好香哦！」她抬頭看蔣若水，蔣若水感覺到慧恩的目光，低下頭含情凝睇著她。慧恩有些不自在，將視線從蔣若水的臉上移開。她低頭沉思：「蔣若水看起來好像真的對

我有意思，總是含情脈脈地看著我。我以前曾經看過，爸爸收在儲藏室的老夫子漫畫書。老夫子有一次和陳小姐約會吃飯。席間，陳小姐吃得很少，讓老夫子留下一個很好的印象。老夫子送陳小姐回家後正準備回家，卻無意間從陳小姐家打開的窗戶，看見陳小姐正翹著腿，在廚房裡大吃大喝。如果我要讓蔣若水留下好印象，是不是我也要像陳小姐一樣不能吃太多？如果餓了回寢室再看看有沒有零食可以吃？」

慧恩和蔣若水的前面並沒有幾個人排隊取菜。輪到慧恩取菜，她將所有的菜色掃瞄式地快速瀏覽一遍，發現並沒有自己喜歡吃的菜。她有些懊惱，從小養成偏食的習慣，只喜歡吃媽媽做的菜肴；讓自己現在到學校餐廳用餐吃到苦頭，幾乎無菜可吃。

「本來覺得餓得可以吃得下一隻大象，現在才發現大象好吃的部分實在太少了，這樣也好不用刻意勉強自己要少吃。」慧恩隨便取了兩樣菜加上一碗飯付了錢，便和蔣若水找了一張桌子坐了下來。

蔣若水將盛有飯菜的餐盤放在桌子上，並沒有立刻進食。他身體往後靠在椅背上，像是在打量慧恩似地看著她。慧恩裝作沒看見低頭用餐，她邊吃邊想：「蔣若水，若水這個名字，莫非取自老子道德經裡的上柔若水、上善若水、上智若水。取這個名字的人，一定有相當的文學造詣。」她好奇地問蔣若水說：「你的名字真好聽，是誰幫你取的？」

蔣若水並沒有立刻回答，似乎在想什麼，過了一會兒才慢慢地吐出幾個字：「我老爸幫我取的。」

慧恩聽了不加思索脫口而出說：「那你老爸一定是個國文老師囉！」

蔣若水露出笑容，眼角的笑紋在他緊實的肌膚上清晰可見。他輕鬆地說：「妳很會猜猜對了，但會取這種名字的人，不一定是國文老師，妳知道嗎？」

「哦！」慧恩回應了一聲，隨即凝視開始用餐的蔣若水。在何晴晴提起蔣若水之前，她從來沒有注意到蔣若水。她略略地打量他一番；蔣若水長得濃眉俊眼的確很帥。又瘦又高的健美身材，搭配合身的衣褲，讓他顯得帥氣挺拔。腳上那雙褐色短靴，將褲管全然

隱匿其中，在在突顯他的英姿煥發。他看人的眼神銳利又溫柔，不時地低頭沉思，又時時露出勾人魂魄的微笑。他整個人讓人感覺很叛逆；也許就是這種叛逆的氣質，讓他散發出一種令人無法抗拒的吸引力。「難怪何晴晴會喜歡他！」慧恩想著。

蔣若水稍稍吃了幾口飯後，抬起眼睛注視著慧恩的臉。他發現慧恩除了被眼鏡遮住的部分，臉上其他的地方還蠻好看的。柔美的臉龐，高挺秀氣的鼻子，宛如塗上胭脂的紅唇，白裡透紅柔嫩得似乎吹彈可破的面頰，令人產生無限的遐思。

「朱慧恩如果沒有戴這副大眼鏡，她長得會是怎樣呢？是會變美還是會變得更醜？通常女孩子都會把好看的地方顯露出來給人看；不好看的地方隱藏起來不讓人看。隱藏在眼鏡底下的朱慧恩，如果是好看的話，我想她早就摘下眼鏡示人了。」蔣若水雖然這麼想，但還是好奇地直盯著慧恩的眼睛看。好像要穿過她眼鏡上的鏡片，一窺她那雙深邃明亮的大眼睛。

慧恩低下頭看著餐盤，刻意迴避蔣若水咄咄逼人的眼神。蔣若水看慧恩低下頭，便把視線移開，心不在焉地問：「聽說妳是高雄女中畢業的？」

慧恩舉目偷偷地瞄了蔣若水一眼，回答說：「沒錯！那你呢？你是哪所高中畢業的？」

蔣若水露出一絲驕傲的神情，說：「我是台中一中畢業的。」

慧恩見蔣若水不再盯著她看，便大膽地抬起頭看著蔣若水。稍早之前，她看過蔣若水抽煙。在她先入為主的觀念裏，抽煙是一種頹廢的表現。她猜想，蔣若水應該是在考場上飽經挫折的重考生，所以才會如此頹廢。她不經意地問：「你是應屆生嗎？」

「沒錯！妳應該也是吧？」蔣若水說著，一雙結實的胳膊交疊在胸前，眼睛看著慧恩似乎又在打量她，讓她不知所措地又微微低下頭。

「是的，我是應屆生。」慧恩回應了一句。她完全沒想到，像蔣若水這麼一位吊兒啷噹又會抽煙，看起來生活應該很頹廢的人，竟然還是名校的應屆生。

「人真是不可貌相，沒想到蔣若水竟然是台中一中畢業的應屆生。何晴晴說會抽煙的男生未必不好，所以蔣若水會抽煙並不表示他就不正派；他應該是屬於又會玩又會讀書的聰明人吧！」慧恩思量著，對蔣若水不由地產生一種敬佩之意。她露出溫柔的笑容看著他，對他的好感油然而生，一種仰慕的情愫在她的心中滋長。

　　這是慧恩第一次單獨和一個男生那麼近距離的一起用餐。雖然只是幾句無關痛癢的聊天，從蔣若水看她的眼神，對她講話的語氣，以及進餐廳前對她說的話，她的心已經被觸動；她感覺蔣若水好像真的喜歡她。她的心臟怦怦地快速跳動著，看他的眼神更加柔和。她的心產生微妙的變化；蔣若水從原先她不想接近的不正派男生，轉變成宛若英雄般的人物。她認為他雖然看起來好像什麼都不在乎，事實上他是能掌控全局的。她有些好奇在蔣若水溫柔而又深沉的眼神之下，會隱藏怎樣的心思？對她而言，他突然之間變成了蘊藏豐富的寶藏，讓人不由地想去挖掘探索。她現在比何晴晴更想了解蔣若水，更想跟他有進一步的交往，因為她心裏已經有些喜歡他了。

　　「我和我的室友何晴晴，想跟你和你的室友寢室聯誼。不知道你們的意思如何？」慧恩專注地看著蔣若水問。

　　蔣若水從慧恩看他的眼神，對他溫柔的微笑，以及雙頰泛紅略帶羞怯的樣子；大概猜出慧恩已經喜歡上他了。魚兒已經上勾，他的目的已經達到了，下一步是撮合秦凱瑞和慧恩。現在慧恩主動邀請他和秦凱瑞寢室聯誼，他認為這是撮合他們的好機會。他近乎肯定的回答說：「我沒有問題，但我必須問一下我的室友。我想應該也沒有問題，如果有問題我也會說服他。」

　　蔣若水很少動筷子，總是靜靜地看著慧恩。好像一隻野獸在撲殺牠的獵物之前，安靜地蹲伏一處伺機而動。慧恩卻把蔣若水對她的注視，當作是對她的好感。對他所有的言語舉動，都往好的方向想。她認為他是個非常有魄力的男生，連回答問題都那麼簡單俐落，不拖泥帶水。說沒有問題就沒有問題，有問題他也會去解決；對他更加敬佩。她全然陷入愛情的幻想中，有著情竇初開的情懷，渴望與有情郎甜蜜交往。她不希望蔣若水的室友，成為寢室聯誼的障礙。她問蔣若水說：「誰是你的室友？」

蔣若水未經思考，直接反射似地回答：「秦凱瑞！」慧恩聽蔣若水說，他的的室友是秦凱瑞，有一種冤家路窄的感覺。幾個小時前，何晴晴才告訴她，秦凱瑞長得很帥，但很冷，讓人有被拒於千里之外的感覺。沒想到蔣若水的室友竟然是秦凱瑞，不知道何晴晴知道後會高興還是會難過？不過這似乎並不重要，何晴晴喜歡的是蔣若水，而現在她自己喜歡的也是蔣若水。

　　「你還是去確定一下秦凱瑞要不要寢室聯誼？聽說他很冷。」慧恩關心地說。心裏卻希望那個叫秦凱瑞的，千萬別成為寢室聯誼的絆腳石。蔣若水現在可是何晴晴和她都喜歡的人，她不希望秦凱瑞毀了她們與蔣若水進一步交往的機會。

　　「他會很冷才怪！不過對女生他的確是比較冷淡，人長得帥就任性。妳放心！我現在就打手機問他。」蔣若水說完，立刻拿起手機打電話給秦凱瑞，說了幾句話便掛了電話。

　　「沒問題！他同意了！去哪裡只要事先告訴他就可以了。」蔣若水說。

　　「那我們要去哪裡呢？」慧恩問。

　　「我們明天晚上七點到臺山夜遊好不好？」蔣若水綻放出燦爛的笑容說。

　　「我想應該沒問題。我回去問何晴晴，如果有問題我再打手機通知你。這是我的手機號碼，你先打給我，然後我再把你的手機號碼存起來。」慧恩說著，將手機號碼給了蔣若水。蔣若水笑得更加燦爛，眼角的笑紋讓他更添魅力。慧恩看蔣若水迷人的笑容，她內心小鹿亂撞，也不由地跟著他露出笑顏。

　　「那我們明天晚上七點在西樓門口見。」蔣若水確認似地再說了一遍時間。

　　「好！」慧恩愉快地回答了一聲。她突然想起何晴晴交待的事，沒有多想就脫口而出：「何晴晴說她喜歡你！」

　　蔣若水表現出一副不屑一顧的樣子，不在乎地說：「我知道！有人告訴我了！」隨即又裝出一副很期待的模樣，溫柔地說：「妳一定會去吧！只要妳能去就可以了！」

慧恩聽蔣若水這麼說，心裡有說不出的喜悅，對他的好感又大大地增加。她自作多情地認為，蔣若水肯定是真的喜歡她。從他的語氣，她可以聽得出來他不喜歡何晴晴。

「真是太棒了！我要跟我喜歡的男生出去玩了！」慧恩雀躍地想著，她覺得她快樂得整個人輕飄飄的，好像要飄起來了。

秦凱瑞和蔣若水牽著剛買的腳踏車走進校園。「你沒有看到朱慧恩含情脈脈看著我的眼神；對我講話時溫柔的語調；還有經常低頭含羞帶怯的樣子。我可以非常地確定她喜歡我，但我向你保證過不碰她，就絕對不會碰她。現在我要履行我的第二個承諾，幫你和朱慧恩製造機會。」蔣若水神采飛揚，驕傲地炫耀著。

秦凱瑞牽著腳踏車往前行，安靜地聽著蔣若水口沫橫飛地誇耀他的戰功。他和蔣若水高中同窗三年，不知道聽他講過多少次類似的話，描述過多少次相仿的情節。他一直都把那些當成笑話聽，聽過就算了反正事不關己；他對那些女生沒有興趣。但這次不同，蔣若水現在口中所說的女生是慧恩；是他從小學二年級開始，就魂縈夢牽的女孩。他為了她，斷絕與所有女生的交往。漂亮的女生太多了充滿誘惑，他就以高傲冷漠的態度，對待所有的女生來拒絕誘惑。他的心裡只有慧恩一個人，他生活的目標就是把慧恩娶回家，他所有的計劃都是圍繞著這個目標進行。聽了蔣若水的敘述，他開始有些著急，趕忙問：「你怎麼幫我和朱慧恩製造機會？」

蔣若水雖然不知道，秦凱瑞為什麼獨獨鍾情於相貌看似平庸的慧恩？但為了表現對自己好兄弟拔刀相助的義氣，他對秦凱瑞和慧恩的事，倒也是竭心盡力努力想撮合他們。

「我已經幫你計劃好了。今天晚上你騎腳踏車載朱慧恩，我騎腳踏車載何晴晴。你載朱慧恩到我向她說的臺山，我載何晴晴到別的地方。我們分開來，讓你和朱慧有單獨相處的機會，其它就要靠你自己了。」蔣若水說完，停了一會兒。他想秦凱瑞對女生一向冷漠，不懂得如何討好女生。於是好意地提醒他說：「女生都喜歡浪漫。如果你帶著你的小提琴一起去，在花前月下拉小提琴製造浪漫

氣氛，成功的機會就會比較大。」蔣若水看著秦凱瑞俊美的臉，又說：「話說回來，你長得這麼高大英俊，不知道是多少女生心目中的白馬王子。只要你願意，馬上有一群比朱慧恩還漂亮的女生等著你挑。朱慧恩不知道是哪輩子修來的福氣，竟然能得到秦帥你的青睞。如果她沒有看上你，那她就太沒眼光了！」

秦凱瑞露齒而笑，伸手拍了拍蔣若水的胳膊，說：「好兄弟！謝謝你！你是沒有看過絕世美玉，如果你看過千年難逢的絕世美玉，我想你也會願意捨棄一切的玉來換取這塊美玉。」

「你越說我越糊塗了。你不會是說朱慧恩是那塊絕世美玉吧？」蔣若水想，秦凱瑞可能是說朱慧恩的內在很美。他露出理解的笑容，繼續說：「朱慧恩的內在可能是塊絕世美玉，但只有你這種識貨的人才看得到。我對這種絕世美玉是沒有什麼興趣，我是普通人不像你那麼有智慧。我只要有普通的美玉可以玩賞，就已經心滿意足了。」

秦凱瑞笑得更加燦爛，他委婉地說：「人各有志，追求的事物不盡相同。謝謝你幫我製造機會，今天晚上我就帶著我的小提琴去載朱慧恩。」

秦凱瑞和蔣若水牽著腳踏車，有說有笑地繼續走向理一舍。

慧恩和何晴晴在西樓的寢室裡。已經晚上6點多了，何晴晴忙著化妝選衣服，慧恩則坐在椅子上胡思亂想。她回想起和蔣若水在法學院餐廳的互動，一種甜滋滋的感覺湧上心頭。慧恩的眼鏡有些往下滑，她伸手去扶了一下眼鏡。戴上眼鏡雖然沒有讓慧恩變得很醜，但也比原本不戴眼鏡的她失色不少。蘭心曾經告訴她，戴眼鏡的目的之一，是要讓別人能看得到她的內在美；因為內在美才是持續永恆的。看得到她的內在美，又能因此愛她的人，才能永久愛她，帶給她幸福。慧恩覺得蔣若水喜歡她，但她不知道蔣若水為什麼喜歡她？是因為看到她的內在美，還是因為她長得還可以？

「蔣若水認識我還不到一天，真的就能看到我的內在美嗎？我

真的很懷疑。但如果蔣若水不是喜歡我的內在美，難道他是喜歡戴著眼鏡的我？看來，我戴這副眼鏡並沒有讓我變得太醜，至少還有蔣若水這麼帥的男生喜歡我。」她默默沉思，不禁莞爾一笑。

何晴晴化完妝，穿上一件黃色的花洋裝，整個人顯得既精神又美麗。她在鏡子前面照了又照覺得十分滿意。她轉過頭看向慧恩，慧恩仍穿著白天穿的T恤和牛仔褲並沒有更換，臉上也沒有化妝一臉素淨。何晴晴看不過去，好意地提醒她說：「朱慧恩，現在已經6點半了。你不化點妝換件比較好看的衣服嗎？蔣若水和秦凱瑞快要來接我們了！」

「我不喜歡化妝，而且我們是要到臺山夜遊，又不是要去參加晚宴。為什麼要換好看的衣服呢？」慧恩說著，起身走到何晴晴的面前，把何晴晴上下打量一番後，她發出讚美的聲音說：「妳這樣的穿著打扮真的很好看。看起來很有精神，好像要參加盛會一樣。蔣若水和秦凱瑞看到妳，一定都會覺得妳很漂亮。」

何晴晴聽了慧恩的讚美，又轉身照了照鏡子，她覺得自己這樣的穿著打扮的確好看。她想讓更多人看到她這身打扮，便說：「朱慧恩，妳既然不要化妝換衣服，不如我們現在就下樓等蔣若水他們，或許他們會提早到也說不定。」說完，不等慧恩回答，就拉著慧恩走出寢室。

蔣若水和秦凱瑞牽著腳踏車走向西樓。蔣若水看見慧恩和何晴晴站在西樓門口等候，便向她們揮手。慧恩和何晴晴看見蔣若水向她們揮手，便走向他們。蔣若水目不轉睛地看著何晴晴，宛若看到美麗的獵物。他臉上露出笑容說：「秦凱瑞載朱慧恩，我載何晴晴，我們到臺山工專門口碰面。」

慧恩和何晴晴按著蔣若水的指示，分別坐上秦凱瑞和蔣若水的腳踏車，然後兩組人馬向臺山工專的方向騎去。秦凱瑞騎腳踏車載著慧恩，一路上他們都沒有開口說話。這是秦凱瑞第一次載慧恩，也是自從他們小學二年級分開後，第一次這麼近距離的接觸。這個機會他已經期待了十年；從小學二年級第一次看見慧恩，他就被她

深深的吸引十年不忘。十年來,他不斷追蹤記錄慧恩的成長,他對她的一切幾乎瞭若指掌。現在的慧恩,跟他小學二年級看到的她,有很大的不同。他記憶中,她那雙充滿柔情深邃明亮的大眼睛,被這副看起來很滑稽的眼鏡遮住了。他真的很想摘掉她的眼鏡,再看看她那雙令他魂牽夢縈的大眼睛。他感覺慧恩似乎不太敢接近他,她雖然坐在他的腳踏車上,手卻不碰他也不和他說話;她安靜得像他小學二年級時看到的她一樣。

慧恩和秦凱瑞最先到達臺山工專的門口。秦凱瑞將腳踏車停妥後,從腳踏車前方的籃子裏,拿起他裝有小提琴的琴盒,自己找了一塊石頭坐在上面。慧恩也同樣在附近找了一塊石頭坐在上面。兩人之間一片靜默,慧恩舉頭向四面張望,週遭一片寧靜清幽。只有微風吹拂樹梢的搖曳聲,以及草叢裡的蟬鳴聲,交織而成的天然樂曲。夜間的樹林烏黑不見底,薄霧氤氳盤旋其中,陰森森的宛如恐怖片的場景,讓她不由地有些毛骨悚然。

「真不知道我當時是怎麼想的?怎麼會同意蔣若水夜遊的建議。」她心裡嘀咕著,隨即深深地吸了一口氣。迎面而來的清涼秋風,夾帶著青草的濃郁香氣,讓她頓時覺得神清氣爽,稍感舒服暢快。

時間已經過去10分鐘了,但還是沒有見到蔣若水和何晴晴的蹤跡。慧恩想起剛才蔣若水看何晴晴的眼神,大概可以猜到發生了什麼事,她的心裡有微微失戀的痛楚。這是第一次有男生讓她有心動的感覺,但來得快去得也快,戀愛還沒有真正開始就已經結束了。

秦凱瑞打開琴盒,從裡面拿出他的小提琴,拉起了「明月千里寄相思」這首曲子。「明月千里寄相思」優美動人的旋律,充滿在天地之間,宛若天籟之音。慧恩靜靜地聆聽,陶醉在「明月千里寄相思」的琴聲裡。

秦凱瑞拉小提琴的手突然停了下來,他問慧恩說:「聽說妳是高雄女中畢業的,妳有沒有上過高雄的成功國小?」

慧恩臉上掛著微笑,回答說:「有啊!我小學六年都在成功國小。」接著問:「你怎麼會提起成功國小?」

「我小學在成功國小讀過一學期，我有一個同學也叫朱慧恩。」秦凱瑞眼睛一眨也不眨地看著慧恩說。

慧恩想起，她小學二年級的時候，有個從別的學校轉學過來的男孩。第一天到慧恩的班上就哭鬧著要回家，老師沒有辦法只好把男孩的媽媽叫來。男孩的媽媽苦勸男孩許久，後來老師把男孩帶到講台上，對男孩說，你自己選你要坐在哪個人的旁邊？男孩看了台下一眼，不加思索地指著慧恩。從此慧恩的旁邊就坐著這個男孩，不過第二學期男孩就轉學走了。慧恩記起來那個男孩的名字就叫秦凱瑞。

「我記起來了，你就是那個小學二年級轉學到我班上的秦凱瑞。」慧恩興奮地說。

「那妳真的是我的小學同學朱慧恩。昨天妳自我介紹的時候，我就覺得妳很像，沒想到真的是。」秦凱瑞高興地說。

小學同學這層關係，一下子拉近了慧恩和秦凱瑞的距離。慧恩興致勃勃地問秦凱瑞說：「你後來搬到哪裡去了？」

「後來我們搬回台中，然後我進了台中一中，和蔣若水成為同班同學。」秦凱瑞說著，眼睛直盯著慧恩的眼鏡，似乎想用他眼光的熱力，將眼鏡融化掉。

「蔣若水是你台中一中的同班同學？你們可真有緣！」慧恩驚訝地說。

「蔣若水是我們台中一中的風雲人物，馬子可多的呢！他曾經為了追求他心儀的女生，跑到那位女生學校的圍牆外面，大喊：『我是台中一中的蔣若水，我喜歡楊寧亞。』結果驚動了那個女生的學校。」秦凱瑞笑著說。

慧恩聽了蔣若水的豐功偉業，心裏舒暢不少。她慶幸自己沒有成為蔣若水眾多女友之一。現在她對她的小學同學秦凱瑞倒是有些好奇。在她的記憶裡，以前的秦凱瑞有著像蘋果般漂亮的臉。常常安靜地陪她坐在教室裡，偶而還會講笑話給她聽。他充滿正義感，喜歡見義勇為，有幾次因為她而被老師處罰。現在的他，身材修長挺拔，充滿青春活力。雙眸清澈明亮，看她的眼神十分溫柔，讓她覺得溫暖。並不像何晴晴口中所說的很冷，有拒人於千里之外的感覺。

「你的小提琴拉得真好聽，想必你一定很喜歡音樂吧！」慧恩羨慕地說。

「嗯，我很喜歡音樂。那妳呢？妳喜歡音樂嗎？」秦凱瑞愉快地說，臉上的笑容宛若日正當中的太陽。

「那當然！我從小就學鋼琴、聲樂，我喜歡彈琴、唱歌，我曾經是我們教會青年樂團的主唱。」慧恩驕傲地說。

「妳們教會？妳是基督徒嗎？」其實秦凱瑞在小學二年級就知道慧恩是基督徒。如此問只是為了帶起話題，讓自己能和慧恩講更多的話。

「是啊！你不喜歡基督徒嗎？」慧恩用手托著面頰，輕鬆地說。

「不是不喜歡。我只是覺得，妳們聖經裡所說的話，沒有幾個人做得到，有時候給人太軟弱的感覺。」秦凱瑞聳聳肩說。

慧恩因為她和愛華的遊戲，聖經已經看了太多次了。對於聖經，她有相當的了解和自己的見解，她覺得人們對聖經有一些誤解，她問秦凱瑞說：「那你說說看，什麼地方讓你覺得有太軟弱的感覺？」

「例如，別人打了你的左臉還是右臉，你的另一邊臉也主動讓那個人打之類的話。」秦凱瑞挑起雙眉說。

「你聽過韓信『胯下之辱』的故事，以及我們老祖宗講過的一句話，『小不忍則亂大謀』嗎？你從這一個故事和這一句話『深入』去思考，就知道有人打你的右臉，把左臉也轉給他打的話語，是懦弱還是智慧。」慧恩認真地回答。

「妳的回答很有意思。那妳會去傳教嗎？」秦凱瑞問。他常遇到基督徒在路上發單張，或小冊子給路過的行人。也常常看他們對著人大喊「耶穌愛你」，他好奇慧恩是不是也做同樣的事？

慧恩不知道凱瑞的意思，以為凱瑞問她，會不會像傳教士一樣到處傳講福音？於是回答說：「我不會也不知道怎樣講道，怎麼傳教？所以我不會去傳教，但我想去傳愛。用歌聲、用實際的行動，安慰他們的心，照顧他們的需要，將愛傳給人。我想傳愛給在台灣

的人，也想傳愛給在中國大陸的人。我太愛他們了，他們都是我的同胞手足。」慧恩說著，神采飛揚起來，像春天和煦的微風下，飛舞的彩蝶；又像展開美艷羽翼的鳳凰，舞動在愛的幽谷裡。

慧恩的爺爺年輕的時候，曾搭火車到台北出差。卻因鐵路電氣化施工，困在火車裏兩個小時。有同車的一群年輕人，唱了兩小時的詩歌，給他和車上其他乘客聽。使無聊煩躁的等待，變成美妙的音樂欣賞會。慧恩的外公是台灣人，本來不喜歡和外省人通婚。但年輕的時候，他的外省籍同事救過他的生命，所以就同意慧恩的媽媽蘭心，和她籍貫東北瀋陽的爸爸愛華結婚。火車上的那群年輕人，以及外公的外省籍同事都在傳愛。愛能打破籓籬帶來改變，所以她認為「愛」才是「一切問題的解答」。

秦凱瑞感受到慧恩發自內心那股愛的爆發力。他覺得她講話的神情，宛若全身閃耀著光芒的天使。他不禁佩服地說：「妳真的令我刮目相看。不管妳將來做得到還是做不到，只要妳做了我保證一定支持妳。」

慧恩感激地說：「謝謝你！你的支持將是我前進的動力！」

今晚，將若水與何晴晴一直都沒有出現。慧恩雖然淺嚐了一下失戀的滋味，但她並不怎麼難過。因為她有了秦凱瑞這個，沒有把她的夢想當成痴人妄想的朋友。「將愛傳到遠方的中國大陸」，這個想法存在她的心中已經很久了。從來沒說出口的夢想，今晚終於可以與人分享了；寢室聯誼圓滿成功。

第十章 漫畫書走出來的三美男

那天晚上,何晴晴在十點半西樓第二次開門才回宿舍。何晴晴帶著快樂的心情回到寢室後,告訴慧恩說:「蔣若水說,我很會打扮,衣服穿得很好看。他說妳穿衣服沒有品味,又戴著一副大眼鏡,真的很土。」

慧恩對於何晴晴轉述蔣若水對她的批評,真不知道該如何回應?蔣若水批評的是戴著一副醜眼鏡扮醜的她,並不是真實的她。真實的她從來沒有這樣被嫌棄過;真實的她是很多男生追逐的對象;真實的她總是被不分男女老幼的所有人讚美。

她實在不明白,蔣若水在法學院餐廳門口前,不是說她是他內心覺得重要的人嗎?難道是她聽錯了?還是她自作多情?還有,他在法學院餐廳用餐時,不是說只要她能去就可以了?這難道只是客套話?是她誤解他的意思?她很困惑。

她驀然想起愛華說的話:「人的心是會變的。這一刻妳看的時候,他是喜歡妳。也許下一刻妳再看的時候,他已經改變了。」她想,人心的確是瞬息萬變,也許當時蔣若水是真心喜歡她,只是現在改變了。但不管之前,他對她說過的話是真心的,還是她的誤解,都不重要了。他已經做出他的選擇,他捨棄她選擇了何晴晴,這是不容否認的事實。她現在必須對自己該如何回應做出選擇,她該慶幸逃過一劫,還是該難過被嫌棄?她思考片刻,她選擇正向的回應。她認為她該慶幸逃過一劫,沒有成為蔣若水收集的女朋友之一。

她知道只要繼續戴這副眼鏡,蔣若水不會是唯一一個批評她的人。將來她遇到的人中,一定還會有不少人像蔣若水一樣,因她戴

的眼鏡而批評她土。「但這又有何妨，這不就是爸爸媽媽要的嗎？只有把令人眩目的光芒暫時遮蓋，人們才有機會看到其他更重要的東西。」她雖然這麼想，但卻覺得心裡好像有一塊石頭壓著，讓她感到難以言喻的鬱悶。「當然這樣也表示，即便我是價值連城的曠世美玉，也許無法遇到一位，能從表面平淡無奇的石頭中，發覺我美麗存在的人。」

　　她感覺到挫折感進入她的心裡面，她開始有些想放棄戴眼鏡。她搖搖頭試圖甩掉這種想法，「我為什麼這麼容易就想放棄呢？當初選擇聽爸爸媽媽的話，戴上這副又醜又土的眼鏡，我不是抱著『寧可玉碎，不願瓦全』的決心嗎？我不是寧可不嫁，也不願委屈求全，嫁給一個只看重我外表的人嗎？」她嘗試說服自己，不要那麼快就放棄戴眼鏡。但內心深處卻有一股隱隱浮現的沮喪，讓她恨不得馬上就把眼鏡丟進垃圾桶裡。「爸爸媽媽如果知道，我戴不到三天的眼鏡就不戴了，他們會怎麼想呢？」她低頭沉思片刻，做了最後的決定。她慷慨激昂地對自己說：「我既然已經選擇戴這副眼鏡，就不能輕言放棄。非到不得已，我絕不能從我的眼睛上拿掉這副眼鏡。」

　　寢室聯誼後，蔣若水與何晴晴成為正式的班對，出雙入對非常甜蜜。何晴晴沉浸在戀愛的喜悅裡，除了睡覺外，很少留在宿舍寢室裏。聽說蔣若水和他以前的女朋友們都分手了。慧恩想也許他們是彼此的真愛，她應該按著與何晴晴的約定，真心地祝福他們。

　　她從書桌的抽屜裡，拿出一張白色的紙和一隻筆。她在白紙上寫下蔣若水三個字，然後將紙撕成碎片丟入垃圾桶裡。「我對蔣若水的感情，就像這張白紙一樣支離破碎永遠無法復原。當風吹起這些紙片，紙片就會飛舞飄盪任意而去，從此蹤跡難尋。」慧恩看著垃圾桶裡的紙片，心中覺得快活滿意。她拿著她的書爬到上舖，開始她午睡前的閱讀。

傍晚，夕陽在色彩豔麗的晚霞掩護下，優雅地向西退入幕後。蒼穹放下一層薄薄的黑幕，接著又放下一層厚厚的黑幕。剎那間，大地籠罩在一片鑲著金盤和無數鑽石的黑幕下。凱瑞從書桌前的椅子上起身，打開宿舍寢室的燈，又坐回椅子上繼續彈他的吉他；吉他是他高一的時候才開始學的樂器。當婉容告訴他，慧恩成為教會青年樂團的主唱後，他就決定學吉他。「彈吉他可以在慧恩唱歌的時候為她伴奏。」他想著，不禁莞爾一笑。

　　蔣若水還沒有回寢室。自從寢室聯誼後，蔣若水就和何晴晴打得火熱。蔣若水說，他從來沒有遇見過像何晴晴這麼上道的女生。那天晚上，他載何晴晴到校園一處黑暗無人的角落。他情不自禁地親吻她，沒想到何晴晴竟主動熱情地回吻他。他們兩個人就像乾柴遇到烈火一樣，一發不可收拾，吻得難分難捨。那天晚上之後，蔣若水就拜倒在何晴晴的石榴裙下，和其他的女朋友劃清界線；每天沉浸在與何晴晴柔情繾綣的溫柔鄉裡。

　　凱瑞調了一下吉他的弦又繼續彈。自從他第一次接觸吉他，他就被它深深地吸引。只要有空閒的時間，他拉完小提琴後，就會練習彈吉他。現在他彈吉他的水平，已經可以稱得上是專業了。

　　「扣！扣！」有人在敲門，凱瑞放下吉他，走到門口打開門。

　　「秦凱瑞，樓下有兩個女生找你。聽她們說，好像要邀請你參加她們的社團。」一個來幫人傳話的男生說。

　　「我知道了，謝謝你！」凱瑞簡單地回了一句便關上門，走回去坐在椅子上繼續彈吉他。最近常常有女生在理一舍門口等他，要他參加她們的社團。他不知道這些女生怎麼會知道他的存在？他能想到的唯一可能是，新生訓練結束後，他和蔣若水曾經到過各個社團的攤位拿單張，也許她們是那個時候知道他的。但當時他和蔣若水邊走邊聊天，好像沒有在任何社團的攤位留下資料。他一頭霧水，搞不清楚這些女生是從哪裡得知他的姓名和系組？

　　「扣！扣！」又有人在敲門。

　　「可能是那些女生不死心，又托人上來找我。」凱瑞臉上露出不堪其擾的無奈，放下吉他走到門口打開門。

門口站著三個面帶笑容的大男生，三個男生大概都有180公分左右的高度。其中一個男生戴著一副金絲框眼鏡，其他兩個男生沒有戴眼鏡。三個男生都長得風流倜儻、濃眉俊眼，看起來好像是從漫畫書裡走出來的帥男。

　　「有什麼事嗎？」凱瑞問。

　　「剛才是你在彈吉他嗎？」戴著金絲框眼鏡的男生問。

　　「是的！吵到你們了嗎？」凱瑞回答說。

　　「沒有吵到我們！你的吉他彈得不錯，你彈過電吉他嗎？我們最近要成立一個樂團，我們想請你加入我們即將成立的樂團，擔任吉他手。」戴著金絲框眼鏡的男生說。

　　凱瑞一向熱愛音樂，當他知道慧恩加入教會的青年樂團擔任主唱後，他就有參加樂團的渴望。他聽戴金絲框眼鏡的男生說，想邀請他加入他們即將成立的樂團。一股興奮感從他的體內冉冉升起，他立刻回答說：「彈過，我一直很想參加樂團，所以在家的時候也常常彈電吉他。」接著，邀請三位男生進入寢室。「到裡面來，我們坐著談。」三位男生前後走進凱瑞的寢室。

　　戴金絲框眼鏡的男生先自我介紹說：「我叫張簡裕，電機系一年級，我將會擔任貝斯手。」三位男生中長得最高的男生自我介紹說：「我是水慕瑜，電機系一年級，我將擔任鼓手。」最後一位男生也自我介紹說：「我叫齊心樂，化學系一年級，我將擔任鍵盤手。」凱瑞分別和三位男生握手，然後自我介紹說：「我叫秦凱瑞，法律系一年級，剛才張簡裕說要邀請我擔任吉他手。」

　　三位男生分別坐在椅子和床舖上。凱瑞問三位男生說：「你們成立樂團的理念是什麼？為什麼你們要成立樂團？」

　　張簡裕回答說：「我們三個人是基於對音樂的熱愛，因此才聚在一起想成立一個樂團。音樂帶給我們很多的快樂，我們想把快樂分享出去。所以我們成立這個樂團的目的，是要藉著音樂把快樂傳送出去。我們不是以賺錢為目的，所以不會參與任何商業演出；我們將只是單純的學生樂團。」

　　這個理念完全符合凱瑞的理念，讓凱瑞躍躍欲試，有一股立刻答應加入他們樂團的衝動。但他想到慧恩，慧恩曾是青年樂團的主

唱，如果她也能加入這個樂團不是更好嗎？他提出條件，說：「我有一個同學叫朱慧恩，她以前是教會青年樂團的主唱。如果你們讓她擔任樂團的主唱，我才會加入你們的樂團。」

張簡裕沒有想到凱瑞會提出這個要求，一時之間無法回答。他從椅子上站起來，走到坐在床舖上的水慕瑜和齊心樂面前蹲了下來。三個男生嘰哩呱啦地商量起來，商量結束後，張簡裕起身對凱瑞說：「我們樂團現在還沒有主唱的人選。我們三個人商量的結果，原本是希望朱慧恩能試唱兩首歌給我們聽。不過後來我們想，既然她以前當過主唱，那她一定也能勝任我們的主唱。所以原則上沒有問題，試不試唱都可以。」

凱瑞露出笑容，驕傲地說：「我馬子一定不會讓你們失望。我會讓她試唱兩首歌給你們聽，這樣才能證明我所言不假。」

「哦！原來朱慧恩是你馬子，難怪你非要她當主唱不可。好吧，我們再約個時間，讓朱慧恩唱兩首歌給我們聽。」張簡裕說完，哈哈地笑了起來。水慕瑜和齊心樂也跟著露齒而笑。

凱瑞對自己不加思索脫口而出的話，相當地驚訝。「馬子，我怎麼會脫口說出朱慧恩是我馬子呢？想必是心裡充滿了，嘴巴就會說出來。我心裡已經認定朱慧恩是我的女朋友，所以嘴巴自然而然地洩露出來。」他想著，一種甜蜜蜜的感覺縈繞心頭。

按著學校的習慣，二年級的學生必須照顧一年級的新生。法律系的學長（姐）學弟（妹）制，是由學長（姐）以抽籤的方式，來決定所要照顧的學弟妹。慧恩的直屬學長叫陳達，住台北市。他白淨斯文、含蓄內斂、不善言辭，戴著一副黑框眼鏡。陳達不好意思自己一個人獨自來看慧恩，於是找了他的同班同學徐錦堂一起來西樓看慧恩。徐錦堂也是住台北市，長得不高也不矮，有點偏瘦。他溫文儒雅，為人幽默風趣，戴著一副棕色眼鏡。陳達和徐錦堂向西樓服務台的工讀生報上慧恩的姓名之後，便在會客室等候。

慧恩穿著拖鞋匆匆下樓走進會客室。坐在會客室裡的陳達和

徐錦堂，看見慧恩走進來，便起身迎向她。徐錦堂向慧恩自我介紹說：「朱慧恩，我是妳直屬學長陳達的同學，我叫徐錦堂。」接著轉向陳達，繼續介紹說：「這位是妳的直屬學長陳達。」

慧恩向陳達和徐錦堂恭敬地喚了一聲：「學長好！」

徐錦堂面帶笑容看著慧恩，陳達則有些靦腆，不知所措地站在一旁。徐錦堂見陳達有些窘迫，似乎不知道如何開口對慧恩說話。為了化解陳達的尷尬，便開玩笑地對慧恩說：「慧恩學妹，妳真有福氣，有陳達這麼一位忠厚老實又正直的學長。陳達不善於和女生打交道，看起來又那麼良善可欺。我會陪他來看妳，就是怕妳會欺負他，特地來坐鎮監督的。」

慧恩聽了覺得有些好笑。她偏過頭看向陳達，陳達臉頰泛紅，像是個害羞的小男生。「我的學長陳達看起來的確是個老實人，徐錦堂學長給人的感覺就比較幽默風趣，應該是個容易相處的人。」慧恩想著，露出笑容打趣地說：「所以學長你來是為了保護陳達學長，免得他落入我的魔掌囉？」

徐錦堂沒有想到慧恩會如此反應，便呵呵地笑了起來，陳達兩邊嘴角也向上揚起。徐錦堂看慧恩外表溫柔恬靜卻也懂得幽默，不禁對她另眼相看，也更加毫無忌憚地捉弄起她。他一派輕鬆地說：「學妹，我們當學長的照顧妳們，雖然是我們的責任。但是妳們這些當學妹、學弟的，也要盡妳們的義務，幫我們這些當學長的代課。知道嗎？」

慧恩好似丈二金剛，摸不著頭腦。她從來不知道學妹還必須幫學長代課。代課，顧名思義就是代替別人去上課。如果需要請人代課，那就表示那堂課教授一定會點名。除非教授點名的時候男女不分，否則她去代學長上課不就穿幫了嗎？陳達學長會笨得冒這麼大的風險，叫她去代他上課嗎？她越想越糊塗，她問徐錦堂說：「我是女生，我怎麼代替陳達學長上課呢？」

徐錦堂看慧恩一臉困惑覺得相當有趣。他玩興未滅，繼續捉弄慧恩說：「妳是女生當然沒有辦法代替妳學長上課，但是妳可以代替妳學長的女朋友上課，還有代替我的女朋友上課。」

慧恩一聽當學妹竟然還要代替陳達和徐錦堂的女朋友上課。她

感覺有些為難，不禁皺起眉頭委屈地說：「哦！我需要代替那麼多人上課呀！」

徐錦堂看慧恩皺著眉頭一副不情願的表情，內心暗自叫爽。他按捺住蠢蠢欲動的笑意，故意睜大眼睛表情嚴肅地說：「什麼那麼多人，妳以為我們會有多少女朋友呀？」

陳達在一旁看徐錦堂捉弄慧恩有些過意不去，他向前插話說：「妳別聽徐錦堂胡扯！我和徐錦堂都沒有女朋友。我也從來不翹課，不需要妳替我上課。」

徐錦堂聽陳達這麼一說，終於忍峻不住失聲大笑。慧恩見徐錦堂笑得那麼開心，不由地兩頰飛紅說不出話來。徐錦堂止住了笑，他見慧恩面色如春天裡盛開的櫻花，怔怔地看著他，才赫然發現自己有些失態。他清了清喉嚨，面帶微笑說：「是的！別緊張！我是開玩笑的！我們今天來是要請妳和我的直屬學弟柯玉斗，明天晚上一起到愛園餐廳吃飯。妳明天晚上有空嗎？」

慧恩雖然有被徐錦堂捉弄的感覺，但覺得他並無惡意也就不放在心上。經過與徐錦堂對話後，慧恩覺得他是個風趣而又容易相處的人。而自己的直屬學長陳達，則是個不善與人應對的老實人。有徐錦堂和柯玉斗陪著一起用餐，可以避免和陳達學長單獨用餐，兩個人卻無話可說的尷尬場面。慧恩神采奕奕地說：「應該有空！我最後一堂課六點結束，我們如果能約在六點十五分，我就可以直接過去。」

「那我們就這麼說定了！明天晚上六點十五分愛園見！」徐錦堂笑著說。

「好！明天晚上愛園見！」慧恩微笑點頭說。

愛園是學校裡最高級的餐廳，號稱是一家西餐廳，但餐廳裡的餐點又有濃厚的中餐味。嚴格來說，愛園應該算是一家中西合壁的餐廳，很符合一般人喜歡吃中餐，又愛吃牛排的需求。餐廳裡的裝潢比學校其他餐廳講究，而且大部分是沙發座椅。在迎新期間，愛

園一向是學長學姐招待學弟學妹的首選餐廳。學長學姐不在愛園請學弟學妹吃一頓飯，好像就有些誠意不足。愛園雖然是學校最高級的餐廳，但並沒有服務生。到此用餐的人，必須先付錢買餐券，再憑餐券領取自己購買的餐點。

慧恩和同班同學柯玉斗，以及他們的學長陳達和徐錦堂，各自取餐後，選了一處靠窗的座位坐了下來。正當他們準備開始用餐的時候，一位不知道是哪個系的女生走到他們桌子前面，羞怯地問：「你們可以聽我講幾句話嗎？不會超過5分鐘。」

慧恩他們雖然百般不願被打擾，但看那女生真誠的態度，又覺得不好意思拒絕。四人互相對視靜默了幾秒，徐錦堂開口說：「好！妳請說！」

「我要說的是，有一位創造宇宙萬物的 神。你們家裡的電視、冰箱，甚至一張紙、一隻筆，我說他們本來就存在，或是慢慢演化而來，並不是被製造出來的，你們相信嗎？人也是一樣。我說人本來就存在，或是從猿猴演化而來的，你們相信嗎？如果你們相信人是由猿猴演化而來的，那麼猿猴又是由什麼演化而來的呢？我所要講的，就是這位創造宇宙萬物的主……」女生很快地說完她要說的話，然後很有禮貌地向慧恩他們鞠躬道謝，接著轉身離開。

慧恩第一次遇到有人向她傳道，她驀然想起凱瑞問她的話：「妳會去傳教嗎？」她似有所悟：「原來這就是秦凱瑞所指的傳教！這要鼓起多大的勇氣才能做到呀？」她非常明白，這種情願拉下臉來謙卑的傳道，不是她所能做到的，所以對女生的勇氣非常佩服。

徐錦堂表情冷漠，不以為然地說：「這些基督徒總是認為，他們的神才是神，別人的神都不是神。」

關於唯一真 神的問題，慧恩也曾問過愛華。愛華的回答，慧恩還記得，因此直接反應便說：「學長，剛才那個女生說，基督徒的神是創造宇宙萬物的神，宇宙萬物當然包括人類。所以基督徒的神，事實上是全人類的神；只是有些人類不知道罷了。基督徒並不是說別人的神不是神，而是別人把過去已故的英雄人物、哲學大師、或現在尚存的人等，當成神來敬拜是有問題的；這些是人不是神。人就是人不能當成神來敬拜，而且基督徒與神的關係是直接的

關係，除了耶穌是中保外，並不需要任何中間人。」

徐錦堂沒有想到慧恩是基督徒，他有意迴避不想繼續這個話題。於是試著打圓場地把話題帶開說：「學妹的見解獨特，能言善辯。如果妳能參加健言社，那健言社將如虎添翼。」

「什麼『賤』言社？為什麼叫我們副班代參加『賤』言社？我覺得她講得滿有道理的。學長，你不能因為對基督徒有偏見，就把我們副班代的話當作是『賤』言。」柯玉斗義憤填膺為慧恩打抱不平。柯玉斗是從嘉義來的重考生，有點矮大約164公分。長得俊朗清秀，身材適中不胖不瘦，講話詼諧幽默帶一點土味。他自認是英雄救美，不禁洋洋得意，露出驕傲的神情。

「什麼『賤』言社！我所說的健言社的『健』，是健康的健。我是在誇你們副班代的口才好，建議她參加像健言社這種辯論社團。你別一副怒髮衝冠為紅顏的樣子好不好！別忘了，我是你的直屬學長。」徐錦堂對柯玉斗語帶教訓，悻悻然地說。

柯玉斗撓了撓自己的腦袋，有些難為情地說：「是這樣嗎？學長，對不起！我誤解你了！我就說嘛，像學長你這麼優秀的人，怎麼可能講出那麼沒有水準的話；原來是此健非彼賤。這都要怪那個成立健言社的人；辯論社就說辯論社，還要咬文嚼字叫什麼健言社，真是惟恐天下不亂！」

慧恩和陳達在一旁聽徐錦堂與柯玉斗的對話，不禁露齒而笑。

「學長，你們認為我們一年級的教授，哪位教授比較挑剔，比較會『當』學生？」柯玉斗態度恭敬，正經八百地問。

「那當然是教理則學的離正秋教授囉！」徐錦堂說著，將臉轉向旁邊的陳達，尋求他的背書。

「理則學不就是邏輯學嗎？為什麼教理則學的教授會是最挑剔的呢？難道邏輯這種東西很難理解嗎？」慧恩好奇地問。

「離正秋教授是哲學系的教授。他上課不准學生遲到，而且每節課必點名。他認得所有的學生，所以代課這種事門兒都沒有，根本不可能。他考試全部『open book』，可以帶書、帶筆記；也就是說他考試的題目很活。上課必須很注意聽，筆記一定要做，

考試卷還要記得寫名字否則0分計算。即使你什麼都做了也未必能『pass』，因為有時候他出的考試題目，遠遠超出你所能想像的難。總之，你們就盡力而為，其他就靠運氣了。」徐錦堂回答說。

坐在一旁的陳達，擔心徐錦堂講的話，會造成慧恩和柯玉斗的恐慌。他補充說：「法律系一年級，除了民法總則是專業科目，其他都是共同科目。一般來說，都不難『pass』，理則學是公認最難『pass』的。但只要認真聽課、勤做筆記，最重要的是遵守離正秋教授的一切規定；我認為『pass』並不是難事。」

剛來到愛園的凱瑞，看見慧恩和坐在她旁邊的柯玉斗，正和坐在他們對面的兩個男生，邊用餐邊聊天。他猜想那兩位男生，可能是慧恩和柯玉斗的直屬學長。他先和他的直屬學長張幼彰打了聲招呼，然後走到慧恩的身旁，面對徐錦堂和陳達自我介紹說：「學長好！我是朱慧恩和柯玉斗的同班同學，我叫秦凱瑞。請學長多多指教！」

徐錦堂與陳達起身和凱瑞握手，並分別自我介紹。徐錦堂問凱瑞說：「凱瑞學弟，你怎麼也在這裡？」

「我是和我的直屬學長張幼彰一起來的。」凱瑞說著，將手指指向坐在角落那桌的張幼彰。張幼彰，眉毛烏黑濃密宛如墨畫，杏仁般的眼睛柔和中帶著隱藏不住的憂鬱；他的臉龐豐腴圓潤，身型略胖；沒有屬於年輕男子的帥勁，卻有著成熟男人的穩重。

慧恩等四人同時向凱瑞指的方向望去，張幼彰此時也正往凱瑞的方向看。他見慧恩等四人望向他，便揮手打招呼。徐錦堂和陳達雙雙揮手回應。慧恩看著張幼彰心裡驀然一驚，她沉吟不語：「這位濃眉大眼的學長，怎麼長得這麼像我在美國的舅舅，只是眉眼間多了一份憂鬱。」慧恩將頭轉回，不經意地說：「那位學長看起來好像有些憂鬱。」

「他是張幼彰，我們給他取了個外號叫dirty。他剛剛被他的女朋友甩了，所以最近經常悶悶不樂。不要管他，再過一段時間，他就會沒事了。」徐錦堂輕鬆地說，一副事不關己的樣子。

凱瑞轉向慧恩，說：「朱慧恩，有一件事情我想跟妳商量。明天最後一堂課下課後，我們一起吃晚餐好不好？」

「好！明天上完法學緒論後，我們一起到法餐吃飯。」慧恩爽快地回答。

「你們慢吃！我要過去我學長那邊了。」凱瑞說畢，轉身離開走向他的直屬學長張幼彰。

「真是耳聞不如眼見！秦凱瑞真是太帥了！不知道他的家境如何？高、富、帥，他至少已有高、帥兩項了。難怪有女生等在理一舍門口，說什麼要請他參加社團。真正的目的是什麼，大家都心知肚明。」徐錦堂羨慕地說。

「你怎麼知道有女生在理一舍門口等他？」慧恩問。

「聽人說的，這種事一下子就傳開了。」徐錦堂用手托著臉頰，輕鬆地說。

「真的！我也親眼看過有女生在理一舍門口等他。我就說嘛，以前是男生在女生的宿舍門口站崗，現在我們班的秦凱瑞翻轉了這種現象。可惜，我們的凱瑞對女生沒有興趣。」柯玉斗興奮地說，又有些失望地嘆了一口氣。

慧恩轉過頭再看凱瑞和張幼彰一眼。凱瑞的確很帥，但慧恩卻對那位因失戀而憂鬱的張幼彰，更加有說不出的好感。張幼彰似乎感覺到有人在看他，舉目望向慧恩，正好捕捉到慧恩看他的眼神。慧恩趕緊將頭轉回，「張幼彰，張幼彰……」在慧恩的心裡迴盪著。

第十一章 無知的暗戀

在西樓的寢室裡，慧恩屈膝抱腿坐在椅子上看向窗外。她的頭上下左右移動，還是無法看到她的星星，連月亮也看不到。她有些失望，輕輕地嘆了一口氣說：「寢室的位置不好，看不到月亮，更看不到我的星星。」她讓雙腳觸地，然後伸手解開脖子上的十字架項鍊放在手心上。

「不管是貧窮、富貴、美麗、醜陋、善還是惡，每一個人的內心深處，都藏著一種被人喜愛的渴望。為了被人喜愛，我們會將自己最美最好的一面，表現在別人的面前。而將自己醜的不好的一面，在別人的面前隱藏起來。我也渴望被喜愛，但我卻反其道而行。將美麗的部分隱藏起來，以醜示人。這是正確的做法嗎？」她的眼睛凝視著十字架項鍊，似乎希望從中得到解答。

「神造萬物，看祂所造的一切都甚好，我需要把祂視為好的遮掩起來嗎？」她有些猶豫。蔣若水說她土，所以選擇了何晴晴而沒有選擇她。現在她對張幼彰很有好感，她希望將自己最美最好的一面呈現在他的面前，但這是不是意味著應該拿掉眼鏡呢？「如果我為了取悅一個人，或為了讓他對我產生好感，而改變我的選擇。那麼在他面前，我就沒有了我自己。我必須再堅持下去，不到萬不得已，我絕對不能放棄戴這副眼鏡。」她再度堅定自己的選擇。

何晴晴打開門走進寢室，這是自從她和蔣若水談戀愛以來，第一次在10點以前回寢室。慧恩轉過頭看著何晴晴，臉上寫滿錯愕。

「妳怎麼這樣看我？好像看到外星人一樣，有那麼奇怪嗎？」何晴晴問。

「我只是覺得妳今天回來得特別早，和平常不一樣，以前妳不

到10點是不會出現在這裡的。」慧恩邊說邊將項鍊戴回脖子上。

「跟一個人在一起久了就會有點膩，你有沒有聽過情到濃時情轉薄？沒有感情是會長久甜甜蜜蜜的。激情過後，就會慢慢地冷卻下來。有些人可以當情人，有些人可以當丈夫。天雷勾動地火是對情人，火花沒有了也就結束了。但丈夫就不一樣，找丈夫要找真心、專情、不花心、靠得住的。」何晴晴無精打采地說。

慧恩不太能理解何晴晴的話。她不知道何晴晴把蔣若水歸在可以當情人的，還是可以當丈夫的？她著實有些好奇，於是問何晴晴說：「那蔣若水是可以當情人的，還是可以當丈夫的呢？」

何晴晴沒有回答。她的眼睛注視著慧恩的十字架項鍊，似乎對它產生了興趣。她問慧恩說：「妳脖子上的十字架項鍊，有什麼意義嗎？我知道有一位天才醫學生，他的脖子上戴著一條銀的十字架項鍊。他把那條項鍊當寶貝，誰碰了他的十字架項鍊，他就跟那個人翻臉。」

「銀的十字架項鍊？」慧恩問。

「對！妳的是金的十字架項鍊，他的是銀的十字架項鍊。他是個天才，今年才21歲就已經開始實習了，他那種人才是可以當丈夫的。可惜他好像情有獨鍾，一直在找一個叫恩恩，眼睛會發光的女生。不過大家都認為他是痴人說夢話，眼睛明亮的大有人在，但世界上哪有眼睛會發光的女生？」何晴晴說。

慧恩記得爸爸媽媽曾提起，她小學一年級的時候，曾將一條爸爸從美國帶回來的純銀十字架項鍊，送給了一個貧窮的小男孩。難道那個天才醫學生是當年那個小男孩？

「那個醫學生叫什麼名字？你看過他嗎？」慧恩問。

「他叫周維新，我看過他一次。他長得高高瘦瘦的，有一雙憂鬱的眼睛，斯斯文文蠻好看的，是屬於女孩子會喜歡的那種類型。」何晴晴回答說。

慧恩對當年的那個小男孩已經沒有印象了。「周維新」這個名字，她覺得很陌生。「如果周維新是當年那個小男孩，他要找的人果真是我，那他可能是想報恩吧！為善應該不求回報，我如果去

見他就失去當年為善的意義了；所以我不會去見他。」慧恩沉思不語。她伸手摸著她脖子上的十字架項鍊，說：「願上帝祝福他，早日找到他心儀的對象。」

第二天，法學緒論課程結束後，慧恩和凱瑞一起並肩通過法學院圖書館，走向法學院餐廳。一路上，慧恩感到很不自在，總覺得有很多雙女生的眼睛，用嫉妒又輕蔑的眼神看著她。「她看起來土土的又不漂亮，應該只是秦凱瑞的同學吧！」慧恩聽到有人談論著。她沒想到和凱瑞走在一起，自己會成為別人注視的焦點，議論的對象。她倍感壓力，她對凱瑞說：「秦凱瑞，你走前面，我走你後面。」

「為什麼我要走前面，妳要走後面？」凱瑞不解地問。

「因為你太帥了！跟你走在一起，我很有壓力。」慧恩低著頭說。

「什麼壓力不壓力的！庸人自擾！我就要跟妳走在一起。」凱瑞說著，故意跟慧恩靠得更近些。慧恩見凱瑞不願意跟她一前一後走，只好把頭壓得更低，繼續和凱瑞並肩而行，走進法學院餐廳。

學校最後一堂課剛剛結束，法學院的學生慢慢地湧進法學院餐廳，排在慧恩和凱瑞後面的學生越來越多。慧恩怕被其他的女生品頭論足，刻意躲在凱瑞的前面，利用他高大的身體擋住她。輪到她取餐，她隨便取了兩道菜加上一碗飯付了錢，然後選了角落不顯眼的位子和凱瑞一起坐下來。

凱瑞將餐盤放在桌子上，隨即自在地吃了起來。凱瑞和蔣若水完全不同；蔣若水和慧恩一起用餐的時候，他很少動筷子；身體常常往後靠著椅背，兩隻胳膊在胸前交疊；眼睛盯著慧恩看，好像在打量她；讓她不時羞怯地低下頭。凱瑞則像是個老朋友，專心吃著他的飯菜，並沒有刻意去打量慧恩。事實上，他也不需要打量她。她的影像早就深深地刻印在他的腦子裡，他不用睜開眼睛都可以清楚地看到她。慧恩看凱瑞神情自若地用餐，她也輕鬆地吃了起來。

凱瑞抬起眼睛看向慧恩的餐盤，餐盤裡的菜少得可憐。他不禁關心地說：「妳怎麼吃這麼少？妳是怕世界糧食短缺不敢多吃嗎？其實妳也不需要那麼悲天憫人，我們這裡的糧食充足有餘，不怕妳

再多吃一點。而且妳也要為那些種菜的、打魚的、養豬養牛的，還有賣菜的、賣魚的……」凱瑞還沒有說完，慧恩就伸出手蓋住他的嘴巴，說：「夠了！秦凱瑞！你怎麼比我媽媽還嘮叨。你知不知道你現在是在對我疲勞轟炸？我只是挑食，還不習慣法餐的食物，跟糧食有沒有短缺無關。而且你放心，我還不足以影響別人的生計。」

凱瑞在小學二年級的時候，為了看慧恩的笑容，常常對她說話。有時候講笑說給她聽，有時候就是隨便胡扯。不管他說什麼，也不管他有多囉唆，慧恩總是面帶微笑靜靜地聽。她從來沒有像現在這樣，把手放在他的嘴巴上阻止他說話，就是連不耐煩的表情都沒有。慧恩的舉動讓凱瑞有些詫異，他放下筷子，嬉皮笑臉地說：「唉喲！真是女大十八變！別的女生是越變越溫柔，妳是越變越野蠻。人家是向文明前進，妳卻是退化到蠻荒。看來這世界上，除了我以外，沒有人敢找妳當女朋友了！」

「有沒有人敢找我當女朋友就不勞你費心了。至於當你這位大帥哥的女朋友，我是連想都不敢想，你好好吃你的飯吧！」慧恩嘟著嘴，沒好氣地說。

「對，好好吃飯，妳的確需要好好吃飯，看妳這麼瘦真讓人心疼。」凱瑞調皮地說。他看慧恩的皮膚十分白皙，又有些弱不禁風的模樣。他繼續說：「妳的皮膚那麼白，想必妳一定是常常待在家裡，不喜歡運動吧？」

「你真行！一眼就看出我不喜歡運動。我知道運動很重要，現在大家都崇尚健康美。那種弱不禁風林黛玉型的審美觀，早就已經過時了。我在美國的表姊告訴我，現在『維多利亞秘密』的女模特兒，都要經過健身訓練，包括拳擊訓練。可是，我就是沒有恆心做運動。」慧恩聳聳肩，無奈地說。

她想起凱瑞小學二年級的時候，常常陪著她坐在教室裡，好像很少到外面走動。但現在他看起來，一點都不像是缺乏運動的人。她用手扶了一下滑落的眼鏡，又說：「我記得你以前很少動，總是坐在教室裡。沒想到你現在體格這麼好，肌肉看起來很結實。你現

在一定很喜歡運動對不對？」

「妳說得沒錯，我很喜歡運動。運動對我來說，是一種消除疲勞、增強體能、增進記憶力的方法。每次做完運動，稍微休息一下後，我就會覺得精力充沛、衝勁十足。如果妳願意的話，我們偶而可以一起跑跑步、做做運動。我還可以當妳的健身教練，讓妳避免運動傷害，又能有效地達到健身的目的。」凱瑞笑著說。

慧恩的眼鏡又稍微往下滑落，她一邊伸手扶眼鏡，一邊說：「好啊！有空的時候，我們一起做運動。這樣下次到美國的時候，我就可以向我表姊展示我結實的肌肉。」

凱瑞看慧恩不時地扶眼鏡覺得有些好笑。明明就沒有近視卻戴眼鏡，而且還戴一副特別醜的眼鏡，遮住了她整個臉最美麗的部分；那雙燦爛如星的漂亮眼睛。他想起最近看到的一則笑話，便對慧恩說：

「我講一個笑話給妳聽：有一天，一個虔誠的婦人心臟病發作幾乎送命。她被送進手術房，她問神唯一的問題是：『我的生命到此為止了嗎？』神告訴她，她還可以再活40年。婦人聽了十分高興。等她逐漸康復後，她決定出院前，在同一家醫院先進行拉皮的整型手術，再漂亮的回家。經過整型手術和恢復過程後，她出院了，但卻在橫越馬路的時候被車撞死了。她上了天堂，她急著想知道為什麼神沒有遵守祂的承諾？她問神說：『我的40年呢？』神回答說：『我認識妳嗎？』」

凱瑞說完笑話，問慧恩說：「妳為什麼要戴這麼大的眼鏡？一點都不適合妳的臉型，妳的神還認識妳嗎？」

「我的 神認識我的靈魂！」慧恩一面呵呵地笑，一面說。她並不在意凱瑞說的笑話有沒有其他的含意，她喜歡聽他講笑話。他講的笑話常讓她笑得眼睛瞇成一條線，他的笑話帶給她喜樂。她從小就知道「喜樂的心是良藥」，笑聲蘊藏著醫治的功效。她喜歡微笑，每次聽完凱瑞講的笑話，她的微笑就變成大笑。大笑之後，她覺得心情舒暢，整個人都愉快起來。她停止了笑，又用手扶了一下她的眼鏡，說：「這副眼鏡是我爸爸送給我進大學的禮物，我答應他，我會戴著它。」

「妳爸爸真是奇葩！竟然送這麼大的眼鏡給妳當進大學的禮物。不過，他也很睿智，至少妳的四周會少了很多蒼蠅。」凱瑞吊兒啷噹地說。

其實，凱瑞還滿喜歡慧恩戴這副大眼鏡，因為這副眼鏡讓慧恩眼睛的深邃美麗和明亮完全被遮蓋。這樣喜歡慧恩的男生就會少很多，而凱瑞並不喜歡男生喜歡慧恩，尤其是蔣若水。

「朱慧恩若不是戴這副眼鏡，可能早就成為蔣若水獵取的對象。還好有這副眼鏡保護朱慧恩，讓她沒有成為蔣若水的囊中物。」想到這裡，凱瑞不禁莞爾。

慧恩不想談有關她眼鏡的事，她將話題帶開說：「你不是說有什麼事要找我商量嗎？」

「沒錯！在說這件事之前，妳能不能告訴我為什麼妳喜歡唱歌？」凱瑞說。

「我爺爺告訴我，他曾經搭火車到台北出差。當時正是鐵路電器化施工期間，火車被迫停在中途將近兩個小時。他在火車上等得很煩，突然一群年輕的基督徒，在他坐的車廂內合唱詩歌。一首一首地唱，直到火車重新開始行進為止。他們的歌聲實在太美妙了，讓煩躁的等候變成悅耳的音樂欣賞。當時爺爺覺得心情愉快，頓時不覺得等在火車上兩個小時是件苦事。我聽了之後就向 神祈求，希望我也能擁有好歌喉，將來也能用歌聲撫慰疲憊的心靈。所以我開始學聲樂，也開始喜歡唱歌。」慧恩愉快地回答。

「原來是這樣！妳知道我會拉小提琴，妳可能不知道我也會彈吉他。前天我在理一舍彈吉他，有兩位電機系和一位化學系的男生來找我，要我加入他們即將成立的樂團。我告訴他們如果妳能當主唱，我才會加入他們的樂團。所以他們委託我請妳去試唱，妳有沒有興趣去試唱？」凱瑞淺淺的笑容裡藏著一絲期待。

「那是個怎樣的樂團？」慧恩好奇地問。

「這個樂團是由他們三個熱愛音樂的人發起的。他們常聚在一起玩音樂，音樂帶給他們很多的快樂，因此他們想成立一個樂團分享快樂。他們成立這個樂團的目的，是要藉著音樂把快樂傳出去。

這個樂團不是以賺錢為目的，所以不會參與任何商業演出。將只是單純的學生樂團，和妳的理念有異曲同工之妙。」凱瑞正經地說。

「聽起來還不錯！不過我已經有一段時間沒唱了，我需要練習一下。」慧恩有些躍躍欲試的興奮又有些猶豫。

「我可以幫妳伴奏，我們可以再約時間一起練習。」凱瑞神情愉悅地說。

「那就謝謝你了！我們再約時間練習吧！」慧恩綻放出甜美的笑容說。她突然想起凱瑞的直屬學長張幼彰，她認為凱瑞應該會知道一些關於張幼彰的消息。她問凱瑞說：「聽說你的學長張幼彰被他的女朋友甩了？」

凱瑞一向不喜歡談論別人的事，但因為問的人是慧恩，他不願拒絕。另一方面，他猜想這或許是慧恩想和他繼續聊天，所以隨便找的話題。於是輕鬆地回答說：「其實，他應該談不上被女朋友甩了。」

「為什麼？」慧恩睜大眼睛，詫異地問。

「他那個所謂的女朋友是蔣若水的直屬學姊，他的同班同學郭富美。我聽他們說，張幼彰和郭富美的學長同時追求郭富美，郭富美選擇了她的學長，拒絕了張幼彰。」凱瑞悠哉地說。

「所以你是說，他們還沒有成為男女朋友就結束了？」慧恩有些錯愕地問。

「他們是這麼說的！」凱瑞點了一下頭說。

「兩個男生同時喜歡同一個女生，這麼說這位郭富美學姊一定很漂亮囉！」慧恩說。

「是不是漂亮見仁見智，但郭富美的家世聽說很顯赫，她爸爸還曾經當過縣長。」凱瑞說。

「張幼彰學長真可憐！」慧恩同情地說。

「婦人之仁！他哪裡可憐了？」凱瑞不解地問。

「沒同情心！他當然可憐囉！」慧恩嘟著嘴說。

「妳幹嘛那麼關心他？妳不會是喜歡他吧？」凱瑞開玩笑地問。

「你說哪兒去了！我只是覺得他長得像我舅舅，所以隨便問一問。」慧恩坐直身體，心虛地說。

　　「張幼彰長得像一位中年男子？真是未老先衰！相信妳也不會喜歡他。」凱瑞笑得燦爛，逗著慧恩說。

　　慧恩一時語塞，不知道該如何回應凱瑞？她見凱瑞已經用餐完畢，便嬌嗔地說：「話不投機半句多！不跟你說了！我們走吧！」

　　「也好！我回去看看，妳也回去看看。找一個我們都有空的時間，一起練習試唱的歌曲。」凱瑞說完，起身與慧恩一起離開法學院餐廳。

　　慧恩和凱瑞走出法學院餐廳時天色已暗，無垠的蒼穹長空萬里雲無留跡。明月似冰輪散發著清冷的光輝高懸天際，浩瀚的夜空只有幾顆星星點綴其中顯得份外孤寂。凱瑞陪著慧恩走向西樓，絲毫沒有要離開的意思。慧恩樂著有凱瑞陪伴，不需要自己一個人走回西樓，也不催促凱瑞離開。慧恩轉過頭看著凱瑞，她沉吟不語：「秦凱瑞的側面輪廓依然是那麼俊俏迷人，難怪那麼多女生喜歡他。」

　　慧恩戴上眼鏡後，雖然自認沒有感應人心的能力了，但她卻仍然能感受到凱瑞對她的好感。慧恩以前也覺得蔣若水對她有好感，但凱瑞給她的感覺和蔣若水給她的感覺竭然不同。蔣若水是以言語和表情讓慧恩覺得他喜歡她；而凱瑞卻是以含情凝睇和心的悸動，讓慧恩感受到他的好感。

　　「我雖然感受到秦凱瑞對我的好感，但這有可能是錯覺。就像我以前也感覺蔣若水喜歡我一樣，結果證明那是個錯誤。」慧恩心裡嘀咕著。此時，凱瑞也轉過頭來看慧恩，他的目光與慧恩的目光相接觸。慧恩被凱瑞深情款款的眼神所震懾，趕緊將頭轉回正視前方。

　　「我真的覺得秦凱瑞喜歡我！但他為什麼喜歡我呢？是因為我們是小學同學嗎？秦凱瑞長得這麼帥，比起蔣若水有過之而無不及。又有那麼多女生喜歡他，實在讓人沒有安全感。張幼彰雖然長得不如秦凱瑞和蔣若水，而且看起來有些老成，不是很多女生喜歡的類型。但這種人應該會比較專情不花心，是何晴晴口中所說可以當丈夫的人。總之，和秦凱瑞還是像現在一樣當好朋友就好了。」

她暗自思忖。

慧恩舉頭看向夜空，一顆璀璨明亮的星星，遙遠地陪伴著那輪明月。慧恩指著那顆熠熠生輝的星星，興奮地說：「我的星星！」

走在慧恩旁邊的凱瑞，抬起頭望向慧恩手指指的那顆明亮的星星，笑著說：「那是妳的星星？妳真是童心未泯。」

慧恩伸出手輕輕地放在凱瑞的手臂上，說：「這顆星星對我而言意義非凡，並非普通的星星。現在我要把你介紹給她。」慧恩將頭轉向星星說：「這是我的好同學秦凱瑞。」然後轉向凱瑞，一隻手指指著星星說：「秦凱瑞，這是我的星星。」

凱瑞一副認真的模樣，大聲地對著星星說：「朱慧恩的星星妳好！我是妳的好朋友朱慧恩的男朋友，很高興能認識妳。」

凱瑞是慧恩的小學同學，雖然只有一學期，但就因為多了這層關係，又加上寢室聯誼那晚的交心夜談，慧恩和凱瑞已經成為無話不說的好友。凱瑞三不五時調侃慧恩，慧恩也不以為意。聽凱瑞自稱是她的男朋友只當是開玩笑，她笑著對凱瑞說：「別開玩笑了！如果你真的是我的男朋友，我不知道會成為多少女生的公敵呢！」

凱瑞還來不及回應，慧恩的手機忽然響起。她拿起手機一看，是學姊鞏秋霞。慧恩對著手機說：「學姊妳好！」

手機傳來鞏秋霞的聲音說：「慧恩，我明天早上有事，趕不回來上8點半的刑法總則。妳能不能代我的課？」

慧恩除了陳達這位直屬學長，還有一位非常照顧她的學姊；就是中秋夜慧恩迷路時，帶她回西樓的鞏秋霞。鞏秋霞找慧恩代課，慧恩當然義不容辭。她未加思索脫口而出說：「可以！我明天早上沒課，哪間教室？」

「法23教室。妳明天早上到法23教室後就去找徐錦堂，他會告訴妳坐在什麼地方，那就麻煩妳了！」鞏秋霞說。

「沒問題！」慧恩說完，將手機放回衣服口袋裡，然後轉向凱瑞說：「我明天早上要代學姊的課。」凱瑞正要開口說話，慧恩立刻阻止他說：「狗嘴吐不出象牙！你什麼都別說了！西樓到了，我要進去了。明天見！」

凱瑞溫柔地凝視著慧恩，臉上露出不捨的神情，說：「好吧！明天見!」

慧恩慢慢地走向西樓大門，走了幾步又翩然回首，露出甜美的微笑向凱瑞揮了揮手。凱瑞也向慧恩揮手，依依不捨地目送她走進西樓。「真是回眸一笑百媚生！除了那副滑稽的眼鏡外。」凱瑞想著，臉上綻放出快樂的笑容，轉身踏著輕快的步伐走離西樓。

西樓熄燈已經一段時間了。寢室裡一片黑暗寂靜，慧恩卻依舊輾轉難眠。這將是慧恩第一次代學姊的課，慧恩的心有些忐忑難安。她擔心萬一教授知道她是去代課的，那該怎麼辦？她有些膽怯，答應學姊時所表現的義不容辭的豪氣，一下子消失得無影無蹤。慧恩猶豫著，是不是該打電話把她的擔憂告訴鞏秋霞？

「鞏秋霞學姊人那麼好。如果我將我的擔憂告訴她，她一定能體諒我，再去找其他人代她的課。但是現在已經這麼晚了，學姊要去哪裡找人代課呢？況且己所不欲勿施於人，如果我自己都不想去代課，怎麼可以要別人去代課呢？」

慧恩舉棋不定憂心忡忡。她想到中秋節那天晚上，若不是鞏秋霞的幫忙，她肯定要夜宿西樓門口。何況這些日子以來，鞏秋霞也特別照顧她，三不五時就會問她有什麼需要她幫忙的？

「學姊是情非得已才會找我去代她的課。我不能忘恩負義，明知山有虎，也必須向虎山行。何況情況也許不會那麼糟，教授或許不會知道我是去代課的。如果學姊沒有相當的把握，絕對不會冒著代課被教授抓到的危險找我去代課。」經過一番斟酌衡量，慧恩決定明天早上還是按著答應鞏秋霞的話去代課。

第二天早上8點10分，慧恩就已經來到法23教室。慧恩按著鞏秋霞昨天晚上的指示，先進教室找徐錦堂，但徐錦堂並沒有在教室裡。慧恩走出教室，在教室外面的走廊又等了幾分鐘，才瞅見徐錦

堂從走廊的一端姍姍來遲。

慧恩面帶微笑迎向徐錦堂說：「學長，今天我來代鞏秋霞學姊的課，她說你會告訴我坐在什麼地方。」

「學妹，真沒想到妳這麼快就來代課了！」徐錦堂笑瞇瞇地看著慧恩說。

「我也沒有想到我會來代課。幾天前你說什麼代課的事，我還以為你是在開玩笑。要不是鞏秋霞學姊臨時有事，我是不會來代課的。」慧恩聳聳肩無奈地說。

「既來之則安之！妳既然已經來了，就好好地坐在我的前面幫鞏秋霞代課。教授點名點到鞏秋霞的名字時，妳喊一聲『有』就可以了。」徐錦堂一面對慧恩說，一面拿出手機看了一下鞏秋霞傳給他的簡訊。

慧恩覺得似乎太容易了，因此向徐錦堂再確認一次說：「點到鞏秋霞學姊的名字時，喊一聲『有』就可以了嗎？」

徐錦堂揮手和經過的同學打了個招呼，又偏過頭微笑地對慧恩說：「我們刑法總則的教授，點名時只聽聲音不看人，有發出聲音就可以了。」

「好吧！聽你的！」慧恩搞不清楚狀況，只能一切聽從徐錦堂的指示。

慧恩和徐錦堂一起走進教室，認識慧恩的學長學姊們，紛紛向慧恩打招呼說：「學妹，來代課呀！」慧恩僅僅微笑點頭回應。

徐錦堂帶著慧恩坐在近後門靠牆的座位上。慧恩坐定後，眼睛隨即四處掃描。陳達坐在中間前面的位置，她想陳達肯定是一位認真聽講的好學生。她又看了幾位她認識的學長學姊坐的位置，最後目光停留在坐在最後一排靠著另一面牆的張幼彰。張幼彰帶著憂鬱的神情，靜靜地坐在靠牆的角落，宛若遺世獨居的孤獨者；慧恩的目光被他深深吸引，目不轉睛地看著他。徐錦堂看慧恩四處張望，以為她覺得無聊。他好意提醒她說：「學妹，妳有帶書來嗎？妳可以看妳自己的書。」慧恩點頭回應了一聲「好！」隨即將目光轉回書本。

第十一章 無知的暗戀

　　8點30分，教授準時地走進法23教室。教刑法總則的這位教授，是一位滿頭白髮的老法官。他把書本放在講台桌的桌面上，戴起眼鏡攤開點名簿，開始按著學號點名。正如徐錦堂所說的，這位教授點名的時候，只聽聲音並沒有抬起頭。慧恩看到這種情形，稍稍覺得安心。她想，只要教授叫到鞏秋霞的名字，自己像其他學長學姊一樣，喊一聲「有」就可以安全過關了。

　　「鞏秋霞！」老教授發出沙啞低沉的聲音喊著。教室裡一片靜默，沒有喊「有」的聲音。徐錦堂看慧恩沒有出聲，趕緊用手碰了一下慧恩的背。慧恩被徐錦堂的手一碰，立刻反應過來喊了一聲「有」。

　　老教授拿下眼鏡，抬起頭來往慧恩的方向看去。慧恩看老教授往她的方向看過來，宛若驚弓之鳥猛然低下頭。老教授看著低下頭的慧恩，停了數秒鐘，又戴上眼鏡繼續點名。點名結束後，老教授將點名簿闔上，翻開書本開始上課。

　　慧恩心裏暗叫一聲：「好險！」她慢慢地舉起頭，看向講台上的老教授。老教授往慧恩的方向又看了一眼，然後若無其事地繼續講課。

　　「從教授看我的眼神，我感覺他應該知道我是來代課的。但他為什麼輕易放過我不當場拆穿呢？」慧恩低頭沉思片刻，似乎有所領悟：「或許教授點名時只聽聲音不看人，是對學生的寬容。發現我是來代課的卻輕輕地放過，是不願為難我。我不得不佩服這位教授的修養，和虛懷若谷的胸襟。我不知道『得饒人處且饒人』能不能說明教授的心態？但我衷心地感激這位教授。」慧恩放鬆地吁了一口氣。

　　老教授滔滔不絕認真地授課。慧恩的目光開始游離，不時地轉向坐在另一邊角落的張幼彰。張幼彰似乎發現慧恩的眼睛不斷地朝他看，也舉目往慧恩的方向看。慧恩看見張幼彰的眼睛盯著她看，以為張幼彰對她有好感。臉頰不禁微微泛起紅暈，害羞地低下頭轉向前方。

　　慧恩的一切舉動，全被坐在她後面的徐錦堂看在眼裏。徐錦堂

從慧恩一再轉頭凝視張幼彰，猜出她一定是對張幼彰有好感。因此在刑法總則課程結束後，把慧恩帶到教室外面的走廊與她懇談。

「學妹，張幼彰我們都叫他『dirty』。凡是髒的東西最好少碰，免得弄得一身污穢。」徐錦堂說。

「學長，你是什麼意思？你是說張幼彰學長不好嗎？」慧恩蹙著眉頭，不解地問。

「張幼彰不是不好，只是他不適合妳。」徐錦堂欲言又止，為難地說。

「為什麼不適合我？」慧恩緊迫盯人地問。

徐錦堂見自己說的話，慧恩無法理解。他嘆了一口氣，暗自思量：「沉醉在夢鄉的人，總是拒絕被叫醒。還不如讓她自己清醒過來，這樣會比較妥當。」徐錦堂放鬆臉部的肌肉，看著慧恩說：「下星期六，我們班要辦迎新郊遊烤肉活動，會邀請妳們班來參加。到時候我介紹妳給張幼彰認識，妳自己看他是不是適合妳，這樣好不好？」

慧恩非常渴望認識張幼彰，聽徐錦堂這麼一說，心裏十分喜悅。她興奮地說：「好啊！那我們就這麼說定了，下星期六一起去郊遊烤肉。」

徐錦堂見慧恩如此的高興，也不好再說什麼，僅淡淡地說：「好吧！妳高興就好！」他轉身正欲離開，突然好像想到什麼似的，又轉過頭來對慧恩說：「我們班和妳們班的男生，今天下午1點在籃球場有一場友誼賽。張幼彰也會參賽，也許妳會有興趣去看。」

慧恩雖然只是法律系法學組一年級的副班代，但因為大慧恩10歲的班代表已經結婚，而且新婚的妻子即將生產，鮮少參與班上的事務。因此慧恩實際上同時兼任代表的職務，她非常積極地參與班上大大小小所有的活動；即使班際間非正式的友誼賽，只要她知道，她也一定會帶著水前去為班上同學加油打氣。慧恩聽徐錦堂說兩班有友誼賽，她神情愉悅地說：「我不知道我們兩班下午有友誼賽。既然知道了，我一定會去為我們班參加比賽的男同學們加油打氣。」

「那好！下午一點籃球場見！」徐錦堂說完，瀟灑地轉身離開。慧恩目送徐錦堂離開，自己也轉身往另一個方向踏出步伐。她

邊走心裏邊盤算著要買多少的水，才能讓參與友誼賽的同學們都有水喝。

　　下午友誼賽開始之前，慧恩請了兩位男同學，將兩打瓶裝水拿到籃球場。兩位男同學將兩打瓶裝水，按著慧恩的指示，放在觀眾席的椅子上就離開了。整個籃球場除了陸陸續續來參加比賽的人，就只有一個坐在觀眾席上的慧恩。慧恩看見凱瑞悠閒地走進籃球場，便揮手向凱瑞打招呼。凱瑞看見揮著手的慧恩，他滿面春風走到慧恩的身邊，俏皮地對她說：「同學，來看帥哥我打球嗎？」

　　慧恩聽凱瑞自稱是帥哥，沒好氣地回答說：「我是來看像蟋蟀一樣蟀的帥哥你，和其他帥哥們打球的。」凱瑞沒想到慧恩會這樣回答，便哈哈地笑了起來。

　　「我們班和學長們打友誼賽，你怎麼沒有告訴我？」慧恩嬌嗔地問。

　　「我什麼事都要告訴妳嗎？那妳先說說看我是妳什麼人？」凱瑞笑著問。

　　「你是什麼人？北京人、山頂洞人、摩登原始人，或是外星人。你看你自己喜歡哪一種人，你就選一個當好了。」慧恩故意開玩笑地說。

　　凱瑞眼看拿慧恩沒輒，便嘻皮笑臉地說：「我沒有告訴妳，是因為這不是什麼重要的比賽。只是大家好玩砌磋一下球技而已。我不知道妳為什麼還大費周章買水來看我們賽球？」

　　「為同學們加油打氣是我當副班代的責任，當然要來看你們賽球。買水來是要慰勞為本班爭取榮譽的同學們，這些都是我當副班代應該做的。」慧恩表情認真，義正詞嚴地說。

　　「沒有人像妳這樣當副班代的，簡直是賣命。幫全班交涉買書、辦活動、與教授聯繫等等，什麼事都做。班上各種比賽，妳也都會出現為參賽者加油打氣。妳有必要這麼拼命嗎？妳又不能從中得到任何好處。」凱瑞正經地說。

「『無論做甚麼，都要從心裏做，像是給主做的，不是給人做。』這是我從聖經上學來的，不管做什麼工作都要竭心盡力做好。當副班代雖然沒有報酬也不受任何監督，但也務必盡心盡力為班上同學服務。何況副班代只能當一學年，將來想做也沒有機會。」慧恩說著，心中有難以言喻的榮譽感。

　　凱瑞聽了慧恩說的話心裏十分佩服，卻又故意裝出一副吊兒啷噹的樣子，說：「隨便妳！反正是死道友，不是死貧道，又不關我的事！」

　　「好了！帥哥！比賽要開始了！他們在等你呢！」慧恩推著凱瑞的胳膊說。

　　凱瑞慢跑跑進籃球場，又轉身向慧恩擺了個V的手勢，比賽隨即展開。籃球場上兩隊互相較勁，慧恩並不太懂籃球，只要看到同班同學進球就鼓掌。張幼彰也穿梭在球場上，慧恩的目光經常隨他移動。

　　凱瑞因為慧恩來看球賽心情大好，頻頻進球表現得特別優異。凱瑞每次進球後，總會有意無意地往慧恩的方向看。有時看到慧恩正為自己的進球賣力鼓掌，整個人都覺得飄飄然，有要飛起來的感覺。

　　比賽結束了，結果是慧恩的班上獲勝。

第十二章 驀然回首來時路

　　理一舍傳來陣陣小提琴聲，輕柔優美彷彿山澗的潺潺流水聲飄盪在天地之間。蔣若水悠閒地靠著枕頭坐在他下舖的床上，一邊看武俠小說，一邊欣賞凱瑞拉的小提琴。小提琴聲戛然而止，蔣若水抬起頭來意猶未盡地催促凱瑞說：「不要停！繼續！繼續！」

　　「你這幾天怎麼這麼早就回寢室。何晴晴呢？你跟何晴晴分手了嗎？」凱瑞邊說邊將他的小提琴收入琴盒，拿起吉他撥弄了幾下。

　　「你有沒有聽過『烈風不終朝，暴雨不終日』？狂風暴雨來勢洶洶，卻不能持續長久。激情這種東西就是這樣，來得急去得也快。我和何晴晴目前是保鮮期還沒有過，但先要放在冰箱裡冷藏一下以免迅速變壞。我現在無為無欲也算逍遙，看看武俠小說，聽聽你這位高手拉的如天籟之音的小提琴。生活過得還算愜意，還沒有獵貨的打算。」蔣若水悠哉地說。

　　凱瑞低頭調吉他的弦，隨意問蔣若水說：「你的人生目標是什麼？不會只是不斷地更換女朋友吧！」

　　「從小學開始，每個老師都會告訴我們，人生要有目標，而且目標要遠大。我不知道遠大指的是什麼？我是個講求實際的人。我讀的是法律系，我的目標就是當司法官或是律師；這就是我的人生目標。追求人生目標的同時，也要懂得欣賞沿途的風景，這樣生活才不會太乏味。你呢？你的人生目標是什麼？」蔣若水一派輕鬆地說。

　　「有人說，我們的目標如果沒有大到嚇到自己，那我們的目標就太平庸了。我是個敢於做夢的人；我將我的人生目標分成近程目標、遠程目標、以及終極目標。先達成各種近程目標，以成就遠程目標，再向終極目標前進。我的終極目標是成為一個最有價值的

人，這個價值取決於貢獻；或是在我的工作上，或是對社會、對國家、對人類，我要成為有史以來最有貢獻的人。我的遠程目標是將那位千年難逢的曠世美玉娶回家。為了達成這個目標，我有一個計劃，計劃裡有很多近程目標。考上司法官、律師是我的近程目標之一。」凱瑞說。

「你的人生目標未免太偉大了吧！考上司法官、律師是我的終極目標，卻只是你的近程目標。不知道是你太狂妄，還是我的志氣太小？不過，我對你的遠程目標倒是很好奇。你那個所謂的千年難逢的曠世美玉，到底是你記事本裡的那個女生還是朱慧恩？」蔣若水說。

凱瑞揚起雙眉，故作神秘地說：「這是秘密，我要讓它變成一份驚喜，所以現在不能告訴你。世界上沒有永遠的秘密，有一天你一定會知道。但我希望我喜歡的那個女生，是第一個知道這個秘密的人。」凱瑞說著，從書桌的抽屜裡，拿出了那本精美的記事本，翻到寫著「曾經滄海難為水，除卻巫山不是雲」的第一頁。他的眼睛充滿柔情，痴痴地看著那一行字。似乎在回憶又好像在品嚐，藏在心底的那份甜蜜蜜的滋味；他對著記事本露出如朝陽般和煦的笑容。

蔣若水從床上起身走到凱瑞的身邊，想要一窺記事本的內容。凱瑞見蔣若水在自己的身旁，便將記事本闔上放回抽屜裡。蔣若水露出無所謂的表情，說：「你真會吊人胃口，不說就不說！不過，我大概可以猜得出來，誰是那塊曠世美玉？從你看你記事本的神情，已經很明顯地告訴我，記事本裡的那個女生才是你的那塊曠世美玉。朱慧恩充其量只是個內在美麗的紅粉知己，不可能是你的遠程目標。你說我猜的對不對？」

凱瑞看了蔣若水一眼，嘴角微微上揚並沒有回答他。他刻意轉移話題，問蔣若水說：「明天夢之湖的郊遊烤肉活動，你會跟何晴晴一起去嗎？」

「我當然會跟何晴晴一起去。我不跟她一起去，難道跟朱慧恩一起去嗎？朱慧恩是你的，我答應你不會碰她就不會碰她。我曾經試過找班上其他女生，但她們都認為我跟何晴晴是班對，所以離

我遠遠的。現在我在她們的心目中是死會，就只能跟何晴晴在一起了。」蔣若水回答說。

凱瑞開始彈起吉他，蔣若水不知何故打開窗戶探頭往下張望。凱瑞停止彈吉他的手，好奇地問：「你在看什麼？窗外有什麼好看的嗎？」

蔣若水轉回頭面對凱瑞說：「我聽說，你拉小提琴或彈吉他的時候，總會有女生駐足聆聽。我是好奇，今天會有多少個女生，站在我們窗戶下面聽你彈吉他？我剛才看了一下，好像還沒有女生站在下面。我看你對女生的冷漠與高傲，已經把她們的熱情澆息了。」

「這樣最好！省得麻煩！」凱瑞說畢，又彈起吉他。

「你堪稱現代柳下惠，美女當前卻能坐懷不亂。我以前還不相信有這樣的男人，我總以為這樣的男人不正常，一定有什麼毛病。自從看到你對女生的態度後，我才體會到原來世界上沒有不可能的事。歷史上那個解開自己外衣，把美女裹在裡面為她取暖，卻沒發生非禮行為的柳下惠，可能是真有其人其事。」蔣若水邊說邊走回他的床舖坐了下來，拿起他的武俠小說繼續閱讀。

在西樓的寢室裡，慧恩坐在書桌前的椅子上對著書本發呆。何晴晴則坐在她自己的椅子上不斷地在傳簡訊。慧恩想到，明天就可以正式認識張幼彰，心裡莫名地高興起來。她回憶起那天代課的時候，張幼彰凝視她的目光。她覺得張幼彰一定是喜歡她，至少是對她有好感，否則不會這樣一直盯著她看。自從在愛園第一次看到張幼彰，她就對張幼彰有好感。他雖然長得不像蔣若水和秦凱瑞，那麼帥，那麼陽光，但他長得有點像她在美國的舅舅。而且看起來成熟穩重，不像是個會始亂終棄的花心男。

「我並不想找像何晴晴說的那種情人，我要找一個會愛我一輩子的男人。張幼彰讓人覺得有安全感，他的外貌雖然比不上秦凱瑞和蔣若水，但看起來也不差；內在美才是最重要的。先有交往的機會，再看看他是不是適合我？如果他的品格操守也不錯的話，我不

排除就跟他在一起。」慧恩越想越覺得愉快，不由地對著書本傻傻地微笑。

何晴晴突然轉過頭對著慧恩說：「朱慧恩，妳想不想認識那個天才醫學生周維新？我現在有一個機會可以讓妳認識他。」

慧恩曾經聽何晴晴提過周維新這個人。她知道他的脖子上戴著一條銀的十字架項鍊，不斷地在尋找一個叫恩恩的女生。她對他有些好奇，很想知道他是不是就是當年那個，她送出十字架項鍊的小男孩？但她不想主動去找他，她不想因為她過去的善行而得到對方的回報。現在有一個機會可以讓她認識周維新，了解周維新是不是就是當年的那個小男孩，而且不是她主動去找他。她是不是應該把握住這個機會呢？她很猶豫。略為思考後，她問何晴晴說：「有什麼機會可以認識他？」

「我有一個讀德文系的高中同學林玉秋，她的一位男性朋友戴千田和周維新是同學。戴千田說，周維新想來我們學校認識幾個朋友，所以請林玉秋介紹幾個人給他認識；大家一起吃吃飯聊聊天建立友誼。他從去年起就這麼做，不僅要來我們學校，也會去台北其他的大學。目的是請大家幫忙他，找那個眼睛會發光叫恩恩的女生。」何晴晴說。

「周維新為了找眼睛會發光的恩恩，從去年開始就到台北各個大學交朋友，請求別人的幫忙。我不知道我的眼睛會不會發光？但每個看過我眼睛的人，都說我的眼睛比平常人明亮，而且我爸爸媽媽都叫我恩恩。如果他真的是當年那個小男孩，而我也真的是他要找的人。那麼我應該去見他，把我不希望得到他回報的心意告訴他，免得他那麼辛苦到處找我。」慧恩低頭沉思了一會兒，隨即抬起頭對何晴晴說：「我很想認識周維新，妳告訴我時間地點，到時候我一定到。」

「好！等時間地點確定後我再通知妳。周維新要去的學校有好幾個，他本身的實習工作又很忙，所以不知道他什麼時候才能來？無論如何能認識醫學生也不錯，即使不能跟他進一步交往，至少對我們將來也有好處。人難免會有病痛，有個醫生朋友可以諮詢也蠻好的。」何晴晴停了一下，略為思考後又意有所指地繼續說：「話

說回來，很多事情是說不準的。只要有女生合周維新的胃口，搞不好他會改變心意，不再找那個叫恩恩的女生。妳應該聽過英雄難過美人關吧！世界上沒有征服不了的男人。機會要自己製造，技巧和耐心加上智慧，不怕男人不俯首稱臣，拜倒在石榴裙下。不過，前提是不能有男朋友，最好在見周維新之前就沒有男朋友。」

慧恩聽了一頭霧水，不知道何晴晴後面的那段話是什麼意思？也不明白何晴晴是說給自己聽的呢？還是說給她聽的？她對周維新並沒有其他想法。如果她真是周維新要找的人，她只想告訴他，她不想得到他的回報。她希望他能毫無虧欠感，自由自在地追求他的幸福人生。但如果何晴晴是說給她自己聽的，那是不是表示她要跟蔣若水分手了呢？她有些好奇不禁開口問何晴晴說：「明天妳還會跟蔣若水一起參加夢之湖的郊遊烤肉活動嗎？」

何晴晴睜大眼睛有些訝異地看著慧恩，似乎不理解慧恩為什麼會問這個問題？她嘟著嘴說：「蔣若水是我的男朋友，我當然會跟他一起去參加夢之湖的郊遊烤肉活動；我還要跟他同一組呢！我們現在雖然處於冷靜期，但還沒有分手；其他女生還沒有機會跟蔣若水交往。」

慧恩不太懂何晴晴最後一句話的意思，她暗自揣摩：「難道何晴晴以為我還喜歡蔣若水，所以才說那句話給我聽？」慧恩為了避免何晴晴誤會她還喜歡蔣若水，幾乎不在何晴晴的面前談論蔣若水。何晴晴也極少在慧恩面前提起蔣若水，即使慧恩偶而提起蔣若水，何晴晴也都不回應，或輕描淡寫地帶過。慧恩覺得不能再繼續這個話題，於是轉移焦點說：「秦凱瑞很會拉小提琴！現在時間有些晚了，不然我就可以打電話給他，請他明天拉小提琴給我們聽。」

「妳怎麼跟秦凱瑞交情那麼好？他對女生很冷漠，為什麼單單對妳不同？」何晴晴好奇地問。

「因為我是他的小學同學，我們兩個人相處起來就像哥兒們一樣。他不把我當女生看，我也常常忘了他是男生……」慧恩神采飛揚地說著，空氣中似乎飄盪著凱瑞的小提琴聲。

法律系法學組二年級所主辦的迎新郊遊烤肉活動，在風光明媚的夢之湖舉行。夢之湖位於群山之間，碧綠的湖面波光瀲灩，宛若反映蒼翠樹林的鏡面。夢之湖的四周都是樹林，有步道可供遊客入林遊玩，鄰近湖邊有一大片綠油油的草地可供玩耍烤肉。星期六上午十點，全體參與活動的人都已抵達夢之湖，並以6人一組進行分組。慧恩、何晴晴、蔣若水和他們的直屬學長學姊陳達、阮文雄、郭富美在一組。

　　慧恩將烤肉用的醃肉及用品分配給每一組，主辦活動的學長向全體參與活動的人說：「現在各組沿著湖邊，選擇自己喜歡的地點，架好石頭升火，放上烤肉架。再將事先醃好的肉，放在烤肉架上，就可以開始烤肉了。」

　　升火的事由男生們負責，女生們在男生們升火的時候，可以留下來幫忙，也可以自由活動到各組去串門子。但是沿著湖邊遊湖或入林遊玩，依主辦學長的指示，則需等烤完肉之後。

　　蔣若水、陳達、阮文雄忙著升火。慧恩彎下腰看了一下，覺得自己沒有可以幫忙的餘地。她站直身子閒來無事舉目望向張幼彰那組。張幼彰那組的成員，除了張幼彰之外，還有徐錦堂、鞏秋霞，以及他們直屬的學弟學妹秦凱瑞、柯玉斗和岳雙喜。

　　凱瑞、柯玉斗和徐錦堂正忙著升火，張幼彰彎著身子試圖從旁協助。張幼彰似乎覺得自己無用武之地，便站直身體頭轉向四周觀望，尋找可供拍攝的景色。倏忽之間，他的目光被慧恩凝視他的眼神所吸引，停留在正看著他的慧恩身上。他若有所思停了一會兒，然後兩邊的嘴角向左右微微拉開。他拿起手上的手機，對準慧恩的方向不斷地拍照。

　　慧恩看張幼彰拿著手機，往她所在的方向不斷地拍照。她心裏十分雀躍，以為張幼彰是對她有意思，所以才一直對著她拍照。徐錦堂將升火的工作交給凱瑞後，站起身子抬頭向前望。他瞅見慧恩正看著張幼彰，便想起自己說過要介紹慧恩給張幼彰認識的事。他舉步走到慧恩的身旁，對慧恩說：「學妹，妳去找鞏秋霞聊天。我把張幼彰帶到一旁，先問問他對妳的感覺，看他有沒有意思要認識妳？妳背對著我們在一旁聽聽他的想法。這樣要不要認識他，妳心

裡也好有個底。」

「好！我現在就去找鞏秋霞學姊。」慧恩欣喜地回答。她想到那天代課時張幼彰一直看著她，以及剛才他一直對著她拍照，她的心就不由地快樂起來。她認為張幼彰一定是喜歡她，肯定會想認識她。她信心滿滿地踏著輕快的步伐，往鞏秋霞的方向走過去。鞏秋霞正坐在離她那組不遠的草地上講手機。慧恩走到鞏秋霞旁邊，面對夢之湖坐了下來，並沒有打擾正在講手機的鞏秋霞。

徐錦堂刻意把張幼彰帶到離慧恩很近的地方。他用自己的身體擋住坐在草地上的慧恩，然後問張幼彰說：

「陳達的學妹朱慧恩好像很喜歡你，你知道嗎？」

「我知道！」張幼彰面無表情，冷冰冰地回答。

「你既然知道，那你喜不喜歡她呢？」徐錦堂盯著張幼彰，神情自若地問。

「不喜歡！」張幼彰肯定而簡潔地回答。

徐錦堂臉上沒有任何訝異的表情，似乎早已知道張幼彰會這樣回答。他繼續問張幼彰說：「那你為什麼不喜歡她呢？」

張幼彰一臉傲慢，嫌棄地說：「因為她看起來很土，帶不出去。」

徐錦堂問完了話，恐怕張幼彰發現慧恩會造成彼此的尷尬。因此找了個藉口，說：「看你那個萬人迷學弟好像不太會生火，我們還是過去幫他的忙吧！」說完，領著張幼彰走向凱瑞。

慧恩聽完了張幼彰與徐錦堂的對話後，整個人愣在那邊。她沒有想到張幼彰竟然如此嫌棄她。「她看起來很土，帶不出去。」不斷地在她腦中重覆播放。先是蔣若水現在是張幼彰，他們都說同樣的話。慧恩不明白，為什麼她總是錯誤地以為他們喜歡她，而結果他們都是以同樣的理由批評她、嫌棄她。連交往的機會都沒有，更別說發覺內在美了。

慧恩的眼睛直直地看著前方，眼淚在眼眶裏打轉。坐在一旁講手機的鞏秋霞突然轉向慧恩說：「慧恩，我的手機沒電了，妳的手

機能不能借我用一下？」慧恩伸手將淚水抹去轉向鞏秋霞。鞏秋霞看著剛剛拭去淚水的慧恩，覺得她可能有什麼心事，便關心地問：「慧恩，妳還好嗎？是不是發生了什麼事？」

「沒事！剛剛有些觸景傷情，現在沒事了，這是我的手機妳拿去用吧。」慧恩故作輕鬆地說，同時將手上的手機遞給鞏秋霞。

「沒事就好！我先打個電話，等一會兒我們再來聊聊妳的觸景傷情。」鞏秋霞說完，拿起慧恩的手機開始撥號。

慧恩的心情非常惡劣。她有著被張幼彰嫌棄的難堪，以及被徐錦堂知道她被嫌棄的羞恥。她不知道如何在這麼多人面前，坦然面對張幼彰與徐錦堂。現在她只想讓自己從這個地方消失，不要再看到張幼彰和徐錦堂，最好永遠都不要再看到他們。這樣她就可以裝作什麼事都沒有發生過，她就可以像今天這個時間之前一樣快樂的生活。慧恩從鞏秋霞的身邊站了起來，神情有些恍惚，漫無目的地往樹林的方向走過去。

夢之湖，如夢如幻的夢之湖，除了慧恩他們這群人，今天並沒有其他的遊客。慧恩腦海裡一片空白，忘了主辦學長要求，必須等到烤完肉之後才能入林遊玩的話。獨自走上步道進入深不見底的樹林。

慧恩快步走在步道上，眼淚像崩潰的河堤不斷地湧流。淚水模糊了她的視線，但她並不在乎。她只想快快地離開那群人，離得越遠越好。她從快走漸漸地慢跑起來，也不知道跑了多久，她沒有注意到下陷的步道，腳踩了個空整個人滑倒在步道上。

「唉喲！好痛！」慧恩呻吟著，一陣劇痛滲入她的腳踝。她坐直身體，然後往前傾檢查她疼痛的右腳踝；右腳踝又紅又腫。她抓住一旁的樹，讓自己慢慢地站起來。右腳踝劇烈的疼痛，讓她僅能勉強地站著。她試著移動她的右腳，但腳踝的疼痛使她又跌坐在地上。她舉頭向四周張望，雙眼所能看到的地方全都是樹木。她完全不知道自己究竟在什麼地方？她只知道她從步道走入樹林，她到底經過哪些地方，她一點印象也沒有。慧恩開始害怕起來，不要說她

現在腳踝受傷不能動，即使腳踝沒有受傷，她也不知道如何走出這片樹林。

「如果沒有人知道我在這裏，沒有人來救我，我可能再也看不到爸爸媽媽了。」想到這裡，她立刻嚎淘大哭起來。慧恩大哭之後，想到她的手機，立刻在地上尋找她的手機。慧恩沒有找到她的手機，卻找到了因自己剛才滑倒而掉落在地上的眼鏡。她拿起眼鏡，眼淚又如斷線的珍珠滾滾滑落。她將手中的眼鏡不斷地向地上擊打，口中不停地罵著：「死眼鏡！爛眼鏡！臭眼鏡！」

「爸爸媽媽，這就是你們要的嗎？他們都嫌棄我，你們滿意了嗎？為什麼你們告訴我，每個人都是 神獨特的創造，都被 神所鍾愛；卻要我將 神賜給我的容貌，用醜陋的眼鏡遮蓋起來？你們難道不是用人的想法來思考 神創造的事嗎？」她難過地低語，又痛哭了一回。

她漸漸地冷靜下來。她回想自己對蔣若水和張幼彰的感覺，以及他們對她的評論，她似有所悟。「爸爸媽媽，你們要別人不要只看到我的外表，要能看到我的內在美。但我現在所做的，就是看別人的外表來決定是否與他們交往；對蔣若水這樣，對張幼彰也是一樣。他們的外表吸引我，不是他們的品格操守，不是他們的內在美。我自己都這樣做了，難怪他們也根據外表來評斷我。我沒有做到的事，不能要求他們做到，所以我原諒他們。只要我能離開這片樹林，我絕不會讓他們再成為我的痛苦。」

樹林裡，濃密而高大的樹木遮住了大部分的陽光。整片樹林除了偶而的鳥叫蟲鳴聲，十分的寧靜清幽。慧恩的恐懼隨著時間一分一秒的過去越發加深。慧恩記得愛華曾經告訴她，不要把精神集中在問題上，因為這樣會讓問題無限放大。同樣地，她知道她也不能把精神集中在恐懼的事情上，因為這樣會讓恐懼的事無限放大。

她出聲禱告了一會兒。禱告結束後，她撫摸她脖子上的十字架項鍊，自言自語地說：「我知道爸爸媽媽要我戴眼鏡的另一個目的，是要幫我擋住我的感應能力，但我相信上帝賜給我感應能力一定有祂的目的。我的感應能力時常觸動我憐憫的心，讓我有一股強

烈的渴望，希望能為他們做些事。我現在或許沒有能力，為我所感應到的痛苦的心做什麼事，但我可以為他們禱告。總之，我厭惡現在的我，我要改變。如果我能從這片樹林出去，我要重新開始不隱藏地做我自己。」

　　夢之湖的湖邊，各小組都已經開始烤肉了，烤肉香瞬間瀰漫整個夢之湖的山谷。凱瑞拿了幾塊烤好的肉放在紙盤裡，前往慧恩的小組準備和慧恩一起享用。凱瑞走近慧恩所屬的小組，慧恩的小組成員們彼此有說有笑正快樂地吃著烤肉。凱瑞沒有看見慧恩在小組裡，便問：「朱慧恩呢？你們知道朱慧恩在哪裡嗎？」慧恩的小組成員蔣若水說：「不知道朱慧恩跑到哪裡去了？剛剛升火的時候，她還在。」小組其他成員也都說：「不知道朱慧恩到哪裡去了？」

　　凱瑞拿起手機撥打慧恩的手機號碼，接聽的人竟是與他同組的學姊鞏秋霞。凱瑞著急了起來，他問鞏秋霞說：「學姊，妳怎麼會有朱慧恩的手機？妳知道她現在在哪裡嗎？」鞏秋霞在手機的另一端說：「我向慧恩借手機打電話，所以她的手機在我這裡。我打電話的時候她人就走了，我也不知道她現在人在哪裡？」

　　凱瑞掛了電話心跳開始加速，一種不祥的感覺油然而生，讓他的心不由地隱隱作痛。凱瑞變得有些慌張，他不斷地撥打手機給湖邊其他小組詢問慧恩的下落，但沒有人知道慧恩到底在哪裡？凱瑞的心臟跳動得更加厲害，他覺得自己沒有辦法再等下去了；他必須採取行動，但他完全不知道該從哪裡著手？

　　「朱慧恩會不會掉到湖裏了？」凱瑞擔心地說。他開始責怪自己沒有好好地注意慧恩，連她去哪裡都不知道。

　　「不會吧！那麼多人在湖邊烤肉，如果掉到湖裡應該會有人看到。」蔣若水冷靜地說。

　　「那她會到哪裡去了呢？」凱瑞臉色蒼白，自言自語地說。此時，凱瑞的手機響起，是鞏秋霞打來的。凱瑞很快地接聽，說：「學姊，有慧恩的消息嗎？」

　　「沒有！但我記得我用慧恩的手機打電話的時候，慧恩從我的

身邊站起來。我抬頭一看，她好像往樹林的方向走過去，你或許可以往樹林的方向找找看。」鞏秋霞說。

「我知道了！謝謝學姊！」凱瑞關閉手機，馬上起身要往樹林的方向前進。蔣若水抓住凱瑞的胳膊說：「我跟你去！」凱瑞看了蔣若水一眼，又看了一下站在蔣若水旁邊的何晴晴，說：「不用了，你在這裡等。如果我2個小時沒有跟你聯絡，你就找人一起來找我。」蔣若水點點頭，隨即將萬用刀遞給凱瑞，說：「你拿著，沿路做記號免得迷路了。」凱瑞謝過蔣若水，拿著蔣若水的萬用刀跑向樹林。

凱瑞順著步道進入樹林，沿路上用萬用刀做記號，也小心留意地上是否有慧恩留下的蛛絲馬跡。凱瑞的步伐越走越快，惟恐遲一步就來不及了。凱瑞的心很痛，這種感覺他曾經有過；那是他小學二年級的時候，媽媽告訴他要轉學回台中，他哭鬧著不願離開高雄。

「台中有你喜歡的老師同學，又有我們自己的房子，為什麼你不要回台中呢？」媽媽問凱瑞。

「台中沒有朱慧恩，我不要離開朱慧恩。」凱瑞說。

「我也很喜歡朱慧恩。我們先回台中，將來我們再把朱慧恩娶回家，這樣你和朱慧恩就可以永遠在一起了。」媽媽告訴凱瑞。

「那我要怎麼做才能把朱慧恩娶回家呢？」凱瑞問。

「你除了要好好讀書有出息，還要有好的品格操守。最重要的是不能花心，在眾多漂亮女生的吸引之下，想要把持得住不是件容易的事。如果你真的喜歡朱慧恩，那你就要把持得住自己，這樣將來我們就能把朱慧恩娶回家。」媽媽回答凱瑞。

「那我怎麼知道將來朱慧恩在哪裡呢？」凱瑞問。

「你放心！媽媽的高中同學，就是那個經常來我們家的陳阿姨，和慧恩的爸爸媽媽是教會的教友。以後我每年都打電話給陳阿姨問朱慧恩的情況，這樣你就知道朱慧恩在哪裡了。」媽媽回答凱瑞。

凱瑞聽了媽媽的話就乖乖地回台中。為了將來能娶慧恩回家，

凱瑞更加努力用功讀書。媽媽每年都會打電話給陳阿姨問慧恩的情況；慧恩進入有名的私立初中、考上高雄女中、加入青年樂團、想讀法律系、出國旅遊等等，凱瑞都知道。凱瑞本來想上更好的大學，但因為慧恩，他選擇與她同校同系。他不跟任何女生有互動，若不是為了慧恩，他不會參加什麼寢室聯誼，什麼郊遊烤肉。他的一切規劃都是為了慧恩，如果沒有了慧恩，他就沒有了方向。「恩恩，妳絕對不能有事，我也不允許妳有事。」凱瑞喃喃自語，腳步不斷地快速前進。

　　前方，不遠的前方，有一個女生瑟縮著身體，額頭靠在膝蓋上，兩手緊抱雙腿坐在地上哭泣。凱瑞認出她是慧恩，於是開口叫了一聲：「朱慧恩！」

　　慧恩抬起頭來眼眶泛著晶瑩的淚光看著凱瑞。凱瑞看著眼前的慧恩，宛若看見一位不慎墜入凡間的落難天使。慧恩原本燦爛如星的眼睛，因著眼中的淚水更顯得明亮耀眼。凱瑞的焦慮此時此刻已消失得無影無蹤。他慢跑到慧恩的面前蹲下身來，憐惜地用手托起她幾乎沒有瑕疵的臉，輕輕地拭去她滑落在臉頰上的眼淚。他有一股強烈的衝動想親吻她的唇，他擔心嚇到慧恩硬是壓住了親吻她的衝動。或許是極力壓抑內心的欲望，或許是心疼慧恩，也或許是兩種情緒互相摻雜，凱瑞的眼睛竟湧出了淚水；這是他第一次為一個女生流淚。

　　慧恩看著流淚的凱瑞，在那一剎那間，她深深地感受到他熾熱的情感。她的眼淚再度充滿她的眼眶，她伸手為凱瑞拭去淚水，說：「對不起！讓你擔心了！」

　　凱瑞心疼中略帶指責，連不迭地問：「妳為什麼不帶手機？為什麼不說一聲就進來這個樹林？妳不知道這樣很危險嗎？」

　　慧恩默默地低下頭沒有回答。凱瑞見慧恩不願回答，也就不再追問了。

　　「我們離開這裡吧！」凱瑞說著，作勢要扶慧恩起來。

　　「我的腳踝扭傷了，走路會痛不能走。」慧恩皺著眉頭說。

凱瑞這時才明白為什麼慧恩會坐在地上，他有些慶幸地說：「還好妳腳踝扭傷了走不動，否則妳隨便亂走，我恐怕就沒那麼容易找到妳了。」

　　慧恩靜默不語沒有回應，不像以前那樣會和凱瑞抬槓。

　　「妳既然走不動，那我背妳好了。」凱瑞自告奮勇提供幫助。

　　「我很重而且身上都是泥土，你真的要背我嗎？」慧恩試探地問。

　　「那有什麼問題！我身強體壯背兩個朱慧恩都沒有問題。至於泥土嗎？不瞞妳說，剛才升火的時候，我跪趴在地上，衣服不會比妳乾淨多少。所以別擔心！我先扶妳站起來，然後我蹲下身體，妳再趴到我的背上；這樣對妳可能比較容易些。」凱瑞說著，先將慧恩扶起來，自己再蹲下身體讓慧恩趴在他的背上。

　　「抱緊點！不要鬆手！」凱瑞說著，背起了慧恩。

　　「凱瑞，我不想讓別人看到我這副狼狽樣，你能不能帶我直接回宿舍？」慧恩說著，眼淚又在眼眶裏打轉。

　　「好！我先帶妳去看醫生，然後帶妳去吃飯。吃完飯後，我再送妳回西樓。」凱瑞回答說。

　　慧恩緊緊地環抱凱瑞的脖子，上半身貼著他的背，她的頭依偎著他的頭。她可以清楚地感覺到他心的悸動，也能感受到他的感受。

　　「凱瑞你真好！小學二年級的時候，你沒有跟別的同學玩，總是陪伴我，又好幾次為我的緣故被老師處罰。現在我需要人幫忙的時候，你又再度出現在我的面前幫助我。」慧恩感激地說。

　　「沒事！」凱瑞簡單地回答，背著慧恩繼續前進。

　　「凱瑞，我想跟你一樣。除了你之外，我要拒所有的男生於千里之外。」慧恩天真地說。

　　「妳為什麼要拒所有的男生於千里之外呢？」凱瑞暗自竊喜，笑著問。

　　「我爸爸說，人是會變的，單看外表的愛情也會變。今天你感受到別人對你熾熱的感情。不知道哪一天，對同一個人你感受到的可能是冰雪般的冷淡。現在大家都只看外表，我對男生的感情沒有

信心，怕被傷害不想再跟男生有瓜葛；我想我這輩子可能很難嫁出去了。」慧恩嘟著嘴，有些無可奈何地說。

「妳有這種認識還算有智慧，不過妳不用擔心嫁不出去，至少還有我。」凱瑞愉快地說。

經過這件事後，慧恩明白凱瑞是真心地喜歡她，就像她現在也是真心地喜歡凱瑞一樣。慧恩開始覺得，自己對凱瑞的喜歡是一種不能失去的喜歡。男女的愛情既然不能持續永恆，那就讓這份喜歡超越男女的愛情吧！

「凱瑞，如果我是男生，我一定要跟你成為勾肩搭背的好朋友。」慧恩正經八百地說。

「什麼是勾肩搭背的好朋友？我只聽說過兩肋插刀的好朋友，沒聽說過有勾肩搭背的好朋友。勾肩搭背聽起來好像是學校禁止的行為。」凱瑞感覺有些好笑，詼諧地說。

「勾肩搭背的好朋友，是說非常『麻吉』的好朋友。哥倆好你聽過吧？」慧恩解釋說。

「我聽過哥倆好一對寶。妳是說如果妳是男生，我們兩個人就成為一對寶嗎？」凱瑞說著，自得其樂地笑起來。

慧恩從來不在意凱瑞的調侃，她甚至認為和他抬槓是一件快樂的事。她用手打了一下凱瑞的肩膀，接著雙手再度抱緊凱瑞，說：「貧嘴！不跟你說了！真怕你笑得太厲害把我給摔了。」

「所以妳還是別當男生，好好地當朱慧恩就好了，否則我就沒老婆了。」凱瑞認真地說。

「凱瑞，你那麼帥，有那麼多女生喜歡你，真希望你永遠沒有女朋友。」慧恩說著，抱凱瑞又抱得更緊些。

「為什麼希望我永遠沒有女朋友呢？」凱瑞不解地問。

「因為你如果沒有女朋友，我們就可以一直像現在這樣…鬥嘴。」慧恩淘氣地說。

凱瑞背著慧恩一路上有說有笑地走出樹林。

當天晚上，慧恩傳簡訊給愛華：「爸爸，我決定不再戴眼鏡了！」

愛華回慧恩的簡訊：「我不知道什麼原因讓妳決定不再戴眼鏡，但戴不戴眼鏡選擇權都屬於你。我和媽媽所說的都只是建議，妳可以選擇要不要接受。不管妳選擇戴眼鏡，還是不戴眼鏡，我都贊成。我要提醒妳的是，美麗的容顏可以吸引心儀的對象，但感情要持續卻要靠迷人的內在美。妳以前告訴我，妳的價值觀是愛上帝、愛人如己、喜樂、和平、恩慈、良善、信實、溫柔、節制、簡單、樸實、有愛心的誠實，這些就是妳的內在美。我曾經要求妳將『貞節』加入妳的價值觀裡，不要有婚前性行為。妳已經答應了，我希望妳能牢記。我也希望妳選擇對象的時候，能以品格操守為重。爸爸最大的快樂就是看到妳快樂，丟掉妳的眼鏡享受妳的快樂人生吧！」

慧恩看完愛華回的簡訊，高興得要跳起來。她歡呼說：「爸爸也贊成我不要戴眼睛，以後我不再戴那副滑稽的眼鏡，就不會有人再說我土了！」

那晚，她興奮極了，她覺得美好的人生正在前面等著她。曾經失去才知道擁有是那麼的珍貴。聽過吵雜喧鬧的噪音才懂得感謝寧靜；她終於又可以以真面目示人了。那夜，她的夢裡沒有蔣若水也沒有張幼彰，只有美麗的幻境和凱瑞英勇的臉龐。

第十三章 情意綿綿的書信

　　夢之湖迎新郊遊烤肉活動後，慧恩不再戴眼鏡，穿著也顯得優雅活潑，整個人好像突然亮了起來。對於慧恩突如其來的改變，有人猜想，慧恩是不是做了整型手術？但時間那麼短，僅有一天的時間，再高明的整型手術也不可能如此神奇。何況，她那雙異常明亮的眼睛，是沒有任何整型手術可以做得到的。所以同學們戲稱，慧恩的改變是超越美容式的改變。

　　慧恩一下子成為全校的知名人物。有些別系的男生為了要看慧恩到法律系旁聽，也有男生在慧恩回宿舍的路上半路攔截，希望跟她做朋友，慧恩總是微笑回應未置可否。

　　法律系司法組二年級的班代表郭靖笙，自從在法律學會看到沒有戴眼鏡的慧恩後，就對她念念不忘。郭靖笙住台北市，中等身材，眉毛寬而濃密，雙眼炯炯有神，頭髮黑亮如漆，肌肉強壯結實，是個游泳健將，在游泳池裡宛如一條矯健的游龍。他的文筆優美流暢，還寫了一手好字，尤其擅長寫毛筆字。他是家中的獨生子，上面還有一個在化妝品公司當經理的姐姐郭詠詩。全家人都把他當寶貝般寵愛，尤其是他的姐姐郭詠詩，因為年齡大他十多歲，對他更是疼愛有加。

　　郭靖笙坐在書桌前的椅子上，拿著毛筆在一張信紙上寫滿慧恩的名字。他若有所思地凝視著信紙上的名字，然後將毛筆放回硯台上，舉目看向窗外。窗外一輪明月飛彩凝輝，宛若一顆夜明珠在黑暗中綻放出光芒。

　　「朱慧恩現在是不是也我一樣，仰頭看這輪皎潔的明月呢？但願人長久，千里共嬋娟。」他喃喃低語，隨即拿起書桌上的日記本

隨意翻閱,回憶起過去幾天和慧恩互動的點點滴滴。

郭靖笙在書桌上放了一疊信紙、一本日記本、還有毛筆硯台。自從在法律學會見到慧恩那天起,寫日記和情書成為他每天例行的工作。不管有課沒課,他每天一大早就搭公車到學校,然後查法學組一年級的課表,再利用各種機會有意無意地接近慧恩。他把每天和慧恩互動的心情,寫在一本特別的日記本上。又把他想向慧恩說,但又說不出口的情話,寫在信紙上再放入信封裡。他希望和慧恩進一步交往,他不能滿足於現在這種暗戀的狀態。但他從來沒有談過戀愛,也沒有追女朋友的經驗。他不知道從何處著手,可以達到與慧恩正式交往的目的。他無計可施,在家的時候茶不思飯不想,總是一副心事重重的樣子。他的姐姐郭詠詩看在眼裏,大概也能猜出幾分郭靖笙的心思。

「扣!扣!扣!」郭詠詩在郭靖笙的門上敲了幾下,沒有人回應。她扭轉門鈕推開門,逕自走進郭靖笙的房間。

郭靖笙專心地看著日記本,沉浸在與慧恩相處的甜蜜回憶裡,完全沒有聽到郭詠詩的敲門聲,和逐漸接近的腳步聲。郭詠詩走到郭靖笙的身後,探頭看了一下書桌上寫滿慧恩名字的信紙。她沉吟不語:「原來靖笙喜歡的女生叫朱慧恩!」她又看了一眼郭靖笙手上的日記本,她出聲問郭靖笙說:「靖笙,看什麼看得那麼出神?連我敲門你都沒有聽到,有什麼可以跟姐姐分享的嗎?」郭靖笙闔上手上的日記本,轉過頭訝異地看著郭詠詩,問:「姐,妳怎麼會在這裡?」

郭詠詩走到郭靖笙旁邊的床舖坐了下來,臉上掛著微笑說:「我看你最近吃東西不太專心,好像有什麼心事,所以過來跟你聊聊。」

郭詠詩人長得漂亮,工作能力強,有不少追求者,但她都看不上眼。現在已經30幾歲了,還是待字閨中。郭靖笙想,很多男生追求郭詠詩,可是她都不為所動。如果能打動郭詠詩,必定就能打動慧恩。所以他一直想向郭詠詩請教追女朋友的方法,但又不好意思說出口。郭詠詩現在不請自來,他認為機不可失,於是鼓起勇氣問郭詠詩說:「姐,我喜歡一個學妹。你能不能教教我怎樣才能讓她喜歡我?」

郭詠詩微蹙眉頭說：「感情這種事很難說，不是你條件好，對方就會喜歡你。也不是你處心積慮去討好對方，就能得到對方的青睞。有時候，你什麼都不要做，依舊能抱得美人歸。所以我認為感情是靠緣份無法強求。」

　　郭靖笙雖然同意郭詠詩的說法，但他認為感情除了消極的靠緣份，應該再加上積極的嘗試，他說：「我知道感情是靠緣份強求不得，但我認為我們還是應該盡力而為；至少必須試過了才能知道有沒有緣份。有人說，上帝賜給鳥食物，但不是把食物直接丟進鳥的窩裡。緣份不會是什麼都不要做，就讓屬於你的人從天上掉下來，而且還正好掉進你的懷裡。我如果不試試看就放棄了，我一定會後悔一輩子。如果我試過了，但結果證明我們沒有緣份，我會坦然接受不會有任何遺憾。」

　　郭詠詩聽了郭靖笙說的話甚感欣慰。她很想幫郭靖笙的忙，但感情這種事她也是一知半解。她唯一能想到的，是把別人的成功經驗，提供給郭靖笙做參考。她略為思考後，說：「你有這種想法我就放心了！有很多男生追求我，但不知道為什麼，就是沒有一個人讓我有心動的感覺。你問我怎麼追女朋友，我也說不上來。但我知道感情是要培養的，要培養感情首先必須能接近她。我的一位男同事是以認乾妹妹的方式，娶了他現在的妻子。或許你可以學我的這個男同事，也認你喜歡的那個女生當乾妹妹。先有接近她的機會，一段時間後時機成熟了，再送紅玫瑰花向她暗示你對她的感情。如果她沒有拒絕，那表示她對你也有好感。接下來，你就可以寫些真情流露的情書感動她。這是我能想到的方法，希望對你有幫助。」

　　郭詠詩提供的方法，讓郭靖笙精神為之一振，他高興地說：「嗯！這的確是好方法。這種溫和漸進的方式很符合我的個性。先想辦法讓她成為我的乾妹妹，如果她願意成為我的乾妹妹，表示她並不討厭我。然後等時機成熟後，我再送她代表愛情的紅玫瑰花。如果她沒有拒絕，表示她對我也有意思。最後，我再將我用真情寫的情書和日記本送給她，這樣就大功告成了。姐，謝謝妳！妳比諸葛亮還聰明，是最棒的軍師。我明天開始就去遊說朱慧恩，讓她先同意當我的乾妹妹。」郭靖笙苦思不得其解的問題，終於見到解決

的曙光。他興奮極了，他覺得自己好像沐浴在花香濃郁的溫泉裡。

　　接下來幾天，郭靖笙一遇到慧恩就遊說她當他的乾妹妹。他對慧恩說：「慧恩，我沒有妹妹，我一直很渴望有個妹妹能讓我關心照顧她。妳當我的乾妹妹好不好？」

　　這已經是郭靖笙第五天對慧恩說這樣的話了。慧恩可以感受到郭靖笙真的喜歡她，但郭靖笙不是唯一一個讓她感受到喜歡她的人，她感受到幾乎每個男生對她都有好感。慧恩想，喜歡並不表示愛，郭靖笙喜歡她，所以要認她當乾妹妹，這是可以理解的。如果不認他當乾哥哥，他可能會難過，或是繼續地遊說她。如果認他當乾哥哥，他就會高興，也能名正言順地關心照顧她。郭靖笙是法律系的學長，她本來就把他當哥哥看。認他當乾哥哥，想必也不會有什麼不好的後果。慧恩略為思忖後，決定認郭靖笙當乾哥哥。她對郭靖笙說：「好，我認你當乾哥哥。從今天開始，你就是我的哥哥，我就是你的妹妹；我會像妹妹一樣的尊敬你。」

　　郭靖笙聽了高興得要跳起來。慧恩答應他成為他的乾妹妹，表示慧恩並不討厭他。他追求慧恩的第一個步驟已經成功完成了，他笑得眼睛瞇成一條線，說：「從今天開始，我就是妳的哥哥。我會像哥哥一樣的關心照顧妳，絕不容許任何人動妳一根寒毛。」

　　此時，凱瑞從法21教室的後門走了出來。他看見慧恩和郭靖笙在一起講話，便走到慧恩的身旁，對她說：「恩恩，我們現在一起到法學院餐廳吃午餐！」

　　「好啊！我今天早上沒吃東西，現在肚子已經餓得咕嚕咕嚕叫了。我們去吃飯吧！」慧恩說完，正要與凱瑞一起離開，郭靖笙說：「慧恩，今天是妳第一天成為我的妹妹，我應該請妳吃一頓飯才對。我跟你們一起去法餐吃飯，妳的午餐我請客。」

　　凱瑞聽郭靖笙說慧恩今天成為他的妹妹，心裡很不高興。但這是慧恩決定的事，他也沒有置喙的餘地。他憋著一肚子悶氣，抬頭望向天空。蔚藍的蒼穹白雲朵朵，巧妙地變化出各樣的形狀，凱瑞

看著白雲聚散變化的藍天，突然玩興大發。他笑著問慧恩說：「恩恩，妳看天上的白雲像什麼？」

慧恩正要回答，郭靖笙搶先回答說：「天上的白雲，有像張開潔白翅膀的天使，有像空中之城的雕堡，有像嬌豔欲滴的花朵。白雲所形成的圖案，可以讓人產生很多美麗的幻想。」

凱瑞聽了有些不悅，心裡暗暗地嘀咕：「我又不是問你，你搶什麼風頭！」他仰頭望向白雲緩緩飄動的藍天。白雲的形狀趣味橫生，讓人產生無限的遐想。凱瑞笑著說：「我覺得白雲有像雞腿的，有像牛排的，有像漢堡的。你看，還有一條一條的，好像炸薯條。白雲變化成這麼多的美食，讓我看了肚子都餓了。」

慧恩舉目看向青天，白雲如魔術師手上的道具，隨意變化出各種的形狀。她覺得肚子實在超餓的，她天馬行空的描述白雲說：「白雲有像裹著一層白色糖衣的甜甜圈，有像蓬鬆的白色棉花糖，有像覆蓋著白色乳霜的蛋糕，有像螺旋式的白色冰淇淋。白雲變化成那麼多可口的甜點，讓我看了都垂涎三尺。」

凱瑞聽了慧恩對白雲的描述，哈哈地笑了起來。他將手搭在慧恩的肩膀上，愉快地說：「恩恩，我們真是天造地設的一對。我說的是主食，你說的是甜點。吃完了主食，再吃甜點，才是完整的一餐。」凱瑞說完，神情驕傲地看了郭靖笙一眼。

郭靖笙聽凱瑞親切地喚慧恩「恩恩」，而慧恩在白雲的描述上，顯然是呼應凱瑞對白雲的描述，看凱瑞對慧恩的動作又那麼親暱。他開始有些緊張，怕凱瑞會在他之前成為慧恩的男朋友。「我不能再等了，我必須儘快開始我的第二個步驟，送紅玫瑰花給慧恩。否則讓秦凱瑞捷足先登成為慧恩的男朋友，我不就白費心機了嗎？」郭靖笙暗自思量。他看凱瑞越看越覺得威脅，心裡也越加討厭他。

慧恩、凱瑞與郭靖笙一起在法學院餐廳用餐。郭靖笙注意到慧恩和凱瑞經常對望。凱瑞看慧恩的眼神有藏不住的深情，慧恩看凱瑞的眼神就讓人有些看不透，似有情又若無情。他暗自揣摩：「從

秦凱瑞看慧恩的眼神看來，他喜歡慧恩是無庸置疑的。慧恩看秦凱瑞的眼神，似乎介在有與無之間，可能還在猶豫中。我必須加快腳步，超越秦凱瑞在慧恩心中的地位。」

　　郭靖笙越看凱瑞就越覺得不順眼，但對凱瑞他又不能有任何作為。他有些鬱悶舉頭環顧四周，突然間，他發現餐廳裡面有一個小小的水果攤。水果攤的桌子上放著香蕉、蘋果、還有幾個圓圓的小西瓜。他注視著那幾個小西瓜，不禁想入非非：「那幾個圓圓的小西瓜，怎麼越看越像人的頭，尤其是像秦凱瑞的頭。」他露出詭異的笑容，對慧恩和凱瑞說：「你們等一下，我去買西瓜馬上就回來。」

　　「好！」慧恩不經意地應了一聲。慧恩和凱瑞並不太留意郭靖笙，見他離開去買西瓜也不在意，他們繼續有說有笑地聊天。

　　郭靖笙拿著西瓜走到餐桌前。他看凱瑞和慧恩面露笑容彼此對視，興高采烈地聊著天，並沒有注意到他，一股醋勁油然而生。他舉起西瓜，心裡喊著：「打破秦凱瑞你的頭！」然後用力向地上摔。西瓜應聲破裂，紅色的汁液瞬間流了出來。慧恩和凱瑞聽到東西掉落的響聲，同時轉頭看向郭靖笙。郭靖笙張大嘴巴一副驚訝無辜的樣子，說：「對不起！我手滑不小心把西瓜給掉到地上了。不過沒關係！你看，西瓜雖然破了，但除了兩塊西瓜的紅肉接觸到地面，其他的部分都沒有碰觸到地面都還可以吃。」

　　郭靖笙撿起紅肉沒有接觸到地面的西瓜放在餐桌上，將其他接觸地面的部分丟進垃圾桶裡。又向餐廳的工作人員借了一把水果刀，將餐桌上的西瓜切成數片，然後把一片西瓜遞給慧恩，一片遞給凱瑞。

　　慧恩和凱瑞分別拿著郭靖笙遞給他們的西瓜，彼此對望，似乎在徵詢對方要不要吃手上的西瓜的意見。凱瑞把手上的西瓜放回餐桌上，說：「謝謝你的好意！我肚子吃太飽了，沒有空間再容納這片西瓜，你還是留著自己慢慢享用吧！」

　　慧恩看凱瑞把西瓜還給郭靖笙，原本也想把手上的西瓜還給郭靖笙，但她又擔心這樣做會傷郭靖笙的心。她暗自思忖：「郭靖笙好意買西瓜給我們吃，卻不小心讓西瓜掉到地上破了。如果我不

吃，他一定會自責他的不小心。如果我吃了這片掉在地上，卻沒有接觸到地面的西瓜，對我並沒有傷害，卻能減少他的自責。我還是吃了吧！」慧恩思忖後，拿起西瓜吃了起來。

　　凱瑞和郭靖笙看慧恩吃下那片西瓜都露出驚訝的表情。凱瑞不懂慧恩為什麼要吃那片西瓜？他認為不管有沒有接觸到地面，從地上撿起來的東西，沒有再清洗過是不能吃的。但他知道慧恩有一顆憐憫的心，總是會考慮到別人的感受。他認為慧恩可能是不願意辜負郭靖笙的好意，所以勉強自己吃那片西瓜。他看著慧恩不禁微微地搖頭。

　　郭靖笙看慧恩吃了那片西瓜心中非常感動，他沉吟不語：「慧恩看起來那麼高貴優雅，不像是會吃摔到地上再撿起來的食物的人，她這樣做可能是考慮到我的感受。她會考慮到我的感受，是不是表示她喜歡我呢？下星期一起，我就開始送她代表愛情的紅色玫瑰花。如果她接受了，那就表示她真的喜歡我。」郭靖笙受到激勵，看慧恩的眼神更加深情了。

　　星期一早上，郭靖笙帶著一大束紅玫瑰花到西樓。他把玫瑰花交給服務台的工讀生，指名要送給慧恩後，沒有停留就馬上離開了；他怕被慧恩拒絕不敢停留。他現在的心情就像是看放榜的考生，既期待又怕被傷害。他很快就可以知道，慧恩會不會拒絕他送的代表愛情的紅玫瑰花。因為今天他有一堂課和慧恩的課是同一個時間隔壁教室。到時候，如果慧恩對他的態度沒有改變或變得更好，那就表示慧恩接受他的感情。接下來，他就可以進行他的第三步驟，將他寫的日記本和幾拾封情書送給她，向她做最深情的表白。

　　慧恩收到西樓服務台的通知，到服務台領取玫瑰花。慧恩拿起掛在玫瑰花花束上的小卡片一看，原來是郭靖笙送的。「郭靖笙真是有心，才認我當乾妹妹，就馬上送玫瑰花當見面禮。不過他也真行，竟然知道我喜歡紅玫瑰花。」慧恩並不知道紅玫瑰是代表愛情。她家的前院種了幾株紅玫瑰花，紅玫瑰花是她從小的朋友。對她而言，紅玫瑰花代表的就是友誼。她拿著紅玫瑰花花束爬上樓梯走回寢室。

何晴晴正在寢室裡傳簡訊，她看慧恩拿著一大束紅玫瑰花走進寢室，便問：「又是哪位追求者送來的紅玫瑰花？秦凱瑞知道了肯定會吃醋。」

慧恩一邊把紅玫瑰花放進空瓶子裡，一邊說：「不是追求者送的，是我乾哥哥送的。」

「妳什麼時候開始有了乾哥哥？我怎麼從來沒有聽妳提起過？」何晴晴訝異地問。

慧恩看著放在瓶子內的紅玫瑰花，每朵玫瑰花都是含苞待放僅微微地打開，非常賞心悅目。她伸手調整瓶內的玫瑰花，心不在焉地回答何晴晴說：「上星期五才認的乾哥哥，他是司法組二年級的班代郭靖笙。」說完，她拿起放在書桌上的馬克杯，走出寢室裝水去了。

何晴晴站起身子走到慧恩的書桌前，仔細端詳那束鮮紅的玫瑰花。然後將鼻子湊近玫瑰花聞了一下，她陶醉地說：「玫瑰花有一種獨特的淡雅清香味，讓人聞起來頓時覺得神清氣爽。這一大束玫瑰花看起來還真漂亮，真希望也有人送我這麼一大束紅玫瑰花。」

慧恩拿著裝滿水的馬克杯走進寢室，何晴晴轉過頭對慧恩說：「剛才我那個德文系的高中同學說，周維新不來我們學校了。」

慧恩一面將水徐徐地倒入瓶中，一面問何晴晴說：「為什麼他不來了呢？」

「他好像已經找到他一直在尋找的女生，所以就不來了。」何晴晴聳聳肩說。

「原來周維新找的人不是我，我又自作多情了。這樣也好，省得麻煩，我本來還擔心見到他不知道怎麼跟他說呢！」慧恩沉吟不語，隨即愉快地說：「他能找到他要找的女生，我打從心底為他高興，他來不來都無所謂。」

「是啊！來不來都無所謂！不過話說回來，當我看到妳不戴眼鏡的廬山真面目時，我還以為妳是周維新要找的那個女生呢！」何晴晴輕鬆地說。

慧恩面帶微笑看著那束紅玫瑰花，並沒有回應何晴晴的話。她呢喃自語：「這束紅玫瑰花真好看，下次看到郭靖笙的時候，一定

要好好謝謝他！」

　　下午，郭靖笙懷著一顆忐忑不安的心，一邊緩慢地爬著樓梯，一邊懊惱地想：「有一句台灣話說『吃緊弄破碗』，吃飯吃得太快就容易打破碗。我上星期五才認慧恩當乾妹妹，今天才星期一就送象徵愛情的紅玫瑰花，會不會太快了？會不會弄巧成拙嚇到慧恩？我現在真的很後悔，那麼快就送慧恩紅玫瑰花。我應該沉住氣，再等一段時間，待時機成熟後才送慧恩紅玫瑰花。但秦凱瑞對我的威脅實在太大了，大到我沒有辦法仔細思考策劃。」郭靖笙爬到二樓，垂著頭右轉走向法22教室。

　　站在法21教室走廊等著進教室的慧恩，看見郭靖笙低著頭走過來，便迎向前叫了一聲：「靖笙哥！」郭靖笙停下腳步抬頭一看，慧恩臉上綻放出燦爛的笑容正站在他的面前。

　　「靖笙哥，謝謝你送給我那麼漂亮的紅玫瑰花。我很喜歡，謝謝你！」慧恩感激地說。

　　郭靖笙看著慧恩的笑容，宛若在乾旱之地看到雨水。他欣喜若狂，早先的擔憂都已化為烏有。他心裡吶喊著：「原來慧恩也喜歡我！」他臉上的笑容宛若日正當中的烈陽。他張開兩片嘴唇正要說話，凱瑞走了過來，握住慧恩的手，拉著她走向法21教室的後門。慧恩邊走邊回頭對郭靖笙嫣然一笑，又用唇語向他說：「謝謝！」才走進教室。郭靖笙看慧恩回眸一笑的美麗容顏，一種甜滋滋的感覺油然而生。但看凱瑞把慧恩拉進教室，他就火冒三丈更加討厭凱瑞。

　　「我現在可以確定慧恩是喜歡我的，我必須馬上進行我的第三步驟。把我寫的日記本和情書送給慧恩，對她做最真誠的深情告白，然後把那個討人厭的秦凱瑞踢出我和慧恩之間。」郭靖笙想著，露出驕傲的笑容，從前門走進法22教室。

　　郭靖笙送紅玫瑰給慧恩的事，在女生宿舍西樓引起小小的騷動。住在西樓的女生都為這送紅玫瑰花的事竊竊私語。慧恩卻依舊

渾然不知紅玫瑰花有何特殊的含義。星期三上午，郭靖笙手上拿著一個大信封，斜靠著牆壁站在法20教室走廊的盡頭。經過成功的第一和第二步驟後，他對他的第三步驟深具信心。他相信他真情流露的情書和日記本，一定能大大地感動慧恩。他想像慧恩看完這些感人肺腑的情書和日記本後，流著眼淚深情款款地凝視著他的情景，不由地莞爾一笑。

慧恩爬上樓梯走到法20教室的門口。郭靖笙看見慧恩立刻快步走向她。慧恩轉過頭看見郭靖笙正向她走過來，便停下腳步。郭靖笙走到慧恩的面前，將手上的大信封遞給慧恩。他臉上掛著靦腆的笑容，低聲說：「慧恩，這是我寫的東西，妳回西樓寢室再打開來看。」

「寫什麼東西這麼神秘要等回寢室才能看？」慧恩面帶微笑，好奇地問。

「妳回寢室看就知道了！記得，要回寢室才能看！」郭靖笙再一次叮嚀慧恩。

「好吧！我回西樓寢室再看。」慧恩點頭應允。

郭靖笙露出滿意的笑容轉身離開。慧恩看了一眼郭靖笙離去的背影，又看了看手上鼓鼓的大信封，她滿臉疑惑地走進法20教室。法20教室是法學院最大的教室，通常是法學組和司法組一起合上的課才會使用這間教室。慧恩拿著那個看起來鼓鼓的大信封走進教室，立刻引起兩班學生的注意。

「朱慧恩，妳手上拿的是什麼東西？怎麼看起來好像是一堆信件。不會是哪個男生寫給妳的情書吧？」柯玉斗開玩笑地問。

「你別胡說！這是我乾哥哥寫的東西，要我幫他看看，不是寫給我的情書。」慧恩正經地說，同時把那個大信封順手放在桌上。慧恩有些好奇，這個大信封裡到底裝了些什麼東西怎麼會這麼鼓？於是小心翼翼地從封口處打開一個小口，然後從小口裡抽出了一封信。她拿起信前後審視一番，又把信對折重新塞回大信封裡。

「果真是信！我猜對了！」柯玉斗笑著說。

凱瑞這時走進教室，在慧恩旁邊的位子上坐了下來。慧恩和凱瑞的同班同學李偉立，幸災樂禍地對凱瑞說：「有人寫給你馬子一

大包情書，你又有新的情敵了。」

何晴晴插話說：「何止情書，還有人送紅玫瑰花給朱慧恩，這件事住西樓的人都知道。」

凱瑞聳聳肩露出無奈的表情。他轉過頭看見慧恩的桌上正放著一個鼓鼓的大信封，便問：「誰寫給妳的情書這麼多？」

「這不是寫給我的情書，是郭靖笙寫的東西要我幫他看看。」慧恩看著凱瑞若無其事地回答。

「那紅玫瑰花又是誰送的？」凱瑞有些不是滋味，緊盯著慧恩的眼睛問。

「是郭靖笙送的！他可能知道我喜歡紅玫瑰花，所以送一束紅玫瑰花給我。你知道他剛認我當乾妹妹，這應該沒什麼吧！」慧恩越說越覺得奇怪，事情似乎並不是像她想的那麼簡單。

「糊塗蛋！我可以百分之百確定，這些一定是他寫給妳的情書。」凱瑞露出不高興的表情，有些生氣地說。

「真的嗎？我想應該不會吧！我還是回寢室看了再說。」慧恩有些懷疑，不確定地說。

「為什麼不能現在看要回寢室才看？」凱瑞的臉色有些鐵青，不悅地問。

「郭靖笙要我回寢室才看，我已經答應他了，不能出爾反爾。」慧恩用牙齒咬了咬下唇說。

「真拿妳沒辦法！隨妳吧！」凱瑞有些無可奈何，悻悻然地說完話，便轉回頭看著桌子上的書，不理會慧恩了。

那一堂課，慧恩整個心思都在那個大信封和郭靖笙上面。她暗自思量：「這個大信封裡的東西，真的是郭靖笙寫給我的情書嗎？我可以感受到郭靖笙的心，他是喜歡我的。但他並不是我感受到唯一喜歡我的人，我也感受到很多喜歡我的心。喜歡並不代表愛，郭靖笙喜歡我，所以才會找我當他的乾妹妹，這點是無庸置疑的。他送我紅玫瑰花，不就是哥哥對妹妹的寵愛嗎？我是不是失去感應人心的能力了？我分不清楚什麼是單純喜歡的心？什麼是超越喜歡『愛』的心？我真的糊塗了！如果這一大包東西，真的是郭靖笙寫

給我的情書，我該怎麼辦？我對郭靖笙並沒有愛情，只有類似兄妹的情誼呀！」

　　下課後，坐在慧恩旁邊的凱瑞對慧恩說：「妳剛才上課的時候在想什麼？一副心不在焉的樣子。不會是在想郭靖笙吧？想別的男生，我是會生氣的哦！」

　　「你生什麼氣？我又不是你的女朋友！」慧恩沒好氣地說。

　　「好！那我也去想別的女生，看妳生不生氣？」凱瑞賭氣地說。他心裏明白，慧恩根本不會把他講的這句話當真，而且除了慧恩之外，他也不會去想別的女生。

　　「別鬧了！我是在想，如果這包東西真的是郭靖笙寫給我的情書，那該怎麼辦？」慧恩微蹙眉頭說。

　　「丟掉不就好了！沒事！別想了！」凱瑞安慰慧恩說。他看慧恩一副煩惱的樣子，內心暗自竊喜，原本因情書和玫瑰花而產生的不愉快一掃而空。

　　「今天我們早點吃晚餐，晚餐後我們可以練唱1小時，然後一起到法學院圖書館看書。」凱瑞神情愉悅地說。

　　「好！下午的課結束後，我們就直接到法餐吃晚餐，然後再練唱。明天就要試唱了，我真的好緊張！」慧恩說著，露出些許擔憂的神情。

　　「緊張什麼？是緊張醜媳婦要見公婆嗎？妳放心！妳不醜！妳是我……馬子！」凱瑞挑逗地說。

　　「凱瑞，我說一句良心話，你一點也不醜，你是我兄弟。可別感動得痛哭流涕，我走了！」慧恩不甘示弱地說完，瀟灑地向凱瑞揮揮手，拿著那個郭靖笙給她的大信封走出法20教室。留下凱瑞一臉茫然，自言自語地說：「我是妳兄弟有什麼好感動的？我才不要成為妳的兄弟呢！」凱瑞跟著走出法20教室。

　　慧恩回到西樓的寢室，把那個大信封放在書桌上。她怔怔地盯著那個大信封，對於要不要看信封裡的東西充滿了矛盾。

「總不能沒有看就退回去吧？郭靖笙並沒有說，這些是給我的情書。如果沒有看就退回去，這不是擺明了不尊重他，懷疑他的動機不良嗎？」

「如果不看就把它丟棄，要是真的是情書，而我又沒有表達不願接受的意思。恐怕會造成郭靖笙的誤會，以為我對他也有意思。倘若不是給我的情書，而是他要給別人的情書，或單純只是他的文學作品，那就麻煩了。看來，看與不看之間，事實上只有一個選擇，那就是看。」

慧恩逐步分析後，決定把那個大信封打開來看。慧恩拿起剪刀剪開大信封，大信封內有三、四十封信，還有一本日記本。慧恩把信一封一封地拆開來看，每封都是郭靖笙對她傾訴愛慕之意的露骨情書。慧恩又翻開日記本，大部分的頁面記載著郭靖笙對她的濃濃情意，有些頁面則僅是寫滿她的名字。郭靖笙的文筆十分優美流暢，寫的字無論是毛筆字或原子筆字都在水準之上。只是慧恩無心欣賞郭靖笙的文采與字體，她被郭靖笙熾熱的感情所驚嚇。她把所有的信件和日記本全丟入垃圾桶，郭靖笙送給她的紅玫瑰花，也被她一併丟入垃圾桶。

慧恩對郭靖笙類似兄妹的感情此時已煙消雲散，取而代之的是對郭靖笙的恐懼。慧恩不能了解，為什麼郭靖笙的濃情蜜意會讓她覺得恐懼？為什麼她可以從容於郭靖笙的喜歡卻恐懼於他的愛？她實在很困惑。慧恩拿起手機打電話給凱瑞，凱瑞剛接起手機說了一聲「喂！」慧恩馬上淚如雨下哭了起來。凱瑞聽到慧恩的哭聲，以為發生了什麼事。他焦急地問慧恩說：「發生什麼事了？」慧恩說不出話來，依舊哭個不停。「妳還在寢室嗎？」凱瑞緊張地問。慧恩「嗯」了一聲。凱瑞拿著手機一邊往西樓走過去，一邊對慧恩說：「妳不要哭！我快到西樓了。妳現在慢慢地下樓，我們在西樓門口見。」慧恩又「嗯」了一聲，然後走出寢室下樓走到西樓門口。

慧恩看見凱瑞在不遠處正向西樓走來，便直接跑進凱瑞的懷裡。她的額頭靠在凱瑞的胸膛上，眼淚順著臉頰滾滾滑落。凱瑞雙手環抱慧恩，讓她盡情地在他的懷裡哭泣。慧恩哭了一會兒，有凱瑞在她覺得安全了。她對郭靖笙的恐懼感逐漸消失，取而代之的是

對郭靖笙一種不舒服的感覺。慧恩慢慢地將額頭移離凱瑞的胸膛，抬頭看著凱瑞說：「沒事了！謝謝你來看我！」

凱瑞放開環抱慧恩的手，露出不可思議的表情看著她說：「沒事了？剛才妳還一把眼淚一把鼻涕，投懷送抱哭倒在我的懷裡。現在竟然告訴我沒事了。妳最好不要當放羊的孩子，快告訴我剛才究竟發生了什麼事？」

「剛才我拆開郭靖笙給我的那個大信封。正如你所說的，裡面全都是情書。我看了之後覺得害怕，不知道怎麼辦才好？所以就打手機給你了。」慧恩露出孩童般純真的神情說。

「妳真是難得一見的奇葩！我還沒聽說過，有人看了情書會害怕得痛哭流涕。沒事！妳把那些情書全丟到垃圾桶裡去就好了。」凱瑞說著，心裏暗自竊喜。慧恩對郭靖笙寫的情書竟是如此的反應，可見她是多麼的單純。

「我已經把那些情書和玫瑰花全丟進垃圾桶了，現在我該怎麼辦？我不想看到郭靖笙，也害怕看到郭靖笙。」慧恩憂愁地說。

「這幾天除了回寢室睡覺，我會時時刻刻跟妳在一起，這樣郭靖笙就不會來找妳了。而且只要妳刻意迴避他，不要再跟他有任何的接觸。他自然心裏有數，過一段時間就會對妳死心了。」凱瑞一副義不容辭的樣子說。

「看來也只能這樣了！」慧恩撇撇嘴無奈地說。接著以命令的語氣對凱瑞說：「凱瑞！從現在這個時間開始，你要時時刻刻跟我在一起。除了晚上回寢室睡覺，你一刻也不能離開我，直到郭靖笙對我死心為止。」

凱瑞樂的能時時刻刻陪伴慧恩，卻又故作委屈狀說：「看來，我只能捨命陪君子了！誰叫妳是我馬子！」

「我不是你馬子，也沒有人會要你的命。你是我肝膽相照的兄弟，現在是在見義勇為。我現在回寢室拿些東西，你在這裡等我，我馬上下來。」慧恩說完，轉身走回西樓。

凱瑞看著慧恩的背影，喃喃自語：「誰是妳肝膽相照的兄弟！妳現在是我馬子！將來是我的妻子！就是這樣！」

第十四章 黃鶯出谷的歌聲

　　在理一舍的寢室裡，蔣若水獨自坐在書桌前的椅子上發呆。他被甩了，他被何晴晴甩了，這是他第一次在感情上慘遭滑鐵盧。以前都是他向女生提分手，這次卻是何晴晴先向他提分手。雖然他和何晴晴的感情已經過了保鮮期，分手只是遲早的事，但他覺得提出分手的人必須是他而不能是何晴晴。他沒有想到，在這段感情裡多待了幾天，自己卻成為被提分手的人；他有難以言喻的挫折感。他希望何晴晴能回頭，不是為了再愛一次，而是為了挽回顏面；他無法忍受被甩的羞辱。

　　他想起慧恩，他完全沒有想到，拿下眼鏡的慧恩竟是如此的美麗。他閱人無數，卻從來沒有看過像慧恩這麼漂亮的女生。尤其是她那雙燦爛如星的大眼睛，更是令人不禁為之著迷。難怪秦凱瑞說她是曠世美玉，原來他早就看過她美麗的容顏。

　　若不是看了慧恩的美顏，他就不會在那段感情裡多待了幾天。如果他沒有在那段感情裡多待那幾天，他就不會讓何晴晴有捷足先登先提出分手的機會。蔣若水很後悔沒有牢牢地抓住慧恩，他扼腕不已，說：「朱慧恩的美麗容顏，讓我突然對其他的女生失去興趣。一旦看過絕世美玉，如何能滿足於庸俗普通的玉？難怪秦凱瑞說，寧願捨棄所有的玉，來換取她這塊千年難逢的曠世美玉。她本來應該是我的，我卻把她從我的身邊推走。」

　　他有被何晴晴甩了的挫折，和沒有把握住慧恩的遺憾，讓他不知不覺地沮喪起來。他完全提不起精神去交新的女朋友，他甚至不想去上課，也不想和任何人有互動。他現在只想喝酒，他拿起放在書桌上的一罐啤酒一飲而盡。「一醉能消萬古愁！」他想著，同時

從椅子上站起身子,走到窗戶邊伸手打開窗戶。

　　一陣陣清涼的秋風迎面襲來,他深深地吸了一口氣,對著窗外問自己:「我希望何晴晴能回心轉意,但我真的還愛她嗎?」

　　他舉目看向藍天,一望無際的蒼穹,宛如清澈潔淨無波無浪平靜的海洋。「那麼一位超凡脫俗美得無以倫比的女生,在我的面前我卻看不到,我的眼睛到底是被什麼給遮住了?」他自我責備著。

　　「不是,不是我的眼睛被遮住了。是她用醜陋的眼鏡,把自己給遮蓋起來了,錯不在我!」他為自己找藉口。

　　他的目光轉向窗外的大榕樹,榕樹上的枝葉隨風搖曳,宛若搖頭晃腦的舞孃。「如果不是我的錯,是不是還有轉圜的餘地?但是我答應秦凱瑞不碰朱慧恩,而且秦凱瑞對朱慧恩似乎用情很深。我可以和秦凱瑞來個君子之爭嗎?」他猶豫地問自己。

　　「朱慧恩現在還不是秦凱瑞的女朋友。她是『活會』,每個人都有追求她的權利。兄弟爬山各自努力,我要跟秦凱瑞來一場君子之爭。如果我能得到朱慧恩,我願意像秦凱瑞一樣,斷絕與其他女生的交往,專心愛朱慧恩。」他低頭沉思。須臾之間,他感覺好像在沙漠中看到綠洲,一線希望的曙光從他的心裡冉冉升起。

　　慧恩和凱瑞漫步在校園裡,秋風颯颯吹落一地樹葉。慧恩的長髮也被迎面而來的秋風吹得飛舞起來,凱瑞停下腳步,伸手把散落在慧恩臉上的頭髮梳到耳後。太陽的光芒照射在慧恩微黃的頭髮上,她的頭髮驀然綻放出金黃色的光芒,宛若天使頭上的光圈。凱瑞含情凝睇著慧恩,慧恩也情不自禁地注視著凱瑞,兩人之間一片靜默。凱瑞的臉慢慢地靠近慧恩的臉,慧恩低下頭轉身背對著凱瑞,說:「秋天的景色真是迷人,偶而飄來的桂花香更是芳香宜人。我希望我們每年都能一起欣賞秋天的美景,徜徉在桂花芬芳濃郁的香氣裡。」

　　凱瑞走到慧恩的面前,雙手按在她的肩膀上,認真地說:「我希望我每天都可以跟妳在一起,欣賞春、夏、秋、冬四季的景色,

倘佯在按著季節盛開的各種花的花香裡。」

　　慧恩了解凱瑞的心意，但她對愛情沒有信心。她怕失去凱瑞，所以不願意跟他進一步交往。她不想繼續這個話題，於是轉移焦點說：「最近，我常看到何晴晴跟幾位男同學談笑風生，結伴一起到法餐用餐，蔣若水好像從何晴晴的身邊消失了。」

　　「何晴晴不是妳的室友嗎？她沒有告訴妳，她已經跟蔣若水分手了嗎？」凱瑞好奇地問。

　　「我們很少談起蔣若水，我一直以為何晴晴很喜歡蔣若水。怎麼何晴晴看起來好像沒有受到分手的影響，反而是蔣若水受到比較明顯的影響，真是讓人看不懂。你知道他們為什麼會分手嗎？」慧恩一副摸不著頭腦的樣子說。

　　「我也不太關心蔣若水跟何晴晴的事，所以我也不了解他們為什麼會分手？但從他們現在的表現看起來，好像是何晴晴甩了蔣若水。如果真的是這樣的話，那蔣若水可是破了不敗的記錄，第一次被女生甩了；這對他的打擊可不小。」凱瑞搖搖頭說。

　　「如果是何晴晴甩了蔣若水，那蔣若水就太可憐了。但話說回來，今天如果是蔣若水甩了何晴晴，可憐的人就變成了何晴晴。他們兩個人都是我們的同班同學，我是不願意看到有被甩的可憐人，但現在蔣若水顯然成為那個可憐人。你說我們該怎麼幫蔣若水呢？」慧恩語帶遺憾地說。

　　「我們能幫的有限，能幫蔣若水的人是他自己。他必須做出選擇，是讓失戀毀了他，還是讓失戀激勵他，成為他前進的助力。我們最多陪他吃幾次飯，喝幾次酒，安慰他幾句，助益並不多。我等一下打電話給他，約他今天下午跟我們一起到法餐吃晚餐。我們盡可能地安慰他幾句，這是我們能為他做的。」凱瑞聳聳肩說。

　　下午還不到6點，凱瑞背著吉他和慧恩、蔣若水一起走進法學院餐廳。因為時間還早，在餐廳裡用餐的學生並不多。慧恩、凱瑞和蔣若水排隊取菜後，選了一張較不引人注意的桌子，一起坐下來用餐。凱瑞將吉他靠著椅子放在一邊，餐盤放在餐桌上，就離開去上廁所了。

　　蔣若水把餐盤放在餐桌上，兩隻胳膊在胸前交疊，身體向後靠在椅背上。他一臉沮喪如喪考妣，完全沒有了往日神采飛揚的帥勁。慧恩想開口安慰蔣若水，又怕說錯話成了畫虎不成反類犬。她躊躇片刻，還是覺得應該說幾句話安慰蔣若水。她小心翼翼地說：「上帝讓一個人來到你的生命中，一定有祂的理由。上帝讓那個人離開你，也一定有更好的理由。上帝關上一扇門，讓一個人離開你，一定是為了你好。我並不是說何晴晴不好，我也希望你們能永遠在一起不要分手。但她既然選擇離開你，那表示她不是你生命中那個對的人。分手，讓你有重新找到對的人的第二次機會。我希望你能正面看待分手，讓分手成為你的助力而不是阻力。」

　　蔣若水聽了臉上的肌肉微微牽動。他凝視慧恩熠熠生輝的美麗眼睛，他有些迷茫有些忘情。他原本憂鬱的眼神變得柔和了，似水般的柔和。他身體往前雙手放在餐桌上，低聲問慧恩說：「我們還有可能嗎？妳願意給我第二次機會，成為我生命中那個對的人嗎？」

　　慧恩沒有想到蔣若水會這樣問，驚訝地睜大眼睛看著蔣若水。蔣若水曾經讓她心動過，她的確真心喜歡過他，但蔣若水選擇了何晴晴沒有選擇她。她是個有愛情潔癖的人，她追求唯一獨佔的愛情。她不願意回收愛情，她和蔣若水根本不再有可能。但她不願意直接傷害蔣若水，她仔細考慮後，溫柔地說：

　　「蔣若水，你已經在我和何晴晴之間做出了選擇。我不是你的第一選擇，表示我也不是你生命中那個對的人。況且我也不會接受，考慮了第二次才選擇我的人。在我看來，考慮了第二次才選擇我的人，並不是我生命中那個對的人。我們都不是彼此生命中那個對的人，我們之間不存在可能性；你的第二次機會是對別人而不是對我。」

　　蔣若水知道慧恩會在意，他曾經選擇何晴晴而沒有選擇她，但他認為這不是他的錯。如果當時他看到的是現在的慧恩，他一定會選擇她不會錯過她。蔣若水無辜地說：「我當時沒有選擇妳並不是我的錯。是妳用那副醜陋的眼鏡，遮住了妳臉上最美的部分，才會造成我的誤判。妳也有責任，不能把一切的過錯都推到我身上。如

果妳願意給我第二次機會，我向妳保證，我這一生一世只愛妳，不再跟任何女生有來往。」

慧恩正思考如何回答蔣若水，慧恩和蔣若水的同班同學歐陽傑拿著餐盤走過來，坐到蔣若水的旁邊。

「秦凱瑞跑到哪裡去了？剛才我還看到他跟你們在一起，怎麼一下子人就不見了？」歐陽傑問。

「他去上廁所，應該快回來了。」慧恩回答說。

歐陽傑，住台北市，175公分高，胖瘦適中，面如敷粉，唇若施脂，長像十分秀氣。他看了慧恩一眼，然後偏過頭問蔣若水說：「秦凱瑞長得這麼帥，有那麼多女生喜歡他。你不是他高中的同班同學嗎？他以前到底有沒有女朋友？」

「他一直都沒有女朋友！雖然有很多女孩子喜歡他，但他都視而不見，對女孩子很冷漠。不過，秦凱瑞有一本記事本，記事本的第一頁寫著：『曾經滄海難為水，除卻巫山不是雲。』我也看過那本記事本，但沒看過內容。記事本裡面所記載的，聽看過的同學說，是有關一個女孩子的事。我們同學都在猜，那個女孩子一定是秦凱瑞的心上人，秦凱瑞對她念念不忘，所以對其他的女孩子沒有興趣。」蔣若水輕描淡寫地說。

慧恩聽了蔣若水的敘述，心中有著濃濃的醋意，原來凱瑞的心裡已經有其他的女生了。在她的觀念裡，愛情是不能分享的，她無法容忍她的男人心裏還有位置給別的女生。凱瑞心中有一個念念不忘的女生，代表凱瑞不可能和她，除了好朋友之外，有任何進一步發展的可能性。

「還好我和凱瑞只是像哥兒們的好朋友。否則凱瑞心中有一個念念不忘的女生，我一定痛苦死了。」慧恩慶幸地說。

「是啊！這種事很少女生能容忍。」歐陽傑心有戚戚焉，點頭同意說。

上完廁所的凱瑞此時回到他的位子上，他聽到歐陽傑似乎在談什麼有關女生的事，便開口問：「你們在談什麼女生？我可以聽嗎？」

慧恩瞪了凱瑞一眼，有些吃醋地說：「我們在談你的心上人。」

凱瑞嘻皮笑臉地對慧恩說：「我的心上人就是妳呀！有什麼好談的？」

　　慧恩以為凱瑞又在調侃她，沒好氣地說：「別開玩笑了！我們都知道了。」

　　凱瑞並沒有完全了解慧恩話中的意思，說了一句：「知道就好！」便偏過頭面向蔣若水說：「你還好嗎？最近看你好像心事重重的樣子，這不像我們風流倜儻的蔣帥的一貫作風。你不是常說，天涯何處無芳草，何必單戀一枝花嗎？一個不適合你的人主動離開你，未必不是件好事。我們是好兄弟，我希望你能正面看待分手，我也希望再看到豪氣萬千不可一世的蔣若水。」

　　蔣若水向後靠著椅背，一雙胳膊在胸前交疊，落寞地說：「你說的我都理解。放心吧！我沒事！」

　　「沒錯！要正面看待分手！蔣若水，要不要我陪你喝一杯?」歐陽傑豪爽地說。

　　「好啊！再找幾個同學，我們來個不醉不歸！」蔣若水眼睛一亮，笑著附和。

　　「好！我再多找一些同學到我租的地方，我們喝通宵不醉不歸!」歐陽傑笑著說。

　　「你租的地方？你不是通勤嗎？」慧恩好奇地問。

　　「我現在在學校後面租了一間房，暫時不會通勤。」歐陽傑側頭看著慧恩說。

　　慧恩他們的同班同學，號稱詩人的羅健和柯玉斗，聽到要喝酒，也拿著餐盤坐過來。羅健，不高不矮，身材適中，濃眉鳳眼，戴著一副黑色的金絲邊眼鏡。

　　「什麼時候要喝酒？不要忘記通知我，我隨時奉陪。」羅健興奮地對歐陽傑說。

　　「對！也不要忘了通知我一聲。羅健寫的新詩得了全校新詩比賽第三名，這也是一件應該喝酒慶祝的事。我們就一起喝酒慶祝羅健的新詩得第三名，還有蔣若水恢復自由之身，我們不醉不歸！」

柯玉斗笑著說。

慧恩和凱瑞因為要練唱，所以向蔣若水他們表示要先行離開。歐陽傑、羅健和柯玉斗似乎對慧恩與凱瑞的練唱很有興趣，紛紛表示要跟他們一起去聽練唱。

「我能不能跟你們一起去聽你們練唱？我只在一旁聽，不會打擾你們練唱的。」歐陽傑請求說。羅健和柯玉斗也做同樣的表示。慧恩和凱瑞覺得沒有理由推辭，便答應讓歐陽傑、羅健和柯玉斗一起去聽他們練唱。

慧恩、凱瑞、歐陽傑、羅健和柯玉斗，選在校園裡一處偏僻的角落練唱。慧恩從小學聲樂，又曾是教會青年樂團的主唱，唱歌對她而言並不是一件難事。這次的練唱，她準備的歌曲有兩首；一首屬於快節奏的中文歌曲，一首屬於慢節奏的英文歌曲。英文歌曲她選的是「A Thousand Years（千年之戀）」。中文歌曲她選的是一首老歌「就在今夜」。

慧恩的歌聲非常美，清脆嘹亮如黃鶯出谷。她以她獨特的唱腔，將千年之戀詮釋得更加優美動聽。以吉他為她伴奏的凱瑞，和在一旁聆聽的歐陽傑、羅健、柯玉斗，都聽得如癡如醉。尤其是歐陽傑，更是頻頻拍手叫好。但慧恩卻是唱完一遍，又要求再唱一遍，一首千年之戀唱了好幾遍。

「朱慧恩，妳已經把千年之戀唱得這麼好聽了，為什麼還一再要求重唱呢？」歐陽傑不解地問慧恩。

慧恩還沒有開口回答，凱瑞就搶著回答說：「不管做甚麼事，都要用心去做，每一件事都務必竭心盡力去做好。所以她要多唱幾次，希望把千年之戀唱得更完美。」

「孺子可教也！只對你講一次，你就能心領神會、融會貫通，真是不簡單。」慧恩笑著點點頭說。

「朱慧恩，妳的歌唱得這麼好，妳是不是很喜歡唱歌？」羅健用手托著臉頰問。

慧恩正要回答羅健的提問，凱瑞立刻阻止她說：「妳別急著回

答，我先講個笑話給你們聽。」凱瑞接著講起他的笑話：

「有一位奶奶帶著孫子去喝喜酒。當奶奶跟朋友聊天的時候，旁邊的小孫子突然大聲地對奶奶說：『奶奶，我要尿尿！』奶奶看同桌的賓客，都看著她們祖孫倆，覺得十分不好意思。奶奶等孫子上完廁所後，告訴孫子說：『以後你要尿尿的時候，就說你要唱歌。』孫子很聽話，牢記奶奶的話。一天半夜，大家都睡著了。孫子想尿尿，就去找爸爸說：『爸爸我想唱歌。』爸爸說：『這麼晚了，唱什麼歌，明天再唱。』孫子快憋不住了，著急地說：『爸爸，我現在一定要唱歌。』爸爸看兒子那麼堅持，就說：『好吧，如果你一定要唱，就在我的耳朵旁邊小聲唱。』」

聽完凱瑞說的笑話，慧恩笑得眼睛瞇成一條線，一旁的羅健、歐陽傑、柯玉斗也哈哈地大笑起來。

「現在妳可以說了！」凱瑞露出詭異的笑容對慧恩說。

慧恩一時語塞，不知道該如何回應？她故意轉移話題說：「今晚的月亮又大又圓真是太美了！或許我們可以在這裡，欣賞河上的月光。」

凱瑞轉頭向四周巡視一番，蹙著眉頭問：「這裡哪有河？」

歐陽傑、羅健和柯玉斗也轉向左右，試圖尋找河的蹤跡。歐陽傑一臉疑惑，撓了撓自己的腦袋說：「對呀，哪裡有河？我怎麼也沒看到河。」

羅健和柯玉斗也異口同聲說：「我也沒有看到河。」

慧恩露出驕傲的笑容，用手指指向旁邊的小水溝，說：「看哪！這就是河，你們真是缺乏想像力！」

凱瑞不甘示弱地說：「那妳的想像力也未免太豐富了吧，竟然指溝為河。」

一旁的羅健聽慧恩和凱瑞的對話覺得相當有趣，他笑著問他們說：「你們經常這樣互動嗎？聽你們的對話還蠻有趣的。」

「我們兩個人熟透了，所以經常這樣互相調侃逗嘴，你們不要太在意。」慧恩輕鬆地說。

「是的！不要太在意！就當我和恩恩是老夫老妻好了！」凱瑞故意挑逗地說。

　　「你有沒有搞錯？誰跟你是老夫老妻！」慧恩用手指指著凱瑞的鼻子說。

　　「妳不是說我們熟透了嗎？通常熟透的關係都是指老夫老妻。我說我們是老夫老妻哪裡有錯？」凱瑞看了慧恩一眼，挑釁地繼續說：「妳知道妳剛才指著我的鼻子的樣子像什麼嗎？」

　　慧恩知道凱瑞的嘴一定不會饒過她，但還是忍不住問凱瑞說：「像什麼？說以前最好考慮後果。」

　　凱瑞做出一副有趣的表情，吊兒啷噹地說：「妳用手指指著我的鼻子的樣子，像極了母夜叉。說像是對妳客氣，事實上妳簡直就是母夜叉。」凱瑞說完，便哈哈地大笑起來。

　　慧恩聽凱瑞說她是母夜叉，氣得用拳頭在凱瑞的手臂上連打了好幾下。凱瑞怕玩笑開得太過分，慧恩會真的生氣，於是趕緊賠罪說：「我是開玩笑的！不要生氣！妳怎麼可能是母夜叉呢！在我的眼裡，妳是天使，有一雙天使的眼睛。」

　　慧恩原本就不是真的生氣。聽凱瑞說她是天使，有一雙天使的眼睛，不由地綻放出甜美的笑容，溫柔地看著他。

　　凱瑞迎視慧恩那雙溫柔凝睇他的眼睛，宛若品嚐了香醇的美酒，銷魂醉魄陶醉不己；完全忘了一旁的歐陽傑、羅健和柯玉斗。他用手托起慧恩的下巴，輕聲地說：「妳真美！」

　　羅健和柯玉斗看凱瑞和慧恩彼此忘情對望，心照不宣地露出會心的微笑。歐陽傑心中則有些不是滋味，他開口說：「你們在幹什麼？不要忘了我們在這裡。」

　　凱瑞回過神來，將頭轉向歐陽傑說：「你不是說，你只是來聽我們練唱，不會打擾我們嗎？」

　　歐陽傑理直氣壯地說：「但是你們現在不是在練唱，你們現在看起來好像是在打情罵俏。」接著迫不及待地催促：「你們不是還有一首歌要練習嗎？快點練吧！我想聽聽朱慧恩唱快節奏的歌！」

　　「好！我們現在就來練習『就在今夜』這首歌。」慧恩說著，

露出天使般純真迷人的笑顏。

慧恩唱「就在今夜」這首快節奏的歌，依舊非常動聽，練了幾次就圓滿完成了。

「朱慧恩，沒想到妳快節奏的歌也唱得不錯，蔣若水沒有來聽真是可惜。我覺得今天晚上，妳唱的這兩首歌都蠻適合他聽的。尤其是『就在今夜』，還蠻符合他現在的狀況。」歐陽傑面帶微笑說。

「你就別添亂了！蔣若水如果觸景傷情，聽了之後更想念何晴晴怎麼辦？你要負責嗎？」凱瑞笑著對歐陽傑說。

「朱慧恩，我聽了妳今天晚上唱的兩首歌曲，我感覺你的歌聲珠圓玉潤婉轉動聽；柔美的如山澗中潺潺的流水，高亢嘹亮的又如洶湧澎湃的巨浪海濤。偶然飄來陣陣芬芳馥郁的桂花香，伴隨著你鳳吟鸞吹的歌聲，讓我們在場的每個人都如痴如醉，如夢如幻，彷彿置身在滿室芳香的瓊樓玉宇月宮中，傾聽唯有天上有的天籟之音。」詩人羅健由衷地讚美說。

柯玉斗不落人後，也讚美慧恩的歌聲說：「慧恩，妳的歌聲嘹亮清脆悅耳動聽；快唱嘈嘈如急雨，慢歌切切如私語；高亢處響遏行雲，低迴時如黃鶯出谷；真是餘音繞樑三日不絕於耳。」

慧恩聽了羅健和柯玉斗的讚美，綻放出璀璨的笑容，心存感激地說：「我從來沒有聽過，有人這樣讚美我的歌聲。聽了你們的讚美之後，我對自己的歌聲就更有信心了。謝謝你們給我的鼓勵，你們的鼓勵是我前進的動力。」

歐陽傑看羅健總是一副嘻皮笑臉的樣子，卻能文思泉湧又得了全校新詩比賽第三名。便問羅健說：

「羅健，我聽說最美麗的詩歌，都是最絕望的詩歌。不朽的篇章，都是純粹的眼淚，越絕望越能寫出好詩詞。好像沒有愁思滿懷，是不能寫出好詩詞。我看你一派樂天，嬉戲玩鬧笑口常開，一點都沒有惆悵失意的樣子。你怎麼能寫出絕美的好詩呢？但你的新詩卻得到全校新詩比賽第三名，比那些國文系的寫的還要好。不知道你是怎麼做到的？」

羅健露出神秘的笑容，說：「同學，你有所不知，我寫的都是人家看不懂的詩。既然是看不懂，那就憑個人的想像去解釋。新詩比賽的評審，都是相當有內涵的人。他們的想像力超越常人，所以我也就超越其他的人得了第三名。」

　　柯玉斗有些不明白，他問羅健說：「你的意思是不是說，如果那些評審的想像力再好一點，那你在這次的新詩比賽就能得到第一名？」

　　羅健伸出手指敲敲自己的腦袋，說：「答案在你的腦袋裡，好好利用你的想像力，就能知道你問的問題的答案。」

　　凱瑞看時間已經不早了，便說：「好了！要聊天我們以後找時間再聊！我們的練唱結束了，現在我和恩恩要到法學院圖書館看書，你們就自己看著辦吧！」

　　「我也要去法學院圖書館，我們一起去吧！」歐陽傑說。

　　凱瑞和慧恩並沒有拒絕歐陽傑，他們把東西稍稍整理一下，就一起去了法學院圖書館。

第十五章 意想不到的事件

　　晚上九點，法學院圖書館關門後，凱瑞送慧恩回西樓，歐陽傑則獨自漫步在校園裡。夜晚的校園份外寧靜，只有沿路兩旁的樹木，隨風搖曳發出來的沙沙聲，和從灌木叢裡傳出來的蟬鳴聲。歐陽傑舉頭望向蒼穹，一輪皎潔的明月當空，散發出銀白色的光芒，其光輝照耀之處，整個秋天的夜空，沉浸在一片清冷之中。他痴痴地看著那輪孤獨的明月，呢喃低語：

　　「每個人都像月亮一樣，都有不為人知的黑暗面。我是人，我也有我的黑暗面。我何嘗不是像月亮一樣，將我的黑暗面隱藏起來，只把光明的一面展現在人前。我虛偽嗎？」

　　「如果每一個人都是這樣，那它就是一種天性不是虛偽。虛偽是一種選擇，一種作為，一種有意識的作為。天性卻是無為，沒有任何意識的活動，是與生俱來的。但這樣的天性是對的嗎？」

　　「如果天性是錯的，我是不是還要順性而為呢？或許該不該順性而為，應該視對別人有沒有造成傷害而定。如果順性的結果，造成別人的傷害，那我絕對不能做。必須順性的結果，不會造成任何人的傷害才可行。隱藏自己的黑暗面，不會傷害人並沒有錯。問題是，我為什麼有黑暗面需要隱藏呢？」

　　他想起慧恩，臉上不自覺地露出微笑。「我喜歡朱慧恩。我第一眼看到不戴眼鏡的朱慧恩，我就無可救藥地愛上她。男生愛女生是天性，這種天性不會傷害人並沒有錯。問題是，我明知道秦凱瑞喜歡她，我卻想不顧一切地橫刀奪愛。我看到秦凱瑞和朱慧恩在一起，一種嫉妒感就悄悄地爬上心頭。剛才我看到他們兩個人，旁若無人的互相對望，我恨不得立刻推開秦凱瑞。」

天上偶然飄來的白雲，遮住了那輪明月。明月微微掙扎，又驕傲地露出臉來。「我是想棒打鴛鴦嗎？我的確想打散朱慧恩和秦凱瑞，但他們不是鴛鴦。朱慧恩不是說，他們只是像哥兒們的好朋友嗎？」

　　他想起慧恩全神灌注唱著歌的模樣，和有如天籟之音的美妙歌聲；他的心不由地激動起來。「她唱千年之戀時的神情溫柔純真，好像是一位天使對著上帝唱讚美詩。她渾然天成美妙絕倫的嗓音，唱出來的歌聲真是悅耳動聽；嘹亮得有如山壁傾洩而下的瀑布，輕柔得宛若幽靜的山澗中淌流的溪水，令人為之著迷。如此美麗又具才華的朱慧恩，任誰都會愛不釋手；何況是秦凱瑞，他一定不會放手把朱慧恩讓給我。」

　　一陣清涼的秋風迎面而來吹拂他清秀的臉，他感覺一股寒氣侵入肌膚不禁打了個冷顫。「無論如何，我一定要和朱慧恩在一起，我要利用秦凱瑞打倒秦凱瑞。我這樣做是自由競爭，並沒有傷害任何人，我沒有錯。」他為自己的行動正名，整個精神為之一振，步伐加快起來。「我要快點回去好好想一想，如何利用秦凱瑞打倒秦凱瑞？」

　　凱瑞約了樂團的另外三位成員，下午1點在學生社團活動中心仁濟樓見面，正式將慧恩介紹給他們認識。樂團的三位成員，分別是電機系的張簡裕、水慕瑜，與化學系的齊心樂。張簡裕擔任貝斯手，水慕瑜擔任鼓手，齊心樂擔任鍵盤手。後來的凱瑞將擔任吉他手，慧恩則預定為主唱。慧恩見到這三位高大帥氣的男生時，有些不知所措。還好有凱瑞居中幫她的忙，才化解慧恩初次與三位大男生見面的尷尬。

　　戴著金絲框眼鏡的張簡裕，在凱瑞將他們三個人一一介紹給慧恩認識後首先發言，試圖化解慧恩的不自在。他臉上帶著友善的笑容說：「我早就聽聞，法律系的朱慧恩是個大美人。今日一見，果然名不虛傳，的確是個漂亮妹妹。凱瑞真有福氣，有妳這麼漂亮的馬子。」

「就是說嘛！之前，我們邀請凱瑞加入我們的樂團，他提出的條件就是要妳擔任主唱。」齊心樂接著張簡裕的話說。

「妳的加入是我們樂團無限的榮幸。還需要什麼試唱，妳已經錄取了！」水慕瑜不落人後也加入談話。

慧恩對這三個大男生的第一印象就是高大。凱瑞有186公分高，他們三個人看起來和凱瑞差不多高，應該也有180公分以上的高度。慧恩165公分的身高，在他們四個高大的男生之間，顯得有些嬌小。

「試唱還是不能省！我從小就喜歡唱歌，希望用歌聲撫慰人心帶給人歡笑，我也曾是教會青年樂團的主唱。我很高興你們給我試唱的機會，我希望能加入你們的樂團；因為凱瑞告訴我，你們成立樂團是基於對音樂的熱愛，而且這個樂團是以帶給人快樂為目的，並不從事商業演出，跟我的理念吻合。如果我能加入你們的樂團，我會非常的開心。」慧恩面帶微笑說。

「現在你們相信我說的話了吧！我說我馬子一定不會讓你們失望，你們看了一定會喜歡她，我的話說對了吧！」凱瑞驕傲地說。

「沒錯！我一看到妳，就覺得我們的樂團有希望了。我們這個樂團，的確是基於對音樂的熱愛，也是以音樂傳遞快樂為目的。水慕瑜和我將來都想出國留學，齊心樂也想繼續讀研究所，所以我們這個樂團沒有任何商業目的。妳呢？妳和凱瑞對將來有什麼打算？」張簡裕對著慧恩說，又將頭轉向凱瑞，於是凱瑞先回答說：「我將來想當司法官，我想給家人安穩的生活。現在開始就會按步就班地準備考試，往這個目標前進，所以我加入樂團也是因為你們的理念跟我相同。」

「我也是想當司法官，但如果我未來的老公養得起我，我也不排斥當家庭主婦，每天三次服事 神。」慧恩以柔和的口吻說。

慧恩的回答讓凱瑞他們四個人目瞪口呆，十分驚訝慧恩竟然有當家庭主婦的念頭，而且每天還要服事 神三次，這要如何做到呢？水慕瑜搶先發問：「妳如何能每天三次服事 神呢？」

「餓了就給他們吃，渴了就給他們喝，這些事做在那最小的身上，就是做在 神的身上。我每天在廚房裡煮三餐，老公和孩子餓

了，我就給他們吃；他們渴了，我就給他們喝。這些事做在我老公和孩子的身上，就是做在 神的身上，就是服事 神；所以我說每天三次服事 神。」慧恩笑容滿面，愉快地解釋。

凱瑞聽了慧恩的解釋面露喜色，伸手緊緊地摟了慧恩的肩膀一下。齊心樂拍拍凱瑞的胳膊，笑著說：「凱瑞，那你可要多賺一點錢，好讓慧恩在家服事你。你餓了就給你吃，你渴了就給你喝。」

「那有什麼問題！從今天開始，我要更加努力用功讀書，早日考上司法官。司法官的薪水雖然不會讓我富有，但養恩恩和幾個孩子應該沒有問題，這樣我就可以讓恩恩天天在家服事我了。」凱瑞的眼睛閃爍著喜悅的光芒，高興地說。

張簡裕看著其他四個成員，以堅定有力的聲音說：「現在我們都很清楚，我們個人未來的目標。所以我們成立這個樂團的目的也可以很確定，就是使用音樂這個媒介，將快樂散播出去。」

「我們這個樂團是我們四個大帥哥，加上慧恩這個大美女所組成，又是以傳遞快樂為目的。我們不如把我們樂團的名稱，定為4加1快樂樂團，你們覺得如何？」水慕瑜提議說。

「我覺得還不錯，恩恩妳覺得怎麼樣？」凱瑞轉向慧恩，徵詢她的意見。「我也覺得很好。」慧恩看著凱瑞回答說。

齊心樂和張簡裕也都贊成水慕瑜的提議，因此樂團正式定名為四加一快樂樂團。

「慧恩，妳已經正式成為四加一快樂樂團的成員了。但妳既然已經準備好了試唱的兩首歌，我們還是希望妳等一下能唱給我們聽。在聽妳唱歌之前，我們先要訂出每星期大家在一起練習的時間。我和齊心樂、水慕瑜暫定的練習時間是，星期三下午1點到2點30分，以及星期六上午9點到12點。不知道妳和凱瑞有沒有其他意見？」張簡裕說。

慧恩和凱瑞對練習時間都沒有意見。之後，慧恩在凱瑞的吉他伴奏下，將昨晚練唱的兩首歌曲唱給張簡裕他們三個人聽。正如凱瑞所預期的，慧恩的歌聲受到張簡裕他們三個人的肯定和讚賞。因此，四加一快樂樂團正式成立了。四加一快樂樂團四帥一美的組合，成為學校最受矚目的學生社團組合；四加一快樂樂團也被學校

學生戲稱為全校最美的風景。

　　歐陽傑自從那晚和慧恩、凱瑞一起練唱、上圖書館後，就和慧恩、凱瑞常常在一起。原本慧恩和凱瑞的二人行，變成慧恩、凱瑞和歐陽傑的三人行。歐陽傑每天早上都會到理一舍凱瑞的寢室找凱瑞，然後再和凱瑞邊走邊聊一起到西樓接慧恩。歐陽傑和凱瑞似乎很投緣，總是有說不完的話。慧恩在他們之間，好像是個多出來的人，根本沒有講話的餘地。慧恩並不在意凱瑞和歐陽傑看似親密的互動，她樂見凱瑞有好哥兒們可以一起講話聊天。但有些同學因為凱瑞長得高大英俊，而歐陽傑長得粉面紅唇相當秀氣，便有了不當的聯想。

　　星期二早上，慧恩、凱瑞和歐陽傑一起來到法21教室。這一堂課是法律系一年級唯一的專業課，民法總則。上課的教授是頂頂有名的大法官楊堅，所以有些同學提早半個小時就已經等在教室外。凱瑞和歐陽傑繼續在聊天，慧恩閒著沒事走到法20教室走廊盡頭，靠著欄杆看向外面校園的景色。

　　柯玉斗走到慧恩的旁邊，彎下身子趴在欄杆上看向外面。過了一會兒，他轉向慧恩說：「秦凱瑞對女生很冷漠，對妳卻很好，我本來以為他喜歡妳。但現在看秦凱瑞和歐陽傑的互動，我在想秦凱瑞是不是把妳當作煙霧彈？事實上他喜歡的根本不是女生。妳看妳長得這麼漂亮，沒有一個正常的男生會不喜歡妳。但秦凱瑞現在卻把妳晾在一邊，和歐陽傑談笑風生。兩個人黏TT的，根本不把妳放在眼裡。我看妳還是別被秦凱瑞利用了，離他遠一點。」

　　慧恩舉目看向法21教室的走廊，凱瑞和歐陽傑面帶笑容，正興致勃勃地聊著天。慧恩原本想為凱瑞辯護的話，到了嘴邊又吞了下去。她實在不敢相信凱瑞會是個同性戀者，她很明確地感受到凱瑞對她的感情。但眼前高大帥氣的凱瑞，和長像清秀的歐陽傑，看起來還真像是對戀人。「難道凱瑞是個雙性戀者？」她想著，不禁打了個寒顫。

凱瑞最近的確冷落了她，歐陽傑不斷地跟他講話，他根本沒有和慧恩講話的餘地。慧恩聽了柯玉斗說的話，開始有些畏懼凱瑞。「我沒有辦法和一個喜歡我，卻又喜歡男生的人，在一起交往做朋友。如果凱瑞真是雙性戀者，我必須離他遠遠的。」慧恩越想越覺得害怕，法21教室外面的同學們紛紛走進教室了，慧恩還是站在原地不動。

　　凱瑞和歐陽傑正準備進教室，凱瑞突然發現慧恩不在旁邊，於是舉頭四處張望尋找慧恩。慧恩看見凱瑞四處張望，便躲了起來怕被凱瑞看到。歐陽傑看凱瑞四處張望尋找慧恩，便對凱瑞說：「朱慧恩可能去上廁所，或是已經進教室了，我們還是進教室吧！」凱瑞頻頻回頭，被歐陽傑半拉地走進教室。

　　站在慧恩旁邊的柯玉斗，看凱瑞和歐陽傑走進教室，便對躲在一旁的慧恩說：「他們進教室了，我們也進教室吧！」慧恩應了一聲「嗯」，心有餘悸地跟著柯玉斗從教室的後門走進教室，在靠牆近後門的地方，找了一個座位坐了下來。

　　凱瑞進教室坐在他和慧恩平常坐的位子上，歐陽傑則坐在凱瑞的旁邊。凱瑞轉過頭向後門望去，看見慧恩正低著頭坐在靠牆的位子。便起身走到慧恩的旁邊，拉起慧恩的手，把慧恩帶到他旁邊的位子。慧恩在眾目睽睽之下被凱瑞拉著走，她覺得很不好意思，低著頭滿臉通紅，心不甘情不願地坐了下來。凱瑞理直氣壯地對慧恩說：「妳坐得離我那麼遠，我怎麼保護妳呀？」

　　慧恩已經開始畏懼凱瑞，她不知道如何回應他，心裡暗暗地叫苦：「我怎麼這麼倒楣！先遇到一個花心的蔣若水，再遇到一個驕傲的張幼彰，現在又碰到這個雙性戀的秦凱瑞。我該怎麼辦才好？我現在需要他保護我以避免郭靖笙的糾纏，但我又不想跟他太過親近。看來，我現在只能用拖延戰術，暫時跟他保持像以往的關係，再藉機慢慢地疏遠他。」

　　慧恩保持靜默沒有任何回應，凱瑞正要開口對慧恩說話，楊堅教授走進教室。滿頭白髮、身材略顯瘦矮的楊堅教授走到講台上，他柔和中帶著些許凌厲的雙眸往講台下看了一眼，座無虛席，教室裡擠滿了聽課的學生；他沒有攤開點名簿就開始上課了。

楊堅教授口若懸河滔滔不絕地講著課。歐陽傑的身體不斷地往凱瑞的方向靠，坐在慧恩後面的李偉立，用原子筆碰了一下慧恩的背。慧恩轉過頭看李偉立，李偉立的眼睛瞟向凱瑞和歐陽傑，意有所指地暗示慧恩，凱瑞與歐陽傑的互動。慧恩頭轉向坐在她旁邊的凱瑞，果然看見歐陽傑和凱瑞的身體靠得相當近。

「凱瑞和歐陽傑的關係看起來相當親密，在這麼多人面前，竟敢毫無忌憚地公開秀恩愛。」她想起凱瑞含情脈脈看著她的眼神，她有些好奇，凱瑞是不是也這樣深情地看著歐陽傑？「如果凱瑞看歐陽傑的眼神，也是那麼深情的話，那他對我含情脈脈的眼神，就不值一分錢。」

楊堅教授講課講到一半，突然心有所感，語重心長地說：「有時候，親眼看見的，親耳聽到的，都不是事實。所以我以前從事審判工作的時候，抱著寧可錯放99個，也不願錯殺一個的態度。後來我才發現，我這樣的態度是完全忽略了被害人的感受。我錯放了加害人，那被害人怎麼辦？所以我就離開了審判工作。」

慧恩聽了楊堅教授說的話，轉過頭看向凱瑞和歐陽傑。她暗自思量：「我看到凱瑞和歐陽傑親密的互動，我覺得這是千真萬確的事實。所以我猜想凱瑞是個雙性戀者，想腳踏兩條船，愛女生同時也愛男生。但按照楊堅教授的說法，即使是眼睛親眼看見的，都可能不是事實。那凱瑞和歐陽傑的關係，是不是也有可能不是像我想的那樣？我看我還是不要馬上下定論，我必須再慢慢觀察。」

凱瑞偏過頭瞅見慧恩若有所思地看著他，便低下頭寫了一張紙條偷偷地遞給她。紙條上寫著：「妳怎麼這樣看我？是不是這幾天沒有機會跟我講話，想念我了？」慧恩看了紙條，狠狠地瞪了凱瑞一眼。凱瑞揚起眉毛表現出一副很屌的樣子，回應慧恩的瞪眼。

晚上，凱瑞和歐陽傑一起送慧恩回西樓後，便分道揚鑣各自回去自己住的地方。凱瑞走進理一舍的寢室，蔣若水正斜靠著枕頭坐在床舖上看武俠小說。蔣若水沒有抬頭，眼睛依舊看著書本，問凱

瑞說：「你怎麼回來了？你的兩個情人呢？」

　　凱瑞走到書桌前拉出椅子坐了下來，說：「什麼兩個情人！恩恩是我的馬子，歐陽傑是我的好兄弟。你不要亂說話，免得引起不必要的誤會。」

　　蔣若水挑起雙眉，不以為然地說：

　　「歐陽傑是你的好兄弟嗎？我看我才是你的好兄弟，歐陽傑是你的親密愛人。如果歐陽傑只是你的好兄弟，他怎麼可能每天一大早就來找你？而且還旁若無人地黏著你講話，好像這世界上除了你以外，沒有其他人存在一樣。」

　　「你和歐陽傑的互動遠遠超過一般的好兄弟，倒有些像熱戀中的情人；我真為朱慧恩叫屈。我以前以為，你不理會女生，對女生態度冷漠，是因為你有個情有獨鍾的心上人。後來，看到你對朱慧恩那麼痴迷，我以為你是為了朱慧恩這塊曠世美玉。現在我才知道，原來你是另有所好。」

　　「如果你真的那麼喜歡歐陽傑，我也樂觀其成。不如你把朱慧恩還給我，撮合我和朱慧恩。將來我和朱慧恩有了愛情結晶，我一定讓他們認你當乾爸。」

　　凱瑞聽蔣若水這麼一說，立刻從椅子上跳起來，走到蔣若水的面前，說：

　　「你別想打恩恩的主意，連她的一根寒毛你都不能動。她是我的，現在是我的，將來是我的，生生世世永永遠遠都是我的。我不准你碰她，我也不允許其他男生碰她。」

　　「歐陽傑對我而言就只是好兄弟，但連你都會誤會我和他有不正常的關係，那恩恩是不是也會這麼想呢？難怪，她今天上民法總則的時候，自己一個人坐在靠牆的角落。而且看我的眼神也很奇怪，盡是疑惑沒有了以前的柔情似水。」

　　「我沒有讓女生破壞我和恩恩的關係，卻讓一個男生攪亂了我和恩恩的生活，的確不是明智之舉；我必須和歐陽傑保持一定的距離。這幾天因為歐陽傑的關係，我幾乎沒有機會跟恩恩說話，忽略了最重要的恩恩。好吧！就這麼決定了，跟歐陽傑保持距離。」

　　蔣若水放下手上的書，面對凱瑞說：

「聽你這麼說，你好像是忙著數星星，卻忘記了月亮的存在。好吧！既然你不是對歐陽傑有意思，站在好兄弟的立場，我也贊成你和歐陽傑保持一定的距離。」

「朱慧恩的事，我們以後再說。有一件事情我忘了告訴你，我們在清華的同學駱克凡明天生日。他邀請了幾個同學，還有我們兩個人，明天下午到清華大學聚餐。」

「我們同學自從高中畢業後，已經有一段時間沒見面了，正好趁這個機會大家聚聚。你剛好也可以利用這個機會，和歐陽傑保持距離。我們明天下午上完課一起去清華大學，你覺得如何？」

凱瑞撓了撓自己的腦袋，有些為難地說：

「聽起來還不錯！我是很想跟你去看同學，和同學們聚一聚。已經有一段時間沒有看到他們了，我還真有些想念他們。而且利用這個機會，開始和歐陽傑保持一定的距離也不錯。」

「我唯一放心不下的是恩恩，我答應她要一直陪著她，直到司法組二年級的班代郭靖笙對她死心為止。我不想食言，而且我也不想留她一個人在學校。這樣好了，我們帶她一起去，你看如何？」

蔣若水搖搖頭，面有難色地說：

「我們一群男生，旁邊跟著一個其他同學不認識的女生，感覺很憋扭很不自在；不能隨心所欲地暢所欲言。而且依照我看到的朱慧恩，她可能也不會喜歡這樣的場合。」

「你和朱慧恩、歐陽傑不是經常三人行嗎？我看歐陽傑對你雖然很熱情，但對朱慧恩卻很冷淡；你不如把朱慧恩交給歐陽傑照顧。我覺得，你不管把朱慧恩交給誰，都不如把她交給歐陽傑安全。歐陽傑長得那麼秀氣，一看就知道，他是那種不會對女生有興趣的人。就這麼說定了，你明天請歐陽傑幫你照顧朱慧恩。明天下午，我們一起到清華大學找我們的同學。」

凱瑞低頭沉思片刻，也覺得歐陽傑的確是照顧慧恩的最佳人選，於是答應蔣若水說：「好吧！我明天請歐陽傑代替我照顧恩恩一晚，明天下午我們一起到清華大學找同學。」

第二天下午，凱瑞特別交代歐陽傑照顧慧恩後，就和蔣若水搭車去清華大學找同學了。

　　歐陽傑依照凱瑞的囑託，陪著慧恩一起上法學院圖書館看書。慧恩在法學院圖書館，經常可以感覺到注視她的目光。每次慧恩感覺到有注視她的目光，她就順著目光的方向看過去。此時，注視她的人就會低下頭，假裝看書或做其他的事。因為次數太多了，她漸漸習慣了也不以為意。但今天晚上情況卻不同，坐在慧恩前面的桌子，看起來文質彬彬的男生，不知何故目不轉睛一直盯著慧恩看。即使慧恩向他看過去他也不迴避，不低頭假裝讀書或做其他事；完全無視於慧恩警告的眼睛，依然故我地看著她。慧恩被他看得心裏直發毛，於是故意轉頭往後面看。不轉頭還好一轉頭卻發現，張幼彰帶著他的新女朋友，坐在她後面的桌子看著她。

　　慧恩面對前面目不轉睛一直盯著她看的男生，還有後面彷彿監視著她行動的張幼彰，她有說不出來的壓迫感。她感覺自己被擠壓得喘不過氣來，她恨不得馬上逃離這個兩面夾攻的地方，到一個寬廣遼闊的地方，呼吸一口新鮮的空氣。

　　「如果凱瑞在這裡就好了！」慧恩嘆一口氣，無助地想著。凱瑞長得高大，雖然有點瘦，但因為愛好運動，肌肉顯得十分結實健壯。只要凱瑞在慧恩的身邊，就沒有人敢像現在這樣冒犯她，毫無顧忌地盯著她看。就是張幼彰也不敢自討沒趣地坐在她背後監視她，凱瑞就像她的守護天使一樣，一直護衛著她。

　　「歐陽，我們現在就去吃晚餐好不好？」慧恩轉向坐在她旁邊的歐陽傑，撇了撇嘴說。

　　「好啊！妳要到哪裡吃？」歐陽傑凝視著慧恩，低聲地問。

　　「我們走遠點到學校後面的餐館吃飯好不好？我想散散步，這裡有些悶。」慧恩鬱鬱寡歡地說。

　　「好！我們現在就走！」歐陽傑說完，將桌上的書本收入背包，就和慧恩一起離開法學院圖書館。

　　慧恩和歐陽傑走到學校後面餐館林立的巷子裡。午后的巷子

裡，已經有不少學生穿梭其中。慧恩和歐陽傑走到一家同時販賣冰品飲料的雜貨店前面，慧恩停下腳步問歐陽傑說：「歐陽，你想不想喝酸梅汁？」

「好啊！我們到哪裡去喝酸梅汁？」歐陽傑表示同意又反問慧恩。

歐陽傑好不容易終於等到和慧恩單獨相處的機會，他覺得這個機會難得，他必須好好把握。只要是慧恩提出來的建議，不管是什麼，他都要全力配合毫無異議的接受；他一定要讓慧恩對他有好印象。這幾天他使出渾身解數和凱瑞建立一種曖昧的關係，目的就是要讓慧恩對凱瑞有不好的感覺主動離開凱瑞。從慧恩昨天在法21教室的表現，他知道他的計劃成功了。慧恩已經開始不喜歡凱瑞，他向她表白的時機快到了。他現在要做的是讓慧恩喜歡他，他認為每個人都喜歡唯命是從的伴侶。他只要凡事順著慧恩，讓她感覺到他對她的寵愛，這樣他離成功擄獲慧恩的芳心就不遠了。

「你在這裡等一下，我馬上回來！」慧恩說完，走進那家擠滿人同時販賣冰品飲料的雜貨店。不到五分鐘的時間，慧恩拿出了兩杯酸梅汁。

「哇啊！雜貨店裡排隊買東西的人那麼多，妳不到五分鐘就買到兩杯酸梅汁。妳是怎麼做到的？妳不會是插隊吧？」歐陽傑驚訝地問。

「我當然不是插隊，而且也沒有人會讓我插隊。我能這麼快就買到兩杯酸梅汁，是因為這家雜貨店的老闆娘，不知道什麼原因特別喜歡我。每次我到這家雜貨店買東西，老闆娘總是特別關照我，給她特殊待遇。不管有多少客人在排隊等候，老闆娘只要看到我，一定優先服務我。所以我很感謝這家雜貨店的老闆娘，只要我經過這家雜貨店，一定會進去買酸梅汁。」慧恩笑著說。

「這家雜貨店的老闆娘會特別喜歡妳，給妳特殊待遇，我猜是因為妳有一張漂亮的明星臉。妳這張天下無敵的美麗臉蛋，是男女老少通吃，沒有人會不喜歡。妳雖然沒有插隊卻達到插隊的效果，我不能說妳錯，只能說別人沒有妳的漂亮臉蛋，吃了一點虧。」歐陽傑

說。

「我的臉蛋是男女老少通吃，沒有人會不喜歡，但對歐陽傑好像不能適用。他喜歡凱瑞勝過喜歡我，他對凱瑞很熱情，對我卻很冷淡。我有些懷疑歐陽傑的性向，但每個人都有自己的選擇，他們為他們的選擇負責與我何干。何況這樣的歐陽傑讓我有安全感，我相信他對我不會有非份之想。我可以自由自在地跟他相處，而不用擔心有不良的後果！」慧恩暗自嘀咕。

慧恩和歐陽傑一路上喝著酸梅汁慢慢地散步，走進餐館時天已漸漸地黑了，在餐館裡慧恩和歐陽傑各自點了一碗麵。

「我和凱瑞都喜歡到這家餐館吃東西，因為這家餐館的老闆很慷慨，給的麵比其他餐館給的還要多。雖然我每次都吃不完，但因為感覺值回票價，所以常和凱瑞一起來吃。」慧恩面帶微笑說。

「雖然我不懂，妳明明吃不了那麼多麵，為什麼還要選擇麵給得多的餐館？但我相信聰慧如妳，一定有比『感覺值回票價』更足以服眾的理由。我是個比較重視實際的人；我喜歡精打細算，價格是我決定到哪家餐館用餐的重要因素。我也喜歡每天記帳，這樣我可以知道我的開銷是否適當？會不會過多？需不需要節制？我還打算做一些網路生意來增加我的收入。我希望將來能給我的妻兒子女過好日子，所以從高中開始就有財務計劃。」歐陽傑侃侃而談。

慧恩聽了歐陽傑的話語，有種出乎意料之外的詫異。她沉吟不語：「沒想到歐陽傑那麼有理財概念，而且他說這些都是為了將來能給他的妻兒子女過好日子。原來他有娶妻生子的計劃，但他不是不喜歡女生嗎？我真的有些搞不清楚狀況。」

慧恩和歐陽傑吃完晚餐走出餐館時，天已經完全黑了。慧恩抬頭仰望繁星點點的夜空，她看見了她的星星，那顆蒼穹中最明亮的星星。但她並不想和歐陽傑分享她的星星，她已經把她最好的朋友凱瑞介紹給她的星星了。她和歐陽傑的交情，並沒有達到可以把他介紹給她的星星的程度。

夜空中，那半輪皎潔的明月散發出來的銀白色光輝，從天飛

落而下籠罩著整個校園。歐陽傑在月光下，看著慧恩那雙燦爛如星的美麗眼睛，他的心不自覺地悸動起來。他宛若女子般清秀的粉面，微微地泛起一抹紅暈，有如塗上一層淺色的腮紅。他有些情不自禁，看慧恩的眼神更加柔和了。他發出低沉的聲音說：「剛吃完飯，不要馬上坐著看書，我們先到校園裡散散步吧！」

慧恩並沒有注意到歐陽傑，她的心思不在他的身上，她完全忽略他。她想到，剛才在法學院圖書館一直盯著她看的那個男生，和帶著女朋友坐在她的後面好像是在監視她的張幼彰，她就不禁鬱悶起來。她不想看到他們，她同意歐陽傑的提議到校園裡散步。

慧恩和歐陽傑一路上幾乎沒有開口說話，歐陽傑和凱瑞不同，他不會和慧恩抬槓。慧恩和凱瑞似乎有說不完的話，但慧恩與歐陽傑卻沒有什麼話可說。慧恩想著凱瑞，她不知道凱瑞現在是不是也和她一樣抬頭看星星？尤其是看那顆天際間最明亮屬於她的星星。

慧恩心不在焉地隨著歐陽傑走在校園裡，不知不覺地來到空無一人的運動場。偏僻的運動場角落，光線顯得格外不足，慧恩不喜歡太黑的地方，正欲開口對歐陽傑說話，歐陽傑的嘴唇猛然壓住她的唇。慧恩被歐陽傑突如其來的舉動嚇得身體僵在那裏，歐陽傑忘情地親吻她，宛如一隻飢渴的蝙蝠貪婪地吸吮牠的獵物。

慧恩驚嚇得魂飛魄散，睜大著眼睛任由歐陽傑親吻她。不知過了多久的時間，歐陽傑的嘴離開了慧恩的唇，慧恩依舊睜大著眼睛呆立在原地。歐陽傑親吻慧恩後，見慧恩並沒有反抗，以為慧恩也喜歡他，便伸手抱住她。過了一會兒，歐陽傑放開慧恩正要說話，慧恩面無表情睜大著眼睛一眨也不眨，行屍走肉般地往前走走出了運動場。

歐陽傑看著慧恩的背影消失在運動場的一角，他有些困惑，搞不清楚慧恩到底是喜歡他還是不喜歡他？他親吻她、擁抱她，她都沒有反抗，好像她是喜歡他的。但看她離開時的神情有些呆滯，又似乎是受了驚嚇。

「她為什麼有呆滯的表情呢？是驚喜過度還是我嚇到她了？」歐陽傑撓了撓腦袋，自己問自己。「不想了！反正明天我就可以知道了。如果明天她對我微笑，那就表示她剛才的表情是驚喜過度。

如果明天她對我生氣或不理我，那表示我嚇到她了；到時候再向她道歉就是了。」

歐陽傑回憶起剛才親吻慧恩的感覺，心裡充滿了甜蜜的滋味。「我利用秦凱瑞，破壞他在朱慧恩心中的地位，所以朱慧恩今天晚上才會讓我親吻她。我相信朱慧恩是喜歡我的，真希望明天快點到，我就能看到朱慧恩迷人的微笑。」他愉快地想著，踩著輕快的步伐離開運動場。

慧恩毫無意識地走回西樓的寢室，她的腦海裡有一段是空白的，完全的空白。她呆呆地坐在她書桌前的椅子上，何晴晴還沒有回寢室，寢室裡只有她一個人獨自面對書桌前的牆壁。她回過神來，一切的屈辱化為眼淚迸發而出。她的頭趴在書桌上痛哭失聲，潰堤的淚水不停地流過她潔白美麗的臉。

她猛然地從椅子上跳起來，拿起盥洗用具衝進浴室裡。她不斷地刷牙漱口也不停地作嘔，直到她的牙齦刷痛了流出血了，她才善罷干休地走回寢室。慧恩真的不能理解這到底是怎麼一回事？為什麼她的同班同學歐陽傑會強吻她？他不是對凱瑞很熱情對她很冷淡嗎？他不是喜歡凱瑞不喜歡女生嗎？她究竟做錯了什麼？讓歐陽傑認為可以這樣對她。相較於歐陽傑的強吻，郭靖笙的情書攻擊顯然不算什麼了。之前她害怕郭靖笙，現在她對歐陽傑更加恐懼。

「要不要把歐陽傑強吻我的事告訴凱瑞？同學們都認為，歐陽傑喜歡凱瑞而不喜歡我，凱瑞會相信歐陽傑強吻我嗎？如果我沒有單獨和歐陽傑一起散步，或是散步時有一點戒心不要心不在焉，不要到黑暗無人的地方，也許就不會發生歐陽傑強吻我的事了。」

「倘若我告訴凱瑞，凱瑞會不會認為是我故意誘惑歐陽傑？會不會和歐陽傑發生衝突？會不會覺得我很麻煩？會不會從此不理我了？不，我不要凱瑞不理我。但是如果不告訴凱瑞，凱瑞不知道歐陽傑強吻我的事，又讓歐陽傑隨心所欲地跟我們在一起，我恐怕會嚇死。我該不該告訴凱瑞呢？」

那夜，慧恩輾轉不能入眠，歐陽傑的強吻讓她覺得屈辱、覺得

受傷。一種難以忍受的不舒服感，像烏雲般籠罩著她，讓她渾身覺得不對勁。要不要把這件事告訴凱瑞，又讓她舉棋不定，不知道該如何下決定？

　　第二天早上，歐陽傑沒有來找凱瑞。凱瑞獨自走到西樓側邊不引人注意的地方等慧恩。慧恩接到凱瑞通知她下樓的電話，她確認歐陽傑沒有和凱瑞一起來後，立刻走出寢室。她匆匆地跑下樓，走出西樓再往凱瑞等她的地方跑過去。

　　凱瑞正在樹下等慧恩，見慧恩匆匆忙忙地跑過來，還來不及說話就被慧恩緊緊地抱住。凱瑞被慧恩突如其來的擁抱嚇了一跳，這是慧恩第二次主動抱他，第一次是發生郭靖笙情書事件的時候。「這次又是發生了什麼事？為什麼恩恩會突然擁抱我，而且抱得那麼緊？」凱瑞滿腦子問號，疑惑地想著。

　　「才半天沒有看到我就這麼想我呀？」凱瑞開玩笑地說。慧恩還是緊緊地抱住凱瑞，側臉靠在凱瑞寬闊的胸膛上沒有說半句話。凱瑞伸手環抱慧恩，又讓慧恩再抱他一會兒後，溫柔地對她說：「妳要一直這樣抱著我嗎？妳知不知道，如果再不走的話，我們就要遲到了。」慧恩鬆開擁抱凱瑞的手，讓自己的身體往後退一些，然後伸手抓著凱瑞的胳膊，和凱瑞一起走向法學院。

　　法21教室在法20教室的旁邊，凱瑞和慧恩到達法21教室的時候，法20與法21教室外面的走廊，已經站著一群準備上課的同學。慧恩看見歐陽傑正爬樓梯上樓，趕緊拉著凱瑞的手，走到法20教室走廊的盡頭，然後躲在凱瑞的身後。凱瑞對慧恩這種異常的舉動，感到十分不解。

　　歐陽傑看見慧恩，本想往慧恩站的地方走過去。但看慧恩拉著凱瑞的手，急忙地往法20教室走廊盡頭走去。他心裏有數，便停止腳步，轉身走到法21教室的走廊，斜靠著牆壁站著。過了片刻，他離開法21教室的走廊，往慧恩和凱瑞所在的法20教室走廊盡頭走過去。

慧恩見歐陽傑往她的方向走過來，趕緊再躲到凱瑞的後面，兩隻手緊緊地抓著凱瑞背面的衣服。凱瑞一頭霧水，不知道慧恩到底在躲什麼？他見歐陽傑走過來，心想這事一定和歐陽傑有關係。

　　歐陽傑走到凱瑞的面前，對著躲在凱瑞身後的慧恩說：「對不起！以後不會再發生了！」然後轉身離開走進法21教室。

　　歐陽傑離開後，慧恩從凱瑞的身後走出來，低著頭不敢看凱瑞，準備自己走去法21教室上課。凱瑞看慧恩躲著歐陽傑，歐陽傑又向慧恩道歉，他又想到剛才在西樓樹下慧恩突如其來的擁抱。他大概可以猜到，慧恩和歐陽傑之間一定發生了什麼事。這事，他一定要向慧恩問個清楚，他抓住正想離開的慧恩的胳膊，說：「究竟發生了什麼事？如果妳不告訴我，我們兩個人都不要進教室上課。」

　　慧恩知道凱瑞的脾氣，他說到做到，如果不把事情告訴他，今天他們兩個人都別想進教室上課。她低下頭老實地告訴凱瑞說：「歐陽傑昨天晚上強吻我。」才剛說完，眼淚立刻奪眶而出，無聲無息地順著臉頰滾滾滑落。

　　凱瑞聽到，歐陽傑昨天晚上趁他不在的時候竟然強吻慧恩，氣得臉色瞬間大變；又看慧恩不斷地流淚，他整個心都揪了起來。

　　「沒想到最安全的人竟是最危險的人，歐陽傑每天和我膩在一起，看起來對慧恩沒有興趣。卻不知道他居心叵測，利用我和慧恩對他的信任，趁機強吻慧恩。」凱瑞越想越氣，恨不得立刻找歐陽傑理論。「我現在就去找他，叫他給我一個交代！」他憤怒地說完，立刻踏出步伐要去找歐陽傑。

　　慧恩急忙拉住凱瑞的手，說：「他已經道歉了，而且也保證以後不會再發生，就算了吧！我們以後不要再跟他來往就好了。你不是要當司法官嗎？不要因為生氣讓自己的品格操守有瑕疵。我以後會小心，不會再跟任何男生單獨相處了。」

　　凱瑞聽了慧恩的話忍住了氣，他見慧恩臉上仍有淚水，便伸手拭去她的淚水，說：「妳不要哭了！我以後絕對不離開妳。不管訪友辦事，都要把妳帶在身邊，我不容許這樣的事再發生。好！聽妳的，我們以後都不要跟歐陽傑有來往。我們先去上課吧！」凱瑞說完，手扶著慧恩的肩膀，帶著慧恩從後門走進法21教室。

第十六章 野外求生

　　自從發生歐陽傑強吻事件後，凱瑞除了回寢室睡覺，完全不離開慧恩；不管到哪裡都帶著她。慧恩也一直跟著凱瑞，除了和樂團成員一起練習歌曲互動較熱絡外，也不再和其他男生有點頭、寒暄以外的互動。有一種態度慧恩仍舊保持，沒有因為歐陽傑強吻事件而改變，那就是微笑；她總是微笑。慧恩不管遇見任何人，男的還是女的，都一定會對他們微笑。

　　相對於慧恩對人總是微笑，凱瑞就顯得冷漠，同學們說那種冷漠叫做酷。凱瑞的酷表現在他對慧恩以外的女生上，就顯得高傲絕情冷若冰霜。凱瑞不懂為什麼慧恩不管對任何人都微笑？有一回，慧恩對一個他們偶遇的男生微笑，男生也微笑回應還頻頻回頭看慧恩。凱瑞見男生對慧恩似有好感，有些不悅地問慧恩說：「妳為什麼看到人就微笑？也不管是男的還是女的。妳不怕別的男生以為妳對他有意思嗎？」

　　慧恩感覺到凱瑞的不悅，於是溫柔地安撫他說：「我曾經告訴你，我不會去傳教，但我想去傳愛。傳愛不一定要到遠方，任何地點都可以傳愛；對人微笑就是傳愛的一種方式。我問你，別人如果用一張生氣的臉對你，你會有什麼感覺？」

　　「不舒服的感覺，會有些生氣；我又沒有得罪他，他幹嘛用一張生氣的臭臉對我。」凱瑞回答說。

　　「別人如果用不屑一顧的高傲表情對你，你的感覺是正面還是負面的？」慧恩問。

　　「當然是負面的，我會覺得他有什麼好神氣的。」凱瑞回答說。

　　「如果別人對你微笑，你會有什麼感覺？是正面的還是負面

的？」慧恩又問。

「應該會覺得舒服吧！至少感覺比較好，是正面的」凱瑞回答說。

「所以對於別人負面的表情，我們就會有負面的感受。像微笑這種正面的表情，就會帶給我們愉悅，至少是正面的感受。我所要傳的愛，正確的說法是仁愛，並非男女之愛。讓人感受到愉快、被尊重、被關懷、被肯定等等一切正面的感受，就是傳愛；微笑是其中的一項。如果因為我的微笑，讓人誤解我對他有意思也無妨，不能因噎廢食就不微笑不傳愛了。何況，因為微笑而帶來誤解的機率很小。還有人說過，一個女人身上最美的曲線，就是她的微笑呢！」慧恩說。

「好吧！妳就繼續微笑繼續傳愛，繼續展現你身上最美的曲線吧！反正有我在妳的身邊，即使他們真的誤解了，也不敢對妳有所行動。不過話說回來，妳對人微笑如果不能傳愛，至少也是『日行一善』。任何人看到妳的微笑都會心情愉快，就算是積德吧！」凱瑞笑著說。

慧恩和凱瑞每天出雙入對形影不離，同學們都知道凱瑞喜歡慧恩；跟凱瑞住同一棟宿舍的同學們說，凱瑞每天晚上回到宿舍都是春風滿面心情愉悅。但慧恩對凱瑞的態度就有些模稜兩可，似有若無，親近但不親密。他們的互動不像情侶，倒有些像兄妹或是好朋友。所以班上的同學並沒有把他們當成正式的班對，最多只是有很大可能性的潛在班對。

法律學會的隔壁就是登山社，慧恩和凱瑞到法律學會辦事，順便就會到登山社看有什麼適合的活動可以參加；這個週末登山社有「野外求生」的活動。凱瑞對這個活動很感興趣，他徵詢慧恩的意見說：「野外求生看起來很有趣，我們去參加好不好？」

慧恩也覺得「野外求生」這個活動，從名稱看起來很有挑戰性，但時間與樂團的練習時間有部份重疊。除非樂團成員每個人都同意改時間練習，否則就不適合參加「野外求生」這個活動。

「我也覺得野外求生看起來很有挑戰性，我是有意願參加。但是我們樂團的練習時間，和野外求生的集合時間有部分重疊。我認為我們不應該為了要參加野外求生，而影響到樂團的練習。除非……」慧恩說。

「除非什麼？」凱瑞急著問。

慧恩看凱瑞著急的樣子，知道他一定是很想參加這次登山社的野外求生。她露出笑容說：「除非張簡、慕瑜、心樂，他們都同意改時間練習。」

「我也是這麼想。乾脆我們邀請他們也參加這個週末的野外求生，把樂團的練習時間順延到星期天下午，我們從野外求生回來之後。妳看怎麼樣？」凱瑞興奮地說。

「這個主意聽起來還不錯！不過星期天下午我們剛從野外求生回來，會不會太累了沒有辦法練習？」慧恩有些不確定地說。

「這點我倒沒有想到！我想我們男生應該沒有問題，妳可能會有些問題。」凱瑞用手撓了撓頭，傷腦筋地說。

「如果你們都沒有問題，我當然也不能有問題。野外求生有你幫我罩著，我想我應該不會太累。如果我真的累了，還有你可以背我，我就不用走那麼多路了，也可以在你的背上睡覺。」慧恩不甘示弱地說。

「好啊！只要妳累了需要我背妳，我一定義不容辭馬上背妳。現在妳累不累？要不要我背妳？」凱瑞說著，蹲下身子作勢要背慧恩。

慧恩瞪了凱瑞一眼，她看凱瑞蹲著身子的滑稽樣，忍不住呵呵地笑了起來。凱瑞站直身子，臉上綻放出璀璨的笑容，默默凝視因大笑而眼睛瞇成一條線的慧恩。慧恩瞅見凱瑞眼睛閃爍著柔光，笑容滿面地看著她，她停止了笑也靜靜地凝睇凱瑞。

「時光荏苒如白駒過隙，幾乎所有的事物都隨著時間的流逝改變了，唯有凱瑞的笑容未曾改變歷久彌新。我記得小學二年級的時候，凱瑞的臉上常常掛著燦爛的笑容，坐在我的旁邊陪伴我，講笑話給我聽。現在他的笑容依舊燦爛，只是更添青春活力。我們之間的互動，也從凱瑞單方面的唱獨腳戲，轉變成彼此有來有往的鬥嘴。真希

望我和凱瑞這樣的關係，能無窮盡地繼續下去。」慧恩沉吟不語。

　　凱瑞伸手撫摸慧恩的臉頰，他的臉慢慢地靠近她。慧恩的心臟怦怦地急速跳動著，她知道凱瑞想親吻她。她有一股強烈的衝動，想閉上雙眼接受凱瑞的親吻。她愛凱瑞，從那天凱瑞把她從夢之湖的樹林裡背出來，她就深深地愛上他。她希望和凱瑞相伴相隨永遠在一起，但她對愛情沒有信心。爸爸媽媽曾說過，只看外表的愛情不會長久。她知道凱瑞愛她，但她認為凱瑞之所以會愛她，絕大部分的原因是看上她美麗的外貌。外表再美麗也有可能看膩，她擔心如果凱瑞有一天看她看膩了，不喜歡她了怎麼辦？

　　她記得蔣若水說過，凱瑞曾經有個念念不忘的心上人。他還為她保留了一本記事本，記事本的第一頁寫著「曾經滄海難為水，除卻巫山不是雲。」凱瑞既然曾對他那個心上人情有獨鍾，在他的心裡一定還為她保留一個位置。「如果有一天，他那個心上人又出現了，凱瑞還會喜歡我嗎？」慧恩越想對凱瑞的愛情就越沒有把握。「如果我現在接受凱瑞跟他成為男女朋友，有一天他離開我了，那我們連朋友都做不成，我就不能再和凱瑞快樂地鬥嘴了；還是現在這樣好只是交心的好朋友。」

　　慧恩思忖後，伸出雙手壓著凱瑞的雙頰，說：「你的臉太靠近我的臉了！你是個君子，君子動手不動口。」

　　「什麼時候君子變成動手不動口了？妳可真行，話都可以隨心所欲倒著說。我只聽說過君子動口不動手，沒聽過君子動手不動口。況且我也不是什麼君子，在妳面前我只有低頭的份，怎麼敢自稱是君子！」凱瑞笑意滿滿地說。

　　「我說君子動手不動口，是根據『情勢變更原則』所做的改變。要進步就要改變，要成為卓越更要不斷地改變。創新就是改變舊思維，一成不變就會落伍。不過，既然你說君子動口不動手，又說自己不是君子，那就更不能動口了。話說回來，你什麼時候在我面前低過頭？你總是跟我鬥嘴，非鬥贏我不可。還說什麼在我面前只有低頭的份，你說你是不是說得有些言過其實？」慧恩嘟著嘴說。

　　「我身高186，你身高165。每次看妳對妳說話，我都是低著頭，所以我說我在妳的面前只有低頭的份，哪裡有言過其實？而且

我雖然常常跟妳鬥嘴，但最後我都會讓妳，所以事實上我的身心靈在妳的面前都是低頭的。」凱瑞認真地說。

　　慧恩聽了凱瑞說的話，露出甜美的笑容。她沉吟不語：「凱瑞的確總是遷就我，像他這麼帥又對我這麼好的男生，實在是世間難尋。如果我一直跟他保持好朋友關係，不跟他成為男女朋友，他會願意就這樣陪伴我嗎？」

　　慧恩伸手撫摸凱瑞的臉頰，說：「凱瑞，你長得這麼帥，又這麼會說甜言蜜語，你若想找個漂亮的女生當女朋友並非難事。但如果你有了女朋友，我們就不能像現在這樣快樂的鬥嘴抬槓了。你能不能永遠不要交女朋友？」

　　凱瑞聽了哈哈地笑起來，接著收住了笑一臉正經地說：「我不會說甜言蜜語，我說的都是實話，都是發自內心的肺腑之言，而且也只對妳說。我永遠不會交別的女朋友，因為妳就是我的女朋友。只要妳喜歡，我會一直像現在這樣，跟妳快樂地鬥嘴抬槓。你還有什麼問題嗎？」凱瑞停了一下，看慧恩沒有答話，又說：「妳已經在行使一個女朋友的權利，要求我不能交別的女朋友了。什麼時候妳要開始盡一個女朋友的義務呢？」

　　慧恩一臉茫然，不解地問：「什麼是一個女朋友的義務？」

　　凱瑞又把臉湊近慧恩，慧恩會意地轉過頭，拉著凱瑞的手往前走，說：「現在離我們練唱的時間還有45分鐘。我們早一點去，利用練唱前的時間，遊說張簡、慕瑜、心樂，一起參加這個週末的野外求生。」

　　慧恩和凱瑞到達四加一快樂樂團的練習室時，張簡裕、水慕瑜、齊心樂正喝著酸梅汁，坐在練習室裡聊天。張簡裕見慧恩和凱瑞走進練習室，便起身拿起放在一旁的酸梅汁，遞給慧恩和凱瑞說：「這些是瑜珈社送給我們的酸梅汁，酸甜冰涼還蠻好喝的，你們喝喝看。」

　　慧恩接過酸梅汁，斜眼看了凱瑞一眼。凱瑞接過酸梅汁正要

喝，他瞥見慧恩看他的眼神有些奇怪，便問慧恩說：「妳不好好喝妳的酸梅汁，幹嘛用這麼曖昧的眼神看我？莫非妳是想徵得我的允許，才敢喝張簡給妳的酸梅汁？放心！張簡是自己人！妳喝吧！我不會介意的！」

慧恩握拳搥了凱瑞的胳膊一下，沒好氣地說：「你以為你是誰呀？我為什麼要徵得你的同意，才能喝張簡給的酸梅汁。我看你是因為好奇，最近瑜珈社經常送東西給我們吃，是不是由於你招風引蝶的緣故？」

凱瑞舉起右手，表情無辜地說：「天地良心，我秦凱瑞為人正派，從不做招風引蝶的事。有可能是張簡、慕瑜、心樂這三位帥哥，才是招風引蝶的罪魁禍首，此事絕對與我無關！」

「凱瑞，你真是我們的好兄弟，所有的事都往我們身上推。我們三個雖然長得還算不錯，但跟你秦帥比起來還是略遜一籌。瑜珈社送東西給我們吃又不是什麼壞事，我們有吃有喝管他是誰招風引蝶。話說回來，我們還要感謝那個招風引蝶的人呢！」水慕瑜笑著說。

凱瑞經慧恩這麼一說，便將手上的酸梅汁放到一旁不喝了。他轉身面對張簡裕、水慕瑜和齊心樂，說：「我們四個是情同手足的好兄弟，兄弟我有難，你們委屈一點幫我擋一擋；兄弟我有福也會與你們同享。剛才我和恩恩在登山社看到一個相當不錯的活動，我們想這麼好的活動我們絕對不能獨享，所以就迫不及待地趕過來告訴你們。」

「是什麼活動這麼好？會讓你迫不及待地跑來告訴我們？」齊心樂問。

「是野外求生！在我們男生的心裡面，多少都具有征服困境的雄心壯志。野外求生正好提供我們牛刀小試的機會，所以我才趕緊跑來告訴你們。」凱瑞說。

「聽凱瑞這麼說，好像男生的心裡面，若不多多少少具有征服困境的雄心壯志，就不是男生。不參加野外求生，好像失去了證明自己能克服困難的機會。好吧！我同意參加登山社的野外求生。」張簡裕說。

「是啊！聽凱瑞這麼一說，我們好像非去不可。好吧！乾脆我

們樂團所有的成員，都一起參加這次的野外求生。」水慕瑜說。

「我也贊成我們五個人，一起去參加這次的野外求生。就當它是慶祝我們樂團成立的慶祝活動，到野外去走走也不錯。什麼時候出發？」齊心樂說。

「野外求生是兩天一夜的行程；星期六早上十點，在學校前面的公車站集合，星期日中午回來。所以我們樂團星期六上午的練習，必須延到星期日下午，我們從野外求生回來之後。如果大家都同意，等我們今天練習結束後，我們就一起到登山社報名。」凱瑞愉快地說。

經過凱瑞的遊說，樂團的五個成員一起參加了登山社的野外求生。星期六早上十點，張簡裕、齊心樂、水慕瑜、凱瑞和慧恩，在學校前面的公車站集合，與其他參加野外求生的同校學生，一起搭公車前往目的地。

在公車上，樂團的五個成員一起坐在車子後面。有說有笑的十分引人注目，儼然成為公車上唯一的景點。參加野外求生的學生都想認識他們，只是苦無適當的機會。坐在前面靠近車門，主辦這次野外求生活動的登山社社長陳冠軍，在公車行駛一會兒後，站起來轉向後面，對全體參加野外求生的學生說：

「我是主辦這次野外求生的登山社社長陳冠軍，感謝各位同學參加這次的活動。參加我們這次野外求生活動的，還有我們學校最知名、最受歡迎，有本校最美麗的風景之稱的四加一快樂樂團成員。我知道很多人想認識他們，現在就是機會，他們就在你們的面前。但我希望想認識他們的人，也要尊重他們，給他們私人空間。」

四加一快樂樂團的代表張簡裕站起來，說：「各位同學大家好，很高興能參加這次的活動。我是四加一快樂樂團的貝斯手張簡裕，坐在我左邊的是鍵盤手齊心樂，右邊這位是鼓手水慕瑜，坐在我前面的是吉他手秦凱瑞，坐在秦凱瑞旁邊的是主唱朱慧恩。我們很高興能認識你們，請多多指教！」張簡裕說完，才坐回自己的位

子，就有女生陸續到他們中間與他們交談，想進一步認識他們。

　　應用心理學系一年級的班花趙燕玉，為了跟凱瑞近距離的接觸，特別參加了這次的野外求生。趙燕玉自從新生訓練那天，在健言社的攤位看到凱瑞就喜歡上他。她為了認識凱瑞，加入了以法律系學生為主的健言社。她原本以為凱瑞也會加入健言社，沒想到凱瑞沒有參加健言社，卻加入四加一快樂樂團。她有些失望，但她還是積極地參與健言社的活動；目的是要從法律系學生的口中，得知更多有關凱瑞的訊息。

　　她早就注意到，凱瑞的旁邊總是有一位長得非常漂亮的女生。她知道那位漂亮的女生叫朱慧恩，是凱瑞的同班同學。她已經從凱瑞的其他同班同學口中得知，慧恩和凱瑞的關係很好，但他們不是班對，他們只是好朋友。「即使秦凱瑞和朱慧恩是班對又如何？只要秦凱瑞沒有結婚，我就有希望。何況每個人都說我長得很漂亮，除了沒有朱慧恩那雙亮得很礙眼的眼睛，我長得並不比她差。秦凱瑞和朱慧恩在一起已經一段時間了，卻還沒有成為男女朋友。可見他們之間，一定有不為人知的問題。我只要積極一些，盡可能地吸引他的注意力，必要時製造一些不期而遇的機會，再對他溫柔體貼些；我就不相信他不會喜歡我。」趙燕玉默默地思量，又轉過頭看向坐在斜後方的凱瑞。

　　趙燕玉坐在車子後面靠近凱瑞的走道位子上。這是她精心挑選的位子，不僅離凱瑞很近方便起身，而且轉頭就可以看到他。在排隊等公車的時候，她就刻意排在四加一快樂樂團成員的後面。所以一上車她馬上可以知道，哪個座位是最接近凱瑞，又能轉頭就看到他，而且還方便出入的。

　　張簡裕說完話坐回座位後，趙燕玉並沒有馬上行動。她又等了幾個女生與樂團成員講完話回座位後，才起身走到凱瑞座位的旁邊，扶著凱瑞座位上的椅背，向樂團的成員自我介紹說：「你們好！我是應用心理學系一年級的趙燕玉，很高興能認識你們，希望能跟你們成為朋友。」

　　張簡裕代表樂團成員回答說：「不要那麼客氣！我們已經是朋友了。我們四加一快樂樂團只是一個小小的樂團，承蒙大家看得

起，真的很感動。」

趙燕玉帶著甜美的微笑，將臉轉向坐在旁邊的凱瑞，問凱瑞說：「秦凱瑞，聽說你讀法律系，法律都是條文，你會不會覺得很枯燥呀？」

「不會！」凱瑞不加思索，簡單地回答。

「你爲什麼會加入四加一快樂樂團呢？」趙燕玉眼睛一眨也不眨地看著凱瑞問。

「興趣！」凱瑞低頭玩著他的手機，冷冷地回答。

「聽剛才你們的代表說你是吉他手，你什麼時候開始學吉他的？」趙燕玉不死心，繼續地追問。

「忘記了！」凱瑞頭抬也不抬，不耐煩地回答。

凱瑞對趙燕玉一再的提問覺得很煩，於是伸手摟住慧恩的肩膀。慧恩了解凱瑞的意思，順勢將頭靠在凱瑞的肩上。凱瑞也將自己的頭靠在慧恩的頭上，順便將手上的瓶裝水遞給慧恩，溫柔地問慧恩說：「妳要不要喝水？」慧恩會意地拿過瓶裝水喝了一口，又將瓶裝水遞回給凱瑞，凱瑞接過瓶裝水也喝了一口。

站在一旁的趙燕玉，看了慧恩和凱瑞親密的互動後，悻悻然地走回自己的座位坐了下來。

張簡裕、齊心樂、水慕瑜，看了凱瑞和慧恩的互動，以及趙燕玉回座位時的表情，彼此互相看了一眼，默契十足地露齒而笑。

公車繼續向目的地前進。慧恩注意到，趙燕玉不時地轉頭往凱瑞的方向看，於是仔細地將趙燕玉打量一番。略施脂粉的趙燕玉其實長得蠻漂亮的；她留著一頭瀏海及肩中長髮，鴨蛋臉，修眉俊眼，肌膚白淨剔透彷彿吹彈可破；回眸凝睇凱瑞的模樣，似有柔情萬千。

「趙燕玉從外貌看來，是屬於很多男生會喜歡的那種漂亮妹妹；她凝視凱瑞的雙眸，又好似深情款款。」慧恩沉吟不語，偏過頭打量凱瑞。凱瑞有一張俊美的臉龐，目若秋波，眉如墨畫，眉宇間有著高傲不羈的英氣；他全身散發出一股青春的氣息，是屬於充滿健康活力個性十足的帥男。「凱瑞的帥和酷，對女生而言，是一

種無法抗拒的魅力；就是連我也無法抵擋這種吸引力。」慧恩又看了一眼正轉過頭來看凱瑞的趙燕玉，她心裡驀然一驚：「其實他們兩個人看起來還蠻相配的！」

　　野外求生的目的地是在一處山谷中，有一條川流不息的小溪貫穿其中，野外求生的營區就設在小溪的兩邊。參加野外求生活動的人必須自備睡帶，主辦單位只分給每一組一個帳篷、少許的米、一個竹筒、一個煮菜的小鍋、升火用品、筷子。其他的食物，就由各組自己到附近的野地尋找。

　　樂團的五個成員分在同一組，搭帳篷和升火的事全由成員的四個大男生包辦。凱瑞怕慧恩沒事做隨便亂走又迷路了，所以要求慧恩坐在近處看他們搭帳篷；等他們搭好帳篷再帶她去野地找食物。慧恩聽從凱瑞的要求，自己一個人靜靜地坐在一邊，看他們四個大男生搭帳篷。各組紛紛開始架起帳篷，原本寧靜的山谷瞬間熱鬧了起來。趙燕玉悄悄地走到慧恩的旁邊坐了下來，說：「妳不是秦凱瑞的女朋友，對不對？」

　　慧恩被突如其來的聲音嚇了一跳，將頭轉向趙燕玉，靜默無聲地看著她。趙燕玉眼神憂鬱有些心事重重的樣子，她近乎懇求地對慧恩說：「我喜歡秦凱瑞！妳能不能幫我去告訴他？」

　　趙燕玉的請求讓慧恩想起了何晴晴，何晴晴曾對慧恩說喜歡蔣若水，也同樣請慧恩把她喜歡蔣若水的事告訴蔣若水。當慧恩把何晴晴委託的事告訴蔣若水時，蔣若水表現出一副不屑一顧的樣子，結果第二天就和何晴晴墜入愛河了。她有些好奇，如果她把趙燕玉喜歡凱瑞的事告訴凱瑞，凱瑞是不是也會像蔣若水一樣，一開始表示不屑一顧，不久就和趙燕玉相愛了呢？

　　「這的確是一個試探凱瑞的機會，看凱瑞能不能抵擋，像趙燕玉這樣一位漂亮妹妹的誘惑？如果他像蔣若水一樣，抵擋不住誘惑和趙燕玉墜入愛河，我也可以認清楚凱瑞不是可以託付終身的人。」慧恩思忖後，決定幫趙燕玉這個忙。她面露微笑對趙燕玉說：「可以！我現在就可以幫妳去告訴他。」慧恩拍了拍手抖去手

上的灰塵，同時起身走向凱瑞。

　　凱瑞看見慧恩走過來，便向她揮揮手說：「快來看！我們的帳篷已經完成了！今天晚上我們五個人要在這裡面過夜。」

　　慧恩探頭往帳篷裏面看了一下，高興地說：「太棒了！這是我有生以來，第一次要在帳篷裡面過夜，真的好期待！」

　　凱瑞也興奮地說：「這是我有生以來，第一次要睡在妳的旁邊，我也好期待！」

　　慧恩想起趙燕玉的請託，她故意裝出一副事不關己的樣子，不在乎似地對凱瑞說：「那個應用心理學系的漂亮妹妹趙燕玉，請我告訴你，她很喜歡你。」

　　凱瑞見慧恩竟然接受趙燕玉的請託，來告訴他趙燕玉喜歡他的事，他的臉色瞬間大變轉過身不理慧恩。

　　「蔣若水也有相似的反應，我不能馬上就相信凱瑞，我必須再等等看接下來的發展。」慧恩靜思不語。

　　凱瑞將身體轉回面對慧恩，他兩隻手抓住慧恩的雙肩，生氣地對她怒吼說：「妳這是什麼意思？試探我嗎？還是不喜歡我要把我推給別人？」

　　慧恩被凱瑞的怒氣所震懾，著實嚇了一跳。她沒有想到凱瑞會這麼生氣，以前蔣若水也只不過是表示不屑一顧而已。

　　「看來凱瑞和蔣若水不一樣！凱瑞並不是個朝三暮四，會被趙燕玉的美色所誘惑的人，我錯怪他了！」慧恩暗自思忖。隨即低聲下氣，連不迭地向凱瑞道歉說：「對不起！我糊塗！我錯了！你就大人不計女子我的過錯！原諒我！不要生氣了！」

　　凱瑞看慧恩一再地道歉，怒氣全消也就不生氣了，但仍嚴肅地警告慧恩說：「以後絕對不准再發生這種事！」接著表情柔和，溫柔地對她說：「妳是我的唯一，沒有任何人可以取代妳。」

　　慧恩聽凱瑞說她是他的唯一，無人可取代，心裏十分高興。但想到凱瑞記事本裡的那個女生，她的心又不由地往下沉。「凱瑞對他以前那個情有獨鍾的心上人，是不是也說過同樣的話呢？」慧恩

疑惑地想著。

「我們現在就到野地去找看看，有什麼蔬菜水果可以拿回來吃的。」凱瑞說著牽起慧恩的手，一起前往野地尋找可吃的食物。

山谷的夜空顯得格外清晰美麗，繁星密布在無垠的天際間，當然也包括那顆屬於慧恩的星星。慧恩和凱瑞將睡袋從帳篷內移到帳篷外，兩人緊挨著彼此並列躺在自己的睡袋裡。

「恩恩，那是妳的星星嗎？」凱瑞指著那顆夜空中最明亮的星星問慧恩。

「對！就是那顆宇宙中最明亮的星星。」慧恩伸出手指指著那顆星星說。

「慧恩的星星，我是秦凱瑞，我要妳和蒼穹中所有的星星都做我的見證。今晚，我要向全宇宙宣布，我愛朱慧恩。朱慧恩是我今生，以至永生唯一的愛，沒有任何人可以取代。我秦凱瑞願意永遠守護朱慧恩，永遠對她不離不棄。在天我們要勝過比翼鳥，在地我們要強過連理枝。除了朱慧恩，我絕對不娶其他女人為妻，這是我的承諾！」凱瑞對著慧恩的星星霸氣地喊話。

凱瑞過去雖然一再地向慧恩表白他的心意，但從來沒有說過像今天晚上這種宛若誓言般的承諾。慧恩聽了凱瑞對她的星星所說的話，不禁感動地熱淚盈眶。凱瑞側身面對慧恩，伸手為她拭去淚水，說：「我說的都是我的肺腑之言，是我心裡一直想說的話。要不是妳今天為別人傳那樣的話，我還不知道什麼時候才有勇氣對妳說呢！」

慧恩凝睇著凱瑞；他的眼神是那麼的溫柔，毫無隱藏地透露出滿滿的愛意，讓她的心為之震顫。但她還是有些擔心，她擔心凱瑞只是因為她美麗的外表才會愛她；如果是這樣的話，那他們愛情的基礎就太薄弱了。

「凱瑞，你為什麼愛我呢？如果你只是愛我的外表，美麗的外表如何能持續永恆？我有什麼依據可以相信你會永遠愛我呢？」慧恩問。

「我以前的確是因為妳美麗的容顏而愛妳，但自從妳告訴我，

妳要去傳愛、要竭心盡力地做好每一件事情、要微笑待人，還有妳的溫柔、體貼、良善、內涵，甚至妳如天籟之音的美妙歌聲等等，我才發現妳美麗的容顏，在妳的身上只是佔一小部分。妳內外皆美，是塊名符其實的曠世美玉，美玉會隨著時間更加顯現出它的價值。妳要對自己有信心，也要相信我一定會永遠愛你。」凱瑞回答說。

凱瑞的回答讓慧恩感到很欣慰，但她想到凱瑞曾經有個情有獨鍾的心上人，她又有些猶豫。她問凱瑞說：

「愛情應該像山上的白雪一般的潔白，又要像雲間的月亮那樣的純淨。我的愛情不容分享，我不能容忍，我愛的男生心裡面還為別的女生留位置，我要全心全意的愛。凱瑞，你能給我這樣的愛情嗎？」

「除了妳之外，沒有任何女生在我的心裡有位置。我要執子之手，與子偕老，即使白髮蒼蒼、齒牙動搖、視力模糊、老態龍鍾了，我仍要緊緊地握著妳的手，與妳相伴相守永遠不離開妳。」凱瑞說著，看慧恩的眼神更加深情款款。

慧恩的眼眶閃爍著晶瑩剔透的淚光。她迎視凱瑞深情的凝望，她無法抗拒這麼一位多情男子的深情，她的心悄悄地棄械投降。

凱瑞的雙眸有些迷濛，現在的慧恩比他小學二年級時看到的她更加美麗動人，那雙燦爛如星的眼睛依舊光彩奪目，異常明亮。他情不自禁地移動他的臉，慢慢地靠近慧恩的臉，慧恩閉上她的眼睛。凱瑞的嘴唇在慧恩的額頭上親了一下，見她並沒有害怕的反應，又親了她的面頰。她微微顫動了一下，但依舊沒有害怕的表情。又親了一下她的鼻子，然後將他的嘴唇輕輕地蓋在她的唇上。

慧恩第一次感受到被自己心所愛的人親吻的感覺，她的心臟怦怦地急速跳動著，接著整個心完全融化了。現在她的心裡沒有凱瑞那個情有獨鍾的心上人也沒有趙燕玉，只有凱瑞，凱瑞一個人。

趙燕玉佇立在不遠的黑暗處看著這一切，她的眼淚如雨水般沿著臉頰滑落。她喃喃自語：「朱慧恩，妳怎麼可以這樣耍我！秦凱瑞、朱慧恩我恨你們！」

第十七章 理則學事件

　　秋天的腳步越來越深沉，學校裡隨處可聽到風掃落葉的鳴廊聲。慧恩和凱瑞漫步在校園裡，一片葉子從樹上緩緩飄下落在慧恩的頭髮上，凱瑞停下腳步從慧恩的頭髮上取下落葉。

　　「這片葉子真是有智慧，知道妳來了，趕緊跳下來在妳的頭髮上著陸。」凱瑞看著手上的落葉說。

　　「葉子脫離了樹枝就死了！所以葉子若真有智慧，應該落到地上化為泥土，成為樹木的養份滋養樹，讓樹木的枝葉更茂盛；物盡其用做出最後的貢獻才對，不應該落在我的頭髮上。」慧恩說。

　　「你認為落葉是死的，是因為妳沒有真正去欣賞過，落葉隨風搖曳的曼妙舞姿。落葉沒有死，它只是開始了生命的轉化。從不斷的被樹滋養，化為樹的滋養物。樹葉不管在生命的哪個階段，都發揮它的價值。在樹枝上的時候悅人眼目，又可以幫助樹行光合作用，落到地上則可以滋潤泥土成為樹的養份。」凱瑞說著，打開握著葉子的手，讓風將手掌上的葉子吹落到地面上。

　　凱瑞舉頭環顧四周，幽靜的步道除了鳥兒的啁啾聲空無一人，他將慧恩摟入懷裡溫柔而熱情地親吻她。野外求生的那個夜晚之後，凱瑞和慧恩成為名符其實的情侶，也是他們班上唯一的班對。他們的愛情就像春天裡盛開的嬌豔花朵，在深谷野地裡不斷地漫延。校園是他們的伊甸園，花叢、灌木、樹底下都留著他們柔情繾綣的痕跡。凱瑞的唇離開了慧恩的唇，摟著她的肩往前走。

　　「我可以聽到兩旁樹木的低語，他們好像正發出沙啞的聲音，祝福我們永浴愛河。」凱瑞說著，閉上眼睛深深地吸了一口氣。「嗯……我彷彿看到，我們在百花環繞飄著淡雅花香的愛河裡，時

而擁抱親吻，時而嬉戲玩樂；徜徉在水光瀲灩的潔淨河水中。真希望每天睜開眼睛，第一眼就能看到妳。」

「用心漫步在校園裡，就可以感受到花草樹木生命的躍動。我相信一切的生命都是有靈性的，所以我從小就喜歡跟我家的茉莉花、玫瑰花，以及其他長在庭院裡的花木講話，跟這些花和樹木講話我很愉快。」慧恩說著，不由地陷入回憶裡。她回過神來，回應凱瑞剛才說的話：「我希望每天的每一個時刻都能看到你，但在我們結婚之前，現在這樣是最圓滿的了，我很滿意現狀。」

「滿意現狀就是退步，我們要改變，往好的方向改變。不斷的改變才能邁向卓越，這是妳不久前告訴我的話，妳忘記了嗎？我們要越來越親密，越來越如膠似漆；我還要讓妳越來越不能離開我，我也越來越不能離開妳；我要讓全世界的人都羨慕我們。」凱瑞快樂地說。

「凱瑞，你聽過我唱歌，卻從來沒有聽過我彈鋼琴。我爸爸說，我的鋼琴彈得比我媽媽好，是他從來沒有聽過的天籟之音。我們西樓的會客室有鋼琴出租，我去租半個小時彈鋼琴給你聽。然後你回理一舍拿你的小提琴，找一個地方拉給我聽好不好？」慧恩興奮地說。

「我記得妳媽媽！在我的印象中，她好像長得既高貴又漂亮，沒想到她還會彈鋼琴。我的岳父大人既然說妳彈的鋼琴是天籟之音，那我就非聽不可了；我們現在就去西樓服務台租鋼琴。聽完妳彈的鋼琴，再輪到我拉小提琴給妳聽，事不宜遲我們現在就去西樓。」凱瑞說完，牽著慧恩的手快步走向西樓。

在理一舍的寢室裡，蔣若水坐在書桌前的椅子上K書。馬上就要期中考了，最近的日子他混得太兇，但再怎麼混也不能混到被當重修。他喜歡玩看起來有些不務正業，處世態度傾向玩世不恭，但他卻是一個非常有原則的人。不管怎麼玩，功課一定不能耽誤，他不求高分但求及格，至少不能讓爸爸媽媽為他操心。他什麼都不在乎，他唯一在乎的是爸爸媽媽的感受。他為人處世的標準很簡單，

吃、喝、玩、樂、交女朋友都可以，唯一的條件是不能讓爸爸媽媽傷心難過。他交過的女朋友很多，但他都處理得很好。從來沒有一個女生會一哭二鬧三上吊，找到他家裡去煩他的爸爸媽媽。他桀驁不馴的外表下，有一顆善良柔軟的心。

蔣若水拿起放在書桌上的手機看了一眼，快9點半了。「秦凱瑞應該快回來了吧！讀書讀得有些累了，等他回來一定要叫他拉幾首曲子給我聽。」他從椅子上起身伸了伸腰，然後走到凱瑞的書桌前。凱瑞的書桌上，放著那本第一頁寫著「曾經滄海難為水，除卻巫山不是雲」的記事本。

「秦凱瑞通常都會把這本記事本收到抽屜裡不讓人看到，他今天怎麼忘了收起來了呢？這樣是不是表示，我可以偷看一下他記事本裡的內容？」

蔣若水對這本記事本的內容實在是太好奇了，他最近看到凱瑞在記事本裡寫了更多的東西。他一直以為，這本記事本的內容是有關凱瑞以前情有獨鍾的一位女生，但為什麼凱瑞最近會在裡面寫東西呢？他的好奇心被推到最高點。

蔣若水看著那本記事本，猶豫著要不要打開來看？此時，凱瑞拿著小提琴打開門走了進來。蔣若水看春風滿面的凱瑞走過來，便轉過頭看向窗外。窗外一片烏黑，只有步道上的路燈，孤寂地綻放出朦朧的白光。他轉身走回自己的椅子坐了下來，面對凱瑞說：「秦帥，你真是魅力無窮！連我的舊情人都被你征服了，拋下我一個人獨自長相思！」

凱瑞將小提琴放在書桌上，然後坐在椅子上不經意地說：「你哪個舊情人被我征服了？我對你的舊情人一個也沒興趣。如果你還喜歡你的舊情人，再去把她追回來就是了，何必長相思。不過再吃回頭草，這有點不像蔣大帥你的作風。」凱瑞說完，打開記事本開始在上面寫東西。

蔣若水從椅子上站起來，走到凱瑞的書桌旁，探頭看凱瑞到底寫些什麼？凱瑞見蔣若水試圖看記事本的內容，便將記事本闔了起來。蔣若水揚起眉毛一副無所謂的樣子，說：「不看就不看！以後我也寫一本吊你的胃口。我的舊情人就是朱慧恩，你既然對她沒有興趣

就把她還給我。我不是說過了嗎？只要你把她還給我，我是不會虧待你的。我會好好地感謝你，還會讓我們的孩子認你做乾爸。」

　　凱瑞從椅子上起身，拍了拍蔣若水的胳膊，說：「朋友妻不可戲！我們是好兄弟，恩恩是我未來的妻子，你未來的嫂子。她從來就不是你的情人，你怎麼可以稱她為舊情人？我是不可能把恩恩讓給你的，不僅僅是你，任何人都不能從我的身邊搶走恩恩。恩恩是我生命中非常重要的部分，不可分離的部分。你還是去找別人吧！如果你真的懷念舊情人，何晴晴好像還沒有男朋友，再把她追回來就是了。」

　　「何晴晴是第一個先向我提出分手的女生，我的確想把她再追回來。但她對我似乎已經沒有感覺了，正眼不看我一眼。不過她越是這樣，我就越想把她追回來。她讓我有挫折感，只有追回她才能重建我的信心。你既然這麼愛朱慧恩，我也不想跟你爭了。我讀書讀得有點累，需要音樂的慰藉。你要我放棄朱慧恩可以，你現在必須拉幾首曲子給我聽做為補償。」蔣若水無奈地說。

　　「拉幾首曲子給你聽不是問題，問題是現在已經超過9點半了，這麼晚拉小提琴怕會吵到別人。」凱瑞面有難色說。

　　「那有什麼問題！你是高手，你拉的小提琴旋律優美，讓人為之陶醉。聽你拉的小提琴是一種享受，不是一種虐待。我聽宿舍很多人說過，喜歡聽你拉的小提琴。況且現在還不是睡覺的時間，你拉幾首曲子不會吵到別人的。」蔣若水不以為然地說。

　　「好吧！難得看到你坐在書桌前看書，我拉兩首曲子給你聽，就算是對你發奮圖強用功讀書的犒賞吧！」凱瑞說著，打開琴盒拿起小提琴拉了起來。悠揚的琴聲隨著空氣任意飄盪，凱瑞和蔣若水的寢室不斷地有同學走進來。不到幾分鐘，可以坐的地方都坐滿人，還有站著的人。不知道從什麼時候開始？只要凱瑞拉小提琴，就有一堆住在同一個宿舍的同班同學不請自來聽凱瑞拉小提琴。凱瑞拉完了一首曲子，馬上就有「安可」聲響起。凱瑞拉完兩首曲子，把小提琴放回琴盒。同學們看凱瑞沒有再拉小提琴的意思，一臉意猶未盡無可奈何地做鳥獸散。

凱瑞坐回自己的椅子上，打開記事本又開始在上面寫東西。今天是他第一次聽慧恩彈鋼琴，他知道慧恩唱歌很好聽，但沒想到她鋼琴也彈得這麼好。「將來我和恩恩可以一起合奏，在音樂上達到真正的琴瑟和鳴。」這件事對他而言是值得記錄的重要事件，他迫不及待地將它寫入記事本裡。

　　慧恩和凱瑞修的課完全一樣，上課時慧恩旁邊坐的一定是凱瑞。慧恩上課做的筆記，下課後也一定會交給凱瑞。同學們想借慧恩的筆記就向凱瑞借，所以同學們私底下稱凱瑞為慧恩的「當然代理人」。

　　慧恩她們班的理則學教授是哲學系的離正秋教授，離教授是法律系學生都知道最難纏的教授；他也是哲學系的知名教授，很年輕就拿到教授的頭銜，號稱是學校最年輕的教授。他常不按牌理出牌，考試是open book可以帶書、帶筆記。離教授說，他考試的題目一定是他上課有講的，所以上課的筆記特別重要。慧恩在上理則學這門課時，為了避免有所疏漏，把離教授上課時講的話，幾乎每一句話都記了下來。所以慧恩的理則學筆記，成為班上同學爭相拷貝的筆記。

　　理則學的期中考剛剛結束。這次的考題並不難，只要有看慧恩的筆記，基本上都能輕易作答。慧恩和凱瑞對這次理則學的期中考都是信心滿滿，相信一定能考出好成績。

　　「這次理則學期中考的考題沒有想像中那麼難，離教授真是佛心來著，要我們所有的人都順利過關。」凱瑞興奮地說。

　　「沒想到會這麼容易。早知道會這麼容易，我就不用那麼辛苦，把離教授的每一句話都記下來。」慧恩笑瞇瞇地說。

　　「恩恩，邏輯錯誤中『訴諸權威』的錯誤，妳舉的是什麼例子？」凱瑞把頭湊到慧恩的面前問。

　　「我舉的是請某一科的權威名醫，來介紹哪種咖啡豆比較好的廣告。權威名醫在他的醫療領域裏是權威，但哪種咖啡豆比較好，並非在他號稱權威的醫療領域內。除非能證明他在咖啡豆的研究上，也可以被視為權威或有相當的成果。否則請權威名醫介紹哪一

235

種咖啡豆好，是犯了邏輯錯誤中『訴諸權威』的錯誤。」慧恩自信地回答說。

「我舉的例子也跟妳差不多。畢竟我們是同一個教授，又用同一本筆記本作答，所以答案應該都是大同小異。總之，我們的離教授一定是良心發現，不再刁難學生，讓我們all pass。」凱瑞高興地說，整個人都樂歪了。

幾天後，理則學期中考的成績公布了。全班除了慧恩和凱瑞全數過關，慧恩和凱瑞理則學期中考的分數都是50分。全班同學對於這樣的結果都感到很驚訝，為全班做理則學筆記的慧恩，和她的當然代理人凱瑞，竟然拿到全班最低分。而且還是班上唯二沒有通過考試，最有可能被「當」需要重修的人。

對於慧恩和凱瑞為什麼只拿到剛剛好可以補考的50分？同學們議論紛紛，各種的猜測滿天飛，有人猜測說：「會不會是離正秋教授知道，我們全班同學都是拷貝朱慧恩的筆記，所以殺雞儆猴以此警告大家，自己做的筆記不可以讓其他人拷貝？」

有人對這種揣測提出疑問，說：「如果離教授是為了懲罰，朱慧恩把自己的筆記借給同學們拷貝，那為什麼秦凱瑞也只拿到50分呢？聽起來不太合理。」

戴著一副黑框眼鏡，身材瘦長，天生一張喜劇演員面孔，被班上同學暱稱為老學究的李偉立說：「秦凱瑞也拿50分，是不是離正秋教授知道，他是朱慧恩的當然代理人，所有的同學都是向秦凱瑞借的筆記？因為他們是共同正犯，所以受相同的懲罰。」

從法律上的觀點來說，共同正犯有犯意的聯絡和行為的分擔，受到相同的懲罰很合理，所以很多人認同李偉立的揣測。慧恩和凱瑞對於為什麼會拿到這麼低的成績也是一頭霧水，他們實在不明白到底是哪個環節出了錯？對於李偉立所揣測的，他們是「共同正犯」，所以才會受到同樣懲罰；凱瑞並不認同。

「同學間互相拷貝筆記是很正常的事，離正秋教授並沒有在課

堂上明令禁止。我也從來沒有聽說過，有人因為筆記借給別人拷貝而被懲罰，甚至被「當」重修；一定有其他的原因。」凱瑞皺著眉頭說。

「會不會是離正秋教授不喜歡班對？所以藉此懲罰情侶。」柯玉斗露出詭異的笑容，開玩笑地說。

「別胡扯了！正經點！我們現在是要幫秦凱瑞和朱慧恩，找出理則學期中考成績不及格的原因，不是來開玩笑的！」蔣若水表情嚴肅，義正詞嚴地說。

「凱瑞，你和慧恩好好想想，是不是你們有什麼地方得罪了離教授，所以他公報私仇？」柯玉斗正經八百地說。

「這個我和恩恩也有想過，但我們想不出有什麼得罪離教授的事。而且我們也不認為，像離教授這樣的名教授，會那麼小氣跟學生斤斤計較。」凱瑞搖頭說。

慧恩安靜地坐在一旁聽凱瑞他們的對話。她也實在想不出有什麼原因，會讓凱瑞和她同時拿到全班最低分的成績，而且還是不及格的分數。

「難說！離正秋教授是個令人難以捉摸的人，不知道他的心裡在想什麼？有個法三的學長，也是莫名其妙被離教授連當兩次，現在還在我們班和我們一起修理則學。有沒有可能你們舉的例子得罪他或他的什麼人，所以他對你們狠下毒手？」班上的詩人羅健見義勇為，主動跳出來幫凱瑞和慧恩找低分的原因。

「不會吧！我舉的是權威名醫賣咖啡豆的例子。也沒有指名道姓，應該不至於得罪離教授吧！」慧恩微蹙眉頭說。

「妳舉的是名醫賣咖啡豆的例子？哦！妳完了！妳知不知道離教授有一個好朋友是肝科權威名醫，他最近就在電視上賣咖啡豆。妳什麼例子不能舉，偏偏舉這個例子，難怪妳會拿到不及格的分數。」柯玉斗語不驚人死不休地吐出一串話。

「有這麼嚴重嗎？真的是因為我舉的例子得罪了離教授嗎？」慧恩臉色蒼白，沮喪地說。

「看來，妳舉的例子不僅害了妳自己，還誅連九族，連凱瑞也被妳牽連受到連坐處罰！」柯玉斗惟恐天下不亂，煞有其事地說。

　　慧恩聽柯玉斗這麼一說，臉瞬間沉了下來，露出憂愁的眼神。凱瑞看了很心疼，他摟著慧恩的肩膀，安慰她說：「妳不要聽柯玉斗胡扯，離教授應該不是個小氣的人。即使真的是因為妳舉的例子得罪了離教授使我被處罰，那又何妨。我樂意跟妳一起面對任何的挑戰和困難，即使粉身碎骨也在所不辭；何況只是成績不及格這種小事。大不了重修，一年不過再修第二年。我們有四年的時間可以修，我想離教授也不會願意連續看我們四年吧！」

　　慧恩因為凱瑞的安慰，憂鬱的神情一下子消失得無影無蹤。她面露微笑將頭靠在凱瑞的肩膀上，深情地對凱瑞說：「只要有你，就是要連續修四年我也願意。」

　　蔣若水看慧恩和凱瑞卿卿我我的模樣有些嫉妒，他發聲抗議說：「你們真是伉儷情深！什麼時候了還在我們面前秀恩愛，要秀恩愛到沒有人的地方去秀。」

　　凱瑞握拳搥了一下蔣若水的胳膊，笑著說：「你是羨慕還是嫉妒？有本事自己找一個。」

　　「那有什麼問題！一星期之內，一定帶一個漂亮的馬子給你們看。」蔣若水信心滿滿，驕傲地說。

　　討論到最後，還是沒有找到一個大家都可以接受的答案。凱瑞和慧恩於是決定到系辦公室找法律系助教廖漢文幫忙，看看能不能查出他們得低分的原因？好讓他們不要再重蹈覆轍。

　　在法律系廖漢文助教的辦公室裡，廖漢文助教仔細聽了慧恩與凱瑞的陳述。廖助教打開電腦，查了一下哲學系助教的電話號碼，然後對慧恩和凱瑞說：「理則學期中考的監考人是哲學系的助教，通常由她把理則學的考卷收齊後，再交給離教授。離教授很信任這位助教，有些事情也都直接交代這位助教做，她可以說是離教授的左右手。我和她有些交情，我現在就打電話給她，或許她會知道你們分數不及格的原因。」

　　廖助教說完，立刻打電話給哲學系的助教。電話的另一端接起

電話，廖助教對著電話筒說：「趙助教妳好，我是法律系的廖漢文助教，很抱歉打擾妳！現在我這裡有兩位學生，他們都修離教授的理則學。最近成績公布了，他們的成績都不及格。他們想知道不及格的原因，好做個警惕，以避免將來重蹈覆轍。趙助教，妳可不可以幫個忙，向離教授打聽一下他們得低分的原因？」

電話的另一端不知道講了些什麼話，廖助教露出難以置信的表情，說：「好！我知道了！謝謝妳的幫忙！」然後掛了電話，轉頭對慧恩和凱瑞說：「剛才趙助教說，離教授認為你們兩個有互相作弊的嫌疑，所以給你們最低分。」

慧恩和凱瑞露出驚訝的表情看著彼此。在他們所有的推測中，作弊從來都不是選項，怎麼會是這個理由呢？難道是他們的答案太接近了？如果理由是他們的答案太接近了，那全班每個人都有作弊的嫌疑，因為每個人都使用了慧恩的筆記。

「我們怎麼可能互相作弊？我們理則學的期中考是在法20教室進行，兩個人的中間都隔一個位子，我們怎麼可能互相作弊？如果我們互相作弊，為什麼當時監考的助教沒有當場抓我們呢？」凱瑞無法置信地問。

「我也相信你們沒有作弊。而且我認為離教授也只是懷疑，否則你們不會還有50分的成績；一般而言，作弊是以零分計算的。」廖助教表示理解地說。

「我很想知道，為什麼我們會被懷疑互相作弊？是因為我和凱瑞的好關係嗎？還是我們有什麼，我們自己都不知道的不適當舉動？」慧恩臉色凝重，難過地說。

廖助教若有所思停了一會兒，接著以溫和的口吻說：「我覺得你們應該跟哲學系的趙助教談一談，因為她是監考你們理則學期中考的助教。如果她願意為你們的清白背書，我想離教授那邊就有轉圜的餘地。你們可以考慮一下，如果你們有意願去跟哲學系的趙助教談一談。我現在就可以打電話給她，幫你們約個時間。」

慧恩和凱瑞互相商量了一下，決定去跟哲學系的趙助教談一談。凱瑞恭敬地對廖助教說：「那就麻煩廖助教，幫我們打電話給趙助教約個時間。」

廖助教立刻撥電話給哲學系的趙助教，他向趙助教表達了慧恩和凱瑞想找她談話的意思。趙助教和廖助教談了一會兒後，廖助教掛斷電話，轉頭對慧恩和凱瑞說：「趙助教說，你們在她上班時間內都可以去找她，你們沒課的時候就儘快去找她談談吧！」

　　「我們下午沒課，我們現在就過去找她，謝謝廖助教的幫忙！」凱瑞說完，牽著慧恩的手離開廖助教的辦公室。

　　慧恩和凱瑞到達哲學系趙助教的辦公室。辦公室的門是開的，凱瑞禮貌地在打開的門上敲了兩下。趙助教轉過頭看見慧恩與凱瑞，她面帶笑容親切地請他們進去裡面坐。

　　「廖助教剛才已經告訴我，你們來找我的目的。你們是為了理則學期中考的事來的吧？我能理解，被人懷疑作弊是一件既麻煩又難堪的事。我也很想幫你們的忙，但離教授執意要給你們一個警告，我怎麼說也沒有辦法改變他的決定。除非你們能說服離教授，讓他相信你們沒有互相作弊，否則這件事就只能這樣了。」趙助教以和善的口吻客氣地對慧恩和凱瑞說。

　　「趙助教，妳是我們理則學期中考的監考助教，妳應該知道我們沒有互相作弊。如果妳能在離教授面前證明我們的清白，對我們一定會有很大的幫助。」凱瑞緊緊握著慧恩的手，誠懇地說。

　　「我是很願意幫你們的忙，但是離教授不准我這個當助教的，過問有關學生考試的事，所以我恐怕無法幫你們的忙。」趙助教笑臉盈盈態度友善，很有技巧地推辭凱瑞的請求。

　　凱瑞和慧恩聽出，趙助教不願意為他們的清白，在離教授面前背書。凱瑞低頭思忖片刻後，把頭轉向慧恩和慧恩彼此對視。慧恩的眼神溫柔而堅定，凱瑞可以感覺到慧恩的信任。他轉過頭對趙助教說：「趙助教，如果妳不方便在離教授面前為我們作証，妳能不能幫我們一個忙？安排我們跟離教授見面，我們想跟離教授當面談這件事。」

　　「可以呀！離教授剛才來找過我，現在應該還在他的研究室。

我去問看看離教授有沒有空見你們？你們先在這裡等一下，我馬上回來。」趙助教熱情地回應，接著走出她的辦公室。過了約莫十分鐘，趙助教笑臉迎人回到她的辦公室，對慧恩與凱瑞說：「離教授在他的研究室等你們，你們現在就可以過去了。」

「非常感謝趙助教妳的幫忙，我們現在就過去見離教授。」凱瑞向趙助教點頭致謝後，牽著慧恩的手離開趙助教的辦公室，前往離教授的研究室。

慧恩和凱瑞來到離教授的研究室，研究室的門是開的。從研究室的門口，可以看到離教授正站在窗戶前看著窗外的景色。凱瑞在門上輕輕敲了兩下，便與慧恩站在門口等候，不敢隨便進入離教授的研究室。離教授聽到敲門聲，轉過頭看見凱瑞和慧恩站在門口，便請他們進入研究室；招呼他們坐到辦公桌前的椅子，自己則坐回辦公桌後面的長背皮椅上。

「趙助教告訴我，你們是為了期中考的成績來找我。如果是這樣的話，你們現在就可以回去了。期中考的成績已經成定局，不可能改變！」離教授面容嚴肅，聲音強而有力。

「我們來不是為了成績，而是為了我們的清白。趙助教告訴我們，您懷疑我們互相作弊，所以才給我們不及格的分數；但我們並沒有互相作弊。」凱瑞忍住心中的不滿，溫和地說。

「你們在考試的時候，互相傳遞筆記本，就有作弊的嫌疑。」離教授雙眼注視著慧恩與凱瑞，嚴厲地說。

「可是我們並沒有互相傳遞筆記本，我們自己都有自己的筆記本，根本不需要再互相傳遞。」凱瑞有些義憤填膺，但又強壓了下去，心平氣和地說。

「趙助教親眼看見你們互相傳遞筆記本，難道她會說謊嗎？無風不起浪！她跟你們無怨無仇也不認識你們，如果你們沒有互相傳遞筆記本，她為什麼說你們而不說別人呢？」離教授義正詞嚴地說。

「如果趙助教有看到我們互相傳遞筆記本，應該當場就指出來。況且，剛才趙助教還告訴我們，她相信我們沒有作弊是清白

的。」凱瑞據理力爭地說。他有些混淆，搞不清楚趙助教在這件事情上，到底扮演什麼角色？她看起來那麼平易近人，怎麼看都不像是個會害人的人。何況他和慧恩又跟她無怨無仇，她實在沒有污衊他們的理由，但為什麼離教授會這麼說呢？

「她真的這麼說嗎？不過，就是因為她沒有當場指出你們，你們才能拿到50分，否則你們的成績就是以零分計算。不管你們怎麼說，期中考的成績已經定了不會再改變。」離教授態度堅決，一副鐵証如山不容改變的樣子。

「可是這樣不就表示，我們考試的時候，有互相傳遞筆記本，有作弊的嫌疑嗎？」凱瑞有些氣憤，不滿地回應。

「如果你們不滿意我的決定，你們可以向學校申訴，由學校組織調查小組調查。你們雖然只有50分的成績，但這是期中考，成績只佔總成績的30%。只要你們期末考考好，最後的成績應該不會太差。但是，如果調查小組調查的結果，你們有互相傳遞筆記本，那你們的成績就是以零分計算。也就是說，你們一定『死當』，連補考的機會都沒有，而且還會有不好的記錄。你們自己決定吧！」離教授面色凝重，嚴肅地說。

慧恩和凱瑞走出文學院大樓，對於要不要向學校申訴舉棋不定。他們雖然沒有在考試的時候互相傳遞筆記本，但他們沒有證人可以證明他們的清白。而唯一可以做為證人的趙助教，事實上是指控他們的人。學校調查小組會聽他們的還是趙助教的呢？答案他們心裡有數，他們成功的機率太小了。

慧恩突然想起聖經上的一句話：「不要自己伸冤，寧可讓步，聽憑主怒。」她高興地對凱瑞說：「我知道我們應該怎麼做了，聖經上已經告訴我們答案。我們不要申訴，我們好好準備理則學的期末考，我相信我們的理則學一定會過關。」

凱瑞聽了如釋重負，整個人頓時覺得輕鬆不少。他吁出了一口氣，快活地說：「既然妳這麼認為，那我們就不要申訴了，期末考

好好準備就好了。」接著不捨地說：「不過，妳需要更加辛苦地做筆記了，真的好心疼妳哦！」

慧恩深情款款地看著凱瑞，溫柔地說：「筆記本來就要做，談不上更加辛苦。我做筆記，我們兩個人還有其他的同學，都能從中受益，我覺得非常愉快。」接著揚起雙眉，調皮地說：「但是，如果你真的心疼我，何不從下星期開始，由你負責做理則學的筆記。我為你倒茶搧風，以實際的行動服事你，你覺得如何？」

凱瑞撓了撓自己的腦袋，露出尷尬的笑容說：「有事弟子服其勞！這種做筆記的事，本來就應該由我來做，我很樂意為妳分憂解勞。從下星期開始，我負責做理則學的筆記。但是我做的筆記字體潦草，又沒有辦法做得仔細。我怕同學借不到妳的筆記，又嫌棄我的筆記，到時候我恐怕會成為全班的公敵。不過管他們的！就讓他們都陪我們明年重修好了。」

慧恩聽了呵呵地笑了起來，說：「原來繞了一大圈，結論還是一樣。放心！我能做的事不會要求你去幫我做。我負責做理則學的筆記，你負責心疼我，我們分工合作吧！」

慧恩想起趙助教，她完全無法理解她的作為，她語帶遺憾地問凱瑞說：「趙助教看起來那麼親切又那麼好，沒想到指控我們的竟然是她。凱瑞，你知不知道為什麼趙助教會無緣無故地指控我們？」

「我也不知道！她和我們無冤無仇又素不相識，真的是猜不透。」凱瑞摸不著頭腦，搖搖頭說。

「啊！」慧恩突然像發現了什麼似的叫了一聲。

凱瑞被慧恩突然的叫聲嚇了一跳，睜大眼睛問慧恩說：「發生了什麼事？妳發現新大陸了嗎？那麼興奮！」

「妳有沒有發現趙助教長得像誰？」慧恩興致勃勃地問。

「我怎麼知道她長得像誰？這很重要嗎？」凱瑞意興闌珊地回答。

「那當然重要囉！我告訴你，她長得像趙燕玉。」慧恩盯著凱瑞說，好像找著了事件的罪魁禍首似的。

「誰是趙燕玉？」凱瑞挑起雙眉，好奇地問。

「趙燕玉就是那個應用心理系的漂亮妹妹呀！」慧恩故意提高聲音說。

「沒有印象！不知道她是誰？趙助教長得像趙燕玉又如何？」凱瑞越說越覺得詭異，怎麼兩個人都姓趙？

「你知不知道趙助教的全名是什麼？」慧恩問。

「她的名字，我剛才在她辦公室的門上看到，好像叫趙燕青。妳不會認為她們兩個人是姊妹吧？」凱瑞似乎有所發現，看著慧恩問。

「機率很高！如果她們是姊妹的話，那趙助教為什麼要指控我們就有跡可尋了。可能是因為你拒絕了趙燕玉，所以趙助教為了她的妹妹挾怨報復，故意指控我們。」慧恩說。

「我現在發現女人真是可怕！但是妳例外，妳不可怕。」凱瑞說。

「要不是你太帥了招蜂引蝶，也不會發生這種事情，你要如何補償我的損失呀？」慧恩嬌嗔地說。

凱瑞把慧恩拉到一旁，見四周無人，狡猾地笑著說：「哈哈！我現在就補償妳！」凱瑞的嘴唇輕輕地印在慧恩柔軟的唇上。

第十八章 戴著銀十字架項鍊的醫學生

　　夜深人靜，除了嘰嘰喳喳的蟲鳴聲，天地萬物沉浸在一片清涼的寂靜中。周維新站在宿舍寢室的窗前，舉頭看向窗外的夜空。皎潔明亮的上弦月，宛若慈母微笑的唇。

　　「我一直覺得自己是個囚犯，囚禁在媽媽的期盼和別人的態度中。媽媽太可憐了，自從爸爸離開我們之後，媽媽每天兼二份工作，含辛茹苦的養育我和維亞。她不要我休學工作，她對我的唯一要求就是把書讀好，將來有出息。不要像爸爸一樣，一輩子被人瞧不起，最後還落得拋妻棄子落荒而逃。」想起了媽媽，周維新不禁潸然淚下。他低頭拭淚，思緒如浪潮般在腦海中翻騰。

　　「感謝上帝給我一個好頭腦，使我的理解能力、記憶力都比別人強。還要感謝一直在生活上、學費上幫助我的陳伯伯，陳伯伯不僅在金錢上幫助我，也幫助我連跳三級，讓我比別人提早三年上大學；他還準備送我到美國留學。但讓我不斷前進的力量，卻是那個眼睛會發光叫恩恩的小女孩。」他回憶起往事，往日的情景歷歷在目，猶如昨日般清晰。

　　「恩恩的媽媽給我們兩千元，解決了我們的燃眉之急，使我們不用挨餓；而她卻將她的純銀十字架項鍊送給我。我當時答應她，我一定會完成她希望我做的事，她說要我當醫生。從那天起，我的脖子上就一直戴著這條十字架項鍊。當我疲倦了，想玩不想讀書了，我只要觸摸這條項鍊，想起了那個叫恩恩的女孩要我當醫生，我的精神就來了，我就可以繼續讀書了。」他摸著他脖子上的銀十字架項鍊，心裡彷彿有一股暖流通過。

周維新坐回書桌前的椅子上，從抽屜裡拿出一本筆記本打開來看。筆記本裡有十幾個女生的名字，每個名字都有一個恩字，每個名字的旁邊都記載著與那個女生相關的資料。筆記本裡，幾乎所有女生的名字上面都打了個X，只有一個潘恩恩的名字上面沒有畫上X。

「娶恩恩做我的妻子是我從小的願望。一年後，我從醫學院畢業，再服完兵役，我就要到美國留學了。去美國之前，我一定要找到恩恩。」周維新拿起手機看了一連串潘恩恩的照片。「潘恩恩長得很漂亮，小時候曾經住過高雄，有一雙明亮的大眼睛，名字也剛好叫恩恩。她很有可能是我要找的恩恩，但我不能被她的美色所迷惑，而失去了我的判斷力。美麗不是我尋找的目標，即使我要找的那個恩恩不再美麗，眼睛不再那麼明亮，我還是非她不可；沒有人可以取代她在我心目中的地位。」

周維新的室友戴千田開門走了進來，周維新一邊低著頭看潘恩恩的照片，一邊問戴千田：「你今天怎麼這麼晚才回來？」

戴千田，微胖，不高不矮，臉圓如滿月，戴著一副黑框眼鏡，是周維新的同班同學兼室友。他走到周維新的身旁，探頭看了一下周維新手機裡潘恩恩的照片。

「潘恩恩長得真漂亮，對你也很有好感，她說你有一雙讓女生無法抗拒的憂鬱眼睛。你看她的眼神讓她產生一種……簡單地說，就是母愛的光輝。我想她的意思是說，她想像母親一樣的愛你。」戴千田笑著說。

「你知道她幾歲的時候住過高雄嗎？她住在高雄的哪一區？去過哪些傳統市場？還有，她在高雄的時候，有沒有送項鍊給一個男孩？如果有的話，那是條怎樣的項鍊？還有……」周維新連不迭地問了一串問題，好像沒完沒了一樣。戴千田聽了後面的問題，忘了前面的問題。根本記不清楚周維新的問題是什麼？於是開口阻止周維新說：「停！你問這麼多的問題，我一個也記不得。你先問一個問題，我傳簡訊去幫你找答案。然後你再接著問下一個問題，我再幫你去找答案，這樣好不好？」

「好吧！我簡化我的問題。你只要幫我問她，她幾歲的時候住

過高雄？有沒有送項鍊給一個男孩？這樣就好了。」周維新說。

「好！問題很簡單，我現在馬上傳簡訊去問潘恩恩。」戴千田拿起手機傳簡訊給潘恩恩。不到幾分鐘，潘恩恩就回簡訊給戴千田。戴千田看了潘恩恩回的簡訊，不禁哈哈地笑出聲來。

「你這樣問，讓潘恩恩以為你是在問她，住高雄的時候有沒有喜歡別的男生？所以她一直否認，還一再保證絕對沒有送東西給任何男生。哦！她還說她11歲的時候住過高雄，那時她還太小，所以絕對不會對男生動心。」戴千田看著手機上的簡訊說。

「哦！她是這麼說的嗎？這樣的話，她就不是我要找的恩恩。」周維新失望地說，隨即在筆記本裡潘恩恩的名字上面畫了一個X。

「我真的搞不懂，為什麼你非找那個恩恩不可？你長得雖然不能說是潘安再世，但你高瘦的身材、濃密的眉毛、高挺的鼻子、斯文的臉，也稱得上是英俊挺拔。尤其是你這雙看起來絕望而憂鬱的眼睛，不要說女生，連男生的心都會被觸動。何況你又是個天才醫學生，不知道有多少漂亮的女生正排隊等著你挑呢！為什麼單要恩恩這個是否還存在都不知道的女生呢？我看你的心思就像你手掌上的紋路一樣，複雜得讓人無法理解。」戴千田說著，抓起周維新的手掌，看了一眼他異常複雜的手掌紋。

周維新看著戴千田，娓娓道來：

「我一直認為我是個囚犯，囚禁在媽媽的盼望和別人的態度中。我努力讀書盡全力拿好成績，為的是讓媽媽高興，也為了別人的肯定。」

「越是貧窮的人就越在乎別人的態度，因為他什麼都沒有了，只剩下一顆自尊心。而這顆自尊心又很脆弱，別人無心的忽略、不尊重，都會讓這顆自尊心受到傷害。因為我的自尊心很容易受傷，所以我不斷地努力讀書拿好成績，好讓別人尊敬我、尊敬我的媽媽、尊敬我的弟弟。」

「有時候我覺得很累想放棄，但一觸摸到這條十字架項鍊，我就想起了我對恩恩的承諾；一股無形的力量就會產生，驅策我不斷地前進。」

「恩恩要我當醫生，我就全力以赴上了醫學院。我原本以為，我讀醫學院只是為了完成對恩恩的承諾。當我接觸到醫學書籍後，我才發現醫學是我的熱情所在。我除了研讀醫學教科書，我也大量閱讀中英文醫學雜誌；我熱愛醫學。」

「恩恩就像我的天使一樣，激勵我前進又指示我的方向。除了我媽媽、弟弟、陳伯伯和恩恩，沒有人有資格分享我的榮耀。」

戴千田聽了周維新的敘述，露出理解的表情說：「原來是這樣！既然潘恩恩不是你要找的恩恩，或許你會有興趣看另一位名字有恩的女生。她和我的一位女性朋友林玉秋同校，我看過她的照片，她長得很漂亮。我聽林玉秋說，她的眼睛非常明亮，而且是異於常人的明亮。林玉秋還說，她和你一樣，脖子上也戴著一條十字架項鍊。不同的是，她的十字架項鍊是金的，你的是銀的……」

戴千田還沒有說完，周維新就迫不及待地打斷他的話，說：「快！先讓我看看她的照片！我還記得恩恩小時候的樣子。如果她真的是我要找的恩恩，也許我能從照片上看到一些蛛絲馬跡。」

戴千田打開手機找出林玉秋傳給他的照片，然後將手機上的照片拿給周維新看，說：「就是這張，你看她長得像不像你要找的那個恩恩？」

周維新從戴千田的手上接過手機，隨即將照片放大。仔細地看了許久後，他興奮地說：「我幾乎可以確定，這個女生就是我要找的恩恩。她的容貌雖然有些改變，但她的眼睛完全沒變。在照片上雖然看不出她的眼睛究竟有多明亮，但把她和站在她旁邊的人比一比，就可以知道她的眼睛一定很明亮。皇天不負苦心人，我終於找到恩恩了！我終於找到我的恩恩了！」周維新高興地從椅子上跳起來，像是在奧運比賽中得到金牌的選手一樣，熱情地擁抱戴千田。

「你先別高興得太早。如果她真的是你要找的恩恩，那你的問題才剛開始。我可以先告訴你一些她的資料；她的名字叫朱慧恩，高雄女中畢業，現在是法律系一年級的學生。我還要告訴你一個對你不是很好的消息，她可能已經有男朋友了。我聽林玉秋說，朱慧恩的身邊總是有個長得很帥的男生，那個男生是她的同班同學。這

就是為什麼，我一直沒有把朱慧恩告訴你的原因；你還沒有見到她就已經有情敵了。」戴千田語帶遺憾地說。

周維新抬頭看著天花板，他原本憂鬱的眼睛更加憂鬱了。戴千田看著周維新憂鬱的眼神，整個心都揪了起來，他微蹙眉頭說：「每次看到你這種眼神，我的心就自動棄械投降。事情並非完全沒有希望；或許朱慧恩看到你，會被你的痴情，和這種憂鬱的眼神所打動；離開她的男朋友，投入你的懷抱也說不定。」

「你覺得一個男生對一個女生的熱度會持續多久？」周維新問。

「這個說不準，因人而異。我覺得一個男生對一個女生的熱度，應該可以持續到他愛上另一個女生，不然就是結婚後。」戴千田回答說。

「你不是說那個男生長得很帥嗎？長得帥的男生就會吸引很多女生喜歡他。如果有又聰明、又喜歡他、長得又漂亮的女生，利用各種機會接近他、引誘他，你認為他會不會離開恩恩？」周維新問。

「朱慧恩雖然長得很漂亮，但男生很難抵擋，又漂亮、又聰明、又會製造機會的女生的誘惑。有一天他看膩了朱慧恩，又有漂亮的女生在他旁邊經常出入，我覺得他有九成以上的機會會淪陷。我不知道這會發生在婚前還是婚後？除非那個男生不讓女生有機會接近他，否則這種事遲早會發生。」戴千田回答說。

「除了我之外，我不認為世界上有任何正常的男人，能逃過漂亮女生處心積慮的誘惑。如果他真的那麼帥，那幫助我的女生就會非常的多。我希望這樣的事發生在他們結婚之前，如果發生在結婚之後，我也不在乎，我是非要恩恩不可。或許她要經歷過她這位男朋友的變心與無情，才會知道我的真心與多情；我一定會等到她的。」周維新自信地說。

「你的條件這麼好，或許朱慧恩一看到你就會喜歡上你；馬上離開她的男朋友跟你在一起，你根本就不需要等。當務之急，你必須先讓朱慧知道你的存在還有你的心意，否則一切都是空談。」戴千田說。

「我先上網去查恩恩的課表，你再跟你的朋友林玉秋聯絡，我

們去她們學校走一趟。我將來可能還有很多事需要林玉秋的幫忙，你就順便介紹她給我認識。無論如何，我還是要感謝你幫我找到我的恩恩，這份人情我永遠會記得。」周維新說著，拍了拍戴千田的胳膊。

早晨和煦的陽光從樹梢的隙縫灑落下來，薄霧氤氳的步道瞬間明亮了起來。周維新與戴千田聽著清脆悅耳的鳥叫聲，和樹葉隨風搖曳的沙沙聲，漫步在冷清的步道上。這是周維新第一次和戴千田來到這個學校，若不是為了來看恩恩，他不會知道有這麼美麗的校園存在。

「千田，你先去找林玉秋。我見過恩恩後，再去跟你們會合。」周維新對戴千田說。

「好！我先去西樓找林玉秋。你見過你的恩恩後，再打手機給我。」戴千田說完，隨即往步道的另一個方向離開。

「這所校園像是座森林公園，放眼望去盡是賞心悅目的花草樹木。現在恩恩在法學院20教室上課，還有三十分鐘才會下課。我可以先到法學院教室大樓附近的步道走走，二十分鐘後再到法學院20教室外面等她。」周維新邊想邊往法學院教室大樓前進。

「秋天是四季中最動人的季節，每片從樹上飄落的葉子，都帶著祝福在風中翩然起舞。」周維新想到再過三十分鐘，就可以看到在他心中住了十一年的恩恩。彷彿有一股暖流注入他的血液中，激起他每根喜悅的神經，他的心不由地雀躍不已。但想到恩恩的男朋友，周維新的心又好像突然遇到一股強烈侵襲而來的寒流，瞬間冰冷起來。

「恩恩現在有一個男朋友，是她的同班同學。他的男朋友會讓她跟我講話嗎？即使他願意讓恩恩跟我說話，有他在一邊，我又怎能暢所欲言，將我心裡的話說給恩恩聽呢？如果恩恩不了解我的心意，那不管我等多久都是白等，毫無意義。」周維新開始沮喪起來。

「我並不怕恩恩現在的男朋友有多帥、多優秀，最強的敵人可

能也是最容易被擊敗的敵人。他越帥越優秀，我反而越放心，因為必定會有很多人幫我擊敗他。我最擔心的是，恩恩不了解我的心意，不知道我已經等她11年了。」他還沒有想出方法，可以在見到慧恩的時候，就讓慧恩知道他對她的情深義重；他不禁煩惱了起來。

「最大的聲音是聽不到的聲音，那麼靜默是不是表達真摯感情的最佳方式呢？但感情如果不說出來就不明確，就會留下可以任意揣測的空間，這樣會讓對方產生不確定感。對於不確定的事物，很多人會選擇放棄。所以靜默與明確表達之間，選擇明確表達似乎比較妥當。」周維新從步道看向法學院教室大樓，上課的學生都還在教室裡上課，教室外的走廊空無一人。

「一年有四季，每一個季節都有各種不同的色彩。哪一種顏色代表哪個季節，眾說紛紜，全憑想像。如果每一個季節，都限定只能用一種顏色來代表，那就太狹隘無趣了。每個季節最美麗的色彩，應該是說不出來的色彩；任何色彩都是，任何色彩都不是。如果是這樣的話，最好的表達方式，應該還是最具有想像空間的方式。但問題是一樣會流於不明確；樂觀自信的人可能往正面的方向想；悲觀不自信的人可能往負面的方向想。恩恩從照片上看還蠻漂亮的，她應該是個樂觀自信的人才對。」周維新拿起手機看了一下時間，恩恩快下課了，他加快腳步走向法學院教室大樓。

「應該明確表達好呢？還是以靜默這種充滿想像空間的表達方式好？如果有恩恩的男朋友在旁邊，我想明確表達是不可能的。看來只能靜默表達，再從其他的管道加強恩恩的確定感，讓她明確地知道我對她的心意。」周維新邊想邊爬上樓梯，來到二樓第一間教室法20教室的門口。教室的門是關著的，他在門口停留了一下，然後走到走廊的欄杆前看向外面的天空。

下課鈴聲響起，法20教室的門開了。周維新聽到開門聲，趕緊轉過頭看著門口。許多學生從門裡陸續走出來，周維新直盯著從門裡走出來的每個女生看。過了約莫五分鐘，從法20教室裡出來的學生越來越少了，只剩下零星的幾個人。周維新開始有些沒耐心，他

逕自走到法20教室的門口。腳才剛要踏入教室，慧恩和凱瑞正好從門裡出來。慧恩差一點撞到周維新，於是抬頭看了他一眼。

慧恩的視線與周維新的視線交會。周維新瞅見慧恩明亮的眼睛，心臟怦怦地急速跳動起來，他終於看到他思念了11年的恩恩。他有些激動，全然沒有注意到站在慧恩旁邊的凱瑞，他情不自禁地喊了一聲：「恩恩！」

慧恩不知道眼前這個男生，為什麼會親暱地叫她「恩恩」？她專心地注視他幾秒鐘，她可以感覺到這個男生內心澎湃洶湧的感情；她的心有一種說不出來的感動。她的視線轉向他脖子上的銀十字架項鍊，然後再抬頭凝視他的眼睛。他的眼睛深情而憂鬱，讓人不忍心轉開，慧恩的心不由地為之震顫。

「這個男生長得瘦瘦高高、斯斯文文、眼神憂鬱、又戴著一條銀十字架項鍊、還叫我恩恩，完全符合何晴晴所描述的那個天才醫學生；或許他就是當年那個我送出銀十字架項鍊的小男孩。」慧恩思忖著。

凱瑞聽周維新喊慧恩「恩恩」，以為周維新是慧恩的舊識或親戚，便安靜地站在慧恩的旁邊並沒有插話。周維新憂鬱的眼睛含情凝睇慧恩，他完全說不出話來；不是出於事先的計劃，而是因為臨場的驚訝。他知道小時候的慧恩很漂亮，但他沒想到長大的慧恩更是美得不可方物。任何事物、任何形容詞都不足以形容她的美；她本人比照片中的她還要美，她燦爛如星的眼睛強化了她的美，讓她美得無以倫比。

「你是周維新嗎？我小時候曾經把一條純銀十字架項鍊送給一個小男孩，那個男孩是你嗎？」慧恩問周維新。

「嗯！」周維新點頭回應了一聲。聽慧恩這麼一問，他完全確定慧恩就是他尋找的恩恩。他凝視慧恩的憂鬱眼睛更加深情款款，令人無法視而不見。

凱瑞看周維新注視慧恩的眼神，有一種深沉的憂鬱又脈脈含情，心裡產生莫名的威脅感。他伸手摟住慧恩的肩膀，向周維新暗示他對慧恩的主權。周維新似乎視而不見，依舊深情地看著慧恩。

「如果你找我，是因為我送你銀十字架項鍊想報答我，那你的目的已經達到了。我因為你的傑出表現而感到快樂，這種快樂是無價的，勝過世上的金錢。你回報我的，比你能想像的還要多得多，你可以安心了！」慧恩看著周維新的眼睛說。

　　凱瑞實在無法忍受，周維新充滿憂鬱又深情凝睇慧恩的眼神。聽慧恩這麼說，便拉著慧恩的手往樓梯的方向走。周維新看凱瑞拉走慧恩，又情不自禁地喊了一聲：「恩恩！」

　　慧恩回頭望向依舊以憂鬱的眼睛含情凝睇著她的周維新，她的心有難以言喻的感動。周維新沒有開口說話，他的話語、他的感情全部在他的眼神中。慧恩似乎從他的眼神中，感受到他的感情，聽到他要說的話語。她輕輕地嘆了一口氣，又對周維新嫣然一笑，然後轉回頭和凱瑞一起走下樓梯。

　　周維新看著慧恩離去的背影悵然若失。他舉頭望向藍天，蒼穹中白雲飄飄時散時聚，變化出各種不同的形狀。他看著白雲聚散變化的藍天，沉吟不語：

　　「日光之下，快跑的未必能贏，在乎的是機會；有機會又能把握機會的人才是贏家。恩恩的男朋友的確很帥，那表示機會出現的機率就更大了。我必須把握住他離開恩恩的機會，走進恩恩的生活裡。當務之急是要多認識恩恩周圍的人，尤其是她的同班同學。這樣我才能確實掌握恩恩和她男朋友的情況，等機會一到我就可以立刻出手。」

　　「越值得擁有的東西越需要等，我可以等而且我也情願等，我非要恩恩不可。只有我才能給恩恩真正的愛和幸福，這才是真正報答她的方式。我要更加努力成為一位卓越的醫生，在醫學界佔有一席之地享有盛名。我要讓我的成功為我發聲，這樣恩恩不管在任何地方，都可以知道我的存在。」

　　周維新又往慧恩離開的方向看了一眼，然後拿起手機撥電話給戴千田。

　　晚上，慧恩回到西樓的寢室。寢室裡除了何晴晴，還有一位坐

在何晴晴的床舖上,何晴晴的高中同學德文系的林玉秋。慧恩走到自己的書桌前,拉出椅子坐了下來。

「朱慧恩,我早就有一種感覺,妳是周維新要找的恩恩。今天早上,我從法20教室出來,看見妳和周維新在說話。我就知道我的感覺是正確的,你果然是周維新要找的恩恩。」何晴晴說。

「周維新真是多情,對妳思思念念了11年。又因為妳的一句話,立志當名醫。我以前就覺得奇怪,為什麼周維新的眼神那麼憂鬱?現在我終於明白了,原來那是長久單相思所導致的結果。我告訴妳一個周維新的小秘密,周維新擁有全世界最複雜的手掌紋。我以前聽戴千田說過,當時我就很好奇,今天我終於親眼看到他複雜的手掌紋;真不知道他複雜的手掌紋跟思念妳有沒有關係?」林玉秋說。

慧恩從周維新的憂鬱眼神和他的靜默,感受到他洶湧澎湃的情感。她知道周維新對她有深深的愛戀,但她不知道周維新竟然思念了她11年,還因為她的一句話立志當名醫;她的心深受感動。

「如果周維新在我和凱瑞成為男女朋友之前出現,我可能會愛上他。但現在太遲了,我不能對不起凱瑞。不管他對我的感情有多深厚,我都必須不為所動。」慧恩思忖後,不禁嘆了一口氣說:「手掌紋簡單或複雜都是天生的,應該跟思念沒有關係。我很感謝周維新一直把我放在心上。他思念我是因為他是個知恩圖報的人;他感謝我送他銀十字架項鍊,覺得應該對我有所回報,所以一直記著我。我已經告訴他,他的回報我收到了,他應該很快就會忘記我了。」

「我聽到的可不是這樣。周維新說,他祝福妳和秦凱瑞幸福快樂,但他對妳的心永遠不會改變,更不會忘記妳。只要秦凱瑞對不起妳,他就一定會回來爭取妳。即使那時候妳已經結婚了,他也不在乎。我從來沒有看過這麼痴情的男生,我看他一定是上輩子欠妳的!」林玉秋說。

「是啊!周維新條件那麼好又那麼痴情,如果我是妳,我早就離開秦凱瑞投入他的懷抱了。秦凱瑞除了長得帥,哪點比得上周維新?話說回來,周維新雖然長得沒有秦凱瑞帥,但他那雙憂鬱的眼睛,好像有融化人心的力量,沒有多少女生能抗拒得了他的眼

神。」何晴晴說。

「不管周維新有多好，對我有多痴情，都與我無關。我既然已經認了凱瑞是我的男朋友，就會對他忠誠到底。除非他不要我了，或是做了對不起我的事，否則我是不會離開他的。我很感謝周維新的好意，但現在我和他沒有任何的可能性。」慧恩說。

「我剛才不是說了嗎？他祝福妳和秦凱瑞幸福快樂。除非秦凱瑞對不起妳，否則他不會來找妳。他現在只會默默地關心妳、想念妳，不會造成妳生活上任何困擾，也不會打擾妳和秦凱瑞。他只希望能成為妳的朋友，逢年過節發個伊媚兒給妳，送上一些祝福的話語。妳願意把他當成朋友，給他妳的伊媚兒嗎？」林玉秋說。

「原本我想，給個伊媚兒也不是什麼大不了的事，班上所有的同學都有妳的伊媚兒，還有手機號碼。所以我就直接把妳的伊媚兒給他，結果被他拒收；他說一定要經過妳的同意才可以。我看他也是個正直的好人，品格操守毫無瑕疵。妳就把妳的伊媚兒給他吧！多一個醫生朋友總是比較好，將來可能用得上。」何晴晴順水推舟說。

慧恩本來就對周維新有好感。聽了何晴晴和林玉秋講的話，對周維新更加肯定，覺得他是個正直的謙謙君子。

「我的伊媚兒每個同學都知道，也不是什麼秘密，給周維新應該沒什麼關係。何況能有這麼傑出正直的朋友也是恩典。」慧恩略為思考後，拿起筆在筆記本上寫下自己的伊媚兒地址，然後撕下來遞給林玉秋，說：「這是我的伊媚兒。我知道妳和周維新的同學有很好的交情，請妳幫我把這張紙轉交給周維新；順便告訴他，我會當他是我的朋友。謝謝妳的幫忙！」

林玉秋接過紙，低頭看了一下慧恩寫的伊媚兒地址。然後轉頭看向何晴晴，與何晴晴互相對視，很有默契地同時綻放出甜美的笑容。她轉回頭對慧恩說：「使命必達！我一定會完成妳的囑托，將這張紙交在周維新手上。也會把妳的話一字不漏的告訴他，妳放心吧！」

聖誕節即將來臨，四加一快樂樂團的成員，每個人都拉緊神經

參與緊鑼密鼓的排演，希望帶給全校師生一個快樂的聖誕夜。星期六上午，慧恩和凱瑞很早就來到四加一快樂樂團的練習室。練習室裡空無一人，張簡裕、齊心樂、水慕瑜都還沒有到。

凱瑞閒來無事，看慧恩坐在一旁看書，心血來潮問慧恩說：「妳知道什麼是愛得深入骨髓，連宇宙的力量都難以摧毀嗎？」

「那還用說，一定是上帝的愛。除了上帝的愛，在這世界上也只有父母親對子女的愛才能這麼深。當然不是每個父母親都是這樣愛子女，我覺得我爸爸媽媽就是愛我愛得深入骨髓的父母親。」慧恩眼睛看著書本說。

「我是說除了上帝和父母親的愛，什麼是愛得深入骨髓，連宇宙的力量都難以摧毀？」凱瑞說。

慧恩抬起頭看著天花板思考片刻後，說：「愛得深入骨髓，表示愛得很深。要知道美必須先有一個公認是美的參考體，與這個美的參考體一樣或勝過的就是美。同樣地，必須先找出一個愛得深入骨髓的參考體，才知道是不是愛得深入骨髓。我爸爸媽媽對我的愛，就是愛得深入骨髓的參考體。愛得像我爸爸媽媽愛我一樣或是勝過，就是愛得深入骨髓，否則就不能算是愛得深入骨髓。」

凱瑞把頭湊到慧恩的面前，問：「那妳是不是愛我愛得深入骨髓呢？」

慧恩敲了一下凱瑞的頭，嬌嗔地說：「我說我愛你愛得深入骨髓，你就相信了嗎？如果我這麼說，你就相信的話，那你就太好騙了。對方是不是愛你愛得深入骨髓？必須用心從對方的態度和行動去體會，不是對方說了算。所以我是不是愛你愛得深入骨髓，你應該用心去體會不是來問我。」

凱瑞伸手托起慧恩的下巴，露出詭異的笑容，說：「這是妳說的，是不是愛得深入骨髓，要從對方的行動去體會。」凱瑞說完，不等慧恩回應，便將嘴唇壓在慧恩的唇上，溫柔而熱情地親吻她。過了一會兒，凱瑞的嘴唇離開慧恩的唇，笑著問慧恩說：「妳覺得我是不是愛妳愛得深入骨髓呢？」

慧恩的眼睛往門口的方向瞄了一下，然後雙手壓著凱瑞的雙

頰，瞪著凱瑞說：「張簡他們隨時都可能開門進來，如果被他們看見了，他們一定會取笑我們。我現在要看書，你沒帶書來看，你就玩玩你的手機，不要再來找我麻煩了！」

凱瑞見慧恩又低頭看書不理他，便打開手機進入YouTube網站，想找一些有趣的影片來看。YouTube的首頁出現了一些建議觀賞的影片，他隨便選了一個影片，戴起耳機觀賞剛剛選的影片。影片一開始，是一個男演員正在發表他的得獎感言。凱瑞覺得這個男演員講話的內容很有意思，可以做為他和慧恩討論的議題，於是興奮地對慧恩說：「恩恩，妳來看看這個影片！」

慧恩放下手中的書本，探頭看了一眼凱瑞手上的手機。她一臉茫然，不知道凱瑞要她看什麼影片？凱瑞把插在手機上的耳機拔掉，將影片重新放了一遍。影片中的人說：

「在這裡，我要感謝我的媽媽。我媽媽從我很小的時候就告訴我，不要一心只想做成功的人，要做一個有價值的人。生命的價值在於貢獻，成功並不是終點，對社會國家持續不斷地貢獻，才是應有的目標。這些話我永遠會記得。」

「再重新放一遍，我想再聽一遍他說的話。」慧恩說。凱瑞將影片又重新放了一遍。「聽起來好像是我爸爸才會講的話，竟然從一個男明星的口中說出來，真是令人佩服。」慧恩說著，突然覺得這個男明星好像很眼熟，不知道在什麼地方見過他？於是問凱瑞說：「他叫什麼名字？我覺得我好像曾經看過他。」

「他的名字叫任翔，聽說是中國內地當紅的男演員。他演過不少膾炙人口的電視劇，在我們這裡的電視台都有播出，而且口碑收視都很棒。妳一定是在哪個電視頻道看過他。從他的口中聽到這些話，我的確很驚訝，完全顛覆我對明星的印象。不過他畢竟是演員，也許又是個能言不能行，嘩眾取寵的人罷了！」凱瑞說。

「是不是能言不能行嘩眾取寵的人？從他的行為就可以知道了，我們無需妄加揣測。話說回來，你不是說任翔是當紅的明星嗎？他既然是當紅的明星，那他講的話一定有相當的份量。他把正確的人生觀，在這種公開的場合說出來，多少會影響到一些喜歡他的人。只要其中有一個人，因為他說的話，把對社會國家持續不斷

地貢獻當成目標，那麼事實上他已經對社會國家做出貢獻了。所以我覺得他能在公開場合說這番話應該被肯定，我會給他按個讚。」慧恩說。

「任翔長得還不錯，講話又那麼合妳心意，還是個當紅的明星，妳會喜歡像任翔這樣的人嗎？」凱瑞試探地問。

「不會！」慧恩斬釘截鐵地說。

「為什麼？」凱瑞問。

「因為任翔是個大明星，星星已經是遙不可及的了，何況還是個大明星，距離肯定是更遙遠了。我是不可能認識他，即使能認識他，他也不可能喜歡我。而對於不可能的事，我從來不多想，這是我快樂的秘訣。」慧恩說。

凱瑞聽慧恩說不會喜歡任翔的理由，竟然沒有把他包括在內，心裡有些吃味，悻悻然地說：「那我呢？我在妳的心裏有位置嗎？」

慧恩驀然發現自己竟然忽略了凱瑞，趕緊將頭靠在凱瑞的肩上，輕聲細語地安撫他說：「你怎麼這麼容易就生氣了！我還沒說完呢！你才是我不會喜歡任翔最重要的原因。除非你不要我了，或是做了對不起我的事，否則我永遠不會喜歡別人。」

凱瑞聽了慧恩說的話一下了怒氣全消，他溫柔地對慧恩說：「這是妳的承諾嗎？那妳要永遠牢記妳的承諾！」

「這是我的承諾，我也會永遠牢記。除非你不要我了，或是做了對不起我的事，否則我永遠不會喜歡別人。」慧恩又重複說了一次她對凱瑞的承諾。

慧恩一再地承諾讓凱瑞的心情大好，他從椅子上站起來，轉過身扭了一下身體，做了一個像 Michael Jackson 一樣酷的動作。然後緩緩地將身體轉回，口中唱著 "without you" 的一段副歌："I can't live, if living is without you，I can't give，I can't give anymore …"

慧恩被凱瑞的動作表情逗得前仆後仰哈哈大笑。練習室的門突然被人推開，四加一快樂樂團的另外三個成員，張簡裕、齊心樂、水慕瑜，從門外走了進來。

「是誰失戀了？唱這種失戀的人才會唱的情歌。還有人真沒同情心，聽了這種歌曲還能哈哈大笑，笑得那麼開心。」齊心樂看著慧恩和凱瑞，挑釁地說。

　　慧恩和凱瑞轉頭看著彼此並沒有回答，反而肆無忌憚地一起大笑起來。

　　聖誕夜當天晚上，四加一快樂樂團在大禮堂舉辦了一場為時兩小時的演唱會。吸引了大批學生共襄盛舉，幾乎擠爆了整個大禮堂。其中還包括了兩位從頂尖的醫學院來的醫學生；周維新和戴千田。周維新安靜地與戴千田坐在前排靠邊的位子，欣賞慧恩美不勝收的歌聲。他說過不會打擾慧恩和凱瑞的生活，所以他只能默默地旁觀，直到能上場走進慧恩的生活那天。

　　「恩恩的歌聲如此悅耳動聽，宛若天使之音。我要錄下她的歌聲，讓她的歌聲時時刻刻陪伴我，就像這條銀十字架項鍊一樣。」周維新目不轉睛地看著在台上表演的慧恩，眼淚卻在他憂鬱的眼眶裡滾動，接著毫無招架地滑落下來。

　　戴千田看著流淚欣賞慧恩演出的周維新，他輕輕地嘆了一口氣說：「你的恩恩像個快樂的天使，在舞台上放送快樂。你卻像個憂鬱的天使，獨自飲泣。快樂起來！不要難過！」

　　「我並不是難過，我是感動。在舞台上，以美妙的歌聲放送快樂的恩恩，讓我非常的感動，不由地流出淚水。我迫不及待地想進入她的生活裡，但我知道我不能輕舉妄動。只要我在台灣，她的每場演出我都會到現場觀賞。我也會遵守我說過的話，不打擾她和她男朋友的生活，所以我只會在偏僻之處看著她。」周維新對戴千田說話，但眼睛依舊沒有離開舞台上的慧恩。

　　「問世間，情為何物，直教生死相許。維新，你覺得這樣值得嗎？」戴千田搖搖頭說。

　　四加一快樂樂團在台上的賣力演出，以及到場觀賞演唱會的學生們的熱情，讓當晚的歡樂氣氛高到頂點。演唱會結束前，在台上的慧恩，和台下的觀眾，合唱了幾首聖誕歌曲。周維新和戴千田在

合唱快結束的時候，提前離開了大禮堂。演唱會就在全體合唱聖誕歌曲的歡樂氣氛中進入尾聲。

　　演唱會結束後，樂團的五個成員在一切收拾完畢後共聚一堂，商討是否一起到校園的每個角落報佳音？

　　「我們四加一快樂樂團成立的目的，是要把快樂帶給人。我們要做就做到底，我們5個人一起到校園的每個角落，向我們遇到的每個人報佳音，對他們說聖誕快樂！」張簡裕首先發言提議。

　　「我贊成張簡的提議。我們西樓今天到凌晨12點才關門，所以我可以跟你們一起去報佳音。」慧恩第一個舉手附議。

　　「既然恩恩要去，我當然也義不容辭，一定要跟你們一起去報佳音。」凱瑞笑著說。

　　「今天晚上，我們男的特別帥，女的特別美，不去秀一下有些可惜，所以我也要跟你們一起去報佳音。」齊心樂開心的呼應。

　　「你們都要去我能不去嗎？我當然也要參加！」水慕瑜輸人不輸陣也出聲附和。

　　「我們要走路還是騎腳踏車報佳音？」齊心樂問。

　　「我們騎腳踏車吧！走路太慢ㄟ！」水慕瑜脫口而出。

　　「我和恩恩共騎一台腳踏車，你們三位就自己看著辦吧！」凱瑞理所當然地說。

　　「凱瑞，沒想到你是個見色就忘記兄弟的人，我們真是看錯你了！」張簡裕開玩笑地說。

　　「當然是人家的馬子比較重要囉。人啊！就該有自知之明，否則怎麼死的都不知道！」齊心樂意有所指，調侃地說。

　　「我們三個人就自己騎自己的腳踏車吧！」水慕瑜對齊心樂和張簡裕說。

　　樂團的五個成員於是騎上腳踏車，一起從校門口往校園裡面出發，向沿路遇到的人報佳音，對他們說「聖誕快樂！」

真是個既瘋狂又快樂的聖誕夜，四加一快樂樂團完成了一場成功的演唱會，又向他們遇到的還留在校園裡的人報佳音。終於，樂團的成員除了慧恩和凱瑞都回宿舍休息了。

　　在回西樓的路上，凱瑞將自己的班服，代表法律系的藍色運動外套，披在慧恩的身上，又緊緊地摟著她。

　　「真的很不想讓妳回西樓，妳不要回去好不好？」凱瑞依依不捨地說。

　　「我不回去西樓，我住哪裡？」慧恩睜大眼睛問。

　　「我們都不要回宿舍，今天晚上我們就在校園裡過夜。」凱瑞低下頭看著慧恩，輕聲地說。

　　慧恩停下腳步，抬頭迎視凱瑞含情凝睇的雙眸，她溫柔地安撫他說：「今天晚上是聖誕夜，是個特別的夜晚沒錯，但還沒有特別到必須餐風飲露夜宿校園吧？明天是聖誕節，我們整天都可以在一起。如果我們今晚夜宿校園，沒辦法好好睡覺，明天早上我們都得回寢室補眠。我們不知道什麼時候才能碰面？白白浪費聖誕節這個美好的日子。你看！今天張簡請人幫我畫的妝，我都還沒有卸。你知道的我從來不化妝，所以不習慣有化妝品在臉上。我們還是各自回我們的寢室好好睡一覺，明天你早點過來好不好？」

　　凱瑞用手托起慧恩的下巴，仔細端詳慧恩化了妝的臉。「妳真是美得令人眩目！好吧！聽妳的！我明天早上早一點過來就是了。」凱瑞說完，情不自禁地將自己的嘴唇蓋在慧恩柔軟的紅唇上。

　　學期結束了，理則學的總成績出來了。慧恩的理則學成績是82分，凱瑞則拿到80分，他們的成績在班上沒有幾個人比他們高。離教授給學生的分數一向偏低，為什麼會在期末考給慧恩和凱瑞那麼高的分數呢？同學間又有一片猜測聲。慧恩和凱瑞認為，離教授會給他們高分，除了他們準備期末考的努力外，最重要的是離教授很有智慧，也許他早已經知道事情的真相，所以利用這次期末考，把本來應該屬於他們的分數還給他們。

第十九章 尋找天使

　　上海恆星影視公司正籌拍一部名為「天使之眼」的電視劇。「天使之眼」這部電視劇，是講述一位擁有一雙異常明亮的眼睛，又能洞悉人心的純真女孩，她的愛情與特殊經歷的故事。這部電視劇是由當紅男演員任翔擔任製片人兼男主角。任翔對這部電視劇非常的重視，這是他真正參與製作的第一部電視劇。他竭盡一切的心思意念，非把這部電視劇做到最好不可。他已經太有名氣了，賺錢不再是他主要的目的。他現在追求的是能夠深入人心的卓越作品；從他手上所做出來的戲劇作品，必須是戲劇界的頂級精品，而不是粗製濫造的地攤貨。為了達到他的理想，不管要付出多少的心力，也不管要多久的等待，他都在所不辭。

　　「天使之眼」的靈魂人物，是一位擁有一雙異常明亮眼睛的女孩，這個女孩還必須有一張純真無邪的面孔。任翔拿到這個劇本時，第一個出現在他腦海中的人選，是他三年多以前，在台灣一所大學校園裡無意間遇到的一位女生。當時他是應那所學校大眾傳播學系主任黃永樂的邀請，到那所學校參觀並與黃永樂商議共同合作的可能性。

　　當時那個女生好像說過她是法律系的新生。如果當時是新生，那她現在應該是個大學四年級的學生。任翔不知道那個女生是不是還在那個學校？能不能演戲？願不願意演戲？以及是不是還長得跟當時他看到的她一樣？那個女生對任翔而言有太多的不可確定性，所以他並沒有馬上去找她，他把那個女生當作是他最後的一步棋。除非在內地找不到理想的人，他才會考慮去找她。

　　所有來試鏡的女演員，只被要求拍攝臉部表情特寫和眼睛的特

寫，這是任翔的要求。因為這部電視劇裡，女主角的眼睛和臉部的表情將會是重點。來試鏡的女演員都長得很漂亮，但她們臉部的表情，就是沒有辦法呈現出劇本所要求的那種純真無邪的感覺。任翔想，或許純真無邪是一種與生俱來的特質，無法以演技來呈現。

「任翔，你有沒有聽過灰姑娘（仙杜瑞拉）的故事？」任翔的助理兼好友小偉問。

「小時候就聽過了。那是家喻戶曉的童話故事，很多人都聽過，你幹嘛提起灰姑娘？」任翔低著頭看雜誌，心不在焉地回答。

「那你一定知道，那個王子為了尋找玻璃鞋的主人，拿著玻璃鞋讓全國的女孩們都試穿這件事吧？」小偉興致勃勃地說。

「知道！那又如何？」任翔用手翻了翻雜誌說。

「既然我們現在還找不到適合的女主角，我們何不像故事中的那個王子一樣，讓全國自認符合條件的女孩們來試鏡；或許我們可以從中找到符合劇本需要的女孩。」小偉興奮地說。

「聽起來還不錯！是個好主意！我們可以向媒體發出消息，並在網路上以及全國著名的娛樂雜誌上登廣告。然後在全國找幾個試鏡的地點，讓自認符合條件的女孩們來試鏡。小偉，這件事就交給你了，你負責和公司相關的部門聯繫辦理。記住！一定要在一個月內辦妥。」任翔抬起頭來看著小偉，認真地說。

「說做就做！我現在就去辦！你在這裡等我的好消息！」小偉說完，拿起放在桌上的一串鑰匙，打開門走了出去。

電視劇「天使之眼」的試鏡活動，在中國大陸各地如火如荼地進行。全中國大陸每個試鏡場都是美女如雲，令人目不暇給。但就是沒有一個女孩讓任翔滿意，認為可以擔任該劇的女主角。小偉看著這樣的結果，心裏開始著急起來，怕「天使之眼」這部電視劇不能順利拍攝。他憂心忡忡地對任翔說：「如果你還這麼挑剔的話，『天使之眼』這部電視劇可能就拍不成了。你就稍微降低一下你的標準，找一個差不多可以的就好了吧！」

任翔擔任「天使之眼」這部電視劇的製片人的確有很大的壓

力，他要的是高品質的作品，絕對不願意向平庸妥協。但這部電視劇的資金都已經到位了，拍攝的時間迫在眉睫，不可能一直等著他去找他心儀的女主角。看來現在只能走他最後的那步棋了，任翔因此決定去找那個他在台灣的大學校園裡偶遇的女孩。任翔開口問坐在一旁的小偉說：「小偉，你記不記得我們三年多以前，曾在台灣一所大學的校園裡，碰到過一位眼睛特別明亮的女生？」

「我當然記得！那個女生長得超凡脫俗很漂亮；眼睛燦爛如星特別明亮；皮膚光滑柔嫩彷彿吹彈可破。她讓人感覺非常的清純潔淨，宛若綠葉上綻放的新蓮，潔白無瑕，纖塵不染，但是戴了一副很土的眼鏡。我記得她說她是法律系的新生，怎麼會提起她？你想找她來演這部電視劇的女主角嗎？」小偉若有所思地回憶，又好奇地問。

「剛才你用的所有形容詞，就是我心目中『天使之眼』的女主角必須具備的特質。我們現在已經知道我們要的人在哪裡了，就是不知道她願不願意演？能不能演？是不是還跟我們以前看到的她長一樣？」任翔微蹙眉頭說。

「你的第一個問題是她願不願意演？這個問題應該不算是問題。因為我還沒有見過，有哪個女生能抗拒得了影藝圈名利的誘惑，我認為她一定願意演。第二個問題是她能不能演？這個問題應該可以克服，我們可以給她三個月密集的表演訓練課程。最後的問題是，她長得是不是還跟我們以前看到的她一樣？這個問題我們親自去看就知道了。最重要的是我們必須知道怎麼找到她；我只知道她是法律系的新生，從時間推算，她現在已經是大學四年級的學生了。我們要找她就要快，一旦她畢了業，要找她恐怕就比登天還難了。」小偉分析說。

「我也是這麼認為！小偉，你快去安排一下，我們過幾天就飛去台北。這次我們純粹是私人行程，一切簡單低調不要引人注意；也務必秘密行事，不要讓狗仔隊或其他媒體知道。」任翔囑咐小偉說。

「好，我現在就去辦。晚上我再向你報告我們去台北的行程，那我先走了！」小偉說完，起身離開。

任翔從沙發上站起來走到窗前看向窗外，回想起當時偶遇那

個女生的情形。他記得那個時候他剛和莫言真分手；他的心情糟透了，所以就接受那個學校大眾傳播學系系主任黃永樂的邀請，到台北拜訪他順便散心。那天早晨，他愁思滿腹心不在焉地與小偉走在校園裡，還來不及反應就和那個女生撞在一起。當時那個女生的確令人驚豔，潔白純淨得像是山谷中的百合花，有一種清新脫俗的氣質。尤其是她那一雙熠熠生輝的明眸，宛若夜空中閃爍著燦爛光芒的星辰，讓人一見就難以忘懷。三年多的時間過去了，他依然記得那個女生不斷向他道歉的窘迫樣，那一臉的純真稚嫩真是令人難忘。那個女生的影像偶爾會在他的腦海中出現，他真的沒想到，世界上竟然會有這麼一位宛如天使般的人存在。

任翔的經紀人，漂亮能幹、身材姣好，人稱女諸葛的余雯雯，手上拿著兩杯咖啡，走進任翔在公司專屬的辦公室。任翔依舊注視著窗外，並沒有留意到余雯雯已經悄悄地走到他的身旁。

「任翔，你在看什麼？看得那麼出神。」余雯雯說著，將手上的一杯咖啡遞給任翔，自己則舉起另一隻手上的咖啡啜了一口。

「雯雯，妳什麼時候來的？找我有事嗎？」任翔轉過頭看著余雯雯說。

「沒事就不能來找你嗎？」余雯雯露出笑容回應，同時往窗外看了一下說：「不過，我還真有些事情不明白，希望你能幫我指點迷津。」

「妳號稱女諸葛！這世界上還有妳余雯雯不明白的事嗎？」任翔笑著說。

「你太抬舉我了！這世界上我不明白的事可多著呢！例如，我就不明白，為什麼你放著那麼多知名度高、演技又好的女明星不要？偏要到台灣找一個從來沒有演過戲的新人。你不覺得你的賭注下太大了嗎？恐怕會血本無歸！」余雯雯輕鬆地說。

任翔明白余雯雯的疑惑，他娓娓道來：

「我媽媽曾經告訴我，不要一心只想做成功的人，但我還是喜歡被肯定，喜歡那種成功的感覺。成功對我而言從來不是終點，它是一股動力，是激發我邁向另一個成功的力量。成功讓我不甘於平庸，不斷地追求突破。」

「演出電視劇的成功，讓我追求演出舞台劇的成功。舞台劇演出的成功，又讓我渴望製作成功的電視劇。成功的電視劇，絕對不是庸俗平凡的電視劇。成功的電視劇，在我的定義裡，就是會讓人眼睛為之一亮的卓越精品。」

「我大費周章尋找『天使之眼』的女主角，是因為我要讓我的成功持續。三年多前，我在台灣的大學校園裡看到的那個女生，她的外形和氣質完全符合『天使之眼』劇本的要求，這本劇本好像是特別為她量身定做的一樣。」

「那些知度高的女明星，不少人的演技的確是可圈可點。但她們沒有人能把劇本裡女主角的純真，淋漓盡致地表現出來。唯有那個女大學生，她不需要特別去演繹，就自然的呈現出那種天使般的純真。妳放心！我有慧眼絕對不會看錯人，何況我也不會拿我自己的身家開完笑。」

余雯雯舉起杯子啜了一口杯中的咖啡，說：「既然你知道你自己在做什麼，我也沒什麼好說的了。只希望你真的是慧眼識英雄，果真能讓你的成功持續下去。」

慧恩和凱瑞都已經是大學四年級的學生了。慧恩現在住在一間修女院的女生宿舍，凱瑞則與三位同班男同學、蔣若水、李偉立、柯玉斗，在學校後面合租一間公寓。凱瑞現在全部的精神都放在司法官特考上，常常讀書讀到深夜2、3點。他一想到只要考上司法官，就可以馬上和慧恩結婚，立刻精神大振，不管多辛苦都可以忍受。

慧恩擔心凱瑞晚上讀書讀得太晚，第二天早上還要接她上課太辛苦了。所以不要凱瑞早上去接她，由她自己騎著凱瑞的腳踏車去上課，凱瑞住得離學校近就自己走路去學校。如果時間來得及，慧恩會先去買早餐送去給凱瑞吃，然後和凱瑞一起去學校。晚上法學院圖書館關門後，再由凱瑞騎腳踏車載慧恩回修女院女生宿舍，之後凱瑞再自己走路回他住的公寓。

凱瑞送慧恩回修女院女生宿舍後，走路回到他住的公寓。他打

開公寓的鐵門推門走進屋內，蔣若水、李偉立、柯玉斗正坐在客廳裡吃小菜喝啤酒。

「凱瑞，我們正等著你呢！過來喝啤酒吃小菜。今天蔣若水打麻將贏錢，所以請我們喝啤酒吃小菜。俗語有一句話說「十賭九輸」，所以這種機會並不是常有的，你快來分一杯羹！」柯玉斗對剛進門的凱瑞說。

柯玉斗才剛說完話，馬上被蔣若水敲了一下頭。「你是烏鴉嗎？怎麼嘴巴講的都是烏鴉的語言，你的嘴裡就不能吐出一些好話嗎？」蔣若水有些不悅地說。

「誰說我們蔣大帥是十賭九輸？別人可能是十賭九輸，但我們蔣大帥並非正常之人。他是十賭九贏，就只輸一次，而且還是故意放水的，怕全是他贏就沒有人願意跟他賭了。」李偉立臉上掛著笑容說。他很滿意自己說的話正沾沾自喜，卻又被蔣若水敲了一下頭。他不禁叫了一聲「唉喲！」委屈地說：「我哪裡說錯了？怎麼講你好話也被你敲頭。」

「我不是正常人，難道我是瘋子不成？你這是罵人不帶髒字！表面上是在誇我，事實上是在損我，說好話有那麼難嗎？」蔣若水面有慍色說。

李偉立趕緊回應，說：「天地良心，我可沒有罵蔣大帥你的意思。我只是怕有人聽不懂，所以在『並非常人』的常字前面加上一個正字。其實意思一樣，都是表示你不是普通的凡夫俗子。」

凱瑞走到沙發坐了下來，伸手拿起桌上的啤酒往嘴裡灌，說：「言多必失！我還是保持靜默不要說話的好，免得又被蔣大帥敲頭。」

「不行！這樣不公平！我們都被蔣大帥敲頭了，不能只有你倖免，不管如何你也要對蔣大帥說一句好話。」柯玉斗抗議說。

「對！我同意阿斗說的話！凱瑞，你也要對蔣大帥說一句好話才行。」李偉立說。

凱瑞撓了撓自己的腦袋，說：「這叫有福同享有難同當嗎？非拉我下水不可嗎？你們可真是我的益友。說就說，反正我向來聰明過人，我講的好話，一定會讓蔣大帥感動得痛哭流涕。」凱瑞低頭

沉思片刻後，說：「我們蔣大帥逢賭必輸，好不容易這次贏了，就慷慨地請我們吃喝，他真是我們義薄雲天的好兄弟。」

凱瑞才講完，蔣若水又高高地舉起他的手。柯玉斗和李偉立看蔣若水舉起手，高興地哈哈笑起來。誰知蔣若水沒有敲凱瑞的頭，反而敲柯玉斗和李偉立的頭各一下。

「唉喲！怎麼又敲我的頭！」柯玉斗和李偉立異口同聲地說。

「什麼逢賭必輸！不過冤有頭債有主，你們才是不可饒恕的罪魁禍首。你們明知道，凱瑞講不出什麼好話來，還逼著他講，所以你們要代替凱瑞受罰！」蔣若水理直氣壯地說。

「好了！別鬧了！我們剛才不是有問題想問凱瑞嗎？現在凱瑞在這裡，誰要先問？」李偉立正經地說。

「凱瑞，我們看你和慧恩的感情那麼好，三年多了還是一樣如膠似漆。你們可以說是我們班上最成功的班對，我們是想知道你們會不會一畢業就結婚？」柯玉斗首先發問。

「我是想越快和恩恩結婚越好。恩恩長得這麼漂亮又這麼單純，畢業後我要去當預官，她卻要進入社會工作；她一旦出去工作，覬覦她美色的人一定不少。說實在的我真的很擔心，每次想到這件事，我就睡不著覺。但恩恩一定要我考上司法官才要跟我結婚，我也沒有辦法。」凱瑞無奈地說。

「朱慧恩要你考上司法官才要跟你結婚？那是不是說，如果我比我們的秦帥你先考上司法官，朱慧恩就有可能會嫁給我？這樣的話，我現在就好好用功讀書，非在你之前考上司法官不可！」蔣若水開玩笑地說。

「蔣大帥，你怎麼可以這樣說。你這樣說，好像慧恩是個愛好虛榮的女生，任何人只要能考上司法官就可以娶她！」柯玉斗不敢苟同地說。

「我什麼時候說過，任何人只要能考上司法官就可以娶朱慧恩？如果你考上司法官，她會嫁給你嗎？只有我和凱瑞，我們兩個大帥哥，誰先考上司法官，誰就可以娶朱慧恩。」蔣若水說。

「是啊！哪個女生不想過好日子？如果我是慧恩，我也會想嫁

一個能提供生活保障的人。這不能怪慧恩,每個女生都一樣,會有這樣的想法。」李偉立說。

「你們怎麼這樣說!恩恩絕對不是你們說的那種女生。我和恩恩有深厚的感情基礎,即使我沒有考上司法官,我相信恩恩還是會嫁給我。」凱瑞轉向蔣若水,繼續說:

「還有蔣大帥,你這輩子、還有下輩子、還有下下輩子,永遠都別想娶恩恩;恩恩永遠是我的。不要說你不會比我先考上司法官,即使你先考上司法官,恩恩也不會嫁給你。」

「別在意!我只是開玩笑的!我是你的好兄弟,絕對不會橫刀奪愛,我早就對朱慧恩死心了。這樣好了,將來你讓我當你們孩子的乾爸,做為你給我的補償如何?」蔣若水笑著說。

「我也要當你們孩子的乾爸!慧恩長得漂亮,你長得帥。將來生出來的孩子,一定是俊男美女。被俊男美女叫聲乾爸,過過乾癮也不錯!」柯玉斗高興地說。

「也要算我一份!你們都當了慧恩和凱瑞孩子的乾爸,我只當叔叔,這樣好像有點說不過去。我當仁不讓,自願當慧恩和凱瑞孩子的乾爸!」李偉立愉快地說。

「我們是同窗又是室友,你想當我和恩恩孩子的乾爸,哪有什麼問題?逢年過節不要忘了你們的乾兒子乾女兒就行了。」凱瑞神情愉悅地說。

「你和慧恩已經交往三年多了,你們見過彼此的父母了嗎?」李偉立問。

「恩恩到了寒假,就回家跟她媽媽學做菜,暑假就到美國加州的爾灣;我們都還沒有機會見到彼此的父母。不過,我爸爸媽媽在我小學二年級的時候就看過恩恩,他們都很喜歡她。恩恩的爸爸媽媽也看過我,我覺得他們也都喜歡我。尤其是恩恩的媽媽,她對我特別好。我們畢業之前,我一定會帶恩恩去看我爸爸媽媽。我也會去恩恩家,見恩恩的爸爸媽媽。」凱瑞回答說。

「見過雙方父母後,就差不多該步入禮堂結婚了吧!我們三個人就當你的伴郎好了。凱瑞,你現在拉幾首曲子,來犒賞我們這些伴郎。如果你拉得讓我們滿意,將來鬧洞房的時候,我們會手下留

情，不會讓你錯失良宵；否則你就……反正到時候你就知道了！」蔣若水說。

「若水，這個世界上除了我爸爸媽媽和恩恩，最喜歡聽我拉小提琴的人，可能就是你了。反正又到我練習拉小提琴的時間了，我就拉幾首曲子給你聽，算是犒賞你這位伯樂吧！」凱瑞說完，走進自己的房間，拿出他的小提琴拉了起來。頃刻間，小提琴優美的旋律，如舞動的音符在空氣中跳躍迴旋。

四加一快樂樂團的五個成員，再過幾個月就要從學校畢業了。四加一快樂樂團，在明天的春季演唱會結束後也將走入歷史。四加一快樂樂團每次的演唱會，都帶給參與的學生們無限的快樂。至少在演唱會的兩個小時內，每個人的煩惱都可以暫時丟到一邊。很多人對於四加一快樂樂團即將解散，都覺得相當遺憾與不捨。有些人甚至建議他們，每年不定期回學校開演唱會，繼續以音樂傳送快樂。

今天晚上，將是四加一快樂樂團最後一次的練習。成員們一邊賣力地排練，同時也離情依依地閒話家常。

「天下沒有不散的筵席，終於到了我們樂團要打烊的時候了。我們這個樂團成立的目的，是要藉著音樂把快樂傳送出去，但我們從這個樂團得到的快樂卻更多。我們五個人情同手足，希望我們各奔前程後，每年都能有再見面的機會。」張簡裕說。

「我還記得大一的時候，到凱瑞理一舍的寢室，請他加入樂團的情形。沒想到一轉眼的時間，我們的樂團已經將近曲終人散的時候了。我一想到，我們五個人從此要各奔東西，心裡就難過。我們不能說散就散，我們一定要常常相聚，至少一年要聚在一起一次。」齊心樂說。

「我們的樂團雖然要解散了，但不代表我們就要分離。我和你們或許不能常常見面，但我和恩恩卻永遠不會分開。你們只要看到我，就能看到恩恩；同樣地，看到恩恩就能看到我。我會帶著恩

恩，每年和各位至少相聚一次，讓我們的友誼一直持續下去。」凱瑞笑著說。

「凱瑞，你和慧恩結婚的時候，可不要忘了找我們三劍客當伴郎；我們是有革命情感的哦！還有慧恩，在我們這個樂團裡，最令人賞心悅目的就是妳的微笑。我非常喜歡看妳微笑，只要看到妳的微笑，我就覺得世界變得美好起來。妳的微笑具有改變心情的力量，希望妳能繼續用妳的微笑改變世界，而不要讓這個世界改變妳的微笑。」水慕瑜說。

「北極星高掛在天上，我們不會常常去看她，有時候又好像看不到她。但事實上不管世界如何翻騰變遷，她還是維持不變的在相同的地方。我們的友誼就像北極星，雖然我們不會再常常見面，有時候想見面也沒有辦法見。但我們的友誼永遠存在我們的心裡，不管世界如何地變化，我們的友誼永遠不變。如果可能的話，我也希望每年都能和凱瑞，跟你們至少相聚一次。我們結婚的時候，也一定會邀請你們來參加。」慧恩說。

「伴郎好像沒有人數的限制。我的三個同班同學兼室友，想當我的伴郎，現在又加上你們三個人，我已經有六個伴郎了。伴郎越多，越能在親友面前展示我的好人緣，所以多多益善。只要恩恩願意，我希望在你們出國留學前，就把恩恩娶回家，當屬於我一個人的秦太太；這樣你們就確定可以當我的伴郎了。」凱瑞摟著慧恩的肩膀說。

「看起來凱瑞真的有些迫不及待想把慧恩娶回家。我們也樂觀其成，希望看到你們早日喜結連理。既然大家都希望，我們每年至少相聚一次，我們就這麼說定了。從我們當完兵退伍起，我們每年至少相聚一次，第一年先由我當聯絡人。但有一個前提必須成就，我們才能每年見面；那就是慧恩必須一直和凱瑞在一起。如果慧恩和凱瑞不幸分手了，我們這個約定就無限期延後，直到慧恩和凱瑞重新在一起才開始。你們有沒有意見？」張簡裕說。

「我贊成！如果凱瑞和慧恩分手了，大家見面都會覺得尷尬，還是不要五個人一起見面的好！」水慕瑜說。齊心樂也同意水慕瑜的看法。

「我和恩恩是永遠不可能分手的，所以你們是多慮了。如果有一天太陽打從西邊出來，我和恩恩分手了，也許不見面會比較好。好吧！我也贊成！」凱瑞說。

慧恩不由地憂慮了起來，「世事難料，我和凱瑞現在的關係雖然很親密，但這並不表示我們就會無風無浪地度過一生。凱瑞曾經情有獨鍾的心上人還沒有出現呢！如果她突然出現了，凱瑞還會跟我在一起嗎？」她越想越覺得鬱悶，不禁嘆了一口氣說：「如果凱瑞真的愛我，不管任何原因、不管任何人、也不管情況有多糟，他都不會離開我。如果凱瑞離開我了，不管理由是什麼，都表示他不愛我了。兩個不再相愛的人見面的確尷尬，還是不見面的好，我也贊成張簡的話！」

「好！既然大家都同意，那我們就這麼說定了。現在我們必須繼續我們的排練。我們最後一場的演唱會，一定要成為我們創立四加一快樂樂團以來，最成功的一場演唱會；讓全校師生都對我們四加一快樂樂團，留下深刻不能磨滅的印象。」張簡裕接著有些激動，慷慨激昂地呼喊說：「同志們！振作起精神！我們要全力以赴！打贏最後這場美好的戰！」

四加一快樂樂團一直練習到晚上十一點，張簡裕、齊心樂、水慕瑜、凱瑞、慧恩，才百般無奈地不得不離開練習室。張簡裕、齊心樂、水慕瑜逕自回自己住的地方，凱瑞則與慧恩在一起。

凱瑞騎腳踏車載著慧恩。慧恩住的女生宿舍，關門的時間是十二點。現在已經是晚上十一點多了，但凱瑞似乎並不急著送慧恩回宿舍。

「今天晚上妳就不要回宿舍了，到我那邊住，我們明天早上再一起去上課。」凱瑞提議說。

慧恩頭靠著凱瑞的胸膛。這已經不是第一次，凱瑞向她提起，要她不要回宿舍，到他那裡與他同住了。雖然她早已認定凱瑞是她未來的老公，但她還是每次拒絕他這樣的提議。親密的接觸，熱情

的親吻，慧恩現在都可以接受了。可是要和凱瑞有進一步的關係，她還是很猶豫。儘管凱瑞多次提起要慧恩與他同住，但他從來沒有勉強過她；他總是尊重她的決定，這讓她覺得很窩心。慧恩思考了一下，回答說：

「你的室友全是我們同班同學。我去跟你同住，明天全班同學都會知道，那多難堪呀！」

「我們班上哪個同學不知道妳是我未娶過門的老婆？住與不住都沒有差別。」凱瑞不以為然地說。

「還是等你考上司法官，我們結婚了再住一起吧！」慧恩堅持地說。

「如果我一直都沒有考上司法官，妳就不要嫁給我了嗎？」凱瑞試探地問。

「如果你沒考上司法官，考上律師也行。」慧恩低頭想了一下說。

「如果我也沒有考上律師，妳會嫁給我嗎？」凱瑞表情有些嚴肅地問。

「應該不會！但我也不會找其他的男朋友，我們就維持現狀吧！」慧恩未加思索脫口而出。

「妳怎麼這麼現實！我沒有錢妳就不嫁給我！」凱瑞板著臉，不高興地說。

「我爸爸媽媽告訴我，我想嫁給誰都可以，但那個人必須有好的品格操守，還有相當的經濟能力。很多相愛的人，因為經濟能力不足，不能養家糊口而變成怨偶。何況，我不要我的孩子，在經濟條件缺乏的窘迫環境下生活。愛情與麵包兩者兼備的情況下，我才會結婚。」慧恩理直氣壯地解釋。

「好吧！反正我一定會考上司法官。如果考不上司法官，我也不敢娶妳，妳爸爸媽媽一定不會同意妳嫁給我。」凱瑞撇了撇嘴，無奈地說。

「不過，如果我考上司法官，而你沒有考上，那只要你有一份工作，我還是會嫁給你；只是我就不能在家當家庭主婦了。」慧恩

面帶笑容說。

「這樣的話，我們兩個人都要好好準備司法官特考。只要我們兩個其中有一個人考上，我們就可以結婚了。」凱瑞轉怒為喜，嘴角微微的上揚。

凱瑞送慧恩回到女生宿舍時已經快12點了。凱瑞將腳踏車停放妥當後，緊緊地擁抱慧恩說：「妳這麼美，一定會有很多男生喜歡妳。我要當兩年的預官，這一段時間我不能在妳的身邊，我最放心不下的就是妳！」

聽了凱瑞講的話，慧恩突然覺得有些心酸。從大學一年級開始，他們就很少分開。現在他們必須分開兩年，真不知道那樣的日子怎麼過？慧恩為了不讓凱瑞難過，微笑地安慰他說：「怎麼聽起來好像是霸王別姬！不會有問題的，我一定會等你，不會在你當預官的期間發生兵變。我還想看你穿軍裝的帥模樣呢！到時候我要向你深深地一鞠躬，感謝你保護我們。」

慧恩轉過頭，看見關門的工讀生已經在門口了。「門要關了，我要快點進去了，明天早上見！」她說完，丟下凱瑞趕緊跑了進去。凱瑞看著慧恩跑進宿舍後，轉身慢慢地往他住的公寓走去。

夜深人靜，寢室裡一片漆黑，只有夜空中那輪圓中帶缺的明月，飛落而下的清輝，從玻璃窗灑落在書桌上的微光。慧恩躺在單人房寢室的床上輾轉難眠，整個腦子裡都是凱瑞今晚對她說的話。如果凱瑞沒有考上司法官或律師，她真的就不嫁給他了嗎？

「考司法官或律師，除了自己的努力外，多少還要靠所謂的考運。雖然凱瑞現在很用功，很努力地在準備考試，但這並不表示他就一定能考上司法官或律師；頂多只能說考上的機率比較高而已。如果我因為凱瑞沒有考上司法官或律師，就不跟他結婚，是不是耽誤了他，也耽誤了我自己呢？凱瑞會不會認為我太勢利了？只想跟他共安樂，卻不願跟他共苦難。」慧恩越想越覺得煩悶。她雖然愛凱瑞，也下定決心非凱瑞不嫁，但相當的經濟保障是不能少的；她

不能讓自己未來的孩子，在捉襟見肘的環境下生活。

「讀法律的人，除了司法官和律師外，就沒有好的出路嗎？」慧恩睜開眼睛轉了個身。

「不！不對！很多讀法律的人，即使不在法律界，在其他行業裡，一樣有很不錯的發展。前一陣子，回學校參加校友會的學長學姊們，不是有不少人在商業界、政治界有卓越的成就嗎？」她換個角度看向窗戶。

「我必須先搞清楚我要的是什麼？我並不追求大富大貴、豪華奢侈的生活，我要的是安穩而沒有缺乏的中等生活。司法官這份工作，足以提供我們中等的生活需求。而且相對於其他的工作，是比較穩定的工作；恰恰符合我的需求是我喜歡的。律師雖然收入不定，但維持中等生活應該也不是問題，而且又是學以致用。可是我真的應該把凱瑞局限在司法官或律師的狹小範圍內嗎？」慧恩又轉過身面前牆壁。

「司法官和律師的工作，雖然符合我的需求，但過於狹隘。我要求他非考上司法官或律師不可，給他的壓力實在太大了；不是一個賢德的女了應該做的事。我應該告訴他，只要有一份可以維持我們中等生活需求的工作就可以了，並不以司法官或律師為限。」慧恩覺得心情舒暢不少。

「不給凱瑞那麼大的壓力，就等於不給我自己那麼大的壓力。找一個時間，我一定要把我的想法告訴凱瑞。」慧恩轉頭看鬧鐘上的時間，已經超過凌晨三點了。明天一大早還有課，不能再胡思亂想，一定要睡覺了。她強迫自己不要再想任何事，嘴巴開始數羊：「一隻羊、兩隻羊、三隻羊……」慢慢地，寢室裏一片寂靜。

第二十章 最後一夜

　　任翔和小偉早上8點就到了校園。偶遇那個女生的那一天，他們也是差不多這個時間到達校園，校園裡只有零零星星幾個人在走動。小偉來學校之前，已經查了學校的分佈圖，所以他知道哪裡是法學院。任翔和小偉一到學校，馬上直奔法學院。小偉從學校的網站知道，法律系分為法學組、司法組、財經法學組三組。他們不知道那天他們偶遇的女生叫什麼名字？也不知道她是法律系哪一組？但他們記得那個女生的特徵，一雙異常明亮的眼睛。

　　任翔和小偉一起坐在鄰近法學院草坪的石椅子上，看三三兩兩的學生從他們面前經過。小偉認為被動坐著等也不是辦法，而且時間已經過了三年多，那個女生的容貌也許已經改變了。如果女生的容貌已經改變了，那麼即使她走過他們的面前，他們也不會知道。於是對任翔說：「我看我們這麼等也不是辦法，不如我們隨便找一個從我們面前經過的人問問，或許能得到一些線索。」

　　任翔看了一下手機上的時間，才8點10分，離第一堂上課的時間還有20分鐘。反正閒著也是閒著，讓小偉找人問問，搞不好還能問出些東西。他轉向小偉說：「也好！或許你能問出一些東西。前面有人走過來了，你去問問吧！」

　　小偉從石椅子上站起來，照著任翔的指示，問前面走過來的一位男生說：「你好，我們來這裡找一位法律系四年級的女生。她長得很漂亮，有一雙非常明亮的眼睛，請問你認識這樣一位女生嗎？」

　　男學生聽了小偉的描述，不加思索就脫口而出說：「她是法律系法學組四年級的朱慧恩。我們學校長得漂亮的女生很多，但眼睛

比任何人都明亮的只有朱慧恩；全校沒有人不知道她。」

小偉聽了男學生的回答非常的高興，沒想到這麼容易就能知道那個女生的名字還有組別。他彎腰鞠躬對男學生謝不釋口：「非常感謝！非常感謝你的幫忙！你真的是幫了我們一個大忙！謝謝！謝謝你！」

小偉走回到任翔的身邊坐了下來，興高采烈地對任翔說：「打聽到了！那個女生叫朱慧恩，是法律系法學組四年級的學生。聽那個男學生說，全校每個人都知道她。」

任翔又看了一眼他手機上的時間，8點16分，離第一堂上課時間還有14分鐘。他抬起頭向四周快速掃視一番，然後對小偉說：「你辦事能力真強，不到幾分鐘就問出那個女生的姓名和組別。你說她的名字叫朱慧恩？」

「謝謝你的誇獎！她的名字的確叫朱慧恩！」小偉笑著回答。

任翔沉思了一會兒，又看了一下手機，他問小偉說：「你剛才說全校每個人都知道她？」

小偉不知道任翔為什麼會問這個問題？他小心翼翼地回答說：「沒錯，是剛才那個男學生說的。這有什麼問題嗎？」

任翔再瞄了一下他手機上的時間，8點20分，離上課時間還有10分鐘。他抬起眼睛看著小偉，說：「別緊張！沒事！我只是好奇，為什麼全校每個人都知道她？是因為她長得漂亮，還是有其他的原因？」

「我還以為哪裡出錯了，原來任翔是想知道原因。」小偉鬆了一口氣，說：「因為她有一雙比任何人都明亮的眼睛。」

任翔低頭若有所思，他拿起手機再看了一次手機上的時間，8點24分。還有6分鐘就到上課時間了，那個叫朱慧恩的女生，如果第一堂有課，現在應該到學校上課了。他再度舉頭環顧四周，依舊沒有見到那個女生的蹤影。「難道是小偉搞錯了？」任翔開始有些懷疑，他偏過頭問小偉說：「你確定她今天第一堂有課嗎？」

小偉抬起頭來向四周張望尋找慧恩的蹤跡。「怎麼連個朱慧恩的影子都沒看到，難道我真的搞錯了？不可能，我不可能搞錯。我確認了兩次，朱慧恩今天早上第一堂絕對有課。」他略為思忖後，

信心滿滿地說：「應該沒錯！我查過了！今天早上的第一堂課，三個組都有必修的課。」

任翔又看了手機上的時間，已經8點26分了。要上課的學生都已經進教室，那個叫朱慧恩的女生應該不會來了。他向坐在旁邊的小偉說：「你可能搞錯了！我們走吧！下次查清楚再來！」

任翔從石椅子上站起來正要轉身，一輛腳踏車不長眼睛似地撞了上來。騎腳踏車的女生摔倒在地上，任翔則沒什麼事。小偉見狀正要過去扶起那個女生，女生已經站起來，低著頭連不迭地道歉：「對不起！對不起！對不起！」接著抬起頭來愧疚地看著任翔說：「你沒事吧！我叫朱慧恩，讀法律系法學組四年級。我們樂團今天晚上7點在大禮堂有演出。如果你有什麼地方受傷了，或衣服髒了壞了，晚上可以到大禮堂來找我。我有課現在快遲到了，必須要走了。對不起！對不起！」慧恩說完，正想離開卻被小偉阻止。

「朱慧恩怎麼又是妳？妳知不知道這是妳第二次撞到他？妳已經撞他撞了兩次了。」小偉皺著眉頭說。

慧恩聽小偉說她已經撞了任翔兩次，便偏過頭看任翔。任翔面帶微笑，雙眸溫柔地凝視著她。慧恩感覺對任翔好像有印象，又好像沒有印象。她沒有辦法多想，她必須快點去上課，她已經遲到了，教授說遲到10分鐘就算曠課。慧恩神情有些緊張，著急地說：「我現在要去上課了！今天晚上9點，我們演唱會結束後來找我，我一定補償你。對不起！我先走了！」她匆匆地說完，立刻騎上腳踏車，往法學院大樓的方向騎過去。

任翔和小偉目送慧恩騎腳踏車離開，然後彼此互相對望。小偉搖搖頭對任翔說：「真不知道你們兩個人是有仇還是有緣？我就站在你的旁邊，她不撞我卻老是撞上你。不過有一點可以讓我們感到欣慰的是，她不僅眼睛還是那麼明亮，而且人也變得更漂亮了。」

任翔轉過頭望向慧恩離去的方向，然後若有所思地轉回頭，說：「她不戴眼鏡了！」

「很奇怪嗎？我記得她本來就沒有近視，而且她當時的眼鏡奇醜無比。不戴那副眼鏡不是比較好嗎？」小偉不解地問。

任翔依舊凝神思索，他對慧恩開始有些好奇。為什麼她要戴那副眼鏡？又為什麼要拿掉那副眼鏡？她到底發生過什麼事，讓她有如此的改變？任翔回過神來，回答小偉說：「不戴那副眼鏡的確比較好，我只是有些好奇而已。沒事！」

任翔又轉頭往慧恩離去的方向看了一眼，接著轉回頭對小偉說：「今天晚上我們就去找她。現在我們先回賓館商量一下，怎麼說服她參加『天使之眼』的演出，擔任劇中的女主角。」

「也好！今天太早起床了，先回賓館睡個回籠覺。中午過後，我們再好好商量一下，今天晚上如何說服她參加演出？」小偉打了個哈欠，隨即與任翔並肩同行，一起離開學校回賓館去了。

慧恩才剛將腳踏車停妥，手機又響了。從她騎腳踏車離開修女院女生宿舍，到現在停好腳踏車，手機的來電聲和簡訊聲，已經不知道響了多少次了？慧恩知道，這些電話和簡訊一定都是從凱瑞那邊來的。

她今天早上起得太晚了。這都要怪凱瑞昨天晚上對她講的那些話，讓她胡思亂想輾轉難眠，到了凌晨三點多才睡著。今天早上7點，鬧鐘是準時響了，但她實在是太睏了，手一伸便將鬧鐘關掉了。等她意識到鬧鐘響過，再看時間已經8點多了。說時遲那時快，她趕緊跳下床，匆忙梳洗一番換好衣服，再看手機上的時間，已經8點15分；離上課時間只有15分鐘。她飛快地奔跑下樓，騎上腳踏車往學校的方向急速前進。一路上，從手機傳出的來電聲和簡訊聲，像催魂似地響個不停。慧恩沒有辦法接，她正在和時間賽跑。

到了法學院教室大樓旁鄰近草坪的步道，她才放鬆緊張的神經，同時放慢車速。此時手機的簡訊聲又響起，她稍微低一下頭，想從口袋裏掏出手機。沒注意到，原本坐在石椅子上的人突然站了起來，狹窄的步道已經被站起來的人擋住。慧恩的車速雖慢，但頭才一抬起，還來不及煞車就撞上那個站起來的人。

慧恩一邊拿著手機說話，一邊直奔法20教室。這一堂課是法學組和司法組合上的課，所以使用法20這間大教室。等在教室門口的

凱瑞，看見慧恩慢跑過來，趕緊迎了上去說：「我們快點進去，教授還沒來。」隨即攬著慧恩的肩膀，一起走進法20教室。

　　法20教室裡，教授滔滔不絕地講著課。慧恩坐在凱瑞的旁邊，凱瑞正專心地在聽講。慧恩用手托著臉頰，眼睛向前看著講台上的教授，心思意念卻已經飛到九霄雲外。

　　「凱瑞真是個好學生，不管是哪門課，他都能全神灌注地聽講。他和蔣若水截然不同，蔣若水總是一副吊兒郎噹的樣子，好像什麼都不在乎。他雖然沒有翹過課，但上課的時候，總是在最後一分鐘，才悠哉地走進教室。他也總是坐在教室的最後一排，好像隨時準備從教室消失一樣。為什麼凱瑞和蔣若水會有這麼大的不同呢？」慧恩轉頭看了凱瑞一眼，又轉回頭正視前方。

　　「我記得蔣若水跟何晴晴在一起的時候，蔣若水並不是這樣的。當時他跟何晴晴，很早就會在教室走廊等著進教室，而且他也會跟何晴晴一起坐在中間的位子。」慧恩的眼睛轉向何晴晴，何晴晴正坐在斜前方兩個住台北市的男同學之間。

　　「何晴晴好像還蠻受班上住北部的男同學的歡迎。絲毫看不出，她跟蔣若水分手後有任何異樣。為什麼蔣若水跟何晴晴分手後，兩個人的表現會南轅北轍呢？」慧恩越想越好奇，講台上的教授繼續口沫橫飛地授課，慧恩卻一句也沒聽進去。

　　「我記得凱瑞曾說過，蔣若水高中的時候有很多女朋友。但為什麼他跟何晴晴分手後，就沒有再聽說他有新的女朋友呢？難道，蔣若水對何晴晴情有獨鍾，一個多月的感情就可以記憶永恆？」慧恩轉頭看了一眼坐在後排的蔣若水。蔣若水兩隻胳膊在胸前交疊，眼睛看向前方，身體向後悠閒地靠著椅背坐著。

　　「我聽凱瑞說過，蔣若水想追回何晴晴，但大家不是常說『好馬不吃回頭草』嗎？何晴晴不吃回頭草，蔣若水卻拚命地想吃回頭草，這又是為什麼呢？」慧恩輕輕地嘆了一口氣。

　　「凱瑞曾說過，蔣若水以前從來沒有被女生甩過，都是他先向

女生提分手。只有何晴晴例外，何晴晴先向蔣若水提分手，所以說是何晴晴用了蔣若水。哦，我大概能了解，蔣若水想追回何晴晴的原因了。但是不是每個被女生甩了的男生，都會想追回那個甩了他的女生呢？」慧恩偏過頭凝視凱瑞，凱瑞轉頭看了慧恩一眼，說：「專心聽課！」又將頭轉回，繼續盯著講台上的教授聽講。

「凱瑞曾經有一個情有獨鍾的心上人，他為她保留了一本第一頁寫著：『曾經滄海難為水，除卻巫山不是雲』的記事本。這樣看起來，凱瑞有可能和蔣若水一樣都是被女生甩了。凱瑞可能還想追回那個女生，所以才保留那本記事本。」慧恩開始有些不悅，也有些擔憂。

「如果凱瑞的那個心上人，有一天又回來找凱瑞，凱瑞會和她破鏡重圓嗎？他會離開我嗎？凱瑞一向很獨立，他沒有我一樣可以活得好好的，但我就不行。從大一開始，凱瑞就陪伴我、幫助我；我一直都依靠他，如果失去他，我一定活不了。我不要凱瑞離開我！我討厭他心裡還有別的女生！」慧恩不高興起來，臉上明明白白地寫著生氣，她嘟著嘴怒瞪凱瑞。

凱瑞轉過頭看慧恩正生氣地瞪著他，他覺得有些莫名其妙。他低下頭小聲地問慧恩說：「妳幹嘛這樣看我？我什麼地方得罪妳了嗎？」

慧恩看凱瑞一臉狀況外的樣子，也低下頭輕聲地說：「你少裝無辜！你做了什麼事，你自己心裡明白。」

凱瑞的頭靠著慧恩低下的頭，細聲地說：「我不明白！但不管我做了什麼事，讓妳生氣了就是我不對，我向妳道歉。」

慧恩看凱瑞那麼寵愛她，還不知道他自己是不是真的有錯就主動道歉；她心裡很是歡喜，便將頭靠在凱瑞的肩膀上。

坐在他們後面的李偉立，伸手輕輕碰了一下凱瑞的背。凱瑞轉過頭看向李偉立，李偉立用幾乎聽不到的聲音對凱瑞說：「教授正在看你們！」

凱瑞轉頭看向講台，教授的一雙眼睛果然往他和慧恩的方向看。凱瑞立刻告訴慧恩說：「快坐好！教授在看我們！」慧恩聽凱瑞說教授在看他們，立刻坐直身體低下頭，深怕被教授看到她的臉。

站在講台上的教授，看慧恩和凱瑞各自坐直了身體。他的嘴角

微微上揚，若無其事地說：「我是贊成『成家立業』，先成家後立業，有了家庭再衝刺事業會事半功倍。希望你們都早日成家，然後立業。」

凱瑞聽了教授講的話，馬上轉向慧恩說：「妳聽到剛才教授說的話嗎？我們明天就去公證結婚，我也贊成先成家後立業。」

凱瑞說的話，讓慧恩的臉色宛若盛開的桃花，她低下頭微笑不語。

四加一快樂樂團的春季演唱會在學校的大禮堂舉行。因為是四加一快樂樂團最後一次的演出，想要進場觀賞表演的人數遠遠超過往常。大禮堂已經擠滿了人，還有很多人不得其門而入。表演一開始，依舊由樂團的貝斯手張簡裕，代表樂團成員做簡短的發言：

「謝謝各位老師同學，今天晚上來參與我們四加一快樂樂團的春季演唱會，這次的演唱會也是我們最後一次的演唱會。我們四加一快樂樂團，是由法律系擔任吉他手的秦凱瑞、擔任主唱的朱慧恩，化學系擔任鍵盤手的齊心樂，以及電機系擔任鼓手的水慕瑜，和擔任貝斯手的我，張簡裕，五個音樂愛好者所組成。我們樂團成立的目的，是要藉由音樂將快樂傳送出去。各位老師同學，如果你們認為，我們四加一快樂樂團不負使命，果真藉著音樂傳送了快樂。或是你們因為我們的表演而覺得開心，能暫時忘掉一切的不愉快，那請你們大聲地喊『嗨』！」

現場所有的觀眾都大聲地喊「嗨」，有些人甚至喊說：「我愛你們！」張簡裕被現場震耳欲聾的「嗨」聲所感動，不禁熱淚盈眶。他伸手拭去淚水，激動得有些難以言語。他停了一會兒，讓自己的情緒穩定下來。

「各位在場的老師同學，」他的聲音有些哽塞沙啞，他清了清喉嚨，然後興奮而大聲地說：「非常感謝你們，從你們的喊叫聲，我知道我們達標了。非常感謝，現在就開始我們的表演。」

慧恩一如往常先從快節奏的歌曲開始唱，把現場氣氛帶熱了，再唱慢節奏的歌曲。她今晚演唱的歌曲有中英文歌曲，也有老歌新

歌。大一時唱的老歌「就在今夜」，以及英文歌曲「千年之戀」，也都出現在這次的演唱會中。因為是最後一場的演唱會，慧恩還特別加唱了一首快節奏的英文歌曲：「God is on the move」。現場的觀眾隨著音樂拍手、搖頭、擺動身體，演唱會快樂的氣氛達到高點。

　　任翔和小偉也出現在演唱會的觀眾席，欣賞慧恩精彩的表演。他們對於慧恩在台上的演出讚嘆不已，小偉偏過頭對任翔說：「朱慧恩外表看起來相當文靜，沒想到她在舞台上能有這麼好的表現；真是靜如處子，動如脫兔，不可等閒視之啊！」

　　任翔拍著手為台上唱歌的慧恩鼓掌，他神情愉悅地說：「我也沒想到她唱歌唱得這麼好，她真的遠遠超過我的想像。她到底是個怎樣的女孩？我對她是越來越好奇了。」

　　小偉看著台上長髮飄逸略施脂粉的慧恩，覺得她有如天使般的美麗。他的眼睛有些迷濛，內心有些激動，他情不自禁地對任翔說：「我看過那麼多漂亮的女明星，卻從來沒有看過，像她這樣美得那麼超凡脫俗的；我總覺得她好像不屬於這個世界。」

　　任翔聽小偉如此講，便開玩笑地說：「你不會是想說，她是不小心墜落凡間的天使吧！」

　　小偉興奮地拍了拍任翔的胳膊，有被人猜中心思的喜悅和驚訝。他笑得眼睛瞇成一條線，說：「你不愧是我多年的好友兼老闆，一說就說中我的想法。說實在的，她還真的很符合『天使之眼』劇本裏的女主角，我們絕對要把她爭取到手。」

　　「老闆我不敢當，但多年好友卻是事實。爭取她是必須的，至於要如何爭取她，就交給你這位智多星了。」任翔輕鬆地說。

　　小偉聽任翔稱他為智多星，有受寵若驚的感覺，眼睛頓時亮了起來。他雀躍地說：「跟你這麼多年，第一次聽你說我是智多星。你既然這麼看得起我，我當然是赴湯蹈火在所不辭，一定盡全力達成使命。」

　　任翔感受到小偉勢在必得的決心，高興地用力握了一下他的手，說：「那就看你的了！不要讓你智多星的名號蒙塵了。現在你

有什麼打算呢？」

舞台上響起了慧恩唱的英文歌曲「千年之戀」，優美動聽的歌聲宛若天籟之音，讓在場的觀眾聽得如痴如醉。小偉也聽得有些忘我，閉著眼睛回答說：「演唱會結束後，我們就過去找她。」

演唱會持續地進行著，歡樂的氣氛瀰漫全場。觀眾席第一排靠邊的座位上，周維新和戴千田安靜地欣賞慧恩在舞台上的表演。周維新即將前往美國留學，這是他最後一次到這裡聽慧恩演唱，恰好趕上四加一快樂樂團最後一場的演唱會。他在現場錄下慧恩的歌聲，準備帶到美國做為他每天的精神糧食。

周維新憂鬱的眼睛凝視著舞台上的慧恩，他已經又等了三年多了，但慧恩和凱瑞的感情似乎沒有什麼變化。聽何晴晴說，他們依舊如膠似漆，同進同出相當甜蜜。

「學生生活比較單純，誘惑比較少，但一出校門踏入社會工作，試探、誘惑就會接踵而來。恩恩和她男朋友的感情一定會受到考驗，只是我也即將出國了。恩恩那麼美麗，即使她和她的男朋友分手了，相信很快就會有人趁虛而入；我可能又會錯過走入恩恩生活裡的機會了。」周維新眼睛盯著慧恩看，內心深處卻被愁苦所佔據。

「我到底要錯失多少次，才能走進恩恩的生活裡，成為她生命中那個不可或缺的人呢？」周維新苦悶地想著，他憂鬱的眼睛更加憂鬱了。

「為什麼我的生命裡充滿了那麼多的苦難？我盡一切努力想要得到的，近在咫尺卻又遠在天涯。」周維新的眼眶閃爍著晶瑩剔透的淚光。

「你怎麼每次來聽恩恩的演唱會都是淚光閃閃。我活到這麼大，還沒有見過像你一樣感情這麼豐富的男人。你一看到你的恩恩就變成了男版林黛玉，看來恩恩上輩子可能用水澆灌你，所以你這輩子就用淚水來還她。」戴千田搖搖頭同情地說。

「我不是男版林黛玉，我也不是用淚水來還她。我覺得我才是

恩恩的真命天子，但不知道恩恩還要經過多少次感情的傷害？才會驀然回首，發現我一直在燈火闌珊處等著她；我要用幸福快樂還她不是用淚水。」

提起淚水，周維新想起了那天早上，他爸爸周鐵生離開他們時他媽媽的淚水。他眼眶裡的淚珠又重新凝聚，接著毫無招架地滴落下來。

「我會為恩恩流淚，但我不會讓恩恩因我而流淚，我絕對不把淚水給恩恩。我痛恨把淚水給女人的男人，他們沒有資格被稱為丈夫。」周維新悻悻然地說。

「維新，對不起！又讓你想起痛苦的童年往事。我知道你是個有責任感、有擔當的男人，任何女人嫁給你，都會成為世界上最幸福的女人。恩恩真有福氣，有你這樣深深地愛著她。可惜她人在福中不知福，根本不知道你對她的深情。」戴千田語重心長地說。

「我可以等，等到適當的時機，讓恩恩知道我對她的深情。從小我就學會等；小時候肚子餓了，媽媽工作還沒有回來，我就忍著餓，等媽媽回來煮東西給我們吃；長大一點了，媽媽工作還沒有回來，我就一面讀書，一面等媽媽收工回來做東西給我媽媽吃；衣服不能穿了、鞋子壞了，我都必須等一段時間才能有新衣服、新鞋子可以穿；後來陳伯伯從學校知道我的情況開始幫助我，我就盡全力讀書，等好成績來回報他。我不怕等，任何值得擁有的東西都需要等也值得等，我只希望我和恩恩會有好的結果。」周維新邊聽慧恩的歌聲邊說。

演唱會接近尾聲，慧恩在台上對在場的所有人說：

「今晚的演唱會，是我們四加一快樂樂團最後一次的演唱會。過了今晚，我們樂團的成員就要解散了。除了凱瑞，我要再見到我們樂團其他三個成員的機會並不多。三年多的相處，我們之間情同手足，我內心很不捨。」慧恩說著，淚水如雨珠般滑落下來。

「最後，我以『The Prayer』這首英文歌曲，送給我的好夥伴張簡裕、水慕瑜、齊心樂，還有我最愛的秦凱瑞，以及在場所有的老師同學，願你們平安！」慧恩走過去擁抱張簡裕、水慕瑜、齊心樂、凱瑞。音樂聲響起，慧恩開口唱「The Prayer」：

"I pray you'll be our eyes, And watch us where we go, And help us to be wise, In times when we don't know......"

「謝謝大家今天晚上來支持我們樂團最後一次的演唱會,後會有期!」慧恩說畢,接著又繼續唱完「The Prayer」這首歌。四加一快樂樂團的最後一次演唱會,就在大家萬般不捨的情況下,成功的畫下句點。

周維新和戴千田聽完慧恩唱完整首歌才起身離開。

「這是我們第一次,也是最後一次,在這裡全程參與整個演唱會;以前我們都是最後一首歌開始後就離開了。還好我們多停留了一點時間,否則就錯過了『The Prayer』這首好聽的歌曲。」戴千田邊走邊說。

「今天晚上這場演唱會,是恩恩他們樂團的最後一場演唱會。當然要支持到底,非聽完整場演唱會不可,這叫做有始有終。」周維新走在戴千田的旁邊說。

「將近四年的時間,我們沒有錯過任何一場恩恩的演唱會。這不是件容易的事,但我們做到了。」戴千田驕傲地說。

「所有的事情都是一樣,如果你不想做,就會找出一大堆藉口推辭;如果你想做,再困難你也能排除萬難找出時間、方法來;我們就是屬於後者。我是有一股動力推著我,參與恩恩的每一場演唱會,你則是重情重義陪我來聽恩恩唱歌;你能每次都到才真的是不簡單呢!謝謝你,千田。」周維新笑著說。

「表面上看起來,我好像是捨命陪君子;事實上,我也很享受恩恩他們樂團的音樂饗宴。他們五個人配合得天衣無縫,缺一不可。我是喜歡這個樂團,因此才陪你來的,所以你也別客氣了。不過,以後有什麼好事,你也要像這樣想到我才行哦!」戴千田說。

「那當然!我們是有福同享,有難同當,可以為彼此兩肋插刀的好兄弟。有好事不想到你,還有誰可以想呢?」周維新與戴千田邊走邊聊,向停車場走過去。

第二十一章 愛的風向

　　演唱會結束了，舉辦演唱會的大禮堂裡一片冷清。除了四加一快樂樂團的五個成員，幾乎所有的觀眾都已經離開了。任翔和小偉走上舞台來到慧恩的身邊，小偉彎下腰對著蹲在地上整理東西的慧恩喚了一聲：「朱慧恩同學！」

　　慧恩正在幫水慕瑜整理音響設備，聽到有人叫她的名字便抬起頭來，正好看見正彎著腰看著她的小偉。

　　「妳還記得我們嗎？今天早上，妳叫我們在演唱會結束後來找妳，現在我們來了。」小偉笑著說。

　　慧恩站起身子看了小偉又看了任翔，她認得站在她眼前的這兩位年輕男子。今天早上，她騎腳踏車不小心撞到其中那位高挺的男子。聽講話的這位男子說，她已經撞過那位高挺的男子兩次了，但她不記得什麼時候曾撞過他？

　　「我記得你們！今天早上真的很抱歉，不知道有什麼我可以補償你們的？還有，你說我已經撞過那位先生兩次了。請問，除了今天早上我什麼時候撞過他？」慧恩客氣地問小偉說。

　　小偉見慧恩已經忘了三年多前撞過任翔的事，原本不想再提，但想到可以利用慧恩的愧疚感來接近她，便加重語氣對慧恩說：「那是發生在三年多前，妳還是新生的時候，我記得妳當時還戴著一副很特別的眼鏡。妳撞到他的時候，他看起來沒事，回去後卻腫了個大包，好幾天才消腫，所以我們對妳的印象才會那麼深刻。」

　　慧恩聽了小偉說的話，心裡暗自揣摩：「事情已經過去三年多了，這個人卻還記得這麼清楚，可見那位高挺的先生，當時一定是被我撞得不輕。」

慧恩覺得很過意不去，滿臉愧疚地說：「我有點印象，是有這麼一回事，但細節我已經忘了。我不知道他被我撞得那麼嚴重，真的很抱歉！」接著轉向站在小偉旁邊的任翔，對他深深一鞠躬說：「對不起！因為我的過失讓你受苦了。」

　　任翔專心聽著小偉和慧恩的對話，並沒有想到慧恩會有這樣的舉動。一時不知如何反應，便脫口而出說：「沒事！沒事！」

　　小偉聽任翔說沒事，恐怕任翔壞了他的事，立刻插嘴說：「什麼沒事！當時好幾天不能出門，還逞強說沒事。」任翔理解小偉的意思，便閉口不再說話，讓小偉全權處理。

　　慧恩對任翔深感抱歉，她記起早上說要補償他的事，她猶豫著不知道該如何補償任翔？「損害賠償，通常是以金錢為之。如果那位先生願意接受我的金錢補償，那就再好不過了。這樣我也比較安心，免得對那位先生一直存著愧疚感。」慧恩思忖後，面帶微笑問小偉說：「我能不能以金錢賠償他所受的傷害？」

　　小偉沒有料到，慧恩會提出金錢賠償的建議。他覺得事情有些脫軌，不能再這樣玩下去了，否則慧恩會以為他們是來斂財的。該是言歸正傳，把他們找她的目的告訴她的時候了。他臉上掛著和善的笑容，回答慧恩說：「這種事用金錢衡量就太俗氣了。我們並不是來請求妳賠償的，我們是看了你們的演唱會，覺得妳很適合擔任，我們即將開拍的電視劇的女主角。不知道妳有沒有意願參加電視劇的演出？」

　　小偉感覺自己好像在對慧恩宣告得獎者名單一樣。他信心滿滿地認為，慧恩肯定會樂得不知如何表達才好，就像得了環球小姐選美冠軍的佳麗所表現的那樣。他有絕對地把握，慧恩一定會答應參加演出，因為他從來沒有見過，能抵擋得住名利的誘惑拒絕當明星的人。

　　凱瑞看到兩位年輕男子一直在跟慧恩講話，便走到慧恩的旁邊，正好聽到小偉邀請慧恩參加電視劇的演出。他心裡非常不高興，板著一張樸克牌臉對小偉說：「她不參加任何電視劇的演出，你們去找別人吧！」說完，拉著慧恩的手就要離開。

小偉沒有想到凱瑞會代替慧恩回答，又覺得凱瑞的態度不友善，於是以不悅的語氣質問凱瑞說：「你是她什麼人？有什麼資格可以替她做決定。」

　　凱瑞聽了小偉挑釁的問話，心裡更加生氣，正要回答，慧恩拉了拉他的手。凱瑞轉頭看慧恩，慧恩搖頭示意阻止他回答。慧恩轉向小偉說：「他是我的男朋友，他說的話就算數。他說我不參加演出，我就不參加演出，你們去找別人吧！」說完，便和凱瑞手牽手，一起走去幫樂團其他成員整理東西。

　　小偉簡直不敢相信自己的耳朵所聽到的，他無法相信這個世界上竟然有不想當明星的女生。他本來認為沒有問題的事，現在顯然已經變成了問題。早先的信誓旦旦，現在好像變成了笑話。他真不知道如何找台階下？也不知道如何向任翔交代？他的臉沉了下去，羞愧地對任翔說：「對不起！我搞砸了！我們還是去找別人吧！」

　　任翔在一旁看著這一切發生的事。也許是越困難得到的東西越顯珍貴，慧恩的拒絕讓任翔更想爭取她參加演出。對於小偉意氣頹喪說的話，任翔神情自若地說：「一次失敗就放棄了嗎？你有沒有聽過，不經一番寒徹骨，焉得梅花撲鼻香。要等的食物，吃起來總是比較美味；我一定要讓朱慧恩自願參加演出。現在我們先回賓館，你再想想看有什麼方法可以軟化她，讓她同意參加演出。」

　　小偉感覺任翔並沒有怪罪他的意思，壓在心裡的那塊石頭瞬間落下，整個人顯得輕鬆不少。他的精神又回來了，臉上重新掛上笑容，說：「不管怎麼樣，明天又是全新的一天。如果你不願意放棄，做兄弟的當然也會全力以赴，不達目的決不終止；我們先回賓館休息吧！」小偉說完，與任翔有默契地同時轉頭往慧恩和凱瑞的方向看了一眼，然後一起走下舞台離開大禮堂。

　　凱瑞轉過頭看著任翔和小偉一起步出大禮堂，他轉回頭問蹲在他旁邊整理東西的慧恩說：「妳知道剛才找妳演戲的那兩個人是誰嗎？」

　　「不知道！你知道他們是誰嗎？」慧恩一邊低著頭整理電線一邊說。

　　「站在跟妳說話的男生旁邊的那個人，看起來好像是大陸當紅

的明星任翔，但他怎麼會出現在這裡呢？」凱瑞露出不解的表情說。

「你看錯人了吧！天下之大，長得像的人何其多。任翔是大明星，他一出現馬上就會被媒體和群眾包圍，怎麼可能這麼安靜無聲。除非他刻意隱瞞微服出巡，但這樣的可能性不高。不要再想了，我們已經拒絕他們了，不管他們是誰都與我們無關。」慧恩平淡地說。

「說的也是，他們與我們何干？他們最好離我們遠一點！」凱瑞說著，又轉頭往任翔與小偉離開的方向看了一眼。「他們最好永遠不要再回來！」他喃喃地說。

演唱會結束後，大禮堂裡該處理的事都處理完畢了。張簡裕、齊心樂、水慕瑜三個人與慧恩、凱瑞彼此擁抱，不捨地互道珍重後步出大禮堂。張簡裕、齊心樂、水慕瑜各自回去自己住的地方，凱瑞和慧恩則趁著夜色在校園裡散步。

學校的宿舍剛剛關門，校園裡只有稀稀疏疏的幾個人在走動。涼爽的春風挾著淡雅的花香徐徐吹送，凱瑞深深地吸了一口氣，說：「校園裡的空氣比校外的空氣新鮮多了，這樣吸一口氣，整個人都覺得神清氣爽舒服極了。」

慧恩閉上眼睛也吸了一口氣。清涼的微風伴隨著芬芳馥郁的花草香，讓她渾然忘我陶醉其中，不禁露出笑容說：「感覺的確很棒！」她睜開眼睛轉身面對凱瑞，深情地說：「愛就像這風一樣，你不能看見它，但你卻能感覺到它，也能聞到它帶來的馨香。凱瑞，你的愛給我的感覺就是這樣。」

「我對妳的愛像和煦的微風，也像強烈的颶風；和煦得讓妳覺得溫暖舒適，強烈得讓妳不能忽視它的存在。」凱瑞笑著說。

「風不知道從哪裡來？也不知道會往哪裡去？如果有一天，你的風向改變了不再吹向我了，我該怎麼辦？」慧恩微蹙眉頭說。

「我的這陣風很特別，它只會往妳的方向吹。妳往東它就會吹向東，妳往西它就會吹向西。愛沒有了尊重就不能繼續；愛沒有了

關懷就會變得乏味；愛沒有了誠實就不會快樂；愛沒有了信任就不會穩固。你尊重我、關懷我、真誠待我，但為什麼不信任我呢？」凱瑞伸手將慧恩摟在懷裏，溫柔地說。

「我知道你曾經有個情有獨鍾的心上人，你還爲她保留了一本第一頁寫著『曾經滄海難為水，除卻巫山不是雲』的記事本。如果你沒有對她念念不忘，你就不會保留那本記事本。你既然保留那本記事本，可見你的心中還爲她保留了一個位置。你不是說蔣若水一直想追回何晴晴嗎？如果你那個曾經的心上人又回頭來找你，要跟你破鏡重圓，你不會離開我嗎？」慧恩抬頭看著凱瑞說。

「原來妳是在擔心『她』！哈哈，妳放心，她從來都不會是妳的威脅。我可以向妳保證，我絕對不會因為她而離開妳，況且我和蔣若水不同不能相提並論。蔣若水是不是還想追回何晴晴我不知道，但我知道他最近交了兩個女朋友；第一個女朋友不久前才分手。蔣若水可能太久沒有交女朋友了，處理分手的事沒有像以前那樣乾淨俐落。那個女生好像還放不下蔣若水到處在找他，所以蔣若水現在沒事就待在公寓裡不敢出門。」凱瑞笑著說。

慧恩擔心了三年多的事，凱瑞一兩句話就輕鬆帶過，似乎認為她擔心的問題根本不是問題。慧恩有些躊躇，不知道應不應該相信凱瑞說的話？

「凱瑞講起那個記事本裡的女生時，態度那麼輕鬆，似乎不把她當作一回事。而且他剛才也說了，愛如果沒有了信任就不會穩固。我想和凱瑞繼續走下去，我們的愛情必須非常穩固，才能經得起風浪的侵襲。我必須相信凱瑞，凱瑞說不會因爲那個女生離開我就一定會做到。何況凱瑞的確與蔣若水不同，不應該把他們兩個人相提並論。」慧恩思忖後，綻放出甜美的笑容說：

「我相信你不會因爲那個女生離開我。我的這陣風也會跟你的一樣，只往你的方向吹；不管你往東南西北哪一個方向走，我都跟隨。」

慧恩講的話讓凱瑞覺得很窩心，但他想到自己即將去當預官，有兩年的時間很難見到慧恩，心裡又開始擔心起來。他面露愁容說：「再過幾個月，我就要去服兵役了，我實在放心不下妳。妳那

麼美又那麼單純，一定會有很多男生覬覦妳，而我又不在妳的身邊。恩恩，我們去公證結婚好不好？如果人家知道妳已經結婚了，就比較不會對妳有非份之想，這樣我也比較放心。」

慧恩了解凱瑞的擔心，她的確是太單純了。一直以來，都是凱瑞陪伴在她的身邊，她幾乎沒有單獨行動過。她對於自己即將獨自面對一切，充滿了不確定感和些許的恐懼。如果跟凱瑞結婚能避免別的男生的覬覦，未償不是件好事。何況她一直把凱瑞當成是未來的老公，結婚只是遲早的事；在凱瑞當預官之前跟他結婚也可以讓他放心。她點頭同意說：

「好！畢業後你去當預官之前，我們到法院公證結婚。但是要等你有好的工作後，我們才能讓爸爸媽媽知道，那時我們再舉行婚禮。」

凱瑞沒有想到慧恩會同意公證結婚，高興地抱起她在原地旋轉。他雙手緊緊地擁抱慧恩，深怕這只是自己的夢境並非真實。他問在他懷裏的慧恩說：「我不是在做夢吧？妳竟然答應要跟我公證結婚。」

慧恩的臉頰靠在凱瑞的胸膛上，雙手抱著他的腰，嬌羞地說：「你不是在做夢！我要跟你公證結婚！再過幾個月，你就是我的丈夫，我的頭；我就是你的妻子，你必須珍愛的。」

凱瑞快樂得要飛起來。娶慧恩為妻是他從小學二年級開始的夢想，他一切的計劃都是以這個夢想為目標。再過幾個月，這個夢想、這個目標就要實現了。但他還是有些等不及，他低下頭對慧恩說：「妳今天不要回宿舍到我那邊住。反正再過幾個月，我們就是正式的夫妻了。」

慧恩心裡有些猶豫，再過幾個月就要跟凱瑞結婚了，現在是不是可以跟他同居呢？從小爸爸媽媽就教導她，要當個賢德的妻子以丈夫為頭，但不准她有婚前性行為。雖然即將嫁給凱瑞，但畢竟還是在婚前；自己已經守了那麼久了，不差再多守幾個月。她委婉地對凱瑞說：

「我看我還是等我們結婚之後，再與你同住。你已經等這麼久

了，就再等幾個月吧！不過，我已經好久沒聽你拉小提琴了。我們先回你住的地方，你拉幾首曲子給我聽，然後再送我回宿舍。」

　　校園步道旁微亮的路燈照射下，慧恩美麗的臉龐顯得更加嬌豔動人，凱瑞情不自禁地低下頭親吻她的唇。片刻，他的嘴唇離開慧恩的唇，含情凝睇著她明亮的眼睛，說：「只要是妳不願意做的事，我都不會勉強妳做。愛沒有尊重就不能繼續，所以我尊重妳的決定，不會勉強妳現在就跟我同住。反正只有幾個月而已，我可以等。還有一件重要的事，公證結婚需要有兩個證人，我們還需要我那幾個室友當我們的證人。現在我們回我住的公寓，請我的室友們當我們的證人。妳想聽哪些曲子？」

　　「我想聽你拉的梁祝、November Rain、Serenity，還有……」慧恩挽著凱瑞的胳膊和凱瑞一起離開校園。

　　凱瑞打開公寓的鐵門，和慧恩一前一後走進屋內。蔣若水、柯玉斗、李偉立正坐在客廳的沙發上，一邊喝啤酒一邊聊天。

　　「凱瑞，明天晚上早點回來。我們住中南部的同學，明天晚上要到羅健住的地方，跟住北部的同學拚酒，你一定不能缺席。」蔣若水對進門的凱瑞說。他看慧恩跟在凱瑞的後面走進來，一時玩興大發，開玩笑地說：「哎喲！我的舊情人也來了，真是稀有的常客，阿斗快讓坐。」

　　「什麼叫稀有的常客？我從來沒有聽過，有人用稀有來形容常客。而且，為什麼要我讓坐？你自己怎麼不讓坐？」柯玉斗拿著啤酒罐說。

　　「你真是孤陋寡聞，不懂什麼是創新。慧恩是絕世美女，在世界上很難找到像她這麼漂亮的女生，所以是『稀有』；她常來我們這裡，所以是『常客』；她是名符其實『稀有的常客』。讓位給稀有的常客是榮幸，我把這個榮幸給你你還不要，這樣我只好把這個榮幸給我自己了。」蔣若水從沙發上站起來，走到柯玉斗旁邊坐了下來，然後對慧恩說：「我的舊情人，妳請坐。只要妳來了，我隨時都願意為妳讓坐。」

「蔣大帥讓坐是最正確的選擇。慧恩不能喝酒，又怕香煙的味道，而蔣大帥卻是個老煙槍，嘴巴、衣服都散發著濃濃的煙味。慧恩如果坐在蔣大帥的旁邊怎麼受得了？還好慧恩只是蔣大帥心裡的舊情人，不是真情人，否則早就分手了。」李偉立拿起啤酒罐喝了一口說。

　　「若水就是喜歡開玩笑！我和若水從來沒有交往過，怎麼會是他的舊情人呢？他的舊情人是我大一的室友何晴晴。只因為我是何晴晴的室友，就成了若水的舊情人也說不過去。話說回來，聽說若水又有新的女朋友了，我還以為若水會為了何晴晴終身不娶呢！」慧恩站在凱瑞的旁邊笑著說。

　　「蔣大帥最近交了兩個女朋友。第一個女朋友身材火辣，長得蠻漂亮的像個模特兒。他們兩個人可說是一見鍾情，第一天就上床了。可惜好景不長，沒幾個星期蔣大帥就向女方提分手了。現在這第二個女朋友，你猜她長得像誰？」柯玉斗對著慧恩說。

　　慧恩有些好奇，蔣若水現在的女朋友會長得像誰？正想開口問，凱瑞似乎已經知道她的想法，偏過頭對她說：「蔣大帥現在的女朋友長得像何晴晴！」然後牽著她的手坐到沙發上。

　　「若水，你果然還沒忘記何晴晴，連女朋友都要找一個像何晴晴的，沒想到你還真多情呢！」慧恩揶揄地說。

　　「怎麼都是你們在講！不要忘了我才是當事人，我說的才算數，你們說的都不算。我現在這個女朋友長得是有點像何晴晴，但並不是我刻意去找的。而且我跟她還不知道能維持多久呢？慧恩和凱瑞在一起已經三年多了，感情還是那麼甜蜜，真是令人羨慕。凱瑞，如果有一天你跟慧恩分手了，你會找一個像慧恩的女生當女朋友嗎？」蔣若水邊喝啤酒邊說。

　　「首先我要聲明，我絕對不會跟恩恩分手。假設太陽的火熄滅了，我跟恩恩分手了，我也絕對不會找一個像恩恩的女生當女朋友。我只愛本尊不愛分身，恩恩在我的心目中是沒有人可以取代的。我和蔣大帥雖然是好兄弟，但我們對愛情的理念是分道揚鑣的；他會做的我沒興趣做。」凱瑞握著慧恩的手回答說。

「其實，我倒覺得慧恩妳應該跟凱瑞分手一次比較好，因為失去之後才會知道對方的好。而且還要主動先提出，這樣凱瑞就一定會對妳牽腸掛肚、永難忘懷；就像蔣大帥跟何晴晴一樣。否則彼此天天看，再好看看久也會膩，沒有了新鮮感後，搞不好妳就被凱瑞給甩了！」柯玉斗無厘頭地冒出一段話來。他才說完馬上被坐在旁邊的蔣若水敲了一下頭，凱瑞也過去敲柯玉斗的頭。

　　「阿斗，你是不是惟恐天下不亂？你可真是我的好室友，竟然在我的面前鼓吹我馬子跟我分手。我早就知道恩恩所有的好，而且她現在就讓我牽腸掛肚、永難忘懷。我看恩恩是越看越愛，不會膩也不會沒有新鮮感。我絕對不會甩了恩恩，你休想破壞我和恩恩的感情。」凱瑞略為不悅地說。

　　「對啊！阿斗，你怎麼可以鼓吹慧恩跟凱瑞分手呢？凱瑞和慧恩是我們班上最成功的班對，我們還要當他們孩子的乾爸呢！蔣大帥可以不斷地跟他的女朋友們分手，但我們凱瑞和慧恩絕對不能分手。」李偉立正經八百地說。

　　蔣若水伸手敲了一下李偉立的頭，李偉立被蔣若水敲得有些莫名其妙。他委屈地問蔣若水說：「我又說錯了什麼？你幹嘛敲我的頭。」

　　「為什麼我就要不斷地跟我的女朋友們分手？你不能祝福我，早日找到像慧恩這麼美麗又溫柔有內涵的女朋友，從此過著幸福快樂的日子不要再分手嗎？」蔣若水面有慍色地說。

　　「若水，你長得帥又有型，只要你有一顆願意定下來的心，我相信你將來一定會過著幸福快樂的日子。」慧恩對蔣若水說完話，轉向柯玉斗和李偉立說：「我對凱瑞的愛堅若磐石，永遠都不會改變。除非凱瑞不要我了，或是做了對不起我的事，否則我永遠不會離開他；我希望你們也能祝福我和凱瑞。」

　　「恩恩，有妳在我的身邊，是我這輩子遇到最幸運的事，我會用持續到永恆的時間來愛妳。我永遠不會不要妳，也不會做對不起妳的事，這是我對妳的承諾；蔣大帥、阿斗、偉立，他們是我的見證人。」凱瑞深情地對慧恩說。

　　蔣若水、柯玉斗、李偉立三個人面面相覷，搞不清楚慧恩和凱

瑞到底是怎麼一回事？怎麼好像在他們面前互為愛情宣言。

「你們兩個現在是怎麼一回事？在立海誓山盟嗎？還是想虐死那兩個還沒有女朋友的單身漢？」蔣若水睜大眼睛問。

「再過幾個月，我們畢業典禮一結束，我和恩恩馬上要到法院公證結婚。到時候你們三個人一起去，其中兩個人當我們的證人。」凱瑞臉上寫滿了喜悅，緊握著慧恩的手說。

「你們要公證結婚？那太好了！恭喜你們了！但慧恩，妳真的想清楚了嗎？妳還未滿22歲就要結婚，會不會太早了？不過，如果你們真的要公證結婚，我還是樂意去當你們的證人。」柯玉斗說著，拿起啤酒罐往嘴裏灌了一口。

「我們班上唯一的班對要公證結婚，我當然要去當證人。但你們這樣互許終身，你們的爸爸媽媽會不會生氣呀？不過我是絕對支持你們的。」李偉立表情嚴肅地說。

「我的舊情人跟我最好的兄弟要公證結婚，我要禁食一天以示抗議。但是到法院去當證人還是必須的，為了表現我的寬宏大量，我一定會去法院當你們的證人。」蔣若水拿起啤酒罐，咕嚕咕嚕地把啤酒喝下肚。

「既然你們都願意當我們的證人，那畢業典禮結束後，我們就一起到法院公證處；至於細節我們以後再商量。我本來要拉小提琴給恩恩聽，但現在時間有點晚不能拉了。我先送恩恩回宿舍，然後再回來跟你們喝啤酒。」凱瑞說完，牽著慧恩的手走出鐵門。

任翔和小偉在任翔賓館的房間裏，商量如何才能說服慧恩擔任「天使之眼」的女主角。他們已經和慧恩的男朋友凱瑞交過手，他們認為凱瑞是個難纏的人物，是他們爭取慧恩參加演出的最大障礙。他們眼中所看到的慧恩似乎很聽凱瑞的話，只要凱瑞在恐怕很難說服慧恩參加演出。因為一位夠聰明的男生，絕不可能同意他那麼單純美麗的女朋友，進入複雜而充滿名利誘惑的演藝圈。

小偉翹著二郎腿坐在沙發上，偶爾品嚐一口他手上的咖啡。任

翔則靠著枕頭坐在床上，低頭閱讀剛剛買的雜誌。小偉將手上的咖啡放在沙發旁邊的茶几上，起身走到任翔的身邊，拿起放在床上的電視遙控器。正要打開電視，依舊低著頭看雜誌的任翔說：「你有什麼好的辦法，可以讓朱慧恩自願參加『天使之眼』的演出嗎？」

小偉將拿在手上的遙控器往自己的頭上敲了兩下，說：「我們想要說服朱慧恩，首先必須擺脫她的男朋友，讓我們跟朱慧恩有單獨說話的機會。一旦我們跟朱慧恩有單獨說話的機會，接下來就全靠你了。」

任翔低頭看著他的雜誌，面無明顯的表情，問：「為什麼接下來要靠我呢？」

小偉走回剛才坐的沙發，拿起茶几上的咖啡啜了一口，說：「因為你長得帥，又是大明星有知名度，你出面比較能夠表達，我們邀請她參加演出的誠意。而且，我還沒看過能抗拒你魅力的女生，只要你任翔出馬，一定能馬到成功。」

任翔的嘴角微微上揚，抬起頭看了小偉一眼，又低下頭用手翻了翻雜誌，說：「你說說看，我怎樣做可以馬到成功？」

小偉舉頭看著天花板思考了一會兒，然後喝了一口咖啡，問任翔說：「你有沒有看過沒烤過的地瓜？」

任翔聽小偉問這個問題，覺得有些無厘頭，頭抬都不抬，平淡地說：「看過！這跟我的問題有關係嗎？」

小偉坐回沙發上翹起他的二郎腿，再啜了一口咖啡，說：「這關係可大了，成敗就在於此。如果你懂得烤地瓜，你就成功了。」

任翔覺得小偉的話很有意思，於是抬起頭來看著小偉，好奇地問：「為什麼懂得烤地瓜就可以成功呢？」

小偉感覺到任翔對他的話產生興趣，一下子精神都來了，他興致勃勃地說：「地瓜沒烤之前是硬的，但用火烤過之後就軟了。地瓜軟與硬的差別，就在於有沒有用火。火就是熱情，如果你能用你熱情的火，去烤朱慧恩這個地瓜，就不怕她不會軟化。」

任翔覺得小偉的話很合邏輯，是值得一試的好主意。但要怎樣表現出他的熱情？在什麼情況下表現出他的熱情？以及有沒有機會讓他表現他的熱情？他完全一無所知。任翔將雜誌擱在一旁，雙眼

注視著小偉，認真地問：「我要怎樣表現出我的熱情？有機會讓我表現熱情嗎？」

小偉迎視任翔炯炯有神的雙眸，他知道任翔已經把他的話聽進去了。他回答說：「要怎樣表現出熱情？到時候你自然會知道，這種事只能意會無法言傳。至於機會，就要靠我們自己去製造了。不過現在最重要的是，如何擺脫朱慧恩的男朋友？這是當務之急，也是最棘手的。」

任翔已經見識過難纏的凱瑞，也知道必須擺脫他，事情才有成功的可能性。但他覺得慧恩和凱瑞的感情應該很甜蜜，也許他們還住在一起，要擺脫他絕對不是一件容易的事。他問小偉說：「你有沒有什麼好的辦法可以擺脫他？」

小偉雙手握拳托著自己的下巴想了一會兒，然後放下雙手拿起咖啡又喝了一口，說：「辦法是有，但必須委屈你了。」

任翔坐直身體，伸手將額頭上的瀏海往後梳了兩下，說：「有辦法就說，只要能解決問題，就談不上有什麼委屈不委屈的了。」

小偉從沙發上站起身子走到任翔身邊，拍拍任翔的胳膊說：「看來，你對爭取朱慧恩真的很認真。我認為要擺脫朱慧恩的男朋友，首先我們必須知道他們的生活規律。了解什麼時候他們會在一起，什麼時候他們不會在一起。利用朱慧恩的男朋友不在她身邊的時候，進行我們的遊說計劃，讓你有機會表現你的熱情。」

任翔覺得小偉說的話很有道理，但要了解朱慧恩跟她男朋友的生活規律，意味著必須跟蹤他們。任翔有些猶豫，皺著眉頭問：「你不會是要我們變成狗仔隊吧？」

小偉理解任翔的猶豫。任翔是當紅的大明星，一直以來都是狗仔隊跟蹤他，他盡可能的迴避。他既然不喜歡被狗仔隊跟蹤，依照任翔的為人，他應該也不喜歡跟蹤人。但現在是萬不得已的情況，除非他們願意放棄說服朱慧恩，否則跟蹤是現在可以想到的唯一方法。

「我們不是要變成狗仔隊，我們是扮演類似偵探的角色。只是去觀察不拍照，並不會打擾到任何人的生活。而且除了觀察，所有

狗仔隊會做的事我們都不做。三天為限，我們只做三天好不好？」
小偉說。

任翔從床上起身走到落地窗前望向窗外，若有所思。片刻，他轉過頭對小偉說：「就三天，只能觀察，其他的事都不能做，要盡可能尊重別人的隱私。」

小偉聽了任翔說的話，精神為之一振，覺得一切重新有了希望。他笑容滿面說：「你放心！我了解你的為人，也知道你的尺度，我不會明知故犯踩你的紅線。我保證除了遠距離觀察外，絕不侵犯任何人的隱私。」

任翔聽了小偉的保證稍稍覺得安心，他面部表情輕鬆起來，露出微笑說：「從明天開始為期三天，我們對朱慧恩和她男朋友做遠距離觀察。」

小偉走到任翔的旁邊，隨著任翔的視線看向窗外，笑著說：「你真是演藝圈的奇葩，不隨波逐流，總是堅持自己的價值觀；有你這種品格操守的人真是少見！」

任翔的嘴角微微地牽動，和小偉站在落地窗前，看向窗外台北車水馬龍的街景。

第二十二章 分手導火線

　　慧恩和凱瑞的生活很簡單有些制式化。早上慧恩自己騎腳踏車到學校。如果早上第一堂沒課，她會先去買早餐送去給凱瑞，然後他們再一起到學校。接著整天都在學校，有課的時候上課，沒有課就到法學院圖書館看書。午餐、晚餐他們都一起吃，不是在學校的法學院餐廳吃飯，就是到學校後面的固定餐廳吃飯。到晚上九點，法學院圖書館關門後，凱瑞就會騎腳踏車送慧恩回修女院女生宿舍，之後凱瑞自己再走回去他住的公寓。

　　任翔和小偉已經觀察慧恩和凱瑞第三天了。晚上9點20分，凱瑞送慧恩回到修女院女生宿舍。凱瑞將腳踏車停放妥當後，與慧恩一起步出宿舍大門，佇立在大門旁圍牆邊微亮的燈光下。

　　修女院女生宿舍的旁邊，是塊長滿雜草的荒廢土地，前面是一條不寬不窄的柏油路，柏油路的兩旁有幾顆榕樹。夜間的修女院女生宿舍的大門外，除了竊竊私語的蟲鳴聲，和風吹榕樹所發出的沙沙聲，一片清幽寧靜。

　　凱瑞伸手輕輕抬起慧恩的下巴，低下頭溫柔地親吻她。片刻，凱瑞的嘴唇離開慧恩的唇，含情凝睇她如星光般閃閃發亮的眼睛，說：「恩恩，我一刻都不想離開妳，但妳現在又不願意跟我同住。還好，我們再等幾個月就要公證結婚了。我們公證結婚後，妳就是秦太太，我秦凱瑞正式的妻子。到時候妳就必須履行夫妻同居義務，非與我同住不可，我真希望那天快點到來。」

　　慧恩凝視著凱瑞的雙眸，凱瑞的眼底閃爍著晶瑩的微光，宛若水光瀲灩的湖面。她嬌羞地說：「我也希望那天快點到來。我想成為你名正言順的妻子，與你相伴相守相濡以沫。我對你別無所求，

只希望你用你的真心愛我，對我不離不棄永遠不要離開我。」慧恩說著，將頭靠在凱瑞結實寬闊的胸膛上。

「除非太陽打從西邊出來，蒼穹中所有的星星都墜落了，否則我絕對會對妳不離不棄，永遠不會離開妳。妳要對我有信心，不管有多少輩子，每一輩子我都會全心全意地愛你。我要與妳緣定永生，妳永遠只屬於我，我也永遠只屬於妳。」凱瑞柔情萬千地回應慧恩的話。

「就愛情而言，我是個很自私的人，有很強的獨佔慾。我絕對無法容忍跟別的女生分享你，我要完全擁有你；我也要你把你的心完全給我，不能有任何一個女人在你的心裡有位置，包括你那位曾經的心上人在內。」慧恩認真地說。

「我曾經的心上人？妳是說我記事本裡的那個女生嗎？哈哈！我不是說過了嗎？她不會是妳的威脅。我內心裡的所有位置都被妳佔據了，哪裡還有位置給別的女生？妳放一萬個心，除了妳之外，沒有一個女生在我的心裡有位置。不過，我還是要提醒妳，就愛情而言我也是很自私。我絕對不容許除了我之外，妳的心裡還有別的男生。」凱瑞說。

「我從小爸爸媽媽就教導我，要做一個賢德的妻子，要守貞以丈夫為頭。除非你離棄我不要我了，否則我的心裡只會有你，不會有別的男生。凱瑞，我把自己交給你，請你務必珍愛我。」慧恩由衷地說。

「我一定會視妳如珍寶般珍愛妳。結婚那天，我要送妳一份特別的禮物，那是我從小收集視為珍寶的東西。我要把我的珍寶送給妳這個珍寶，代表妳在我的心中是珍寶中的珍寶，是金錢買不到的無價之寶。」凱瑞面帶微笑說。

「是什麼東西？我看過嗎？能不能先給我一些提示？我好想知道那是什麼東西哦！」慧恩的好奇心被激動，連不迭地問。

「是什麼東西現在不能告訴妳。現在可以告訴妳的是，這個東西妳沒看過，是與妳有關的。其他賣個關子，等結婚那天妳就知道了。」凱瑞故作神秘地說。

慧恩見凱瑞並沒有要告訴她的意思，她露出失望的表情，無奈

地說：「好吧！反正再過幾個月，我就可以知道了。」接著挑起雙眉，調皮地說：「結婚那天，我也要送你一份特別的禮物。至於是什麼禮物，我現在也不告訴你，讓你跟我一樣只能猜。」

「我雖然很好奇，想知道妳要送給我的特別禮物是什麼？但我有耐心我可以等，不會像妳一樣窮追不捨地問。」凱瑞神情自若地說。

「我哪有窮追不捨地問？我只不過是問你幾個問題而已。」慧恩說著，拿起手機看了一下時間。接著催促凱瑞說：「時間不早了！回去吧！我知道你回去還要繼續看書。不要在這裡耽擱太多時間，否則今天晚上你又要讀到三更半夜。」

凱瑞從褲子口袋裡拿出手機，看了一下時間，說：「已經九點四十分了，是該回公寓的時候了。」說完，他微微地彎下身子，再親了一下慧恩的唇，才依依不捨地離開。慧恩看凱瑞走遠了，自己也轉身走進女生宿舍。

任翔和小偉的車子正停在離女生宿舍不遠的黑暗角落。車子裡的任翔和小偉，都看到慧恩和凱瑞離情依依的這一幕。小偉搖搖頭說：「這個男生長得真帥，而且看起來對朱慧恩用情很深，難怪朱慧恩什麼都聽他的。」

任翔若有所思地看著女生宿舍門口，他輕輕地嘆了一口氣說：「看他們這對情侶那麼恩愛，我真的不願意，因為我執意要朱慧恩參加演出，而影響到他們的感情。」

小偉聽任翔這麼說，以為任翔改變主意，不再執意要慧恩參加演出。他也嘆了一口氣說：「既然這樣，我們就不要再找朱慧恩，明天我們就可以回上海了。」

任翔沒有說話，只是靜靜地看著燈光微亮的女生宿舍門口。許久，他偏過頭問小偉說：「有什麼方法可以讓朱慧恩參加演出，又不會影響到她和她男朋友的感情嗎？」

小偉聽出任翔並不想放棄慧恩，但又不願意影響到慧恩和凱瑞

的感情。他所知道的任翔就是那麼的善良，豪放不羈的外表下，隱藏著一顆柔軟細膩的心。但是任翔想要做到的兩全其美，就他所看到的凱瑞的個性來說似乎是不太可能。

小偉用手指按摩他的太陽穴，沉思了片刻又嘆了一口氣說：「我想不出有什麼兩全其美的方法。但是，如果我們能說服朱慧恩，再由她去說服她的男朋友，也許有可能做到兩全其美。」

任翔臉上沒有明顯的表情，讓人看不出他的喜怒。他總是那麼多愁善感，對外界的事物感覺特別敏銳。他將視線從女生宿舍的門口轉向前方，語調平緩地問：「怎麼做才能說服朱慧恩？」

小偉聽任翔徵詢他關於說服慧恩的意見，馬上精神大振，興奮地說：「這個我想過了！我們明天晚上等朱慧恩回宿舍後，我們就去找她跟她約個時間。接著就要靠你的熱情，來軟化她那顆硬梆梆的心了。」

任翔臉上的表情柔和了下來，整個人顯得平易近人。他沉穩淡定地說：「既然這樣，那我們現在就先回賓館。明天晚上再來找她，跟她約個時間。」

小偉聽了任翔的指示，隨即將車子開離女生宿舍，往賓館的方向前進。

今晚就如往常一樣，凱瑞送慧恩回女生宿舍後，便走路回去他住的公寓。任翔和小偉見凱瑞離開後，即從車子裡出來走進宿舍。宿舍進門的右側是服務台，服務台裡面坐著一位女工讀生，以及一位貌似菲律賓人的修女。小偉向服務台的工讀生說：「妳好，我們要找朱慧恩，麻煩妳通知她一下？」

女工讀生似乎對慧恩很熟悉，並沒有向小偉問慧恩的寢室號碼，就直接通知慧恩有訪客。並請小偉和任翔在左側的會客室等候。

慧恩匆匆地下樓走進會客室。她看見任翔和小偉正在會客室裡等候，驚訝地睜大眼睛，問：「你們怎麼知道我住在這裡？」

小偉和任翔沒有想到慧恩會如此問，一時答不上來。停了幾秒鐘後，機警的小偉面帶笑容回答說：「我們開車經過這裡，剛好看

到妳的男朋友送妳回來，所以就進來找妳了。」

慧恩不疑有他！她想到自己曾經兩次撞到任翔，對任翔有虧欠。她覺得不應該因為他們想找她去演戲，就對他們有不好的態度，因此客氣地說：「我很抱歉兩次撞到這位先生，如果有什麼可以補償的方式，我願意盡力去做。但如果你們來是要找我去演戲，那就請回吧我並不想演戲。」

小偉感覺慧恩的語氣很溫和，也沒有拒人於千里之外的態度。雖然她拒絕參加演出，但這不就是他們來找她的原因嗎？他放低身段，親切地對慧恩說：「如果妳不想演戲，我們也不會勉強妳。不過在妳拒絕之前，妳是不是可以給我們說明的機會？而且妳也可以趁這個機會，了解一下我們籌拍的這部電視劇的內容。如果聽我們說完之後，妳依舊沒有興趣，我們就不會再打擾妳。」小偉說完，突然像想到什麼似的，馬上接著說：「這也可以算是妳對他的補償！」

慧恩聽了小偉講的話，也覺得拒絕之前的確應該給他們有說明的機會，而且她也可以趁機了解一下那部戲的內容。最重要的是，這也可以做為補償被她撞了兩次的任翔的方式。她點頭答應說：「好吧！這樣我就不虧欠這位先生了。不過現在已經快10點了，時間上有點晚。不如你們明天晚上九點再來找我，我們再聊。」

小偉很高興慧恩答應給他們說明的機會，現在一切都按著他的計劃走；他原本就想約慧恩明天晚上見面，沒想到慧恩會先提起。他順水推舟說：「那太好了！明天晚上九點，我們再來這裡找妳。」小偉停了一下，接著提醒慧恩說：「妳的男朋友好像比較容易衝動。先不要讓他來，等我們說明完畢後，妳再委婉地告訴他，這樣會比較好。」

慧恩覺得小偉的提醒並非沒有道理，那天在大禮堂，凱瑞就差一點跟小偉發生衝突。如果明天晚上讓凱瑞來這裡跟他們見面，恐怕他們一言不合又會鬧得不愉快。看小偉和任翔的長相氣質都不俗，應該不是壞人。不如她自己先了解情況，再婉轉地向凱瑞說明，這樣應該會比較好。慧恩同意說：「好，明天晚上我不會讓他來。你放心吧！」說完，她突然想到她並不知道他們兩個人的姓

名，於是問小偉和任翔說：「請問，我要怎麼稱呼你們兩位？」

小偉聽慧恩問他們的稱呼，才意識到他一直都沒有把他們的名字告訴慧恩。他將自己和任翔介紹給慧恩，說：「我叫杜偉，杜甫的杜，偉大的偉，大家都叫我小偉，以後妳也叫我小偉。他是任翔，任意遨翔的任翔。妳應該知道他吧？他現在可是當紅的明星。我是任翔的助理，任翔是我的老板。」

慧恩聽了小偉的介紹，想起凱瑞曾向她提起，站在小偉旁邊的那個人有可能是任翔。「他果然是任翔！凱瑞說對了！」慧恩想著，隨即面帶笑容對小偉和任翔說：「很高興認識你們！」

小偉見慧恩聽到任翔的名字，卻沒有任何特別的反應，覺得非常不可思議。但這並不重要，重要的是明天他們有了說服她的機會。小偉拿起手機看了一下時間，說：「現在時間已經很晚了，我想妳也要休息了，我們就不打擾妳了。我們先回去，明天晚上九點，我們再過來。」

「好！明天晚上見！」慧恩向小偉和任翔告別後，離開會客室走回寢室。小偉與任翔則回到停在宿舍附近的車子。

小偉和任翔分別從左右兩邊進入車子內。小偉坐在駕駛座上，興高采烈地對坐在旁邊的任翔說：「我們的第一步已經達標了，能不能成功說服朱慧恩參加演出，就全靠你明天的表現了。加油！我對你有信心。」

任翔仍然是一副老神在在的樣子。他是個傑出的演員；在螢光幕前，他總是那麼風度翩翩、口齒伶俐、幽默詼諧，私底下卻多愁善感、敏銳細膩、有高度的價值觀；在片場上，他可以跟每一個人有說有笑，帶動歡樂的氣氛；但一旦離開工作場所，他就恢復他的沉默寡言。他為人處世非常有原則，有一定的堅持是不容妥協的。這也是他的演藝事業會那麼成功的原因；永遠高品質掛帥。

任翔雙手抱拳托著他的下巴沉思片刻後，轉向小偉說：「幫我找一台重型機車，明天中午前送到。我要先熟悉路線，然後晚上去接朱慧恩。」

小偉聽任翔說要騎重型機車去接慧恩，覺得有些匪夷所思。但任翔做事總有他的理由，從來不任意妄為，所以他也不便過問。小偉笑著說：「沒有問題！我知道哪裡有重型機車，明天中午前一定可以給你。」

　　任翔露出一絲微笑，拿起手機打開Google地圖，開始研究起附近的路線。車子開始行進，任翔低頭看著路線圖說：「小偉，你的口才便捷、反應又快，當我的助理真是太委屈你了。」

　　小偉聽了任翔的誇讚，露出燦爛的笑容謙虛地說：「能當你任翔的助理，是我幾輩子修來的福氣。你不知道外面有多少人，排隊等著當你的助理呢！你不嫌棄我，我已經很高興了。」車子繼續在路上行進。

　　晚上8點20分，慧恩和凱瑞還在法學院圖書館。晚餐的時候，慧恩已經向凱瑞提起今天晚上9點前要回宿舍，因為宿舍要做例行檢查，凱瑞答應會在9點前將慧恩送回宿舍。

　　慧恩看了一眼手機上的時間，已經8點25分了，她心裏開始有些著急。她怕如果太晚回去，凱瑞可能會碰到來找她的任翔和小偉，這樣情況會很尷尬。她催促凱瑞說：「現在已經8點20幾分，宿舍例行檢查快開始了。你還是先送我回宿舍，然後你回你住的公寓再繼續讀吧！」

　　凱瑞原本想再多看一些書，一經慧恩的催促，便決定先送慧恩回宿舍，自己回公寓再繼續讀。

　　凱瑞送慧恩回到女生宿舍時已經8點40分了。凱瑞按照慣例，將腳踏車放置妥當後，和慧恩一起步出宿舍大門，佇立在大門旁圍牆邊微亮的燈光下。凱瑞低下頭想親吻慧恩，卻被慧恩阻止。慧恩神情有些緊張，時間已經接近9點了，凱瑞再不離開，可能會碰到來找她的任翔和小偉。她著急地說：「凱瑞，宿舍例行檢查要開始了，我要進去了。你還是快一點回去吧！」

　　凱瑞看慧恩神情緊張又急著趕他走，心裡有些納悶。「恩恩

今天晚上是怎麼一回事？和平常不太一樣。不僅不讓我親她，又急著趕我走。她的神情看起來好像很緊張，她是怕耽誤了宿舍的例行檢查，還是有什麼事瞞著我？」凱瑞注視著慧恩，慧恩的眼睛卻不時地向左右觀看，凱瑞也隨著慧恩向左右看。整條柏油路上空無一人，只有路燈照射下榕樹的樹影。

「妳緊張兮兮的在看什麼呀？」凱瑞好奇地問。

隨著時間越來越接近9點，慧恩越發慌張起來。她不能再跟凱瑞耗下去了，她必須快點進宿舍，否則凱瑞不知道還要逗留多久？

「沒看什麼！凱瑞，宿舍例行檢查快開始了，我要進去了。檢查結束後，我再去找你。」慧恩很快地說完，丟下凱瑞一溜煙地跑進宿舍。

凱瑞看慧恩匆匆地跑進宿舍，雖然心裡覺得有些奇怪，但他選擇相信慧恩。「恩恩從來沒有欺騙過我，她那麼緊張又匆忙地跑進宿舍，應該是怕耽誤了宿舍的例行檢查。我一定要相信恩恩，愛沒有了信任就不穩固。等宿舍的例行檢查結束後，我再來找恩恩吃宵夜。」凱瑞想著，臉上露出笑容，轉身往公寓的方向走去。

慧恩跑進宿舍後，直接爬樓梯上樓回到她自己的寢室，等待任翔和小偉的到來。她有些忐忑不安，內心暗自嘀咕：「我從來沒有對凱瑞撒過謊，今天晚上第一次對他撒謊，心裡特別的緊張，希望他沒有看出破綻。這是不得已的做法，等聽完小偉和任翔的說明後，我再負荊請罪向他說明撒謊的原因，取得他的諒解。愛沒有誠實就不會有快樂，我必須對凱瑞誠實。」

9點整，服務台通知慧恩有訪客。慧恩健步如飛地跑下樓走進會客室，會客室裡只有任翔穿著一身黑色機車騎士服站在那裡，並沒有小偉的蹤影。慧恩睜大眼睛看著任翔說：「怎麼只有你？小偉呢？」

任翔看慧恩站在會客室門口驚訝地看著他，便主動走近慧恩，面帶微笑說：「小偉今天晚上有事不能來，妳去換一件方便坐機車的褲子，穿上外套，我在外面等妳。」

慧恩沒想到任翔會自己一個人來，現在任翔又叫她去換適合坐

機車的褲子，她有些困惑不能理解任翔為什麼要這麼做？

「我不會是上了賊船了吧？我真是糊塗，隨便就相信陌生人。他雖然是個大明星，但未必就代表他是好人，也許他是個披著羊皮的狼。我必須小心謹慎，免得被賣了還傻傻地幫著數錢。」慧恩越想心裡越覺得不踏實，她皺著眉頭連不迭地問：「為什麼要我去換褲子？你要我坐你的機車嗎？我們不是在這裡談一談就好了嗎？」

任翔看慧恩臉上寫滿了問號，又聽她像機關槍似地連續發問。他大概了解慧恩對於這種突發性的改變，並沒有接受的心理準備。

「朱慧恩這個女生真的很不同。能坐在我騎的重機上，是很多女生夢寐以求的事，但她卻好像不屑一顧。看來我是踢到鐵板了，遇到一位不解風情的女生。我若不好好地向她解釋，她一定不會願意坐我騎的重機。」任翔思忖後，露出笑容說：

「我要妳換褲子坐我騎的機車，是因為我擔心我們在這裏講話，妳的男朋友如果突然來了，會對妳不諒解，影響到妳們的感情；所以才決定騎機車載妳到別的地方講話。」

「任翔是一個演員，又是個當紅的大明星，可見他的演技一定是出神入化相當精湛。我不能聽他隨便講兩句話就相信他，我必須問清楚才行。」慧恩心裡思量著，眼睛卻直盯著任翔看，她不解地問：「為什麼我男朋友看到我們講話，會影響到我男朋友和我的感情呢？」

「朱慧恩並不知道，我和小偉觀察他們三天的事。所以她不知道，我對她和她男朋友的作息有相當的了解。我必須小心地回答這個問題，免得露出破綻，讓她知道我和小偉觀察他們的事。」任翔略為思考後，說：

「妳今天為了跟我們見面，一定向妳男朋友編造某種藉口，以便能提早回來。如果妳男朋友突然來了，發現妳為了跟我見面而欺騙他，妳認為他會不會生氣呢？」

慧恩對任翔的分析感到非常訝異，她覺得任翔對她的心思意念瞭若指掌，心裏十分的佩服。又感激他的深思熟慮，顧及到凱瑞的感受。

「看來，任翔是個心思細膩，凡事深思熟慮，會顧及別人感受的人，我真的誤會他了。」慧恩之前的疑慮一掃而空，臉上綻放出笑容愉快地說：「你說的沒錯！你真細心！我現在就去換褲子穿外套，你在外面等我，我換好馬上去找你。」說完，慧恩轉身離開會客室走回寢室。

任翔靠著重型機車站著。慧恩穿著上體育課時穿的運動褲，披上一件代表法律系的藍色運動外套，匆忙地跑到任翔的身邊。任翔看慧恩來到他的身邊，便從放在重型機車上的兩頂安全帽中，拿了一頂幫慧恩戴上，自己再戴上另一頂安全帽。任翔騎上重型機車，然後叫慧恩坐上後座。慧恩按照任翔的指示爬上後座，卻不知道手該放哪裡？

「我現在要發動機車，妳要抓緊我，免得被摔出去。」任翔說。慧恩不知道要抓任翔哪裡？不敢行動。任翔看慧恩沒有抓住他，便伸手把慧恩的手拉到他的腰部。慧恩緊張地拉著任翔的皮外套，任翔見狀開玩笑地說：「妳拉著我的外套，我是無所謂啦！頂多被拉壞了，換一件新的。但是妳如果因此被摔出去，我可沒辦法再找一個朱慧恩，妳可以考慮一下抱緊我。」說完，發動機車急奔而去。

重型機車急速前進，慧恩由原先拉著任翔的皮夾克，變成緊緊地抱住任翔的腰。任翔騎的重型機車，速度實在太快了，她覺得自己好像坐在雲霄飛車上一樣；若不抱緊任翔，她隨時都可能被拋出去。她有些羞赧，有些緊張，她的心臟怦怦的急速跳動著。她的臉和耳朵都熱了起來，她腦海中浮現出凱瑞的影像。她不安地想著：

「凱瑞如果知道我坐任翔騎的重型機車，又抱著任翔的腰，一定會很不高興。等任翔送我回宿舍後，我一定要去向凱瑞自首，取得凱瑞的諒解，這樣我才能安心。」

慧恩開始後悔坐上任翔的重機，但已經來不及了。她只能期待船到橋頭自然直，希望一切都會沒事，凱瑞不會太生氣。

任翔騎著重機快速奔馳在公路上，慧恩露在安全帽外面的頭髮，隨著強風飛舞飄動。她因為害怕高速，也為了避開強風，不得

不將她的臉頰靠在任翔的背上，緊緊地依偎著他的背脊。凱瑞從來沒有騎重型機車載過她，她對重型機車也沒好印象；她覺得重型機車速度太快、太危險了。她從來沒有想過，有一天會坐在一輛重型機車上，而騎重型機車載她的人，還是頂頂有名的大明星任翔。

到了一處公園，任翔停車讓慧恩先下車。他把機車停妥後，脫下安全帽，甩了一下頭，伸手將掉在額頭上的瀏海往後梳。任翔的身材修長挺拔，又穿著一套合身的黑色機車騎士服；原本俊美的臉龐，配上甩頭與用手指梳頭髮這些酷到不行的動作；讓他看起來就好像在拍廣告片一樣。所有廣告片中，男主角的風流倜儻、英俊瀟灑，都可以在任翔的身上看到。

「任翔簡直帥呆了！」慧恩睜大眼睛看得目瞪口呆。她從來沒有注意到任翔竟然這麼帥，真不愧是當紅的大明星。

任翔走近慧恩，瞥見慧恩凝視他的表情，他覺得有些好笑，打趣地說：「妳這是什麼表情？又不是沒有看過帥哥，妳的男朋友就很帥呀！」

慧恩發現自己的失態，不好意思地低下頭說：「對不起！我只是沒有想到，你竟然能這麼帥，超出我的想像。」

任翔看慧恩紅著臉低下頭的樣子，像是個做錯事等待被處罰的孩子，他笑著說：「沒有人怪妳，能被妳如此評價是我的榮幸。」

慧恩抬起頭來看著任翔。任翔溫文儒雅、態度和善、看人的眼神真摯而溫柔，感覺起來像是一位溫、良、恭、儉、讓的君子，慧恩對他產生了難以言喻的好感。她不由地將凱瑞與任翔比較起來：「任翔看起來深沉含蓄，處事圓融細膩，給人感覺溫柔沉穩，懂得體貼人。凱瑞則豪放不羈，帥氣瀟脫，充滿青春活力，給人很陽光的感覺。兩個人各有特色都是很棒的人。」

慧恩的臉頰紅暈未退，嬌羞地問任翔說：「你今天帶我來這裡，不是要向我說明什麼嗎？」

慧恩含羞帶怯的樣子十分的迷人，尤其她那雙流轉光亮的眼

睛，讓她美麗的臉龐更加嬌豔動人。任翔被慧恩的美貌所吸引，不自覺地凝視著她。

片刻，任翔將他的目光移向前方，輕描淡寫地說：「我是想邀請妳參加我們新劇『天使之眼』的演出，因為妳的容貌和氣質符合劇本裏的女主角。」接著將視線轉回慧恩的臉上，真摯而懇切地說：「我認為妳可以考慮嘗試新的東西，參加演出也許會讓妳對生活有新的體驗。」

慧恩對任翔深具好感，對他講的話也特別能聽進去，她開始認真考慮參加演出的可能性。「任翔看起來像是個溫潤如玉的謙謙君子，而且對我又表現得誠意十足。就像他說的，演戲也算是一種新的生活體驗。或許我可以只參加這次的演出，把它當作人生的另一種經歷。反正我快要和凱瑞結婚了，在結婚前能演一部戲，將來也可以做為回憶。」慧恩揣摩後，露出微笑對任翔說：

「你能不能把故事的內容，以及我將扮演的角色，稍微介紹一下，讓我心裏有個底？」

「那當然！我們即將開拍的電視劇『天使之眼』，是講述一位擁有一雙異常明亮的眼睛，又能洞悉人心的純真女孩，她的愛情與特殊經歷的故事；妳要擔任的就是那個純真女孩。」任翔說。

慧恩聽了任翔的說明，心裡驀然一驚，她沉吟不語：「這不就是我自己嗎？我應該珍惜這個難得的機會去演那個角色，好讓我知道劇中女主角的想法和我的想法，有何相同或差異之處？」她興奮不已，說：

「給我三天時間，我去跟我的男朋友商量一下。如果他同意了，我就參加你們電視劇的演出。」

任翔沒有想到慧恩這麼快就同意考慮，有些喜出望外。他愉快地說：「我給妳三天的時間考慮，我希望能得到妳肯定的答覆。現在我就送妳回宿舍，妳好好地跟妳的男朋友商量一下。」說完，任翔帶著慧恩一起走回重型機車處，又為慧恩戴上安全帽，然後騎上重機載著慧恩回修女院女生宿舍。

凱瑞坐在書桌前的椅子上看書。他覺得有點累不能專心，他向後靠著椅背，順手拿起放在書桌上的手機看了一眼。「現在已經9點40分了，恩恩宿舍的例行檢查應該結束了吧！反正我現在也看不下書，不如到宿舍找恩恩，跟她一起去吃宵夜。」凱瑞從椅子上站起來，轉身走出房間。

　　今晚的夜空特別晴朗，長空萬里雲無留跡。蒼穹中那輪將滿的月，有數不盡的星星陪伴著，好像正在進行一場眾星雲集的宴會。凱瑞走出公寓，舉頭看向夜空，「今天晚上的星星特別多，慧恩的星星應該也在其中吧？等一下找一個可以看星星的地方，陪恩恩看星星。」凱瑞想著，露出愉快的笑容。

　　從凱瑞住的公寓走到慧恩住的女生宿舍只要10分鐘，他一想到馬上就可以看到慧恩，心裡就莫名地高興起來。他邊走邊哼著歌，快速地走向修女院女生宿舍。

　　任翔騎著重機回到女生宿舍，他先讓慧恩下車。停妥重機後，他走到慧恩的身邊，叮嚀她說：「好好地跟妳的男朋友說，如果他一時不能接受，也不要跟他有爭執，我們可以再想辦法說服他。」

　　慧恩點點頭，接著皺起眉頭，滿臉憂愁地看著任翔說：「聽說現在的電視劇都有吻戲，我男朋友恐怕不會同意我拍吻戲。」

　　任翔聽慧恩說怕拍吻戲，為了安撫她讓她安心，於是說：「吻戲也可以利用借位達成，不一定要真的親吻。我現在示範給妳看，看妳能不能接受？」說完，任翔伸手輕輕地托起慧恩的下巴，將自己的臉貼近她的臉，再用另一隻手遮住兩人的嘴。然後任翔做出熱情親吻的樣子，事實上並沒有碰觸到慧恩的唇。過了一會兒，任翔的臉離開慧恩的臉，問慧恩說：「妳覺得怎麼樣？這種方式除非近距離看，否則就像真的親吻一樣。」

　　慧恩看了任翔的示範表演後，覺得吻戲並沒有想像中那麼可怕，她開心地笑著說：「原來這樣也可以拍吻戲！」

　　任翔見慧恩的疑慮已除，便騎上重型機車。離開之前，他從口

袋裡拿出一張紙遞給慧恩說：「上面是我的手機號碼，可以隨時打電話給我。」然後發動機車揚長而去。

　　慧恩目送任翔騎重型機車離開後，想到應該去找凱瑞，將今晚的事好好地跟凱瑞坦白說，然後看情形再做打算。慧恩看了一下手機上的時間，還不到10點，還有2個多小時宿舍才關門。她不想等到明天，她現在就想告訴凱瑞。

第二十三章 難解的誤會

　　凱瑞哼著歌，踏著輕快的步伐，走近慧恩住的女生宿舍，但眼前的一幕讓他整個人完全崩潰。在不遠的前方，那個穿著黑色機車騎士服酷似任翔的男子正熱情地親吻慧恩，之後慧恩還神情愉快地和那個人談笑風生；他不願看下去了，立刻轉身走回自己住的公寓。

　　凱瑞拖著沉重的步伐走回到自己的房間，他無意識地拉出書桌前的椅子面對窗戶坐了下來。他目不轉睛地盯著窗戶回想剛剛發生的那一幕，他後悔極了，為什麼剛才沒有立刻衝過去阻止他們？他從來沒有想到慧恩會瞞著他做這種齷齪的事。

　　「恩恩跟那個男生不是才見過一次面嗎？他們的感情是從什麼時候開始的？為什麼我天天跟恩恩在一起卻絲毫沒有察覺？」凱瑞努力地回想過去幾天和慧恩相處的情形，想從中找出一些蛛絲馬跡。

　　「恩恩除了今天晚上，一直都沒有什麼異樣，難道他們的感情是從這兩天才開始的？」凱瑞想到今天晚上慧恩急著回宿舍，神情緊張又不願讓他親吻，他想慧恩的心當時應該就已經有了那個男生。

　　「恩恩欺騙我！根本就沒有什麼宿舍的例行檢查，她提早回去只是為了跟那個男生約會！」他越想越鑽牛角尖。

　　他想起蔣若水最近分手的那個辣妹女友。「蔣若水跟他的辣妹女友一見鍾情，當天晚上就上床了。難道恩恩也和蔣若水那個辣妹女友一樣，跟那個男生一見鍾情？」

　　他又想到蔣若水一直都稱慧恩是他的舊情人，因為蔣若水認為慧恩曾經對他一見鍾情。「如果蔣若水說的是事實，那表示恩恩是會對男生一見鍾情的。沒有想到我和恩恩三年多的感情，仍然無法阻止她愛上別人。」他想著，痛苦的感覺像洶湧的波濤，不斷地向

他襲捲而來。

「我和恩恩在一起三年多，這段期間喜歡她的男生不在少數。其中不乏長得英俊瀟灑條件不錯的男生，但她都不為所動。為什麼偏偏就抵擋不住這個男生的誘惑呢？」他百思不得其解。

他回想慧恩的言語、行為、價值觀、品行各個方面。「恩恩有很好的家教，言行得體、舉止端莊、謹守份際、有正確的價值觀，她是個內外皆美的女生。但再好的人還是難免有缺點，恩恩的缺點就是太看重錢了。她要求我要有相當的經濟能力，她才要跟我結婚。即使現在答應跟我公證結婚，她也要求我必須有好的工作，才能讓爸爸媽媽知道結婚的事，才能舉行婚禮。」

一陣涼風從打開的窗戶吹進來，讓凱瑞感覺心冷得發痛。「如果那個男生真的是任翔，那就難怪恩恩會對他一見鍾情。任翔高、富、帥三樣全包，他完全符合恩恩所要求的經濟能力條件。不像我，現在還是個什麼都沒有的窮學生，錢、錢、錢都是為了錢！」

凱瑞從抽屜裡拿出那本記事本，又拿起放在記事本旁邊的小片絨毛布，輕輕地擦拭那本記事本，然後翻到第一頁。「曾經滄海難為水，除卻巫山不雲。」他唸著，眼淚不由自主地滾落下來。

「恩恩，錢對妳這麼重要嗎？重要得可以捨棄我們的感情？重要得可以無視於我對妳的一片深情？妳要錢我也可以給妳，只要妳願意等。妳要的我都可以給妳，為什麼妳不願意等呢？」有一股怨恨夾雜著痛苦，從他的體內冉冉升起。

「恩恩，妳為什麼這麼賤？我這麼珍惜妳，沒有想到妳是個為錢可以出賣感情的人。妳為什麼這麼賤？」他心裡憤怒地吶喊著。

凱瑞的心極端的痛。慧恩是他一生追求的目標，從小學二年級開始，他的一切計劃都是為了慧恩；而慧恩卻殘酷地摧毀了這一切。

慧恩今天晚上心情特別愉快。與任翔相處後，她覺得他是個很棒值得信賴的人。她恨不得馬上告訴凱瑞，她今晚所經歷的一切事。她想告訴他，任翔是個心思細膩的好人，懂得為別人著想；

她想告訴他，演戲可以做為一種新的生活體驗；她也想告訴他，劇中的女主角有一雙和她一樣的眼睛，以及洞悉人心的能力，但不能說跟她一樣；她還想告訴他，其實吻戲是可以利用借位的方式完成的；還有坦白地告訴他，她坐任翔騎的重型機車；還要向他保證，以後絕對不會再坐任翔騎的重機。

慧恩用凱瑞給她的鑰匙打開公寓的鐵門進入屋內，然後走到凱瑞房間的門口敲了兩下。凱瑞沒有回應，慧恩扭轉門鈕推開門走進凱瑞的房間。凱瑞正面對窗戶坐在書桌前的椅子上，慧恩看著凱瑞的背，馬上心痛得幾乎沒有辦法站立。

「凱瑞你怎麼了？為什麼你的心那麼痛？」慧恩疑惑地想著，隨即輕輕地喊了一聲：「凱瑞！」

凱瑞沒有回頭，聲音平淡不帶任何感情說：「把門鎖上，我有話要問妳。」慧恩照著凱瑞的意思把門鎖上，然後痛苦地走近凱瑞。

「妳住的宿舍今天根本沒有什麼例行檢查對不對？」凱瑞聲音有些沙啞，依舊面對窗戶坐在椅子上沒有回頭。

慧恩不知道凱瑞為什麼會知道宿舍沒有例行檢查？但她本來就沒有隱瞞他的意思。她來找凱瑞的目的，就是要把今天晚上所有的事一五一十地告訴他。現在凱瑞在她告訴他之前就知道這件事，心裡會不高興是可想而知的。她想向凱瑞解釋，她之所以這樣做是有原因的。她將右手放在她的心臟上，忍著痛回答說：「對不起！我不是故意要騙你！我……」

慧恩還沒有講完，凱瑞發出更低沉沙啞的聲音又問：「那個人是任翔對不對？」他仍然坐在椅子上沒有回頭，他的語調冷淡得讓人覺得寒冷，房間內宛如正下著三月雪。

慧恩沉吟不語：「任翔雖然設想周到，但還是被凱瑞發現他去找我的事。我在凱瑞不知情的情況下和任翔見面，難怪凱瑞知道後會這麼生氣、這麼痛。但我會這樣做是有原因的，我必須向凱瑞說明我這樣做的理由，免得凱瑞對我產生誤會。」她發出輕而柔和的聲音，心懷歉意地說：「他是任翔沒錯！對不起！我沒有告訴你！但是……」

凱瑞聽了慧恩的回答更加生氣，慧恩還來不及解釋，凱瑞已經轉過頭來怒視慧恩，說：「那妳還有多少事沒有告訴我呢？」

　　慧恩看著轉過頭來的凱瑞，整個人莫名地顫抖起來。他的眼睛狠狠地瞪著她，眼底裡閃爍著憤怒的光芒；他的臉色鐵青而嚴肅，她從來沒有看過的嚴肅；慧恩從來沒有看過這樣的凱瑞，那麼的猙獰，那麼的可怕。她站在那裡，在他咄咄逼人的眼神注視下，她覺得呼吸急促而困難。她恨不得馬上奪門而出，但雙腳卻不聽話地立在原地。

　　早春清涼的晚風，從打開的窗戶飄進屋內輕拂慧恩，她感覺一股冰冷的寒氣從她的背脊緩緩上升。她的頭有些發昏發痛，她的心臟急速地怦怦跳動著，她的右手依舊壓著她的心臟，她痛苦地看著凱瑞說：「我……對不起！」瞬間，眼淚像斷了線的珍珠，不斷地沿著臉頰滾滾滑落。

　　凱瑞板著臉從椅子上站起來，他咬緊牙關下顎的肌肉微微抖動著。他大聲地對慧恩怒吼說：「妳為什麼這麼賤？為什麼讓他那樣吻妳？」

　　慧恩終於明白為什麼凱瑞會這麼生氣？原來他看到仟翔借位親吻的示範表演。「凱瑞把任翔的示範表演當真了！」她想著，淚已如雨下。

　　她想要解釋，但每次她的話還沒說完就被凱瑞打斷，她根本沒有解釋的機會。她有滿肚子的委屈卻不能說明，她淚流滿面發聲吶喊：「凱瑞！凱瑞！凱瑞！沒有！我沒有…」

　　凱瑞聽慧恩不承認更加生氣，不等慧恩講完便大聲地咆哮：「妳不要不承認！我親眼看見的難道會錯嗎？我最痛恨的就是做錯事卻死不認錯的人。」

　　在那一剎那間，慧恩完全明白了；即使她說破嘴，費盡一切的口舌去解釋，凱瑞也不會相信她；凱瑞的理智已經被他的「親眼看見」蒙蔽了。

　　「凱瑞已經不信任我了！」慧恩想著，一種失去凱瑞的恐懼，讓她極力地想力挽狂瀾。她做出最後的努力，用盡全身的力量對凱瑞嘶喊：「我沒有！我沒有！我真的沒有！」

凱瑞冷酷地走近慧恩，雙手用力壓著她的雙頰，憤怒地注視著她滿是淚水的臉毫不憐惜。他咬牙切齒地對她說：「在妳的心目中，錢比我們的感情更重要對不對？妳是因為我沒有錢，所以才一直不願意跟我住在一起對不對？一切都是因為錢，錢對妳這麼重要嗎？重要得連我們這麼多年的感情都可以拋棄嗎？妳為什麼這麼賤？為什麼這麼賤？」

　　慧恩被凱瑞的雙手壓住雙頰沒有辦法說話，她用力搖著頭想要掙開凱瑞的手。

　　「妳的感情不是用錢就可以買得到的嗎？妳都不珍惜妳自己了，我為什麼要珍惜妳？」凱瑞說完，低頭粗暴地親吻慧恩的唇。慧恩和凱瑞的感情一直都很甜蜜，親吻是每天的例行公事，是愛的表現。但現在不同，慧恩對凱瑞的親吻感受到的不是愛而是憤怒。她不喜歡這種感覺，更不喜歡凱瑞講完侮辱她的話後，強迫式的親吻她，於是用力推開凱瑞。

　　凱瑞被慧恩推開後更加生氣，說：「妳有新的情人了，我不能再吻妳了嗎？」他被憤怒衝昏了頭，伸手抱起慧恩將她放在床上。他的唇壓著慧恩的唇，一邊忘情地親吻她，一邊用手解開她襯衫的扣子。突然間，他意識到慧恩對他的親吻並沒有抗拒，就是連他解開她襯衫的扣子，她也沒有任何反應。他心裡覺得奇怪，便停止親吻慧恩，睜開眼睛看著她。

　　慧恩閉著眼睛臉上盡是淚水，凱瑞看著慧恩的淚水，不斷地從她閉著的眼睛流下來。他的憤怒轉變成憐惜，他對慧恩的愛又如波濤洶湧，他又從慧恩敞開的襯衫看見她豐腴的乳房；有一股強烈的性慾湧上來，他幾乎無法控制。他閉上眼睛，片刻，他睜開雙眼，伸手將慧恩襯衫上的扣子扣好。

　　慧恩睜開眼睛坐直身子流淚看著凱瑞，她可以感覺到凱瑞內心的變化，她覺得他已經沒有那麼生氣了。她對凱瑞還抱著希望，她希望他能回心轉意聽她解釋、相信她。

　　凱瑞迎視慧恩流著淚水充滿柔情的眼睛，他的愛激動著他的心。但他想到任翔親吻慧恩的畫面，他的憤怒又湧上心頭。兩種情

緒互相摻雜，使他的性慾不斷地高漲。他轉身背對兩眼淚盈盈的慧恩，大聲地怒喊：「出去！出去！」

　　慧恩受到驚嚇愣愣地坐在床上沒有動。凱瑞看慧恩沒有動，便起身把她從床上拉起來，又拉到門口打開門再將她推出去，然後「砰」的一聲用力關上門。

　　凱瑞的三個室友，柯玉斗、李偉立、蔣若水，不知道從什麼時候開始，已經站在凱瑞房間的門口。他們從來沒有看過凱瑞對慧恩發過這麼大的脾氣，看見慧恩哭紅了雙眼被凱瑞推出來，每個人都驚訝得說不出話來。

　　慧恩低著頭走出凱瑞住的公寓，她在公寓的鐵門外蹲坐下來放聲大哭，嘴裏喊著：「凱瑞！凱瑞！凱瑞！」接著喃喃地說：「我到底做錯了什麼？為什麼你不相信我？為什麼你不相信我？」

　　冷清的街道，除了失魂落魄的慧恩，一個行人也沒有。一陣涼風襲來，街道旁的鋁罐發出響亮的滾動聲。慧恩宛若行屍走肉般無意識地走著，她沒有感覺到涼風的冷，也沒有聽到風吹鋁罐滾動的響聲。在她周遭的一切形體、聲音都不見了，連踩在腳下的柏油路都彷彿不存在。沿路兩旁樹影婆娑的榕樹，不再讓她感到毛骨悚然，膽小的慧恩似乎變得剛強壯膽了。以前她從來沒有這麼晚一個人獨自在外面，都是凱瑞陪著她。但從今天晚上這個時間開始，她必須習慣自己一個人在夜間單獨行走。凱瑞不會再陪伴她了，從此以後和她形同陌路。慧恩走進修女院女生宿舍，有人向她打招呼，但她好像沒有看到一樣，逕自往自己寢室的方向走去。

　　慧恩推開寢室的門走了進去。這是她獨人房的寢室，除了她自己，連一個可以講話的室友都沒有。她拉出放在書桌下的椅子坐了下來，她不知道自己剛才是怎麼走回宿舍的？她想，或許她今天晚上都沒有出去過，所以才會不知道是怎麼回來的。她想，她剛才也許只是做了一場惡夢，等一下凱瑞就會打電話來找她了。她面對窗戶呆呆地坐著，凱瑞憤怒的臉、惡毒的話全在她的腦中重播；她的眼淚無聲無息地沿著臉頰滴落下來。她沒有想到，她萬萬沒有想

到，她沒有敗給她一直掛念的那個凱瑞曾經的心上人，卻敗在凱瑞的不信任上。

她的腦筋越來越清楚，痛苦也越來越加深，她趴在書桌上不斷地哭泣。一股憤怒的氣息宛若氤氳的霧氣覆蓋著她，她氣凱瑞說她賤，她一心想當個賢德的女子，卻被凱瑞視為賤人；她氣凱瑞不信任她，不相信她的品格操守；她氣凱瑞粗暴地對待她，視她如草芥；她氣凱瑞說她愛錢，認為她的感情是可以用錢買的；她氣今晚凱瑞對她所說的一切話、所做的一切事，她趴在書桌上哭得更加柔腸寸斷。她覺得非常可悲，她和凱瑞三年多的感情，卻敵不過他的眼見為憑。

慧恩慢慢地抬起頭來面對窗戶，一陣陣清涼的風從打開的窗戶迎面吹來，她感覺宛若被凜凜朔風吹拂般的冰冷，身體不禁起了個寒顫。今年的春天似乎特別的冷，從來沒有的冷，就像她的心一樣冷得令人難受。她想起凱瑞過去對她說過的甜言蜜語和對她的溫柔，她的心像是被萬針穿刺般疼痛不已。

「凱瑞，你忘記了嗎？大一的時候，教我們民法總則的楊教授不是說過了嗎？親眼看見的，親耳聽到的，有時並不是事實。為什麼你還要固執你的親眼所見而不相信我呢？」她痛苦地想著，眼淚如衝破堤防的洪水，毫無招架地狂奔下來。

凱瑞曾經被她視為一生的至愛，現在卻變成令她痛不欲生的至痛。為什麼只有幾個小時的時間會有這麼大的改變？她知道凱瑞很痛苦，因為她感受到了。但他的痛苦是他自己招致的，她無力改變，因為凱瑞已經不信任她了。

「為什麼不相信我？凱瑞，為什麼？」她吶喊著。她想起不久前，凱瑞對她說過的話：「愛沒有了信任就不會穩固！」她知道她和凱瑞的結局已經定了；不是公主和她的白馬王子從此過著幸福快樂的日子，而是從此分道揚鑣成為兩條平行線不再有交集。

「我和凱瑞不可能在一起了！我沒有辦法和一個不信任我的人在一起，我想凱瑞也是一樣；他已經不信任我了，即使在一起，他的心中永遠有那個疙瘩存在。我們的愛情已經失去了信任，愛的根

基已經被沖垮了。」

　　慧恩伸手拭去臉上的淚水，從椅子上站起來，腳踩在椅子上爬上書桌，屈膝抱腿看向窗外的夜空。夜空中那輪圓中帶缺的明月依舊皎潔明亮，群星任意散布在無垠的蒼穹中，形成一幅美麗的眾星拱月圖。她沒有費力尋找，就看到她的星星發出璀璨的光芒正等待著她。她想起野外求生的那個晚上，凱瑞對她的星星說：

　　「慧恩的星星，我是秦凱瑞，我要妳和蒼穹中所有的星星都做我的見證。今晚我要向全宇宙宣布，我愛朱慧恩。朱慧恩是我今生以至永生唯一的愛，沒有任何人可以取代。我秦凱瑞願意永遠守護朱慧恩，永遠對她不離不棄。在天我們要勝過比翼鳥，在地我們要強過連理枝。除了朱慧恩，我絕對不娶其他女人為妻，這是我的承諾！」

　　「承諾？凱瑞的承諾抵擋不住他『眼見為憑』的爆炸力，已經被炸得支離破碎灰飛煙滅了。」她的眼眶再度濕潤，晶瑩剔透的淚珠又滾落下來。

　　她對著她的星星說：「我一直覺得凱瑞很愛我，他對我說過無數的甜言蜜語，許下記不得次數的承諾。但現在我才發現凱瑞沒有真正愛過我，他不了解我，所以今天晚上才會對我說那些誤解我的話。愛缺乏了瞭解怎能說是真愛呢？如果他真的愛我，他就不會那麼輕易離開我。即使情況再糟糕，他都會想辦法去克服；可見我和凱瑞是錯愛不是真愛。」

　　她目不轉睛地看著她的星星，她的星星閃爍著耀眼的光芒，好像在提醒她：「要原諒得罪妳的人！」淚水再度模糊了她的視線，她知道要遵守聖經的教導原諒得罪她的人。她又對她的星星說：「我原諒凱瑞對我所做的一切，但我絕不回頭！」慧恩在淚流滿面的錐心之痛中，做出她的決定。

　　凱瑞把慧恩推出去用力關上門後，兩眼無神慢慢地走到床邊坐了下來。他盯著床上剛才慧恩躺的地方看了許久，然後把頭往後靠著牆壁閉上眼睛，淚水無聲無息地從他閉著的眼睛流了下來。

　　「恩恩，對不起！我不是存心要把妳推出去。如果妳再多停留

一分鐘，我真的不知道會對妳做出什麼事？」他太愛慧恩了，即使慧恩做了對不起他的事，他還是愛她。他氣慧恩背叛她，和任翔在女生宿舍大門前熱情親吻。但他愛她的心卻沒有改變，她仍然是他的至愛，沒有人可以取代的至愛。

「為什麼？為什麼妳要欺騙我和任翔暗通款曲？就因為任翔有妳要的經濟能力嗎？」想起任翔，凱瑞的氣憤又重新燃燒起來。他睜開眼睛從床上起身走到書桌前，拿起放在書桌上的手機上網查任翔的資料。

「任翔曾經和知名女星莫言真交往過三年，一度論及婚嫁卻突然分手。後來又和幾位女明星有過未經當事人證實的緋聞。」凱瑞將網上關於任翔的資訊大致瀏覽了一下，然後關掉手機將手機放回書桌上。

「無風不起浪！看來任翔也是個花心的男人，緋聞不斷到處留情。」凱瑞舉目看向窗戶，慧恩純真美麗的臉龐彷彿浮現在窗前。「任翔是一位傑出的演員，有一流的演技，又是情場老手。恩恩那麼單純，輕易地就被他英俊的外表、豐厚的收入、嫻熟的把妹演技所誘騙，所以才會一時迷失自己。恩恩雖然有錯，但最可惡的還是任翔；他利用恩恩的單純來欺騙她。」

凱瑞順手拿起放在書桌上的記事本翻了翻。他等慧恩已經等了將近十四年了，難道就這樣放棄嗎？「不！我絕對不能這樣就放棄恩恩！恩恩雖然一時迷失做錯了事，但有一天她一定會理解我才是最愛她的人。等我考上司法官達到她對我的要求，我一定要再把她追回來。」

凱瑞走到窗邊看向窗外的夜空，蒼穹中那顆宇宙中最明亮的星星，宛如熠熠生輝的明眸向下注視著他。

「恩恩的星星，恩恩做了對不起我的事，讓我的心很痛。雖然我現在沒有辦法原諒她，但我以前在妳面前所說的一切承諾，我都會實現。將來有一天，我考上司法官了，恩恩知道錯了，我一定會把她再追回來。」凱瑞對著星星說。

凱瑞的三個室友，蔣若水、柯玉斗、李偉立，站在凱瑞房間的外面。柯玉斗的耳朵貼著房間的門，聽凱瑞在房間裡的動靜。他小聲地對站在旁邊的蔣若水和李偉立說：「剛才好像還有一點聲音，現在完全沒有聲音了。」

　　李偉立面色凝重，擔憂地說：「凱瑞那麼愛朱慧恩，現在他們鬧翻了，他會不會想不開做出令人遺憾的傻事呀？」

　　蔣若水聽李偉立這麼說，馬上拼命地敲凱瑞的門，怕他真的想不開做出傻事。他大聲地喊著說：「同學！你還好嗎？開門！有什麼事我們大家可以共同商量，沒有解決不了的事。」

　　凱瑞沒有回應，也沒有開門。

　　柯玉斗看蔣若水好言相勸，凱瑞卻沒有任何反應。怕他真的出了什麼意外，便喊叫說：「沒錯！天塌下來還有我們三個人跟你一起頂著。我們是好兄弟，我們都願意跟你一起並肩作戰，你不用一個人孤軍奮鬥。凱瑞，快開門！」

　　凱瑞還是沒有回應，也沒有開門。

　　李偉立看凱瑞依舊沒有任何反應，他拉開嗓門說：「凱瑞，如果你還活著，至少出個聲音讓我們放心。」

　　凱瑞知道他三位室友的好意，於是發出聲音說：「我沒事！你們不要管我！」

　　柯玉斗聽凱瑞發出聲音，他又出聲喊說：「舊的不去新的不來，我再找一個比朱慧恩還要好的馬子給妳。」

　　李偉立和蔣若水聽到柯玉斗說的話，各敲了一下柯玉斗的頭。李偉立說：「凱瑞還需要你幫他找馬子嗎？你還是自己找一個吧！」

　　凱瑞打開門對著他的三個室友說：「沒有比恩恩更好的馬子！恩恩永遠是我的！她現在只是一時的迷失，有一天她會回來的。」

　　柯玉斗、蔣若水、李偉立見凱瑞打開門，便建議凱瑞跟他們一起喝啤酒聊天。

　　「心情不好的時候，最好的解愁方法就是喝酒。喝醉了睡一覺，任何煩惱的事都能一掃而空。你不要一個人待在房間裡，我們

陪你喝酒。」蔣若水說。

「沒錯！一醉能消萬古愁！任何煩人的事，一經酒精的催化，都會消失得無影無蹤；我們一起到客廳喝啤酒吧！」柯玉斗說。

「對！人生只是天地間偶然的飄蓬，很多事不必太執著，我們到客廳喝酒吧！」李偉立說。

凱瑞在蔣若水、柯玉斗、李偉立七嘴八舌的遊說以及簇擁下，半推半就地走出房間，和他們在客廳裡邊聊天邊喝啤酒。

柯玉斗拿起啤酒罐向三位室友敬酒，說：「今天是凱瑞的特別日子，我們不醉不歸。我的意思是說，沒有喝醉就不要回房間睡覺。」

李偉立聽柯玉斗詳加說明不醉不歸的意思，便說：「你不用特別解釋，我們都知道不醉不歸的意思。不過，說到凱瑞的特別日子，我就要解釋一下，那就是說凱瑞失戀的日子。」李偉立話一說完，立刻遭到除了凱瑞以外，其他兩位室友的一陣敲打。

蔣若水覺得李偉立和柯玉斗講得有些脫線。他先灌了一口啤酒，然後清清喉嚨說：「凱瑞的特別日子，不是凱瑞失戀的日子，像凱瑞這麼帥的男生是不會失戀的。凱瑞的特別日子，是指凱瑞恢復單身的日子。」話才說完，柯玉斗和李偉立馬上一起趴在蔣若水的身上，將蔣若水壓在沙發上。

柯玉斗拿著啤酒罐走到凱瑞的旁邊坐了下來，說：「你和慧恩剛才吵得那麼兇，我看存活率不高了。我常常在想，慧恩長得那麼漂亮，又那麼與眾不同，你看過有人的眼睛像她那麼亮的嗎？所以我想她搞不好是外星人。你知不知道很久以前有個影集叫I dream of Jeannie（我夢見珍妮）？我看你就當作是夢見慧恩，現在醒了一切恢復正常了。」才剛說完，柯玉斗馬上被凱瑞敲了個頭。柯玉斗委屈地說：「狗咬呂洞賓不識好人心。」

凱瑞拿起啤酒罐一飲而盡，李偉立遞給凱瑞另一罐啤酒，說：「羅健有一個英文系的女朋友，他們雖然沒有像你和慧恩一樣，每

天同進同出如膠似漆，但感情相當不錯。有一天，羅健對他的女朋友說，只要他考上司法官或律師就馬上跟她結婚。他的女朋友聽了之後竟然哭了，羅健本來以為他的女朋友是感動得哭了。沒想到他的女朋友卻問他，如果他一直都沒考上司法官或律師，那她該怎麼辦？羅健一聽馬上決定服完兵役後，就和他的女朋友結婚。當我聽到你說，慧恩要求你要考上司法官才要跟你結婚，我就知道你們遲早會分手。慧恩那麼漂亮，等你去當兵，她遇到經濟條件好的男生，還是會發生兵變。你們現在分手，晚痛不如早痛，對你未必不是件好事。」

「你跟朱慧恩不是畢業典禮結束當天，馬上就要到法院公證結婚嗎？我本來還以為，朱慧恩不再把經濟條件當成結婚的前提。你的條件這麼好，死守一個朱慧恩真是可惜。現在你們分手了，你也自由了。可以趁此機會多交幾個女朋友，也是好事一椿。不過，朱慧恩離開凱瑞，她可能不知道自己錯過了什麼？你們可能都不知道凱瑞是個貴公子。他本身是個窮學生，但他…」蔣若水還沒有說完就被凱瑞阻止了。

「若水，不要再說了！沒有什麼好說的！」凱瑞看他的三個室友，沒有祝福他和慧恩的，盡是不看好，心裡著實有些洩氣。他嘆了一口氣，繼續說：

「每個人都會有缺點。恩恩內外皆美，幾乎沒有什麼可以挑剔的缺點，她唯一的缺點是太看重經濟條件。我現在只是個窮學生，不能給恩恩經濟上的保障，所以她才會迷失。我一定會更加努力，有一天我考上司法官，不管她在哪裡，我都要把她追回來！」

第二十四章 情斷緣未了

慧恩昨天晚上哭了一夜，今天早上一起床就迫不及待地傳簡訊給愛華：「爸爸，我有一個很要好的女同學，她的男朋友誤會她，不聽她的解釋跟她分手了。你認為我應該跟她說什麼才好呢？」

愛華傳簡訊回答慧恩：「告訴她：上帝將一個人放進妳的生活裡，有祂的理由；將一個人從妳的生活裡移開，必定有祂更好的理由。有時候，上帝將一個人從妳的生活裡移開是為了保護妳，所以不要嘗試挽回他。如果他是妳生命裡那個正確的人，他一定會自己回到妳的身邊。」

慧恩看了愛華傳來的簡訊，心裡有滿滿的疑問。「上帝將凱瑞從我的生活裡移開是為了保護我？這怎麼可能呢？凱瑞一直以來都陪伴我、保護我，他離開我就沒有人可以保護我了。將他從我的生活裡移開，怎麼可能是為了保護我呢？」

慧恩拿起手機又看了一遍簡訊的內容。「爸爸的確是這麼寫的！如果爸爸是對的，那是不是表示凱瑞可能是個會傷害我的人呢？」

慧恩想起昨天晚上，凱瑞對她說的話和對她做的一切事，尤其是想到凱瑞那張猙獰憤怒的臉，她不由地起了個寒顫。「我從來沒有看過那麼可怕的凱瑞，難道他真的是個會傷害我的人嗎？」

慧恩回想凱瑞過去的行事為人和他的品格操守，她還是無法明白，為什麼上帝將凱瑞從她的生活裡移開是為了保護她？

「上帝如果是因為凱瑞昨天晚上對我言語上的污辱、行為上的粗暴，而將他從我的生活裡移開，這個我可以理解。但如果是反過來，上帝知道凱瑞將來可能會傷害我，所以才讓昨天晚上的事情發

生，那我就無法理解了。若沒有發生昨天晚上的事，我絕對不相信凱瑞是個會傷害我的人。」

慧恩又仔細地看了一遍愛華回的簡訊。「爸爸簡訊上寫的是『有時候』，所以上帝把凱瑞從我的生活裡移開，可能不是為了保護我。如果不是為了保護我，那又是為什麼呢？」

慧恩不願意相信，上帝從她的生活裡移開凱瑞是為了保護她。因為即使她已經下定決心絕不回頭，但在她的內心深處，她仍是愛著凱瑞。如果上帝從她的生活裡移開凱瑞是為了保護她，那不就是說，凱瑞並不是她生命裡那個對的人嗎？

「不管上帝從我的生活裡移開凱瑞，是不是為了保護我？爸爸說了，如果凱瑞是我生命裡那個正確的人，他一定會自己回到我的身邊，我不需要嘗試挽回他。事實上我也無法挽回凱瑞，凱瑞已經不再愛我了！」慧恩的情緒又陷入低潮。

「凱瑞，你為什麼不相信我，只相信你眼睛所看到的，就把我和任翔定罪呢？」慧恩喃喃自語。

說到任翔，她突然想起她和任翔的約定。「我答應任翔，三天之內回覆他是否參加『天使之眼』的演出？凱瑞現在已經不理我了，這件事我也用不著再跟他商量。我對『天使之眼』的女主角很感興趣，而且我現在最想做的事就是遠離凱瑞、遠離痛苦。『天使之眼』這部電視劇應該會在大陸拍攝，這樣正好符合我現在的需要。我現在就打電話給任翔，約他下午來這裡商量關於演出的事。」

慧恩用手拭去她臉上的淚水，從她昨天晚上穿的外套口袋裡拿出任翔給她的紙。她按著紙上的電話號碼，用手機打電話給任翔，約他下午在女生宿舍的會客室見面，商討關於參與演出的細節問題。

下午三點，任翔和小偉準時出現在女生宿舍的會客室。慧恩接到訪客通知立刻下樓走進會客室，任翔和小偉看見慧恩走進會客室，神情愉悅地迎了過去。任翔發現慧恩似乎哭過，眼睛還有些紅腫，便問慧恩說：「妳還好嗎？妳的眼睛看起來有些紅腫，是不是

發生了什麼事？」

「沒有！」慧恩搖搖頭否認。

任翔看慧恩的神情沒有了昨晚見面時的歡愉，眼睛又有些紅腫，她的男朋友也沒出現；他知道肯定是發生了什麼事情。

「妳的男朋友怎麼沒來？妳不是說妳的男朋友同意妳才會參加演出嗎？妳的男朋友同意了嗎？」任翔連不迭地問。

「沒有男朋友了！不需要他同意了！」慧恩神情憔悴，語調平淡地回答。

任翔聽了十分驚訝，他沉吟不語：「昨天晚上他們不是還好好的嗎？怎麼一夜之間就沒有男朋友了呢？難道是我邀請朱慧恩演戲的事害了他們？」

「是不是因為參演的事讓你們鬧僵了？如果是這樣的話，我可以去跟他談一談。」任翔關心地說。

慧恩知道任翔一直都很顧慮凱瑞的感受。他絕對不會願意看到他邀請她參演的事，影響到她和凱瑞的感情。任翔如果知道，凱瑞是因為他所示範的借位親吻而誤會她，一定會有罪惡感。為了讓任翔不要有罪惡感，她避重就輕地說：「我們分手和參演沒有關係。是我男朋友說的話，傷害我的品格，和我所追求的價值觀。」

任翔聽慧恩這麼說，心裡的石頭瞬間落了下去。他了解慧恩的痛心，因為他自己也有品格與價值觀的堅持，那是不容妥協的。

「我可以理解！妳別難過了！」任翔安慰慧恩說。

站在任翔旁邊的小偉聽了慧恩說的話，又看慧恩雙眼紅腫、面容沮喪。一時義憤填膺，說：「那個白痴肯定是說了什麼難聽的話傷害妳對不對？」

慧恩的眼眶裡閃爍著晶瑩剔透的淚光，接著淚珠無聲無息地滾落下來，她低下頭伸手拭淚沒有回答。

任翔注視著慧恩，他的眉頭慢慢地蹙攏了。「這還是昨天晚上那個快樂純真的女孩嗎？她怎麼看起來那麼茫然無助，那麼楚楚可憐呢？她的男朋友究竟是怎麼傷害她的？為什麼不懂得去珍愛她

呢？」他看著慧恩的淚水從她紅腫的雙眼滑落下來，他的心不由地揪了起來；他有些許的同情，更多的是不忍。

「慧恩，」他的聲音有些低沉。「到底發生了什麼事？真的只是妳的男朋友講話傷害妳的品格和價值觀嗎？」他溫柔地問。

慧恩點點頭依舊靜默不語。任翔側著頭思考了一會兒，他似有所悟，理解地說：「是不是他對妳有誤會？他不知道自己錯了？」

「他怎麼這麼敏銳？一眼就能看出問題所在！」慧恩驚訝地抬起頭來看著任翔，任翔的眼神真摯而懇切，她的心不禁為之震顫。

「我不想說了，」她偏過頭擺弄著手上的筆，「我原諒他，但我絕不回頭。」她堅決地說。

「告訴我到底發生了什麼事？我們可以一起想辦法解決問題。」任翔緊盯著慧恩說。

慧恩深深地嘆了一口氣，轉回頭無助地看著任翔。任翔的眼睛充滿了憐惜的溫柔，她不敢直視默默地垂下頭。

「妳一定要容忍他，不要輕易放棄你們的感情。愛情要走下去，最重要的是彼此容忍。妳的男朋友可能有缺點，但他一定也有很多的優點。如果你能專注他的優點，就有力量去寬容他的缺點。世界上沒有完美的人，關係要持續是兩個不完美的人拒絕放棄彼此。退一步海闊天空，我陪妳去跟妳的男朋友談一談。」任翔誠摯地說。

「沒有用的我已經試過了，不是我不容忍他，是他已經放棄我了。他不會聽我的，同樣也不會聽你的，我不想再去找他談了。」慧恩說完，伸手將自己臉上的淚水抹去，接著振作起精神問：

「我答應你們參加『天使之眼』的演出，我們是不是要簽約？」

「按照慣例，我們必須簽約以保障我們雙方的權益。」任翔回答。

「你能告訴我，跟我演對手戲的人是誰嗎？」慧恩問。

「我是『天使之眼』這部電視劇的男主角，所以跟妳演對手戲最多的是我。」任翔說。

慧恩對任翔很有好感，認為他是個誠懇正直的人。跟他演對手戲，她覺得安心。她露出微笑說：「那太好了！事實上，我也是因為你的緣故，才會接演這部電視劇。我並不喜歡演戲，因為除了我的親人和我的前男友，我幾乎沒有和任何人有身體上的接觸；而我也不喜歡和別人有身體的接觸。我想我可能只會演這部戲，不會再接演其他的戲；或許我們口頭約定就可以了不必簽約。」

　　任翔對慧恩充滿了好奇，到底她是怎樣的一個女孩？竟然因為不願與人有身體上的接觸，而對成為明星沒有渴望。他想留住慧恩，好好地研究她這個人，於是說：「依照慣例，我們一定要簽約。但是這個合約基於妳對我的信任，將只對妳單方有利。換言之，是為了保障妳的權益。」

　　慧恩覺得任翔很夠義氣，竟然願意簽一份只對她單方面有利的合約來保障她的權益。但她絕對不能因為他的義氣而佔他的便宜。她心存感激地說：「我很感謝你的好意，你不必給我很高的酬勞，只要夠我支付生活開支就可以了。」

　　慧恩不要求高酬勞，讓任翔對她更增好感，越發覺得必須抓住她。任翔簡述合約的內容說：「我們簽五年約，除了演出酬勞，我每月給妳兩萬人民幣的底薪。如果妳不願意演戲，妳可以唱歌，妳覺得如何？」

　　任翔開出的合約內容，好得遠遠超出慧恩的想像。最重要的是，她只需要唱歌不需要演戲。她雖然對演戲沒有興趣，但唱歌卻是她的最愛。慧恩高興地說：「太棒了！好得超出我的想像！我原本就喜歡唱歌，做自己喜歡的事，又可以賺錢養活自己，實在是再好不過的了。你可以為我安排慈善演唱、勞軍、到災區唱歌給災民聽，這些我都很樂意去做，而且不要酬勞。」

　　任翔沒有想到，慧恩對他開出的合約內容竟然會如此雀躍。她是讀法律的，卻沒有追問演出酬勞的詳細內容，而且又主動要求免酬勞參加慈善演出；他對慧恩的好感更加深了。

　　「妳為什麼會做這樣的要求呢？是為了行善嗎？」任翔問。

　　「是為了傳愛！我爺爺年輕的時候，曾搭火車到台北出差，卻

因鐵路電氣化施工，困在火車裏兩個小時。有同車的一群年輕人，唱了兩小時的詩歌給他和車上其他乘客聽。使無聊煩躁的等待，變成美妙的音樂欣賞會。我外公是台灣人，本來不喜歡和外省人通婚。但年輕的時候，他的外省籍同事救過他的生命，所以就同意我媽媽和我籍貫東北瀋陽的爸爸結婚。火車上的那群年輕人，以及外公的外省籍同事都在傳愛。愛能打破藩籬帶來改變，所以傳愛給人是我渴望做的事。我們以前的四加一快樂樂團，成立的目的是要藉著音樂將快樂傳給人，也是在傳愛。」慧恩回答。

任翔從來沒有遇見過像慧恩這樣的女孩，不求名利只求奉獻，不禁對她肅然起敬。「朱慧恩的男朋友真是愚昧，竟然不懂得珍惜她。」任翔下定決心，一定要讓慧恩留在他的身邊，就近觀察她了解她。

「我明天把正式的合同送過來，妳看過沒有問題後，就在上面簽名蓋章，這樣就可以了。從下星期一起，妳就開始上表演訓練課程。有空的時候，把妳上課的時間表用簡訊傳給我。我會按照妳給我的課表定課程時間，所以不會妨害妳上課。三個月後我們一起到上海試鏡，那時候妳也該畢業了吧？」任翔說。

慧恩覺得任翔真是個細心的人，做事面面俱到，很慶幸他將成為自己的老闆。因此一掃凱瑞帶給她的陰霾，露出燦爛的笑容愉悅地說：「真高興有你這樣的老闆，處處為我著想。我既然答應你要參加演出，就會全力以赴認真學習。等三個月後我畢業了就跟你去上海。」

慧恩講完話，一時之間也不知道說什麼才好？她看見會客室裡的鋼琴沒有人使用，便走到鋼琴旁，拿起放在鋼琴上面的登記簿看了一下；下面半個小時沒有人登記彈鋼琴。慧恩轉向任翔和小偉，徵詢他們的意願說：「現在這台鋼琴，有半個小時的時間沒有人登記使用。如果你們不趕時間的話，不知道你們是否願意留下來，聽我彈半個小時的鋼琴？」

「我們不趕時間，妳願意彈鋼琴給我們聽是我們的榮幸。我們高興都來不及了，怎麼會有不願意留下來聽的道理。妳彈吧，我們坐在這裡聽。」任翔回答說。

　　慧恩在鋼琴前面的椅子上坐了下來，打開鋼琴的蓋子開始彈起鋼琴。她彈的第一首歌曲是「其實你不懂我的心」，優美的旋律伴隨著淡淡的憂傷，迴盪在會客室的空間裡。任翔曾經聽過這首歌曲，但現在聽慧恩彈奏這種曲子，心情卻特別不一樣，感覺特別的沉重。他凝睇慧恩的側臉，帶著輕愁的鋼琴聲，將慧恩憂鬱的側顏襯托得更加楚楚動人；任翔的心不自覺地微微震顫。

　　坐在任翔面前彈鋼琴的慧恩，似乎散發著一股莫名的吸引力，吸引任翔的視線也吸引他的心。從來沒有一個女生像慧恩這樣吸引他，即使曾經和他兩情相悅的莫言真，對他也沒有這樣的吸引力。

　　「朱慧恩在我的生命中，到底會扮演怎樣的一個角色？為什麼我對她的感覺特別的不一樣？好像我前世就跟她有一段纏綿悱惻的情緣一樣。」任翔搖搖頭試著擺脫這種前世情緣的想法。「我想太多了，我還沒有真正地了解她呢！」任翔想著，目不轉睛地看著彈鋼琴的慧恩。

　　慧恩因為下午還要上課，所以彈完半小時的鋼琴就跟任翔和小偉道別，離開宿舍到學校去了。

　　任翔和小偉一起步出修女院女生宿舍，開車門進入停在宿舍門口旁的車子。小偉坐在駕駛座上，偏過頭問坐在他旁邊的任翔說：「任翔，我真的搞不懂，你為什麼要和朱慧恩簽這樣的合同，只保障朱慧恩一方的權益？朱慧恩雖然長得超凡脫俗美麗動人，但這並不表示她就一定會紅。如果她沒有紅，你每個月還要給她兩萬塊人民幣的薪水，你不是虧大了嗎？」

　　任翔調整了一下自己的座椅，看了小偉一眼，說：「其實我們得到的利益，比我們給她的還要多得多。」

　　小偉覺得很奇怪，慧恩不需要再演戲只需要偶爾唱歌，不但能拿到演出費，每個月還能拿到兩萬塊人民幣的底薪；在他們公司根本看不到這樣的合同。明明得利的是慧恩，為什麼他們會得到比慧恩更多的利益呢？小偉好奇地問任翔說：「為什麼我們得到的利

益，會比朱慧恩得到的還多呢？從你剛才開出的合同內容，我看不出有這種可能性。」

「『天使之眼』這部電視劇，原先要找當紅的女演員來演女主角，預定要支付給她的酬勞是一千萬人民幣。現在我們找了朱慧恩，我預備給她的酬勞是130萬人民幣。在我開出的合同裡，每個月給她兩萬人民幣的底薪，一年是24萬人民幣，5年是120萬。再加上我預定給她的演出酬勞10萬人民幣，一共是130萬人民幣。所以說我們並沒有損失，反而節省了870萬人民幣。」任翔胸有成竹地說。

小偉明白任翔的意思，按照任翔的說法，他們的確沒有損失反而得利，但這不像是他所認識的任翔會做的事。任翔為人一向坦蕩正直、光明磊落，心思細膩但從不算計人。他總是讓利給人，從不在別人的身上謀利；他所看到的任翔是一股清流毫無汙穢。為什麼他在處理慧恩這件事情上，看起來卻是那麼老謀深算呢？

「你為什麼不直接給她130萬人民幣而要分5年給呢？」小偉不解地問。

任翔眼睛直視前方，臉上有一絲溫馨的笑意，他回答小偉說：「這是要保護她！一次給她130萬的酬勞，我怕她會禁不起金錢的誘惑，認為演戲一下了可以賺這麼多錢就拚命地想演戲，失去她的本性。她太單純了潔淨得像一張白紙，白的東西最容易被污染，我要保護她不受污染永遠潔淨。」

小偉這時大概了解任翔的心意。他從來沒有看過任翔這樣對待一個女生，他懷疑任翔已經喜歡上慧恩。他想進一步確認，他問任翔說：「所以除了這部電視劇，你不會讓朱慧恩再演戲。因為你不僅不願意，她追逐金錢名利而迷失本性。你也不願意，她和其他男生有身體上的接觸。5年的合同只是讓她能留在你的身邊，唱歌只是其次的目的對不對？」

任翔被小偉看穿心意有些不好意思，便哈哈地笑了起來。他神情愉悅輕鬆地說：「這只是你的猜測，我並沒有這麼說。是不是像你說的那樣？你繼續看下去就知道了。但有一點你沒有說對，在唱歌方面，我要全力栽培她，讓她盡情發揮；也會按照她的意願，讓她能以唱歌傳愛。」

小偉看任翔的神情已經心領神會，知道自己說的話是八九不離十，猜中了任翔的心思意念。「像朱慧恩這樣，擁有出水芙蓉般的美顏，又純潔善良的女孩，任誰見了都會著迷；看來任翔也不能例外。還好朱慧恩已經跟她的男朋友分手，我就樂觀其成吧！」

　　小偉開口祝福任翔說：「那就祝你好運！成功抱得美人歸！」

　　「你想太多了！」任翔說著，又哈哈地大笑。

　　小偉在私底下很少看到任翔像這樣哈哈大笑，他知道有些東西已經在任翔的心裡滋長，大家就心照不宣吧！

　　「的確是我想太多了！」小偉笑著說，接著發動車子離開修女院女生宿舍。

　　慧恩雖然下定決心不再回頭，可是她的心卻仍然被凱瑞所佔據。儘管她沒有因為和凱瑞分手而死掉，但整個心也死了大半。她的心思意念全是凱瑞，連做夢都夢到他，讓她哭著從夢裏醒來。她真的希望凱瑞現在就來找她，告訴她一切都是他的錯，他誤會她了。就像從前一樣，只要她不高興，凱瑞總會馬上低頭認錯，但這次凱瑞好像吃了秤頭鐵了心，不認錯就是不認錯。

　　慧恩走在校園裡，每看到一處她和凱瑞曾經躲藏起來親吻的地方，她就流出淚來；有幾次甚至蹲下來放聲大哭。她今天下午最後一堂有課。從學校後門到法學院這段不是很長距離的路，她走走蹲下來痛哭，接著又走走又蹲下來痛哭。整個10分鐘的路程，她走了半個小時。還好她提早出門，還有一些時間，最後一堂課才會開始。

　　今天凱瑞獨自一個人走到法21教室門口，沒有任何猶豫就直接走進教室。這和往常不同，以前凱瑞和慧恩都會一起到。如果沒有一起到，他們也會在教室門口等對方，然後再一起進教室。站在法21教室走廊的同學，看凱瑞一個人反常地獨自走進教室，都覺得很

奇怪。感覺好像有什麼地方不太對勁，於是開始互問猜測；兩個大嘴巴柯玉斗和李偉立為大家提供了答案。

「昨天晚上，秦凱瑞和朱慧恩在秦凱瑞的房間裏大吵。他們爭吵的聲音實在是太大了，我們三個人都聽到了他們談話的內容。」柯玉斗說。

同學們聽到柯玉斗說，凱瑞和慧恩昨天晚上在凱瑞的房間裡大吵，全都圍了過來一探究竟。

「他們都講了些什麼？」羅健首先發問。

「你來說吧！」柯玉斗對站在他身邊的李偉立說。

「事情是這樣的，朱慧恩瞞著秦凱瑞有了新男朋友。而且朱慧恩跟她新男朋友『熱情擁吻』的時候，被秦凱瑞親眼看見了。」李偉立煞有其事地說。

每個在場的同學聽了李偉立說的話，都露出難以置信的表情。班上年紀最大的女生，大家都稱她為王媽的王淑芳，一副正氣凜然的模樣，仗義執言說：

「你們別聽李偉立瞎說。秦凱瑞跟朱慧恩如膠似漆像連體嬰一樣，朱慧恩哪有機會交其他的男朋友？沒有確實的證據不可以隨便說。不管李偉立怎麼說，我相信朱慧恩絕對不會做出對不起秦凱瑞的事。」

大家都覺得王淑芳言之有理，法律講求的是證據，沒有確實的證據怎麼可以定人的罪呢？但剛才李偉立不是說，是秦凱瑞親眼看見的，也就是說秦凱瑞自己就是證人。

「但是朱慧恩怎麼看，都不像是個會背著秦凱瑞出軌的女生，會不會是愚人節的玩笑呀？」羅健一臉茫然說。

大家都點頭贊同羅健的看法，但是看秦凱瑞一副睡眠不足面色凝重的樣子，好像事態蠻嚴重的。而且柯玉斗和李偉立說話的神情，也不像是在開玩笑，大家的疑惑更深了。現在能為他們解除迷霧的只有慧恩，大家都迫不及待地希望慧恩快點來上課。

慧恩走到法學院教室大樓，她用手將臉上的淚水拭去，然後一

步一步慢慢地爬上樓梯。到了二樓右邊第一間教室法21教室，她低著頭從後門走了進去。所有在走廊的同學看慧恩走進教室，也都跟著一起進入教室。慧恩走進教室後，找了一個靠牆近後門的位子坐了下來。她沒有注意到全班同學都在看她，她將背包放在桌子上，然後從背包裡面拿出了一把鑰匙。她舉目向左前方看過去，凱瑞正坐在中間靠左邊的位子上看書。

慧恩從座位上站起來走到凱瑞的面前，將鑰匙放在凱瑞的桌子上，說：「你公寓的鑰匙還你！」

凱瑞抬起頭來看著慧恩。慧恩看著凱瑞那雙疲憊的眼睛，整個心都要融化了。她的心裡吶喊著：「凱瑞求求你，開口說你錯了，你誤會我了。」

凱瑞看著慧恩哭紅的眼睛很是不捨，他心裡想著：「恩恩，現在告訴我妳錯了，我一定原諒妳，不再計較妳做錯的事。」

慧恩和凱瑞都沒有開口說話。兩人僵持了一會兒，慧恩失望地流出眼淚，轉身走回她的座位。凱瑞目送慧恩走回她的座位，也失望地垂下頭。

所有的同學都看著他們，慧恩坐回她的座位後，每個人都遺憾地嘆了一口氣。從剛才慧恩和凱瑞的互動中，他們知道慧恩和凱瑞之間肯定發生了問題。而這個問題有很大的可能性是李偉立所說的，慧恩有了新的男朋友。

「看來，我們班上碩果僅存的班對現在也散了！」羅健感慨地說。

「羅大詩人，做一首新詩來紀念他們逝去的愛情吧！」李偉立說。

蔣若水從教室後門走了進來，在靠近後牆的地方找了一個座位坐了下來。大家看蔣若水都已經進教室了，表示教授將會在下一分鐘出現，紛紛坐好準備上課了。

第二十五章 怎能忘記妳

　　夜幕低垂，蒼穹中那半輪發出黃澄澄光芒的明月，又在眾星簇擁下華麗登場。凱瑞坐在書桌前看書，早春的晚風帶著冰冷的寒氣，從打開的窗戶撲面而來。他感覺奇冷無比，有如一陣凜列的寒流，穿入他的肌膚，凍裂他的骨頭。他起身關上窗戶，又坐回椅子上，將身體向後靠在椅背上。

　　「已經好幾天沒有看到恩恩了！」凱瑞想著。沒有慧恩的日子，生活好像變得既枯躁又乏味。寂寞總是如氤氳的霧氣，瀰漫在房間裡的每個角落。

　　「春天來了，只是今年的春天特別冷。花失去了香味，鳥叫聲也變得聒躁；今年的春天真是糟透了！」凱瑞拿起放在書桌上的手機，開機看儲存在手機裡慧恩的照片。「人生中，失去自己真心愛的人，是一件痛苦的事。但最痛苦的是，在愛她的過程中，卻不知道自己已經失去她了。我從來沒有想到恩恩會離開我，更沒有想到恩恩會以這種方式離開我。我一直覺得她很愛我，卻沒有察覺她已經變心了。」

　　凱瑞將手機放回書桌上，從書桌的抽屜裡拿出那本記事本。「這本記事本原本是要在公證結婚那天送給恩恩的，現在只能一直躺在盒子裡，不知道哪一天才能送給恩恩了？」

　　凱瑞將記事本放回抽屜裡，身體又向後靠著椅背。「真希望恩恩能回心轉意，離開任翔回到我的身邊。只要她向我認錯，我一定原諒她，不計較她一時迷失做錯的事。」

　　他舉頭看向天花板，天花板在燈光照射下呈現一片亮白。「但任翔條件那麼好，除非我考上司法官，否則我根本比不上他。恩恩

現在一定不會離開任翔，她現在根本不可能回到我身邊！」

　　想到這裡，凱瑞的心不由地瑟縮了一下，一種痛的感覺隱隱乍現。他從椅子上站起來在房間裡來回踱步，他有一股衝動想立刻衝到女生宿舍找慧恩，但這股衝動很快就被他對自己的缺乏信心給壓住了。

　　「當真心愛一個人，卻沒有得到對方以相同的真心回報，是件很受傷的事。我受傷的心恩恩能了解嗎？唉！無情之人怎能了解多情之人的苦呢？一個人一旦選擇離開，就很難讓她再回頭了。」凱瑞又在房間裡來回走了幾趟，然後拉開門走了出去。

　　客廳裡，柯玉斗、李偉立、蔣若水以及來訪的羅健，正坐在沙發上喝啤酒聊天。羅健看見凱瑞走出來，便站起來走到凱瑞的身邊，把他拉過去坐在沙發上。

　　「凱瑞，看開點！天涯何處無芳草，去了一個再找一個，沒什麼大不了的。你看我們若水身經百戰，現在都可以稱得上是情場上的英勇戰士了。聽說他幾天前又被一個女生甩了！」羅健說。

　　「沒錯！我們蔣大帥一旦被女生先提分手，就對那個女生特別留戀。這兩天，他天天到那個女生家樓下的飲料店等她，想要挽回她。從過去的經驗看來，我是不認為那個女生會回頭，除非蔣大帥考上司法官。但蔣大帥現在混得那麼兇，要考上司法官也很難。所以我就勸蔣大帥還是早點死心，再找一個新的女朋友吧！」柯玉斗邊喝啤酒邊說。

　　「我們蔣大帥已經打過預防針有免疫力。不像凱瑞一直都很健康，突然得了個重感冒，情況看起來就嚴重多了。還好我們凱瑞本身條件太好了，我想他應該很快就會痊癒。這次凱瑞的情況是，朱慧恩先出軌，但卻是凱瑞先不理朱慧恩，所以雙方算是打成平手。凱瑞跟朱慧恩在一起的時候，就有很多女生喜歡他。現在他跟朱慧恩分手了，不知道有多少女生會高興得睡不著覺？」李偉立說。

　　「你們要安慰凱瑞幹嘛拿我當樣本！凱瑞和朱慧恩的情況跟

我的情況不同，不能相提並論。朱慧恩是出軌，跟別的男生親吻被凱瑞親眼目睹，這種情況比我的情況嚴重數倍。如果我是凱瑞，我當場就會跟那個男的幹架，不會像凱瑞那麼懦弱。凱瑞長得這麼高大，又有一身強壯的肌肉，看起來就像是個將帥般的戰士。我真的搞不懂，你為什麼不當場給那個男的一個教訓？」蔣若水說。

「就是因為他像是個將帥般的戰士，所以才沒有當場出手。你有聽過將帥自己先衝到前線殺敵的嗎？如果有這樣有勇無謀的將帥，那這個軍隊很容易就會潰敗；我不認為當場幹架是明智之舉。凱瑞和朱慧恩是我們班上唯一的班對，我一直很看好他們。我雖然不知道朱慧恩為什麼會做這樣的事？但我總覺得事情有些奇怪，很多地方讓人無法理解。凱瑞說他親眼目睹朱慧恩和那個男的親吻，好像是事實勝於雄辯，我也沒有為朱慧恩辯護的餘地；所以我只能勸凱瑞不要單戀一枝花。憑凱瑞的條件，找個漂亮的佳偶絕對不是問題！」羅健說。

「除了恩恩之外，對我來說並沒有所謂的佳偶。一個人遇到挫折的時候，可以被挫折打敗從此一蹶不振，也可以從挫折中學習使自己成長；我選擇後者。今天如果我已經有相當的經濟能力，恩恩就不會離開我。從這件事我學習到要先裝備自己，自己有相當的成就才有幸福可言。人都會有犯錯的時候，有一天我考上司法官了，恩恩認錯了；不管恩恩在天涯海角，我都會把她再追回來。」凱瑞從沙發上站了起來，又說：

「我想出去走走！等我回來後，如果你們還有興致，我再拉幾首曲子給你們聽。」

「好啊！我最喜歡聽你拉小提琴，我等你回來拉小提琴給我們聽。」蔣若水舉起啤酒罐對凱瑞說。

「音樂和酒一向是我的最愛！反正我也沒事，我就在這裡喝啤酒，等你回來拉幾首曲子給大家聽。」羅健也舉起啤酒罐對凱瑞說。

凱瑞走到門口，打開公寓的鐵門走了出去。

「世事一場夢，人生幾度秋涼，」在女生宿舍慧恩的寢室裏，

慧恩獨自屈膝抱腿坐在窗戶前的書桌上，看著窗外的星星喃喃低吟；這是她以前每當心情不好的時候常做的事。自從和凱瑞在一起後，她就很少像這樣坐在書桌上看星星。因為沒有不愉快的事，即使有也都有凱瑞扛著。現在沒有了凱瑞，所有的事她都必須靠自己，她覺得有些不知所措。

「在永恆的時間裡，我們都只是短暫的過客。人生雖然短暫，卻不能度過一生而不流眼淚。經歷人生流淚或許不能避免，但我卻希望我的眼淚，不是因為凱瑞的離開而流。我不要凱瑞離開我，凱瑞離開我，是我無法忍受的痛；而凱瑞以這種方式離開我，更叫我痛不欲生。」慧恩對著她的星星說。

「媽媽曾經告訴我，不要當一個需要男人的女人，要當一個被男人所需要的賢德女子。我一直都依靠凱瑞，我需要凱瑞勝過凱瑞需要我。所以凱瑞可以輕易地離開我，我卻因為凱瑞離開我，而陷入無邊無際的痛苦中難以自拔。」慧恩垂下頭趴在膝蓋上。

慧恩已經連續好幾個晚上睡不好覺了！每天晚上，她都在思念凱瑞中睡著，也都在夢見凱瑞的半夜裡哭著醒來。她不知道這種日子還要持續多久？她已幾近崩潰了。

「早知道會有今天，當初就不應該跟凱瑞談戀愛，愛得越深痛得越難以忍受！」慧恩後悔地想著。

她抬起頭來重新看向窗外的夜空。蒼茫的夜色中，那半輪黃橙橙的月，皎潔明亮飛彩凝輝，天際間那顆最耀眼的星星，閃爍著璀璨的光芒跟隨陪伴。

「我的星星，妳才是我的良伴，永遠對我不離不棄。凱瑞不知道說過多少次會對我不離不棄，結果不也是離棄我了。我真傻，把凱瑞說的話都當真了。」慧恩繼續對著她的星星說。

慧恩手機上的簡訊聲響起，她拿起手機一看，是任翔傳來通知她，有關明天表演訓練課程的簡訊。

「明天就要開始表演訓練課程了！我從來沒有演過戲，真的很緊張，不知道能不能做好？如果凱瑞在就好了。」想起凱瑞，慧恩又不禁難過了起來，她舉目再望向她的星星，說：

「我的星星，我已經好幾天沒有看到凱瑞了。我很想念他，但他已經不理我了。我的星星，妳看到他了嗎？妳可不可以告訴我，他現在怎麼樣了？他還好嗎？他還在生我的氣嗎？我的星星，妳能不能告訴他，我沒有跟任翔親吻，他看到的是任翔的示範表演？妳能不能告訴他，我很想念他？妳能不能……」她說不下去了，眼淚奪眶而出，她跳下桌子拿了件外套走出寢室。

在修女院女生宿舍的門口，凱瑞孤獨地站在微亮的燈光下，他已經在這裏站了一段時間了。以前他送慧恩回來，總會在這裡親吻慧恩後才離開。現在他已經好幾天沒有送慧恩回到這裡，也好幾天沒有看到慧恩；他很想念她。這裡什麼都沒有改變；一樣是從草叢裡發出來的蟲鳴聲；一樣是風吹榕樹發出來的沙沙聲；一樣是行人稀少寂寥的柏油路；唯一改變的是慧恩和他的愛情。他看著門旁邊的牆，彷彿看到慧恩純真的臉正對著他笑。

「恩恩，妳有世界上最美麗的笑容！」凱瑞對著牆說，又伸手觸摸那面牆。「妳知道我有多麼想念妳嗎？在人生的過程中，我知道一定會有所失去，但失去妳是我一生最大的痛苦。為什麼妳要把這個痛苦加在我的身上呢？」

凱瑞用拳頭狠狠地打了牆一拳，然後將額頭靠在牆上。「妳不是向我承諾過，除非我不要妳了，或是我做了對不起妳的事，否則妳永遠也不會離開我？妳的承諾就那麼一文不值嗎？」

他想到慧恩和任翔就在這裡熱情親吻，他的怒火條然燃燒了起來。他再次揮拳向牆上狠狠地打了幾拳，又用腳踹了幾下牆。「可惡的任翔！可惡的任翔！世界上有那麼多的地方，為什麼你偏偏要出現在這裡？地球上有那麼多的女人，為什麼你偏要橫刀奪愛搶我的恩恩？」

憤怒讓凱瑞的臉紅得宛若蘋果樹上初熟的紅蘋果，有一位中年婦人從柏油路的另一頭走了過來。她瞅見凱瑞對著圍牆又打又踢，走近一看凱瑞滿臉通紅像是喝了不少酒。她好心地提醒凱瑞說：「少年仔！酒不要喝那麼多，弄壞了身體划不來，快回去睡個覺

吧！不要在這裡發酒瘋，讓人家看到了不好。」

　　凱瑞向婦人點點頭應了一聲「嗯！」便轉身往另一個方向離開女生宿舍，慢慢地走回他住的公寓。

　　慧恩下樓走出女生宿舍，在門口微亮的燈光下佇立。對慧恩而言，這裡有太多甜蜜的回憶。她閉上眼睛吸了一口氣，凱瑞似乎在她的耳邊呢喃低語。她喜歡凱瑞的嘴唇掠過她臉頰的感覺；有些癢癢的又有一絲溫暖。她也喜歡凱瑞柔軟的唇親吻她的感覺；甜甜蜜蜜的，宛若世界上只有他們兩個人。她陶醉在她的回憶裡，好像凱瑞還在，一切還是像以前一樣。不知過了多久，一陣涼風襲來，她緩緩地睜開眼睛，眼前又恢復原本的空虛寂靜，凱瑞也消失得無影無蹤。

　　「凱瑞，你在哪裡？」慧恩向四周張望試著尋找凱瑞的蹤跡。周遭除了竊竊私語的蟲鳴聲，和微風輕拂榕樹的沙沙聲，一片死寂，她失望地垂下肩膀。

　　慧恩在柏油路兩旁微亮的路燈照耀下，恍恍惚惚地往她熟悉的方向走去。沿路上，依舊是風吹鋁罐的滾動聲，車輛奔馳在馬路上的呼嘯聲。慧恩不知不覺地走到凱瑞住的公寓樓下，她抬頭望向凱瑞房間的窗戶，燈是亮的。

　　「凱瑞應該還在看書，考上司法官一直是他追求的目標，他絕對不會因為我而放棄。」慧恩目不轉睛地看著凱瑞的窗戶。突然間，窗戶內響起一陣小提琴聲，凱瑞正在拉「明月千里寄相思」這首曲子。優美動人的小提琴聲，隨著清涼的風從窗戶飛落而下。慧恩的臉頰被迎面吹來的涼風凍得有些發紅冰冷，但她似乎沒有感覺到涼風的吹拂，依然動也不動地站立在公寓樓下。她閉上眼睛沉醉在悠揚柔美的旋律裏，她更加想念凱瑞，眼淚已如雨下。

　　慧恩在下課鈴聲響起後，立刻接到任翔傳來的簡訊。慧恩快步從教室後門離開，來到法學院草坪旁的步道。任翔正坐在步道旁

的石椅子上看手機，慧恩走到任翔的旁邊，彎下身子輕輕地說了聲「嗨！」任翔隨即抬起頭來微笑地看著慧恩。

「妳來了！真快！」任翔說著，從石椅子上站起來，「我幫妳拿！」他伸手去拿慧恩肩上的背包。

「很重哦！」慧恩順從的將背包交給任翔。

「還好啦！不過妳既然知道重，為什麼還要放這麼多東西在背包裡呢？」任翔笑著問。

「都是需要的東西，沒有辦法呀！」慧恩聳聳肩無奈地說。接著問任翔：「你等很久了嗎？」

「沒有，我才剛到。」任翔搖搖頭輕鬆地回答。

任翔與慧恩一邊走一邊不時地對望交談，慢慢地走向停車場。

站在法學院2樓教室走廊的凱瑞，以及其他尚未離開的同學，都看到任翔肩上背著慧恩的背包，和慧恩不時對望有說有笑地一起走在校園中。

「凱瑞果然沒有看錯，朱慧恩真的有新的男朋友。」蔣若水首先發難。

凱瑞悶不吭聲，眼睛直直地盯著慧恩和任翔。柯玉斗彎著身子趴在欄杆上，目視前方說：「沒想到，朱慧恩的新男朋友那麼帥，不比我們的帥哥凱瑞差，還比凱瑞多了一分成熟的韻味，難怪朱慧恩會移情別戀。」才說完，柯玉斗的頭冷不防地被李偉立敲了一下。

「唉喲！好痛哦！」柯玉斗摸著頭站直身子，轉頭尋找敲他頭的人。

「虧你還是凱瑞的室友呢！怎麼可以長他人志氣，滅自己威風。誰說朱慧恩的新男朋友，比凱瑞多了一分成熟的韻味？正確的說法應該是，凱瑞比較年輕，他比較老氣。他怎麼能跟我們大帥哥凱瑞比？」李偉立不以為然地說。

凱瑞面無表情，身體靠著欄杆站著，突然咬緊牙關下顎的肌肉微微抖動；他的心隱隱作痛。任翔現在做的事，正是他以前為慧恩

做的事。現在任翔已經取代他,成為慧恩的新男朋友,他對任翔有難以言喻的怨恨。他實在不明白,像任翔這麼紅的明星,有那麼多漂亮的女生喜歡他,而且演藝圈裡美麗動人的女明星也不少。憑他的條件,他可以任意挑選她們其中一人當他的女朋友。為什麼偏偏要搶他的恩恩?任翔根本無法了解慧恩對他有多重要,他的一切計劃都是以擁有慧恩為目標。任翔甚至不能愛慧恩像他愛她一樣,那麼多、那麼深、那麼真。

「他憑什麼跟我搶恩恩?還不是因為他的名氣和他的錢,讓恩恩一時迷失自己,才讓他有機會從我的身邊搶走恩恩。這場爭奪戰還沒有結束呢!我絕對不會放棄恩恩。只要我有能力,我考上司法官,我一定要把恩恩再搶回來。」凱瑞站直身子,揮手將遮蓋前額的一絡頭髮甩到後面,轉身往圖書館的方向走去,為他爭奪慧恩的計劃增添柴火。

任翔坐在駕駛座上開著車,慧恩安靜地坐在他的旁邊。剛才上課的時候,慧恩不時轉頭偷看坐在教室另一端的凱瑞。凱瑞的臉看起來很疲憊,好像好幾天沒有睡好覺一樣。以前凱瑞從來沒有這樣過,她所知道的凱瑞,是一個活潑開朗、幽默風趣、帥氣迷人的大男孩。在她的眼裏他就是英雄,沒有什麼事是凱瑞不能解決的,所以她一直都很崇拜他、很依靠他。

現在凱瑞已經不要她了,說她很賤不理她。她完全沒有回頭跟凱瑞和好的餘地,因為凱瑞不再信任她了。她很氣凱瑞不相信她,為什麼僅因他所堅持的眼見為憑,就把她所重視的品格完全否定掉?她氣凱瑞已經跟她相知相愛三年多了,為什麼還不能了解她?她想,或許她不能說他們相知相愛,最多也只能說相愛,因為他們根本談不上相知。如果他們真能相知,凱瑞就不會誤會她。至少會聽她解釋,讓她有辯駁的機會。不會像現在一樣,連給她說明的機會都不肯。

凱瑞的眼見已經主宰了他的判斷,他已經失去尋求真相的客觀思考能力。他只知道她背叛他,做了對不起他的事,卻不知道他的

「親眼所見」是有盲點的，而這個盲點正是真相的關鍵。他的親眼所見，讓他宛如已經裝滿水的瓶子，不能再容納任何一滴水；也讓真相大白完全沒有發生的可能性。

雖然她已經因為凱瑞傷害她所重視的品格，而下定決心跟他分手永不回頭。但她內心深處依然希望凱瑞能發現真相，向她道歉認錯。就像從前每當她不高興的時候，凱瑞總會主動向她道歉一樣，這樣他們就可以回到從前了。

而她真的很渴望回到像從前一樣的日子，每天有凱瑞相伴相隨。因為她還是非常愛凱瑞，她很想念很想念凱瑞，她經常想他想到睡著，然後再從有他的夢裏哭著醒來。但從凱瑞現在的態度看來，她所渴望的這一切是全然不可能；她和凱瑞根本沒有轉圜的餘地。想到絕望處，慧恩不自覺地流出眼淚。

開著車的任翔轉過頭看了慧恩一眼，發現淚水正從她注視前方的眼睛安靜地流下來。他又看了慧恩一眼，慧恩依舊面無表情地流著淚。「妳怎麼流淚了？有什麼委屈嗎？」任翔關心地問。

慧恩這時才注意到自己正在流淚，趕緊伸手拭去臉上的淚水，偏過頭對任翔說：「沒事！我沒事！剛剛想到一些事情，就不自覺地流出淚了。」慧恩說完，將頭轉回依然面無表情地注視著正前方。

任翔眼睛注視前方開著車，心裡卻暗自揣摩，為什麼慧恩會不自覺地流淚？在他的記憶裡，慧恩是有些小迷糊，竟然撞過他兩次。但她總是面帶微笑，怎麼看都是個快樂的女孩。什麼事讓這麼一個原本快樂的女孩，變得多愁善感不自覺地流淚呢？

他想到慧恩最近才和她男朋友分手。他曾和小偉觀察過慧恩和她男朋友三天，他可以感覺到他們的感情很好，除了睡覺外，幾乎都在一起。而且他也發現慧恩的男朋友對慧恩用情很深，讓人一眼就可以看得出他是真心愛慧恩。這麼相愛的兩個人為什麼一夜之間就分手了呢？難道是因為他的緣故讓這兩個相愛的人決裂嗎？

但慧恩已經說過了，他們的分手與他無關，是因為她男朋友用不當的言語傷害她的品格；是一種價值觀的衝突。只是這種衝突有嚴重到，讓兩個相愛的人一夜之間形同陌路嗎？如果真的有那麼嚴重，讓他們決定分手，為什麼慧恩還會不自覺地流淚呢？難道慧恩她……

「妳是不是還在想妳的前男友？妳還愛著他嗎？」任翔問。慧恩不知道如何回答這個問題，依舊保持沉默並未回答。任翔看慧恩沒有回答，他想慧恩應該是默認了。分手後還依然愛著對方、想念著對方，任翔有過這樣的經驗。當年他和莫言真分手後，有一段時間也陷入失戀的痛苦中。就是因為這樣，他才會接受黃永樂的邀請，來台灣散心並商討合作事宜。也因此才會被當時還是大學新鮮人的慧恩撞到，而對她留下深刻的印象。

「也許我和慧恩真的有緣，我失戀的時候遇到慧恩。而再一次遇到慧恩後，這次失戀的人輪到她。」想到這裡，他覺得有些好笑，不禁露出笑容說：

「分手後還會想念對方、愛著對方是很正常的事，我也是這樣，畢竟自己真心地付出過。但如果因此陷在失戀的痛苦裡出不來，就非常不好。」

慧恩聽任翔說也失戀過，和她有相同的情況，便轉過頭面對任翔，想知道他是如何渡過那段撕心裂肺的日子？

「那你是如何度過那段還想念仍愛著的日子呢？」慧恩好奇地問。

任翔從慧恩問的問題知道他猜的沒有錯，慧恩果然是陷在失戀的痛苦中不能自拔。如果能以他自己過去的經驗幫助她，讓她早日脫離失戀的泥沼也算是一件好事。於是說：

「我是用轉移注意力的方式，來度過我的失戀時光。那段時間，我去旅行也接很多的工作，就是盡量讓自己不要有時間去想對方，也絕對不緬懷過去。只要是有關對方的事，不管是好壞對錯都讓它隨風而去。有時失戀的刺痛感還會出來，當它再出現的時候，我採取的態度是，我知道它出現了，但絕對不將任何注意力集中在那上面，我不會再去想它；慢慢地我就渡過失戀的日子了。」

慧恩聽任翔這麼一說，想起愛華曾經對她說過的話，她興奮地說：「我爸爸曾經告訴我，不要把注意力集中在問題上，因為這樣會使問題無限擴大，大到好像無法解決一樣；轉移注意力的確是個好方法。從現在開始，我就把注意力放在表演的工作上，不要再放

到緬懷過去上。給我一點時間，我保證在跟你去上海之前，一定完全脫離失戀的桎梏，成為一個完全自由全新的我。」

任翔沒有想到慧恩那麼容易就把他的話聽進去了，心裡非常高興。他露出笑容對慧恩說：「我們擊掌以示承諾，說到就要做到，絕對不緬懷過去！」

慧恩伸出右手與任翔伸出的右手互相擊掌，說：「好！絕對不再緬懷過去！」

慧恩突然想到即將要上的表演課程，她至今還不知道什麼是表演課程？之前一直想著凱瑞忘了問，趁著現在還有些時間，她趕緊問任翔說：「我要上的是什麼表演課程呢？」

「因為妳只參加這次的演出，就不再參與任何戲劇的演出。所以我為妳安排的表演課程，全部是為演出『天使之眼』這部電視劇做準備。」任翔回答說。

慧恩一直都很信任任翔，對於他所安排的表演課程，也覺得正合自己的需要。她感激地說：「謝謝你的細心安排！我一定會努力的！」

上課對慧恩不再是難以承受的壓力，她不再回憶過去和凱瑞的種種，她也不再氣凱瑞。當愛凱瑞的心像針刺般隱隱作痛時，她承受著，但絕不將心思意念再放在那上面。現在她可以坦然面對所有人了，她進教室不用再選擇靠牆近後門的座位，她也不再偷看凱瑞。她不能讓痛苦一直繼續，而唯一能終止它的就是她自己。如今，她幾乎成功地終止了失戀的痛苦，而這一切都是由於任翔的那一番話幫助了她，將她從失戀的痛苦深淵裡拉出來。

班上同學因為慧恩幾乎沒有情傷的痕跡，又看見任翔經常坐在步道旁的石椅子上等慧恩。所以都相信慧恩移情別戀，拋棄了愛她疼她的凱瑞；甚至凱瑞自己也這樣認為。

偶爾有些看不下去的同學會為凱瑞打抱不平，當面質問慧恩說：「秦凱瑞對妳那麼好，這是大家都看得到的。妳為什麼要移情別戀拋棄秦凱瑞呢？」

對於這樣的質問，慧恩並沒有多加解釋。「伸冤在 神」她取悅

神而不取悅人，她不用為她自己伸冤。而事實上她也知道，只要別人心裡已經設定立場，再多的解釋他們也不會相信，只會被認為是藉口而已。

　　明天就要舉行畢業典禮了。過了明天，她將和任翔一起飛到上海。她從來沒有去過大陸，初中時她常將學校旁邊的兩條小溪想像成長江和黃河，自己神遊其中好像到了大陸；沒想到有一天她真的會踏上大陸這塊土地。

　　想到從此再也看不到凱瑞，慧恩決定放縱自己，對過去的一切做最後一次的巡禮。她獨自到了校園，走過法學院餐廳、法學院圖書館、法學院教室；走過每一個凱瑞曾經帶她去的地方，還有他們躲藏起來親吻的角落。刺痛的感覺依舊存在，仍然讓她痛得熱淚盈眶。她告訴自己就今天，這是最後一次讓自己痛。

　　夜晚來臨了，這是慧恩在修女院女生宿舍的最後一個晚上。慧恩走到宿舍門口佇立在微亮的燈光下，這裡曾是她和凱瑞相擁親吻依依不捨的地方，只是此情此景永遠也不會再出現了。她留戀地撫摸大門旁邊的牆，然後舉頭望向天空。繁星點點散布在蒼穹中，那顆夜空中最明亮的星星，宛若閃爍著耀眼光芒的明眸，對她眨眼祝福。她伸手向上揮了揮手，彷彿對一位老朋友打招呼一樣。

　　她轉向大門的左側，沿著她熟悉的路，聽著她熟悉的風吹鋁罐的滾動聲，馬路上車子奔馳的呼嘯聲，走到凱瑞住的公寓樓下。通常這個時間，凱瑞都會拉他的小提琴，今晚也不例外。慧恩抬頭遙望凱瑞的窗戶，傾聽從窗戶內傳送出來帶著淡淡輕愁的小提琴聲。今晚這個時刻，凱瑞拉的依然是「明月千里寄相思」。最近不知道是什麼原因，他常常拉這首曲子。慧恩閉上眼睛全然陶醉在凱瑞拉的優美的旋律裡。驀然間，琴聲停止了，慧恩如夢初醒睜開眼睛。

　　「凱瑞可能有什麼事，停止拉小提琴了！」慧恩想著，又留戀地看了凱瑞的窗戶一眼，然後轉身走回宿舍，結束了一天的巡禮。

柯玉斗和李偉立一起回到他們與凱瑞住的公寓。快到公寓門口，就看到慧恩站在公寓的一側，抬頭閉眼好像在聆賞凱瑞拉的小提琴。柯玉斗和李偉立興奮地跑上樓，急忙打開公寓的鐵門，然後衝進凱瑞的房間。

　　柯玉斗上氣不接下氣，氣喘如牛地告訴凱瑞說：「凱瑞，凱瑞，慧恩在樓下聽你拉小提琴！」

　　凱瑞不敢置信，急著問：「你說什麼？再說一遍！」

　　柯玉斗又再說了一遍：「慧恩在樓下聽你拉小提琴！」站在柯玉斗旁邊的李偉立接著說：「我也看到了！」

　　凱瑞馬上放下手上的小提琴，衝出公寓的鐵門跑到樓下，但太遲了，慧恩已經消失得無影無蹤。凱瑞不死心四處張望尋找慧恩，接著快步沿著前往女生宿舍的路走去。他一邊快走一邊留意左右，怕一不小心又錯過了慧恩。他一路馬不停蹄地走到女生宿舍，剛好看見慧恩走進宿舍，凱瑞看著慧恩的背影心都碎了。

　　「恩恩雖然背叛我，但終究心裡還有我。我要更加努力，有一天我一定要把恩恩再要回來。」凱瑞又在燈下佇立了一會兒，然後轉身離開返回他住的公寓。

　　畢業典禮當天，愛華和蘭心都來了，任翔和小偉也來了。愛華和蘭心與任翔促膝長談後都很喜歡任翔，他們認為任翔雖然在環境相對複雜的演藝圈，卻仍保有赤子之心，是個品格操守都無可挑剔的優秀青年，很放心把慧恩交給他五年。

　　婉容和漢祥也來了。婉容知道凱瑞從小就喜歡慧恩，因為她就是那位為凱瑞提供慧恩消息的人。她也知道凱瑞和慧恩是男女朋友，一直在甜蜜交往中。凱瑞為了早日考取司法官光榮迎娶慧恩，寒暑假常常留在學校讀書很少回家。但今天來學校，她沒有聽到凱瑞提起慧恩，也沒有看到慧恩。她覺得有些奇怪，便問凱瑞說：「凱瑞，慧恩呢？怎麼沒有看到慧恩跟你在一起？」

　　凱瑞雖然和慧恩分手了，卻不願意讓婉容知道他和慧恩分手的事。一方面是，他認為慧恩只是一時的迷失，有一天一定會再回來

他的身邊；另一方面是，他不想讓婉容覺得他和慧恩已經結束了，沒有希望了。可是他又不知道如何向婉容交代，慧恩沒有跟他在一起的原因。他很為難，停了片刻，然後把視線從婉容的臉上轉向一邊，顧左右而言他說：「若水說要來看妳和爸爸，但現在他連一個影子也沒有。不知道他是不是還在睡覺？」

婉容從凱瑞的表情和舉動，大概猜得出來，他和慧恩之間一定是發生了什麼問題。既然凱瑞不想告訴她，她覺得自己也沒有必要打破沙鍋問到底。但她認為凱瑞那麼愛慧恩，問題一定是出在慧恩那邊。她想為凱瑞製造機會，讓他能跟慧恩見面。而她自己也想去看看蘭心和愛華，自從搬回台中後，她就沒有再見過他們。趁著今天大家都來參加畢業典禮，正好可以見面敘舊。

「凱瑞，帶我們去看慧恩的爸爸媽媽。我們兩家從你小學二年級的時候就認識了，現在我們都來參加你們的畢業典禮，不去向他們打個招呼，怎麼說都說不過去。」婉容說。

凱瑞也很想再見到慧恩。自從他們分手後，他們就幾乎沒有再正面看過對方。他很想念慧恩，尤其昨天晚上，他知道慧恩到他住的公寓聽他拉小提琴後，他更加思念她，也更想再看到她。

「好，我現在就帶你們去看恩恩的爸爸媽媽。」凱瑞毫不猶豫地說。

慧恩、任翔和小偉陪著愛華和蘭心，在學校大禮堂的外面邊聊天邊拍照。慧恩看見凱瑞帶著一男一女向他們走過來，從那一男一女的年紀，她猜想他們一定是凱瑞的父母親。慧恩轉向蘭心說：「媽媽，凱瑞的爸爸媽媽來了！」然後轉身走向婉容和漢祥。

「叔叔阿姨好！我是慧恩，好久不見了！我爸爸媽媽剛剛還說要去找你們呢！沒想到你們就先來了。」慧恩親切地說，同時挽著婉容的胳膊走向蘭心和愛華。

婉容從慧恩小時候就喜歡她，見慧恩熱情地挽著自己的胳膊，對她更增好感。

「我一看到妳這雙閃閃發亮的眼睛，就知道妳是慧恩。慧恩，妳真是女大十八變，越變越漂亮。連阿姨都被妳這張美麗的臉征服，一看到妳就不想把眼睛從妳的臉上移開。一定有不少優秀的男生追求妳吧！妳現在有男朋友嗎？」婉容笑容滿面地看著慧恩，為凱瑞也為自己的好奇心向慧恩提出問題。

「我現在沒有男朋友，也不想交男朋友。現在我只想把自己的工作做好，其他什麼都不想！」慧恩微笑地回答。

凱瑞聽了慧恩的回答，睜大眼睛驚訝地看著她。他實在無法理解，任翔明明在不遠的地方，和慧恩的爸爸媽媽站在一起愉快地聊著天，慧恩為什麼還要否認她和任翔的關係呢？

「難道恩恩知道媽媽喜歡她，所以故意說沒有男朋友來安慰媽媽？」凱瑞一頭霧水，目不轉睛地盯著慧恩。

蘭心和愛華看見婉容、漢祥、凱瑞走近他們，便露出燦爛的笑容迎了過去，與婉容和漢祥互相熱情地握手。

「叔叔阿姨好！我是凱瑞！」凱瑞態度恭敬地向愛華和蘭心打招呼。

「凱瑞，你怎麼長得這麼高、這麼帥，我都認不出你了。有空一定要到家裡來玩哦！」蘭心笑盈盈地對凱瑞說。然後轉向婉容和漢祥，親切地打招呼：「十幾年不見了，你們都沒什麼變。尤其是婉容，還是那麼漂亮。」

「你們才真的沒什麼變呢！蘭心看起來還是那麼高貴美麗，跟慧恩不像母女，倒像是一對漂亮的姐妹花。凱瑞常常提起慧恩，我也時常叮嚀他，一定要帶慧恩到家裡來坐坐。但他總是說慧恩忙，不是到美國去了，就是有什麼事要做沒空。結果一拖再拖，今天我總算見到我朝思暮想的慧恩，我真是太高興了。」婉容笑著說。

「我們也常常聽恩恩提起凱瑞。恩恩說凱瑞是她最好的朋友，在很多事情上幫她的忙。我時常告訴她，一定要把凱瑞帶回家來讓我看看。但恩恩寒假在家學做菜，一到暑假就去美國找她表姊，所以我也是拖到今天才看到凱瑞。」蘭心對婉容說。

蘭心和婉容繼續寒暄，愛華則與漢祥在一旁聊天。慧恩離開婉容站到蘭心的身邊，她抬頭看向凱瑞，凱瑞也正專注地看著她。慧

恩和凱瑞四目交會，這是他們分手之後，第一次這樣面對面凝視對方。他們的心對彼此依舊有濃濃的愛，但也有著深深的怨；愛濃得化不開，怨也深得解不了。

任翔和小偉站在一旁。任翔看凱瑞和慧恩彼此互相注視著對方，分不清楚他們之間到底是愛還是怨？

「慧恩和她前男友的表情，複雜得讓人難以捉摸；好像愛還在，但怨又難解。」任翔回想他和莫言真過去的情況，似乎心有所悟。「分手之後，在短時間內見到對方，難免還會有殘餘的愛戀；我和莫言真以前也是這樣！」

任翔的心很矛盾，經過和慧恩三個月的相處後，慧恩已經在他的心裡悄悄地佔了一個位置。他不願意慧恩的心裡對凱瑞還有一絲的依戀，但慧恩和凱瑞曾經是一對情侶，他又不忍心見他們懷怨分離。

「慧恩和她前男友的事，我沒有插足的餘地。如果慧恩是我生命中那個對的人，那她的這個前男友，就一定會從她的心裡銷聲匿跡。如果她不能忘情於她的前男友，我也樂見她們能恢復感情。」任翔的眼睛依舊盯著凱瑞和慧恩。「這三個月來，雖然我幾乎看不到慧恩有情傷的痕跡，但我還需要多一點時間仔細地觀察她，看她是不是真的能忘情於她的前男友？」

小偉看任翔凝視慧恩和凱瑞的眼神，似乎能感受到他矛盾的心情，於是舉步走向慧恩。

「慧恩，」小偉走到慧恩的旁邊故意對她說話，引開她凝睇凱瑞的視線。「妳過去跟任翔站在一起，我來幫妳們拍幾張合照。」他刻意迴避凱瑞的目光，對凱瑞的注視視若無睹。

「嗯！」慧恩答了一聲，轉身走到任翔的旁邊，與任翔相視而笑。任翔伸手搭在慧恩的肩上，跟慧恩一起合照。

凱瑞瞅見任翔與慧恩兩人相視而笑，任翔的手又搭在慧恩的肩上；不禁醋勁大發。他賭氣地把頭撇開看向另一個方向。婉容與蘭心寒喧後，轉頭看向凱瑞；凱瑞正板著一張生氣的臭臉，毫無目標地看著前方。婉容轉回頭望向慧恩和任翔；任翔的手正搭在慧恩的肩上，與慧恩一起拍合照。婉容大概能理解凱瑞不高興的原因。她

走到蘭心的身邊，挽著蘭心的胳膊，將蘭心帶到一旁，偷偷地問蘭心說：「跟慧恩站在一起的那個男生，看起來長得很帥，他是慧恩的男朋友嗎？」

蘭心轉過頭看了慧恩和任翔一眼，然後轉回頭笑著對婉容說：「我們恩恩哪有這個福氣！他不是恩恩的男朋友，他是恩恩的老闆。我從凱瑞小的時候就很喜歡凱瑞，現在凱瑞長得又帥又高，我看了更是喜歡。我聽慧恩說，凱瑞的品行操守都很好，有很多女生喜歡他，他都不為所動。我以前一直以為凱瑞是恩恩的男朋友，但恩恩說她和凱瑞只是非常好的朋友。如果可能的話，我倒希望他們能有更進一步的發展。」

蘭心把凱瑞誇讚了一番，讓婉容聽得心花怒放。婉容眉開眼笑地說：「聽妳這麼說，我就放心了。我也是從慧恩小的時候就喜歡慧恩，她是我心目中最理想的媳婦人選，我也希望他們能有更進一步的發展。」

婉容和蘭心說完話後，把生悶氣的凱瑞拉到一旁，安慰他說：「慧恩的媽媽很喜歡你一直誇讚你，她還說那個男的不是慧恩的男朋友，是慧恩的老闆。所以你繼續努力，我們一定可以把慧恩娶回家！」

凱瑞聽完婉容說的話，滿腦子都是問號，任翔明明就是慧恩的男朋友，為什麼慧恩的媽媽不承認呢？他撓了撓自己的腦袋，然後將手搭在婉容的肩上。

「不要讓媽媽知道真相也好，免得她難過。」凱瑞露出微笑看著婉容靜默不語。

蔣若水的父母親也來了，但是他們卻找不到蔣若水。凱瑞看蔣若水的爸爸媽媽東張西望好像在找人，便走過去和他們打招呼：「叔叔阿姨好！你們在找什麼？若水呢？」

蔣若水的媽媽著急地說：「我們在找若水，若水不知道跑到哪裡去了？打電話給他，他也沒接。」

凱瑞想到，蔣若水昨天晚上喝了太多啤酒醉倒了，現在可能還在公寓裡睡覺。他安撫蔣若水的父母親，說：「叔叔阿姨，我爸爸媽媽在那邊，我帶你們過去跟他們聊聊天。若水可能有事耽擱了，

我現在就去找他。」

　　凱瑞帶著蔣若水的父母親，加入婉容、漢祥、蘭心、愛華的聊天陣容，然後邊走邊拿起手機打電話給蔣若水。電話響了一段時間後，轉進語音信箱。凱瑞不死心，一而再再而三地打電話給蔣若水，終於吵醒了沉睡的蔣若水。蔣若水聽到父母親大人駕到，睡意全消趕緊跳下床，帶著他的學士服，騎上他的腳踏車，快速衝到學校。

　　除了蔣若水發生的這個小插曲，畢業典禮進行的非常順利，慧恩全班同學都拿到法學士的文憑。

　　畢業典禮結束了，畢業的學生和家長們紛紛離開學校。蘭心、愛華與婉容、漢祥互相依依不捨地話別，慧恩和凱瑞則再次默默地凝視對方。今天，慧恩和凱瑞彼此都沒有跟對方說過一句話。慧恩、任翔和小偉時常在一起聊天。凱瑞除了跟蔣若水講話，以及跟經過他身邊的同學打招呼，全程一張生悶氣的樸克牌臉，盯著慧恩和任翔看。

　　慧恩凝睇著凱瑞，心裡有太多的感觸。大學的第一年，她和凱瑞的感情開花結果了；大學的最後一年，她和凱瑞的愛情結束了。慧恩大一的時候，在既期待又怕被傷害的情況下，接受凱瑞的感情。大四的時候，卻在誤會與傷心的情形下，被迫放棄對凱瑞的感情。愛是凱瑞帶給她的，痛苦也是凱瑞送給她的。她曾經想過，早知道會有今日的痛苦，當初就不應該接受凱瑞的感情。倘若當年只跟凱瑞成為知己好友，現在不就沒事了。

　　「但人生短暫難道還要把生命浪費在後悔裡嗎？不，生命不應該浪費在後悔裡。在人一生的過程中，本來就有成功、有失敗。成功讓我們成為贏家，失敗讓我們有機會從中學習，避免將來的錯誤。我曾經和凱瑞有一段轟轟烈烈的愛情，雖然最終分手了，但我不後悔。我從中得到快樂，也從分手的傷心難過中，學習到一些事物；我相信我下一步的人生一定會更好！」慧恩心裡默想著。

　　她對自己的未來信心十足。她雖然和凱瑞分手了，可能不會再

見到他，但她依舊希望凱瑞能擁有幸福快樂的人生。

「凱瑞，雖然我們無緣在一起，但我祝你早日找到理想的對象，平安快樂的過日子。」慧恩無聲地祝福凱瑞後，將頭轉向任翔，再度和任翔相視而笑。

凱瑞看慧恩靜默無聲地凝視他，又一語不發地轉過頭與任翔相視而笑；他心中既嫉妒又難過。凱瑞咬緊牙關下顎的肌肉微微地顫動，他無聲地對慧恩說：

「恩恩，過了今天，我們或許會有一段時間不會再見面。但那只是暫時的，我只是暫時離開妳，我也只是暫時允許妳離開我。等我考上司法官，我一定會把妳再要回來。即使妳在天涯海角，我也一定要把妳追回來。」

凱瑞依舊目不轉睛地看著背對自己的慧恩，慧恩轉過頭來對凱瑞最後一次的回眸。凱瑞看著慧恩的眼睛，內心有難以言喻的不捨。他的眼神柔和了，他的內心對著轉回頭越走越遠的慧恩說：

「怎能忘記妳？若我忘記妳，情願我的右手，從此忘記拉小提琴的技巧！」

第二十六章 恩典之星

「天使之眼」電視劇的投資人，對於擔任該劇女主角的人選已有口袋名單。他們並不贊成起用新人，他們屬意由當紅的女演員顏紅來擔任這個角色。任翔邀請他們及該劇的導演，在最後的試鏡會中擔任評審，請他們看看其他人後，再決定最後的女主角人選。

擔任評審的投資人，除了看幾位當紅女演員的試鏡外，並不願意再看其他人的試鏡。尤其是對慧恩這樣的新人，根本是意興闌珊提不起興趣來，於是任翔與幾位投資人關起門來進行對話。

投資人之一的岳豪明白地告訴任翔說：「我們投資拍攝這部電視劇的目的就是要賺錢，所以我們要的是這部電視劇能紅，能賣得出去。你，任翔這個名字，就是我們這部電視劇能賣出去的保證之一。但只有你沒有足夠份量的女主角跟你搭配，這部電視劇的價值就少了一半。我也是為你好，跟一個已經具有高知名度的女演員合作，對你肯定是加分。但如果跟其他沒什麼知名度的女演員，或是沒有演出經驗的新人合作，就非常有可能砸了你的招牌，你認為值得冒這個險嗎？」

任翔將身體往後靠在椅背上沉思了片刻，然後點點頭說：「你的意思我了解！你的想法沒有錯！以我的知名度，加上一位高知名度的女演員，我們兩張招牌合在一起的確有很好的賣相。但就你剛才說的，投資這部電視劇的目的就是要賺錢。請你們心儀的顏紅擔任女主角的片酬，根據保守的估計是1000萬。但如果請一位除了知名度，各方面的條件都不會比顏紅差，拍攝出來的效果甚至優於顏紅的新人來演出，我預算的酬勞是130萬，我們一下子就省了870萬。這筆將近900萬的錢，可以用於強化我們電視劇的品質，也可以

是我們成本的減少。只要我們能做出高品質優良的電視劇，我們的電視劇依然能賣出好價錢。而演出成本的減少，相對地我們的利潤也就增加了。」

另一位投資人袁斌，雖然覺得任翔說的話有道理，但仍有些許不確定感。袁斌說：「照你的說法，這位新人也必須是個非常傑出的新人。除了知名度外，顏質、演技都不能輸顏紅才行呀！你有這樣的新人嗎？」

任翔從袁斌說的話聽出，投資人對於女主角的人選有鬆動的跡象，已經沒有那麼堅持了。他加把勁說：「有！我當然有這樣的新人才會請你們來，現在我請你們給這位新人試鏡的機會。如果看過她的試鏡後，你們仍然不滿意。那我就同意按照你們原先的意思，由顏紅擔任『天使之眼』的女主角。你們認為如何？」

投資人彼此互相商量了一會兒後，由投資人岳豪代表發言說：「好吧！我們給她一次機會，你現在就帶她來試鏡。如果我們不滿意，你就和顏紅搭檔演出『天使之眼』，不能反悔哦！」

任翔見投資人願意給慧恩試鏡的機會，喜出望外，連忙回答說：「那當然！謝謝你們給新人機會！我現在就去帶她來試鏡。」說完，任翔從坐著的椅子上站起來，轉身走出會議室找慧恩去了。

休息室裡除了慧恩空無一人，她已經在這間寂靜的休息室裡等了幾個小時。偶而有人從休息室經過，向裡面探頭看了一下，然後又視若無睹地繼續前行；好像慧恩根本不存在一樣。慧恩安靜地坐在沙發上等待，這是她有生以來第一次參加試鏡。在她人生規劃裡，演戲從來不是選項。雖然她那張漂亮的臉蛋，讓她常被誤認為是明星。但在任翔找她演戲之前，參與戲劇演出的念頭，從來沒有在她的腦海裡出現過。

有一對男女經過休息室，女生轉頭向休息室裡的慧恩看了一眼，然後對走在她旁邊的男生說：「坐在裡面的那個女生好像是個新人，聽說『天使之眼』的投資人不喜歡新人，我看她等也是白等！」

慧恩聽了那位女生說的話，不為自己不能參加演出難過，卻開

始擔心起任翔的感受。

「『天使之眼』的投資人既然不喜歡新人，那我應該沒有機會參加這部電視劇的演出了。任翔為了讓我參加這部電視劇的演出，在台北陪我三個月，為我安排一切的表演訓練課程。他費了那麼多的心力，到頭來卻是一場空，他一定很難過。我看他一定是在做最後的努力，否則不會過了這麼久還看不到他的人。」

「任翔來的時候，我該怎麼安慰他才能讓他心裡好過些呢？」慧恩舉目看向休息室的天花板，思考用什麼適當合宜的話安慰任翔。

「怎麼說好像都不合適。任翔是個有智慧的人，他應該知道如何調適自己的挫折感。我只要把我的感受告訴他，讓他知道我並不在意能不能參加『天使之眼』的演出就好了！」

任翔走進休息室。慧恩看任翔走進來，馬上起身迎向他，溫柔地安慰他說：「任翔，我看還是算了吧！他們好像不喜歡我，我並不在乎能不能參加『天使之眼』的演出。我可以……」

慧恩話還沒說完，任翔原本凝視她那張素顏的眼睛突然偏向一邊。他從褲子口袋裡拿出手機，打電話請一位化妝師進來幫她化妝，然後重新面對她說：「妳不要擔心！有我在我會處理好一切的。」

任翔的聲音低沉而柔和，隱約釋放出一股安撫人心的力量。慧恩默默地注視著任翔，臉上的線條因為放鬆而更顯柔美。任翔伸手撫摸慧恩的臉頰，眼睛綻放出自信的光芒，說：「等會兒有人會來幫妳化妝，化完妝後我就帶妳去試鏡。」

過了幾分鐘，一位女化妝師走進休息室。她讓慧恩坐好，然後開始幫慧恩化妝。化妝師一邊為慧恩化妝，一邊讚美她長得漂亮皮膚又好很容易上妝。化妝師完成為慧恩化妝後，發出讚美的聲音說：「哇！太漂亮了！簡直就是天仙美女！」

坐在另一邊看手機的任翔，聽到化妝師對慧恩的讚美，便站起身子走近慧恩低頭審視她的臉。慧恩經過化妝的臉，搭配她那頭天然略黃微捲的長髮，真是美得不可方物。

「慧恩的美實在沒有任何形容詞足以形容。尤其她那一雙異常明亮的眼睛，使她美麗的容顏更具吸引力；讓人的眼睛無法不停留

在她的臉上。所謂的『沉魚落雁之容，閉月羞花之貌』，可能就是這樣吧！」任翔想著，又注視慧恩數秒，然後牽起她的手帶她前往試鏡場。

　　任翔和慧恩走進試鏡場，馬上引起一陣騷動，每個人的眼睛都緊盯著慧恩看，「好美哦！」場內掀起陣陣的讚美聲。每個投資人都驚呆了！他們實在無法想像，世界上竟然有這麼美的人存在，即使當紅的女演員顏紅都要輸她幾分。她美得超凡脫俗，活生生的像一位天使降臨試鏡場。他們從各個角度拍攝她，也幫她拍眼睛的特寫。拍攝完畢後，導演走到任翔的旁邊說：「她好像是從這個劇本裡走出來的人物一樣，女主角非她莫屬。你是從哪裡找到她的？」

　　任翔笑著回答說：「我是在路上撞到她的！」導演難以置信地瞧了任翔一眼，然後笑著說：「你可以撞到為什麼我撞不到？你少騙我了！你還不如說她是從天上掉下來的呢！」

　　投資人岳豪走到任翔的面前，笑容滿面地對任翔說：「我們贊成用她！她的美本身就是戲劇！她一出現劇中的女主角就活了。」接著撓了撓自己的腦袋，一副束手無策的樣子，繼續說：「只是我有一個新的煩惱，我不知道該如何向顏紅的經紀人說，我們不用顏紅當女主角了。」

　　任翔露齒而笑，伸手搭在岳豪的肩膀上，說：「這個我一點都不擔心，你有的是辦法。」

　　任翔看慧恩已經試完鏡，不知所措地獨自站在一旁。便走到她的身邊，對她說：「試鏡很成功，他們都很喜歡妳，我不是說過了嗎？實力比較重要！他們已經決定用妳當『天使之眼』的女主角。」

　　慧恩全然沒有想到，他們只是拍了她幾個鏡頭就決定要用她。她有些驚訝也有些不敢置信，她睜大眼睛看著任翔，好像怕他搞錯了一樣，連不迭地問：「真的嗎？你確定嗎？這麼簡單就錄用我嗎？」

　　任翔臉上寫著滿滿的喜悅，高興地回答慧恩說：「是真的！我很確定！就是這麼簡單！妳要對妳自己有信心，接下來就等正式開拍。待會兒我們到一家特別的餐廳喝酒用餐，今天一定要好好慶祝

一番！」

「喝酒？」慧恩聽到喝酒心裡就有些懼怕。喝酒慶祝本來就是一件很平常的事。大學時，同學們有什麼可慶祝的事，也都是相約到一位住在校外的同學住處喝酒；女同學在的時候，男同學會將白葡萄酒加上蘋果西打做成雞尾酒給她們喝，因為這樣比較不會那麼苦、比較好喝；沒有女同學在的時候，他們通常都喝啤酒。凱瑞的三個室友就常在他們住的公寓裡喝啤酒聊天，凱瑞也常陪他的三個室友喝啤酒。但因為慧恩的緣故，他比較能自我控制，從來不會喝太多。

慧恩高中讀的是女校，當時同學們都覺得喝酒是一件風雅的事；哪個著名的詩人不是嗜酒如命？所以她們曾經相約，上大學後一定要聚在一起一次，買一些酒到宿舍關起門來喝個夠。為了避免酒後亂性，門一定要上鎖；免得喝醉酒後，到外面丟人現眼醜態畢露。但這個約定並沒有實現，因為慧恩只喝了一小杯酒，就滿臉通紅吐到不行，所以她再也不敢喝酒了。慧恩記得，以前和爸爸討論聖經時曾經提到，在舊約時代，被上帝揀選的人，清酒濃酒都不能喝；因此她就稱自己是被上帝揀選的人，自我安慰一番。

「很抱歉！我不會喝酒！」慧恩不好意思地說。

任翔以為慧恩是說她不能喝很多酒，他原本就無意讓她喝很多酒，他輕鬆地說：「我們不會喝很多酒，最多一、兩杯。放心！不會醉的！」

慧恩聽到喝一、兩杯酒，未飲就已經想吐了。別說是一杯酒，只要喝幾口酒都可以讓她吐到不行。做為一個完全不能喝酒的女生，慧恩有著難以言喻的慚愧感。她低下頭羞赧地說：「我是連一點酒都不能喝，喝了就會反胃想吐。我知道很多成年男女都會喝酒，很抱歉辜負你的好意。」

任翔第一次遇到連一口酒都不能喝的女人，著實覺得有些難以置信。但看慧恩羞紅的臉已經低到不能再低了，不像是在騙人。於是安慰慧恩說：「不會喝酒也沒有什麼大不了的，誰說慶祝一定要喝酒？我們也可以喝茶、喝果汁呀！」接著停了一下，略為思考後又問慧恩：「果汁妳應該可以喝吧？」

慧恩抬起頭來面帶微笑看著任翔說：「果汁當然可以喝！牛奶就不行，我不喜歡喝牛奶。」

「我的天呀！」任翔暗叫一聲，「慧恩毛病怎麼這麼多？難道她真的是不食人間煙火的天使嗎？」他凝視慧恩燦爛如星的眼睛，感覺自己好像正面對著一位天使。

「妳還有什麼不能吃、不能喝、不能做的嗎？」任翔問。

「我……聞到香煙的味道會……想吐。」慧恩又把頭低下去，囁囁嚅嚅地說。她知道任翔有抽煙的習慣，所以很不好意思很掙扎地講出來。以前凱瑞因為慧恩不能聞香煙的味道，所以從來不抽煙。蔣若水要抽煙的時候，會自動離慧恩遠遠的。其他抽煙的同學，也都避免在慧恩面前抽煙，大家都能體諒她的難處。但任翔是她的老闆，而且她現在身處演藝圈，抽煙的人隨處可見；要每個人都將就她，恐怕不是件容易的事。

任翔突然覺得一個頭有兩個大，怎麼他的喜好全是慧恩的禁忌。他從來沒有聽過，有人聞了香煙的味道會想吐。慧恩到底是什麼體質？怎麼這個不能那個不行。任翔怔怔地看著慧恩，然後呼出一口氣說：「哦！沒有關係！我以後不要在妳面前抽煙就行了！」

慧恩默默地看著任翔，眼神裡充滿了歉意。「任翔，」慧恩輕聲地喚了一聲，又有些躊躇。「我是不是很不適合演藝圈？我的一些禁忌好像不能見容於演藝圈。喝酒、抽煙在演藝圈似乎是常態，是很多人都在做的事，而這些都是我不能做的。」慧恩微蹙眉頭說。

任翔對慧恩滿是憐惜。慧恩的確不適合演藝圈，她太單純了，潔淨得像一張白紙。而演藝圈卻是一個大染缸，稍一不慎就會被染成五顏六色。所以他要保護慧恩，除了「天使之眼」這部電視劇，他不會讓她再參與任何戲劇的演出。他會讓慧恩在他的保護下，只偶而從事演唱的工作。

任翔的臉上流露出理解的溫柔，說：「我們不是說好的嗎？妳只演出這部電視劇，以後就不再參與戲劇的演出。所有的事都由我為妳安排處理，未來在演藝圈，妳只需要從事唱歌有關的工作；妳不需要喝酒、抽煙。妳不能聞香煙味，我也會盡可能避免讓妳聞到香煙味，所以妳放心不要想太多。」

「謝謝你！任翔！」慧恩感激地說。聽了任翔這一番話，慧恩甚感欣慰。她本來就不是那麼喜歡演戲，會參與這部電視劇的演出，一方面是因為「天使之眼」的女主角，跟她有很多相似之處，她想利用這次演出的機會，了解劇中女主角的想法，順便嘗試一下不同的生活經歷；另一方面則是因為對任翔的盛情難卻。當然，她與凱瑞的分手，也是促成她參演這部電視劇的重要因素。

如果沒有和凱瑞分手，他們現在應該已經公證結婚了。凱瑞肯定會反對她參與演出，所以她也肯定不會參與這部電視劇的演出。但唱歌就不同，她受爺爺講的火車上的詩歌聲的影響，從小就喜歡唱歌；以歌聲傳愛是她的理想。任翔答應她讓她可以唱歌傳愛，她的工作就是唱歌。她做她喜歡的工作，又有足供生活開支的薪水可領，這也是她和任翔簽五年約的原因。

她現在正在走一條她自己選擇的路。雖然選擇的過程中，因著與凱瑞的分手，讓她的選擇有些逃避和意氣用事的成分在裡面。但她已經沒有回頭路，必須勇往直前。「爸爸曾經告訴我，每個人都有選擇的自由，卻沒有逃避其後果的自由。我們都要去承受，因為我們自己的選擇所帶來的後果。」

她注視著任翔的眼睛，臉上不禁散發出慶幸的喜悅。「還好我的老闆是任翔，任翔有一顆善良細膩的心，他的思想高貴純正，有著過人的智慧。我很幸運能離他這麼近，他將會是我人生的導師。」慧恩很有默契地和任翔相視而笑。

電視劇「天使之眼」的試鏡會，在確定女主角人選後，已經完全結束功成身退。任翔在這次的試鏡會，成功地說服了投資人，為慧恩爭取到試鏡的機會，進而使他們同意讓慧恩擔任「天使之眼」的女主角；接下來就是等開鏡。

試鏡會結束後，任翔帶著慧恩到一家花園餐廳用餐。這家花園餐廳非常典雅精緻，整間餐廳屋內屋外盡是各種顏色的花卉，餐盤茶杯也都經過精雕細琢非常高貴講究。餐廳的後花園有各式各樣

色彩繽紛的花叢，還有一間用餐的玻璃屋。玻璃屋的四周有各種小花圍繞，從玻璃屋裡面還可以仰望整片夜空。在這間晶瑩剔透的玻璃屋裡用餐，宛若置身於童話世界的夢境裡。要來這家餐廳用餐的客人都必須先預約，而且至少在一個星期前就要預約。因為這家花園餐廳，每天招待的客人都是限量的，只有幾桌。任翔早在一個月前，就向這家餐廳預約今天晚上到此用餐，所以他們才能在後花園的玻璃屋裡用餐。

　　慧恩雖然就「天使之眼」這部電視劇，已經接受過三個月的密集訓練。整本劇本的台詞她都背得滾瓜爛熟，表情動作也都熟稔，但她還是有些緊張、有些擔心。這是她第一次演戲，她擔心自己沒有辦法把「天使之眼」的女主角演好。

　　「在一部電視劇裡，女主角演出的好壞，對於整部電視劇的成功與否，有決定性的影響力。我絕對不能因為自己的不夠好，而使別人努力的成果化為烏有。我必須努力再努力，把這部電視劇的女主角演好。只是立志在我，行不在我，我真的能把『天使之眼』的女主角演好嗎？」慧恩喝著茶，腦海中思慮洶湧澎湃。

　　「慧恩，妳在想什麼？想得這麼出神。」任翔一邊為慧恩倒茶一邊說，「如果妳喜歡，妳可以打開玻璃門到花園裡走走，看看花園裡各式各樣美麗的花。」

　　「任翔，」慧恩溫柔地喊了一聲，又停了一下，「我有些緊張，也有些擔心，我擔心我沒有辦法把『天使之眼』的女主角演好，影響到其他人的努力。」

　　「我了解妳的感受！妳是讀法律的，一下子變成一個演員，不能說不是大轉變。改變剛開始的時候，總會讓人感到害怕和不舒服。但除非我們願意，把自己侷限在一個狹小的空間裡，否則面對改變、經歷改變，是我們人生必經的過程。」任翔說著，牽起慧恩的手，打開玻璃門走進花園裡。

　　「沒有改變，樹不會長高，花朵也不會開放；沒有改變，世界只能維持原狀，人甚至萬物都不能成長。」任翔一面說，一面帶著慧恩欣賞花園裡的花木。

　　「害怕是來自不確定感，如果我們能確定改變的結果是好的。

那麼不管中間要經過多少的困難險阻，我們都會勇往直前。就是因為伴隨改變而來的是不確定的，不知道是好還是壞，才會讓人覺得恐懼而裹足不前。」任翔停止腳步，面對慧恩。

「有信心和勇氣面對改變的人才是贏家。妳沒有試過，怎麼知道妳會演得好還是不好？也許就是因為妳的演出，讓其他人的努力得以綻放出更耀眼的光芒。盡力而為吧！我對妳有信心！」任翔伸手為慧恩拿開被風吹到臉上的頭髮，他炯炯有神的雙眸閃爍著微光，宛如波光激灩的湖面。

「是啊！我還沒真正參與演出，怎麼知道我能不能演好這個角色？就是因為前面的路是好壞不確定的，所以我更應該克服我的恐懼放手一搏。畢竟只要敢於嘗試，就有成功的可能性。」慧恩看著任翔，崇拜和敬佩在心裡漸漸地生根。「任翔，謝謝你！你真是我的良師益友！我會全力以赴把我的角色演好。而且有你天天在我身邊幫我對戲，我要是還演不好的話，那也必須有很大的天賦。」

「我第一次聽到，演不好還必須有很大的天賦這種說法。妳能不能幫我解釋一下這話的意思？」任翔笑著問慧恩說。

「哦！」慧恩張大嘴巴，表情有點誇張。「像你這麼聰明的人也有不知道的事嗎？」她露出笑容看著一頭霧水的任翔。

「你有沒有聽過『大智若愚』？越聰明的人看起來就越像是個笨蛋。」她又瞧了一眼正專心聽她說話的任翔。

「你天天幫我對戲，要是我還演不好的話，那我不就是個大笨蛋。」她搖頭晃腦。

「既然是『大智若愚』，那我必須有很大的天賦，很有智慧才能做得到，不是嗎？」她俏皮地說。

「哦！原來還有這種說法，這是朱氏新解嗎？我今天真是開了眼界也長了見聞，受益匪淺！不過，有一件事我到現在還不明白，希望妳這位朱大師能指點指點！」任翔一臉恍然大悟的正經，又略帶詼諧地說。

「好吧！既然你稱我是朱大師，我今天就好人做到底，幫你指點迷津。什麼事不明白，你說吧！」慧恩一副老神在在的模樣，大

氣地對任翔說。

「我不明白，妳以前為什麼要戴一副那麼醜的眼鏡？又為什麼拿掉那副眼鏡不戴了呢？」任翔好奇地問。

「哦！你是想知道我的陳年舊事呀！」慧恩輕鬆地說。以前這個話題是她的禁忌，她從來不提這件事，也不回答別人相關的提問；那是她曾經的痛點。但自從經歷被凱瑞誤會的痛、分手的痛後，她覺得以前她認為的痛點都不再是痛，她已經可以輕鬆地談這件事了。

「戴那副醜眼鏡，是希望能找到一位，因著我的內在美而和我交往的男生。拿掉那副眼鏡，是因為連續兩次情感上的挫折。第一個我喜歡的男生，我喜歡他還不到24小時，他就愛上我的室友。第二個我喜歡的男生，我還沒有跟他說過話，他就嫌棄我說我帶不出去。事情就是這樣，剛戴上眼鏡的時候，是對一切充滿希望；拿掉眼鏡的時候，是對真愛失望。但我還是認為，拿掉眼鏡才是正確的選擇。」慧恩若無其事地說著，好像在講述別人的事一樣。

「哦！原來是這樣！我不能評論妳的做法是對還是錯，但如果是我，我是絕對不會戴那副眼鏡。不管是好還是壞，我的選擇就是做我自己。我不太在意別人的眼光，但我很在意自己的良心；無論做任何事情，我只求仰不愧於天，俯不怍於人。」任翔說著，舉頭仰望夜空。

慧恩也跟著任翔抬頭看向天空。無垠的蒼穹像一塊黑布，裝飾著閃爍微微光芒的星星，和一個笑得歪了嘴的弦月。慧恩舉目尋找她的星星，那顆宇宙中最明亮的星星，似乎眨著眼睛對慧恩說：「我在這裡！我在這裡！」慧恩發現她的星星，高興地一手挽著任翔的胳膊，一手指向她的星星說：「任翔，那是我的星星！她是我從小的朋友，陪我渡過很多快樂與不快樂的時光。」

任翔隨著慧恩手指指的方向，看向那顆慧恩的星星，說：「她是妳的星星！那妳有沒有幫她取名字呢？」

「我的英文名字叫Grace，她是我的星星，所以她就是The Star Of Grace；她就叫恩典之星，她的名字就叫恩典之星。」慧恩興奮地對任翔說。

「恩典之星！好聽！以後我不管在什麼地方，我只要看到這顆

恩典之星，我就會想起妳。當我不在妳身邊的時候，妳抬頭仰望妳的恩典之星，也要想起我。因為我一定也和妳一樣，在看這顆恩典之星。」任翔溫柔地凝視慧恩，不自覺地吐露心聲。

慧恩似懂非懂任翔對她的感情，但她卻覺得任翔全身散發著一股難以抗拒的吸引力，正強烈地吸引著她。她有些羞澀，有些膽怯，她想隱藏，以免被任翔看出來，造成雙方的尷尬。她的眼睛轉向花園的一角，一朵朵徜徉在綠色波浪中的茉莉花，正向她揮著手。她離開任翔的身邊，走到茉莉花花叢前，像是遇見多年好友一樣，和茉莉花親切地打招呼。

任翔看著慧恩像花仙子般，穿梭在萬紫千紅的花叢中，最後停留在潔白的茉莉花前。他的眼睛有些迷濛，整個心都跟著她前進。他從來沒有這麼在意過一個女人，就是曾經和他相愛過的莫言真，他也沒有這麼在意過她。在慧恩第二次撞到他的時候，他就有一種強烈的感覺，她在他的生命中，一定會扮演一個重要的角色，只是他不知道那會是什麼重要的角色？

「慧恩會帶給我快樂？還是痛苦？還是兩者都有？但不管她會帶給我什麼？我的心已經無法逃離她！」任翔想著，露出自己也搞不清楚是什麼情緒的笑容。

第二十七章 慧劍斬情絲

　　清晨，天色才微微的發亮，慧恩就醒了。她用手枕著頭，半瞇著眼睛，注視著淺藍色的窗簾，逐漸被黎明的晨曦照射得發出亮光。她心裡模糊的感覺到，昨夜又夢見凱瑞，穿著軍裝的凱瑞。以前她一直想看凱瑞穿軍服的樣子，凱瑞修長英挺，肌肉結實，穿起軍服一定是雄糾糾氣昂昂非常帥。只是自從大學畢業後，她就沒有再見過他，更別提看他穿軍服的樣子。她的心有如細針刺過般的微疼，但她已不再因為夢見他而哭著醒來。一切都過去了，她已經向任翔承諾過不再緬懷過去。為了承諾也為了自己，她絕對不能再陷入回憶裡。

　　慧恩掀開蓋在身上的棉被，輕盈地翻下床，舉步走到窗前，拉開窗簾迎向晨曦。旭日即將升起的天空，色彩艷麗絢爛迷人。她很喜歡看這種景色，也喜歡旭日照射進來的光線，將整個房間瞬間變得溫暖起來，讓她感覺好像置身於溫泉中。慧恩看著窗外色彩逐漸變化的天空，露出她今天第一個微笑，然後轉身走進浴室。

　　這是任翔的公寓，慧恩第一次來上海，對上海完全陌生，因此任翔將他豪華公寓的一間房間讓給她住；這是一間裝潢簡單合宜的套房，衛浴都在自己的房間裡，非常舒適方便。

　　慧恩梳洗完畢脫去睡衣換上輕便的衣服，接著走到門口拉開門走了出去。偌大的客廳寂靜無聲一個人也沒有，任翔還在睡覺。她放輕腳步走到落地窗前，倚窗望向窗外，美麗的黃浦江盡收眼底。

　　「真是太美了！」她讚美地說。「美得像一幅畫！」她的眼睛從左向右慢慢地移動。

　　她沒想到自己竟然能有機會俯視黃浦江，自從她住到任翔這裡來，站在落地窗前看黃浦江，儼然已成為她的最愛。

　　任翔穿著灰色寬鬆的睡衣走到慧恩的身邊，隨著慧恩的視線看向窗外，然後偏過頭看著她說：「怎麼這麼早起床，不再多睡一會兒？」

　　「睡不著了，想看看外面的風景。」慧恩轉過頭對任翔說，又轉回頭直視窗外，接著說：「從這裡看黃浦江真是太美了。」

　　「妳喜歡看就多看一會兒，我去做早餐給妳吃。」任翔說著，轉過身正準備走向廚房，慧恩立刻阻止他說：「我來這裡已經將近一個星期，每天你不是做飯，就是帶餐點回來給我吃。我不喜歡在這裡白吃白喝白住，你已經服侍我夠久了，現在應該輪到我服侍你，我來做東西給你吃。」慧恩說完，便往廚房走過去。

　　任翔聽慧恩說要做東西給他吃，覺得有些匪夷所思，他暗自嘀咕：「像慧恩這麼一位嬌柔的年輕女孩，應該是被人服侍慣的，怎麼會懂得做飯？想必是說客套話吧！」他心裡覺得不踏實，於是跟著慧恩走到廚房，準備在慧恩搞不過來的時候給予協助。

　　任翔緊跟在慧恩的身邊，讓慧恩覺得有些礙手礙腳。她知道任翔不相信她會做飯，所以才會跟著她。但如果任翔這樣一直跟著她，她還真的沒有辦法做早餐。慧恩轉身擋在任翔的面前，嘟著嘴說：「常聽人家說，一個廚房容不下兩個『煮』婦。你一直跟著我，我怎麼做早餐給你吃呀？」她伸手把任翔推到一旁，繼續說：「『君子遠庖廚』！你放心，做早餐是小事一樁，我還可以做午餐、晚餐給你吃呢！上大學後，每年寒假回家，我媽媽一定要我學做菜。我現在做菜完全沒有問題，就是不知道合不合你的胃口？」

　　「好吧！妳慢慢做，我在這裡陪妳。」任翔看慧恩這麼堅持，只好站在一旁看著她做早餐。

　　慧恩做早餐的動作很熟練，不像是不會做菜的生手；任翔忍不住偷偷探頭看慧恩煎荷包蛋。

　　「荷包蛋人人都會煎，但能像慧恩一樣，煎得這麼漂亮的並不多；可見她還真的有做過。」任翔想著，眼睛不由地隨著慧恩做早餐的動作移動。

　　慧恩一邊做早餐一邊唱著歌，任翔感覺好像曾經聽過這首歌，但記憶模糊。他開口問慧恩說：「妳唱的是什麼歌？我好像曾經在

什麼地方聽過。」

「這首歌的歌名叫God is on the move，我在我們樂團最後一次演唱會唱過，反應不錯。我喜歡這首歌，因為這首歌的歌詞裡提到，當我們服侍人而不是被人服侍的時候，就知道有 神在其中運作。所以我喜歡服侍你，而不喜歡一直被你服侍。何況服事你就等於服事 神，我做得歡喜快樂，因此就唱唱歌囉！」慧恩面帶微笑回答。

任翔從來沒有聽過這種說法，覺得既新鮮又有些不可思議。他好奇地問：「為什麼服事我就等於服事 神呢？」

慧恩將做好的荷包蛋三明治遞給任翔，同時露出俏皮的表情說：「因為餓了就給他吃，渴了就給他喝，做在那最小的身上，就是做在 神的身上。我服事你，你餓了我就給你吃，做在你身上就是做在 神身上，服事你就是服事 神。」

任翔聽了哈哈大笑，高興地說：「那太好了！以後妳就多多服侍我，這也代表妳多多服侍妳的 神，我很樂意為妳做這種犧牲。」說完，拿起荷包蛋三明治往嘴裏送。

慧恩看任翔吃了荷包蛋三明治，趕緊從冰箱裡拿出一瓶橘子汁，倒了一杯遞給任翔說：「你渴了，我就給你喝，謝謝你，讓我有服事你的機會。」

任翔一邊吃荷包蛋三明治，一邊喝橘子汁，滿意地點點頭說：「早餐做的還不錯！乾脆妳以後每天做飯燒菜給我吃，唱歌彈琴給我聽就好了，其他什麼事都不用做。」

慧恩將她的荷包蛋三明治放在一個小盤子上，也為自己倒了一杯橘子汁；然後在餐桌旁邊的椅子上坐了下來，一邊吃她的早餐一邊說：「你是我的老闆，你要我做什麼，我當然就做什麼。只要我在這裡，我很樂意做飯燒菜服事你。但什麼事都不要做，我沒有辦法做到。我還有理想要實現，我要不斷地充實自己，讓自己有更多能力服事人，而且不會被這個社會淘汰。你找我來不是要我做飯燒菜給你吃，唱歌彈琴給你聽的吧？」。

任翔的確希望慧恩每天做飯燒菜給他吃，唱歌彈琴給他聽。但他知道絕對不應該限制她，讓她只做這些事。他應該幫助她，讓她能在天地之間自由遨翔。想到「自由遨翔」，他記得媽媽說過，為

他取名任翔,是希望他能自由自在任意遨翔。

任翔的媽媽是一位退休的歷史老師,也是一位非常恪守中國傳統禮教的人。她嚴肅端莊,但又溫柔嫻慧,她對任翔品格操守的要求相當嚴格,卻又對任翔十分慈愛。她在任翔小的時候,就發覺他有表演的天份,所以讓任翔從小就參加相關的活動,接受相關的訓練。今天任翔能成為當紅的明星,在演藝圈佔有一席之地,媽媽絕對是功不可沒。

她反對任翔娶女演員為妻,這也是任翔和莫言真分手的原因。莫言真不願意放棄如日中天的演藝事業,而媽媽認為女演員因為工作的關係,經常需要跟男演員擁抱親吻。在熱戀中,任翔或許什麼都可以不在乎。但她太了解任翔了,她知道任翔有一天會無法忍受那樣的事,他一定會覺得痛苦;這樣她的任翔就無法自由自在任意遨翔。所以為了任翔好,她必須堅決地反對到底,免得她所愛的兒子將來受傷害。

「媽媽不讓我娶女演員為妻,因為她了解我的個性。她知道我對愛情有強烈的獨佔慾,沒有辦法容忍自己的女人和別的男人擁抱親吻。我沒有辦法改變莫言真,所以我選擇聽媽媽的話,放棄我不能改變的莫言真。慧恩和莫言真完全不同,她不喜歡和別的男人擁抱親吻,所以拒絕成為女演員;她是我心目中理想的伴侶。我要幫助她,讓她以唱歌傳愛的理想得以實現!」

「媽媽應該會很滿意慧恩。媽媽常說人活在這個世界上,就是要對社會國家做出貢獻,要成為一位有價值的人;慧恩正好符合她所說的。」

任翔回過神來,露出愉快的神情,笑著對慧恩說:「放心!我不會讓妳只做燒菜煮飯的事,而且妳也不會只唱歌給我聽。妳要用歌聲傳愛,要唱給很多的人聽,要安慰他們的心靈。」

任翔想到慧恩已經來上海將近一個星期,但他都沒有適當的機會,把她正式介紹給他的經紀人余雯雯認識。既然慧恩會做菜,不如就讓慧恩做幾道菜,請余雯雯和小偉一起來吃飯,正式把慧恩介紹給余雯雯認識。

「慧恩，妳已經來上海將近一個星期，但我一直沒有機會，把妳介紹給我的經紀人余雯雯認識。現在我有一個想法，妳既然會做菜，不如妳做幾道菜，我們請余雯雯和小偉來家裡吃飯，妳認為如何？」任翔徵詢慧恩的意見說。

「好啊！我向我媽媽學做菜學了四年，從來沒有做給我爸爸媽媽以外的人吃過，正好可以利用這個機會展現我的廚藝。我把我做菜需要的東西先打到手機裡，我們等一會兒再到超市買。」慧恩興致勃勃地說。

「我們一起到超市買比較不方便。妳把妳做菜需要的東西，用簡訊傳給小偉，讓小偉到超市買再帶過來，這樣會比較好。」任翔面有難色地說。

慧恩了解，任翔為什麼要小偉到超市買東西再帶過來。任翔的知名度高，上超市買東西，不僅狗仔隊有可能會跟蹤，整個超市也可能變成粉絲簽名會。如果由慧恩去買，她人生地不熟，肯定需要小偉陪伴。很多人都知道小偉是任翔的助理，和任翔的關係非常好。如果小偉帶慧恩去超市，又帶她回任翔的公寓，結果只看到小偉離開，卻不見慧恩離開。第二天的新聞不知道會有什麼捕風捉影的報導了？因此讓小偉去超市買東西再帶過來才是上策！

「任翔雖然有了名利，但同時也失去了部分的自由。為什麼不能兩者兼得呢？真的是福中有禍，禍中有福嗎？」慧恩思忖著，不由地對任翔產生一種莫名的憐憫。

「沒錯！讓小偉到超市買東西再帶過來，是比較正確的做法，可以省掉很多麻煩。」慧恩回應任翔的話說。

任翔聽了慧恩說的話，面帶微笑溫柔地看著她。慧恩迎視任翔溫柔的眼神，心裡那股憐憫的感覺，如潮水般不斷地湧上來。「任翔是個品格操守都很棒的人，總是潔身自愛，不花天酒地。我來這裡的這一個星期，從來沒有看過他有任何的應酬。現在他連走在街上都不可能不受打擾，真的好可憐。看來他沒有工作的時候，就只能整天待在家裡了。」

慧恩從口袋裡拿出手機看了一下時間。「任翔住的這棟公寓大樓，看起來相當高級，隔音效果想必會很好。我現在彈鋼琴給任翔

聽，應該不會吵到別人吧！」

慧恩從椅子上站起來走到鋼琴旁邊，伸手撫摸鋼琴，然後問任翔說：「任翔，你想不想聽我彈鋼琴？我現在彈幾首曲子給你聽好不好？」

「好啊！我很喜歡聽妳彈鋼琴！妳彈的鋼琴讓我有仙樂飄飄的感覺，簡直就是天籟之音。妳彈吧！我洗耳恭聽！」任翔興奮地說。

「我彈流行音樂，也彈古典音樂。彈完之後，你再告訴我，你喜歡聽我彈流行音樂，還是古典音樂？你也可以點歌，點你喜歡聽的曲子。如果我會彈，我現在就彈給你聽；如果我不會彈，我就去找樂譜，下次彈給你聽。」

慧恩坐到鋼琴前的椅子上開始彈了起來，慧恩彈的第一首曲子是「明月千里寄相思」。慧恩彈著「明月千里寄相思」這首曲子，腦海裡卻浮現凱瑞拉小提琴的影像，她的眼淚不由地流了下來。

任翔走到鋼琴旁，看慧恩邊彈鋼琴邊流眼淚，便將手放在慧恩的手上，阻止她再彈下去。他表情嚴肅認真地說：「慧恩，彈琴的目的是自娛娛人，不是要讓妳想起往事自艾自怨。妳已經向我承諾過不再緬懷過去，如果彈琴會讓妳再陷入過去的回憶裡，那我寧可將這台鋼琴束之高閣，不再聽鋼琴聲。」

慧恩原本想彈鋼琴為任翔打發寂寞，沒想到因為自己選了凱瑞常拉的曲子，而陷入對凱瑞的思念，造成任翔如此大的反彈。她一方面覺得違反了對任翔的承諾，很對不起任翔。一方面擔心因為自己的行為，可能讓任翔從此以後不願再聽她彈鋼琴。瞬間，她的眼淚如洪水衝破堤防般不斷地湧流。她從椅子上站起來，勉強地說了一聲：「對不起！我……」她說不下去了，僅能以眼淚表達她說不出口的話語。

任翔看著淚流滿面的慧恩，心裡不由地隱隱作痛；他對她既不捨又憐惜。他用手為慧恩拭去眼淚，情不自禁地將她擁入懷裡；慧恩在任翔的懷裡放聲哭了出來。她伸手抱住任翔的腰，她覺得自己現在就好像是一個溺水的人，而任翔就是那根救命的浮木，她必須緊緊地抓住他不能放手。

「任翔，我以後絕對不會再彈跟他有關的曲子。我說過我不會再緬懷過去，你要相信我，我一定會做到。」慧恩停止了哭泣，輕聲地說。

「我相信妳一定會做到！妳一直都做得很好，只是今天有些大意罷了。」任翔鬆開擁抱慧恩的手，柔和地說。

慧恩為了向任翔表明自己要忘掉凱瑞的決心，她拿起手機，在任翔的面前，把凱瑞所有的照片完全刪除一張也不留。

「我把他所有的照片全部刪除，為了我自己也為了對你的承諾，讓他完完全全地從我的生命裡消失。」慧恩堅定地說。

「我相信妳說到就一定會做到！妳不是要彈鋼琴給我聽嗎？繼續彈，我喜歡聽妳彈鋼琴！」任翔凝睇著慧恩，語氣充滿了理解與肯定。

「嗯！」慧恩重展歡顏，高興地應了一聲。「我還有其他好聽的曲子可以彈給你聽。只要你喜歡聽，我可以再找更多好聽的曲子，天天彈給你聽。」慧恩微笑地說。

「這可是妳自己說的，妳要天天彈好聽的曲子給我聽，不可以反悔也不可以偷懶哦！」任翔露齒而笑，愉快地說。

「我們擊掌以示承諾！我天天彈好聽的曲子給你聽，你也必須天天聽我彈鋼琴。除非你或我有工作不能回家，否則我們兩個人都必須遵守這個約定。」慧恩說著伸出右手，任翔也伸出右手與慧恩擊掌。

慧恩彈奏的鋼琴聲又重新飄揚起來，任翔站在鋼琴旁邊，聆聽慧恩彈奏的優美旋律；也欣賞慧恩在琴鍵上快速移動的手，和專注地彈著鋼琴的美麗容顏。

下午，小偉提著好幾帶慧恩要的食材來到任翔的公寓。小偉一邊將裝有食材的袋子放到廚房的流理台上，一邊對慧恩說：「慧恩，這些都是妳要的食材，妳看看還缺少什麼？我現在馬上去買。」

慧恩把袋子裡應該冷藏的食材放進冰箱裡，把不需要冷藏的食材排列整齊地擺在廚房的櫃子裡。她轉過身面對小偉說：「小偉，

謝謝你！我需要的食材你都買了。我現在就把要做的菜，一盤一盤地處理好，等六點半的時候再下鍋。」

慧恩從冰箱裡拿出蔥，仔細地沖洗過後切好放在小盤子裡，然後用保鮮膜包起來重新放入冰箱裡冷藏。接著，再從冰箱裡拿出白菜，也是同樣處理好放入冰箱後，再拿另一樣食材出來處理。

小偉在一旁看著慧恩處理食材。他覺得慧恩處理食材的方式有些與眾不同，不知道她到底會不會做菜？他開口問慧恩說：「慧恩，妳做過菜嗎？我看過一些人做菜，但從來沒有看過，有人做菜的時候，流理台還能保持這麼乾淨。」

「我當然做過菜！我媽媽說，做菜是做為一位賢德妻子的第一步，所以一定要我學做菜。每個人做菜都有他們的習慣和方式。我媽媽教我的方式是一樣一樣做，做完一樣處理乾淨了，再做另一樣，所以流理台總是保持得乾乾淨淨的。」慧恩看小偉一副不相信她會做菜的樣子，又說：「我會不會做菜，等一下你吃了就知道了！處理食材的方式跟別人不同，並不表示就不會做菜哦！」

「沒錯！我媽媽做菜的時候，流理台也是保持得很乾淨。我覺得我媽媽做的菜，是這世界上絕無僅有的美味佳餚。我相信慧恩會做菜，而且她做的菜肯定是僅次於我媽媽，在世界上排名第二的美味佳餚。」任翔從客廳走過來，笑著說。

任翔的公寓並不大，有一間開放式的美式廚房；廚房的中間有個中島，中島的旁邊有一張長方形的玻璃餐桌，和六張透明材質的椅子；廚房的前面是客廳，客廳裡有一張乳白色的長沙發；長沙發的兩旁各有一個小茶几，長沙發的前面有一張咖啡桌；兩個小茶几的一旁，各有一張乳白色的單人沙發；長沙發面對落地窗，落地窗的外面是陽台，落地窗旁邊近牆的位置有一台鋼琴。這間公寓只有兩間房間；一間是任翔住的主臥室，主臥室裡有走入式的衣物間，淋浴與浴缸分離的大浴室；另一間則是慧恩住的套房。整間公寓的裝潢很簡單，但卻顯得高尚典雅。

「任翔都這麼說了，我還能說什麼呢？不過，任翔你也太狂妄了吧！世界上排名第一和第二的美味佳餚都是你家人做的，那其他

的名廚就只能從第三名排起囉！」小偉邊說邊走到客廳的鋼琴前，把鋼琴上下左右仔細地看了一遍。他繼續說：「這台鋼琴看起來很平凡，但價錢卻這麼高，真不知道它有什麼過人之處？」

「如果你每天都能聽到，從這台鋼琴彈出來的優美旋律，那你就能理解它的價值所在。有些時候，我們需要吝嗇得好像一毛不拔。有些時候，我們必須慷慨地投擲千金，即使傾家蕩產在所不惜。關鍵就在於事物本身的價值，我覺得這台鋼琴值得這個價錢。」任翔走到小偉的身邊說。

「通常掉進某條河裡的人，講話做事都是感情多於理智。你說的算！你說值得就值得，反正是用你的錢買的，又不是用我的錢。我現在比較好奇的是，那個人有沒有跟你一起掉進河裡？你們現在是一起徜徉在河裡呢？還是你在河裡單獨游泳，她在河邊徘徊觀望？」小偉輕鬆地說。

慧恩處理好食材走到任翔的身邊，剛好聽到小偉說的最後一句話，她好奇地問小偉說：「誰在河裡單獨游泳？而誰又在河邊徘徊觀望呢？」

「哦！我是說有一個人不小心掉進河裏，但他的同伴不敢跳下去救他，只是在河邊徘徊觀望。慧恩，如果妳是那個同伴，妳會跳下去救他嗎？」小偉故意把話題轉開，隨便問了慧恩一個問題。

「我不太會游泳！如果我直接跳下去救他，我們兩個人都會沒命，所以我不會直接跳下去救他。我會一邊喊叫，一邊找看看有沒有繩子，或其他可以救他的東西，確定安全了才會去救他。我想那個在河邊徘徊觀望的人，可能跟我有同樣的想法吧！」慧恩認真地回答。

「沒錯！即使很會游泳也不能馬上就跳下去救人，必須……」任翔還沒有說完，大門的鈴聲響起，任翔轉身走到門口開門。

「雯雯，妳怎麼這麼早就來了？」任翔訝異地問。

「我送一個朋友到附近，不想回家再出門，所以就直接過來了。不好意思！沒事先通知你們就提早過來，希望不會打擾到你們。」余雯雯笑盈盈地說。

「沒有打擾！都是自己人，妳什麼時候來我都歡迎。妳提早來更好，這樣我們就有更多的時間可以聊天。」任翔說著，和余雯雯

一起走向客廳。

慧恩和小偉一起迎向任翔和余雯雯，任翔將余雯雯正式介紹給慧恩，說：「慧恩，這位是我的經紀人余雯雯，以後妳就叫她余姐。雯雯有個外號叫女諸葛，可見她是個相當有智慧的人，如果妳有什麼不懂的地方都可以向她請教。」任翔也將慧恩正式介紹給余雯雯，說：「雯雯，她就是朱慧恩，請妳以後多多關照她。」

「什麼余姐不余姐的，太見外了，叫我雯雯就好了。慧恩，我好久以前就聽任翔提起過妳，今天一見果真令我眼睛一亮。雖然我是女人，但我不得不承認妳是美女中的美女。上星期妳去試鏡的時候，我剛好出國沒辦法親自去看妳。聽說在場的人看到妳，都是張大嘴巴的。如果妳願意留在演藝圈，將來一定是一位眾人追捧的閃亮明星！」余雯雯伸手與慧恩握手，親切地說。

「雯雯，謝謝妳的誇獎！妳高貴美麗又有智慧，妳才是令人敬佩才貌雙全的奇女子。我還有很多地方需要向妳學習，請妳以後多多指教！」慧恩對余雯雯說完話，突然想到余雯雯既然已經來了，她整理好的食材也應該要下鍋了。

「雯雯，妳跟任翔和小偉先聊聊。我先去做菜，等會兒再來陪妳聊。」慧恩說畢，轉身走向廚房。

任翔、小偉、余雯雯一起坐到客廳的沙發上，任翔和小偉坐在長沙發上，余雯雯則坐在靠近任翔的單人沙發上。余雯雯發現客廳裡多了一台她以前沒有看過的鋼琴，便問任翔說：「任翔，你什麼時候買的鋼琴？我從來不知道你還會彈鋼琴呢！」

「兩個星期前買的！最近突然喜歡聽鋼琴曲，剛好慧恩喜歡彈鋼琴，所以就請她彈給我聽。」任翔有些心虛地說。

余雯雯聽出任翔話中的弦外之音。她轉過頭看了正在做菜的慧恩一眼，又轉回頭看表情有些不自然的任翔。她大概能猜到，鋼琴會出現在這個客廳裡的原因。

「慧恩真是多才多藝，會做菜又會彈鋼琴。人長得這麼漂亮又這麼賢慧，不知道誰有那個福氣能娶到她當老婆？」余雯雯笑著說。

「肥水不落外人田！我還真希望，我們任翔能把慧恩娶回家當老婆。可是現在看起來，一個人好像已經掉進河裡，但另一個人卻好像還在河邊徘徊，真是急死人了！」小偉說。

「我們現在就來測試一下，那個還在河邊徘徊的人，看她最近有沒有可能掉進河裡？」余雯雯轉頭往慧恩的方向望去，慧恩正將果汁倒入幾個玻璃杯裡。余雯雯猜想，慧恩應該會把果汁端過來給他們，因此又對任翔和小偉說：「等一下慧恩過來的時候，我會問她，在她的心裡任翔是哥哥還是朋友？不管她答的是哥哥還是朋友，都表示她最近有可能會掉進河裏。」

「哪有這種測試方法？只有一種可能性。不管她怎麼答，都表示她最近就會掉進河裡。沒意思！」小偉不以為然地說。

慧恩將倒好的果汁端到客廳放在咖啡桌上，笑著招呼說：「雯雯、任翔、小偉，你們聊天一定口渴了吧！喝點果汁！」

「慧恩，妳和任翔已經相處一段時間了吧！我有點好奇，妳是把任翔當朋友看呢？還是把他當哥哥看？」余雯雯問慧恩說。

「他是哥哥也是朋友，但他更像是我爸爸。他和我爸爸一樣，會用道理開導我。很多我認為只會從我爸爸口中說出來的話，在任翔的口中也聽得到，所以我覺得他更像是我爸爸。」慧恩回答說。

小偉聽了慧恩說的話，忍不住哈哈大笑起來。他伸手拍拍任翔的胳膊，說：「沒想到你在慧恩的心目中，輩份竟然如此之高，我們都望塵莫及了。看來那個在河邊徘徊的人，還沒有打算要掉進河裡。」

慧恩不知道小偉話中的含義，又走回去廚房。余雯雯的眼睛跟著慧恩移動，她將目光轉回側頭沉思片刻後，說：「難說！雖然慧恩口中說任翔像爸爸，但我總覺得慧恩對待任翔，就像對待自己的丈夫一樣。我有一種預感，慧恩很快就會掉進河裡。」

「是哥哥、朋友、還是爸爸都好，她會不會掉進河裡也無所謂。我很滿意現在的狀態，只要能一直維持現狀，我就很開心了。」任翔自在地說。

慧恩將做好的菜一道一道地擺在餐桌上，又為每個人擺好湯匙筷子盛好飯後，走到客廳請任翔、余雯雯、小偉一起上桌吃飯。

第二十八章 愛情釀的酒

電視劇「天使之眼」在劇組所有工作人員的努力下，五個月就拍攝完畢。任翔開始忙碌的宣傳活動，接受電視台及其他媒體的專訪。在所有的宣傳活動中，除了一次因購買「天使之眼」播映權的電視台強烈要求，必須讓慧恩參與宣傳活動外。基本上，任翔完全不讓慧恩出現在宣傳活動上。任翔希望這部他第一次擔任製片人的嘔心瀝血之作能有好的成績。卻不希望慧恩因這部電視劇受到太多的矚目。在他的計劃裡，這部電視劇是慧恩第一部，也是最後一部參與演出的戲劇。

慧恩原本並不在乎是否參與「天使之眼」的宣傳活動。但因為她全心全意投入「天使之眼」的演出，用自己真實的感情去詮釋這部戲的女主角。等戲拍攝完畢後，她已經入戲太深，分不清戲裡戲外，深深地愛上任翔。對於任翔不讓她參與「天使之眼」的宣傳活動，她開始做各樣的揣測。

「任翔是不是認為我太古版、太無趣？整個生活裡，都是聖經的教導，神的話語。所以覺得讓我參與『天使之眼』的宣傳活動，會破壞氣氛影響宣傳效果。」慧恩疑惑地想著。

「還是我不會喝酒，又怕聞香煙的味道，不能融入宣傳團隊？」她愈想愈鑽牛角尖。

「還是他真的把我當成他的專屬廚師，所以不要我參與『天使之眼』的宣傳活動？」她搖搖頭嘗試甩脫她剛才的一切念頭。

「我本來就不喜歡參與『天使之眼』的宣傳活動。任翔只不過是細膩敏感，了解我的心思，體貼我的意念，所以不讓我參與宣傳活動罷了。我實在不應該胡思亂想自尋煩惱。」想到這裡，慧恩稍

稍覺得釋然。

慧恩自己也不知道，為什麼最近對任翔的一舉一動特別敏感？任翔的每句話、每個動作，都會讓她不斷地回憶，不斷地分析其中蘊藏的含義。有時候她會覺得自己很無聊，有些庸人自擾。但還是沒有辦法控制自己，不去想任翔的一言一行一舉一動。她所有的心思意念幾乎都在任翔身上。

她開始上網查有關任翔的資料；她現在知道任翔大她十歲，曾經有一個論及婚嫁的女朋友，她就是知名女演員莫言真。

「為什麼他們沒有結婚？是什麼原因讓他們決定分手呢？」慧恩有些好奇，也有些吃醋。

她也開始看任翔主演的電視劇，越看對他就越愛。雖然她曾經和凱瑞談過戀愛，但每次想起任翔仍讓她有情竇初開的羞澀。

任翔似乎不知道慧恩對他的感情。他知道慧恩最近有些奇怪，看他的時候，她的臉頰會出現紅暈，也不太敢正視他。當他低頭看書、看雜誌的時候，總是感覺坐在一旁的慧恩，好像正偷偷地注視著他。等他抬起頭來，慧恩又迅速地低下頭看她的書，一副若無其事的樣子。

以前的慧恩，總是跟他有說有笑打鬧在一起。現在的慧恩，跟他在一起的時候，似乎有些拘謹，有些放不開。有時候他跟慧恩講幾句話，她就會低下頭臉頰漲得通紅，好像一個做錯事的小女孩一樣。

他不能理解慧恩到底發生了什麼事？對他的態度怎麼會有這麼大的改變？好像變了一個人似的。他想找一個時間好好跟她聊一聊，只是他現在宣傳活動比較忙碌，所以就耽擱下來了。

任翔對慧恩在「天使之眼」拍攝期間的工作態度，以及演出的表現，都給予肯定與讚賞；認為她成功地詮釋了劇中的女主角。他覺得慧恩在劇中的演出很真實，連感情的表現都很真。有時連他自己都會產生錯覺，以為慧恩深深地愛著他，而他也以熾熱的感情去回應她。但是長期的演出經驗告訴他，這只是戲劇表演，所以他很快地就抽離角色回到現實。

因為慧恩是第一次演戲，所以任翔常常提醒她，要迅速抽離所扮演的角色，不要活在劇中角色的情緒中；她也都點頭答應。不過，

隨著拍攝時間的進行，慧恩對他的態度越來越曖昧，看他的眼神也越來越不同；好像滿是柔情，讓他的心為之震顫。有時候，他甚至覺得他已深陷在愛裏，激動得想親吻她，但都被他的理智給控制住了。

慧恩現在為任翔擔任廚娘的工作替他製作餐點，凱瑞已被她拋到九霄雲外，她現在所思所想的都是任翔。每當任翔打電話給她，告訴她要回家吃飯，她就興高采烈巴不得為他做滿漢全席。

她每一分每一秒都想看到任翔，從任翔出門就巴望他快點出來。等他一回來，她又緊張害羞得說不出話來。她很受不了自己的憋扭，明明想在自己愛的任翔面前表現優異，可是每次看到他就變得笨拙。她開始想進入任翔的生活裡，學習適應他的生活方式。

「任翔既然不能走入我的生活中，何妨我走進他的生活裡。我應該開始學習他的生活方式，融入他的生活裡。」

「任翔偶而會喝一點酒也會抽煙，演藝圈裡，好像不管男女，多多少少都會喝酒抽煙。而我卻一點酒也不能喝，聞到香煙的味道就想吐，難怪任翔不願帶我出門，太丟他的臉了！」

慧恩走到客廳沙發旁的茶几邊，彎下身子拿起任翔留在茶几上的一包香煙，從中抽出一隻香煙。然後走到廚房，從抽屜裏拿出打火機。她右手拿著打火機，左手拿著香煙，再用右手的姆指，在打火機的小輪子上划了幾下，打火機瞬間冒出火來。她將左手的香煙，放在從打火機出來的火上。香煙慢慢地燃燒起來，發出濃濃的煙草味，讓她不禁想吐。她趕緊把香煙放到水龍頭下面，打開水龍頭用水將香煙澆熄。

「香煙的味道怎麼這麼難聞？但那麼多人抽煙，也沒有人抱怨香煙的味道不好聞，這應該是適應問題吧！不是早有古訓：『如入芝蘭之室，久而不聞其香；如入鮑魚之肆，久而不聞其臭』嗎？或許我再多試幾次，等習慣香煙的味道就好了。今天先試到這裡，明天再繼續努力。」

慧恩把被水溼透的香煙，用一張餐巾紙墊著，放在水槽旁的流理台上晾乾，準備明天再試。她又從酒櫃裡，拿出一瓶喝剩一半的紅酒，和一只高腳玻璃杯。她為自己倒了半杯紅酒，然後拿著盛有

紅酒的玻璃杯，走到客廳的沙發，一屁股坐了下去。

　　她先用鼻子聞了聞酒的氣味，「嗯……聞起來還好不難聞，有一種濃得化不開的味道，難道這就是所謂酒的芳香味？有些人聞起酒來，會有一種非常陶醉的模樣。那些人想必都是懂得品酒的人，我應該效法他們。」她又聞了一下酒的氣味，然後裝出一副很陶醉的模樣。接著把酒杯送到兩唇之間，仰頭將紅酒徐徐地從唇間灌入。

　　「真苦！」她叫了一聲，同時伸手輕輕摀著自己張開的嘴。才一會兒的功夫，她覺得頭昏腦脹、臉發熱、肚子有些不舒服。接下來，全身都覺得不舒服，好像吃了致命的劇毒一樣。她開始反胃想吐，她趕緊跑到廚房的水槽邊，將頭朝下不斷地嘔吐。但除了一些胃水外，並沒有多少東西被吐出來。

　　「慘了！我感覺好像快要死掉了一樣，怎麼辦？誰來救我？」她的臉紅得宛如圖畫上的關公，她的眉頭深鎖痛苦萬分。她彎著身子頭朝下，繼續站在水槽邊嘔吐。此時，大門傳來開門聲，任翔從外面推開門走了進來。他看見慧恩低著頭站在水槽邊，好像很痛苦的樣子，趕緊走到她的身旁。

　　慧恩身上散發出濃濃的酒味。任翔看了一下水槽，水槽裡殘留著一些慧恩剛剛吐的胃水，水槽旁邊還放著一根溼透的香煙。任翔有些緊張又有些激動，皺著眉頭連不迭地問：「妳在幹什麼？怎麼一身的酒味？這香煙又是怎麼一回事？」

　　慧恩好像是一個做錯事，被捉到把柄的孩子一樣，羞愧地站在任翔的面前。她覺得無地自容，真想找一個洞鑽進去躲起來。她的確希望有人來救她，但那人絕對不是她所愛，最在乎的任翔。她想呈現在任翔面前的是她最好的一面，而不是現在這副狼狽樣。她覺得無比的羞愧與委屈，眼淚在她的眼眶裡滾動，接著毫無招架地向下湧流，她勉強地擠出一個字：「我……」

　　任翔看著淚水滾滾滑落的慧恩，原先的不悅一掃而空，取而代之的是心疼與不捨。他伸手摟住慧恩的肩，將她擁入懷裡。慧恩的頭靠著任翔寬闊的肩膀，因羞愧也因身體的不適更加聲淚俱下。她的身體因哭泣而微微地顫動，任翔抱她抱得更緊，意圖平復她的情

緒。慧恩的哭聲震動任翔的心，讓他整個心都要裂成碎片。

慧恩停止了哭泣，眼眶裡依舊淚光閃閃，她有氣無力地說：「任翔，我快要死了！我的心臟、我的胃，我全身都不舒服！」

任翔聽了眼眶也濕潤起來，他更加使勁地抱住慧恩，深怕她會在他的懷裡突然消失。「妳不會死的！我絕對不會讓妳死的！」任翔的臉頰靠著慧恩的頭，聲音有些沙啞。「告訴我，妳到底喝了多少酒？一口氣喝完，還是慢慢以品嚐的方式喝的？」他著急地問。

「我喝了…半杯紅酒……一口喝下去。」慧恩斷斷續續地說。全身的痛苦無情地抓住她，讓她幾乎沒有力量說完全句。她不斷地呻吟：「任翔……我好痛苦哦！」

任翔沒想到，慧恩會一口氣喝下半杯紅酒。更沒想到，半杯紅酒就讓她痛不欲生。他抱起慧恩將她抱到客廳的沙發上，他低聲安慰她說：「我還沒聽說過，喝半杯紅酒會死人的。妳好好休息，等會兒就會好的。」

慧恩實在太痛苦了，她的心臟有說不出來的不舒服，胃還在大肆翻騰。她知道任翔是在安慰她，因為她曾經看過喝酒把人喝掛了的報導。

任翔蹲在慧恩的身邊，伸手把沙發的靠枕放在沙發的扶手上，讓慧恩靠著靠枕躺在沙發上。他似乎想到什麼似的，又問慧恩說：「對了，我忘了問妳，妳喝酒前有沒有吃什麼東西？」

慧恩斜躺在沙發上，痛苦並沒有離開她。她眉頭深鎖，發出微弱的聲音說：「我沒吃東西。」

任翔實在是手足無措，一個頭有兩個大，他從來沒有處理過這種問題，他完全束手無策。突然有一個念頭跳進他的腦海裡，他興奮地喃喃自語：「對呀！我可以上網去找解決慧恩這種問題的方法！」

任翔不敢有所耽擱，立即拿起手機上網，將慧恩的情況輸入，看有沒有人知道如何處理這種問題？網上出現了許多建議；有些人說，讓她先吃點東西填填肚子，但慧恩現在吃不下；有些人說，給她喝杯牛奶，但慧恩不喜歡喝牛奶；有些人說，給她喝一杯蜂蜜水，這似乎比較可行，因為慧恩喜歡喝蜂蜜水。

任翔立刻到廚房為慧恩做了一杯溫的蜂蜜水，然後先扶慧恩坐起來，自己再坐在沙發上，將慧恩攬在他的懷裡餵她喝蜂蜜水。不知道是不是因為慧恩已經折騰很久，累了？酒精的作用退了？還是蜂蜜水發生了效果？慧恩在任翔的懷裡安靜地睡著了。任翔不忍心吵醒慧恩，於是自己斜靠著靠枕躺在沙發上，一手摟緊慧恩，讓她在他的懷裡睡覺。

　　正午炙熱的陽光，從落地窗照射進來，落在慧恩的胳膊上。慧恩感覺到陽光的高溫，睜開眼睛醒了過來，她發現任翔正緊緊地摟著她睡著了。她享受著被任翔摟在懷裡的感覺，一動也不動依舊躺在任翔的懷裡。

　　不知過了多久，任翔也被照射進來的陽光熱醒了。他睜開眼睛低頭看懷裡的慧恩，發現慧恩已經醒了。他鬆了一口氣，調皮地問慧恩說：「恩，妳要在我懷裡一直躺下去嗎？」

　　慧恩被任翔這麼一問，害羞得漲紅了臉，趕緊將自己的頭移離任翔的胸膛。正準備坐起來，又被任翔拉回他的懷裡，任翔笑著說：「跟妳開玩笑的！我喜歡妳躺在我的懷裡，妳想躺多久就躺多久。但是妳必須老實告訴我，為什麼要喝酒？為什麼有香煙在水槽旁邊？」

　　慧恩第一次和任翔的身體如此親密的接觸，她的臉和耳朵都熱了起來。這樣的情景是她最近這段時間的夢想，是她所渴望的。現在她的夢想成真了，渴望實現了，她既欣喜又害羞。

　　「我只是想讓自己能喝酒，習慣香煙的味道，這樣我就可以融入你的生活，不會顯得格格不入。」慧恩嬌羞地說。

　　任翔聽慧恩這麼一說，才了解慧恩喝酒以及那根香煙，全都是為了他的緣故。他低頭看著害羞地躲在他懷裡的慧恩，整個心似乎被窗外射進來的溫暖陽光團團包圍。他親了一下慧恩的額頭說：

　　「我講個故事給妳聽，那是我小時候聽來的。有一對熱戀中的情侶，男的是瞎子，女的是啞吧。男的看不見，所以出外都由女的領路。女的不能說話，所以就由男的負責講話。他們兩個人相輔相成，過著幸福快樂的日子。但是不知道從什麼時候開始？女的一直

向 神祈求，希望變成瞎子，好讓她能融入她男朋友的生活裡，讓她的男朋友不會因為瞎眼而自卑。男的也不斷地向 神祈求，希望變成啞巴，好讓自己的女朋友不會因為啞巴而自卑。神實現了他們的請求，兩個人都變成又瞎又啞。」

「所以妳不要改變妳自己，試著要融入我的生活。用妳有而我卻沒有的特質來幫助我，就像故事中那對情侶原先一樣。男的看不見，所以出外都由女的領路；女的不能說話，就由男的負責講話，而不是彼此都想變成對方。何況如果真的要改變，也是我戒煙戒酒，而不是妳抽煙喝酒。從好的變成不好的叫墮落，從不好的變成好的叫覺悟。妳剛才做的就是墮落，我不許再有這樣的事情發生！」

慧恩抬起頭來含情脈脈地凝視任翔，說：「我知道我錯了！這種事我真不敢再做了！我會聽你的話做我自己。我要成為你的幫助，而不是你的負擔。」慧恩的聲音柔和而動聽，宛若她黃鶯出谷的歌聲。

任翔翻過身將慧恩壓在沙發上，他恍然大悟，終於明白慧恩最近一切反常的舉動是怎麼一回事；原來慧恩已經愛上他。他看著慧恩那雙閃閃發亮的美麗眼睛，情不自禁地將他的嘴唇蓋在她柔軟的唇上。原來一切就是那麼簡單，自己心所愛的人也正愛著自己！

夜晚在慧恩與任翔兩情繾綣的愛戀中悄悄地到來。任翔摟著慧恩的肩站在落地窗前，看著窗外迷人的黃浦江夜景，和滿天星星的夜空。

「以前夜空中那顆璀璨的『恩典之星』是屬於妳，現在她不再只屬於妳，她屬於我們。」任翔看著高懸在蒼穹中的恩典之星，然後低下頭對慧恩說。

「嗯，」慧恩同意地應了一聲。「不只是『恩典之星』，凡是屬於我的一切，我都樂意與你分享，我也希望能分享你的一切。凡是與你有關的，不管是喜、怒、哀、樂，我都渴望參與。我不想當明星，也不想有什麼偉大的事業，我只想當你的妻子，一個賢德的

妻子。守著你、孩子、還有我們的家，這就是我的雄心壯志。」慧恩衷心地說。

「我一定會給妳一個屬於我們的家。今後我人生的一切喜、怒、哀、樂，我都願意與妳分享。我從小就喜歡戲劇，演戲對我而言，是一種藝術，是我的職業，也是我的熱情所在。我不甘心只成為一個被眾人追捧的明星，我想成為演藝圈的傳奇。我並不汲汲於名利，我的野心是在演藝圈創造奇蹟，塑造典範，這就是我的雄心壯志。」任翔將慧恩擁入懷裡，繼續說：「在愛情上，我是個很自私的人，我無法容忍跟別人分享妳。我也會以同樣的標準要求我自己，對妳絕對的忠誠。」

慧恩猜想任翔話中的意思，是擔心她的心裡還惦記著凱瑞。她思忖數秒後，伸出雙手摟住任翔的脖子，踮起腳尖熱情地親吻他。片刻，她的嘴唇離開任翔的唇，深情地說：「我從來沒有像這樣親吻過一個男生，即使對凱瑞也沒有過。我既然決定愛你，就會全心全意地愛你。我的心除了你之外，沒有別的男生，包括凱瑞在內。除非雄偉的喜馬拉雅山崩塌毀壞；除非川流不息的長江水乾涸枯竭；除非凜冽的寒冬雷聲震天、炎熱的夏日白雪紛飛、天和地失去界線互相連結，否則我絕對不會違背對你專一的愛情。」

慧恩的一席話，讓任翔感動得全身每個細胞都激動起來。他托起慧恩的下巴熱烈地回吻她，似乎無法停下來。許久，他的嘴唇移過慧恩的臉頰，在她的耳邊輕聲地問：「我們可以有進一步的關係嗎？」

慧恩閉著眼睛陶醉在任翔的溫柔裡，在她的情感裡，她是無可救藥地愛著任翔；她想跟他有進一步的關係。但理智不斷地提醒她，不可以忘記爸爸說的話；在結婚前一定要守貞，不能有婚前性行為。她壓抑自己的情感，強迫自己選擇理智。她一句一句慢慢地說：「貞節是我的價值觀之一，我不能違背我的價值觀。在我們結婚之前，不能有進一步的關係。」她雖然很掙扎、很勉強、很不情願，但最終仍堅定地守住了對爸爸的承諾。

「好！我尊重妳的價值觀，在我們結婚之前，我們不要有進一步的關係。」任翔的臉頰依偎著慧恩的頭，將她擁抱在懷裡。他的

情慾依舊高漲，他低聲地對慧恩說：「恩，妳現在彈鋼琴給我聽好不好？我想聽妳彈鋼琴。」

「好！」慧恩回答一聲，隨即走向鋼琴，在鋼琴前面的椅子上坐了下來，開始彈奏鋼琴。剎那間，動人心弦的鋼琴聲悠然揚起，隨著空氣的流動，盤旋迴盪在任翔的公寓裡。任翔聽著慧恩彈奏的鋼琴聲，高漲的情慾慢慢地緩和下來。

「慧恩堅持婚前守貞，那表示她和她的前男友應該也沒有發生過性關係。」任翔想著，露出愉快的笑容。「明天回家去跟媽媽談一談，如果媽媽同意，我和慧恩就先領證結婚再補辦婚禮。」他的眼睛看著慧恩的手指靈巧地在琴鍵上快速移動，心裡暗暗地下了迎娶慧恩的決定。

任翔的媽媽駱霞戴著一副老花眼鏡，坐在客廳的沙發上看書。早上任翔傳簡訊給她，說今天下午要回來。任翔因忙著「天使之眼」的拍攝與宣傳工作，已經好幾個月沒有回家了。她很想念任翔，收到他的簡訊，她就開始期待下午的到來。

任翔是駱霞的獨子，從任翔很小的時候開始，她就教他讀四書五經。以中國傳統禮教教育他，以高的道德標準要求他，因此塑造出任翔這位溫潤如玉的謙謙君子。

她從任翔小學的時候，就發現任翔有表演的天份。對於自己兒子在職業上的選擇，她的態度是開明的。不管任翔從事哪一種職業，只要是任翔的專長所在，任翔所熱愛的工作，她都支持。

她最想看到的是，任翔自由自在快樂地任意遨翔。所以當她發現任翔的表演天份，她就費盡一切的心思，讓他參與相關的活動，接受相關的訓練。賺錢不是她讓任翔從事演藝事業的目的；適才適所，讓任翔的天份、熱情得到充分的發揮，才是她的目的。

她從來不過問任翔任何事情，唯一讓她插足的是任翔的婚姻。她知道婚姻對任翔將來能否快樂地自在遨翔很重要，所以對任翔的婚姻對象非常在意。任翔很孝順也很聽她的話，只要是她不喜歡的

對象，任翔都會選擇放棄；莫言真就是最好的例子。任翔現在已經快三十三歲了，但感情一直都沒有著落，她也開始擔心起來。

「翔翔自從跟莫言真分手後，就沒有再跟其他姑娘交往。難道翔翔對莫言真情有獨鍾，除了莫言真，他就看不上任何姑娘嗎？」駱霞憂心地想著。

「只要莫言真願意放棄演藝事業，我並不反對他們在一起，偏偏莫言真就是不願意放棄。」想到這裡，她的心情不知不覺地低落下來。

任翔打開門走到客廳，看見駱霞手上拿著書，眼睛卻愣愣地看著前方，一副若有所思的樣子；完全沒有聽到他開門的聲音，也沒有注意到他已經來到客廳。

「媽媽，在想您兒子嗎？想得那麼出神。」任翔邊說，邊走到駱霞的身邊坐了下來。

「母子連心！媽媽想什麼兒子一猜就中，我的確是在想你。你今天怎麼有空來看媽媽，是不是有什麼好消息要告訴我呀？」駱霞拿下老花眼鏡，笑著對任翔說。

「的確是母子連心！兒子想什麼媽媽一猜就中，我的確有好消息要告訴您。」任翔笑容滿面說。

「我喜歡聽好消息！你有什麼好消息要告訴我就快說，讓我高興高興。」駱霞興致勃勃地說。

「我認識一位姑娘，她長得很漂亮，有一雙舉世無雙的明亮眼睛。我已經觀察她將近十個月，我發現她美麗的容貌，在她整體的美裡只佔一小部分。她的內在更美，表現在外面的氣質、舉止、態度、品行，都是無可挑剔的好。還有一點，她和您一樣會做飯做菜給我吃，也能照顧到我的需要，她還會彈鋼琴唱歌給我聽。有機會我讓她彈鋼琴唱歌給您聽，做菜做飯給您吃。」任翔興高采烈地說，好像在為駱霞介紹一件他所擁有的稀世珍寶一樣。

「聽你這麼一說，我都想去看看這位姑娘。不過，我先要恭喜你，遇到這麼好的姑娘。」駱霞笑容可掬握著任翔的手說。她正擔心任翔的感情沒有著落，沒想到任翔自己已經找到一位這麼優秀的姑娘。她心中那塊大石頭落了下來，心情也變得輕鬆許多。

「她是演藝圈裡的人嗎？她今年幾歲？她的學歷如何？」駱霞連不迭地問。

「她演過一部戲，但她以後不會再演了，只會偶而唱唱歌。她小我十歲，快滿二十三歲了，大學法律系畢業。您不是常說，人要懂得貢獻社會國家做個有價值的人嗎？她就是這樣的人。以歌聲傳愛是她的理想，而當一位守著丈夫、孩子、家庭的賢德妻子，是她的雄心壯志。」任翔回答說。他知道駱霞一定會喜歡慧恩，因為慧恩完完全全符合駱霞對媳婦的要求。

「聽你這麼說，她還真是個打著燈籠都找不到的好媳婦，我真的很為你高興。她信仰道教還是佛教？通常有宗教信仰的人都比較有愛心。這位姑娘那麼有愛心，一定是個有虔誠信仰的人。」駱霞臉上盡是滿意的笑容，高興地說。

「她的確是個有虔誠信仰的人。她是基督徒，受到聖經很大的影響，一心只想服事人！」任翔與有榮焉地說。

駱霞聽任翔說慧恩是基督徒，臉色瞬間大變。她不喜歡基督徒，在她的心目中，基督徒不祭拜祖先是一群背祖忘宗的人。

「馬上跟她分手！」駱霞表情嚴肅，聲音堅定有力。「我絕對不容許一個背祖忘宗的基督徒女人，進門當我們任家的媳婦。」她氣憤的聲音如響亮的雷聲，在客廳裡轟隆作響，也貫入任翔的耳朵裡。

在那一剎那間，任翔從天堂掉到地獄，他從來不知道駱霞對基督徒會這麼反感。他的腦海裏一片空白，原本繽紛多彩的世界，一下子全變成了灰色。

「幾近完美的事情，怎麼還會出現這種意想不到的錯誤呢？」他的心情由原先的興奮變為沮喪，笑容從他的臉上消失得無影無蹤。

「難道歷史又要重演了嗎？」他覺得一種莫名的痛，悄悄地爬上心頭。他想壓住它卻壓不住，他毫無招架地棄械投降，讓痛苦佔據他整個心；他垂下肩膀，將頭埋在兩手之間不發一語。

駱霞看任翔難過的樣子，內心很不捨。她並不想潑任翔冷水，但如果這個時候不即時潑他冷水，他的腦筋怎會冷靜思考，娶一個背祖忘宗的基督徒女人對他的傷害有多大？

「我知道你是個重感情的人，叫你馬上離開她，你一定會很難過。但讓你娶一個背祖忘宗的基督徒女人進我們任家，我無法面對我們任家的列祖列宗。我給你時間，讓你能冷靜下來思考我的話，然後慢慢地跟那位姑娘漸行漸遠。在不傷害那位姑娘的情況下，跟她平靜分手，這樣好不好？」駱霞收起憤怒的表情，臉部線條轉為柔和，溫柔體貼地對任翔說。

「好！」任翔從沙發上站起來，走到窗戶邊看向窗外，「給我時間，我會好好思考您剛才說的話。」他低頭沉思片刻後，轉向駱霞，「等一會兒我還要接受一家媒體的專訪，我現在必須走了。等忙完『天使之眼』的宣傳工作，我再回來看您。」任翔說完，走到駱霞的面前，在她的臉頰上親了一下，然後轉身走出大門。

任翔獨自走在路上，他的心彷彿被利刃切割成兩半，讓他疼痛得幾乎無法忍受。「慧恩怎麼辦？我自己又該怎麼辦？」他聽不到車子來來往往的呼嘯聲，他也不在乎有沒有人會認出他；他只想找出自己問題的答案，理不清的思緒宛若煩人的夢魘正纏繞著他。

「媽媽不會知道我有多麼愛慧恩，她無法明白慧恩對我有多重要，我根本離不開她。」他的痛苦加劇。他從來沒有像愛慧恩一樣愛過一個人，即使對莫言真他也沒有這樣愛過；他對慧恩的愛是由內而發，心靈與肉體並進的感受。

「我怎能離開她？為什麼我好不容易遇到一位身心靈都契合的女孩，卻得不到媽媽的祝福？」他煩悶到極點。

「就為了慧恩是基督徒？」脖子上戴著金十字架項鍊的慧恩，此時清晰地浮現在他的腦海裡。他從來沒有想到，慧恩的基督徒身分，竟然是他們愛情的最大障礙。

「慧恩如果知道這件事，她一定會很痛苦。我不能讓慧恩知道這件事，我不要她跟我一樣痛苦，我一個人承受這個痛苦就夠了。」想到慧恩可能的痛苦，他的腦筋突然變清楚了。

「在慧恩的面前，我要表現得一如往常，好像什麼事都沒有發生過一樣，不能讓她看出一點破綻。何況，事情也許還有轉圜的餘

地。將來有一天，媽媽或許會改變對基督徒的看法，這樣我和慧恩就可以得到媽媽的祝福，我們就可以結婚了。」任翔想著，彷彿看到希望的亮光。他停下腳步，剛才只顧著想事情，根本沒有注意到自己到底走到哪裡了？他舉目向四周張望，視線停留在一張有著兩條半心項鍊的廣告海報上。

　　「我要去訂做兩條半心項鍊，一條送給慧恩做為訂情物，一條我自己留著。如果有一天我們能結婚，兩條項鍊就可以合在一起成為全心。如果我們被迫分手不能在一起，我們就各自擁有被撕裂的心，就像兩條半心項鍊一樣，永遠受撕裂之苦。」他拿起手機打電話給小偉。

第二十九章 刺鳥

「傳說中有一種鳥，一生都在尋覓帶刺的樹，只有當牠往最尖的刺撞去時，才會在極度苦痛的臨終前，唱出一生最美的歌聲。」慧恩依偎在任翔的懷裡，低頭看著「刺鳥」這本小說。

「這種鳥叫刺鳥，我真的不知道這是怎樣的一種鳥？明知道是痛苦的，偏偏要往刺上衝撞，而且還要選最尖的部分撞。翔，如果是你，你會這樣做嗎？」慧恩問。

任翔斜靠著靠枕躺在沙發上，懷抱著慧恩正在看書。他將臉頰輕輕地靠在慧恩的頭上，溫柔地說：「如果瞬間的美會成為永恆，我會這麼做。」

慧恩心頭驀然一驚，覺得有些不可思議。任翔竟然願意為瞬間的美去刺痛自己，讓自己遍體鱗傷痛苦的死去？她感覺有些膽戰心驚，於是說：「如果我能阻止，我絕不讓你這麼做，因為我不要看你痛苦。我不喜歡瞬間的事物，我喜歡永恆。瞬間感覺上有些衝動，稍縱即逝；永恆是點點滴滴的累積，無限延伸。我的生命就是要追求永恆，我不喜歡虛空的短暫，即使它是那麼的燦爛絢麗。」慧恩側身抱住任翔的身體，輕聲低語：「翔，我不要你像刺鳥一樣，我要你永遠幸福快樂。」

任翔沒有想到，慧恩會那麼在意他講的那句話，對他的關愛之情表露無遺。他的心被慧恩的話語觸動，伸手撫摸她的臉頰，低聲安慰她說：「妳不要擔心！我說瞬間的美會成為永恆才會做，瞬間的美若不能成為永恆，我就不會去做；我和妳一樣都是追求永恆。不過，我沒想到妳那麼愛我，連一點苦都不願意讓我受，要我永遠幸福快樂，聽起來很窩心。為了回報妳的愛，我要送妳一份屬於我

們兩個人的禮物，就算是我們的定情物吧！」

任翔從沙發上起身，走進自己的房間裡。大約一分鐘後，他拿出了兩個紅色絨毛盒，將其中一個遞給慧恩。慧恩接過紅色絨毛盒，稍微審視了一下立刻打開盒子。盒子裡面的純金半心項鍊，在從落地窗透進來的光線照射下，閃爍著耀眼的金黃色光芒。她拿起盒子裡的項鍊，張大嘴巴驚喜地讚美說：「哇！好漂亮的項鍊！」隨即微蹙眉頭，似乎有些困惑不解，她嘟著嘴向任翔提出問題說：「但為什麼只有半個心？為什麼不是全心呢？」

任翔打開另一個紅色絨毛盒，從裡面拿出一條幾乎一模一樣的半心項鍊。然後將兩條項鍊的半心合在一起，形成了一個完整的全心。

「這是我特別請人定製的項鍊，妳一半我一半。妳是我的另一半，我是妳的另一半。我們兩個人都只有半個心，我們兩個人在一起，心就完整了，我們就有快樂的全心。等我們結婚的時候，我們就把這兩個半心合在一起成為一個全心，永遠不分開的全心。全心全意為妳，全心全意為我，全心全意為我們的家。」任翔凝視著慧恩說，眼神裡盡是溫柔。

慧恩看著兩個半心合成的全心，臉上露出滿意的笑容。她深愛任翔，成為他的妻子對她來說，只是時間遲早的問題。等他們結婚的時候，這兩個半心就可以像這樣合成一個全心，這是多麼令人興奮和期待的事。她想，這或許就是任翔送她半心項鍊的原因吧！但事情有時候會出人意料之外，如果他們之間發生變化，該怎麼辦？慧恩雖然不願意往這種負面的方向想，還是忍不住問任翔說：「如果，我是說如果，如果我們將來沒有在一起、沒有結婚，那這兩條半心項鍊怎麼辦？」

「恩！」任翔輕喊一聲，迅速伸手蓋住慧恩的唇，他原本溫柔的眼神變得有些憂鬱。他努力地不讓自己往負面的方向想，他想許慧恩一個彼此相伴相守幸福的未來。他已深深地愛著她，這是無庸置疑的。他不僅愛她宛若天使般的美麗容顏，他還愛她的價值觀，以及不斷綻放出光芒的內在美。她是他此生最理想的伴侶，也是他

唯一渴慕的妻子。他們彼此吸引對方、深愛對方，一切看似那麼美好。但就如灰姑娘和她的白馬王子之間，會出現一個嫉妒灰姑娘美麗容顏的邪惡後母一樣；他們之間還有一個很大的問題，那就是他所敬愛的母親，並不同意他娶身為基督徒的慧恩為妻。

任翔迎視慧恩詢問的眼睛，他一句正面的話也說不出來。他用牙齒咬了咬自己的嘴唇，試圖壓抑隱隱上升的不安。他發出低沉而沙啞的聲音說：「如果我們不能在一起、不能結婚，那我們的心就不會完整。我們就各自擁有一顆撕裂的半心，永遠受撕裂的苦，永遠……」

慧恩伸出雙手摟著任翔的脖子親吻他的唇，阻止他再說出帶著憂傷的負面話語。片刻，她的唇離開任翔的唇，在他的耳邊呢喃低語：「翔！我們一定會永遠在一起，我們一定會結婚。我們的心不會受撕裂之苦，因為我會永遠愛你，絕對不會離開你。我相信你也會永遠愛我，不會離開我。」

她驀然想起凱瑞；凱瑞曾經深愛她，卻因為誤會而離開她。她的心微微震顫，一種莫名的恐懼冉冉升起。她將她的頭埋入任翔的懷裡，宛若想躲進一個可以避風的港灣。她極力遏止即將湧出的淚水，內心的感傷宛若混逐叢生的野草漫延開來。她有感而發說：「如果你真的愛我，不管情況有多麼糟糕，環境看起來有多麼困難，你都不會離開我。」

任翔伸手托起慧恩依偎在他懷裡的臉；慧恩微蹙的眉頭，和閃爍著憂鬱光芒的明亮眼睛，彷彿無聲地訴說著她的無助與茫然。「我到底做錯了什麼事？講錯了什麼話？竟然讓這張絕世美顏染上憂愁。」他想要安慰慧恩，卻不知道如何開口。不管情況有多糟，環境有多難，他都有絕對的把握不會離開慧恩；惟獨媽媽的反對，他沒有把握。他沒有把握自己能違背媽媽的意思，和慧恩在一起甚至結婚。他的心隱隱作痛，雙手緊緊地擁抱慧恩。沒有承諾，沒有安慰，甚至不發一語。他只能以擁抱代替話語，代替他的無能為力。

慧恩伸出雙手抱著任翔的腰，彼此身體互相接觸，讓她覺得溫暖而有安全感。

「你是智者，你是勇士，你不會被眼睛看見的，耳朵聽到的所

矇騙。即使一切看起來困難重重毫無希望，你也一定會有堅毅不拔的信心，和過人的勇氣去克服。」慧恩緩緩抬起頭，深情凝睇著任翔，她放慢說話的速度，嬌羞地說：「你是我的頭，你走一步我跟一步，我不會跟丟的。因為我會緊緊地握住你的手，即使天搖地動我也絕對不放手。」

「恩！為什麼對我這麼有信心呢？」任翔輕聲地問，有著被慧恩信任的喜悅，和被托以重責大任的驕傲感。

「妳不怕期望越高失望越大嗎？不要有期望，就不會有失望哦！」他唇角露出一絲微笑。慧恩的話語激勵了他，他不服輸不向命運低頭的傲骨，像是在土裡埋藏了許久的種子，受了雨水的滋潤，生出了粗根，發出了巨芽。

「但是對我，妳一定不要放棄期望。為了妳，我一定會成為一個智者、一個勇士。我不會被表象所矇騙，也不會被困難所打倒。我要當妳的頭，領妳前行的路。縱然狂風巨浪來襲，我也一定會緊握妳的手絕不放手。」他用手指輕彈了一下慧恩的鼻子，俏皮地繼續說：「但妳自己也要站立得穩，不要看到巨浪就害怕得鬆開手。妳一旦鬆手我就會分心，最後的結果如何？妳可想而知！」

「放心！我絕對不會鬆手的！」慧恩信心滿滿地說。覆蓋在她頭頂上的烏雲已經遠離，她有一種豁然開朗的舒暢感，她將她的注意力又轉回到那兩條半心項鍊上。

「反正我們早晚一定會結婚，不如現在就把這兩條項鍊合在一起，成為快樂的全心，不要各自成了撕裂的半心。」慧恩說著，將兩條項鍊的半心重新放在一起。「你看！多好看的全心！我們會有一個全心全意的家……」她把頭靠在任翔的肩膀上，眉開眼笑地憧憬著。

「這個家有一個任翔，一個朱慧恩，還有一個任小翔，還有一個任小恩。」任翔接著說。

慧恩仰頭注視著任翔俊美的臉，她與有榮焉地說：「任小翔一定是個很帥的男孩，像他爸爸一樣。」接著微蹙眉頭問：「但是任小恩是男孩還是女孩呢？」她有些混淆，因為小恩可以是男孩的名

字，也可以是女孩的名字。

「任小恩當然是個女孩囉！任小恩一定會像她媽媽一樣，是位氣質出眾的絕世美女。我一定要教育她，成為一位有內涵的賢德女子，就像她媽媽一樣。」任翔一邊說，一邊將兩條半心項鍊分別裝回紅色絨毛盒裡，然後將其中一個盒子遞給慧恩。

慧恩不情願地接過紅色絨毛盒，撇了撇嘴說：「小氣！只送我半顆心！」隨即露出甜美的笑容，繼續說：「雖然只有半顆心，但仍是我最珍愛的項鍊，因為它是你送給我的定情物；真希望這兩條半心項鍊，能很快地合在一起。」

任翔的心又沉重起來，臉上的笑容逐漸退去，取而代之的是化不開的輕愁。他何嘗不希望，這兩條半心項鍊能很快地合在一起。但從媽媽現在的態度看來，這兩條半心項鍊合起來的可能性還是極為渺小。

「如果我沒有那麼紅，沒有那麼有名氣，或許媽媽就不會把我看得高人一等。對未來媳婦的選擇，就不會那麼嚴苛，那麼多條件。也許，就有可能接受慧恩當她的媳婦。」任翔略為思忖後，脫口而出說：「恩！我想退出演藝圈，我不想再演戲了。」

慧恩詫異地看著任翔，心裡不禁嘀咕起來：「任翔到底是怎麼一回事？幾天前才說，不甘心只成為一個被眾人追捧的明星，想成為演藝圈的傳奇，想在演藝圈創造奇蹟、塑造典範。這種雄心壯志，怎麼沒幾天的功夫就消失了呢？」

她知道任翔熱愛戲劇演出，他是天生的演員，有與生俱來的演戲天賦。為什麼他會突然想退出演藝圈不演戲了呢？難道是因為狗仔隊以及其他媒體，無所不在地跟蹤追逐，讓他覺得沒有隱私，失去個人生活空間？還是因為不能光明正大地帶她出門？還是有其他的原因？一股強烈的好奇心驅策著她，她不禁問任翔說：「你為什麼突然想退出演藝圈不演戲了呢？」

任翔牽著慧恩的手，帶她一起坐回沙發上。他摟著慧恩的肩，讓她的頭靠在他的肩膀上，他喜歡慧恩在他身邊的感覺。對他而言，她就是一股能穩定他的心的力量，讓他的心不會覺得飄浮倦怠。演戲是他喜歡的，但如果要從戲劇與慧恩兩者中做出選擇，他

會毫不留戀的放棄戲劇選擇慧恩。他壓低聲音娓娓道來：

「有人喜歡吃頂級牛排，如果天天給他吃最頂級的牛排，吃久了他就會吃膩不想再吃了。有些人追求他夢想的理想工作，有一天他真的得到他夢想的理想工作，做久了原本理想的工作，就會如同一般普通的工作一樣乏味。一個人反覆地做同樣一份工作，不管這工作他原先多麼渴望得到，做久了都會產生倦怠感。除非有特別吸引他的東西，做為前進的動力。否則這種倦怠感就會侵蝕人心，讓人不想在這工作上繼續停留。我現在就遇到這個瓶頸，沒有足以吸引我的動力，讓我渴望繼續現在的工作。」

「哦！原來你是犯了職業倦怠症！現在我來好好分析你的症狀，如果你是對你的工作沒有了熱情，那我贊成你換工作。如果你對你的工作依舊充滿熱情，只是有些倦怠，那就表示你必須要休息一陣子。有句話說：『休息是為了走更遠的路。』等你休息夠了，回到你的工作崗位，又會像生龍活虎一般精力充沛。我要問你幾個問題，你要老實回答，這樣我才能做正確的判斷。」慧恩正經八百地說。

任翔看慧恩煞有其事，一副萬事通的模樣，心裡覺得有些好笑。他只不過是隨便說說，慧恩卻把它當真了。他實在有些好奇，慧恩究竟能分析出怎樣的結果？又會給他怎樣的建議？

「反正現在也沒事，就陪慧恩玩玩吧！」他想著，隨即發揮他演戲的天份，強忍住笑意，表情看似有些茫然，怔怔地看著慧恩說：「好吧！妳問，我一定據實回答。」

「第一個問題是，你是不是幾近瘋狂地喜歡你的演藝工作？我的意思是說，你是不是覺得演戲對你而言並非難事，甚至是簡單的事。你很容易就能融入你所要扮演的角色，扮演好那個角色。但你卻樂意花更多的時間去鑽研它，讓你演出的角色更加出色？」慧恩問。

「沒錯！我的確是這樣！照妳的說法，我應該是幾近瘋狂地喜歡我的演藝工作。」任翔回答說。

「第二個問題是，你工作的時候，會不會覺得時間過得特別快？因為你沉浸在你的工作中，時常忘了時間。」慧恩問。

「我感覺妳好像是我的同卵雙胞胎，妳完全說中了我的感

受。」任翔回答說。

「第三個問題是，你是不是喜歡從事與演藝工作有關的事？例如，你是不是喜歡閱讀相關的書籍，觀看相關的影片，或參與舞台劇及其他類似的演出，即使酬勞不多也無所謂？」慧恩問。

「沒錯！我從小就喜歡做這些事，我也會不計酬勞，參與優良舞台劇的演出。我真懷疑，妳是不是對我做過身家調查，否則怎麼會這麼了解我？」任翔回答說。

慧恩露出天真無邪的笑容，做出她的結論說：

「我不用再問其他的問題，就知道你對戲劇演出是充滿熱情的；我不認為你應該換工作。從事演藝工作，對你而言是如魚得水、適才適所，你就好好地從事你的演藝工作吧！」

「做你喜歡做的工作，而這工作又和你的『人生的目的』相一致，將會讓你早上跳下床，對一天充滿期待。所以你需要的動力，是發現你的『人生的目的』，讓你的工作和你的『人生的目的』相一致。」

「如果你還沒有發現你的『人生的目的』是什麼？我可以送你一句通關秘語，那是記載在以斯帖記的一句話：『焉知你得了王后的位分不是為現今的機會嗎？』懂得這句話蘊藏的含義，那你就在正確的方向上，方向正確尋找的就會尋見。至於你會對你的工作產生倦怠感，那表示你需要休息了。我的建議是我們到美國度假，你看如何？」

任翔原本要為慧恩退出演藝圈的想法，因著慧恩的一番分析，頓時失去了支撐的理由。他苦笑一聲，用手指彈了一下慧恩的鼻子，說：「妳真是個天才，但天才和蠢才只有一線之隔，稍為偏一下就變成了蠢才。妳可要謹慎小心，不要變成了蠢才。」接著將他的面頰輕輕地靠在慧恩的頭上，在她的耳邊輕聲低語：「等我的工作告一段落，我們就出國旅遊。妳想去美國，我們就去美國。」

「我們到美國找我的表姐憶慈，請她帶我們玩遍整個美國。我們可以到維吉尼亞海灘……」慧恩興高采烈地說著，突然門鈴聲響起，打斷了她的話。

任翔起身走到門口開門一看，莫言真面容憔悴、神情落寞，靠

著牆站在門口。

「言真！怎麼會是妳？」任翔驚訝地問，似乎不敢相信莫言真會出現在門口。

「你要我一直站在這裡，不請我進去嗎？」莫言真唇角微微上揚，露出一絲淺淺的笑。她態度自在聲音隨意，沒有些許的矜持，好像是在對一個非常熟悉的老朋友說話一樣。

「請進！」任翔回過神來，趕緊請莫言真進門。

莫言真走進屋內，她已經有五年的時間，沒有在這裡出現過了。這裡曾經像她的家一樣，她常常在這裡過夜，出入這個大門。她毫不猶豫地直接走到客廳的落地窗，「多麼熟悉的地方！一切都沒有變，還是和從前一樣。」她沉吟不語。

她和任翔在這裡曾度過數不清的甜蜜時光；多少的纏綿悱惻，多少的溫柔擁吻，都發生在這個地方。她倚窗站立，凝視窗外黃浦江美麗的景色，絲毫沒有注意到坐在沙發上的慧恩。

任翔走到慧恩的身邊，牽起慧恩的手走到莫言真的旁邊。「言真！」任翔喚了一聲。莫言真轉過頭，看見任翔和慧恩正站在她的面前。她有些詫異，在任翔的公寓裡，竟然會出現一個女人，而且還是個擁有曠世美顏的女人。她的目光被慧恩美麗的容顏所吸引，一直盯著她看久久無法移開。

「這位是朱慧恩，我簽約的新人，請妳以後多多關照她。」任翔將慧恩介紹給莫言真，又偏過頭對慧恩說：「她是莫言真，以後妳就叫她莫姐。」

「莫姐好！」慧恩禮貌地打了一聲招呼，這是她第一次見到素顏的莫言真。她曾經因為好奇，在網路上查過莫言真的資料，也看過她在網路上的照片。她很難將網路上看到的莫言真，和站在自己面前的莫言真連在一起。她知道她是任翔的前女友，只是她不了解，莫言真為什麼會出現在這裡？男女朋友分手之後，還可以毫無芥蒂的互相往來嗎？她有些好奇，不由地打量起正看著她的莫言真。莫言真身材窈窕高挑，鵝蛋臉，臉色雖然蒼白，但俊眼修眉相當耐看，是十足的清秀佳人。

「莫姐，妳真漂亮！」慧恩臉上掛著笑容，讚美地說。

「妳才真的是漂亮，我還從來沒有看過，像妳這麼美麗的女孩。尤其是妳這雙眼睛，明亮得讓人看了就不想移開視線。任翔運氣真好，能發掘像妳這麼有潛力的新人。」莫言真一面說，一面牽著慧恩的手走到長沙發坐了下來。

「妳看起來很年輕，幾歲了？有男朋友嗎？」莫言真握著慧恩的手，宛若是這公寓的女主人般親切地問。

「快二十三歲了，」慧恩輕聲地回答，她偏過頭看向任翔，臉色如春天裡盛開的桃花。「我有……男朋友！」她的聲音弱而躊躇。

「我真是多此一問，像妳這麼漂亮的女孩子，怎麼可能沒有男朋友。」莫言真的眼睛，絲毫沒有從慧恩臉上移開的意思。她意猶未盡，似乎想從慧恩身上挖出更多的寶藏。她緊迫盯人地問：「妳和妳的男朋友交往多久了？有沒有結婚的打算？」

「我……和我的男朋友……才交往沒多久……我……」慧恩囁囁嚅嚅地說，眼睛不時地看向任翔，似乎在向任翔求救。

任翔注視著慧恩窘迫的臉，彷彿看到第一次向他不斷道歉的她。她那張窘迫的臉，就像磁鐵般吸引著他，讓他最終往她的方向前進。

「我是她的男朋友！」任翔的聲音低沉而有力，聽在慧恩的耳朵裡，彷若天籟之音悅耳動聽；聽在莫言真的耳朵裡，卻顯得異常刺耳。他走到慧恩的身邊坐了下來，伸手摟著她的肩，眼睛閃耀著幸福的光芒。

「慧恩是我的女朋友，我們已經認識將近一年了。」他的聲音清楚而堅定，完全沒有模糊的空間。

莫言真有些錯愕，她不敢相信自己會從任翔的口中聽到這樣的話。任翔不是個很專情的人嗎？除了她之外，他從來沒有愛過任何人。而且自從他們分手五年來，他也沒有再和任何女人交往。他不是一直在等她嗎？從什麼時候開始他已經不再愛她了？這種移情別戀的事，怎麼可能發生在重視品格操守的任翔身上呢？難道從他決定跟她分手的那天起，她就已經失去他了？她斜睨著任翔和慧恩；任翔凝視

慧恩的眼神是那麼的專注、那麼的深情，她不禁黯然神傷。

「從女人的微笑，男人的眼睛，就可以看出愛的軌跡。朱慧恩看著任翔的微笑，和任翔凝視朱慧恩的眼神，讓人一眼就可以看得出他們正在熱戀中。我是自作多情了，任翔根本就沒有在等我回頭。」莫言真的心情瞬間跌到谷底，她無所適從不知如何是好？她本能地從她的皮包裡，拿出香煙和打火機，點燃香煙抽了起來。

須臾之間，煙霧氤氳，菸草的氣味向四周擴散，瀰漫整個客廳。坐在莫言真旁邊的慧恩，聞到濃濃的菸草味，不禁開始作嘔起來。莫言真眉頭緊鎖一副深思模樣，旁若無人地吞雲吐霧。她看見慧恩出現作嘔的現象，以為她懷孕了，她不加思索脫口而出說：「看妳孕吐的現象蠻嚴重的，幾個月了？」

「對不起！我有點不舒服！我先回我的房間休息一下！」慧恩不好意思告訴莫言真，她不能聞香煙的味道，也不好意思用手遮住鼻子。她不想多加解釋，她只想儘速逃離現場，到一處避難所呼吸新鮮的空氣。話一說完，她立刻從長沙發上站起來，屏住呼吸快步衝進自己的房間關上門。

莫言真的視線隨著慧恩移動，不經意地說：「懷孕的女人還走這麼快，好像在逃難一樣。」她有些好奇也有些驚訝，行事為人一向謹小慎微的任翔，怎麼會那麼不小心，讓一位年輕的女孩未婚懷孕？她的目光落在任翔的臉上，帶著些許的指責，些許的不滿，她狠狠地瞪了任翔一眼。

「你以前不是很小心嗎？為什麼這次那麼不小心，讓這個小女生未婚懷孕？你準備什麼時候娶她呀？」她不悅地說，語氣盡是責難。

「她什麼時候懷孕了？我怎麼都不知道？」任翔的臉上寫滿了問號。他自己並沒有和慧恩有進一步的關係，慧恩也很少出門，根本不可能有其他男朋友。何況慧恩是堅持婚前守貞的，她怎麼可能懷孕呢？他實在是一頭霧水。

「你是真糊塗還是裝糊塗？你看，你的小女朋友孕吐這麼嚴重，明眼人一看就知道她懷孕了。你快要當爸爸了，你自己都還不知道。」莫言真一邊繼續吞雲吐霧，一邊沒好氣地對任翔說。

任翔越聽越糊塗，慧恩怎麼可能懷孕呢？除非他自己晚上夢遊，而且慧恩也在同一時間夢遊，然後又發生了他們兩個人都不知道的性關係；但這聽起來像是天方夜譚，有些匪夷所思。

　　「妳確定慧恩懷孕了嗎？」任翔問。

　　「剛才我對你的小女朋友說，她孕吐的現象看起來很嚴重，她並沒有否認懷孕，所以我認為她應該是懷孕了沒錯！」莫言真回答說。她看任翔一副茫然不知所措的表情，又好笑又好氣。想到任翔和慧恩已經有了愛情結晶，她感慨萬千不由地惆悵起來。

　　「景物依舊，人事全非，現在那個女孩已經取代我在任翔心中的位置。如果我和任翔在一起的時候不要避孕，或許我現在也有小孩了。」她越想心情越鬱悶，她在茶几上的煙灰缸裡熄滅了煙蒂，舉目看向一臉懵逼的任翔。

　　「任翔，拿紅酒過來，我陪你喝一杯。」莫言真豪氣地說。

　　任翔起身走到廚房，從酒櫃裡拿出一瓶紅酒，和兩只高腳玻璃杯走回客廳。他將紅酒和高腳杯放在咖啡桌上，倒了一杯酒遞給莫言真，也為自己倒了一杯酒。

　　「恭喜你要當爸爸了！」莫言真拿起酒杯對任翔說。

　　「可是我跟她還沒發生過性關係呀！」任翔不解地說。

　　「你說什麼？」莫言真不敢相信自己耳朵所聽到的，睜大眼睛問。

　　「我說我跟慧恩還沒發生過性關係！」任翔又重複說了一遍。

　　莫言真聽了任翔說的話，情緒頓時激動不已。她記得她和任翔在一起沒有多久就有了性關係。任翔和慧恩在一起已經將近一年了，卻還沒有發生過性關係。這是不是表示任翔愛她勝過愛慧恩呢？不管如何，這至少表示她和任翔的關係，比慧恩和任翔的關係還要親密。既然任翔和慧恩沒有發生過性關係，那慧恩肚子裡的孩子肯定不是任翔的。這是不是意味著慧恩出軌了呢？她開始有些同情任翔。

　　「女朋友懷孕了，但孩子卻不是自己的。對你來說，是件非常殘忍的事，我陪你多喝幾杯。」莫言真說著，將酒杯放在唇間喝了一口。

　　雖然莫言真言之鑿鑿，好像慧恩真的懷孕了，但任翔還是有些懷疑。除了今天以外，他從來沒有看過慧恩有孕吐的現象。而且她

孕吐的現象，恰好發生在莫言真來的時候，這代表什麼意思呢？難道，這是慧恩對莫言真表示反感的一種方式？可是看剛才慧恩對莫言真的態度，又不像是有反感的樣子。

「我相信慧恩沒有懷孕，一定是有什麼原因，讓她產生孕吐的現象。」任翔暗自思忖，同時轉頭看向茶几上的煙灰缸。他突然想起慧恩說過，她不能聞香煙的味道，一聞就想吐。

「真相大白！原來是莫言真抽的香煙惹的禍！」想到這裏，任翔不禁哈哈地笑了起來。

莫言真目瞪口呆地看著哈哈大笑的任翔，心裡更加同情他。「唉！」她輕輕地嘆了一口氣。「物極必反！任翔一定是太難過了，所以才以大笑來發洩他內心的痛苦。」她想著，看任翔的眼神盡是憐憫。

「任翔！」她沉重地喚了一聲。「我可以理解，被自己心愛的女人背叛的感覺，你不要太難過了！」她語重心長地說。

「我的事妳不用擔心，妳已經有五年的時間沒有來過這裡，妳今天來一定是有什麼事吧？」任翔停止了笑正經地說。

莫言真的肩膀垂了下來，原本蒼白消瘦的臉更顯得楚楚可憐。她的眼睛水汪汪的閃爍著淚光，她似乎承受著極大的壓力，忍受著極難的委屈。她抬起頭來凝視著任翔，宛若凝視著一位救世主。她的牙齒輕輕咬了咬她的下唇，有些許惶恐又有些許不安。

「任翔！」她有些猶豫，喊了一聲又停了數秒。「我想退出演藝圈！」她的聲音有些顫動，似乎混雜著微微的哭泣聲。「我受不了那些流言蜚語，那些不負責任的言論。我想過安靜的生活，毫無喧囂聲的生活。」她的眼眶滿溢著淚水，接著淚珠毫不躊躇地向下滾落。

任翔凝睇著莫言真那張茫然失措的臉，無助與悲戚全寫在她的臉上；他的心有些許同情，也有些許不忍。她是他曾經愛過的女人，他和她曾一起度過數不清的良宵。柔情繾綣如在眼前，軟語溫存猶在耳畔。他情不自禁地伸手摟著莫言真的肩，讓她的頭靠在他的肩膀上。

「不要在意那些流言蜚語和不實的報導。有些人從來沒有嚐過

成功的滋味，所以他們必須在妳的身上咬一口，才能稍稍嚐到成功的味道。」任翔的聲音低沉溫暖，隱約帶著一股鎮靜的力量。

「有一種樹叫棕櫚樹，這種樹長得高高瘦瘦的，看起來不堪一擊。但當颱風來襲的時候，很多樹都被吹倒了，只有棕櫚樹依然屹立不倒。因為它的樹幹會隨著風的大小而彎曲；風大樹幹彎曲就大，風小樹幹彎曲就小。」他舉例說明。

「能屈能伸就不怕強風來襲。任何評論都接受，任何評論都不要在意。只要仰不愧於天，俯不怍於人，為什麼要在乎那些不完美的人的評論呢？」他下了他的結論。

任翔的話像一針強心劑，讓莫言真幾乎停止跳動的心又活了過來。她移動她靠在任翔肩上的頭，迎視他關懷的眼睛。她的眼神充溢著柔情，溫柔得令人心動，深情得讓人無法抗拒。她的嘴唇慢慢地貼近他的耳邊，「任翔！」她的呼喚聲似乎有著勾魂的魔力。「我們重新開始，我願意為你放棄演藝事業。」她的聲音悅耳而動聽。她的唇移到他的唇上，她熱情地激吻他；從來沒有的熱情，讓他幾乎無法招架，幾乎要棄械投降。他的腦海裡浮現慧恩的影像，他驀然一驚用力推開她。她被任翔這麼一推，挫折感立刻覆蓋她的心。

「為什麼？為什麼？難道你忘記我們的海誓山盟嗎？難道你忘了你曾經許我一個家嗎？難道你忘了我們的任小翔和任小真嗎？」莫言真含淚吶喊著，委屈地轉身背對任翔哭了起來。

任翔看著莫言真纖薄的背，和因抽噎而微微顫動的肩膀。他於心不忍，輕輕地將右手放在她的肩上，想去安慰她。她感覺到任翔手的力量，轉過身淚眼婆娑地面對他，不顧一切地再度親吻他。

慧恩宛若雕像般佇立在她房間的門外。她不知道什麼時候，已經站在那裡看著任翔和莫言真。她的眼淚宛若雨水般，滑過面頰滴落下來。「原來任翔和莫言真，也有任小翔和任小真。」她痛徹心扉，她的心已經碎成了一片，她恨不得立刻逃離，這個充滿謊言和虛情假意的地方。她目不轉睛看著前方，面無表情地往前走。她通過任翔和莫言真前方的咖啡桌，不哭、不鬧、不喊、不叫；完全的

靜默，完全的無聲。

任翔推開莫言真，正好看到慧恩通過咖啡桌。他立刻衝到慧恩的後方，一手抓住慧恩的胳膊。他露出痛苦的表情，幾近哀求地說：「恩！不要走！事情並不是像妳看到的那樣！」

莫言真起身走過來抓住任翔的另一隻手。她眉頭深鎖，神情充滿疑惑與不解，她語氣略帶抱怨說：「為什麼不讓她走？她肚子裡有別人的孩子，你為什麼還留戀她？如果當年我沒有避孕的話，我們現在已經有小翔和小真了。我們可以有自己的孩子，你不需要去養別人的孩子。」

莫言真的一番話，再度在慧恩受傷的心上補上一刀。她的眼淚如斷線的珍珠向下滾滾滑落，她的眼底充滿了憤怒的烈火，她狠狠地瞪著任翔。她眼睛所散發出來的光芒，像利刃般刀刀刺入任翔的骨髓。她依舊無言；無言地抗議，無言地怨恨，無言地心碎。

任翔用力甩開莫言真的手，雙手緊緊地抱住慧恩。他心中充滿了恐懼，從來未有的恐懼。他從來沒有像現在這樣，那麼害怕失去她；他也從來沒有像現在這樣，感覺她好像浮雲般難以捉住。

「恩！」他痛苦的聲音從心裡面發出來。「我只愛妳一個人，我和莫言真已經是過去式了，沒有回頭的可能性。妳一定要相信我，不要輕易放棄我們的愛情。」他的臉頰依偎她的頭，他的心彷彿受著千刀萬剮的酷刑。

慧恩使盡全身的力量推開任翔。她覺得他滿嘴謊言，她覺得他口是心非，她覺得他汙穢不堪。那位有著崇高的品格操守，潔淨無瑕疵的謙謙君子，宛若晶瑩剔透的玻璃雕像，瞬間掉入深淵完全粉碎。

「你是不是也對她說過同樣的話？你們不是有海誓山盟嗎？你不是許她一個家嗎？你們還有小翔和小真呢！」她的聲音十分地冷淡，像冰一樣的冷，像水一般的平淡；完全沒有了感情。

「恩，我承認我對莫言真曾經有過感情，但那已經是很久以前的事了。我和她曾經的誓言和約定，已經因為雙方同意分手而失效。妳難道要我一生，被這些已經失效的誓言和約定所綑綁嗎？我對莫言真的確是產生憐憫，但那不是愛。我的心只愛妳，也永遠只

會愛妳。」他有些侷促不安，聲音低沉而沙啞。

　　「你們那樣渾然忘我地親吻，又是怎麼一回事？也是憐憫的一部分嗎？如果乾柴烈火般的熱情親吻是憐憫的話，那愛與憐憫又有什麼差別呢？」慧恩原本毫無表情冷酷的臉，微微地皺起眉頭。她需要任翔給她一個合理的解釋，好讓她的傷口不要那麼疼，好讓她能再度信任他。她的眼睛注視著他，她的心由完全的冷漠，變成有些許的期望。

　　「我……我……」任翔吱吱唔唔，不知道如何回答這個問題？莫言真兩次突如其來的熱情親吻，他毫無防備，但他又不願意在莫言真的面前讓她難堪。他苦思不得其解，卻又不願意就這樣棄械投降。他的眼睛顯出了憂鬱，他的眼神透露著祈求諒解的渴望。有一層迷迷濛濛的霧氣蓋住他的眼睛，讓他看不清站在他面前，等著他解釋的慧恩。一切都變得那麼混沌不明，他痛苦地閉上眼睛垂下頭，沒有給她任何解釋。

　　慧恩看著低下頭的任翔，在那一剎那間，唯一支撐著她的心的期望，彷彿一座根基不穩的高塔，經巨震強烈搖晃後完全崩潰。被背叛、被欺騙的痛苦，再度緊緊地抓住她。她覺得整個心臟被壓縮得難以忍受，她的淚水像洪水衝破堤防般向下狂奔。她想放聲大哭，她想大喊一聲，她想渲洩心中的不滿與氣憤。但她不願丟人現眼，她不願踐踏自己的尊嚴。她伸手摀住自己的嘴巴，逃也似的跑回自己的房間，砰的一聲用力關上門。

　　莫言真伸出雙手環抱任翔的腰，將她的面頰貼在任翔的背脊上。「任翔！」她的聲音依然溫柔。「離開你的小女朋友！讓她走吧！我們可以重新來過，我退出演藝圈，我們所有的問題都沒有了。我們可以一起孝順媽媽爸爸，我們可以有我們自己的家，可以有我們自己的孩子，我們會很幸福很快樂的。」她的話語充滿美麗的未來。

　　任翔掰開莫言真的手，走到落地窗倚窗看向窗外。「我從來沒有想過要離開她！她愛我、敬我、留意我，我從來沒有真正的快樂過，直到遇見她。她照顧我身、心、靈一切的需要，只有她在我的身邊，我的心才能安定沒有漂浮感，我才能感受到愛與幸福。這種

感覺，即使以前和妳在一起的時候，我也不能感受到。」他的思緒翻騰，話語裡盡是愛戀。

他的視線從窗外移到莫言真的臉上，他坦誠地說：「如果我從來沒有遇見過慧恩，我會認為跟妳在一起，是世界上最幸福的事。但自從跟她相知相愛後，我的心已經被她緊緊地抓住。我無法自拔，我沒有辦法再愛別人了。言真，我們的感情既然已經畫下句點，就沒有再變成逗點的可能性。」

莫言真舉步想走到任翔的身邊。她才前進一步，任翔的聲音再度飄進她的耳裡。「言真，如果沒有什麼事，妳還是請回吧！我想一個人靜一靜，沒有辦法陪妳了。」

任翔已經下逐客令了，莫言真無奈地嘆了一口氣，走回沙發拿起她放在沙發上的皮包。

「不要忘了我對你說的話，」她依戀地說。「不要忘了我們甜蜜的過往，」她提醒他。「只要你願意，句點依舊可以變成逗點。等你對我的心重新復活了，我會在你熟悉的地方等你！」她說完最後一句話，轉身走到大門口，開門離開任翔的公寓。

任翔走回到長沙發坐了下來。他拿起桌上裝有紅酒的酒杯一飲而盡，又為自己倒了一杯酒。他不能讓慧恩就這樣，因為誤會而離開他，他必須想辦法向她解釋。他必須讓她明白，這一輩子甚至下輩子、下下輩子，不管有多少輩子他都只愛她。

「但要從何解釋起呢？」他毫無頭緒有些洩氣。

「都要怪我自己太掉以輕心，沒有料到莫言真會有那些舉動。」他開始自責起來，拿起酒杯又喝了一口。

他站起身子走到慧恩的房間門口，他隱約可以聽到房間內慧恩的哭泣聲；他有些心慌又有些不捨。他想開門走進去安慰她，又怕她生氣。他在她的門前走過來又走過去，還是舉棋不定，還是不敢冒然嘗試。他走回沙發坐了下來，又將紅酒倒入未飲完的酒杯裡。他喝了一口酒，再喝一口酒，然後又倒酒再喝酒。他反覆地倒酒喝酒，直到他身體所有的細胞都沉醉了。

第三十章 雨過天晴

夜晚悄悄地降臨，慧恩朦朦朧朧地睜開眼睛。房間裡一片黑暗，只有月亮照射進來的微光，將窗戶的影子倒映在書桌上。她不知道自己到底睡了多久了？她彷彿記得，她趴在床上放聲痛哭，模模糊糊地就睡著了。她坐直身子舉頭環顧四周，這是她的房間沒錯，她還在任翔的公寓裡。她覺得剛剛好像做了一場惡夢；她夢見任翔背叛她和莫言真復合了，讓她在夢裡哭泣不已。

「任翔真的背叛我了嗎？還是我在做惡夢？」她的頭腦一片混亂，分不清是真實還是夢境。她閉上眼睛又躺回床上睡覺。倏忽之間，她睜開眼睛迅速起身從床上跳下來。

「那是事實！我沒有在做夢！任翔真的背叛我了！他和莫言真在客廳裡熱情親吻！」她完全清醒了，也完全陷入氣憤中。

「任翔是個大騙子，他欺騙我的感情。他根本無視於我的存在，竟然大喇喇地在客廳裡和莫言真親熱接吻。他是個大壞蛋！我一定要儘快離開這裡！」她喃喃自語，同時走到窗前，看向窗外繁星點點的夜空。

遙遠的蒼穹黑暗無垠，那顆天際間最明亮的恩典之星，忠實地出現在夜空中。她仰頭對著恩典之星說：

「恩典之星，我們的任翔背叛我了！我覺得很難過，覺得被欺騙，覺得想離開這個地方。我不想看到任翔，不想看到他的虛情假意，也不想聽到他充滿謊言的甜言蜜語。」

「我沒有辦法容忍我愛的男人，心裡還留一個位置給另一個女人。」她要她的心對任翔完全沒有留戀。

「我完全沒有想到，任翔和莫言真竟然曾經有過性關係，這是

我完全無法接受的事。」她的憤怒又爬上心頭。

「我絕對不會再理他！」她不斷地想和任翔切割。

「他不是個潔淨無暇疵的人！」她想要否定任翔。

「他壞透了！他欺騙我！」她想將任翔從她的心裡完全剔除。

「但是，」她低下頭流出眼淚。「我還是深深地愛著他！」她難以切斷對任翔的愛情。

「我以為我對任翔已經完全死心了，但我的心就是那麼不爭氣。」她開始對自己生氣。

「我絕對不能這麼優柔寡斷，長痛不如短痛，不適合的人就要立刻切割，不能拖泥帶水。」她武裝自己的意念，決定向任翔提出分手，她轉身走到門口拉開門走了出去。

客廳裡一片黑暗，只有從落地窗撒落而下的月光。慧恩打開客廳的燈，客廳瞬間明亮起來。任翔正躺在沙發上睡覺，因這突如其來刺眼的燈光，他拿起沙發上的靠枕，蓋住自己的眼睛繼續沉睡。

她走到任翔的身邊蹲了下來。一陣濃濃的酒味，從任翔的身上散發出來。她看了一眼咖啡桌上的酒，「任翔喝了不少酒！」她想著，心裡對他的不滿和怨氣，彷彿覆蓋了一塊隱形的布，瞬間消失蹤影；取而代之的是無限的憐憫和不忍。

慧恩拿起覆蓋在任翔臉上的靠枕，聲音輕而柔和地對他說：「翔，你能不能自己起來回你的房間睡覺，免得著涼了。」

任翔微微張開眼睛，迷迷茫茫似懂非懂地看著慧恩。接著瞬雷不及掩耳地抱住她，說：「恩，不要離開我！我沒有親吻莫言真！她突如其來，我沒有辦法……」他的話還沒說完，又在慧恩的肩上睡著了。

慧恩扶不起任翔也抱不動他，只好讓他慢慢地躺回沙發的靠枕。她伸手撫摸他的臉頰，情不自禁地將自己的臉頰靠在他的胸膛上，對他呢喃低語：「我曾經被誤會過，我知道什麼是有理說不清。雖然我看到你和莫言真親吻，但我相信你沒有主動親吻她。是

她突如其來地親吻，讓你一時無法反應過來。謝謝你告訴我真相，這個真相對我很重要。」

　　任翔似乎有聽到慧恩說的話，又好像沒有聽到。他的唇角露出一絲微笑，又繼續沉沉入睡。慧恩起身將咖啡桌上的酒和高腳杯拿到廚房，又走進任翔的臥房拿出棉被和毛巾。她將棉被蓋在任翔的身上，然後把毛巾拿到廚房加熱，再用熱毛巾輕輕地擦拭他的臉和脖子。「希望這樣會讓你覺得舒服點！」她自言自語。

　　她不放心讓任翔一個人躺在沙發上睡覺，索性就坐在地上，雙手托著下巴靠在沙發上看著他。她閒極無聊突然起了玩興，「趁著你現在睡覺，我應該好好地懲罰你一下。在你的臉上畫大花臉，看你以後還敢不敢跟別的女生親吻。」她伸手在他的臉上大肆揮灑，自得其樂地邊畫邊說：「先畫兩道大粗眉，再來兩片大腮紅，接著再畫一張血盆大口。這樣還不能洩我心頭之恨，還要畫兩個大黑眼圈。嗯！這樣看起來夠醜的了！」她想像任翔被她大筆畫過的模樣，不禁露出笑容。

　　任翔睜開眼睛坐了起來，一副想吐不舒服的樣子。慧恩緊張了起來，她從來沒有處理過醉酒的情況；她有些手忙腳亂，不知該從何處著手？她想起她喝酒反胃不舒服的時候，任翔曾給她喝蜂蜜水。她一面起身走到廚房做蜂蜜水，一面說：「你的情況有些特殊，我喝酒後馬上就反胃想吐，你卻等了好幾個小時後，才發生想吐的現象。不知道喝蜂蜜水對你會不會有效果？」

　　任翔閉著眼睛斜靠在沙發的靠枕上，似乎又睡著了。慧恩拿著裝有蜂蜜水的茶杯，來到他的身邊蹲下身子，用手輕輕地搖他的胳膊，說：「翔，你能不能起來喝些蜂蜜水再睡覺？」任翔睜開眼睛又出現作嘔的現象，慧恩趕緊伸手摟著他的肩，將裝有蜂蜜水的茶杯，送到他的兩唇之間，讓他慢慢地喝了下去。

　　慧恩讓任翔喝完了蜂蜜水，說：「翔，你喝了蜂蜜水，再好好睡一覺，按照我的經驗，應該就沒事了。我……」她的話還沒說完，任翔的唇冷不防地壓在她的唇上。他像一隻飢渴的野狼，激烈地親吻她，讓她有些反應不過來。她用力推開他，有些惱怒又有些疑惑。

　　「翔，你知道你現在親吻的人是誰嗎？」她依舊有些吃醋，有

些不確定。

「恩，我親吻的人當然是妳，而且也只有妳，我才會這樣的親吻。」任翔的眼神堅定而溫柔；堅定得讓人無法懷疑，溫柔得令人無法抗拒。

慧恩的臉頰頓時泛起紅暈，她偏過頭嬌嗔地說：「我不要你親吻別的女人後再來親吻我！」

任翔伸手將慧恩轉過來面對自己，說：「妳從此以後就不讓我親吻妳了嗎？」他面帶無辜，脈脈含情。

「妳不是要我不要被眼睛所看到的表象所矇蔽嗎？為什麼妳反而被表象所矇蔽了呢？」他的話語很有力量。

「剛才我在妳毫無妨備下激烈地親吻妳，是要妳了解，莫言真突如其來親吻我時，我的措手不及。」他的解釋充滿說服力。

「妳不是答應我，狂風巨浪來襲的時候要站立得穩，不要害怕得鬆開握著我的手？妳剛才為什麼要鬆手？」他的語氣略帶指責。

他將慧恩擁入懷裡，在她的耳邊輕聲低語：「不要再鬆開我的手！不要再想離開我！情況再糟糕，環境再困難，我們都要一起去克服。」

慧恩依偎在任翔的懷裡，感受到前所未有的溫暖。她甚感羞愧；她對他說的話，當事情真的發生時，她自己都沒有做到，反而要他來提醒她。但有一點她還是沒有辦法釋懷，她生氣他曾經和莫言真有過性關係。她推開他，以近乎責備的眼光看著他。

「你為什麼跟莫言真發生性關係？」她的問題簡單而明確，但卻艱深得讓任翔不知道如何回答。

「我是男人，」任翔停了一下，在他的腦海裡不斷地思索；他想使用最含蓄的言語，不會太露骨又能讓她了解。「當一個男人跟他喜歡的女人有親密的接觸，他就會產生性慾望。如果那個女人不拒絕，或有同樣的需要，就會順理成章的發生性關係。」他迎視慧恩專注的目光，又沉思了幾秒鐘。「如果妳沒有婚前守貞的堅持，我們早就發生性關係了。」他肯定地說。

慧恩聽得雙頰飛紅，紅得宛若旭日升起前天邊的彩霞。任翔說得一點都沒有錯，如果不是爸爸要她把婚前守貞加入她的價值觀，她早就和任翔發生性關係了。她記得每一次的擁抱親吻，每一次兩人身體親密的接觸，她都會有性慾望。她也想和任翔有進一步的關係，只是這種進一步發生性行為的慾望，被她的理智所抑制了。

　　她低下頭不勝羞怯，囁囁嚅嚅地問：「如果……我們每次的……親密接觸，都讓你產生……性慾望，但我又堅持婚前守貞。那你能一直忍耐下去，不會移情別戀嗎？」

　　「對我來說，跟一個女人發生性行為是因為愛。跟一個自己心愛的女人有身體上親密的接觸，卻要控制自己不跟她發生性行為，需要更多的愛。我因為愛妳更多，所以願意尊重妳婚前守貞的決定。我知道如果我硬是要，妳一定會給我。但這樣就表示我不尊重妳，把妳的意念、決心視如無物。我愛妳勝過所有的女人，除了妳以外，我不會再愛任何女人，所以無所謂移情別戀的問題。」他的字字句句彷彿一陣陣和煦的春風，夾帶著淡淡的清香撲鼻而來。

　　慧恩聆聽仟翔的話語，宛如沐浴在春風裡，她的心情舒暢，整個人輕飄飄的，好像要隨著那陣春風飛翔起來。

　　「你要先刷牙漱口才能親吻我。」她臉頰上的緋紅未退，嬌滴滴的宛若綠葉間纖塵不染的新蓮。

　　「你以後不能讓任何女生有機會親吻你，我不要跟任何女生分享你，我要獨佔你的愛情。」她有些霸道不講理，對愛情的獨佔慾顯現無遺。

　　「我知道妳有愛情潔癖，我自己也不遑多讓。我以後絕對不敢再讓任何女生親吻我了，否則打翻了一缸醋罈子，醋氣衝天我可是受不了！」任翔調皮地說，伸手又將慧恩摟入懷裡。

　　「沒想到妳還那麼喜歡畫臉譜！竟然用妳手上那隻無形的畫筆，把我的臉當畫板亂塗亂畫，畫得那麼醜，我怎麼去見人呀？」他低頭看著她，用手指輕輕地彈了一下她的鼻子。

　　慧恩這時才發現事情有些蹊蹺，任翔剛才不是因為喝太多酒反胃想吐嗎？怎麼話說得清清楚楚有條有理，哪裡像個醉酒的人？

　　「哦！原來你在耍我，你早就酒醒了。你說，你到底什麼時候

酒醒的？還有你聽到我講了些什麼話？」她轉身趴在任翔的身上，一雙閃閃發亮的大眼睛瞪著他，紅通通的臉上掛著一副似嗔非嗔，似笑非笑的表情。

任翔翻過身將慧恩反壓在沙發上，說：「哈！很不好意思，妳講的所有的話我都聽到了。連妳的臉頰貼在我的胸膛上，對我的竊竊私語，我也都聽得一清二楚。」他露出狡猾的笑容，緊盯著慧恩那雙亮得耀眼柔得動人的眼睛。漸漸地，他臉上因為笑而緊張的肌肉放鬆了，取而代之的是深情款款的柔美，他繼續說：「若不是聽到那些話，我還不知道該如何向妳解釋呢！」

任翔鬆了一口氣，終於雨過天晴又看到陽光了。有慧恩在，他才能感到踏實，他的心才不會飄浮不定。慧恩是他停靠的避風港，他不能沒有她，她也只能屬於他。他情不自禁地低下頭，他的臉慢慢地靠近慧恩的臉，慧恩緊張地開口說：「你還沒……」說時遲那時快，他的唇已經壓住她的唇。

電視劇「天使之眼」獲得前所未見的成功，尤其是該劇的女主角慧恩更是暴紅；一夜之間成為家喻戶曉的女演員。得獎無數，各種的邀約紛至沓來，但是慧恩似乎從這個世界上消失了，從來沒有人在公開場合再看過她。不管是對慧恩的領獎邀請，還是廣告或戲劇的邀約，全部被任翔給擋住了。任翔出示他與慧恩的合約，給所有前來邀約的人看，對他們說：「我們與朱慧恩的合同上，白紙黑字寫著，是否接受邀約，決定權是在朱慧恩身上。我們沒有辦法強迫她，接受任何的邀約。」

因為慧恩太紅又太難邀約了，所以邀約慧恩的單位，所提出給她的酬勞不斷地提升，甚至大大地超過任翔的酬勞。但任翔仍然不為所動，拒絕一切對慧恩的邀約。

任翔剛剛送走了一位，來請慧恩拍廣告的廣告公司負責人。他走進他在公司專屬的辦公室，拿起放在辦公桌上的雜誌，走到沙發坐了下來。他翻了翻手上的雜誌，這本雜誌用很大的篇幅報導慧

恩。他對裡面報導的內容沒有興趣，隨手將雜誌扔到咖啡桌上。

　　他的心情有些鬱悶！他第一次擔任製片人的電視劇「天使之眼」，獲得空前的成功，他理應高興。他確實為這部電視劇，費盡很多的心力。他甚至為了這部電視劇，專程飛到台灣去找女主角慧恩，還為她在台北停留了三個月。他為「天使之眼」找到最合適的女主角，也為自己找到最理想的伴侶。

　　他希望他傾全力製作的「天使之眼」能有好成績，卻不希望慧恩太受矚目。現在「天使之眼」這部電視劇開出紅盤，主演這部電視劇的慧恩的名氣也跟著水漲船高；這不是他所樂見的。他不要和任何人分享慧恩，他也不願意慧恩因暴紅而迷失自己。他雙手抱拳托著下巴，怔怔地看著雜誌上慧恩的照片想得出神。

　　余雯雯手上拿著兩杯咖啡，從敞開的門走到任翔的旁邊坐了下來。她將一杯咖啡遞給任翔，自己則啜飲著另一杯咖啡。

　　「在想什麼想得那麼出神？連我來了你都不知道。不會是在想家裡那位當紅女神吧？」她的話語有些許調侃，臉上掛著她一貫的笑容。

　　「好久沒有看到慧恩了，哪天把她帶過來讓我們瞧瞧。」她喝了一口咖啡，用舌頭舔了舔嘴唇，輕鬆地說。

　　「要看她到家裡來就看得到，我還真希望妳能陪她出去走走，免得她一個人在家裡待煩了。」任翔輕描淡寫地說。他自己也是當紅的明星，走在路上常常會被認出來。不管到哪一個地方，都會吸引媒體、狗仔隊和人群。白天他完全沒有辦法帶慧恩出門。只有晚上夜深人靜的時候，他才能騎著他心愛的重型機車，載著他心愛的慧恩，奔馳在公路上；享受速度的快感，和強風迎面而來的威風凜凜。

　　「如果你怕她一個人在家待煩了，為什麼不幫她接一些工作呢？」這是余雯雯來找任翔的目的。余雯雯實在不太能理解任翔的想法，慧恩現在是當紅的明星，有那麼多人出重金要找她演戲，有那麼多廣告要請她代言，還有其他林林總總很多的邀約，為什麼任翔不幫她接工作？

　　「如果你不讓她演戲，你可以幫她接廣告代言。為什麼把她所有的工作機會都往外推呢？」她想說這些話已經想很久了。在演藝圈工作的人，哪一個人不想趁著有人邀約，多接些工作多賺點錢。

慧恩有那麼多的工作機會，任翔卻偏偏把她所有的工作機會全都回絕了，難道他沒有顧慮到慧恩的生計嗎？

「你把慧恩的工作機會全推掉了，你有沒有考慮到她將來的生活問題呢？」余雯雯關心地問。

「慧恩現在的花費不多，每個月存到她賬戶的錢夠她用。將來我們結婚後，我們的錢也夠我們用，不需要她拋頭露面到外面去賺錢。」任翔並不喜歡這個話題。只要談到這個話題，每個人都會勸他，趁著現在慧恩正當紅，幫她多接一些工作，讓她多賺一些錢。但他們怎麼會了解，他這樣做是為了保護慧恩。慧恩就像是一張白紙，白紙看起來潔淨，但也是最容易被汙染。他記得慧恩曾經為了融入他的生活，而喝酒聞香煙的事。他寧可她不要賺錢，也不願冒她受到污染迷失自我的險。慧恩現在是他的，完完全全是他的，他不想改變現狀。

小偉拿著一杯咖啡走進來。他聽到任翔和余雯雯的對話，也興致勃勃地加入話題。

「你怎麼能保證，你跟慧恩將來一定會結婚？世事難料！何況你媽媽還沒同意你娶慧恩呢！」小偉走到任翔旁邊的單人沙發坐了下來。他是任翔的助理，也是最了解任翔和慧恩情況的人。

「你不為慧恩想，也要為自己想。」他一面啜著咖啡一面說。他同時也是任翔的好友，關係超過一般助理。

「你和慧恩的合同，如果慧恩不紅沒有人邀約，那這張合同是有利於慧恩。但是如果她紅了，邀約不斷就像現在一樣，那這張合同對你是大大的有利。因為在合同上，我們除了給她每個月固定的兩萬人民幣，有演出才要給她演出費。但要給她多少演出費，並沒有明確說明成數。也就是說，你給她多少，她就拿多少。除非她上法院告你，但我不認為她會這樣做。姑且不論你和她的關係，她自己是讀法律的，還跟你訂這樣的合同，表示她並不在乎你給她多少演出費。她現在的酬勞那麼高，你不要她演戲，至少也幫她接代言；你何必跟錢過不去呢？」小偉娓娓道來，完全從利益著眼，無視於任翔和慧恩的感情。

雖然小偉說得口沫橫飛，但任翔還是不為所動。他和慧恩的關係不是建立在利益上，他絕對不會利用她去賺錢。何況在他的心裡，慧恩已經是他的妻子。不管情況有多糟，環境有多難，他都有信心和勇氣去克服。媽媽現在不同意他娶慧恩，他可以想辦法說服媽媽。雖然他現在還想不出有什麼方法，可以改變媽媽的心意。但他相信只要不放棄，有一天媽媽一定會同意他們的婚事。他知道余雯雯和小偉都是為他著想，但與他們交談之後，他的煩悶更加劇了。

　　任翔拿起放在咖啡桌上的雜誌，捲成圓筒往自己的手掌上打了一下，說：「如果沒什麼事，我要回家吃飯了，慧恩應該快做好飯了。」他從沙發上站起來，停了一下，又偏過頭對余雯雯講：「雯雯，有空到家裡來坐坐，順便陪慧恩到公園走走。」

　　「把一個當紅的女明星，放在家裡當煮飯的廚娘，好像有些大材小用。不過你放心，我一有空就會過去陪慧恩。」余雯雯邊說邊從沙發上站起來。她拿起咖啡再喝了一口，意猶未盡地又說：「你好好想想我們對你說的話。有機會就要把握，能把握機會又能利用機會的人，才能成為贏家。聰明如你，應該能正確地衡量得失。」

　　小偉也從沙發上站起來，口中冒出一句話說：「沒錯！識時務者為俊傑，能把握住機會的人才是聰明人。」

　　「好！我會好好思考你們說的話！」任翔勉為其難地說著，他手機的簡訊聲忽然響起。他拿起手機一看，是慧恩問他什麼時候回家的簡訊。他的心宛若一股暖流經過，有人關心、有人噓寒問暖的感覺真好；尤其那個人是自己心愛的人。他立即回了簡訊，唇角露出一絲溫馨的笑意。

　　「我老婆來簡訊了，我要快點回家不陪你們了。」任翔迅速地說完，快步走出他的辦公室。

　　慧恩和任翔吃完午餐，慧恩坐在鋼琴前的椅子上彈琴唱歌；任翔則斜靠著靠枕坐在沙發上，一面看書，一面聆賞慧恩彈奏的優美琴聲，和珠圓玉潤的動人歌聲。

　　慧恩邊彈邊唱「The Prayer」這首歌曲。她越唱越覺得，這首歌

曲少了嗓音雄厚的男聲，缺乏磅礡的氣勢，好像有些美中不足。她停住了彈鋼琴的手，從椅子上站起來，走到任翔的身邊坐了下來，雙手托著下巴怔怔地看著他。

任翔側過頭看了一眼正看著他的慧恩，又將目光轉回書本。「妳不去彈琴唱歌，幹嘛這樣看著我？」他低著頭說，眼睛依舊盯著書本看。

慧恩沒有回答，也沒有回去彈琴唱歌，她還是怔怔地注視著任翔。一雙如鑽石般燦爛奪目的眼睛柔情似水，隱隱約約流露出一股融化人心的力量。

任翔似乎感受到那股不可抗拒的力量，抬起頭來迎視她的眼睛。她深邃的眼睛，有如無底的深淵，散發出謎樣的誘惑。他全然被她吸引，目不轉睛地凝視著她。

慧恩的嘴角微微上揚，彷彿知道她的獵物即將上鉤。她依然靜默無聲，等待他的行動。任翔的臉漸漸地靠近她，幾乎碰觸到她的臉，她噗哧一聲笑了出來。

「你不好好看你的書，幹嘛靠我靠得那麼近？」她露出勝利的笑容，明知故問。

任翔用手指輕輕彈了一下慧恩的鼻子，說：「妳要小心一點！可別玩火自焚！妳再這樣誘惑我，如果哪天我受不了，妳可不要怪我，不尊重妳婚前守貞的價值觀。」他一副老神在在的樣子，絲毫沒有認栽的窘迫模樣，回過頭繼續看他的書。

「翔，」慧恩喚了一聲，隨即將她的頭埋進任翔的懷裡，「我需要一個嗓音雄厚的男聲，跟我合唱『The Prayer』這首歌曲，而且這個男聲還要用意大利語唱才行！」她輕聲細語地說。

任翔沒有反應依舊看著他的書，慧恩抬頭瞄了任翔一眼，見任翔不理會她，她索性把頭往上移，臉頰依偎著任翔的臉頰，在他的耳邊溫柔低語：「你能不能幫我唱這首歌的男聲？而且還要用意大利語唱。」

慧恩停了數秒等待任翔的回答，任翔仍然沒有反應，好像根本沒有聽到她說的話一樣。她沒有辦法只好使出最後的絕招，她將她

的唇慢慢地靠近任翔的唇。正當要碰觸到他的唇的時候，任翔張大嘴巴作勢要咬她的嘴，她驀然一驚偏過頭緊閉雙眼。

　　任翔伸手撫摸慧恩的臉頰，得意地說：「妳的嘴唇幹嘛靠我靠得這麼近呀？」慧恩側著頭不發一語。他將慧恩的臉轉過來面對他，溫柔地親吻她。片刻，他的唇離開慧恩的唇，在她的耳畔低語：「妳要我唱什麼都可以，聲音的表演，對我來說也是表演的一部分，我樂於嘗試。用意大利語唱歌，雖然有點困難，但何嘗不也是表演的一部分。好，我當妳的男聲，有時間的時候，我們一起練習。」

　　「翔，你不愧是個大明星，什麼都敢嘗試也樂於嘗試，所以才能歷久不衰紅這麼久。我從網路上看到我們『天使之眼』的相關報導，『天使之眼』這部電視劇不但火紅，而且連我也好像一夜之間變得有名氣了。如果我再多演幾部戲，你看我能不能像你一樣那麼紅，而且紅得像你一樣長長久久？」慧恩天真地說。

　　慧恩無心的話，好像一顆威力強大的震撼彈，不偏不倚地投向任翔，讓他的心為之震顫。任翔立刻放下手上的書，雙手抓著慧恩的雙臂。他的表情有些緊張、有些驚愕，他的笑容從臉上退去，瞬間消失殆盡。

　　「恩，」他的擔憂從口中的呼喚聲洩漏出來。「妳不是說妳演了『天使之眼』之後就不演了嗎？妳不是說妳不喜歡演戲嗎？為什麼妳現在又想多演幾部戲呢？」他連不迭地問了幾個問題，彷彿要將所有的問題一次釐清。

　　慧恩在任翔炯炯有神的眼睛灼灼地注視下，覺得呼吸急促快喘不過氣來。她從來沒有看過任翔這麼緊張，眼神這麼憂鬱。她覺得有些頭昏腦脹，有些搞不清楚狀況。她剛剛所講的那些話，都只是隨便說說的無心之言，她不知道為什麼任翔的反應會那麼激烈？

　　她偏過頭迴避任翔咄咄逼人的眼神，「我……」她欲言又止。她低頭沉思片刻，她露出燦爛的笑容轉回頭重新面對任翔。她的笑容宛如夏日熱力四射的陽光，溫暖了他的心，擊倒了他的不安，驅走了他的憂慮。她的嘴唇貼近他的耳朵，輕輕地發出婉轉動人的聲音說：「我只是隨便說說而已！我沒有要演戲，我只想當你的妻子。」

　　任翔將慧恩擁入懷裡緊緊地抱著她，他的一切擔憂有如被陽光

覆蓋的黑影完全不見蹤跡；他的心又快樂起來了。他從沙發上站起來，伸手抱起慧恩，將她抱進他的房間，放在他的床上。他躺在她的身邊，側身面對著她，他的唇貼近她的耳朵，發出低沉而具磁力的聲音說：「被妳這麼一折騰，我都累了想睡覺了，罰妳在我身邊陪伴我睡覺。」

他將慧恩摟在懷裡，讓她靠著他的身體。「恩，」他輕喚一聲，沒有憂慮只有滿滿的甜蜜。「名氣就像夜空中施放的煙火，是一種短暫的東西，但卻是光彩奪目，耀眼得讓所有人都看得見。很多人被它吸引，獨獨看到它的絢爛美麗，以致難以看到其他更美、更好、更珍貴的事物。」他的頭依偎著她的頭，他的聲音在寂靜的房間裡盤旋。

「媒體把人捧上雲端，然後又一階一階地拆去階梯，使人瞬間跌到地面，甚至落入谷底。他們製造明星偶像，也拆毀明星偶像。」他的聲音悅耳動聽，彷若天籟之音。

「沒有名氣的時候，想得到名氣，得到了名氣，又害怕失去名氣。越有名氣的人越脆弱，因為越怕失去名氣。」他的唇溫柔地印在她的額頭上，語重心長地說出他的結論：「不要追求名氣，要追求心靈的快樂。」

慧恩依偎著仜翔的身體，深情款款地說：「你就是我心靈快樂的泉源……」她還沒有說完，任翔立刻阻止她說：「恩，不要把快樂建立在人的身上，要建立在永恆不變的事物上，這樣妳才能得到真正的快樂！」她點點頭含情凝睇著任翔，從她心靈深處發出最美妙的聲音說：

「我只要你，你是我生命裡最美麗的樂章。只有你在我生命裡，我的生命裡才有悅耳動聽的音樂。我恨不得現在就成為你的妻子，時時刻刻陪伴在你的身邊，呼吸發自你內在美德的馨香。」

任翔翻過身將慧恩壓在床上。他的臉上寫著滿滿的幸福，他的笑紋在他緊實的肌膚上更顯魅力，他發出男性低沉而有力的聲音說：「我們第一個孩子，妳要男孩還是女孩？」

瞬間他的唇蓋在她的唇上，她伸出她柔若無骨的雙手，毫無猶豫地抱住他的脖子。房間又是一片寂靜，無聲無息的寂靜。

第三十一章 凱瑞的大徹大悟

　　慧恩從大學畢業已經兩年多了，凱瑞和其他當兵的男同學都已經退伍。凱瑞參加了退伍後，第一次的司法官特考以及律師高考，結果都金榜題名。成為慧恩他們班，第一個同時考上司法官與律師的人。凱瑞考上司法官與律師後，第一件要做的事，就是把他原來打算在和慧恩結婚當天，送給慧恩的那本記事本寄給她。那本記事本的第一頁寫著：「曾經滄海難為水，除卻巫山不是雲。」裡面記載著，慧恩從小學二年級開始，到大學四年級他們分開之前，所有他知道的有關慧恩的事。

　　這兩年多來，他利用所有他可以看書的時間讀書。目的就是等待這個時刻，向慧恩證明，他有能力可以提供她安穩的生活。他知道她的心裡還有他，當初只是抵擋不住金錢的誘惑，迷失了自己才會離開他。過去的事他可以不計較，他只要她回到他的身邊與他朝夕相守。這是他這一生最重要的目標，他所有的計劃都是圍繞著這個目標運作。他相信她一定會回到他的身邊，因為她曾說過，只要他考上司法官他們就結婚。現在他已經做到了，他不僅考上司法官也同時考上律師；他辦好台胞證準備隨時到上海接回慧恩。

　　他打電話給慧恩的媽媽蘭心，問慧恩的聯絡地址。蘭心一直都很喜歡凱瑞，知道他同時考上司法官與律師，除了恭喜他之外，還提議要為他慶祝一番。他從蘭心那裡，順利拿到慧恩所屬公司的地址。蘭心並沒有提起慧恩與任翔的事，所以他對他這次的行動更具信心。

在台中門禁森嚴的高級公寓大廈裡，凱瑞在自己的房間裡拉著小提琴。小提琴聲悠悠揚揚婉轉動聽，柔美中帶著淡淡的憂愁，牽動起他對慧恩深深的思念。他思念她甜美如蜜的微笑；他思念她嬌柔悅耳的聲音；他思念她宛若天使般的臉孔；他思念她燦爛如星的眼睛；他更思念她柔軟的唇和溫柔的吻。

他停住拉小提琴的手，把小提琴收入琴盒裡。他將書桌前的椅子往後拉坐了下來，隨手拿起放在書桌上的手機，手機的螢幕上立刻出現慧恩的照片。他盯著慧恩的照片看了許久，一陣陣接續而來的痛楚不斷地襲擊他的心。她是他兩年多來魂縈夢牽的人，她曾經帶給他無限的快樂，也帶給他無比的痛苦。每每想起她的背叛，他的心就不由地隱隱作痛。

他拿起筆在信紙上寫下慧恩的名字，接著又寫：「我想念妳，如在乾旱之地想念雨水。我的心因為想念妳，而成了撕裂的傷口，不斷地呻吟哀嚎。」他放下筆，把信紙揉成一團丟入垃圾桶。他又拿起筆來寫了幾行，又將信紙揉成一團丟入垃圾桶。如此寫寫丟丟十幾張信紙後，他最後決定只簡單的寫兩行字：「恩恩：我答應妳的事，我已經做到了；我同時考上司法官和律師。恩恩，回來吧！過去的事已經過去了，我們可以重新開始！凱瑞。」其他的話語，就由那本記事本來訴說。他將信紙和那本記事本，放進一個大信封裡，在大信封上寫下慧恩的姓名、地址，和自己的姓名、地址。他拿起大信封仔細審視一番，滿意地露出笑容。「恩恩，我終於有資格把妳要回來了！」他拿著大信封走出房門。

慧恩正在廚房裏忙著做菜。剛才任翔打電話給她，說要回來吃午餐，所以她高興得一邊做菜一邊哼著歌。她喜歡任翔回家吃飯，因為沒有任翔陪她吃飯，她覺得不管什麼山珍海味、佳肴美饌都食之無味。她很快就把餐點做好了，等任翔回家就可以一起用餐了。

最近她收到不少大學同學發來的伊媚兒，每個人都告訴她相同的事，那就是凱瑞同時考上司法官和律師。她覺得這也沒什麼好大驚小怪的。凱瑞從大學一年級，就開始準備司法官特考以及律師高

考。花了那麼多的心力，他同時考上司法官和律師，也是意料中的事。她不曉得為什麼那麼多的同學要告訴她這件事？也許是遺憾她和凱瑞已經分手，無福分享凱瑞的榮耀吧！

任翔推開門走了進來，慧恩的臉上立即綻放出璀璨的笑容，起身迎了過去。任翔將手上拿著的信封遞給慧恩，說：「這是今天早上收到的寄給妳的信，信封上還署名秦凱瑞，秦凱瑞是妳以前的那個男朋友嗎？」他的語氣一如往常，沒有特別的高低起伏，沒有火氣也沒有不悅；彷彿遞給她的是一個普通朋友寄來的信。

慧恩詫異地接過信封，信封上的確有署名秦凱瑞，信封內顯然有不是信的東西。她不知道凱瑞為什麼要寄信封裡的東西給她？她已經兩年多沒有見過凱瑞了。自從她和凱瑞分手後，他們就幾乎沒有再說過話，也沒有任何的聯絡。

「凱瑞會寄什麼東西給我呢？他寄來的東西會不會讓任翔看了不高興？」她想著，有些疑惑也有些擔憂。這信封裡的東西，可能只是普通的物品，也可能是具有爆炸力的炸彈。

「我應該在我的房間裡拆信呢？還是應該在任翔的面前拆信？」她猶豫著。她注意到任翔的眼睛正盯著她看，好像在等待她下一步的行動。

「如果我把信封拿到我的房間拆，任翔一定會對我有懷疑。我不能讓任翔懷疑我，認為我的心裡還有凱瑞。我還是當著任翔的面，把凱瑞寄來的信拆了吧！」她沉吟不語。她知道信任對維繫感情的重要性。為了避免任翔無端地懷疑，她當著任翔的面拆開信封，拿出裡面的記事本以及信紙。

她翻開記事本，記事本的第一頁寫著：「曾經滄海難為水，除卻巫山不是雲。」接著是她從小學二年級到大學四年級的記錄；字跡從幼稚到成熟。她大大的震驚，這就是傳說中凱瑞的記事本，原來凱瑞曾經的心上人就是她自己。她沒有想到，凱瑞竟然知道她那麼多事。甚至大學要讀哪一個系、成為她的同班同學，也都是凱瑞為了她有意的作為。她又看了信紙上的兩行字，她由記事本的感動變得有些生氣。

「這是什麼意思？你考上司法官和律師，所以要我回去。你是

認為，我一定會貪圖你司法官和律師的資格而回去找你嗎？凱瑞啊凱瑞！愚昧的凱瑞！」她不悅地想著。

任翔從慧恩的手中拿過記事本，他看了第一頁又翻了幾頁，心裡很不是滋味。他帶著些許不快，酸溜溜地說：「他真是有心，這本記事本都可以做為妳的傳記了！」接著，他又看了凱瑞寫給慧恩的信。雖然只是短短的兩句話，卻讓他深感威脅。凱瑞就像是一個潛伏已久的敵人，突然冒出來要搶奪他的珍寶。他的擔憂若隱乍現，他的不悅加深，他的眼底有藏不住的在乎，他的聲音顯出了他的生氣：「他考上司法官和律師關妳什麼事？為什麼要妳回去跟他重新開始？」

慧恩知道，任翔對凱瑞寄來的記事本，和寫給她的信很反感。她試圖安撫他，她伸出她的手，輕輕地放在他的面頰上，注視著他的眼睛。她燦爛如星的美眸，閃爍著溫柔的光芒，她的眼神充滿了深情，她的眼底盡是愛意。

「他可能不了解我們的情況，所以才會寄這些東西給我。我寫幾個字恭喜他考上司法官和律師，再將記事本一起寄還給他。你等會兒回公司的時候，就把它給寄了吧。」她的聲音輕而婉轉，悅耳動聽宛如黃鶯出谷。

任翔的不悅從他的臉上退去。他含情凝睇著慧恩，她就是一股溫柔的力量，總能安慰他的心，撫平他的擔憂和起伏難安的怒氣。

「嗯！」他點頭回了一聲。「妳回了信後，就不要再跟他有不必要的接觸。在愛情上，我很自私，我無法容忍，一個想把妳從我身邊奪走的人和妳糾纏不清。」他的意思淺顯易懂，沒有模稜兩可的空間。

慧恩找出了一張白色的影印紙，當著任翔的面，在上面寫著：「滄海月明珠有淚，藍田日暖玉生煙；此情可待成追憶，只是當時已惘然。恭喜你考上司法官和律師！我們大一時，教我們民法總則的大法官楊堅曾說：『有些時候，親眼看見的，親耳聽到的，都未必是事實。』即將成為司法官的你，務必謹慎！」

慧恩將寫好的信以及記事本放入信封內，寫上收信人的姓名、

地址，然後交給了任翔。任翔看了慧恩的一切反應與舉動，心中的不安和疑慮都消除了。耀眼奪目的陽光已經驅除了滿天密布的烏雲，他頓時覺得舒暢無比。

「任太太，」任翔快樂地喊了一聲。「妳為妳老公做了什麼好吃的？」他春風滿面，洋溢著幸福的笑容。「妳的老公我已經飢腸轆轆，餓得有些神智不清了。再不給我東西吃，我就把妳給吃了。」他張大嘴巴，好像一隻飢餓的野狼，向慧恩撲了過去，抱住她作勢要咬她。

慧恩偏過頭躲進任翔的懷裡，說：「如果你把我吃了，誰做飯給你吃呢？誰唱歌彈鋼琴給你聽呢？留著青山在，不怕沒柴燒，你還是放了我吧！」她的聲音嬌嗲，委婉求饒。

任翔的臉頰依偎著慧恩的頭，他的雙手似乎被她的身體吸住無法鬆開。他閉著眼睛抱著她，彷彿沐浴在花香氤氳的溫泉裡；時間和空間都消失了，飢餓感也不存在了。他喜歡她在他懷裡的感覺，那是一種真實存在的擁有；這種擁有左右他的情緒，安定他的心靈。

「我不會吃妳，但我也不會放了妳。對妳，我永遠不會鬆手，我不會讓任何人從我的身邊奪走妳。我從來不知道，什麼是天荒地老的愛情，直到遇見妳。任何的甜言蜜語，都不足以表達我對妳的愛。我會永遠留住妳這個青山，不會讓任何人隨意踐踏。」他的聲音堅定而有力量，令人無法忽略他的決心，無視他的存在。

慧恩伸出雙手抱著任翔的腰，她的心因為他的話語而顫動。她領會到，他對她的用情是如此的深，她完全沒有辦法聽而不聞，視而不見。

「如果你要放我走我也不走，你永遠別想甩開我。我會像吸盤一樣，緊緊地吸住你，你想拔都拔不掉。」她的話語甜滋滋的，宛若裹了層層的糖衣。「但是，現在你再不放開我，我們就只能吃冷菜冷飯了。」她沒有強迫，沒有命令，只有溫柔地訴說。

任翔放開擁抱慧恩的手，露出純淨如聖母峰上皚皚白雪的燦爛的笑容。「任太太，」他的聲音帶著些許的慎重。「給妳的丈夫吃冷菜冷飯是要受罰的哦，妳還站在這裡幹什麼？還不快點去把飯菜端出來。」他伸出手指，調皮地在慧恩的鼻子上輕輕彈了一下。

「遵命！老公！」慧恩簡單地回了一句，快步走到廚房，將做好的菜端到餐桌上，又為任翔盛好了飯，擺好了筷子湯匙。然後走回客廳的沙發牽起他的手，和他相依偎地走到餐桌用餐。

雖然她和任翔還沒有進一步的關係，但她已把他當成是自己的丈夫。「丈夫是頭」所以她一切都聽他的，也以服侍他為樂。她很慶幸能遇到像任翔這麼優秀的男人，讓她成為賢德女子的信念，有了實現的可能性。

凱瑞很快就收到慧恩的回信，他拿著她寄來的信雀躍不已。但他很快就發覺事情可能不是像他想的那樣。因為她寄給他的信封裡，顯然裝有不是信的東西。

「恩恩會寄什麼東西給我呢？」他疑惑地想著。有一個念頭忽然浮現在他的腦海裡。他驀然一驚趕緊拆開信封一看，果然是那本他寄去給她的記事本。他的心瞬間冰冷起來，他感覺他好像赤裸著身體，走在雪花紛飛的極地裡。他覺得全身冷到不行，快被凍僵了。他打了一個寒顫，身體不禁哆嗦起來。他用顫抖的手，從信封裡拿出那張白紙，白紙上有幾行用藍色的筆書寫的字。他有著夢想已久的期待，但現在這個期待，還覆蓋著厚厚一層被拒絕的恐懼。

他把那張白紙攤在書桌上，沒有馬上閱讀裡面的內容。他閉上眼睛將身體往後靠在椅背上，她的影像一如往常，不需要特別尋找就自然浮現。他可以感覺到，他的心又慢慢地被那一陣陣，揮之不去的刺痛所佔據。兩年多來，他的心不時地被這一陣陣的刺痛所侵蝕，他的心已經傷痕累累；只是沒有人可以察看，沒有醫生可以醫治。

他睜開眼睛身邊往前拿起那張白紙，白紙上的藍字好像開始跳動起來。他從來沒有閱讀過這麼困難的句子，每個字看起來都是那麼艱深難懂。他閉上眼睛深深地吸了一口氣，嘗試放鬆自己緊繃的神經。他低下頭再次閱讀白紙上那些藍色的字。他一字一字地看，仔細地看用心地看，惟恐有疏漏深怕有誤解。

「此情可待成追憶，只是當時已惘然！這是什麼意思？她的意思難道是說我們已經不可能在一起了？她不願意回到我身邊？」他看了

一眼被她退回來的記事本，他知道他所有問題的答案已經很明顯了。

「恩恩不願意回頭，她不願意回到我身邊。她對我已經毫不留戀，即使我已經考上司法官和律師，她也不在乎。」他有說不出的失望，令人痛徹心扉無法忍受的失望。他從椅子上站起來，在房間裡踱來踱去。他的情緒有些激動，他不知道如何是好？他一切的努力，一切的盼望，全被慧恩退回記事本的舉動給摧毀了。他抓了抓自己的頭髮，他煩躁到不行。他的步伐越來越快，也越來越凌亂，他幾乎要瘋掉了。

他走到書桌前，拿起放在琴盒裡的小提琴拉了起來。小提琴聲悠揚動聽，柔美得宛若幽靜的深谷裡，蜿蜒的小溪所發出來的潺潺流水聲；隱隱約約又透露著濃得化不開的憂愁，他激動的情緒慢慢地平靜下來。

「我們分手錯在恩恩不在我！或許恩恩自覺羞愧，一時之間不好意思回來，我不應該這麼快就下結論。」他將小提琴放回琴盒，又坐回椅子上繼續看那張白紙的內容。「有些時候，親眼看見的，親耳聽到的，都未必是事實。」他喃喃地唸著。疑問如浪潮般向他襲捲而來，他努力地思索她寫這句話的動機。

「為什麼恩恩要重提楊堅教授說的話呢？她是在提醒我，還是在暗示我？我記得她當時一直否認她和任翔有親吻，難道她是在說這件事？」他開始懷疑自己當初是不是冤枉了慧恩？但他很快地就否定這種想法。

「我不可能冤枉她！我千真萬確看到他們親吻，我不可能看錯。」他又將那張白紙重新看了一遍。「最好的證明方法就是去問任翔，讓任翔親自證明我是對的。」

他提筆寫信給任翔：「任先生你好：有一件事我希望你能給我一個說法。你明知慧恩是我的女朋友，為什麼當年還在修女院女生宿舍門口親吻她？」

他只是簡單地寫下他的問題，他對任翔沒什麼好說的。當年如果不是他橫刀奪愛，他和慧恩現在已經是夫妻了。所有的事都是因他而起，他是慧恩和他感情的破壞者。他是一切錯誤的源頭，他對任翔有言語無法形容的怨恨。若不是為了要釐清事情的真相，他根

本不會寫信給他。

他將寫好的信紙放入信封內，在信封上寫下任翔的姓名和地址。他拿起慧恩寫的回信再看了一遍，他的目光被信中的詩所吸引。他還沒弄清楚她詩中的含義，但慧恩既然寫詩給他，他覺得自己應該再寄一首詩給她，表明他的心意，讓她有回頭的餘地。他沉思片刻，又提筆在信紙上寫下：「曾經滄海難為水，除卻巫山不是雲；取次花叢懶回顧，半緣修道半緣君。」

他拿起寫好的詩低吟數回，再將信紙放入信封裡，在信封上寫下慧恩的姓名和地址。然後從椅子上站起來，拿著兩封信走出房間。

任翔收到凱瑞寄給他的信，拆開一看信的內容，他完全明白為什麼慧恩和凱瑞當年會分手？原來是凱瑞把他的表演當真了。他的表演竟然真實得讓凱瑞產生誤會，他的心情真是錯綜複雜。沒想到自己果真是他們分手的原因，但這也要怪凱瑞自己對慧恩的不信任。他雖然有些遺憾，但更多的是慶幸。

如果不是他的誤會導致他們的分手，慧恩可能不會參加「天使之眼」的演出，這部電視劇可能就不會那麼成功；如果他們沒有分手，慧恩不可能會愛上他；如果他們沒有分手，他就沒有辦法享受慧恩帶給他的快樂。這些都是因為他們分手帶給他的益處。既然錯是在凱瑞，凱瑞就沒有資格再來搶他的慧恩。他希望凱瑞永遠離開慧恩，離開他們的生活。他提筆回信給凱瑞，寫道：

「秦先生你好：你對當年的事似乎有所誤解，我並沒有在修女院女生宿舍的門口親吻過慧恩。你所看到的親吻，事實上是我對慧恩借位接吻的表演示範。因為她擔心你會不喜歡她拍吻戲，為了讓她安心，我就為她示範借位接吻的表演。沒想到這樣竟然會導致你們的分手，我很遺憾。但我還是要特別感謝你；若不是你對慧恩的不信任，導致你們的分手，我根本沒有機會和慧恩在一起。現在我們兩人深愛彼此，在不久的將來也會結為夫妻。過去的錯誤已經造成，無法改變挽回。我希望你另尋良伴，不要再來打擾我和慧恩的生活。」

他將信紙放入信封內，在信封上寫下凱瑞的姓名和地址放在一旁。他順手拿起凱瑞寄給慧恩的另一封信，信封上凱瑞的署名看起來特別的刺眼，他心裡有說不出來的反感。他不想再把這封信交給慧恩，但這是寫給她的信，他必須尊重她。他拿起手機傳簡訊給慧恩，告訴她這件事。

　　慧恩很快就回任翔的簡訊：「信的事由你全權處理！」簡單扼要沒有絲毫拖泥帶水。他滿意地露出笑容，隨手打開信封拿出裡面的信紙。「曾經滄海難為水，除卻巫山不是雲；取次花叢懶回顧，半緣修道半緣君。」他喃喃低吟，毫不猶豫地將信紙撕成碎片丟進垃圾桶。「這首詩不該再由你對慧恩說。慧恩是我的，只有我才能對她說。」

　　經過凱瑞這麼一折騰，他覺得今天特別想念慧恩。「或許今天晚上，我可以騎我的重機載慧恩到處逛逛。」他拿起手機撥電話給慧恩。

　　凱瑞一收到任翔的回信，立刻拆開信封。這封信對他來說很重要，他渴望從任翔寫的回信，釐清當年那件導致他和慧恩分手的事。他相信他自己是對的，他沒有看錯，他怎麼可能會看錯呢？他就在現場，他們兩個人就在離他不遠的前方熱情親吻。他還可以清晰地記憶當時的情形，事實上他永遠也忘不了當時的情形。他沒有辦法忘記，當時慧恩帶給他的那種痛徹心扉的感覺；那是一種無法忍受的痛。

　　他從信封裡拿出任翔寫的信，薄薄的一張紙對他而言卻有千斤之重。他打開信紙，一個字一個字仔細地閱讀。他越看臉色越蒼白，眼睛越睜越大，表情也越來越扭曲。他的臉上盡是驚愕，他好像是在看一封極其恐怖的信件。他忽然大叫一聲：「啊！」極其駭人，極其痛苦的一聲。他的拳頭向牆壁揮去，一拳、兩拳、三拳，重重的三響拳。他的拳頭紅了一塊，但他絲毫不感覺到痛；他心疼痛的程度遠遠超過肉體的疼痛。「恩恩！恩恩！」他悲戚地呼喚著。痛苦，從來沒有的痛苦，緊緊地抓住他，讓他渾身痛到不行。

他彷彿看到慧恩哭紅了眼，不斷地嘗試向他解釋。他轉向書桌揮拳，「砰、砰、砰……」又是連續幾拳，重重地落在書桌上。

「我為什麼不聽她解釋？我為什麼對她一點都不憐惜？我為什麼認為她是罪有應得？」他不停地問自己，也不停地恨自己。

突然間，他轉了個念頭。「怎麼可能？我怎麼可能看錯？我怎麼可能會分不清楚是表演還是事實？」他開始對任翔的信產生懷疑。

「會不會是任翔為自己無恥的行為找藉口編出來的謊言？」他冷靜下來，他覺得事情有些蹊蹺。他不能任翔說什麼，他就信什麼，他有必要自己去找出真相。

「我必須找幾個人來試試看，從我當時站的位置的角度，有沒有可能把表演當成事實？」他拿起手機打電話給他幾個以前的室友，約好時間請他們一起到家裡來幫他找真相。

蔣若水、柯玉斗、李偉立一起來到凱瑞的家。「哇！凱瑞，沒想到你家這麼漂亮，地板還是一大片一大片發亮的乳白色大理石。看你在學校那副窮酸樣，我還從來沒把你跟有錢聯想在一起呢！」柯玉斗滿臉訝異地說。

柯玉斗和李偉立都是第一次來凱瑞家，蔣若水則是凱瑞家的常客。從高中開始，蔣若水就常常往凱瑞家跑，所以和凱瑞的爸爸媽媽都很熟。

「朱慧恩如果知道你家這麼有錢，肯定會後悔移情別戀沒有跟你在一起。」李偉立一面東張西望一面說。他從來沒有想到凱瑞竟然是個貴公子。他和凱瑞同窗四年，而且還當了他幾年的室友，他從來不覺得凱瑞跟他們有什麼不一樣。要不是這次受到凱瑞的邀請來凱瑞家，他還以為凱瑞只是普通家庭的孩子。

「凱瑞從來不會向別人炫耀他家的財富。而且他自己本身就是個能力很強的人，他現在的身分是未來的司法官。他是我們班上第一個司法官，至於我們班上第二個司法官就是老大我囉！」蔣若水驕傲地說。他現在擔任一家私人公司的法務，今天是利用休假時間

來幫凱瑞的忙。他是班上同學最不看好會當司法官的人，但他對自己卻是信心滿滿。

「如果蔣大帥能考上司法官，那我們全班同學就不會有人落榜了。人要有自知之明，有幾分能力就說幾分話，說多了就變成吹噓。」柯玉斗不以為然地說，語氣中有幾分的玩笑，幾分的瞧不起。

「你們別瞧不起我！我是不讀則已，一讀驚人。我現在說我有多行、有多厲害，你們也不會相信。我會讓事實證明我的能力，讓成功為我發聲。」蔣若水胸有成竹地說，似乎並不在乎別人對他瞧不起的眼光。

「其實蔣大帥說的也沒錯，他是不『毒』則已，一『毒』驚人。他是個老煙槍，不抽煙則已，一抽煙口鼻所吐出來的二手煙毒氣驚人。可謂是不『毒』則已，一『毒』驚人。」李偉立展現他老學究的本事，說文解字調侃蔣若水一番。

「同學，我今天請你們來，不是要你們來看我家有多漂亮、有多富有，也不是請你們來調侃若水的；我是請你們來幫我釐清一件事。」凱瑞說著，將任翔寫的信拿給他們三個人看。「我要你們表演一下借位接吻。我要從我當時站的位置的角度，看看我有沒有可能看錯，把表演當成事實。」凱瑞正經地說，臉上露出前所未見的嚴肅，令人不寒而慄的嚴肅。

蔣若水、柯玉斗、李偉立，不約而同都撓了撓自己的腦袋，面有難色地看著彼此。

「如果說要解決法律問題，我多多少少可以出點意見。但叫我表演借位接吻，可能就找錯人了。」蔣若水聳聳肩說。他完全無能為力，他從來沒有真正喜歡過表演。他和不少女生有接吻的經驗，但那些都是真槍實彈，沒有一個是借位完成的；他第一個打退堂鼓。

「沒錯！任翔是大家公認演技精湛的傑出演員，他能演的我們可能演不來。何況我還沒有接吻的經驗，叫我去演借位接吻，還不如叫我去爬刀梯呢！」李偉立第二個打退堂鼓。他是個清純的處男，從來沒有交過女朋友。不要說接吻，他連女孩子的手都沒碰過。他完全無法想像如何能借位接吻？

「凱瑞難得請人幫忙，他既然請我們幫忙，不管我們會不會借

位接吻，我們都必須義無反顧地幫他的忙。沒吃過豬肉，也看過豬走路。電視劇看了那麼多，總知道什麼是借位接吻吧？如果我們真的不會，就把任翔主演的片子找出來看。按照他的方式表演借位接吻，更能幫凱瑞的忙；或許我們還能因此幫慧恩洗清冤屈呢！這也算是好事一樁！」柯玉斗一副義不容辭的模樣。他有個女朋友正在交往中，兩人的感情相當甜蜜。

「若水和阿斗都是有馬子的人，應該都懂得如何接吻。而且若水的身高和任翔差不多，阿斗的身高則與恩恩相當；就由你們兩個負責表演借位接吻。我們現在先找出任翔主演的影片，再從影片中找出他表演借位接吻的片段。我們重複看這些片段，學習他借位接吻的方式。然後，我從我當時站的位置的角度去看，這樣我就可以知道我會不會看錯了。」凱瑞指揮若定，把每個人的工作都安排妥當。

凱瑞從筆記型電腦上找出任翔表演借位接吻的片段。四人觀看數次後，由蔣若水和柯玉斗開始借位接吻的表演，凱瑞和李偉立則站在一旁觀看。

蔣若水和柯玉斗試了第十一次的時候，凱瑞大吃一驚。因為從他站的角度，他真的認為他們正在熱情親吻。如果蔣若水和柯玉斗借位接吻的表演，都可以讓他覺得他們是真的在接吻，那麼以任翔高超的演技不是更有可能以假亂真嗎？

「太像了！太像了！蔣大帥和阿斗看起來好像是真的在接吻！」李偉立興奮地喊著。他轉身面對一臉錯愕的凱瑞，語重心長地說：「看來，你真的誤會慧恩了！難怪那天她在你的房間裡哭得那麼傷心！」

「我就說嘛！像慧恩這麼清純的女生怎麼可能移情別戀？我當時就覺得不對勁，但凱瑞言之鑿鑿說是他親眼看見的；我無法反駁就糊裡糊塗信了。現在想起來還真對不起她，如果有機會見到她，我一定要親自向她道歉。」柯玉斗搖著頭說，一副悔不當初的樣子。

「我還是不懂，朱慧恩既然是被誤會的，為什麼我除了在凱瑞的門外聽到她喊『我沒有』，就沒有再聽到她向任何人解釋？我曾經問她為什麼要移情別戀？她理都不理我，連一個解釋也沒有。她

到底是怎麼一回事？忍辱負重？搞不清楚她在負什麼重？」蔣若水宛若丈二金剛摸不著頭腦一臉困惑。

「唉！」柯玉斗大聲地嘆了一口氣。「我們的帥哥凱瑞，把我們的天下第一美人，拱手送給了那位英雄救美的英雄任翔。真是人算不如天算，緣份天注定！」柯玉斗遺憾地說。

凱瑞看了蔣若水和柯玉斗借位接吻的表演後，整個人呆坐在沙發上。從蔣若水、柯玉斗、李偉立三個人講的話，可以知道他們也認為他當時真的看錯了；他把任翔借位接吻的表演當真了。

「難怪她一直說她沒有！」凱瑞想著，突然覺得胸口疼痛不已，他伸出右手壓在自己的左胸上。他想起慧恩那天在他的房間裡，也是這樣右手壓在左胸上；他現在完全可以感受到她當時的感覺。

「她當時一定是心痛欲裂！」他低頭沉吟。他終於了解什麼是「昨是今非」；以前他認為是正確無誤不可能看錯的事，現在想起來真是可笑，他竟然被自己的眼睛給騙了。

他的思緒如潮水一波接著一波。「愛沒有了信任就會不穩固！」這些愛的箴言他知道很多，但事到臨頭他就全忘了。他不得不懷疑，自己當時是不是鬼迷心竅了？為什麼對慧恩那麼狠、那麼絕？一直以來他對慧恩都是讓步的，為什麼那個時候他就是沒辦法靜下來聽她解釋？一波自責的巨浪來勢洶洶瞬間將他淹沒，他覺得呼吸困難幾乎要窒息，他驀然站了起來。

蔣若水、柯玉斗、李偉立三個人繼續在談話。他們看到凱瑞突然像被彈簧彈起來似的站起來，每個人的眼睛都同時盯著他看。凱瑞向他們拋出了一句話：「緣份注定恩恩一定是屬於我的，任翔只是暫時幫我照顧她而已。我不會死心的，我一定會把她再追回來。」然後自顧自地走回他的房間，留下一臉茫然的蔣若水、柯玉斗和李偉立。

「凱瑞一定是傷心過度，不知道自己在講什麼？那個任翔已經說了，他和慧恩深愛彼此，不久就要結婚了，他還不死心。早知今日何必當初！如果那天他好好聽慧恩解釋，不要大吼大叫把她從房間推出去，不就沒事了。現在想把慧恩再追回來，我看是不可能！」柯玉斗撇了撇嘴說。

「難說！凱瑞現在有司法官和律師資格，家裡又那麼富有。任翔現在雖然是當紅的明星，但再過幾年他年紀大了，演藝事業一定會走下坡。凱瑞是開始不斷地往上爬，任翔是慢慢地往下走。如果凱瑞不放棄繼續追慧恩，而慧恩也夠聰明的話，我認為她應該會回到凱瑞的身邊；我看好凱瑞！」李偉立正經八百地分析。

「我是走中間路線，不看好也不看壞。依照我對朱慧恩的了解，要她主動離開任翔回到凱瑞的身邊，我認為是不可能。但是以前，凱瑞和朱慧恩也是愛得難分難捨，結果一個小小的誤會就分手了。所以我認為，只要朱慧恩和那個任翔之間發生一個誤會，或是一個問題，例如任翔跟其他的女人發生緋聞，他們之間有了第三者。按照朱慧恩的個性，他們一定會分手，那凱瑞就一定可以追回朱慧恩。」蔣若水一雙結實的胳膊交疊在胸前，有板有眼地論述他的看法。

「凱瑞剛才看了我們借位接吻的表演後，就有些失魂落魄，他現在一定是非常難過。話說回來，遇到這種事誰不難過？像慧恩這樣的曠世美人到哪裡去找？他偏偏莫名其妙地就把她拱手送給那個任翔。我們就不要再打擾他了，讓他自己一個人靜一靜，我們走吧！」柯玉斗一邊站起身子，一邊對著蔣若水和李偉立說。蔣若水和李偉立也從沙發上站起來，三個人一起離開凱瑞的家。

凱瑞坐在書桌前的椅子上，他聽到蔣若水他們三個人開門離開又關上門，他從椅子上站起來走到門口關上房間的門。蟄伏在他內心深處蠢蠢欲動的火山瞬間爆發開來。他揮手掃過書桌，書桌上所有的東西隨即掉落一地。他彷若一位空手博鬥的拳擊手，雙手握拳對著牆壁這個假想敵猛烈地擊拳。右拳、左拳一拳接著一拳，「砰、砰、砰……」速度快而急，力量大而重。他沒有辦法停下來一而再地擊拳，直到乳白色的牆壁被流出血的手指玷污了，他才慢慢地停了下來。

他實在太痛苦了，無法言喻的痛苦，宛若被有巨毒的紅螞蟻

群咬過一樣疼痛難耐。「啊……」他狂叫一聲，聲音長而淒厲，有如在淒風苦雨的曠野裡野狼的哀嚎聲。他在房間裡踱來踱去，「為什麼？為什麼？為什麼我當時那麼愚蠢？只相信自己的眼睛所看到的，卻不相信恩恩的品格。而品格正是恩恩所看重的，我污衊了她的品格，她一定不會原諒我。」他不斷地後悔，不停地指責自己。

他再向牆壁揮拳，「砰、砰、砰……」又是幾聲。他把房間裡可以丟的東西都丟在地上，整個房間彷彿颱風過境般慘不忍睹。最後他累了，他恍恍惚惚不知道自己身在何處？他覺得一切都在飄離他，他跪了下來，淚流滿面哽咽地說：「恩恩的神，我知道你是存在的。恩恩以前告訴我，你寬恕人的過錯。我祈求你也寬恕我的過錯，給我第二次機會……」

連續三天，凱瑞都沒有離開他的房間，也不吃也不喝。他記得畢業前的最後一個晚上，慧恩到過他住的公寓樓下聽他拉小提琴。慧恩一直都喜歡聽他拉小提琴，他也為她拉過無數次的小提琴。他拿起小提琴開始拉「明月千里寄相思」這首曲子。瞬間，悠揚柔美的琴聲，帶著淡淡的輕愁，飄盪在空氣中，盤旋在整個房間裡。

「但願這琴聲能傳給在遠方的恩恩！」他沉吟不語，右手不斷地拉著小提琴。

凱瑞的媽媽婉容真是擔心死了！她不知道凱瑞為什麼把自己關在房間裏三天都不出來？他不吃不喝好像刻意在折磨自己。

「不是才考上司法官和律師嗎？怎麼沒有特別高興，反而這樣折磨自己，有沒有問題呀？」婉容嘀咕著。她十分著急猛敲凱瑞的門，喊著說：「凱瑞！你開門！你再不開門，我就去找慧恩來。」她知道慧恩是凱瑞的死穴，只要提到慧恩，凱瑞沒有不聽話的。但這次好像行不通，凱瑞依舊沒有開門，她沒有辦法只好暫時由他去了。

凱瑞不停地拉著小提琴，一首接著一首，每首都是慧恩曾經要求他拉的。拉完了曾經拉給慧恩聽的曲子，他又拉回了「明月千里寄相思」。才拉到一半，他拉小提琴的手停了下來。

「我一定要恩恩回到我的身邊，不管要付出多少代價，我一定

要她回來。如果我不能讓她回到我的身邊，我就不當司法官。考司法官原本就是為了恩恩，如果失去她，不管法官或檢察官，對我而言都變得毫無意義，但是我要從哪裡開始呢？」

他突然想起慧恩曾經告訴過他，她的舅舅住在美國加州的爾灣。她常常在暑假飛到美國去看她舅舅全家人，因為她很喜歡僅大她幾個月的表姐，她們感情好得像親姊妹。

「或許我應該從爾灣開始，我要到爾灣讀書，等待再見恩恩的機會。」想到爾灣，凱瑞似乎從絕望的黑夜裡看到希望的曙光。

他打開門直奔婉容的面前，興奮地說：「媽！我要到美國讀書！」

「到美國哪裡讀書呀？」婉容緊蹙眉頭，憐惜地看著憔悴消瘦的凱瑞。

「爾灣！加州爾灣！我要到加州爾灣讀書！」凱瑞激動地說。

「沒聽過！你同時考上司法官和律師，申請個常春藤名校一定沒有問題。為什麼要到名不見經傳的什麼爾灣讀書？我覺得不妥。」婉容搖搖頭滿臉的不願意。

是不是常春藤名校對凱瑞並不重要，重要的是，有沒有機會再讓慧恩回到他的身邊。他心意已決，決定暫緩進入司法官訓練所受訓。將來會不會進入司法官訓練所受訓，則視自己能不能讓慧恩回到他的身邊而定。他在婉容的臉頰上親了一下，說：「爾灣加大雖然不像常春藤名校那麼有名氣，但也是一所排名不錯的好學校。總之，我已經決定了不能改變，我們一定要想辦法把恩恩娶回家，所以我一定要去爾灣讀書。」

「要娶慧恩一定要去爾灣嗎？如果是這樣的話，那我看你還真的非去不可。你什麼時候去呀？」婉容臉上的線條柔和了下來。慧恩是她心儀的媳婦人選，把慧恩娶進門，不僅是凱瑞的願望，也是她的心願；她恨不得凱瑞馬上把慧恩娶回家。聽凱瑞說去爾灣是為了娶慧恩，便不再阻止了。

「越快越好！我先去查資料，做好功課再說。」凱瑞說完，一溜煙就不見了。

「這孩子說風就是風，說雨就是雨。剛剛不管我怎麼敲門他都不出來，一出來就說要出國念書。好好的司法官不當，出國念什麼書呀？但是出國念書能娶回慧恩也值得了，就隨他去吧！」婉容無奈地嘆了一口氣，想到凱瑞要娶慧恩回家，又不禁莞爾一笑。

第三十二章 孔雀東南飛

「凱瑞，不要痛！」慧恩從睡夢中驚醒。她睜開眼睛環顧四周，房間裏一片黑暗。她看了一下鬧鐘，三點整。她已經很久沒有夢見過凱瑞了，她不知道為什麼剛剛會夢見他？夢裡，他憂鬱的眼神，痛苦地拉著小提琴的樣子，依舊震懾她的心。

「可能是看到他寄來的記事本太驚訝了吧！」她試著為夢見凱瑞尋找合理的解釋。

她回想起凱瑞寫給她的信，一種被輕看的屈辱感油然而生。她不知道凱瑞為什麼會認為，他考上司法官和律師就可以要求她回到他的身邊？

「他認為我是個愛好金錢名利的庸俗女子嗎？這樣的凱瑞，即使沒有仁翔我也不要。他只愛我的外表，不在乎我的內在，污衊我的人格，打擊我的價值觀；他不是我要的男人。」她呢喃低語。長久以來隱藏在她心中對凱瑞的不滿，如氾濫的洪水衝破堤防般湧流而出。

「曾經滄海難為水，除卻巫山不是雲。」她心中默唸著。她從來沒有想到，她竟然就是傳聞已久凱瑞那本記事本裡的主人翁；她是他那個曾經的心上人。她更沒有想到，凱瑞對她的喜歡，竟然可以回溯到她幾乎遺忘記憶模糊的小學二年級。

「他真是有心，把我以前重要的事件，鉅細靡遺地記載在那本記事本裡。」她對他的不滿瞬間隱身遁形，取而代之的是滿滿的感動。

想到任翔，她很快地從對凱瑞那本記事本的感動中抽身。她現在已經心有所屬，她愛任翔，她的心裡只有任翔，也只能有任翔。從小父母親的教養，讓她自我規範，自我禁止逾越道德的界線。她不能愛任翔又想念凱瑞，這不是賢德女子該做的事。自從她和任翔

談戀愛，她就決定把凱瑞從她的生命中完全剔除，她早就不想再夢見他了。

「凱瑞，雖然我不願意再跟你有任何瓜葛，但我已經原諒你了。我不再因你對我的傷害而記恨你，所以請你也不要再到我的夢裡來。」

夢見凱瑞讓她覺得很對不起任翔。她下了床摸黑拉開門，走到任翔房間的門口。她面對著任翔的門站立許久，拿不定主意要不要敲他的門？她輕輕地舉起手，手還沒有碰到門，又慢慢地放下來。

「三更半夜敲任翔的門，會不會讓他產生誤會？」她有些擔心。「但我現在很想窩在他的身邊，感受他的存在。」她需要任翔，她需要他寬闊的肩膀讓她依靠，讓她能擺脫夢見凱瑞的罪惡感。

她再度舉起她的手，猶豫了一下又緩緩地放下手。她在任翔的門前踱來踱去躊躇不前，任翔的門突然打開來，任翔睡眼惺忪，一臉茫然地看著慧恩。

「妳半夜不睡覺，在這裏走來走去幹什麼？」他打了個哈欠，含糊地說。

「我做惡夢，所以……」慧恩低下頭欲言又止，她的雙頰宛若被烈陽照射過似的瞬間紅潤起來。

「哦！」任翔的嘴角微微上揚，一副恍然大悟的模樣。「原來是做惡夢，要我陪妳嗎？」他的睡意全消，他的眼神充滿同情，他似乎善解人意，主動提出協助。

慧恩緋紅未退的臉頰更加熱了起來，她的頭壓得更低，不敢抬頭看任翔。她發出幾乎聽不見的聲音說：「我想擠在你身邊睡，就是在你身邊睡覺這樣而已。」

任翔偏頭輕笑，隨即低頭凝視慧恩。慧恩害羞的樣子，彷彿有一種難以言喻的力量強烈地吸引他，讓他對她又愛又憐。

「擠在我身邊睡覺，那有什麼問題！如果妳真的想做什麼，我也無所謂。反正妳是我未來的妻子，現在做還是將來做都一樣。」他一臉不在乎故意調侃她。

慧恩驀然一驚，「難道任翔以為我是來求歡的？」她沉吟不語，趕緊轉身準備走回自己的房間。

任翔從慧恩的背後抱起她，將她抱進房間他的床上。他把慧恩壓在床上，笑著說：「妳放心！我不會對妳怎樣的，妳在這裡好好睡、安心睡。」說完，便翻過身躺在慧恩的旁邊呼呼大睡。

　　慧恩偏過頭注視著任翔睡覺的臉，「任翔的五官真好看，」她情不自禁用手輕輕觸摸任翔的臉，任翔依然閉著眼睛睡覺。「他還是個正人君子。」她的頭靠向任翔，伸手輕輕地抱住他的身體。她閉上眼睛正要睡覺，任翔轉身伸出他的手抱住她。她感覺有說不出來的溫暖，在任翔的懷抱裡安靜地睡著了。

　　清晨，陽光從藍色窗簾的兩端透了進來。慧恩慢慢地睜開眼睛，首先映入眼簾的是，任翔那雙溫柔而又炯炯有神的眼睛；任翔用手撐著頭正看著她。她尚未完全清醒，睡眼朦朧地看著任翔。半睜著眼睛，眼神迷濛的慧恩，彷若一朵纖塵不染盛開的新蓮，美麗無雙，嬌豔動人。任翔無法抗拒她魔力般的誘惑，將自己的嘴唇蓋在她柔軟的唇上熱情地親吻她。她吐氣如蘭，她的嘴唇甜美如蜜，她的肌膚柔嫩細膩，她全身散發著淡雅的清香。他身上每個細胞都興奮激動，他全然地陶醉，渾然忘我地親吻她。他的嘴唇從她的唇移到她的耳朵，再移到她的脖子。在無法停止的情慾衝動下，他用他的手解開她睡衣上的扣子，忘情地撫摸親吻她的胸部。

　　他的身體離開她，脫去他的上衣，又將他的嘴唇重新壓在她的唇上，近乎貪婪地激吻她。她被他撩起性慾，情不自禁主動而熱情地回應他。情慾如熊熊烈火般不斷地燃燒，他的肌膚和她的肌膚互相接觸。情況似乎在失控中，任翔突然停了下來，將他的額頭輕輕地靠在慧恩的面頰上。休息片刻後，他躺回她的旁邊，伸手將她摟入懷裡。

　　「妳知不知道妳是羊入虎口在考驗我的自我控制力？妳以為妳每次都可以像現在一樣安全逃離虎口嗎？我是個正常的男人，妳又是我愛的女人，妳覺得我們能一直這樣安然無事嗎？」他的聲音低沉而溫柔。

慧恩在任翔的懷裡，身體緊靠著他，她可以感覺到他生理上的反應。「的確是如此，任翔是個正常的男人，他有性需求。我剛才也被他撩起性慾，幾乎無法控制。若不是任翔自我控制力強，戛然而止，我們恐怕已經發生性關係，違背爸爸媽媽對我的要求了。但也不可能每次都期待任翔的自我控制力，我們既然兩情相悅，不如……」

　　慧恩挪動她的頭，將她的嘴唇靠向任翔的耳朵，在他的耳邊輕聲低語：「我們明天就去領證結婚好不好？這樣我們就不需要強迫自己控制性慾了。」

　　任翔何嘗不想和慧恩馬上領證結婚，但他最擔心的還是他媽媽駱霞；她不允許任翔娶身為基督徒的慧恩為妻。他有些猶豫，但結婚這件事也不能一直拖延下去。他必須給慧恩一個交代，何況事情也許有轉圜的餘地。

　　「慧恩擁有美麗的容顏又那麼賢慧善良，任何人看了都會喜歡她。或許媽媽看了慧恩之後會有所改變，不如先讓她看看慧恩，然後看情況再說。」任翔沉思片刻後，偏過頭對慧恩說：「好！我待會兒打電話給媽媽，請她過來看妳，她一同意我們就馬上去領證結婚。」

　　慧恩喜形於色高興地抱緊任翔，成為任翔的妻子是她所盼望的，而這個盼望眼看就要實現了，她既興奮又期待。她興奮得恨不得馬上向全世界宣告她的喜訊，她期待正式成為任翔的妻子；可以和他光明正大地出雙入對，可以擁有屬於他們自己的家和孩子。還有，那兩條半心項鍊也可以合在一起成為快樂的全心。

　　「我太高興了！我們終於要結婚了！我要當你的妻子，你要當我的老公了！」她的聲音喜悅而響亮，宛如喚醒大地的春雷，在房間裡轟隆作響。

　　任翔將身體換了個角度看著慧恩。慧恩眉開眼笑，快樂得像一個吃到糖果的純真小孩。他不忍心潑她冷水，他把他的擔憂隱藏起來，隨著慧恩的喜樂起舞。

　　「任太太，」他的臉上掛著濃濃的笑意，高聲地喚了一聲。「既然我是妳的老公，那我就不客氣了！」任翔快速說完，冷不防地往慧恩的身上撲過去，將她壓在床上又是一陣親吻。

慧恩伸手捂住任翔的嘴巴，阻止他再繼續親吻她。她含羞帶怯委婉地說：「你別那麼急！再等一天你要怎樣都隨便你！」

「那我們要奮戰三天三夜，三天三夜都不出門。」任翔露出詭異的笑容，調皮地說。

「隨便你！但三天三夜之後，想必我們不是戰死了，就是餓死了。」慧恩挑起雙眉，頗有一副兵來將擋，水來土掩的架式。

任翔伸手蓋住慧恩的嘴唇，說：「呸呸呸！童言無忌！試試看就知道，三天之後一樣強壯如牛。至於吃的，到時候自然會有人送來，絕不會讓妳餓著。不過現在我們必須為我們的三天三夜做準備，要開始養精蓄銳了。」他看著慧恩美麗的容顏，露出愛慕的眼神繼續說：「恩，我一定要讓妳第一次就中，為我生一個像妳一樣美麗的孩子。妳說妳要為我生幾個孩子呢？」

慧恩嬌羞地回答：「你是我的頭，你說幾個就幾個。」任翔愛撫著慧恩的臉頰，似乎很滿意她的回答。

「翔！我很喜歡麥克阿瑟將軍祈禱文的三句話：『真實偉大的樸實無華；真實智慧的虛懷若谷；真實力量的溫和蘊藉。』說白一點，就是簡單、溫柔、廣納意見，我覺得你三樣都具備了。你的生活簡單，待人溫柔，又不剛愎自用；你同時擁有偉大、智慧、力量。能成為你的妻子，天天呼吸從你身上發出來的馨香，我覺得我是世界上最幸福的人。」慧恩欽慕地說。

「妳別把我說得這麼好！世界上沒有完美的人，我也不完美。在愛情上我就很自私，我的眼睛容不下一顆沙子。我沒有辦法容忍，妳的心裡除了我以外還有別的男人。所以我絕不允許，妳和那個處心積慮，想從我身邊搶走妳的人有任何瓜葛。」談起凱瑞，任翔的聲音變得有些激動，凱瑞對他而言是一個巨大的威脅。他總覺得凱瑞對慧恩不會死心，他隨時都有可能來搶走他的慧恩。他對凱瑞很反感，凱瑞是他身上的一根刺，讓他的心不得安寧。他發覺自己情緒的激動，停了一會兒和緩情緒，讓自己的聲音又恢復原本的溫柔：「恩，妳一定要記住，妳只能是我的妻子。不管情況有多糟，環境有多難，我都會想辦法去克服。妳絕對要站穩腳步不要鬆

手，妳一鬆手我就會亂了方寸。」

「凱瑞已經是過去式了，我不會跟他有任何瓜葛。我只想當你的妻子，我的心裡除了你，不會有別的男人包括凱瑞。明天我們就要領證結婚了，從明天開始你就是我的丈夫、我的頭，你領路我跟隨。我跟你同甘共苦，不管情況有多糟，環境有多難，我都會陪你一起去克服，絕對不會鬆手。」慧恩凝睇著任翔，深情地繼續說：

「翔，我要永遠陪伴你！你無聊的時候，我要彈琴唱歌給你聽；你煩的時候，我要守著你，靜靜地聽你發牢騷；你不舒服的時候，我要寸步不離地照顧你，直到你痊癒；我要對你不離不棄，永遠不離開你。」

「妳這樣說我就放心了！」任翔露出笑容，用手指輕輕地彈了一下慧恩的鼻子。他知道慧恩並不明白，他所說的情況、環境是指什麼？但何必讓慧恩知道呢？也許情況並沒有他想像的那麼糟糕，環境也不會那麼困難。媽媽看了慧恩之後，或許就會改變心意，答應他們的婚事。他現在不應該有悲觀的想法，他應該與慧恩同樂。

「我們結婚後，妳就搬到我的房間與我同住。妳的房間空出來，當我們孩子的嬰兒房。我們積極造人，也許明年……」他依舊笑容滿面，沒有顯露出心中的憂慮，繼續和慧恩憧憬著結婚後的生活。

慧恩和任翔在任翔的公寓裡，等待任翔的媽媽駱霞的到來。慧恩從來沒有見過駱霞，她只聽任翔提起過她，知道她對任翔品格操守的要求非常嚴格，是個稱職的好母親。

「任翔的媽媽把任翔教養得這麼好，一定是個通情達理的人，應該不會有問題才對。」慧恩自我安慰地想著。但是隨著時間一分一秒的過去，她的心就越發忐忑不安。

任翔感覺到慧恩的不安，緊緊地握著她的手，安慰她說：「不要擔心！我媽媽一定會喜歡妳，妳放輕鬆！」

慧恩也不知道自己在擔心什麼，只覺得有種說不出原因的焦慮。任翔把慧恩摟在懷裡又親吻她，希望這樣能讓她放鬆緊張的情緒。但也不知什麼原因，她一想到任翔的媽媽，身體就不由自主地

微微顫抖。

「我從來沒有因為要見某一個人而如此緊張焦慮。我也說不上來，為什麼會有這樣的情緒反應？或許是因為太愛你，太在乎你，讓我變得患得患失，深怕你媽媽會不喜歡我。」

任翔雖然嘴巴安慰慧恩，心裡卻和她一樣忐忑難安。他知道他的母親是怎樣的一個人；她的思想封建保守，要她接受一個基督徒女孩當她的媳婦，要靠的可能不是一點運氣而已。但他還是振作起精神，裝作信心滿滿的樣子，鼓勵慧恩說：「妳這麼美又這麼好，沒有人看到妳會不喜歡妳。妳就以平常心看待這件事，不要緊張！」

任翔公寓的門鈴聲響起，瞬間劃破空氣中凝結的焦慮氣氛。任翔和慧恩立刻從沙發上跳起來，快步走到門口打開門，將駱霞迎進屋內，請她坐上客廳的沙發。

慧恩不敢怠慢，趕緊從廚房裡端出一杯熱茶，恭敬地遞給駱霞，說：「阿姨，請喝茶！」

駱霞接過慧恩遞給她的茶，本能地說了聲「謝謝！」她順手將茶杯放在沙發前的咖啡桌上，然後抬起頭來準備好好地打量慧恩。她仔細一看慧恩的臉，她的心頭不禁為之一震。

「哇！這世界上竟然有這麼漂亮的姑娘。幾乎毫無瑕疵的潔白臉龐，搭配那雙深邃且異常明亮的大眼睛，構成她無可挑剔的美。她給人一種安祥寧靜的感覺，她不像是世間人，倒像是我們中國人說的仙女，外國人提到的天使。而且她看人的眼神似乎有種融化人心的魔力，難怪翔翔會對她那麼著迷，連我都沒辦法抵抗這種美的吸引力。」

駱霞的眼睛被慧恩美麗的容顏所吸引久久無法離開。她目不轉睛地看著慧恩，她對眼前的慧恩有言語無法形容的喜歡。突然間，有一個念頭提醒她，慧恩是個背祖忘宗的基督徒。她對慧恩的好感，宛若根基不穩的高塔，經過強震激烈的搖晃後瞬間瓦解。

「我們中國老祖宗早就說過紅顏禍水，太漂亮的姑娘對我們家翔翔來說並不是件好事，何況她還是個基督徒。我絕對不允許基督徒進我們家的門，做我們家的媳婦。」

駱霞調整了一下身體的姿勢，眼神由原先驚為天人的錯愕，轉變成駭人的淩厲。她聲音宏亮而不帶感情地說：

　　「妳就是我們家任翔提起的那個朱慧恩？」

　　「是的！阿姨！我是朱慧恩！」慧恩立刻回答。

　　「妳家裡都有哪些人呀？爸爸媽媽是做什麼的？」駱霞像戶口調查員般問。

　　「我們家只有爸爸、媽媽、還有我。爸爸是一家高科技公司的主管，媽媽是家庭主婦。」慧恩恭敬地回答。

　　「妳的家世聽起來還算清白，聽說妳還是個大學法律系的畢業生，人長得也挺漂亮的。妳的條件這麼好，為什麼會看上我們家任翔呢？」駱霞雙眼緊盯著慧恩問。

　　「任翔最吸引我的地方是他的品格操守。對我而言他亦師亦友，我從他身上學到很多東西。」慧恩老實地回答。

　　駱霞聽慧恩誇讚任翔的品格操守，內心甚感欣慰。心想自己對任翔從小嚴格的監督教導並沒有白費。她有些訝異，沒想到慧恩所看重的竟是她所重視的品格操守。她對慧恩又有了些許好感，但這樣的好感很快就被她否決了。她絕不能因為慧恩這樣誇讚任翔就對她產生好感。她必須堅定自己的立場，讓慧恩知難而退永遠離開任翔。於是她故意刁難地說：

　　「不曉得妳知不知道我是學歷史的？我喜歡一切都遵循中國傳統禮教，我反對結婚的時候穿白色禮服。在我們中國人的傳統裡，結婚就是要穿紅色的，只有在喪禮上的孝女、孝子才穿白色的。所以穿白色禮服結婚的，在我看來都像是民族孝女、孝子。妳的看法呢？」

　　慧恩從小就被父母教導要孝敬公婆，對於未來婆婆的話哪敢違抗。她表現出傳統三從四德的精神，溫順地說：「阿姨如果不喜歡我們結婚的時候穿白色禮服，我自然就不會穿白色禮服，我一定會穿紅色的禮服。」

　　駱霞本來認為，一般女孩子都夢想結婚時能穿上漂亮的白紗禮服。她不准女孩子穿白色禮服結婚，慧恩一定會與她爭辯，沒想到她竟然順從她的意思。「這個姑娘真溫順！」她想著，心意又有些動搖，但她立刻武裝自己的意志，她絕對不能讓步。

443

「妳必須知道，我是個非常傳統的女人，我沒有辦法容忍任何背祖忘宗的事。有些人信了某種宗教，就忘了他們的祖先，對祖先不祭拜也不理睬；簡直是天理不容。妳知道這是什麼宗教嗎？」駱霞不悅地說，語氣帶著濃濃的鄙視。

慧恩認真地思索一番，她從來沒有聽過有這樣的宗教。她是基督徒，她只相信唯一的真神，其他的宗教她沒接觸過也不了解。她據實回答說：

「我是基督徒，其他的宗教我沒接觸過，所以不知道有這樣的宗教。我們的聖經教導我們要孝順父母，孝順父母得福享長壽，是帶應許的誡命。也就是說，孝順父母 神就會賜給你福氣與長壽。而且我們的聖經很重視祖先，在稱呼人的時候，還會冠上祖先的名字，稱人為某某人的兒子，或某某人的子孫。對祖先的重視，甚至超過我們中國人。」

「在舊約時代，我們也用祭品祭物祭祀我們的 神。但到了現在這個新約時代，神告訴我們祂不喜愛祭祀，祂要我們用心靈和誠實去拜祂。所以我們基督徒就以心靈和誠實代替祭祀來拜我們的 神。同樣地，我們也以這種方式來敬拜我們的祖先，感懷我們的祖先。」

「但是 神既然允許各種文化的存在，也因著憐憫對各種文化予以尊重；就如為了不阻礙人得救的路而廢去割禮一樣。所以基督徒拿香祭拜祖先，只要不把祖先當 神來拜、來祈求，以敬愛懷念的心來祭拜，並不違反『一神』的信仰是被允許的。」

慧恩覺得她已經把自己信仰的宗教，不是背祖忘宗的宗教說明清楚了。最後她說：「我的表姐名字叫憶慈，意思是懷念我的外婆。我的父母親只要想念我的祖父母，就會去墓地看他們。所以對我們基督徒而言，並不存在背祖忘宗，對祖先不理不睬的事。」

駱霞聽了慧恩的說法，臉色大變怒從中來；她認為慧恩是故意狡辯。她板著一張鐵青的臉，憤怒地指責慧恩說：「妳們基督教明明就是背祖忘宗的宗教。聽妳的說法，好像我誤會了妳們一樣。我現在就明明白白地告訴妳，我絕對不會允許，基督徒進我們任家的門，做我們任家的媳婦。如果任翔敢娶妳，我就跟他斷絕母子關

係。我絕對不會眼睜睜看我的兒子犯這種錯誤，我寧可讓任翔在路上隨便找一個女人結婚，也不會准許你們結婚。妳最好不要再跟我們家任翔有任何糾纏，快點搬離這裡。」

駱霞氣沖沖地轉向任翔，繼續說：「我已經給你很長的時間，讓你跟她分手。如果一個月內，你沒有跟她分手，你就別來見我。」

「媽，別生氣！您先回家休息，我和慧恩談談，待會兒再回去看您。」任翔現在是豬八戒照鏡子，裡外不是人。夾在生氣的媽媽和一臉錯愕的慧恩中間，他覺得頭昏腦脹一個頭有兩個大，不知該如何是好？

「嗯！」駱霞哼了一聲，同時從沙發上站起身子，跟著任翔一起走向門口，離開了任翔的公寓。

慧恩看著駱霞怒氣沖沖地離開，開始對自己產生懷疑。她認為她一定是有什麼地方說錯，才會讓駱霞生氣地認為她是在狡辯。

任翔送駱霞離開後回到客廳。他看慧恩眼睛直視前方，呆呆地坐在沙發上一動也不動，心裡甚是不捨。他在慧恩的身旁坐了下來，伸手將正發愣的慧恩摟在懷裡。慧恩靠在任翔的胸膛上痛哭起來，她哽咽地問任翔說：「我到底說錯了什麼？還是我的語氣、態度不對？為什麼媽媽會這麼生氣？」

任翔不忍心看慧恩錯誤地指責自己，於是對慧恩說出駱霞真正生氣的原因：「妳沒有說錯什麼，妳的語氣、態度也沒有問題，媽媽之所以會生氣，是因為妳是基督徒。」

慧恩聽了如雷灌頂十分震驚，這是她第一次因為基督徒身分被排斥，她有些生氣也有些無奈。她認為駱霞可以用其他任何理由，反對她和任翔在一起。但她最無法接受的理由，就是因為她是基督徒。「多少基督徒為世人犧牲奉獻，不圖任何利益只為基督的愛。為什麼基督徒還要被歧視？」她無助地想著。

這種歧視比凱瑞對她人格誤解的傷害還嚴重，她不禁又傷心地哭起來。「為什麼是因為我是基督徒？這不公平也不合理，基督徒並不是像她想的那樣。」她淚眼婆娑地泣訴。

任翔看慧恩哭得那麼傷心，真是又心疼又後悔。他心疼慧恩受到自己母親的傷害，哭得傷心欲絕；後悔自己明知道媽媽反對他和

基督徒結婚，還不死心地請她來看慧恩，才會造成今日這種不可收拾的結果。

「恩，不要難過！這只是媽媽對基督徒一時的誤解，等將來她真正了解基督徒就一定會改變，媽媽的話妳不要放在心上。」他極力地安慰慧恩。

慧恩從來沒有想到，駱霞會反對他們在一起，一時之間千頭萬緒無法理清。她記起駱霞要他們一個月內分手的話，她停止哭泣問任翔說：「那以後我們怎麼辦？」

任翔的眉頭蹙攏了起來，他不知道該如何回答慧恩的問題？他從來沒有違逆過媽媽，媽媽說什麼就是什麼。以前媽媽反對他和莫言真在一起，他就狠下心和莫言真分手。現在的問題更加棘手；媽媽反對他和慧恩在一起，勝過當年反對他和莫言真在一起。如果當時媽媽的反對，能導致他和莫言真分手。那這次的反對，還能逃得過分手的命運嗎？他猶豫了許久，勉強擠出一句話說：「我們現在就暫時維持現狀吧！」

慧恩感覺到任翔的猶豫與勉強，心裡明白像任翔這麼孝順的人，要他違抗媽媽的意思是不可能的。但他們彼此深愛對方，要任翔離開她，想必任翔也沒有辦法做到。現在任何相關的問題，都只會增加他的困擾，而不會得到任何的答案；慧恩決定暫時不要問任翔有關的問題。現在她自己也必須先靜下來想一想，等理清頭緒後，再決定自己該何去何從。

「好吧！」她順從地說了兩個字，就不再開口說話，只是靜靜地靠在任翔的肩膀上。

「妳去換衣服，我騎重機載妳去兜風。然後我們再去公司，妳可以跟雯雯、小偉他們聊聊天。」任翔說。

任翔說的話讓慧恩覺得有些不可思議，因為任翔從來沒有在光天化日下騎重機載過她。她好奇地問任翔說：「你不怕被狗仔隊或其他媒體看見嗎？你不怕他們做捕風捉影的報導嗎？」

「兩害相權取其輕！我不放心把妳一個人放在家裡，而且我也希望妳現在能出去散散心。至於他們會不會看到我們，以及他們會

做怎樣的報導就不用管了，隨他們去吧！」任翔不在意地說。

　　任翔載著慧恩來到公司，整個公司一下子熱鬧起來。所有在公司的人，都爭相來看這位演藝圈的新寵兒朱慧恩，公司的新人也來向她請益聊天。余雯雯為了緩解包圍她的人群，將她帶到自己的辦公室裡。

　　余雯雯將一杯熱咖啡遞給慧恩，自己則啜著另一杯在她手上的咖啡，說：「聽任翔說，剛才好像發生了一件不怎麼愉快的事。其實妳也不用太擔心，任翔是個有智慧和勇氣的人，我不認為他會輕易放棄，也不認為他會那麼容易就被打倒。妳一定要相信他，不要因為這點挫折，就對妳們的感情灰心。」

　　「我相信任翔是智者、是勇士。如果今天對抗的不是他媽媽，我對他絕對有信心；不管情況有多糟，環境有多難，我相信他都一定能克服。現在我的腦筋一團亂，我也不知道該怎麼辦才好？」慧恩無奈地說。

　　「不知道怎麼辦，就暫時什麼都不要想。明天早上我到任翔的公寓找妳，我陪妳到公園散散步聊聊天，免得妳一個人閒著沒事胡思亂想。」余雯雯說著，又啜了一口咖啡。

　　「謝謝妳！我也想去公園走走！到上海三年了，除了參加『天使之眼』的演出，我生活的重心除了任翔還是任翔。我媽媽爸爸常常提醒我，在愛一個人的過程中，不要忘了自己也是個有價值的人。但我和任翔在一起的時候，這些話我全都忘了。我把任翔當成是我生活的全部，直到今天聽到他媽媽說的話，我才知道我過去的日子是多麼……」慧恩還沒說完，門上傳來幾聲「叩！叩！叩！」的敲門聲。

　　余雯雯開門一看，是一位想跟慧恩聊天的新人夏曉雨。夏曉雨走進余雯雯的辦公室，看見慧恩正坐在沙發上，便走到她的身邊坐了下來。她想找話題跟慧恩聊天，聽說慧恩是基督徒，她興奮地對慧恩說：

　　「慧恩，聽說妳是基督徒，我不懂聖經，但我知道聖經裡一

則家喻戶曉的故事。故事是說兩個婦人為了爭奪孩子發生爭執,因此請求所羅門王來判斷。兩位婦人各自都說孩子是自己的兒子,所羅門王無法分辨誰是孩子的真正母親,於是吩咐人拿刀將孩子劈開成兩半,每位婦人各拿一半。孩子真正的母親,因為愛子心切,寧願讓出孩子給那個假母親,也不願看到孩子被殺。所以請求所羅門王,將孩子判給那個與她爭奪孩子的婦人。而假母親則寧願孩子被劈成兩半,自己不能得到,也不願他人得到。結果所羅門王憑此分辨出真假母親,把孩子給了寧可讓出孩子,也不願孩子被劈的婦人。我想妳應該知道這個故事吧!」

「是的!我知道這個故事,這是記載在列王紀上,有關所羅門王以智慧判案的故事。」慧親切地回答說。

夏曉雨、余雯雯和慧恩繼續聊天,接著陸陸續續又有人來找慧恩聊天。慧恩在公司裡受到同事的肯定與歡迎,暫時忘了先前發生的不愉快。

第三十三章 難捨的愛

「凱瑞，不要痛！」慧恩從睡夢中驚醒。她睜開眼睛，卻不知道自己到底身在何處？她環顧四週，黑暗的房間裡有些微的光線，從窗簾的縫隙中透了進來。她慢慢地意識到，自己是在任翔的公寓裡。剛才又夢見凱瑞；相同的憂鬱眼神，相同的痛苦拉著小提琴的模樣，只是這次多了那本第一頁寫著：「曾經滄海難為水，除卻巫山不是雲」的記事本。她在剛才的夢裡，又再一次清清楚楚地看到那一行字。

她不知道為什麼又夢見凱瑞？昨天她已經說原諒凱瑞，要他不要再入夢來，為什麼凱瑞依舊入她的夢呢？

「難道是我原諒得不夠徹底？」她記得愛華曾經告訴過她，不願寬恕的心，就像是在吃慢性毒藥一樣，慢慢地在毒害自己。「我是不是還在毒害自己？我真的原諒凱瑞了嗎？」她問自己。

她曾聽那個在電視上講道的白人牧師說過，神寬恕我們的過錯是完全的寬恕，就好像我們從來沒有犯過錯一樣。「我有像這樣寬恕凱瑞嗎？」她有些懷疑。

她想起自己昨天說的話：「他只愛我的外表，不在乎我的內在，污衊我的人格，打擊我的價值觀；他不是我要的男人。」怎麼凱瑞所犯的過錯都還在她的腦袋裡呢？

「我的嘴巴說已經原諒凱瑞，但他的過犯卻還在我的腦中，這算哪門子的原諒呀？難怪他老是要入到我的夢裡來。」她決定重新再原諒凱瑞一次。她對空氣中的凱瑞說：

「凱瑞，不管你以前做過什麼傷害我的事，我都原諒你，就

好像你從來沒有做過一樣。請你不要再入我的夢，現在我自己的問題已經很棘手了，我能力有限無暇他顧。我希望你快樂起來，不要經常苦著一張臉入我的夢。如果你真的非入我的夢不可，請對我微笑，讓我知道你一切都好。」

「凱瑞現在應該在司法官訓練所受訓了吧？他的理想實現了，也許很快就會找到他心儀的女孩，建立幸福美滿的家庭。不像我，任翔和我還有一段艱難的路要走。」她嘆了一口氣。

她想起「孔雀東南飛」那首長篇敘事詩。「我和任翔會走上『孔雀東南飛』這首詩中主人翁相同的路嗎？不，這太慘了我不要！」想到這裡，慧恩覺得心裏有些不踏實。她下床走到房間門口，正想開門去找任翔，她想起昨天任翔說的話：「妳知不知道妳是羊入虎口在考驗我的自我控制力？妳以為妳每次都可以像現在一樣安全逃離虎口嗎？」她猶豫了。

「我不能有問題就去找任翔！而且我現在去找他，一定會引起他的誤會，以為我是去向他求歡的。太丟臉了！絕對不能去找他。」

慧恩退回房間，坐在書桌前的椅子上，雙手托著下巴發呆。她想起昨天和任翔在床上的溫存纏綿，不禁臉紅心跳，內心有絲絲的甜蜜感。她深愛任翔，任翔所有的一切都吸引她。他精緻的五官、修長的身材、有氣質的談吐、有內涵的言論、高風亮節的品格操守，在在都對她產生致命的吸引力。尤其昨天，他還表現出卓越的自我控制力。她覺得他是她一生所渴求，能愛她、懂她、敬她、欣賞她，會對她說：「才德的女子很多，唯獨妳超過一切。」的那個人。也因為這個緣故，她陪伴他三年。除了演出一部電視劇「天使之眼」，為他洗手做羹湯，成為她每天最重要的工作。

這種單調無趣的日子，因為任翔她甘之如飴，從來沒有想去改變過。直到昨天聽到駱霞說的話，她才意識到，這樣的日子即使她想要持續，也未必能如她所願。

「我和任翔還有未來嗎？」她知道任翔深愛她，絕對不會拋棄她，但她也知道任翔愛他媽媽，對她又畏又敬。

「任翔愛我，但他媽媽不喜歡我。他夾在我們之間，要他在我和他媽媽之間做出選擇，這種事對他太殘忍了，我不能對任翔做這樣的要求。」但不對任翔提出這樣的要求，事情就可以睜一隻眼閉一隻眼算是解決了嗎？她沒有答案。

慧恩記得爸爸媽媽從小就教導她，將來要孝敬公婆；把自己丈夫的父母當成自己的父母一樣的孝敬。「如果任翔在他媽媽的反對下娶了我，他媽媽會願意讓我孝敬嗎？」她很懷疑。

「還有，」慧恩突然想到，「如果任翔在他媽媽的反對下娶了我，他是不是就是不孝？」她的臉色瞬間凝重了起來。

不孝對慧恩來說可是件大事。聖經上 神應許孝敬父母得以得福，在世長久享有長壽，如果不孝這個應許不就沒有了。

「那我不就害了任翔了嗎？」她驚慌地想著。

「任翔愛我，但如果他違背他媽媽的意思娶了我，他就是不孝；而且他媽媽不讓我孝敬她，我也成了不孝。如果我們兩個人都不孝，那我們兩個人孝敬父母的祝福就沒有了。我該怎麼做才對呢？」她困惑極了。

「在人的生命歷程中，有很多關鍵的時刻，我們必須做出影響深遠的決定。這些我都知道，問題是怎樣才能做出正確的決定？」她低頭沉思。

她想起愛華曾經告訴過她，價值觀可以幫她做出正確的決定。「我的價值觀是愛上帝、愛人如己、溫柔、良善、信實、節制……」她摸著脖子上的十字架項鍊思索她的價值觀。

突然間，她想起夏曉雨說的故事：「有兩個婦人為了爭奪孩子發生爭執，因此請求所羅門王來判斷……孩子真正的母親，因為愛子心切，寧願讓出孩子給那個假母親，也不願看到孩子被殺……」她冥想片刻，幡然頓悟：

「這個故事並不只是在講所羅門王的智慧，它還隱藏另一層意義；愛是犧牲，愛是捨得。真正的愛是犧牲、是捨得。真正的母親愛她的孩子，為了保全自己孩子的命，選擇犧牲自己的權利，捨得放棄孩子，情願把孩子給那個與她爭奪孩子的婦人，這就是真愛。真愛不是佔有，而是能為對方著想。為了對方好，必要時要捨得放

棄對方。我愛任翔，如果我離開任翔，任翔就沒有不孝的問題，也不會陷於兩難，這才是對他最好的；我知道我的答案了。」她有知道答案的雀躍。

慧恩知道她的答案了，這也意味著，她必須按著她這個答案去做決定；她必須離開任翔了。慧恩知道答案的喜悅，一下子就被即將離別的惆悵所取代。

「答案我知道了，但這也意味著，我必須離開這裡，離開我所愛的任翔。」慧恩沮喪的想著。

「長痛不如短痛，今天就離開。過了今天，我不知道自己是不是還能狠得下心離開任翔？」她痛下決心。

慧恩從椅子上起身，挪動她的腳步走到衣櫥前，拿出放在衣櫥裡的行李箱，將她的衣物放入箱內。接著走到書桌前，從書桌的抽屜裡，拿出了她和任翔剛談戀愛時，任翔送給她的紅色絨毛盒。紅色絨毛盒裡有一條半個心的金項鍊，任翔也有一條幾乎相同的金項鍊；兩條項鍊的半個心合在一起，就成為一個完整的心。她非常喜歡這條項鍊，因為這是任翔送給她的定情物。她打開紅色絨毛盒，盯著裏面的半心項鍊看了許久；這條半心項鍊充滿了太多他們的甜言蜜語與海誓山盟。

「現在我要離開任翔了，如果我帶走這條項鍊，那兩條項鍊可能沒有合起來的一天。但如果我把這條項鍊還給任翔，或許他可以把它送給他未來心儀的對象，那兩條項鍊就有合起來的可能。雖然這樣做讓我覺得很痛苦，但我既然要為愛任翔而捨就捨到底吧！等任翔起床後，就把這條項鍊還給他。」她隨手將紅色絨毛盒放進睡衣的口袋裡。

慧恩的東西並不多，沒有費多少功夫很快就整理好了。她從來沒有想過會有離開這裡的一天，一下子還真的不知道何去何從？

「先回台灣帶爸爸媽媽環島旅行，再到美國加州爾灣，可以順便陪憶慈到美國各州參加醫學院的面談。」慧恩盤算著。

她同齡的表姐憶慈，在美國申請了三十所醫學院。也已經通過大部分醫學院第二輪的審查，有很多醫學院給她面試的機會。她一

直希望慧恩能陪她去參加醫學院的面試，早先慧恩為了任翔的緣故並沒有答應。現在沒有了任翔的因素，陪憶慈到全美各州參加醫學院面試，反而成為她最想做的事，因為可以順便到全美著名的大學遊玩散心。

慧恩走到窗戶前，拉開窗簾打開窗戶，大聲對著窗外說：「我朱慧恩25歲了！談過兩次戀愛，每次都刻骨銘心，每次也都痛徹心扉。我痛恨悲傷與軟弱，我要快樂與強大。懼怕是因為能力不足，我要永遠依靠全能的主，遠離懼怕；這是我的宣言。」

世界每一分每一秒都在變，這是大部分的人都知道的。但她還是無法想像，昨天早上還和任翔甜蜜地憧憬著婚姻生活，今天之後就要各分東西後會無期。這是她第一次要脫離任翔的保護，走自己的路為自己規劃做決定。有一種特別的新鮮感，卻也夾雜著淡淡的無奈。

任翔在他自己的房間裡睡得並不好，正確的說法是，他根本沒有睡覺；他在慧恩與他媽媽之間陷入兩難。他沒有辦法為了選擇慧恩而違抗媽媽；他也沒有辦法為了不違反媽媽的意思而放棄慧恩。他煩惱地輾轉反側，他想起慧恩昨天對他說的話：「翔，我要永遠陪伴你！你無聊的時候，我要唱歌彈琴給你聽；你煩的時候，我要守著你，靜靜地聽你發牢騷；你不舒服的時候，我要寸步不離的照顧你，直到你痊癒。我要對你不離不棄，永遠不離開你。」他的內心又是一陣痛楚。

突然間，他聽到慧恩的房間裡發出聲響。他怕慧恩想不開有什麼不測，趕緊跳下床來到慧恩的房間門口，急促地敲著她的門，喊著：「恩，開門！開門！」

慧恩聽到任翔急促的敲門聲，立刻走到門口伸手拉開門，映入眼簾的是站在門口神情慌張的任翔。任翔一看到慧恩，臉上緊張的表情立刻鬆懈下來。他將她摟入懷裡緊緊地抱住她，說：「恩，妳沒事我就放心了！」

慧恩伸出雙手抱著任翔的腰。她的臉頰緊貼著他的胸膛，聽著

他急速跳動的心跳聲。她不想放開她的手，真希望時間從此刻起永遠靜止。這樣她就可以永遠在任翔愛的懷抱裡，不用離開也不需要心碎。她閉著雙眼享受著她離開前，最後一次被任翔深深愛著的感覺。

任翔一隻手托起慧恩的下巴，愛憐地凝視她的臉，情不自禁地將他的嘴唇蓋在她的唇上熱烈地親吻她。慧恩雙手環抱任翔的脖子，主動而熱情地回吻他。任翔受不了這種刺激慾火焚身，他一面激烈地親吻慧恩，一面將她推到房間裏她的床上。他將她壓在床上親吻她的唇，又解開她睡衣的扣子，渾然忘我地親吻她豐腴的胸部。他抬起身體脫掉他的上衣，正要將他的上衣丟到一旁，卻發現慧恩放在床邊的行李箱。他的動作靜止了，他無法置信地看著行李箱又環視慧恩的房間；所有的東西都已經被收拾過了。他的激情冷卻了，他愣住了久久說不出話來。

慧恩把她睡衣上的扣子扣好，坐直身子下了床。她將她的行李箱推到另一邊，背對著任翔說：「我要離開這裡了！」

「妳什麼時候回來？」任翔緊張地問。

「我一離開這裡就不再回來了。」慧恩平靜地說。

任翔穿回他的上衣走到慧恩的後面，雙手從她的背後抱住她，聲音帶著濃濃的憂傷說：「恩，不要走！不要離開我！」

慧恩淚如泉湧，她發出柔弱的聲音說：「我們別無選擇，這是最好的方法！」

任翔緊緊抱著慧恩，眼淚不由自主地奪眶而出，他痛苦地說：「不，這不是最好的方法。這個方法糟透了，爛透了，是最不可行的方法。恩，我們一定還有其他更好的方法。譬如說，我們可以先有孩子，媽媽疼孫子一定會接納妳。」

「如果我們有了孩子，媽媽還是不接納我呢？那不是又增加一個人的痛苦嗎？」慧恩無助地說。

任翔對於駱霞會不會為了孩子而接納慧恩也沒有把握，於是他說出他心中最後的一個方法：「恩，難道妳不能為我放棄基督教的信仰嗎？只要妳不是基督徒，媽媽就沒有反對我們的理由了。」

慧恩聽任翔說，要她放棄基督教的信仰，剎那間淚如雨下。

愛華的話立刻出現在她的耳際：「死也不能使我們與耶穌的愛相隔離。」她哽咽地重複她爸爸的話說：「死也不能使我與耶穌的愛相隔離！對不起！我永遠不會放棄基督教的信仰。如果你知道我的生命是如何被我的 神帶領的，你就不會提出這樣的要求。」

慧恩掰開任翔抱著她的手，轉過身面對他。她伸手為任翔拭去臉上的淚水，任翔也伸手為她拭去淚水，他們默默對視。任翔再度抱住慧恩，他的臉頰依偎著她的頭，他肝腸寸斷傷心不已。

「恩，妳不是說不管情況有多糟，環境有多難，都不會鬆開我的手嗎？為什麼妳會出爾反爾呢？難道妳不知道，妳一鬆開我的手，我就會慌了，我就會亂了方寸嗎？」他的聲音低沉而沙啞。

「等我！答應我等我！等我說服媽媽，等我直到我們能在一起的那天。」他極力地請求。

慧恩輕輕推開任翔，兩眼淚盈盈地看著他說：「如果對抗的不是媽媽，不管情況有多糟，環境有多難，我都不會鬆開你的手。我不等你，我不要給你負擔，也不要你因為我去說服媽媽；勉強得到的果子不甜。我要你忘記我，好好孝順媽媽爸爸，讓你的福報綿延不斷。」她從口袋裡拿出紅色絨毛盒遞給任翔，繼續說：「這是你送給我的半心項鍊，我現在把它還給你。如果我把它留在我的身邊，它永遠只是撕裂的半心。但如果還給你，將來你把它送給你心儀的對象，兩個半心就可以合在一起成為全心。」

任翔拒絕收回送給慧恩的半心項鍊，他堅決地說：「我已經把它送給妳就不會收回。兩個半心合在一起成為全心，只會發生在我們兩個人之間，別人無法取代。我們兩個人分開了，這兩條項鍊也就分開成了兩個被撕裂的半心。除非有一天我們又在一起，否則這兩條項鍊就只能各自承受被撕裂的苦。」

任翔把兩隻手放在慧恩的雙肩上，低頭注視著她淚光閃閃的眼睛，慎重地說：「恩，妳聽好！妳是我任翔今生唯一的妻子。我任翔若要娶妻，我的妻子一定就是妳朱慧恩，這是我的承諾。」

任翔的承諾讓慧恩既感動又心痛。她既然要為愛任翔而捨，就希望他能有幸福快樂的人生，他這樣的承諾注定必要受苦。慧恩潸然淚下，心疼地抱住任翔說：「我不要你給我這樣的承諾，我要你

給我一定會幸福快樂的承諾。我不要你受苦，那樣比我自己受苦更令我難過。翔，你若愛我就讓我沒有負擔的離開，收回你剛才的承諾，重新給我一個保證幸福快樂的承諾。」

任翔意志堅定不願收回許下的承諾，他以嚴肅的口吻說：「我愛妳，但我絕不收回我的承諾。縱然海枯石爛，我任翔的承諾卻要永遠堅立。妳離開我，我就沒有幸福快樂的可能性，我怎能向妳保證一定會幸福快樂呢？」

慧恩牽起任翔的手走出房間來到客廳，她拉開落地窗的窗簾，看向窗外黃浦江上的夜空。夜空中繁星點點，那顆蒼穹中最耀眼的恩典之星，彷彿閃爍著晶瑩的淚光，低頭俯視即將離別的戀人。

「最黑暗的夜晚，才能看到最明亮的恩典之星。相愛並不是不能分離，分離是一種測試，測試我們的愛能走多遠。恩，不管妳在哪裡，當妳抬頭仰望我們的恩典之星，不要忘了我對妳的承諾，也不要忘了妳對我說過的話。每個夜晚，我會抬頭看我們的恩典之星，想念妳等待妳的歸來。」任翔仰望恩典之星說。

「恩典之星，永恆的恩典之星，雖然有時候會被雲層遮蓋看不到她，但我知道她永遠在那裏。兩情若是長久時，又豈在朝朝暮暮。兩個人的愛情如果堅貞，自然能搭起一座無形的鵲橋，讓我們再相逢。」慧恩看向遠方的恩典之星，心中有難以言喻的惆悵。這種藕斷絲連斷也斷不乾淨的感情，讓她如何能瀟灑的揮一揮衣袖，不帶走一片雲彩呢？她要為愛而捨去任翔，卻捨不去她心中對他深深的依戀。

慧恩牽著任翔的手，一起走到長沙發坐了下來。她想起晚餐的時候，任翔好像沒吃什麼東西，於是說：「晚餐的時候，你好像沒吃什麼東西，你一定餓了吧？我去做我的『朱氏燕麥粥』給你吃。這種燕麥粥，除了燕麥之外，還加了幾種乾果。你在這裡等一下，幾分鐘就好了。」

「不要麻煩了，我不餓。」任翔阻止慧恩說。

「你忘了嗎？你餓了就給你吃，你渴了就給你喝，服侍你就是服侍 神，怎麼會麻煩呢？在我離開之前，再給我一次服侍你的機會吧！」慧恩說完，起身走到廚房做她的「朱氏燕麥粥」。

任翔獨自坐在沙發上。他有些混亂，覺得自己好像是在做夢，做一場和慧恩生離死別的惡夢。他拍拍自己的臉頰，他可以感覺到自己手掌的力量。一切都是那麼真實，真實得令人心驚，真實得讓人手足無措。

「我不能讓慧恩現在就離開。媽媽給我一個月的時間，我至少要留她一個月。也許在這一個月的時間內，情況會改變，事情會有轉機。但要挽留她總要有一個合理的理由，怎樣的理由可以讓她自願留下來呢？」他用手指按摩他雙眼間的鼻樑，努力地思索可行的辦法。他不斷地從記憶中尋找方法，驀然間有一個念頭跳進他的腦海裡。

「她不是想以唱歌傳愛嗎？今年的戲劇盛典好像又來邀請她演唱歌曲，她可以利用演唱歌曲的機會傳愛。」任翔從沙發上起身，走進他自己的房間，拿起放在桌上的手機，查看幾天前公司傳給他的簡訊。他記得公司傳簡訊通知他，今年的戲劇盛典，將從往年的舉辦地北京移師上海擴大舉行。主辦單位邀請了兩岸三地所有知名的演員，包括慧恩在內。他們希望慧恩能在今年的戲劇盛典演唱歌曲，現在就等任翔的答覆。他將那則簡訊重新看了一遍，不加思索馬上回覆，同意讓慧恩參加今年的戲劇盛典演唱歌曲。

任翔走出房間坐回沙發上。慧恩將做好的燕麥粥端到客廳放在咖啡桌上，興奮地對任翔說：「翔，你嚐嚐看我剛研發出來的燕麥粥。」

任翔拿起咖啡桌上的燕麥粥很快地吃完。他一如往常對慧恩做的新餐點給予鼓勵性的誇讚，說：「妳的『朱氏燕麥粥』還蠻好吃的。妳在製作餐點上很有創意，常常別出心裁，做出令人垂涎三尺，色、香、味俱全的佳餚美饌。」

「那是因為我平常閒極無聊，又有你這麼一位敢於嘗試新口味的伯樂，才會激發起我創新的精神。」慧恩邊說，邊將任翔吃過的碗和湯匙拿到廚房洗好放好，然後又走回客廳的沙發，和任翔相依偎地坐在一起。

「恩，我忘了告訴妳，我已經答應今年戲劇盛典對妳的邀請，讓妳在戲劇盛典上演唱歌曲。妳不是想以唱歌傳愛嗎？妳可以利用這個機會傳達愛心。」任翔稀鬆平常地說，彷彿在說一件普通的家務事。表情平常語氣也平常，沒有特別的高低起伏，也沒有特別的音揚頓挫。

「戲劇盛典？你已經答應了嗎？你怎麼沒有跟我說呢？這樣我不是暫時走不了嗎？」慧恩連不迭地問了幾個問題。這是任翔除了「天使之眼」這部電視劇外，幫她接的第一個工作，也是她喜歡又可以傳愛的演唱工作。她有些期待也有些興奮，但她不能理解，為什麼任翔從來沒有向她提起？又為什麼會在她即將離開的這個時候才告訴她？

「戲劇盛典距今還有將近一個月的時間，我最近事情多忘了。剛剛我才想起來，所以回房間查了一下簡訊，確定戲劇盛典的日期。如果妳要走，也要等到戲劇盛典結束後才能走。」任翔輕描淡寫地說。好像一切都是那麼理所當然，他的工作忙事情多，偶而忘掉一、兩件事也是可以理解的，只是不巧剛好忘了這件事。

慧恩露出甜美的笑容，愉快地說：

「翔，謝謝你幫我接這個工作，我正想找機會傳愛呢！憶慈最近傳簡訊給我說，她讀到一篇經濟學人對中國農村留守兒童的報導，覺得非常心酸；她認為解決貧窮的根本之道就是『工作機會』。」

「我們希望在中國偏遠農村，能有更多的工作機會。讓做父母的，不用離開兒女到外地工作，年幼的兒童能得到父母的照顧與愛。」

「現在當局不是要消除貧窮嗎？我希望我也能盡一份心力，在公開場合呼籲有能力的人，在偏遠農村提供更多的工作機會。」

「戲劇盛典正好提供我這個機會，我很樂意參加戲劇盛典演唱歌曲。我可以等戲劇盛典結束後再離開，希望不會超過媽媽定的三十天期限。」

慧恩說著神采飛揚起來，方才離別的愁緒一掃而空，好像從來

沒有發生過一樣。她覺得自己終於可以有所貢獻，可以創造出存在的價值了。她興奮不已，情不自禁地在任翔的臉頰上，印上一個感謝的吻。

任翔原本想栽培慧恩，讓她在歌唱方面能展翅高飛，自由遨翔。但因為「天使之眼」這部電視劇讓慧恩太過紅火，使他不敢放手讓她參與任何的演藝工作，甚至連廣告代言都被他拒之門外。但畢竟含苞的花朵總要綻放，否則就失去它存在的價值。他看她如此的雀躍，心中驀然一震，在那一剎那間，他似有所悟。他覺得自己或許不應該限制她，應該讓她在演戲以外的領域，自由自在地揮灑她的熱情。還好為時不晚，他可以再好好思考重新為她規劃，畢竟他們還有兩年的合約。

「這麼說我們還有將近三十天的時間可以在一起。從現在起，我們每一天都不能浪費，每時每刻都要在一起。」任翔高興地說。離別的陰霾已經散去，他又是風度翩翩魅力四射的任翔了。

「早上九點雯雯要來找我，我現在要回房間睡覺了，你也好好休息不要太累了。」慧恩說完從沙發上站了起來，正要向前邁出步伐，任翔起身從背後將她抱了起來。

「我們只有三十天的時間，我要妳每天都睡在我的旁邊，讓我能感受到妳的存在。」他一面說，一面將她抱進他的房間。

第三十四章 簡愛

「這裡空氣清新，景色宜人，離我家又近，所以我和我老公常常到這個公園散步。今天特地帶妳來，讓妳好好開開眼界。」余雯雯一面走，一面和慧恩悠閒地聊天。這是慧恩第一次到上海的公園，她覺得很新鮮、很有趣。這個公園很有異國風味，連豎立在公園的石雕像也都西洋味十足。慧恩邊走邊向左右張望，公園裡隨處可見的樹木，枝葉繁盛高低疏密錯落有致。綠油油的草地彷彿在地上鋪上了一層綠色的長毛地毯。陣陣淡雅的花草香隨風飄送，絲絲縷縷沁人心脾。她深深地吸了一口氣，頓時覺得神清氣爽、心曠神怡，心情都愉快起來。

慧恩勾著余雯雯的胳膊，一起踩著輕快的步伐，走過噴水池、沉床花壇、假山瀑布、水樹長廊、荷花池等，來到園區美麗的玫瑰花園。慧恩被眼前嬌艷欲滴的玫瑰花所吸引，不禁發聲讚美說：「這座玫瑰花園真漂亮，不僅有各種顏色的玫瑰花，而且數量又多，真符合『數大便是美』的描述。」

一路上經過慧恩身邊的人，不管男的女的都對她行注目禮。有些人竊竊私語，有些人則毫無遮掩直接出聲讚美她的美貌。

「哇！這位姑娘真漂亮！」一位大嬸對著她旁邊的女性友人說。

余雯雯聽沿路上眾人對慧恩的讚美之詞，似乎一點都不嫉妒，反而眉開眼笑一副與有榮焉的模樣。

「像妳這樣的大美人，連路上不認識的陌生人都喜歡妳。真不知道任翔的媽媽是怎麼想的？就為了毫無道理的宗教問題，硬要拆散妳和任翔。」余雯雯不平地說。

「有些觀念就像新鮮的空氣一樣，妳無法打敗；也像風一樣，妳不知道它從哪裡來？或許媽媽的反對，是對任翔和我感情上的考驗。經得起考驗就修成正果，經不起考驗就煙消雲散各奔東西。我不想讓任翔左右為難，也不想讓他因為我而惹媽媽生氣。」慧恩聳聳肩無奈地說。

「妳真善良！如果我是妳，我一定會堅持到底絕不放手。不過我相信任翔一定能想出解決的辦法，我也相信真愛無敵。只要妳不放棄，再給任翔一點時間，我相信妳們最終會修成正果。」余雯雯鼓勵慧恩說。

慧恩看見路旁有一張長椅子沒有人坐，她想余雯雯已經走了一段時間肯定累了。便徵詢余雯雯的意思說：「雯雯，這裡有一張沒人坐的椅子，我們坐下來休息一下好不好？」

「好吧！我們先坐下來休息一下，待會兒再繼續散步。」余雯雯點頭同意說。

慧恩和余雯雯一起坐在公園的長椅子上，有一位認識余雯雯的大嬸，走過來跟她閒話家常。慧恩閒來無事隨意看向前方，她的眼睛立刻被一個正在前面石磚地上玩耍的小女孩所吸引。那個小女孩圓圓的小臉白裡透紅，宛若初熟的紅蘋果。一雙靈巧的大眼睛，眼底晶瑩閃爍，如波光瀲灩清澈的湖面。紅紅的小嘴，時而撇撇嘴，時而撅起小嘴。她有時安靜得像個溫柔的小天使，有時活潑得像個淘氣的小精靈。有時如蝴蝶般到處飛舞，有時坐著像座孤獨的雕像。她綁成馬尾的烏黑頭髮上，有著美麗的紅色蝴蝶結裝飾。她的手上拿著一個米妮老鼠絨毛玩具，笑意全寫在她的臉上。

小女孩瞧見慧恩一直盯著她看，便好奇地走近慧恩。她定睛看著慧恩那雙流轉光亮的眼睛，宛如看見一位從童話故事書裡走出來的天使一樣，不禁發出稚嫩的讚美聲說：「姐姐，妳好漂亮哦！妳的眼睛太美麗了，好像星星一樣，一閃一閃亮晶晶。」接著唱起歌來：「一閃一閃亮晶晶，天上都是小星星……」她停止唱歌，坐到慧恩的旁邊，天真地問：「姐姐，妳會不會唱歌？」

慧恩唇角微微上揚，親切地回答說：「會！我會唱歌！而且我從小就喜歡唱歌。」

小女孩睜大眼睛，紅撲撲的臉上露出純真的笑容，興奮從她的聲音中流露出來：「姐姐，那妳教我唱歌好不好？」

　　慧恩偏頭看著坐在自己身旁的小女孩，一種憐愛之情油然而生，她溫柔地說：「好吧！我教妳唱一首簡單的歌曲，妳只要花五分鐘的時間就可以學會了。」

　　小女孩一聽，迫不及待地催促慧恩說：「那妳快唱！快教我唱！」

　　慧恩禁不住小女孩的催促，唱起了她小時候媽媽教她唱的兒歌，「耶穌喜愛世上小孩」：

　　「耶穌喜愛世上小孩，世上所有的小孩，

　　無論紅黃黑白棕，都是耶穌心寶貝，

　　耶穌喜愛世上所有的小孩。

　　耶穌喜愛世上小孩，世上所有的小孩，

　　有錢沒錢祂都愛，高矮胖瘦祂寶貝，

　　耶穌喜愛世上所有的小孩。」

　　「姐姐，妳唱歌的聲音真好聽！這首歌很簡單，我一聽就會了，我唱給妳聽。」小女孩毫不猶豫地唱起慧恩唱的兒歌，「耶穌喜愛世上小孩」。她忘了一些詞，慧恩從旁糾正提醒。不到五分鐘的時間，小女孩已經朗朗上口，不需要慧恩的幫助，就能完整唱出「耶穌喜愛世上小孩」這首兒歌。

　　小女孩唱著：「耶穌喜愛世上小孩，世上所有的小孩，無論紅黃黑白棕，都是耶穌心寶貝……」突然間，她看到前面向她走過來的一位男士。她的歌聲戛然而止，立刻跑向前牽著那位男士的手，將他帶到慧恩的面前，純真地對慧恩說：「姐姐，他是我最愛的爸爸，他叫簡高峻，高風峻節的高峻。要記得哦！不是高風亮節的高亮是高峻。我叫簡愛，因為要愛的太多了；要愛爸爸、要愛奶奶、要愛人、要愛……總之，要愛的東西多得講都講不完，所以我的名字就只有一個愛，要愛什麼都可以。姐姐妳呢？妳叫什麼名字？」

　　慧恩認真聽完簡愛說的話，抬起頭來看向簡高峻；簡高峻面帶

笑容正注視著她。慧恩稍稍打量了一下，站在自己面前的簡高峻。簡高峻額頭開寬，眉毛濃密，眉宇間充滿剛毅的氣魄，鼻樑高而豐滿，目光炯炯有神。露出笑容時，眼尾的波紋清晰可見。他留著一頭俐落清爽的短髮，身上穿著一件淺藍色拉爾夫洛朗的polo衫，搭配著一件漿燙筆直的黑色西褲。他讓人感覺相當成熟穩重、敦厚殷實。他的體格適中，沒有像任翔和凱瑞一樣的高挺身材。但他看起來相貌堂堂、精神飽滿，有一種傲視群雄的霸氣。

慧恩低下頭看著簡愛，微笑地回答她說：「我叫朱慧恩，我爸爸希望我為人處事有智慧，又有上帝恩典的保守看顧，所以替我取名慧恩。」隨即抬頭望著簡高峻，誇讚簡愛說：「你的女兒長得真漂亮，又非常的活潑可愛，是個很棒的小女孩。」

簡高峻目不轉睛地看著慧恩，他的眼睛好像被超強的磁鐵吸住般無法離開她的臉。他從來沒有看過這麼美麗，讓人眼睛一亮的女人。她亮麗如朝霞中升起的旭日，清新高雅如綠葉間綻放的新蓮，她的臉潔白如玉，眼睛燦爛如星；他驚訝地說不出話來。

簡愛見簡高峻沒有說話，便拉拉他的手說：「爸爸，我曾經問你，有白人天使，有黑人天使，為什麼我從來沒有看過，跟我們皮膚顏色一樣的天使呢？今天我終於看到，跟我們皮膚顏色一樣的天使了，慧恩姊姊是跟我們皮膚顏色一樣的天使。」

簡高峻回過神來，將視線轉向簡愛，充滿慈愛地說：「慧恩姊姊的確長得像天使！她剛才又照顧妳又誇獎妳，妳有沒有向她說謝謝呀？」

簡愛轉向慧恩，圓圓的小臉蛋滿滿的笑意，恭敬地對慧恩說：「慧恩姊姊，謝謝妳剛才教我唱歌，又在我爸爸面前誇獎我。」

慧恩臉上掛著甜美的笑容，說：「別客氣！妳本來就是個又聰明、又活潑、又漂亮可愛的女孩，我只是實話實說而已。」

慧恩說話的時候，簡高峻的眼睛依舊緊緊跟隨她，痴痴地看著她。余雯雯目送友人離開後，轉過頭瞥見簡高峻的一雙眼睛，發愣似的盯著慧恩看。她仔細地審視他一番，心裡暗自思量：「這個人眼睛直盯著慧恩看，顯然對慧恩有好感。他的年齡看起來比任翔大，但應該不會大太多。他看起來相貌堂堂氣宇軒昂，穿著簡單樸

素卻整潔有型。他的女兒看起來雖然只有6、7歲，但給人感覺聰明伶俐，似乎有很好的教養；他應該不是什麼壞人才對。像慧恩這樣美麗動人的女孩，任誰看了都會喜歡，看來這位男士也不例外。只要他沒有什麼不良企圖，愛看就讓他看吧！」

余雯雯舉頭向四周張望，公園裡的人已經少了一些。她看時間不早了，該是回去的時候了，她偏過頭對慧恩說：「慧恩，時間不早了，我們該回去了。任翔還在家裡等我們呢，我們有空再來。」

「好，我們現在就回家。」慧恩點頭回答。她從長椅子上站了起來，客氣地對站在旁邊的簡高峻和簡愛說：「時間不早了，我們要回家了，今天很高興認識你們。再見！」說完，她和余雯雯一起轉身離開。方才走了幾步，簡高峻突然冒出一句話：「妳常來這公園嗎？」慧恩翩然回首對他嫣然一笑，說：「這是我第一次來這個公園！」接著轉回頭，和余雯雯走向公園的門口。

簡高峻依然目不轉睛地看著慧恩離開的背影，直到她完全消失在他的視線範圍內，他才低下頭對簡愛說：「爸爸看妳好像很喜歡慧恩姐姐，我們以後有空就來這裡找她好不好？」

簡愛小小的臉蛋綻放出喜悅的笑容，說：「太棒了！我好喜歡慧恩姐姐，真希望每天都能看到她。爸爸你說話要算話，不能又忙得沒時間帶我來公園看慧恩姐姐哦！」

簡高峻彎下身子，看著簡愛說：「這次爸爸一定說話算話，有空就帶妳到這裡找慧恩姐姐。如果妳真的那麼喜歡慧恩姐姐，我們就想辦法讓她能天天陪妳。」。

「爸爸，你說的是真的嗎？慧恩姐姐真的可以天天陪我嗎？我太高興了！慧恩姐姐可以天天陪我了！」簡愛高興得手舞足蹈，這是她今天聽到最甜蜜的一句話。她伸出雙手抱住簡高峻的脖子，在他的面頰上深深地印上一個吻。

簡高峻牽起簡愛的手，踩著愉快的步伐，一起走向公園的另一個景點。

簡高峻坐在他圓弧型辦公桌後面的灰色長背皮椅上，整個腦海裏浮現的，全是慧恩翩然回頭對他嫣然一笑的畫面。昨天早上，他才真正體會到什麼叫做回眸一笑百媚生！慧恩回眸看他時，她臉上的那一抹微笑，真是嫵媚得令人驚豔，美麗得讓人心動；她的確是美得不可方物。他從來沒有看過那麼超凡脫俗的女人，尤其是她那雙燦爛如星的美眸；眼珠轉動有神，光亮靈巧得令人眩目。他沒想到世界上竟然有這麼漂亮的女人存在，就是西施與她相比，也要舉袖遮面自慚形穢。若不是她的旁邊還坐著一位女性友人，他真的會以為她是天使；有著和他一樣膚色的天使。

「誰會讓這樣的絕世佳人從自己的眼前悄悄溜過呢？」他沉吟不語。

簡高峻辦公室的裝潢非常獨特，不僅色彩鮮明奪目，連沙發、桌子、椅子以及物品的形狀，都充滿了創新的巧思，與傳統的辦公室截然不同。他是一家遊戲軟體公司的總裁，公司的股票剛在美國上市。上市第一天，股票的價格就衝破八十五美元，是一家非常被看好的遊戲軟體公司。他經歷過創業初期的艱辛，在數不清的失敗挫折中，他幾乎傾家蕩產。連他的妻子也在他不斷失敗的困窘情況下，留下他的女兒簡愛，毅然決然地離開他。然而，他的堅毅不拔、他的執著、他不服輸的精神，以及在他體內淌流的戰鬥血液，讓他最終反敗為勝，成功地奠定他在遊戲軟體業龍頭的地位；他的公司就是在高科技業頗負盛名的戰神科技公司。

簡高峻和他的前妻育有一個女兒簡愛。簡高峻每每想起他的女兒簡愛，眼睛就閃爍著淚光。自從他的妻子離開之後，他幾乎將所有的心思意念都投入工作中。他以工作室為家，日夜不停地工作，簡愛就一直由簡高俊的媽媽照顧著。他經常抽不出時間去看她，讓簡愛常常因為等不到他回家，而流著眼淚睡著。現在他成功了，他公司的股票在中國、美國都上市了，他成為一家眾所矚目的遊戲軟體公司的老闆。

他已經遠離創業初期的捉襟見肘，住著寬敞舒適的高端豪華公寓；站在他公寓客廳玻璃牆的任何一個腳落，都可以看到黃浦江美麗的景色。他可以請得起人每天時時刻刻照顧簡愛，讓簡愛每天都

可以看到他。但他心中總是掛念著簡愛，為了彌補對簡愛的虧欠，對她呵護有加。現在他唯一的遺憾是，簡愛沒有一個母親照顧她。他渴望為簡愛找一個母親，勝過為自己找一個妻子。

「小愛似乎和朱慧恩很投緣，才第一次見面就互動熱絡。我說要想辦法讓朱慧恩天天陪她，她就興奮不已。朱慧恩看起來年齡不大，應該還沒有結婚吧！如果她已經結婚了，也不是什麼大問題，結了婚還是可以離婚。現在我必須想辦法，讓朱慧恩能天天陪小愛。但我對她完全陌生，只知道她叫朱慧恩，其他什麼都不知道；或許我可以上網去碰碰運氣。」

簡高峻隨手打開桌上的筆記型電腦，將慧恩的姓名輸入，螢幕上立即出現一連串慧恩的資訊。「沒想到還真有朱慧恩的資料！朱慧恩才剛剛滿二十五歲，大學法律系畢業；在學校時，曾是學生樂團四加一快樂樂團的主唱；曾參加電視劇『天使之眼』的演出擔任女主角，還因此一炮而紅；和男演員任翔簽有合約，未婚。原來她是從台灣來的女明星，但她看起來那麼清純，一點都不像是演藝圈裡的人。或許我可以出高價，向任翔購買朱慧恩的合約，讓朱慧恩成為公司的員工，這樣她就可以天天陪伴小愛了。」

簡高峻拿起電話筒，對電話另一端的秘書張怡文說：「張秘書，麻煩妳請宣傳部的王總監到我這裡來一下。」他掛了電話，轉動椅子面對玻璃牆看向外面。約莫十分鐘，電話鈴聲響起，簡高峻將椅子轉回接起電話，對著電話筒說：「好！請他進來！」

宣傳部的王總監走了進來，簡高峻請他坐在自己的對面，對他說：「我們公司新的遊戲軟體，我想請因為演出電視劇『天使之眼』一炮而紅的女明星朱慧恩來代言。她和演員任翔有合約關係，現在我要你去向任翔買朱慧恩的合約，叫任翔開個價。無論如何，一定要把朱慧恩的合約買下來，我要朱慧恩成為我們公司專屬的代言人。這件事很重要，你最好現在就去辦，越快辦好越好。」

「沒問題！我現在就去辦！」王總監說完，從椅子上站起來，轉身走出簡高峻的辦公室。

簡高峻拿起桌上的手機看了一下簡訊，有個重要的朋友約吃

飯。他雖然有秘書，但他並不怎麼依靠秘書。基本上，他都是自己安排行程。他已經家財萬貫相當富有了，但生活依舊簡單樸實。

「可是我已經答應小愛要陪她吃飯，看來我必須把約吃飯的時間提早一些，這樣回家我還可以陪小愛吃飯。如果朱慧恩能天天陪小愛吃飯，小愛一定會很開心。」簡高峻轉動椅子面向玻璃牆看向外面，回憶起昨天早上慧恩和簡愛溫馨互動的畫面；他臉上不禁露出滿意的微笑。

「恩，我已經跟戲劇盛典的製作團隊商量過了，由我負責唱「天使之眼」的主題曲和插曲。妳可以按著妳的意願，唱『The Prayer』以及另一首台灣歌曲。他們會配合妳，在銀幕上放偏遠地區窮苦兒童的生活影片，讓妳能傳達妳的愛心。」任翔斜靠著靠枕坐在客廳的沙發上，一面看書，一面對彈鋼琴的慧恩說。

慧恩停止彈鋼琴的手，半請求半威脅地說：「我需要你唱『The Prayer』的男聲，而且還要用意大利語唱。你已經答應我了，你不可以反悔哦！你有沒有聽過『食言而肥』？如果你出爾反爾不遵守諾言的話，小心你會變成大胖子！」她停了一下，看任翔沒有反應。她意猶未盡又說：「大胖子任翔，聽起來就很可怕，想像起來更是嚇人。我看你還是吃其他佳餚美饌不要吃話的好，你還是用意大利語跟我合唱『The Prayer』這首歌曲吧！」

「大胖子任翔聽起來很可怕，那大胖子慧恩聽起來可不可怕呢？你要我不能出爾反爾，妳能出爾反爾嗎？我說過的話要做到，妳說過的話就可以不用做到嗎？」任翔的話語似乎充滿指責的意味，但語氣卻出奇的平和；沒有不悅也沒有火氣，平舖直敘像是在講一件無關痛癢的事。

慧恩從椅子上起身，走到任翔的身邊坐了下來。她知道任翔為她要離開的事耿耿於懷，他的不悅沒有表現在臉上，也沒有表現在聲音裡，卻表現在話語中。她把頭靠在任翔的肩上，輕聲細語地說：「翔，你在我的心中居首位，對你我不會出爾反爾。但如果我按著我的話去做，會造成你的傷害，那我寧可出爾反爾。不要生我

467

的氣，只有我離開，你才不會陷於兩難，才不會讓媽媽生氣。如果我們有緣份，我們就會在一起。如果沒有緣份……」

慧恩的話還沒說完，任翔迅速伸出手蓋住她的嘴唇，原先隱藏的情緒瞬間爆發出來，他激動地說：「緣份注定我們一定會在一起，沒有第二種可能性。我只要妳答應我一件事，等我。『等我』是我對妳唯一的要求，如果妳真的愛我，這便是一件容易的事。恩，我知道妳是真心愛我。我要妳親口向我承諾妳會等我；等我說服媽媽，等我讓媽媽改變心意。」

「我……」慧恩驀然語塞，不知道該如何回答？她愛任翔，回答「等他」比「不等他」容易得多。她恨不得立刻答應他要等他；等他說服媽媽，等他讓媽媽改變心意，等他克服一切的困難。但這意味著，他可能會和媽媽有爭執，媽媽可能會很生氣，可能真的和他斷絕母子關係，可能陷他於不孝。不孝對她而言太沉重了，她擔不起，任翔也擔不起。她既然愛任翔就要為他著想，她不能讓他承受這種擔不起的重擔，因為這樣不是真愛。

正當慧恩吱吱唔唔難以回答的時候，門鈴聲忽然響起。她如溺水之人突然看到浮木，趕緊起身匆匆忙忙地走到門口打開門。

「雯雯，怎麼會是妳？」慧恩詫異地問。

「怎麼不會是我？那妳期待是誰呢？妳總不會期待是任翔的媽媽吧！」余雯雯一面笑著說，一面走到任翔的身邊坐了下來。

「任翔，你有沒有收到公司傳給你的簡訊？」余雯雯問。

「公司傳給我的簡訊？」任翔一臉茫然地問，隨即起身走進他的房間，拿起放在桌上的手機，按進去看簡訊的內容：

「任翔，戰神科技公司想買慧恩的合約，他們宣傳部王總監要你開個價，他希望你能儘快回覆。」

「戰神科技公司是做什麼的？為什麼要買慧恩的合約呢？」任翔疑惑地想著。他回簡訊問：

「戰神科技公司不是一家科技公司嗎？慧恩的合約是表演相關的合約，為什麼一家科技公司要買慧恩的合約呢？」

「戰神科技公司是一家遊戲軟體公司，這家公司新的遊戲軟體需要一位代言人。他們要慧恩成為他們新遊戲軟體的代言人，所以想買她的合約。」公司傳來簡訊。

　　「要慧恩成為戰神科技公司的代言人，也不需要買她的合約呀！」任翔暗自思忖。又回簡訊：

　　「要請慧恩成為新遊戲軟體的代言人可以商量，但她的合約是非賣品不能出售。」

　　「王總監說，他們公司的總裁要慧恩成為他們公司專屬的代言人，所以才希望買斷慧恩的合約。」公司傳來簡訊。

　　「我剛才提過了，慧恩的合約是非賣品不賣！」任翔回簡訊。

　　「王總監說，你開個合理的價錢，他們願意按照你開的價錢買慧恩的合約。」公司傳來簡訊。

　　「麻煩你告訴他，慧恩的合約是非賣品，不管多少錢都不賣！」任翔關掉手機不再回覆簡訊。

　　「莫名其妙！」任翔一邊走出房間，一邊不解地說。

　　「什麼事莫名其妙？」慧恩問。

　　「有一家科技公司想買妳的合約要我出個價。」任翔說。

　　「你告訴他不賣不就好了！」慧恩說。

　　「我已經告訴他了，但他一直要我出個價，好像非買到不可。」任翔說。

　　「科技公司為什麼要買我的合約呢？」慧恩好奇地問。

　　「因為這家科技公司的總裁，要妳成為他們公司的專屬代言人。」任翔說完，低下頭在手機上查詢戰神科技公司的資訊。片刻，他看著手機的螢幕喃喃地說：

　　「戰神科技公司的總裁叫簡高峻，三十九快四十歲了，離過婚有個女兒；公司的股票最近才在美國上市，股票價格上市第一天就衝破八十五美元；是一家非常有潛力，相當被看好的公司。這家戰神科技公司的資金那麼雄厚，難怪會那麼豪氣要我開價。」

　　「這家戰神科技公司的總裁，四十歲不到，那麼年輕事業就這麼成功，真是不簡單！」余雯雯說著，突然覺得這家戰神科技公司

總裁的姓名，聽起來有些熟悉並不陌生，於是問任翔說：「你剛才說，戰神科技公司的總裁叫什麼名字？」

「簡高峻！」任翔回答說。

余雯雯轉向若有所思的慧恩，說：「慧恩，妳記不記得昨天早上，我們在公園遇到的那個機靈可愛叫簡愛的小女孩？她好像說，她爸爸的名字是高風峻節的高峻，不是高風亮節的高亮。」

「沒錯！簡愛的爸爸的確叫簡高峻。簡愛介紹她自己和她爸爸的時候，既用對比成語又詳加解釋，想要忘記他們的姓名還真難。但簡愛的爸爸看起來那麼樸實無華，怎麼看都不像是個財力雄厚的科技公司老闆。這個簡高峻和簡愛的爸爸會是同一個人嗎？」慧恩微蹙眉頭說。

「任翔，你的手機讓我看一下，我想看看戰神科技公司總裁的長相。」余雯雯對任翔說。

任翔將手機遞給余雯雯，余雯雯拿起手機一看，說：「果然是我和慧恩昨天早上在公園遇到的那位男士。」

余雯雯將手機遞給慧恩看，然後轉向任翔說：「這個戰神科技公司叫簡高峻的總裁，昨天早上我和慧恩去公園的時候，他也帶著他的女兒到公園玩。他的女兒叫簡愛，非常喜歡慧恩，一直黏著慧恩。不僅女兒喜歡慧恩，連爸爸也喜歡慧恩；我看到這個簡高峻目不轉睛地盯著慧恩看。我們要離開公園的時候，他還意猶未盡地問慧恩，是不是常到公園去？我看他八成是對慧恩有意思，請慧恩當他公司的代言人可能只是個藉口。」

「我本來想，只要他不買斷慧恩的合約，我並不排斥讓慧恩成為他公司產品的代言人。但聽雯雯妳這麼一說，他要慧恩成為他公司的代言人，可能是想親近慧恩的一個手段。為了保護慧恩，我不僅不能賣慧恩的合約，也不能同意慧恩成為他公司產品的代言人。」任翔說。

「你們可能想太多了！我和他的女兒簡愛很投緣，簡愛黏著我，我也教簡愛唱兒歌，他自然對我有好感。也許有什麼因緣際會，讓他知道我是任翔簽約的藝人。而剛好他公司也需要代言

人，所以就來找我了。買我的合約，或許是他公司有什麼策略考量吧！」慧恩說。

　　「聽妳這麼說，好像也蠻有道理的。我看他長相不俗，穿著簡單樸素。那麼有錢卻不賣弄富貴，身上看不出有什麼特別名貴的東西。而且他還彬彬有禮，態度謙恭和善，看起來的確不像是個城府很深的人。也許我真的想太多了，誤解他的意思。」余雯雯說。

　　慧恩和余雯雯說的話，讓任翔想起他和小偉第一次在大學校園裡看到慧恩的情形。當時他們兩個人都被慧恩清純美麗的容顏所震懾，對她留下深刻的印象。所以當「天使之眼」這部電視劇要找女主角時，他第一個想到的就是慧恩。簡高峻也許和他們一樣，第一眼看到慧恩時，也被慧恩的曠世美顏所吸引，對她留下深刻的印象。所以當他知道他公司的新產品需要一位代言人，自然而然地就想到慧恩，並不是對慧恩有非份之想。像戰神科技公司這麼一家頗負盛名的公司，想要找一位專屬代言人應該是蠻正常的。

　　「我也認為簡高峻只是被慧恩漂亮的外型所吸引，對她留下深刻的印象。所以當他公司的新產品需要代言人時，他馬上想到慧恩；應該沒有什麼非份之想。只要他不買斷慧恩的合約，讓慧恩成為他公司新產品的代言人是可以商量的。」任翔說。

　　「好！結論出來了！只要他不買斷慧恩的合約，讓慧恩成為他公司新產品的代言人是可以商量的。我來的目的已經達成了，我不當電燈泡了，我要回家了。」余雯雯說完，拿起手提包正要離開，慧恩急著問：「可是戲劇盛典結束後，我就要離開這裡了，我怎麼代言呢？」

　　「那是妳和妳老公的事，別人無法插手，你們小倆口自己解決吧！」余雯雯說完話，直接走到門口開門離開。

　　慧恩轉向任翔，還沒有開口說話，任翔馬上丟下一句話：「解約是不可能的事！」隨即拿起書本繼續看他的書，留下不知如何是好的慧恩，坐在沙發上沉思。

第三十五章 戲劇盛典

今年的戲劇盛典，從以往的舉辦地北京移至上海，擴大規模盛大舉行。兩岸三地的知名演員，都被邀請參加這次的盛典。這屆戲劇盛典的宣傳重點，是因演出電視劇「天使之眼」一炮而紅的演藝圈新寵兒慧恩。慧恩的老闆任翔，第一次接受戲劇盛典對慧恩的邀請，同意讓慧恩在戲劇盛典演唱歌曲。任翔對慧恩這次的表演，呈現出超乎尋常的重視。他特別請人按照自己收藏的一張新娘禮服圖片，稍加修改後，做成慧恩參加此次戲劇盛典的禮服。

這件禮服原來的設計是即地的蓬裙，裙子從腰部開始逐漸點綴紛紅色的花朵，大部分的花朵集中在裙擺。上半身從胸部的位置開始，也是滿滿的粉紅色花朵一直延伸到腰部；腰間繫有一個與禮服同色的小蝴蝶結。

這是任翔為慧恩收藏的新娘禮服圖片；他想在與慧恩結婚的時候，讓她穿上按照這圖片做成的漂亮新娘禮服，使她成為眾人稱羨的美麗新娘。他知道媽媽不喜歡婚禮的時候穿白色禮服，所以這件禮服在他的構想裡，將是以紅色為底，粉紅色的花朵來呈現。

現在媽媽反對他和慧恩結婚，慧恩在戲劇盛典結束後的第二天就要離開他了。他不知道這件新娘禮服，什麼時候才能穿在慧恩的身上？所以他請人按照這件禮服的樣式加以修改，將原來的即地長蓬裙，改成小腿長度的蓬裙。胸前與裙擺的花朵仍然保留，原先構想的玫瑰花髮飾也依舊維持原狀。他要在這次戲劇盛典的場合，牽著穿這件禮服的慧恩走紅毯。他還要慧恩戴上她的半心項鍊，而他自己也會戴上屬於他的半心項鍊。他要讓他所渴望，但現實生活中難以實現的夢想，在這次戲劇盛典的場合完全實現。

戲劇盛典的會場上，任翔穿著一件紅色長袖襯衫，搭配合身的黑色西裝外套，和黑色筆直的西褲。襯衫最上面的兩個扣子沒扣，刻意顯露出他戴在脖子上的半心項鍊；整體上看起來年輕有型。慧恩則穿著任翔為她準備的禮服，頭髮上有美麗的玫瑰花編織裝飾，脖子上戴著她那條半心項鍊；整個人看起來宛若美豔動人的新娘。

　　慧恩和任翔站在一旁等待走紅毯。慧恩有些緊張，她從來沒有參加過這樣的場合，她不知道要如何做心理準備？她只能依靠任翔。任翔看出慧恩的不安，緊緊地握著她的手，低聲安慰她說：「這是妳第一次參加這種場合，難免會緊張，但不要擔心，有我在我會處理好一切的。」

　　慧恩定睛看著任翔；刻意裝扮過的任翔，更顯英俊瀟灑，風流倜儻。他的雙眸如黎明的旭日，熠熠生輝令人感覺溫暖；他的眼底有細數不盡的柔情，絲絲縷縷動人心魄；他的神情讓人無法懷疑他的堅定和自信；他全身散發著一股難以忽視的穩定力量。她的眼睛貪婪地看著他，無法移動不能轉離，她無可救藥地被他深深吸引。只有看著他，她才能不緊張，她的情緒才能安定，她才有勇氣繼續前行。

　　輪到他們走紅毯，任翔緊握慧恩的手，帶著她走紅毯。慧恩的眼睛不向前方看，卻緊盯著任翔看。任翔停下腳步，先與慧恩在簽名布幕上牽名，然後轉身供媒體拍照。慧恩在布幕上牽名後，目光又重新回到任翔，直盯著他的臉看。任翔偏過頭看慧恩一直看著他，也情不自禁地凝視她。他們彼此深情對視，根本忘了媒體記者正在拍照。有些媒體記者喊著「向右邊看」，有些媒體記者喊著「向左邊看」，但他們依舊看著彼此。

　　任翔回過神來，依然緊握慧恩的手，帶著她走向紅毯主持人，接受兩位男女主持人的訪問。男主持人問任翔和慧恩說：「你們兩個人的脖子上都戴著一條半心項鍊，這有什麼特殊意義嗎？」

　　慧恩依舊緊盯著任翔看，對男主持人問的問題置若罔聞，好像沒有聽到一樣。任翔看慧恩看著他，他先回答男主持人說：「意義深遠，無法長話短說！」隨即偏過頭溫柔地注視著慧恩，沒有再回答男主持人的問題。

　　女主持人看慧恩和任翔旁若無人地秀恩愛，便開玩笑說：「看

任翔和朱慧恩這身打扮，又經常這樣深情地對視。我有一個錯覺，總覺得他們剛剛好像在走結婚典禮的紅毯。」任翔露出笑容不置可否，牽著慧恩的手走下紅毯。

　　在戲劇盛典上，任翔和慧恩坐在台下第一排的位子，所有的媒體記者以及攝影機都聚焦在他們身上。任翔依舊緊握著慧恩的手，並沒有要鬆開的意思。慧恩不時地盯著任翔看，任翔也回應似地注視著她。攝影機不斷地捕捉，他們含情脈脈彼此深情對視的鏡頭；他們脖子上各自戴的半心項鍊，也成為攝影機捕捉的焦點。

　　駱霞從電視轉播看了這些鏡頭，真是百感交集。她不同意慧恩這個基督徒女孩成為她的媳婦，但看任翔與慧恩不時地深情對視，又覺得很不捨。任翔從來沒有對一個女孩這麼痴情過，即使過去對莫言真，也沒有像現在對慧恩這樣。當年她反對任翔和莫言真在一起，他們說分手就分手。任翔雖然有些難過，但很快就沒事了。這次他和慧恩談戀愛，她極力的反對。他雖然答應她不再愛慧恩，但從電視上的鏡頭看起來，他們似乎還是互相愛著彼此。

　　「我這樣用心良苦地阻止他們相愛是對的嗎？如果朱慧恩不是基督徒，我倒是滿喜歡這個美麗得像仙女的姑娘。聽任翔說，她還照顧他的生活起居達三年之久，可見她不僅人長得漂亮又很賢慧。這種打著燈籠都找不到的好媳婦，偏偏信的是背祖忘宗的宗教；真是有一好沒兩好，可惜呀！」駱霞沉吟不語，深深地嘆了一口氣。

　　任翔在今年的戲劇盛典，得的是最佳男演員獎。台上頒獎人報出得獎人任翔的名字，任翔擁抱了一下坐在旁邊的慧恩，隨即走上台上領獎。他從頒獎人手上接過獎盃，稍微審視一下後，站在麥克風前面對著台下的來賓說：「我要將這個獎獻給兩位女人，第一位是我敬愛的母親，媽媽我永遠愛妳！」接著，他將目光轉向坐在台下的慧恩，情意綿綿地對著她說：「第二位是我未來的妻子，我任

翔此生唯一的妻子，至愛的妻子。」

慧恩的眼睛一眨也不眨，含情脈脈地看著任翔。聽到任翔對她的深情告白，眼淚如雨水般沿著臉頰滾滾滑落。攝影機捕捉到熱淚盈眶的慧恩，眼睛一瞬也不瞬地直視著任翔。

女主持人看得感動不已，說：「任翔，你們真是要虐死一群人了！」接著面向台下對著慧恩說：「慧恩，請妳站起來一下，讓我們大家看看妳。」

慧恩按照女主持人的意思，從座位上站了起來。女主持人問慧恩說：「妳和任翔脖子上都戴著一條半心項鍊，這代表什麼意思呢？你們打算什麼時候，把這兩條半心項鍊合在一起成為全心呢？」

慧恩不知道該如何回答這個問題，於是轉頭看向任翔。任翔眼睛看著慧恩，臉上露出笑容對著麥克風說：「那天到了，你們自然都會知道，我會給我的新娘簡單但隆重的婚禮。我要讓她成為最美麗、最幸福的新娘，在眾人的祝福下，成為我的妻子。」

慧恩聽了任翔說的話，淚水又如斷線的珍珠般，一顆顆滾落下來。攝影機繼續捕捉，任翔與慧恩令人感動的真情互動。男主持人臉上掛著笑容，似有發現地說：「今天我看你們的穿著打扮，我總有個錯覺；覺得你們一個好像是新娘，一個好像是新郎。你們好像正在舉行婚禮，而我們就好像是你們的賓客，正在見證你們的婚禮。」

女主持人經男主持人這麼一提醒，瞬間恍然大悟，同意地點點頭說：「聽你這麼一說，我還真發現他們今天就像是一對新人呢！謝謝任翔還有慧恩，讓我們見證了一場別開生面的婚禮。」

任翔走下台回到座位上，他看慧恩臉上仍有淚水，便拿起面紙輕輕擦拭她臉上的淚水。攝影機將捕捉到的鏡頭，放映在大螢幕上。所有的來賓觀眾，都被任翔對慧恩的溫柔體貼，和款款深情所感動。

輪到任翔和慧恩上台表演。首先是由任翔演唱兩首「天使之眼」的主題曲與插曲，然後是任翔和慧恩一起以英語和意大利語合

唱的歌曲 "The Prayer"。慧恩先以英語唱第一段:

> I pray you'll be our eyes , and watch us where we go;
> And help us to be wise , in times when we don't know;
> Let this be our prayer , when we lose our way;
> Lead us to a place , guide us with your grace;
> To a place where we'll be safe.

接著由任翔以意大利語和慧恩以英語合唱第二段,兩個人再以意大利語合唱第三段,最後任翔以意大利語、英語和慧恩以英語合唱結尾。慧恩的歌聲優美高亢,任翔的歌聲則渾厚嘹亮,兩人合作無間唱出「The Prayer」這首歌曲磅礡的氣勢。一曲終了馬上掌聲如雷,不少人起身致敬。

緊接的是慧恩的獨唱,她唱的是台語歌「甲你攬牢牢」(將你摟緊緊)。大螢幕上出現這首歌的國語翻譯,同時還出現偏遠農村貧困兒童的生活畫面。慧恩唱這首歌的眼神很憂鬱。她想到很多人沒有工作不能養家糊口,以及偏遠農村的父母親,必須離開他們的兒女到遠方工作,讓年少兒童沒有父母的照顧與愛。她憐憫之心油然而生,不禁淚眼盈盈。

她的歌聲停止了,她的淚水從她水汪汪的眼睛滴落下來。她神情很無助,淚眼婆娑的看向來賓席。她說出了她內心的渴望:「請協助政府除貧,請增加工作機會;讓每個需要工作的人,都有工作能養家糊口;請增加偏遠農村的工作機會,讓做父母的能照顧他們年幼的兒女,年幼的兒童有父母的照顧與陪伴。」說完,淚水又毫無招架地向下湧流,她難以控制悲傷的情緒,不能再唱下去了。

任翔從座位上站起來走到台上,摟住慧恩的肩膀,拿面紙為她拭淚,然後對著麥克風說:「請協助政府除貧!請增加工作機會!讓更多人有工作可以養家糊口!請增加偏遠農村的工作機會!讓做父母的,不用離開年幼的兒女到外地工作!」接著牽起慧恩的手,

帶著她一起走下台。

男女主持人看了都為之動容，男主持人重複任翔的話說：「請協助政府除貧！請增加工作機會！讓更多人有工作可以養家糊口！請增加偏遠農村的工作機會！讓做父母的，不用離開年幼的兒女到外地工作！」

男主持人停了數秒，然後看向台下的慧恩和任翔，他有感而發說：「慧恩雖然因為演出『天使之眼』這部電視劇，成為家喻戶曉的當紅明星，但今天卻是我第一次見到她。她的確讓我驚豔，沒想到這世界上竟然有如此美麗的人。難能可貴的是，她還有一顆善良的心，看到她就好像看到一位活生生的天使一樣。」

女主持人接著男主持人的話說：「慧恩長得這麼美，的確讓我們這些身為女人的很嫉妒，但任翔一定也讓所有的男人既羨慕又嫉妒。我當主持人這麼久了，今天是我主持得最感動的一次。我看到任翔和慧恩真摯的愛情，也看到慧恩的善良，真希望能早日吃到他們的喜糖。」

攝影機鏡頭捕捉到任翔的前女友莫言真，莫言真也拿著面紙頻頻拭淚。男女主持人都從大螢幕上看到拭淚的莫言真。男女主持人互相對看了一眼，臨場經驗豐富的女主持人靈機一動，隨即四兩撥千金說：「莫言真真是個善良的女人！我們從大螢幕上，看到她為慧恩和任翔感人的互動拭淚。希望明年輪到她，讓我們感動落淚。」

慧恩的頭靠在任翔的肩膀上，任翔小心翼翼地為她擦拭臉上的淚水，並沒有注意到莫言真。大螢幕上又出現慧恩的頭靠在任翔的肩上，任翔為她拭淚的溫馨畫面。女主持人感動得無以名狀，詼諧幽默地說：「今年的戲劇盛典，任翔和慧恩不知道要虐死多少人了？我們好像都成了他們愛情的見證人。反正這杯喜酒我是喝定了！任翔，快把你們的紅色炸彈丟過來，我們都等著接呢！」

任翔綻放出燦爛的笑容，緊緊地握住慧恩的手，無聲勝有聲，一切盡在不言中。

戲劇盛典在任翔與慧恩溫馨感人的互動下圓滿結束，一群媒體

記者圍著任翔和慧恩不停地問問題：

「你們能不能告訴我們什麼時候結婚？」

「你們還會一起合作拍戲嗎？」

「你們能不能再合作拍一部電視劇？」

「聽說你們兩個人已經同居三年了，你們會不會先有後婚？」

任翔不想回答這些問題，口中不斷地說：「謝謝！謝謝你們的關心！」他牽著慧恩的手正準備離開，突然有個聲音問：「朱慧恩，妳剛才在戲劇盛典上所說的話，會不會淪為口號？妳有什麼實際可行的方法，可以讓我們這些不是有錢的上班族，也能提供工作機會，也能在偏遠農村增加工作機會？」

慧恩聽到這個問題，第一次把緊盯著任翔的眼睛轉向媒體記者，尋找提出這個問題的人。媒體記者們第一次親眼目睹慧恩的全臉，以及那雙異常明亮的眼睛，都驚嘆不已，讚美之聲此起彼落。

「朱慧恩本人好漂亮哦！」

「哇，太美了！」

「從來沒有看過這麼明亮的眼睛！」

任翔牽著慧恩的手，離開包圍他們的媒體記者，慧恩卻不時地回頭，尋找剛才問她問題的人。任翔看慧恩不斷地回頭，好奇地問：「妳在找什麼？為什麼頻頻回頭看？」

慧恩轉回頭面對任翔，回答說：「我在找剛才問我問題的人。她問我，我剛才在台上講的話，會不會淪為口號？她問我，有沒有實際可行的方法，可以讓不是有錢的上班族，也能提供工作機會，也能在偏遠農村增加工作機會？這是我之前完全沒有想到的事！」

任翔和慧恩坐上公司派來的休旅車。任翔摟著慧恩的肩膀，慧恩則將頭靠在任翔的肩上。他們之間靜默無聲，沒有人開口說一句話。任翔對慧恩又愛又氣，在戲劇盛典上，他表現出對慧恩完全的愛，現在他又開始氣慧恩了。他氣她為什麼不肯做出願意等他的承諾？為什麼一定要離開他？

車子到了任翔的公寓。任翔打開休旅車的門，扶著慧恩走下休旅車，但眼睛卻不再看她。他們一前一後走進任翔的公寓。任翔脫下西裝外套放在沙發上，然後走到廚房打開酒櫃，從裏面拿出一瓶紅酒和一只高腳杯。又走回客廳的沙發坐了下來，為自己倒了一杯酒，獨自喝了起來。

　　慧恩不敢跟任翔講話，她知道任翔因為她明天要離開這裡，又沒有做出「等他」的承諾而生氣。她趕緊躲進自己的房間，脫去禮服、頭上的玫瑰花飾，以及脖子上的半心項鍊，然後進入浴室裡卸妝洗澡。洗完澡後，她換上她的乳白色睡衣，斜靠著枕頭坐在床上。她有些擔心也有些過意不去；任翔已經好長一段時間沒有喝酒了，現在因為她的緣故又開始喝酒，不知道他會不會喝得太多？若不是她堅持要離開這裡，若不是她不願給他承諾，他就不會一個人獨自喝悶酒。她下了床打開房門，放輕腳步走到客廳任翔的身邊。

　　任翔不勝酒力，斜靠著靠枕躺在沙發上睡著了。慧恩蹲下身子，伸手撫摸任翔滿面通紅微熱的臉，她的心有難以言喻的不捨。「都是我不好，讓你受委屈了。」她很自責，但為了他好，她必須狠下心，讓他承受短暫的苦，而讓她自己忍受刺心的痛。

　　「翔，你能不能自己起來？我扶你回你的房間睡覺。」慧恩搖了搖任翔的胳膊說。

　　任翔睜開眼睛茫然地看著慧恩，接著以迅雷不及掩耳的速度，伸出他的手將她攬入懷裡，激動地親吻她的唇。片刻，他的嘴唇離開她的唇，他用憂鬱的眼神，看著她熠熠生輝的雙眸；痛苦在他心中翻騰。他無法理解，她深奧得讓他無法理解；只是一個小小的承諾，為什麼她那麼吝惜就是不願意給他？他蹙攏眉頭，急切地問：「為什麼？為什麼不等我？難道妳不知道我有多麼愛妳嗎？」

　　慧恩凝視任翔憂鬱的眼睛，心裡不禁隱隱作痛。她怯怯地說：「對不起！我……」她說不下去了，她無法解釋，她不知道怎麼說才能讓他了解，這一切都是為他好，讓他不會因為她而背負不孝的罪名。

　　任翔坐直身子，用手壓著他的額頭，然後起身跟蹌地往他的房間走去。慧恩怕他撞到東西，快步走過去想要扶他。他一手推開慧

479

恩不讓她扶，慧恩只好亦步亦趨地跟在他的後面走。任翔走進他的房間，躺到他的床上又睡著了。

　　慧恩看任翔沉沉睡去，便將他腳上的鞋子和襪子脫掉，取下他褲子上的皮帶，和脖子上的半心項鍊放在一旁。又為他卸去臉上的妝，用熱水擦拭他的臉。確定任翔可以舒服地睡覺後，她才安心的在他的額頭上親了一下，說：「翔，你好好睡覺吧！希望將來有人照顧你照顧得比我還好，這樣我就放心了。」

　　慧恩轉身正要邁出步伐，任翔突然伸手抓住她的手，說：「不管任何時候，能這樣全心全意、無怨無悔地照顧我的只有妳。只有妳了解我、體諒我、知道我一切的需要。沒有人會照顧我，照顧得比妳還好，我今天絕不會讓妳走。」任翔將慧恩拉進他的懷裡，轉過身將她壓在床上，繼續說：「妳明天不要走，我們今天晚上就成為真正的夫妻。我們從今天開始就過真正的夫妻生活，除了暫時不能領證，我們和一般的夫妻不會有什麼不同。」

　　「你這樣壓著我，我動彈不得。我覺得我現在真的是羊入虎口，在考驗我的智慧，看我如何在老虎還沒有咬下去之前逃出虎口。」慧恩露出燦爛的笑容，俏皮地說。她知道她正面臨一個關鍵性的選擇。任翔提出的建議很有吸引力，但又隱藏著陷阱。她的確想和任翔過真正的夫妻生活，但這有個先決條件，那就是他們必須先有法律上承認的夫妻關係。如果沒有領證結婚就和他過夫妻生活，她覺得那就是爸爸禁止她做的婚前性行為。但名份真的有那麼重要嗎？如果她愛任翔，任翔也愛她。他們心裡已經認定對方是自己的配偶，只是沒有外在附加的法律上的名份，會有什麼問題嗎？現在不是很多人都這樣做嗎？她有些心動也有些猶豫，有些問題她必須先釐清，她才能做出決定。

　　「妳這隻羊已經入虎口太多次了，妳不是每次都安全脫身嗎？我是吃素的溫順虎，在性情沒有大變之前，妳都會是安全的。」任翔輕鬆地說，隨即翻過身躺到慧恩的旁邊。他不知道自己為什麼會對慧恩說出那樣的話？在媽媽的反對下，他真的敢跟慧恩過真正的夫妻生活嗎？他能向她提出怎樣的保證呢？他以前和莫言真也是過

真正的夫妻生活，結果媽媽一反對還不是散了。

「慧恩和莫言真不同，她是個單純的女孩，又堅持婚前守貞。如果我不能保證跟她結婚，卻和她發生性關係，不就是欺騙她嗎？不，我不能這樣做。」任翔沉吟不語。

「翔，你知道領證結婚和沒有領證結婚的夫妻關係，有什麼不同嗎？」慧恩問。

「一個有法律保障，一個沒有法律保障。妳是讀法律的，妳明知故問。其實法律的保障又如何？要出軌還不是照樣出軌。但至少孩子生下來不是私生子，女人在生活上有張飯票，至於是不是長期飯票就不知道了。結婚如果僅僅著重在法律上的保障，是毫無意義的。結婚應該是對彼此承諾的落實，兩人成為彼此家庭的一份子，尊重和愛自己與對方的家人。父母要孝順、兄弟姊妹要友愛、彼此的愛情要堅貞、喜怒哀樂、富貴貧窮要共享、困難要一起克服、彼此成為生命共同體，這是我對領證結婚的看法。至於沒有領證結婚，感覺起來除了彼此感情要堅貞，其他部分都沒有了，範圍縮小到只有兩個人。」任翔慎重其事地回答。

「從你說的話，我覺得你比較看重領證結婚的夫妻關係。沒有領證結婚的夫妻關係，對你而言好像少了些支撐力。所以你和莫言真雖然有真正的夫妻關係還是分手了。有前車之鑑，我們就不適合成為沒有領證結婚的夫妻。收回你的話吧，我當做沒聽到。」慧恩以調皮的口吻說。

任翔側身看著慧恩，他覺得她實在太了解他了。這麼一位美麗賢慧又那麼懂他的人，過了今天就要從這裡消失，沒有保證也沒有承諾。就向斷線的風箏一樣，不受控制隨意而飛。不，他不要她像斷線的風箏一樣。他要她像被線牽引的風箏一樣，隨時都可以拉回來；而他就是那個拉著線放風箏的人。他知道他不能挽留她，因為媽媽定下的三十天期限，後天就要到了。但無論如何，他必須讓她做出「等他」的承諾才能讓她走。像慧恩這樣的絕代佳人，又具有溫柔體貼、善解人意的特質。不管走到哪裡，都會是男人追逐的對象。最近那位想買她合約的簡高峻，就是一個最好的例子。

任翔耍無賴似的，把自己的身體重新壓在慧恩的身上。他露出

狡猾的笑容，說：「今天妳若不對我做出承諾讓我安心，我就一直壓著妳。今天不讓妳走，明天也不讓妳走。」

　　慧恩被任翔這麼一個高大的男生壓著，實在有些難受。她轉左邊也轉不動，轉右邊也轉不動，她也沒有足夠的力量可以推開他。她覺得快要窒息了，只好棄械投降。她讓步說：「好，我給你一個承諾；我承諾我會等你，直到你有新的女朋友為止。但你要保證，不要因為我讓媽媽生氣。」

　　任翔臉上掛著勝利的笑容，翻過身躺回慧恩的旁邊，說：「我保證不會因為妳讓媽媽生氣！妳承諾的事，妳就一定要做到，不可以反悔哦！大胖子慧恩，聽起來就很可怕，想像起來更是嚇人。妳什麼都可以吃，就是不能吃『話』。妳要等我直到我有新的女朋友為止，那表示妳要等我一輩子。因為除了妳以外，我不會再有新的女朋友。不過妳也不必等那麼久，給我五年的時間；我相信我五年之內一定能娶妳。如果五年內我還是沒能娶妳，那妳就可以不用等我了。」

　　「好，我等你五年。如果五年內你有新的女朋友，那五年的期限就失效了。」慧恩伸手撫摸任翔的面頰，深情地繼續說：「我真心希望，你五年內都沒有新的女朋友。我也真心希望，你五年內就能娶我。除了你以外，我還真不知道自己能嫁給誰？我的愛情很自私，我絕對不願意和任何女人分享愛情。你一旦有新的女朋友，就是我們愛情的結束，我不會寬容，也不會等你回頭。你有女朋友的時候，我不想最後一個知道，你也不要直接通知我。你只要一段時間不再跟我聯絡，就算是通知我了，我也可以死心了。」

　　「妳放心！這種事絕對不會發生。取次花叢懶回顧，半緣修道半緣君。」任翔故意跳過詩的前半段：「曾經滄海難為水，除卻巫山不雲。」因為那是凱瑞記事本上寫的詩，他不喜歡凱瑞，連帶的也不用他寫在記事本上的詩。

　　「妳打算去哪裡？」任翔問。

　　「先陪爸爸媽媽去環島，然後到美國加州爾灣舅舅家，陪表姐到全美各州參加醫學院的面試。」慧恩回答說。

　　「我就當妳是出門旅行！妳要向我保證，不管到哪裡去，都要

告訴我，讓我知道妳在什麼地方。如果妳不做這個保證，我絕對不會放妳走。」任翔認真地說。

「我不保證行嗎？我不保證你又要把我壓得喘不過氣來。好，我保證不管我到哪裡去，我都會向你報備讓你安心，這樣可以了吧！」慧恩笑著說。

「這還差不多！」任翔滿意地說。接著不加思索脫口而出：「明天下午我親自送妳去機場。」

「你親自送我去機場？你不怕被狗仔隊或其他媒體記者包圍拍照嗎？」慧恩詫異地問。

「這次我倒希望，全世界的媒體記者和狗仔隊都來拍。妳這麼美，一定有不少卓越人士想追求妳。我可以藉著他們，向全世界宣示我在妳身上的主權，何樂而不為？」任翔挑起雙眉，笑著說。

「原來你是想一次砍斷我所有的桃花運！真是居心叵測！我還以為你是正人君子呢！沒想到是被你的外表騙了！」慧恩嘟著嘴嬌嗔地說。

任翔用手指輕輕地彈了一下慧恩的鼻子，說：「妳是名花有主的人，不需要桃花運。明天妳就要回臺灣了，現在我們再去看看我們的恩典之星。」

任翔下了床，牽著慧恩的手，走到客廳落地窗前，望向窗外的夜空。今晚的夜空十分晴朗，長空萬里雲無留跡。那顆燦爛耀眼的恩典之星，高懸在蒼穹之上，與那輪寂寞的明月遠遠相伴。

「我媽媽替我取名任翔，是要我自由自在任意遨翔。人生不是天地之間偶然的飄篷，人是有意義的存在。人生應該是發現目的、創造價值的人生。我想帶著妳任意遨翔在天地之間，在恩典之星之下，發現目的、創造價值，使我們不會白走一遭。」任翔低下頭對慧恩說。

慧恩把頭靠在任翔的肩膀上，她閉著眼睛想像任翔所訴說的畫面。自己彷彿真的展開翅膀，和任翔自由自在任意遨翔在天地之間。

「我看到你在恩典之星之下的天空擁抱我，接著我們展開潔白

如雪、豐腴美麗的翅膀。你的手牽著我的手帶著我飛翔,我看到我們無拘無束任意遨翔在色彩繽紛的花田上;有紅色的玫瑰花、紫色的薰衣草、黃色的太陽花、藍色的勿忘我、還有白色的茉莉花。我看到我們穿過蘋果樹林,白色的蘋果花,花瓣的邊邊還帶點嬌嫩的粉紅;我似乎聞到蘋果樹飄散出來的香味。我還看到一望無際的櫻花綻放在河的兩岸,我終於體會到什麼叫做『數大便是美』!太棒了!」

慧恩睜開眼睛,含情凝睇任翔溫柔似水的雙眸;她全然地陶醉,無可救藥地深深愛著他。

「我願意陪你自由自在任意遨翔在天地之間,在人生的過程中,發現目的、創造價值。使我們在最後的日子,可以毫無遺憾地說,我們不虛此行。翔,我愛你!」

任翔將慧恩擁入懷裡。她的話語如乾旱之地的雨水,荒漠中的甘泉,甘醇甜美沁人心脾,讓他的心頓時覺得舒暢無比。

「我也愛妳!我從來沒有真正理解什麼是『愛』,直到遇見妳。我對妳的愛強烈到超乎我自己的想像。不管情況有多糟,環境有多難,我的心都會永遠愛妳。妳要牢記妳的承諾,和妳對我說過的每一句話,也要記住我對妳的承諾。不要擔心,不要害怕,我相信事情一定會有轉圜的餘地。」他的聲音低沉而動人,絲絲縷縷銷魂醉魄。

「我相信你!」慧恩說著,雙手環抱任翔的脖子,忘情地親吻他的唇。時間空間都消失了,宇宙萬物都暫時隱形了。空氣中只有他們兩個人,宛若一座精美的接吻雕像,佇立在永恆的一個時間點上。

第三十六章 加州爾灣

　　上海浦東國際機場，任翔緊握穿著簡單俐落褲裝的慧恩的手，動作親暱地走進機場大廳。大廳四周的攝影拍照聲此起彼落，任翔絲毫不受影響，親切地和每一個他看到的人微笑點頭致意。他風度翩翩溫文儒雅，氣質高貴而不驕傲；講話聲音溫和恬淡，眼神誠摯而多情；完全的溫潤如玉，絕對的謙謙君子。簽名拍照他來者不拒，但他始終牽著慧恩的手沒有放開過。

　　任翔陪慧恩到航空公司櫃台托運行李辦登機證，完全是熱戀中情侶的模樣。臨別前，他依依不捨緊緊地擁抱慧恩，他的臉頰依偎著她的臉頰，在她的耳邊呢喃低語：「恩，玩夠了就回來。如果妳不回來，我就去找妳。還有不要忘記，每天都要傳簡訊給我。」

　　慧恩不知道如何回應任翔的話，她如何能玩夠了就回來呢？她現在是要離開任翔，事實上是跟他分手，只是給了他一個附條件的「等他」的承諾。如果五年內他媽媽改變心意，她才有可能會回來，否則她不是違反了「為愛而捨」的決心了嗎？但任翔似乎不認為他們是分手，在他的想法裡，她只是出門旅行。他不敢違反媽媽的意思，但對慧恩他也絕對不放手。

　　慧恩不想節外生枝惹任翔不高興，她順從地點頭「嗯」了一聲，隨即伸手撫摸任翔的面頰，說：「翔，你要好好照顧你自己，當一個善於投資的人；多投資一些精力在你的健康上，將來才有足夠的退休金可以使用。你放心，我一定會天天傳簡訊給你，我……」她還有千言萬語想說，卻欲言又止。

　　「妳放心！我存的退休金，一定足夠將來我們兩個人用。我以前說要帶妳到美國度假，結果都沒有實現。等我的工作告一段落，

我就去美國找妳。我們到美國各個著名的景點走走，為我們的蜜月暖身。」任翔說完，拿起手機看了一下時間。慧恩登機的時間快到了，已經到不得不離開的時候了。在那一剎那間，他才赫然意識到她要離開了，他即將看不到她了。三年來，幾乎每天都可以看到的人，從下一刻起就看不到了。他開始有些心慌，他的情緒激動了起來；他情不自禁地將嘴唇蓋在她的唇上，旁若無人地親吻她。

四周閃光燈不停地閃爍著，每個人都因為拍到這個難得的畫面而喜悅。

自從決定到加州大學爾灣分校留學後，小學、初中都就讀美國學校，英語能力強的凱瑞，花了三個月的時間考托福、LSAT。又以司法官和律師的資格，申請爾灣加大的法學院，很快就被錄取了；預計明年春天入學。他提前幾個月來到爾灣，一面到爾灣加大修英文課，一面等待和慧恩重逢的機會。

「任翔朱慧恩，機場離情依依深情擁吻，儼然熱戀中的情侶……」有關慧恩和任翔在機場擁吻的報導，佔據各種媒體的娛樂新聞頭條。美國的中文報紙也以頭版刊登這一則新聞，凱瑞無可避免的看到這則新聞。他知道任翔和慧恩是男女朋友的關係，但他從來沒有想到，已經三年了他們的感情還是那麼甜蜜，甜蜜到甚至可以毫無顧忌的當眾親吻。他對任翔和慧恩在機場的親密互動耿耿於懷。他覺得與慧恩復合的機會渺茫，心情更加沮喪，也更加自責當初的錯誤，竟然把慧恩拱手送給了任翔。他自我懲罰似的不修邊幅；他滿臉鬍鬚一頭亂髮，拉著他的小提琴，宛若一個落魄的藝術家。

上海到桃園只有兩小時的飛行時間。走出桃園國際機場之後，慧恩決定先回學校走走，再從台北火車站搭高鐵回高雄。她拎著行李箱搭上計程車直接前往學校，再將行李箱寄放在警衛室，自己一個人獨自走進校園裡。

已經三年了，離開學校已經三年了。這是慧恩三年來，第一次回到學校。校園的景物依舊；依舊是花木扶疏、綠草如茵；依舊是小鳥清唱、蟲兒低鳴；依舊是風吹樹梢、花香襲人。她先走到女生宿舍西樓，在西樓的門前，她彷彿看到凱瑞正站在那裏等她。一波波的影像，在她的腦海中浮現。寢室聯誼被蔣若水與何晴晴放鴿子，是凱瑞拉著小提琴陪伴她；暗戀張幼璋的情傷，使她困在夢之湖的樹林裡，是凱瑞找到她，將痛苦沮喪的她背出樹林，又帶她就醫吃飯；當她被突如其來的情書所驚嚇時，她躲進凱瑞的懷裡；當她被同班同學強吻時，凱瑞是她安全的避風港；野外求生，她替別人向凱瑞傳達愛意，卻喚來凱瑞的真情告白與親吻，這是他們第一次親吻；理則學作弊疑案，是凱瑞和她一起度過的；四加一快樂樂團的一切，都有凱瑞的參與；還有其他大大小小的事，在在都有著凱瑞的身影。凱瑞愛她、寵她，為她做那麼多的事，為什麼她只因為他一次錯誤的誤解她，就把這一切全都推翻了呢？這難道是怨恨的毒氣蒙蔽了她的眼睛，讓她對這些都視而不見，只自私地看到她自己所受的傷害？

　　她離開西樓走向法學院。沿路上她似乎看到凱瑞拉著她，躲到樹下、躲到每個偏僻的角落、躲到杜鵑花的花叢中，與她熱情親吻溫存纏綿。她不由自主地流出眼淚，她對凱瑞的愛慢慢地復活了。

　　「我愛凱瑞！我一直以為我已經不愛凱瑞了。現在我才知道，我對他的愛從來沒有停止過，只是被我之前對他的怨恨所遮蔽了。我要告訴凱瑞我愛他，我現在就去告訴他我愛他。」

　　她淚眼婆娑激動地拿起手機，正要撥打凱瑞的手機號碼，任翔的聲音在她的耳邊響起：「恩，妳聽好！妳是我任翔今生唯一的妻子。我任翔若要娶妻，我的妻子一定就是妳朱慧恩，這是我的承諾。」

　　她想起她自己對任翔說的話：「我給你一個承諾，我承諾我會等你，直到你有新的女朋友為止。」她放下要撥打手機的手，把手機放回衣服口袋裡。「我已經向任翔承諾要等他五年，或直到他有新的女朋友為止。我絕對不能食言，我如果食言，他一定會很痛苦。我已經傷害凱瑞了，我不能再傷害任翔，或許我跟凱瑞沒有緣分吧！」

　　她用手拭去臉上的淚水，繼續向法學院走去。現在她開始有了

新的煩惱，她愛任翔，但愛凱瑞的心卻蠢蠢欲動。她不能愛任翔又愛凱瑞，她也不能給了任翔承諾，心裡卻還想念凱瑞；這不是一個賢德的女子該做的事。她必須快刀斬亂麻，斬斷剛剛破土而出愛凱瑞的幼苗。但愛凱瑞的幼苗一旦破土而出，還能斬斷深埋在土裡的根嗎？

「錯誤已經造成了，沒有辦法恢復原狀。愛凱瑞的幼苗雖然破土而出，但我可以不去灌溉它。我不應該再去想他，這樣我才對得起任翔，也才符合我『信實』的價值觀。」她沉吟不語，繼續往前走。

慧恩在校園裡逛了一圈後，回頭走向警衛室。沿路上，有好幾個學生正在討論電視劇「天使之眼」的女主角朱慧恩。原來「天使之眼」最近才在台灣的電視頻道播映，也同樣造成前所未有的轟動。慧恩好奇這些學弟學妹會說些什麼？於是低下頭刻意地靠近他們，聽他們的對話。

「『天使之眼』的女主角，是我們學校法律系畢業的學姐。聽看過她的學長說，她本人長得很漂亮，尤其是她的一雙眼睛還會發光。我從來沒有看過眼睛會發光的女生，感覺起來她好像是電影裡有特殊能力的女超人。」

「我也有聽人說過，她容顏煥發澤潤，雙目流轉光亮，美得不像世間人。尤其她那雙出奇明亮的眼睛，在這世界上根本就是絕無僅有，所以有學長說她可能是外星人。」

「什麼女超人、外星人，你們科幻片看太多了吧！我倒是聽說過，她五官輪廓深邃迷人，皮膚白皙柔嫩，說話輕聲細語總是微笑；給人感覺特別溫柔嫻靜。尤其她有一雙燦爛如星的眼睛，當她看人的時候，好像有股融化人心的力量，所以有人說她是落入凡間的天使。」

「她到底是凡人、女超人、外星人、還是天使，我們都必須親眼目睹才能做評論。現在我們去發起聯署，請學校邀請朱慧恩學姐，以傑出校友的身分回學校演講。」

大家一致贊同，接著又嘻嘻哈哈繼續邊走邊聊天。

慧恩聽了學弟學妹對她的評論，覺得相當有趣。她不知道自

己竟然會被認為是女超人、外星人和天使。不過這種無傷大雅的閒聊，她和凱瑞以前也常做。凱瑞的嘴巴很毒，但他從來不毒別人。他的嘴巴只喜歡毒慧恩，而她也甘之如飴。想起凱瑞的毒舌，凱瑞的聲音彷彿空谷裡的回音，在她的耳畔迴響。

「妳知道妳剛才指著我鼻子的樣子像什麼嗎？」

「妳用手指指著我鼻子的樣子，像極了母夜叉。說像是對妳客氣，事實上妳簡直就是母夜叉。」

慧恩搖搖頭嘗試搖掉對凱瑞的記憶。這個校園裡充滿了太多凱瑞的影子；他的影像和他的聲音，不時地浮現在她的腦海裡，迴盪在她的耳朵邊。

「我還是快點離開這裡，免得又勾起對凱瑞的感情。」慧恩喃喃自語，快步走向校門口的警衛室。

凱瑞在爾灣公司所擁有的公寓「The Village」，承租了一間套房公寓，這間套房公寓的面積有600多平方英呎。從門口走進他的公寓，右邊是開放式的廚房；廚房裡有瓦斯爐、烤箱、微波爐還有一堆櫃子，廚房的中間還有一個可以當成餐桌的中島。緊接著廚房是一個長方形的開放空間，有三個裝有百頁窗的大窗戶。公寓的左邊是衛浴齊全的浴室，浴室的門旁邊有一個放有洗衣機、乾衣機的櫃子。與浴室相毗鄰的牆，有個長方形的大衣櫥；衣櫥的兩片拉門是兩片鏡子。整間公寓的地面都是硬木地板。凱瑞在靠近衣櫥的地方，放了一張雙人床；在鄰近廚房的窗戶旁，放了一張書桌還有兩張椅子；在中島前面則放著兩張高腳吧台椅。凱瑞的隔壁住著兩位分別在金融公司擔任分析員的彼得（Peter），和在一家網路公司擔任軟體工程師的保羅（Paul）。保羅是來自上海的中國人，彼得則是在美國出生的華裔（ABC）。

凱瑞住的公寓社區「The Village」，與爾灣著名的購物中心Spectrum Center只有兩條馬路之隔。整個「The Village」公寓社區，是由好幾棟四層樓的公寓大樓所構成。社區內東西南北都有街道，面對街道的一樓有小雜貨店、星巴克咖啡店、郵件收取室、可以看

書的小小圖書館、裝潢高貴典雅的娛樂室、交誼廳。社區裡還有三間設備齊全的健身房，和三座環境清幽的大游泳池。緊鄰街道的人行道，也有幾處擺設供社區民眾休憩的休閒桌椅。

凱瑞很喜歡這裡的環境，但他住在這裡最重要的原因，是因為這裡鄰近Spectrum Center。Spectrum Center有電影院、餐廳、星巴克咖啡店、商店、百貨公司，是屬於麻雀雖小五臟俱全的休閒購物中心。凱瑞認為慧恩只要來爾灣，就有非常大的機會來Spectrum。所以就決定住在這裡，每天走路到Spectrum用餐。期盼有一天能見到慧恩，開啟重新再愛一次的契機。

凱瑞的鄰居保羅，看凱瑞最近有些不修邊幅，猜想他可能是心情不好，於是約他星期六早上十點，一起到Orange Hill餐廳用餐聊天。Orange Hill餐廳位在離爾灣不遠的橘市的一個小山丘上。在Orange Hill餐廳用餐，可以鳥瞰整個橘市山谷，讓人有居高臨下豁然開朗的舒暢感。凱瑞和保羅都很喜歡在這裡用餐。凱瑞甚至想，如果有一天能把慧恩帶到這裡來，他一定要在這裡向她求婚。

保羅開車載著凱瑞前往Orange Hill餐廳。當保羅轉進坡道準備爬坡的時候，凱瑞對保羅說：「Paul，你停一下！我想從這裡走上去，你先上去等我。」

「好！沒問題！」保羅將車子停下來讓凱瑞下車後，又起動引擎往上坡的方向駛去。凱瑞目送保羅開車往上爬升，自己也一步一步地往上爬。

「或許讓身體受一些苦，心就不會這麼苦了。」凱瑞落寞地想著。

與此同時，慧恩的表姐憶慈也開車載著慧恩，準備到Orange Hill餐廳用餐。慧恩坐在憶慈的旁邊，看見前方的路旁，有個亞裔男子正沿著坡道行走。她定睛看了他幾秒鐘，有一種難以言喻的鬱悶感向她襲來；她可以感受到他的痛，憐憫之心油然而生。她偏過頭對憶慈說：「妳在教會不是成立一個屬於年輕人的小組嗎？如果可以的話，請那位在走路的年輕人到妳的小組去；他有一顆痛苦的

心，需要妳們小組的幫助。」慧恩說完，低下頭看手機。

憶慈轉頭看了一眼戴著黑框眼鏡的慧恩，露出微笑說：「現在妳好像感受到別人的痛苦，也不會受影響了。」

「怎麼可能不受影響？看到別人的憂愁和痛苦，憐憫之心自然就產生，這是一般人都會有的現象。我和一般人不同的地方是，他們不用把憂愁和痛苦說出來，也不需要表現出來，我就可以感受得到。但自從那次感受到凱瑞的痛之後，對別人的憂愁和痛苦，我就比較能以平常心看待。不是不能影響我，而是我了解這些是人世間的常態。」慧恩眼睛看著手機說。

「妳什麼時候發現，即使妳戴眼鏡仍然能感受到別人的感覺？」憶慈好奇地問。

「拿掉眼鏡後就知道了！拿掉眼鏡後，我才赫然發現，那副眼鏡根本沒有擋住我的感應能力；我有戴眼鏡和沒戴眼鏡的感覺都一樣。只是戴眼鏡的時候，我會刻意忽略憂愁、痛苦，以及其他負面的感覺。我會認為那些感覺是錯覺、是胡思亂想，所以很快就轉移了。」慧恩一面露出笑容看著手機的簡訊，一面說。

「所以說戴那副眼鏡還是有好處，至少讓妳不受負面情緒的影響。」憶慈開車從凱瑞的旁邊經過，特別轉過頭看了他一眼。她似有發現，又對慧恩說：「我從來沒有在路上拉人參加我的小組，我也不敢這麼做。但是這個年輕人滿臉鬍鬚，頭髮有些凌亂，看起來非常憔悴沮喪。或許我應該破例邀請他，如果 神祝福他，也許他會願意來參加我們小組。」

慧恩聽憶慈這麼一說，也好奇地轉過頭，從車子後面的玻璃看凱瑞。但距離有點遠，她只看到他的人，卻沒能看清楚他的臉。

「我很少看到年輕的男生會頭髮凌亂、滿臉鬍鬚。他肯定是受了什麼刺激，或是遇到什麼問題，我看妳還真的非幫他不可。」慧恩轉回頭對憶慈說，又轉過頭看了凱瑞一眼。

到了Orange Hill餐廳，慧恩與憶慈都下了車，由專人將車子開走停放。慧恩和憶慈一起走到鯉魚池前，觀看色澤鮮豔的美麗鯉

魚，來來回回悠游其中。

「我們今天沒有訂位，妳先去吧台房間找個位子坐下來等我。我在這裡等那個需要被幫助的人，等一會兒再過去。」憶慈對慧恩說。

慧恩聽了憶慈的話，轉身走入餐廳進到吧台房間。吧台房間靠窗的位置有三桌；兩桌有面對面的兩人坐沙發，剩下的一桌則有一張長的弧形沙發。她選了面對面各有兩人坐沙發的一桌坐了下來；這是她和憶慈常常坐的位子，寬敞舒適而且可以俯視整個橘市山谷。

凱瑞慢慢地爬上坡，又意猶未盡的站在圍欄前，看向底下橘市山谷的美麗景色。他仰頭望向天空深深地吸了一口氣，又低頭嘆了一口氣。長吁短嘆之後，他才心滿意足地走向鯉魚池。等在鯉魚池前面的憶慈，看到凱瑞走過來，便迎向前用英語問他：「Can you speak Mandarin？(你會講國語嗎？)」

「我會！」凱瑞回答說。憶慈於是用國語邀請他說：「我們教會有一個屬於年輕人的小組，每週定期聚會。除了查經外，我們還會討論生活上所遭遇的問題。彼此分享，互相幫助，並參與社區服務。我們的成員有白人、黑人、還有亞裔，我們的關係就像兄弟姊妹一樣。如果你有興趣，希望你能加入我們的小組，這是我的聯絡方式。」憶慈把她的名片遞給凱瑞。

凱瑞接過憶慈的名片看了一下。他面部表情柔和，嘴角微微上揚，很有禮貌地說：「謝謝妳的邀請，我會考慮的。」接著與憶慈前後進入Orange Hill餐廳。憶慈沒有預先訂位，所以轉向左邊。凱瑞原本要往右邊走，但看憶慈往左邊走，他有些猶豫，不知道自己是不是也應該往左邊走？憶慈轉過頭瞧見凱瑞看著她，似乎有些疑惑。她停下腳步對凱瑞說：「如果你有訂位就要走右邊。我沒有訂位，所以走左邊到吧台房間。」凱瑞理解地點點頭，跨出步伐走進右邊的房間。

憶慈走到慧恩對面的沙發坐了下來，向慧恩報告成果說：「我已經邀請他了，他答應考慮，我只能做到這裡了。話說回來，剛才我近

距離看他，我覺得他長得很帥，這麼帥的人會有哪方面的問題呢？」

「每個人都有他自己的問題，是我們旁人無法理解的。就像我，我也有我的問題。」慧恩嘆了一氣說。

「妳的問題就是秦凱瑞和任翔，妳到底比較喜歡哪一個？秦凱瑞？還是任翔？」憶慈露出淘氣的表情說。

「他們兩個人我都真心愛過。從程度來說，兩個人我都愛得刻骨銘心。從時間來說，過去喜歡凱瑞，現在喜歡任翔。凱瑞已經是過去式了，任翔卻是現在進行式。而這個現在進行式，又存在著很嚴重的問題，至今仍然是無解。」慧恩聳聳肩無奈地說。

憶慈拿起桌上裝有冰水的玻璃杯，用吸管吸了一口，說：「妳是當局者迷！如果我是妳，我會選擇凱瑞。去他的任翔！竟然用情牢讓妳笨笨的被他囚禁了三年，現在還要妳花五年的時間等他。我從來沒有看過那麼自私的人，就只有妳會把他當寶貝。」

「他沒有囚禁我，是我自願的。我不會喝酒，又不能聞香煙的味道，演藝圈的交際應酬不適合我。我也不會虛與委蛇與人周旋，對不熟的人常常無話可說。我又不喜歡與人有身體上的接觸，所以演戲我沒興趣。除了唱歌和從事傳愛的工作，沒有什麼我喜歡做的事；他只是讓我按著我的意思做罷了。何況我和他有五年的合約，他沒有利用我去賺錢，每個月又給我比原先約定的還要多的錢，他真的很好了。」慧恩為任翔緩頰說。

「為什麼他要給妳比原先約定的還要多的錢？難道他有什麼其他的企圖嗎？」憶慈不解地問。

「妳想太多了！任翔待人一向都是讓利，而不會從別人的身上謀利。他給我比原先約定的還要多的錢，是因為『天使之眼』這部電視劇大受歡迎，公司給的紅利他沒有據為己有，把那些錢分期存入我的帳戶裡。」慧恩解釋說。

「妳為什麼會愛上任翔？是為了逃避凱瑞給妳的情傷，而抓住他這塊救命的浮木？還是因為他長得帥又是當紅的明星？還是兩者皆有？妳別告訴我，妳是入戲太深，所以才會愛上他。如果妳本來就對他沒有好感，不管入戲多深妳都不會愛上他。妳會愛上他，一定是對他早有好感，入戲深只是催化劑而已。」憶慈緊盯著慧恩問。

「我的確是對他有好感，才會參加『天使之眼』的演出。凱瑞給我的情傷讓我痛不欲生，是他把我從痛苦的深淵裡拉出來；他是我救命的浮木沒有錯。可是當時我是感激他，並沒有因此愛上他。他的外表確實深深地吸引我，但會讓我無可救藥地愛著他，則是因為他無懈可擊的美德、高風亮節的品格操守、虛懷若谷的胸襟、深不可測的內涵、積極奉獻的人生觀。他是個溫潤如玉的謙謙君子，跟他在一起我有如沐春風的感覺。如果要我說他的缺點，那就只有他和他的前女友曾經有過性關係，其他就只有一些無可厚非的小缺點。」慧恩輕鬆地說。

「戀愛中的女人都比較盲目，常常把對方的優點無限擴大，好像對方是聖人一樣；又把對方的缺點極度縮小，視為無可厚非的小缺點。世界上沒有聖人，任翔不可能像妳說的那麼好。如果他那麼好，他就不會和他的前女友有婚前性關係。他要追求妳，當然會在妳的面前表現得特別優異。如果妳因此相信他，把他當成聖人般崇拜，那就太愚蠢了。」憶慈不以為然地說。她停了一下，驀然睜大眼睛，彷彿想到什麼驚悚事件似的，問：「妳還沒有跟他有更進一步的關係吧？」

「誘惑實在太大了，真的難以控制，」慧恩停了一會兒，斜眼瞥見憶慈嘴巴越張越大。她暗自竊笑，接著一本正經說：「但是本姑娘自我控制力強，超出了憶慈姐姐的想像，所以至今仍是完璧之身。」

有服務生過來點餐，憶慈和慧恩各自看了菜單，點了她們常吃的東西。

「任翔明明知道，他媽媽反對你們在一起，你們不會有結果的。為什麼還要在機場親吻妳？讓所有人都以為妳是他的人，真是自私鬼！」憶慈不悅地說。

「因為他向我承諾非我不娶，而且我和他有五年之約，所以他說這樣做是宣示主權讓別人死心。」慧恩用手托著臉頰，不在意地說。

憶慈露出驚訝的表情看著慧恩，好像她說的是一件極其荒謬的事一樣，她義憤填膺地說：「他這麼說妳就照著做呀！他有他媽媽拉著，他不太可能娶妳。他可以不結婚照樣玩女人，但妳卻被他這個承

諾給綁死了。去他的承諾！」她低頭沉思數秒，突然想到慧恩還說了另一半。她放大音量又說：「妳還跟他有五年之約！如果他在外面玩女人妳卻不知道，還要被他綁住五年不能交男朋友。倘若有好的對象，妳不就錯過了嗎？他真是個不折不扣的自私鬼，存心想消耗妳五年的青春。我真是越想越氣，恨不得立刻給他一巴掌。」

「小聲點！別激動！大家都在看我們了！妳不了解任翔，他不是妳想的那種人。否則我們每天住在一起，我怎麼可能還是完璧之身？五年之約，是因為他不願意我花一輩子的時間等他，所以才有這五年之約。我愛他，如果他沒有和別的女人有不正常的關係，我心甘情願等他五年。何況五年之後，我才剛滿三十歲，還沒有老到怕嫁不出去吧！」慧恩輕聲地說。

憶慈聽慧恩這麼一說，也覺得如果任翔像她想的那樣齷齪的話，那慧恩怎麼可能還好好的呢？也許她真的不了解他。既然五年之約是因為慧恩愛他心甘情願被約束的，她也沒有說三道四的餘地，但無論如何她對任翔並無好感。

「我感覺凱瑞他家好像全家在追妳；他媽媽幫他的忙，搞不好他爸爸還是參謀。但任翔他家是一個在追一個在拉，力量互相抵銷。所以我的結論還是凱瑞，凱瑞加油！我支持你！」憶慈伸出舌頭，對慧恩扮了個鬼臉。

慧恩看憶慈的表情十分滑稽，不禁呵呵地笑起來。她語帶揶揄地問憶慈說：「妳從來沒有看過凱瑞，更談不上認識他，妳為什麼那麼支持他呢？」

憶慈用手示意慧恩將頭靠過來，自己也把頭靠向慧恩，然後嘴巴湊近她的耳邊，細聲地說：「因為他有秘密武器！」

慧恩也學憶慈小聲的在憶慈的耳邊說：「他有什麼秘密武器？我怎麼不知道。」

「我跟妳說，但妳要保證絕對不會告訴任何人，這是我們兩個人之間的秘密。」憶慈故作神秘狀，壓低聲音說。

「我向妳保證，我絕對不會說出去。如果我說出去，我就請妳吃大餐，隨便妳吃什麼都可以。」慧恩信誓旦旦地說。

憶慈身體向後靠著沙發，她挑起雙眉揚起嘴角，她玩心未滅興

致正濃，她不禁失聲笑了起來，說：「他的秘密武器就是那本記事本。真是太有心！太感人了！」她笑得說話有些口齒不清。

慧恩睜大眼睛，有些錯愕有些早該知道的恍然大悟。她張開嘴巴重複憶慈的話說：「妳說凱瑞的秘密武器就是那本記事本？」

慧恩才說出「記事本」三個字，憶慈馬上伸出食指對著她點了點。「欸！捉到了！妳不是說不會說出來嗎？妳看妳現在說出來了。」她有著勝利者的驕傲，興奮地說。

「我是說不會說出去，不是說不會說出來。」慧恩不服氣，抗議地說。

「妳願賭服輸！妳說去對我而言就是來，妳的右手從我這裡看就是在左邊呀。我問妳要不要來我家？妳回答說我要去妳家。妳說我講的對不對？」憶慈狡猾地強辯。

憶慈腦筋靈活辯才無礙，死的都能說成活的。慧恩從小和憶慈玩在一起，早就領教過她的伶牙俐齒。她自知無法辯過憶慈，於是垂下肩膀裝成一副委屈無辜樣，無奈地說：「好吧！那妳想吃什麼？我請妳。」

「我們下午到Spectrum逛街看電影，妳請我吃日本料理。」憶慈以贏家的姿態，露出燦爛的笑容說。

Spectrum是慧恩最喜歡去的地方之一。不是喜歡它人行道兩旁一排排的商店，而是喜歡它悠閒的氣氛，和有著棕櫚樹、天堂鳥、榕樹，似公園般的環境。

「早就想去Spectrum散步看電影了！好，我們下午去，我請客。」慧恩雙目流轉光亮，臉上盡是喜悅，全然沒有輸家的沮喪。

「我慎重地告訴妳，絕對不可以把我們看電影的事也向任翔報告。他不是我支持的對象，我支持的是『曾經滄海難為水，除卻巫山不是雲』的凱瑞。」憶慈清了清喉嚨，煞有介事地說。

慧恩似乎不受威脅，對著憶慈吐舌頭扮鬼臉。一副妳說妳的，我做我的，干卿底事的模樣。

上餐點了，餐點是否美味可口，見仁見智不在話下，但窗外的景色好美。憶慈看向窗外，凱瑞背對著憶慈和保羅正坐在餐廳的陽

台上用餐。憶慈拍了拍慧恩的手，指著背對自己的凱瑞說：「我們剛才在坡道上遇到的那個人坐在那邊。」

慧恩順著憶慈指的方向看過去，她覺得那個人的背影很熟悉像極了凱瑞。但她不認為凱瑞會出現在這裡，她不經意地說：「那個人從這個方向看，很像妳所支持的凱瑞。可是他不是凱瑞，因為凱瑞現在應該在司法官訓練所受訓。」

憶慈因為慧恩說那個人像凱瑞，就多看了他幾眼。凱瑞好像感覺到有人在看他，本能地轉過頭往憶慈的方向看。憶慈看見凱瑞望向她，便向他揮了揮手。凱瑞沒有任何反應，好像沒有看到她。憶慈搖了搖慧恩的手，說：「那個人轉過頭往我們這邊看了，妳看看他正面像不像凱瑞？」

慧恩又轉過頭去看，凱瑞正好將頭轉回去。慧恩隱約看到那個人有鬍鬚並沒有看清楚，她心不在焉地說：「正面看起來不太像，凱瑞沒有鬍鬚，那個人看起來年齡比凱瑞大很多。」

憶慈聽慧恩說那個人不像凱瑞，失望地嘆了一口氣說：「我還以為今天就可以看到，我所支持的凱瑞的盧山真面目了呢！」她的聲音聽起來很洩氣，好像期待已久的宴會突然宣布取消一樣。

任翔傳簡訊給慧恩，慧恩低頭回覆任翔的簡訊，並沒有聽到憶慈講的話。憶慈從她的座位上起身，走過來坐到慧恩的旁邊。

「又是向他報告行蹤！妳一天好像要向他報告好幾次行蹤，你不覺得煩，我都覺得膩。任翔真是個魔鬼，總是特別吸引妳。」憶慈嘟著嘴說。

「不是因為他是魔鬼所以吸引我，而是因為他是正人君子所以吸引我。他懂我、愛我、尊重我，我也敬他、愛他、留意他，視他亦師亦友。」慧恩依舊沉醉在任翔的愛裡，全然一副戀愛中的小女人模樣。一提到任翔，她的愉悅就全寫在臉上。根本把他媽媽的反對，以及要為愛而捨的決心拋到腦後。

憶慈露出一副不以為然的表情，說：「反正我就是不喜歡他，我總覺得他一直在控制妳，而妳還樂意被他控制。他明明不能娶妳，卻又把妳抓得緊緊的，這不是愛是自私。」憶慈伸出手摟著慧恩的肩膀，繼續說：「『才德的女子很多，唯獨妳超過一切。』如

果妳喜歡聽這句話，只要妳做飯給我吃，我每天都講給妳聽。」

慧恩把頭靠在憶慈的肩頭上，嬌柔地說：「我不要妳講給我聽，我要我老公講給我聽。」

憶慈從沙發上站起來，悻悻然地拋下一句：「沒救！」便坐回她的座位。她隨意舉頭看向窗外，驀然發現凱瑞和保羅不知何時已經離開了。

「他們已經走了，我們也走吧，下午還要去Spectrum呢！」憶慈說。

凱瑞在自己的公寓裡拉小提琴，突然手機響起。他將小提琴放在書桌上，拿起手機接聽電話；是保羅打來的。

「Victor，我和Peter現在有些事要辦不能去接你。你自己走過去Spectrum，我們在電影院前面碰面。」保羅的聲音從手機裡傳出來。

「好！沒問題！」凱瑞說完關閉手機，把放在書桌上的小提琴收入琴盒。隨即走進浴室稍稍梳洗一番，梳洗完畢後，他走到衣櫥換上T恤和牛仔褲。衣櫥的拉門是兩片鏡子，他站在鏡子前看著狼狽不堪的自己。「罪有應得！」他罵了自己一聲。然後走到門口打開門走了出去。

從他住的公寓到Spectrum只有兩條馬路之隔，走路只需要五分鐘。時間還早他可以慢慢走，也許還可以買一杯咖啡，坐在電影院前面的椅子上等保羅他們。他走過一條馬路，在Spectrum對面的馬路邊停下來等紅燈。

直線的車道上，有一輛車急速駛來，在行人穿越道前緊急煞車。車子稍稍擋住了行人穿越道，經過的行人必須繞一下才能通過。開車的憶慈覺得非常不好意思，坐在她旁邊的慧恩忙著安慰她說：「沒有關係！不要擔心！行人如果不高興往我們看，我們就微笑表示歉意就好了。」

凱瑞走著，見行人穿越道被車子擋住，便繞過車子，不經意地

轉頭看了一下車內的人。他簡直不敢相信自己的眼睛所看到的，瞬間整個人愣在那裏，慧恩的笑容也僵在臉上。直線交通的紅燈已經變成綠燈，憶慈後面的車子按著喇叭。憶慈偏過頭對慧恩說：「他不走我不能開車，妳下去把他帶走。」慧恩回過神來，趕緊打開車門下車，拉著凱瑞的手過馬路來到Spectrum的入口處。

　　凱瑞震驚過度，整個人失魂落魄，眼睛直盯著慧恩看，不說話也不眨眼。慧恩看凱瑞滿臉鬍鬚、頭髮有些凌亂、面容憔悴，完全沒有了以往的青春活力。她很心疼也有些自責，她伸出她的手，輕輕觸摸凱瑞的臉頰。她的眼底閃爍著晶瑩剔透的淚光，接著淚水如斷了線的珍珠沿著臉頰滾滾滑落。

　　「凱瑞，不要痛！」慧恩傷心地說。凱瑞聽到慧恩的聲音，宛若聽到喚醒大地的春雷，倏然清醒過來。他淚如雨下全然地失控，他不在乎男兒有淚不輕彈，他不在乎所有好奇觀看的眼睛；他只在乎眼前這位，他從小學二年級開始就愛著的女人。什麼都不重要，只要她才是最重要的。他不能再失去她，他絕對要抓住她，無論如何都不能再失去她。他毫不猶豫地伸出雙手緊緊地抱住她，深怕一鬆手她就會消失不見了。

第三十七章 多情秦凱瑞

　　憶慈下車將車交由專人代為停泊後，趕緊回頭尋找慧恩。她想知道為什麼剛才那個，好像在orange Hill餐廳碰到的男生，會愣在她車子前面不走？她走向Spectrum的入口處，遠遠的就看見凱瑞緊緊地抱住慧恩，宛若抱住稀世珍寶深恐被人搶走般緊緊擁護。她回想在Orange Hill餐廳時，慧恩曾經說過那個人的背影很像凱瑞。她從凱瑞抱住慧恩的樣子，大概可以猜得到，那個男生果真就是凱瑞。她走近他們，凱瑞閉著眼睛緊緊抱著慧恩，似乎沒有要放開的意思。她佇立在他們的身邊，但他們好像完全沒有感覺到，根本無視於她的存在。

　　她惟恐聲音太小不能引起凱瑞的注意，刻意放大音量對凱瑞說：「你好！我是恩恩的表姐，你是秦凱瑞嗎？」憶慈的聲音如震耳欲聾的雷聲，在凱瑞的耳畔轟隆作響。凱瑞不情願地稍稍鬆開擁抱慧恩的手，偏過頭看向憶慈。他只是怔怔地看著她，他的眼底像是一口不見底的憂鬱深井，他的臉上平靜如無波的死水，他微閉的雙唇沒有說出一句話，連一個字也沒有。慧恩看凱瑞不說話，便對憶慈說：「他就是凱瑞。妳今天上午在Orange Hill餐廳看到的那個男生是他嗎？」

　　憶慈看著凱瑞，一種憐憫的感動油然而生。他看慧恩的眼神，毫無隱藏地訴說著他的深情。她從未見過如此痴情之人，心裡對他更添好感。比起那個時時刻刻想控制慧恩的任翔，她更希望慧恩能跟他開花結果，成為一對人人稱羨的佳偶。她回答慧恩說：「沒錯！就是他！但妳不是說他的正面不像凱瑞嗎？」

　　慧恩抬頭看一臉憔悴的凱瑞，心裡盡是不忍。她偏過頭對憶慈

說：「我當時沒看清楚，我只看到他好像有鬍鬚，不像我記憶中的凱瑞。」

凱瑞從原先緊緊擁抱慧恩，轉換成緊緊摟住她的肩；他絲毫沒有要放她走的意思。他的視線又回到慧恩的臉上，目不轉睛地緊盯著她看，好像憶慈已經不存在了，這世界上只有慧恩一個人。

憶慈見凱瑞深情款款地凝視慧恩，一時又被凱瑞的痴情感動得無以名狀。她想，傳說中的牛郎織女，他們相會的情景應該就是這樣吧。她實在不忍心拆散這對久別重逢曾經的情侶，況且她也不認為凱瑞會讓慧恩離開。不如自己就做個順水人情，送給凱瑞當見面禮。她開口對慧恩說：「看凱瑞這個樣子，好像不會讓妳走了。我看妳今天就好好陪陪他，看他能不能正常說話？別老是不說話，讓人看了就擔心。我先回去了，明天我再打電話給妳，我們再到這裡碰面。」

慧恩看凱瑞一直不說話，只是愣愣地看著她，不知道他到底是怎麼了？她不忍心放著凱瑞不管。憶慈既然這麼說，她就救人救到底。無論如何也要想辦法幫凱瑞，讓他恢復從前充滿青春活力、熱情奔放的樣子。

「看來也只能這樣了！妳先回去，等凱瑞好一些了我就回去。我晚一點打電話給妳，到時候妳再過來接我。」慧恩緊蹙眉頭，無奈地說。

凱瑞將慧恩的肩膀摟得更緊。憶慈看得出來，慧恩雖然這麼說，但要凱瑞今天放她回去，並不是一件容易的事。她雖然有意讓慧恩留下來照顧他，但她心裡還是有些擔心；凱瑞和慧恩分開那麼久了，剛剛凱瑞表現出來的感情又是那麼強烈。他會不會無法控制自己的激情，對慧恩做出過份的行為呢？她必須讓他明白，她讓慧恩留下來陪他，並不表示他就可以為所欲為。

「我知道要你今天放恩恩回家是不可能的，我就讓她在這裡陪妳，明天再來找她。但你必須保證恩恩一切平安、毫髮無傷，你能做到嗎？」憶慈嚴肅地對凱瑞說。

凱瑞嘴角微微上揚，露出不明顯的笑容。他兩片嘴唇緊緊相依，並沒有要分開的動作。他依舊惜話如金，一個字也捨不得說。他僅是點點頭示意他能做到，後續的話語全由靜默表達。憶慈見狀

輕嘆了一口氣，問世間情為何物，直教生死相許？她不想勉強凱瑞說話，「情」字她無法了解，她也不想了解。

「不知道他受了什麼刺激？一下子就變得什麼話都不說了。上午他還會回答我的邀請呢！反正妳就安心留下來陪他，我明天再打電話給妳。就這麼說定了，我先走了。」憶慈簡單地說完話，轉身匆匆離開他們，頭回也不回地逕自走向停車場。

慧恩目送憶慈離開後，轉頭看著凱瑞說：「現在憶慈回家了，只剩下我們兩個人。你要帶我去走走呢？還是我帶你在這裡到處逛逛？」慧恩一如往常對凱瑞溫柔的說話。她已經有三年的時間沒看過他了。她沒有想到他們會在美國重逢，更沒有想到會在這種情況下重逢；完全的超乎想像，全然的不可思議。她喜歡再見到凱瑞，但她不喜歡見到這樣的凱瑞，她喜歡見到的是一身傲骨，充滿陽光活力的他。她默默地注視著凱瑞，等待他的回應。

凱瑞露出這幾個月來，首次發自內心的微笑；那是春天降臨大地，生命復甦的微笑。他有太多的話想對慧恩說；他想對她說，這三年的時間，他每天都想念她；他想對她說，他從來沒有停止愛她；他想對她說，他要永遠跟她在一起，不要再分離；他想對她說，他很抱歉，他不應該誤解她。他想對她說的話，多到他沒有辦法說也害怕說。他怕說錯話，讓她再次離開他，他沒有辦法承受她再度的離開。「言多必失」他寧可保持緘默，讓她因為他不說話而留下來陪伴他，而不願因為他說話得罪她而失去她。他臉上掛著微笑，仍然一句話也不說。

慧恩沒有辦法，只好牽著凱瑞的手，在Spectrum裡慢慢地散步。凱瑞一隻手牽著慧恩的手，一隻手在手機上按了幾下，好像在傳簡訊給人。慧恩的手機忽然響起，她拿起手機一看，是任翔傳給她的簡訊。她想回簡訊給任翔，但凱瑞正緊緊地握著她的另一隻手。她想掙開卻掙不開，於是對凱瑞說：「凱瑞，你能不能先鬆開我的手？等我回覆簡訊後再牽你的手。」

凱瑞還是緊緊地握住她的手，完全沒有要鬆開的意思。慧恩不能回簡訊給任翔，心裡開始著急起來。正想用力甩開凱瑞的手，她的

502

眼睛瞅見凱瑞帶著祈求的眼神，正痴痴地看著她，她的心軟化了。

　　「要不是我，凱瑞也不會變成這個樣子。他現在正需要我，我不應該讓他有任何不舒服的感覺。」她沉思片刻，毅然放棄了回覆任翔簡訊的念頭。

　　慧恩在星巴克咖啡店外面，找了兩張沒有人坐的椅子，和凱瑞一起坐下來休息。她拿起一張餐巾紙為凱瑞拭汗，一隻手仍被凱瑞緊緊地握著。她看著凱瑞憂鬱的眼神，內心不禁湧現憐憫之情。

　　「凱瑞，你為什麼不說話呢？你知不知道你這樣讓我好難過？我的 神原諒人是完全的原諒，就好像那人從來沒有做過那件錯事一樣。我也是這樣原諒你，不管你過去對我做過什麼錯誤的事，我都原諒你；就好像你從來沒有做過一樣。如果你是為過去的事耿耿於懷而不願說話，那過去的事已經不存在，你可以說話了。」慧恩心平氣和地說。

　　慧恩說的一番話，讓凱瑞感動得眼淚奪眶而出。他過去對慧恩的誤解與傷害，她竟然願意原諒他；而且是完全的原諒，沒有保留的原諒，好像他從來沒有誤解她、傷害她一樣。突然間，他覺得這段時間一直捆綁著他的罪惡感，彷彿長了翅膀飛離他；他內心有種無比輕鬆的舒暢感。但他想到即使他過去的錯誤，被慧恩完全寬恕了，他還是把慧恩拱手送給了任翔。想到這點，痛苦又再度抓住他的心。

　　慧恩感覺到凱瑞的痛苦卻不知道原因。她把她的手放在凱瑞握著她的手的手上，她想為他分憂解愁，她誠摯地問凱瑞說：「凱瑞，到底什麼事讓你如此的痛呢？你開口告訴我好不好？」

　　凱瑞的眼淚無聲無息地流過臉頰滴落下來。他淚眼婆娑迎視慧恩關懷的眼神，他如何向她說明他的痛苦呢？一切都是他自己造成的，他能說什麼呢？他說不出口也不想說，這是他罪有應得，他該受這種折磨；他依舊雙唇緊閉一句話也不說。

　　慧恩拿起餐巾紙為流淚的凱瑞拭淚。她不知道他到底承受著什麼痛苦？但這種痛苦可想而知一定是十分的巨大，非常人所能想像，才會讓鮮少流淚的凱瑞潸然淚下。他不願說想必是有什麼難言之隱，她也不好勉強他說，只能安靜地陪著他。

　　慧恩手機的簡訊聲又響起，她拿起手機一看是任翔。任翔因

為慧恩沒有回他的簡訊，又傳簡訊給她。她想回覆任翔的簡訊，下意識地要把被凱瑞緊握的手抽出來。但她的手才一動，凱瑞的手馬上緊緊地握住她的手；她越用力抽，凱瑞就握得越緊。慧恩沒有辦法抽出手回簡訊，心裡又擔心任翔沒有收到她回覆的簡訊會放心不下，肯定會一直傳簡訊或打電話過來。她不知道該如何是好？臉上不禁露出著急的神情。

凱瑞知道簡訊是任翔傳給慧恩的，他有些許的不悅。他看慧恩因為不能回簡訊給任翔，而露出著急的神情，他更是醋勁大發。他實在無法忍受，他們這麼親密的互動。但他沒有置喙的餘地，也沒有阻止的權利，他甚至連生氣的資格都沒有。她現在是任翔的女朋友，並不是他的女朋友；他唯一能做的是生自己的氣。他的臉沉了下去，讓不悅爬了上來，無聲地他偏過頭生起悶氣。

慧恩感覺到凱瑞的不高興，又擔心任翔會不放心。她無所適從，不知該怎麼辦才好？她驀然想起了麥克阿瑟將軍祈禱文裡的一句話；「真實力量的溫和蘊藉」。這是一種無堅不摧的力量，她怎麼忘記了呢？凱瑞對她一向都是讓步的，只要溫柔對待他，好好地跟他說，他沒有不降服的。她的擔憂從臉上退去，取而代之的是甜美的笑容。

「凱瑞，」她輕輕地喚了一聲。「你讓我回一下簡訊讓他安心，否則他一定會擔心，會不斷的傳簡訊或打電話過來。我答應你，等我回覆簡訊後，我今天整天整夜都陪你好不好？」她嬌柔的聲音悅耳動聽。

凱瑞轉回頭迎視慧恩溫柔美麗的雙眸，他的不悅瞬間從臉上消聲匿跡。她說得沒錯，如果再阻止她回簡訊給任翔，任翔一定會擔心，肯定會不斷地傳簡訊甚至打電話過來。不讓她回簡訊的確不妥，也不能解決問題。反正只要她願意留下來陪伴他，來日方長總有讓她和任翔一刀兩斷的一天。現在若惹惱了她，讓她不願意留下來陪伴他，不就什麼機會都沒有了嗎？他思考片刻後，放開慧恩的手，讓她能回簡訊給任翔，但一隻手還是摟著她的肩。

慧恩趕緊回覆任翔的簡訊。她很感激凱瑞的理解，放開她的

手，讓她能回覆任翔的簡訊，免去任翔的擔憂。她露出笑容說：
「凱瑞，謝謝你讓我回覆簡訊。我會遵守我的承諾，今天整天整夜
都陪你。你有沒有想去什麼地方？或想吃什麼東西？」

　　凱瑞雙眼痴痴地看著慧恩，一句話也不說。慧恩沒有辦法，只
好集中整個精神去感受凱瑞的意念。她感覺他好像肚子餓了，想到
附近的某家餐廳吃飯。

　　「凱瑞，你肚子一定餓了吧！我們現在就去吃飯！」慧恩說
著，牽起凱瑞的手走向那家餐廳。

　　慧恩和凱瑞走進那家餐廳，他們被帶位的服務生，帶到一處靠
窗的座位坐了下來。過了一會兒，另一位服務生拿了兩份菜單，分
別遞給慧恩和凱瑞，又問他們先要點些什麼飲料？慧恩為自己和凱
瑞點了兩杯冰水。服務生離開後，慧恩稍為瀏覽了一下菜單，她問
正在看菜單的凱瑞說：「凱瑞，你想吃什麼？」

　　凱瑞抬起頭來看著慧恩，吃什麼對他而言並不重要，重要的是
有慧恩陪伴他。他現在如果出聲告訴她，他想吃什麼。那麼吃完飯
後，她可能就會離開，因為她不需要再照顧，恢復正常說話能力的
他了。為了留住她，他必須繼續保持緘默。他依然故我，沒有開口
回答她的問題，只是靜靜地看著她。

　　慧恩拿凱瑞沒轍，只好又集中精神地去感受凱瑞的意念。她感
覺他好像想吃某樣餐點，因此為他點了那樣她感覺到的餐點，自己
則點不同的餐點。

　　「兩樣不同的餐點，我們一起分著吃，如果你不喜歡吃一樣，
還可以選擇吃另一樣。」慧恩說。

　　上餐點了，凱瑞即使用餐還是握著慧恩的一隻手，這讓慧恩很
內疚。她認為自己一定傷害他很深才會讓他那麼痛，又怕她會離開
而緊握她的手不放。

　　「凱瑞，你放心！在你重新快樂起來之前，我不會丟下你不
管。寢室聯誼，蔣若水和何晴晴放我們鴿子，是你拉小提琴和跟我
聊天陪伴我；我腳踝受傷陷在夢之湖的樹林裡，是你發現我背我出

來；我收到一堆情書感到害怕時，是你的胸膛讓我靠；歐陽傑強吻我，你的懷裡是我安全的避風港。還有其他很多很多的事情，都是因為有你，我才能安然度過。你以前為我做的那麼多，現在該是輪到我，為你做一些事的時候了。所以不要擔心，我現在絕對不會離開你。」慧恩語調柔和地說。

凱瑞聽了慧恩說的話，眼眶不禁濕潤起來。原來她還記得那些，他們共同經歷的陳年舊事。她既然沒有忘記那些事，那表示她也不會忘記，他們曾經有過的柔情繾綣、他們的熱情擁吻、他們的海誓山盟。他們的感情經過三年的冰凍後，終於看到解凍的曙光。他那隻握著慧恩的手，不由地又緊緊地握住她。

吃完飯結賬的時候，凱瑞想要付錢卻被慧恩阻止，她對凱瑞說：「凱瑞，我們以前曾經約定，你去服兵役的時候，我去律師事務所工作。我先賺錢供你服完兵役後，可以專心讀書考司法官特考，不用向家裡拿錢。我賺錢了，但還沒有供應你任何的需要，你就已經考上司法官了。」

「雖然你已經考上司法官，但還沒有正式上班沒有收入。我不要你再向家裡拿錢，我現在可以按照我們以前的約定供應你，等你以後上班再還我。當然是要還我本金加利息，利息按法定利率計算。反正我的錢放在銀行裡，也拿不到什麼利息，還不如拿出來借你呢！」

不等凱瑞回答，慧恩已經付了錢。他們正要起身離開餐廳，慧恩的手機響起；是任翔打來的電話。慧恩馬上接起電話，面帶笑容和電話裡的任翔親密互動。凱瑞在一旁看得醋勁大發，但為了不惹腦慧恩就忍了下來。從慧恩講電話的表情和態度看來，他覺得她和任翔的關係應該非常緊密。他又想起慧恩和任翔在機場親吻的事，心裡更加沮喪，也更加不願說話了。

天色漸漸地暗了下來，慧恩和凱瑞在Spectrum逛了一個下午都覺得有些累了。凱瑞牽著慧恩的手，帶著她走回他住的公寓「The

Village」。「The Village」裡棕櫚樹到處可見;參天的棕櫚樹瘦瘦高高的,頂端的長條狀樹枝,好像噴泉噴出來的水,又好像非洲土著頭上戴的羽冠上的羽毛。無風的時候,一棵棵排列整齊的棕櫚樹,像是蕭立不動的衛兵;微風輕拂時,又像是跳著波浪舞的非洲土著,搖晃著頭上的羽冠。

凱瑞牽著慧恩的手,前後進入凱瑞住的公寓。凱瑞公寓裡的傢俱並不多,只有一張雙人床、一張書桌、兩張椅子、和兩張高腳吧台椅。大範圍的閒置空間,讓這間六百多平方英呎的套房,看起來份外清爽。

凱瑞和慧恩進門後,凱瑞隨即將門鎖上。慧恩記起那天與凱瑞在他的房間發生爭執前,凱瑞曾叫她鎖上房間的門;一股寒氣順著她的背脊緩緩上升,她不由地起了個寒顫。她有些許的害怕,也有些許的緊張,她的臉色變得有些蒼白。她努力地讓自己保持鎮定,她不斷地提醒自己:「事情已經過去很久了,而且我已經完全原諒凱瑞,就好像他從來沒有做過那件事一樣。我不應該再想起他以前的一切過犯,否則我一分鐘也沒有辦法待在這裡。我現在是要幫助凱瑞,凱瑞以前對我那麼好,他現在需要我的幫助,我絕對不能撒手不管。」

凱瑞看慧恩的神情略帶驚恐,臉色又有些蒼白,以為她是不習慣到陌生的地方。他將她摟入懷裡緊緊地擁抱她,試圖驅除她的不安。慧恩在凱瑞的懷裡,她的臉頰貼在他的胸膛上,聽著他心臟強壯而規律的跳動聲。她感覺到安全,恐懼感漸漸地離開她,但她還是覺得有些不自在,於是對凱瑞說:「凱瑞,如果沒什麼事的話,我現在就打電話叫憶慈來接我,我明天再跟憶慈來看你。」

慧恩說的話語,像是恐怖片裡驚悚的配樂,讓凱瑞的神經頓時緊張起來;他將慧恩抱得更緊。他不願意她離開,他也絕對不能讓她離開。如果現在讓她離開了,他不知道明天是不是真的還能看到她?有太多不可預測的可能性,他不願冒從此看不到她的險,他也不能冒這個險。他死命地抱住她,緊得讓她覺得全身被拘束,緊得讓她覺得呼吸困難。他一句話也沒說,只是這樣緊緊地擁抱她。

慧恩可以感受到凱瑞的無助與憂慮,她也能明白他不願她離開

的心。她憐憫之心油然而生，她不忍心看他傷心難過，她自動棄械投降，說：「好吧！我今天就在這裡陪你。我們在Spectrum走了一個下午，你一定累了吧？你現在到床上睡一覺，我也在椅子上休息一會兒。等我們都休息夠了，我們再到樓下走走。你可以帶我參觀，你們這個公寓社區的設施。這個公寓社區看起來悠閒而美麗，好像是個小市鎮，環境看起來很好。」

凱瑞鬆開擁抱慧恩的手，面帶微笑欣喜地點點頭。他走向床舖準備上床睡覺，慧恩阻止他說：「憶慈說，不能直接穿著剛才穿到外面的衣服睡覺，必須換上在家穿的衣服或是睡衣，才能上床睡覺；否則會把外面的細菌帶到床上。」

凱瑞停止腳步，轉過頭看了慧恩一眼。他沉吟不語：「哪需要這麼麻煩！等會兒不是還要出去嗎？又要再換一次衣服，太麻煩了！妳們女生自己去做這種事，我可不幹！」

凱瑞轉回頭繼續走向床舖，慧恩冷不防地從他的背後抱住他，不讓他到床上睡覺。他沒有辦法只好直接將上衣脫掉，慧恩的臉直接碰觸到凱瑞的肌膚，她的臉馬上熱了起來；紅暈悄悄地爬上她的臉頰。她趕緊放開凱瑞，轉身背對著他，嬌羞地說：「我還在這裡，你就直接脫衣服，你不怕被我全看光了嗎？帶你的衣服到浴室去換吧！」

「我還怕被妳看光嗎？」凱瑞心裏暗自嘀咕。但她既然這麼說了，他就勉為其難從善如流，為她的緣故到浴室換衣服吧！他從衣櫥裡拿出一套在屋內穿的衣服走進浴室。幾分鐘後，他換好衣服走出浴室，躺到床上倒頭睡覺。

慧恩看凱瑞躺在床上睡著了，她自己折騰了一個下午，也覺得十分疲憊。她走到書桌前，拉出椅子坐了下來，把頭趴在書桌上，不知不覺地也睡著了。在睡夢中，她感覺好像有人抱起她。她驀然一驚，立刻睜開眼睛。映入眼簾的是凱瑞溫柔而憂鬱的雙眸，她正被他抱著。他將她抱到床上，隨即躺在她的旁邊，背對著她閉上眼睛。

慧恩側頭看著背對自己的凱瑞。「凱瑞看起來好孤獨！」她想著，赫然發現自己並未更衣就躺在床上。剛剛她還強迫凱瑞換衣服

才能上床睡覺，現在自己卻穿著剛才在外面穿的衣服躺在床上。怎麼說都說不過去，她趕緊起身下床站在床邊。凱瑞轉過身看著站在床邊的慧恩，他微蹙眉頭眼神盡是不解。慧恩迎視凱瑞滿是疑問的眼睛，她不好意思地低下頭說：「我在這裡沒有衣服可以換，不能睡床上。」

凱瑞聽慧恩這麼一說，馬上起身從衣櫥裡拿出一件乾淨的襯衫遞給她。慧恩了解凱瑞的意思，她伸手接過他的襯衫，拿著襯衫走進浴室更衣。凱瑞長得高大，他的襯衫雖然足以遮蓋她的內褲，但還是不夠長。慧恩有些害羞，她趁著凱瑞不注意的時候，趕緊掀起他旁邊的棉被，躲到裡面背對著他，將棉被蓋到頭上。

凱瑞轉過身，把蓋在慧恩頭上的棉被拉下一點，以防她因為棉被蓋住頭部窒息了。自然而然地，他伸手從她的背後抱住她，把頭靠在她的頭上；就像大學的時候，她到他住的地方睡午覺一樣。

慧恩背對著凱瑞，淚水無聲無息地沿著臉頰滑落下來。她暗暗地想著：「如果沒有那場誤會，我和凱瑞早就已經結婚了。我們可能已經有我們的孩子，有屬於我們自己的家。但因為那場誤會，造成了我們三年的分離。凱瑞現在變得那麼頹廢、那麼憂鬱，也不說話，不再像以前一樣會跟我抬槓。」

慧恩轉過身面對閉著眼睛的凱瑞，她伸手觸摸他的臉頰，淚眼盈盈地對他說：「凱瑞，我不要你像現在這樣都不說話，我要你像以前一樣總是跟我抬槓；那麼瀟灑不羈，那麼陽光有活力。我要從前的你回來，我不要你像現在這樣！」說完，慧恩的眼淚再度潰堤，不斷地向下奔流。

凱瑞睜開眼睛，怔怔地看著淚流滿面的慧恩。他伸手為她拭淚，淚水不由地從他憂鬱的眼睛滾落下來。他沉吟不語：「我何嘗不願回到像從前一樣，只是那裡面如果沒有妳，我說話又有什麼意義呢？要不是從前我說話傷害妳，我們會像現在這樣嗎？妳會離開我嗎？任翔可以得到妳嗎？」想到任翔，凱瑞的心又是一陣痛楚，他不禁深鎖眉頭重新閉上眼睛。

第三十八章 凱瑞的復甦

　　黎明的曙光，透過百葉窗的縫隙，撒落在潔淨的淺棕色木地板上。慧恩徐徐地睜開眼睛，不知道自己到底身在何處？在高雄？在台北？在上海？還是在爾灣？她感覺有一隻手隔著棉被抱著她。她偏過頭一看，凱瑞正躺在她的身旁熟睡著。她注視著他充滿陽剛之氣的臉龐，那曾經迷倒一大群女生的精緻五官，現在被參差不齊的鬍鬚，和略顯雜亂的頭髮掩蓋住了。她伸手輕輕撫摸凱瑞的臉，有毛髮刺刺的感覺。她從來沒有看過留鬍鬚的凱瑞，她有一股衝動，想拿起手機，拍一張頹廢的凱瑞的照片，將來拿來取笑他。

　　「將來？我和凱瑞會有將來嗎？」她和任翔有五年之約，除非任翔有新的女朋友，否則五年內她絕對不會離開他。但五年後，如果他依然沒有新的女朋友，也沒有辦法娶她，她會真的就不再愛他嗎？她知道自己對他的感情，那是種無可救藥的愛；她的身心靈都愛他。除非他變心有了別的女人，否則她會愛他一輩子，不會因為他媽媽的反對就不愛他了。她沒有辦法心裡愛著任翔，卻和凱瑞舊情復燃。這種腳踏兩條船的行為，完全不符合她的價值觀；不符合她想成為賢德女子的自我要求。

　　「我現在先幫凱瑞走出傷痛，等他不再憂鬱頹喪，我就不能再跟他這麼親近，否則任翔一定會不高興。」想起任翔，她的心裡就有種難以言喻的甜蜜感。她和任翔因為分離而愛得更加濃烈；他們每天都互傳簡訊、互通電話。在電話中，他們總是情話綿綿難分難捨。分離讓她清楚的明白，她根本離不開任翔，她愛他愛得深入骨髓。她眼睛看著凱瑞，心裡卻想著任翔對她說的甜言蜜語，她不禁露出甜滋滋的笑容。

凱瑞慢慢地睜開眼睛，他看見慧恩露出甜美的笑容正看著他。他不加思索很自然地將自己的臉湊近她的臉，感覺好像回到大學的時候。他的嘴唇靠近慧恩的唇，他微張的眼睛忽然瞥見，慧恩睜大眼睛驚訝地看著他；他回過神來躺回慧恩的旁邊。

　　「已經三年了，她已經不習慣我的親吻了。」凱瑞難過地想著。

　　慧恩看著凱瑞躺回她的身邊，立刻鬆了一口氣。她記得任翔曾經對她說過：「妳知不知道妳是羊入虎口在考驗我的自我控制力？妳以為妳每次都可以像現在一樣安全逃離虎口嗎？我是個正常的男人，妳又是我愛的女人，妳覺得我們能一直這樣安然無事嗎？」

　　她開始覺得和凱瑞同床共眠實在有些不妥。她很信任凱瑞，他從來沒有做過違反她意思的事。但自制力是要靠能量支撐的，哪天他能量不足，無法支撐他的自我控制力。他也許真的會把她這隻在他口中讓他垂涎三尺的羊給吞噬了。

　　「希望凱瑞和任翔一樣，都是吃素的溫順虎。」她偏過頭看向凱瑞，凱瑞一臉鬱悶正盯著天花板看。她輕聲地對凱瑞說：「凱瑞，如果我在這裡不方便，我可以回憶慈那邊住，我一樣可以每天來看你。這樣你比較有你的生活空間，想要怎樣就怎樣，不會有那麼多的顧忌。」

　　凱瑞轉過頭看著慧恩，隨即以迅雷不及掩耳的速度，轉身隔著棉被將慧恩整個人抱住。慧恩感覺像是被蠶絲團團圍住的毛毛蟲動彈不得，她求饒說：「好！好！算我沒說過！你這樣壓著我，我覺得我好像要窒息了。」她停了一下，看凱瑞並沒有要放開她的意思。她心一急不經意地脫口而出說：「如果我窒息死了，你就沒有老婆了。」

　　凱瑞聽到「老婆」兩個字心情大好。剛才生的悶氣，瞬間煙消雲散不復存在。他放開慧恩，將自己的頭隔著棉被靠在她的胸上。慧恩撫摸著凱瑞靠在她胸上的頭，開玩笑地說：「像我這樣的美女，在我身邊的男士也不能太差；至少不能是不修邊幅的邋遢男吧！如果你想陪伴在我的身邊，最好現在就去整理儀容，免得被我記過處分，將你淘汰出局。」

凱瑞聽慧恩這麼一說，立刻抬起頭來露出狡猾的笑容。他伸手用棉被把慧恩包起來，然後將她連棉被整個翻到他自己的身上。慧恩壓在凱瑞的身上，不禁綻放出勝利的微笑，說：「世界上怎麼有這麼笨的人？將自己的敵人高高舉起，自己卻被壓在下面。這樣也好，趁著你現在動彈不得，我正好可以幫你刮鬍鬚。不過你最好有心裡準備，我從來沒有幫人刮過鬍鬚，也不知道怎樣去刮人家的鬍鬚。但凡事都有第一次，我會小心侍候你，讓你掛的彩少一點，以示我對你的愛心。」

　　凱瑞一聽，心想：「讓她刮鬍鬚那還得了，與其讓她刮，還不如我自己刮呢！」他趕緊抱住慧恩，將她反壓在床上，然後起身走進浴室刮鬍鬚去了。

　　慧恩下床把搞得一團糟的床單棉被整理了一番。她依舊穿著凱瑞的襯衫，趁著凱瑞在浴室裡，她脫去凱瑞的襯衫，換回自己昨天穿的衣服。她順便把凱瑞的書桌整理了一下，無意間看見爾灣加大法學院的入學通知。

　　「哦！原來凱瑞是來這裡讀書的！」慧恩拿起入學通知，看了一下又放回去。凱瑞從浴室裡走出來，整個人煥然一新。他的鬍鬚已經刮乾淨，頭髮也整理過了。原本俊美的容顏，如朝霞中升起的旭日，綻放出光芒。近日來的憂鬱神情，已被清新的笑容所取代。慧恩露出愉悅的笑顏迎向前，給他一個歡迎歸來的擁抱，欣喜地說：「凱瑞！從前的凱瑞回來了！我好想念你哦！」

　　凱瑞伸手緊緊地擁抱慧恩。她燦爛的笑容，讓他的心不由地沸騰起來。他覺得該是他開口說話，給她另一個驚喜的時候了。他興致勃勃正要開口說話，慧恩的手機突然響起；是任翔打來的電話。慧恩把手機拿到一旁接聽電話，她神情愉快地和任翔竊竊私語，宛若熱戀中的情侶。他的心又糾結起來，他實在痛恨任翔，為什麼他總是在關鍵時刻出現奪去他的歡樂？

　　慧恩和任翔通完電話，面帶笑容神采飛揚地回到凱瑞的面前，她輕鬆隨意地說：「凱瑞，你要到爾灣加大法學院讀書嗎？我已經三年沒有碰過法律的書了，看起來很難再成為你的同學。或許我可以申

請UCLA的電影研究所，修些導演相關的課程。因為我演過一部相當不錯的電視劇，可以對我申請學校有加分的幫助。而且我特別喜歡看Dr. Who這類的科幻片，我希望我將來也能導演類似這樣的影片。」

凱瑞聽慧恩說想當導演，首先想到的是任翔。任翔不是演員嗎？慧恩是真的有興趣當導演？還是因為任翔是演員，她想和他朝夕相處，所以追求和他一樣的演藝事業。他臉色瞬間大變，露出冷漠的表情，轉身背對慧恩不願理會她。

慧恩見凱瑞因為她說想到UCLA讀書，就變得那麼生氣，她有如丈二金剛摸不著頭腦。「難道凱瑞不喜歡我拋頭露面當導演？」她疑惑地想著。她想她來這裡的目的，既然是要幫助凱瑞，就不應該惹他生氣。不管他為了什麼原因生氣，她都應該體諒他。她從凱瑞的背後抱住他，溫柔地安撫他說：「你為什麼生氣呢？我只不過是說著玩的。如果你要到爾灣加大讀書，依照我們以前的約定，我賺的錢先供你讀書，我根本沒有多餘的錢可以再去讀書。我們是勾肩搭背的好哥們，我們是不分你我的。」

凱瑞聽到後面那句話，心裡更加不高興。他將慧恩的手用力掰開，又用拳頭重擊牆壁。慧恩被凱瑞的動作所驚嚇；她想起那天凱瑞在他的房間裡生氣的情形，她的身體不由地瑟縮起來。她害怕極了，她需要有人來幫她，她最先想到的是任翔；她拿起手機撥電話給任翔。任翔接起電話說了一聲「喂！」慧恩聽到任翔的聲音，宛若遇到救兵，立刻喊了一聲「翔！」正要說話，她的手機被憤怒的凱瑞搶走關掉了。慧恩更加害怕，眼淚如失控的水龍頭不斷地流出來。她屈膝抱著雙腿坐到地板上，額頭靠在膝蓋上不停地哭泣。

凱瑞看著坐在地板上哭泣的慧恩，彷彿看到他在夢之湖樹林裡看到的她。他的內心相當不捨，也為自己無端的發怒自責不已。他蹲下身子抱起慧恩，用羞愧抱歉的憂鬱眼神看著她。慧恩看著凱瑞憂鬱的眼睛，又起了憐憫之心，她停止了哭泣，將她的頭靠在凱瑞的胸膛上。

慧恩手機的電話聲響起。凱瑞將慧恩抱到床上，又把她的手機還給她。慧恩拿起手機接聽電話，是任翔打來的。任翔不知道為什麼慧恩只喊了他一聲就掛斷電話？他心裡著急就打電話過來詢問。

慧恩藉口自己不小心誤觸了關閉通話鍵，所以才會掛斷電話。任翔又關心地叮嚀了她一些事，才安心地掛斷電話。

凱瑞看慧恩如此依靠任翔，任翔又那麼的關愛慧恩，心裏很不是滋味。但這何嘗不是他自己的過錯造成的呢？若不是他當時太衝動了，沒有搞清楚狀況就把慧恩推出去，斷絕了與她的交往，任翔怎麼會有機會得到慧恩？但他不能了解他們之間到底是怎麼一回事？為什麼他們之間的感情如此的甜蜜又那麼的緊密？好像連見縫插針的縫隙都沒有。難道任翔毫無缺點？這是不可能的。他相信凡是人就有缺點，只是他暫時不知道他的缺點是什麼？通常越是難找的缺點，表示那個缺點一定是越致命。

凱瑞在慧恩的身邊坐了下來，他牽起她的手放在嘴上親了一下。慧恩側過頭看著凱瑞，凱瑞迎視她那雙流轉光亮的眼睛，有些意亂情迷。他的嘴唇不由地湊近她的臉，她卻將她的臉轉回看向前方。凱瑞被慧恩無言的拒絕，但他並不在意，他認為她可能還在為剛才的事生氣。他起身走到書桌前，拿起他的小提琴，開始拉起「明月千里寄相思」這首曲子。這是大學的時候，每當慧恩不高興時，凱瑞最常做的一件事；拉小提琴。

凱瑞拉小提琴時，雙腳分開與肩膀同寬，身體隨著音樂的旋律微微擺動，神情專注而陶醉。他的靈魂與小提琴合而為一，拉出來的小提琴聲，動人心弦美不勝收堪稱天籟之音。「明月千里寄相思」優美的旋律在空氣中輕柔地飄盪著，掠過慧恩的耳際，撫慰她的心。她一如往常沉醉在曲子魔幻般的音律裡，忘情地悠遊其中。之前的恐懼與不愉快，早已飛入九霄雲外，消失得無影無蹤，她又快樂起來了。她下床走到凱瑞的身邊，興奮地說：「凱瑞，我喜歡聽你拉小提琴，再多拉幾首曲子給我聽。」聆聽凱瑞拉小提琴的慧恩，就像是一位溫順的天使。即使眼淚還在眼眶裡打轉，一聽到凱瑞拉的小提琴聲，也可以在流出眼淚的當下，同時展露歡顏。

慧恩拉開百頁窗，讓陽光照亮整個房間。之前所有的污煙瘴氣，已被這位光明使者所驅除，房間裡又充滿了清新的朝氣。「不可含怒到日落」對一般人而言，可能是不容易做到的，但對慧恩卻

不是那麼困難；她天生就不容易記住別人的過犯。她又開始想幫凱瑞，想讓他不要再沉默不說話了。

「凱瑞，你不是要到爾灣加大法學院讀書嗎？我們可以叫憶慈以後用英語跟我們對話。我記得小時候，憶慈連一句中文也不說，對我講話都是英語，我被她訓練得能聽能說。後來她選修中文做為她的第二語言，才開始跟我講中文。她現在中文講得這麼好，參加大學入學考試SATII的中文考試，還拿到幾乎滿分的成績，這都是她努力跟我們這些會講中文的老中不斷練習的成果。你要開口跟憶慈這些ABC們用英語交談，這樣你的英語表達能力才能增強，你不能一直這樣閉口不說話哦！」慧恩苦口婆心地規勸凱瑞。

凱瑞還是沒有開口說話，不過他現在和慧恩初見他時的樣子，已經有很大的不同。他刮了鬍鬚，頭髮也整理整齊，又露出他從前迷倒眾生的笑顏，整個人看起來既帥又充滿陽光活力。連慧恩也不禁讚美他，帥得不合邏輯。只是不知道為什麼他就是不開口說話？慧恩一方面懷念他以前的聲音，一方面又擔心他從此都不說話了，於是打電話給憶慈，約好一起到Spectrum用餐。期望口才好又絕頂聰明的憶慈能幫他的忙。

慧恩、凱瑞與憶慈在Spectrum的一家日本料理餐廳用餐。慧恩正式將凱瑞介紹給憶慈認識：「憶慈，他就是妳所支持的凱瑞，你們已經見過兩次面了。」她又介紹憶慈給凱瑞認識：「凱瑞，她就是還沒有看過你，就很支持你的憶慈。」憶慈向凱瑞道了聲「嗨！」凱瑞則對憶慈微笑點頭致意。

慧恩為自己和凱瑞點餐，憶慈則為她自己點餐。慧恩手機的電話聲響起，是任翔打來的；慧恩起身走到餐廳外面講電話。憶慈目送慧恩離開，轉向凱瑞說：「我和恩恩有一次開車到Fashion Island逛街。要回家的時候，我從我們停車的地方倒車，卻被一輛急速倒車的車子撞到後車門。我忙著和到場的警衛對駕照、保險，妳知道恩恩在幹什麼嗎？她跑去安慰那位，快速倒車撞到我們的白人老頭。那個老頭因為危險駕駛，被一位看不下去的白人中年男子臭罵一

頓，心情很沮喪。恩恩不斷地安慰他、鼓勵他，根本忘了他是肇事者。凱瑞，我想你早就知道慧恩是這樣的人。我雖然支持你，但絕不容許你利用她的同情心去傷害她。」

凱瑞專心聽憶慈說話並沒有開口，憶慈看了凱瑞一眼，繼續說：「雖然我不喜歡任翔，但對他我還是相當的尊敬。他幫恩恩走出情傷，又保護她使她不受污染。你看，現在的恩恩和我們以前看到的恩恩，幾乎沒有改變反而更好。最重要的一點是，恩恩和任翔住在同一間公寓裡，卻仍然保有處女之身。這件事我相信連你都不一定做得到，但任翔做到了。」

凱瑞聽憶慈說，慧恩仍是處女之身，臉上不由地露出笑容；對任翔的怨恨稍稍紓解了些。

憶慈看凱瑞露出笑容，又故作輕鬆地說：「我對任翔唯一不諒解的是，他明知他媽媽反對他和恩恩在一起，他不能娶恩恩，他們不會有結果的。還在機場表現得那麼親熱，好像他們是熱戀中的情侶一樣。而且還用除了恩恩終身不娶的承諾，和五年的約定來綁住恩恩；我討厭他的自私。」

凱瑞聽了憶慈說的話，瞬間精神大振。原來他差一點又被任翔精湛的演技所欺騙，他和慧恩根本不可能在一起，他所擔心的障礙根本不存在。他高興得要跳起來，他太感謝憶慈告訴他這些事了，憶慈果然是支持他的。

凱瑞喜不自禁，他的好心情在憶慈的面前顯露無遺。憶慈的嘴角微微上揚，又對凱瑞說：

「現在就是怎樣讓恩恩對任翔死心，不要讓她被任翔的承諾和五年的約定綑綁，那她就完全自由了。最好是任翔傳出一些緋聞，或是跟哪個女人有糾纏不清的關係。但無論如何，你還有一個最大的幫手，那就是任翔的媽媽。」

「任翔的媽媽，既然會干涉任翔結婚對象的選擇，她必定會干涉到底。任翔已經三十五歲了，他媽媽對他的婚姻大事必定會著急，一定會幫他物色對象。最後一定會要求任翔，選擇一位她滿意的媳婦成為他的妻子。一旦任翔有了對象，恩恩對任翔就不會留戀了。」

「我送你一句在『路得記』裡的話：『你只管安坐等候，看這事怎樣成就，因為那人今日不辦成這事必不休息。』任翔的媽媽不幫你辦成這事，她是不會休息的，所以你千萬不要為恩恩和任翔通電話這種事吃醋。你不可以講他們的不是，但我卻可以。聰明的人不要做愚昧的事，你好自為之。若不是任翔的媽媽反對他們在一起，我是不會幫你忙的。」

慧恩講完電話走進餐廳，往憶慈和凱瑞的方向走過去。憶慈看慧恩走過來，低聲問凱瑞說：「你的問題應該都有答案了吧？你打算什麼時候開口講話呢？」凱瑞露出前所未見的燦爛笑容，但依舊沒有開口回答。

慧恩回到座位上，憶慈故意裝作生氣的樣子，嘟著嘴說：「又向那個人報告行蹤了？」慧恩怕凱瑞生氣，尷尬地笑了笑。她偷偷地瞄了一眼凱瑞的表情，只見他笑容滿面並沒有不悅的臉色。她鬆了一口氣，偷偷地用腳踢了憶慈一下。

「哎喲！」憶慈叫了一聲，眼睛狠狠地瞪了一下慧恩。慧恩神情自若，好像什麼事都沒有發生過一樣，隨手拿起裝有冰水的玻璃杯喝了一口。憶慈的臉轉向凱瑞，笑盈盈地問凱瑞說：「聽說你很會拉小提琴，什麼時候拉小提琴給我聽呀？」慧恩正準備幫凱瑞回答，凱瑞發出如黃鶯出谷般悅耳的聲音說：「只要妳想聽，隨時都可以。」藏不住的快樂，讓凱瑞的眼睛被笑容擠成瞇瞇眼。

憶慈聽了呵呵地大笑起來。慧恩則喜出望外，高興地抱住凱瑞。「凱瑞，凱瑞，你說話了！你終於說話了！」她興奮地歡呼著，喜悅全寫在臉上。

慧恩和凱瑞一起回到凱瑞的公寓，凱瑞的鄰居保羅正好開門走出來。凱瑞將慧恩介紹給保羅認識，說：「Paul，她是我的女朋友。中文名字是朱慧恩，英文名字是Grace。你以後就叫她Grace。」他也將保羅介紹給慧恩認識，說：「恩恩，他是我的鄰居兼好朋友Paul。」慧恩與保羅互相打招呼，彼此都說「嗨！」

保羅面帶笑容，熱情地說：「很高興認識妳！沒想到Victor竟然

有妳這麼漂亮的女朋友，我都有些嫉妒了。」

慧恩微笑不語，凱瑞一如往常代替慧恩發言說：「我的女朋友當然是漂亮囉！你別嫉妒我，自己找一個吧！」說完，他牽著慧恩的手，開門進入自己的公寓。

凱瑞把剛才在Spectrum買的東西放在地板上，隨即將慧恩騰空抱起。慧恩被這突如其來的舉動嚇了一跳，趕緊用手抓住凱瑞的胳膊。凱瑞將她抱到床上，用自己的身體壓住她，說：「今天早上，妳把我壓在下面，說要幫我刮鬍鬚，還說會小心侍候我，讓我少掛點彩。我當時感動得差點痛苦流涕，還在想不知何年何日才能報答妳的大恩大德？沒想到機會那麼快就到了。我現在就趁著妳動彈不得，幫妳把妳這頭漂亮的長髮，修剪成現在最流行的俏麗短髮。不過我還是要告訴妳，我從來沒有幫人剪過頭髮。但凡事都有第一次，我會特別小心謹慎，讓妳的頭髮不會太像狗啃的一樣。」

慧恩用力掙扎，但被凱瑞高大的身體壓著，她還是動彈不得。她放棄掙扎，露出曖昧的笑容說：「好凱瑞！如果你真的要剪我的頭髮，你就請便吧！不過，你有沒有聽過『夜夜磨刀的女人』？那個女人每天到了半夜就拿刀出來磨，你知道她要幹什麼嗎？」

凱瑞聽了毛骨悚然發了一陣冷顫，他抬起身體翻過去躺到慧恩的身邊，說：「復仇的女人真是可怕！算了！這次就饒了妳吧！但是死罪可饒，活罪難逃！」凱瑞轉身將臉湊近慧恩的臉，然後以迅雷不及掩耳的速度，將他的嘴唇蓋在她的唇上。慧恩用力掙扎，將臉偏向一邊拒絕凱瑞的親吻。

凱瑞再次被慧恩拒絕，心裡甚是不悅，他躺回慧恩的旁邊生起悶氣。慧恩轉過頭面對凱瑞，她知道他不高興被她拒絕。但她現在是任翔的女朋友，她不能讓任翔不高興，也不能做對不起他的事。她坦白地對凱瑞說：「凱瑞，我現在已經不是你的女朋友，我現在是任翔的女朋友。我必須忠於我的感情忠於任翔，除非任翔有新的女朋友，否則我是不會離開他的。我們可以是朋友，但不能有太親密的舉動。晚一點我打電話叫憶慈來接我，我會每天來看你，但我不能再住這裡。」

凱瑞好不容易才讓慧恩心甘情願陪他，怎麼會願意讓她再離開他。但她現在的確是任翔的女朋友，在她和任翔分手之前，他確實不應該對她有太過親密的舉動。要求她住在這裡與他同床共眠，實在是有些強人所難。只要慧恩願意每天來看他，他就有機會讓她回心轉意，離開任翔回到他的身邊。何況他還有一位強有力的幫助者，那就是任翔的媽媽。她遲早會把慧恩還給他，他根本不需要著急。正如憶慈說的，他只管安坐等候，看這事怎樣成就，因為任翔的媽媽不幫他辦成這件事是不會休息的。

　　「好吧！在妳和任翔分手之前，我保證不會對妳有過於親密的舉動。妳回憶慈家住我沒有意見，但我們每天都要在一起才行。以後我每天一大早去憶慈家接妳，晚上再送妳回去。」凱瑞勉為其難地說。

　　「好！我每天都陪你像哥兒們一樣。我們雖然不能像以前一樣成為男女朋友，但我們照樣可以成為很好很好的朋友。」慧恩興奮地說。沒有了對不起任翔的顧慮，她整個人都覺得輕鬆。凱瑞原本就是她的好朋友，她樂於和他恢復好朋友的關係。她有任翔這樣的男朋友，又有凱瑞這樣的好朋友；她覺得很快樂，快樂得要飛起來。

　　任翔和媽媽駱霞坐在客廳的沙發上。駱霞最近身體有些不適，孝順的任翔不放心經常回家看她。她很滿意任翔這個兒子，他是她這一生最大的榮耀。表現在任翔身上的教養，和卓越的品格操守，在在都證明，她對他嚴格的要求，和剛中帶柔的管教方式，是正確無誤的。在別人的眼裡，她是個成功的母親。在她自己的想法裡，她也自認是無愧於祖先，可以在歷代祖先面前揚眉吐氣的好媽媽。

　　任翔對她百依百順，是個無可挑剔的好兒子。唯一讓她頗有微詞的是，他喜歡的女人都不能令她滿意。莫言真的問題還不大，最糟糕的是，他竟然會愛上一個背祖忘宗的女人；這是她最不能接受的事。不過任翔很聽她話，只要是她不喜歡的女人，他都會毅然決然的和她們切斷關係。只是他對這個背祖忘宗的女人，似乎還無法

完全忘情。他們雖然已經分手了，但看起來還是藕斷絲連，沒有辦法切割乾淨。為了任翔好，她一定要想辦法，讓他們切割得一乾二淨，不再拖泥帶水糾纏不清。

「翔翔，你跟那個叫朱慧恩的姑娘到底是怎麼一回事？不是已經跟她分手了嗎？為什麼在戲劇盛典上，你們表現得像是對熱戀中的情侶？你還說她是你未來的妻子。你應該很明白，我是絕對不可能讓她進我們任家的門。」駱霞的語氣溫和中帶著堅持，連珠地問了幾個問題，又強調自己的立場。

「人生如戲，戲如人生；人生裡有戲，戲裡也有人生。看不透是人生還是戲，分不清是戲還是人生；似夢非夢，轉眼成空。在一片混沌中，霧裡看花個自解讀。」任翔不知道如何回答媽媽的問題，就以模稜兩可的哲理代答。他看媽媽似乎不太能理解，於是又加了一句話說：「慧恩是我簽約的藝人，我陪她參加戲劇盛典，製造一些戲劇效果而已。」

「人家可是未出嫁的年輕姑娘，你製造這種戲劇效果，不知情的人會以為你和她關係非淺。想要追求她的人難免卻步，不敢任意展開行動。你這樣做是會耽誤她，讓她失去很多的機會。在這件事情上，你思慮不周必須好好反省，以後不可再犯。」駱霞嚴肅地訓誡任翔，接著又溫柔地對他說：「我知道你行事為人一向謹慎小心，凡事深思熟慮，但人畢竟是凡人難免會犯錯。以後你要跟那個朱慧恩保持距離，不要讓別人產生誤會，以為你是她的男朋友；妨礙她交男朋友的機會，也阻礙你找到好對象的可能。」

「嗯！我知道了！」任翔順從地回了一聲，但這並不是他的真意。戲劇盛典上，他與慧恩的互動是他們真實情感的呈現，並不是為了製造戲劇效果。就連他在機場當眾親吻她，也是他真情的流露，沒有一點戲劇表演的成分。但他怎能告訴媽媽，這一切都是事實，她的兒子深愛著一個她不喜歡的女孩。他沒有辦法完全按照她的意思，和那個女孩一刀兩斷、劃分界線。他只能暫時隱瞞，在不讓媽媽生氣的情況下，和慧恩繼續保持聯絡。可是不是隱瞞就算是解決問題了；他和慧恩有五年之約，他必須在五年之內，想辦法改

變媽媽的觀念，否則他可能會永遠失去她。想到可能會失去慧恩，他的心不禁隱隱作痛。若是從來沒有遇見過慧恩，娶哪個女人為妻，對他而言都不是那麼重要。但自從和慧恩相知相愛後，他的心已經被她緊緊地抓住。除了她以外，他沒有辦法再愛別的女人，也沒有辦法再接受別的女人。

「媽，您有沒有仔細想過慧恩說的話？也許基督徒並不是像您想的那樣，他們看起來不像是背祖忘宗的人。」任翔怕媽媽不高興，語帶保留地說。

「朱慧恩是個大美人，我從來沒有看過像她這麼漂亮的姑娘。但她的美麗並不能改變，她是個背祖忘宗的人這個事實。你不要被她的美色所迷惑，認為她說的話都是事實、都是對的，這樣就太愚蠢了；我不會錯怪她的。基督教是外來宗教，東西文化不同難免會有衝突，只是這個衝突恰好是我不能接受的。」駱霞心平氣和地說，沒有火氣也沒有不悅。

「佛教也是外來宗教，他們尊重我們中國人的文化。慧恩說基督教也尊重我們中國人的文化，只要不把祖先當 神 一樣的祈求，以感懷的心祭拜祖先是可以的。這樣說來，基督徒並不是背祖忘宗的人。慧恩如果進我們家，我會帶她去掃墓拜祖先，這些都不會是問題。」任翔嘗試說服駱霞。

「真是英雄難過美人關！你一向精明看事情看得透澈，但你在這件事情上，眼睛好像蒙上一層霧就是看不清楚。你怎麼會相信她的強辯之辭呢？你是不是對她不死心還想把她娶進門？我現在就明白地告訴你，那是不可能的事。除非太陽打從西邊出來，否則我絕不允許你把她娶進門。而且你最好跟她斷絕一切的聯繫，不要再跟她糾纏不清。」駱霞的聲音有明顯的不悅。

任翔手機的簡訊聲突然響起，他拿起手機一看，是慧恩傳來的簡訊。他看了簡訊的內容，一種甜蜜感浮上心頭，不禁露出微笑迅速回覆簡訊。

駱霞看任翔回覆簡訊的神情，和平常他回覆一般人簡訊的神情，有顯著的不同，不由地起了疑心。她開口問任翔說：「是誰傳來的簡訊？看你眉開眼笑的，好像特別高興。」

任翔笑容依舊在臉上，眼睛依舊在手機上，手也依舊在回覆簡訊。他輕描淡寫地回答說：「是一個朋友傳來的簡訊。」

駱霞越看任翔的表情越覺得詭異，怎麼看都不像是跟一個普通朋友在傳簡訊。她靜靜地坐在一旁，觀察任翔看簡訊和回覆簡訊的一舉一動。半晌，任翔回覆好簡訊，將手機隨手放在沙發前的咖啡桌上。

駱霞從咖啡桌上拿起手機，打開來看任翔剛才的簡訊內容；她一看內容臉色立即大變。的確是一個朋友傳來的簡訊沒錯，只是這個朋友不是普通的朋友，是她一直反對他交往的朱慧恩。從他們簡訊的內容看來，他們不但沒有分手，感情甚至更加甜蜜濃烈；甜蜜得讓人難以忍受，濃烈得令人觸目驚心。她怒火攻心，忽然覺得頭昏眼花，心臟緊縮隱隱作痛，幾乎要昏厥過去。

任翔見狀趕緊向前摟住駱霞的肩，又搓背又按摩。他心急如焚，不知該如何是好？他實在無計可施，為了讓媽媽息怒，也為了媽媽的身體，他拿起手機用力往地上摔。瞬間，手機的機殼打開鏡面破碎，整支手機完全無法再使用。

「媽！對不起！我錯了！您不要生氣！我向您保證，我不會再跟慧恩通簡訊，也不會再打電話給她，我現在就送您去醫院。」任翔著急地說，臉上盡是恐慌。

駱霞看任翔將手機摔壞，又做出不再跟慧恩通電話和簡訊的保證，她的情緒慢慢穩定下來，整個人也覺得舒服多了。她的聲音又恢復原本的溫柔，平心靜氣地說：「我相信你說到，就一定會做到。手機壞了就換一支手機，順便換一個號碼。不是媽媽不願意你和你喜歡的女人在一起，而是她並不適合你。如果你娶了她，你就必須背負背祖忘宗的罪名。你承擔不起這個罪名，我也承擔不起。外面漂亮的姑娘有一大群，溫柔嫻淑的也不少；你可以任意挑選，不必一定非她不可。」

「媽，只要您不生氣把身體養好，不管您說什麼我都聽您的。我會換一支新的手機，也會換一個新的號碼。您不同意我娶慧恩，我就不會娶她。外面漂亮的姑娘有很多，溫柔嫻淑的也不少，但未

必和我有緣。如果不喜歡人家，又把人家娶回來，這也是糟蹋人；不是正人君子該做的事。就隨緣吧！」任翔無奈地說。

　　他已經向慧恩許下承諾，倘若他要娶妻，他的妻子一定就是她；他必須遵守他的承諾。現在他雖然沒有辦法再跟慧恩聯絡，但等一段時間也許事情會有轉機。何況再過幾個月，等他的片約還清了，他就可以去美國看她。到時候，再將他不能跟她聯絡的苦衷告訴她，她一定可以理解。他記得慧恩曾經要求他，不要因為她的緣故讓媽媽生氣，這樣做也是符合她對他的要求。只是他還是很擔心，事情不會像他想的那麼好。想到這點，他的心就不斷地往下掉，一直掉一直掉，掉到深不見底的憂鬱深谷裡。

第三十九章 悲情任翔

　　任翔開車回到自己的公寓，他打開大門走進屋內。整間公寓安靜無聲，他關上門站立在門口。以前慧恩在的時候，只要他打開門，她就會迎面走過來，臉上的笑容如春天裡綻放的花朵，高興地迎接他。他等了一會兒，慧恩沒有出現，連一點聲響也沒有。

　　「慧恩已經離開了！」他提醒自己。公寓裡的一切，就像慧恩三年前來的時候一樣，完全沒有改變。只是她來了，帶給他無以倫比的快樂後又走了。他邁出步伐走到客廳的落地窗，倚窗看向窗外黃浦江的夜景。這裡曾是慧恩最喜歡佇立的地方；她喜歡在這裡看黃浦江一天景色的變化，她還喜歡在這裡看那顆屬於他們兩個人的恩典之星。他舉頭看向夜空，蒼穹一片寂寥，只有恩典之星閃爍著璀璨的光芒，遙遠地陪伴著那輪清冷的明月。「恩典之星，妳是不是跟我一樣孤獨寂寞？」他喃喃自語。

　　他挪動腳步走到落地窗旁邊的鋼琴前，打開琴蓋隨意彈了幾個鍵；這是他為慧恩買的鋼琴。他知道她喜歡彈鋼琴唱歌，所以特別為她買了這台鋼琴。她很喜歡這台鋼琴，每天中午、晚上吃完飯，她都會坐在這裡彈琴唱歌給他聽。他還記得他們一起練習「The Prayer」這首歌曲的情景，當時的情景只能用「超越快樂」四個字來形容。

　　「為什麼快樂總是留不住？」他沉吟不語，舉步走到慧恩的房間門口，伸手轉動門鈕推開門走了進去。慧恩的房間是他們預定的嬰兒房；他們本來打算領證結婚後，慧恩就搬到他的房間與他同住，他們積極造人，希望第二年就能生個孩子住這個房間。現在他孩子的媽離開了，這間房間不知道什麼時候，才能聽到他們孩子的

哭聲？他舉目環顧四周，這間房間沒有了慧恩的溫度，似乎變得格外冷清。

　　他走出慧恩的房間，來到客廳的沙發坐了下來。他的心情非常鬱悶，不能再跟慧恩通簡訊和電話，等於是跟她失聯。他再也看不到她帶著滿滿愛意的甜蜜簡訊，也聽不到她在他耳畔呢喃低語的綿綿情話。他站起身子走到廚房的酒櫃前，從酒櫃裡拿出一瓶紅酒和一只高腳玻璃杯，然後走回客廳的沙發坐了下來。他為自己倒了半杯紅酒，開始喝了起來。他越喝越難過，生氣地將高腳杯狠狠地摔在地上，高腳杯應聲破碎散落一地。這是他有生以來第一次摔東西，他太痛苦了，他對目前的情況完全束手無策。只能眼睜睜地看著慧恩離他越來越遠，而他卻完全無計可施什麼都不能做。

　　「為什麼我不能擁有我這輩子最愛的女人？媽媽，難道妳要幸福從我的生命裡銷聲匿跡嗎？」他悵恨滿懷自言自語。他斜靠著靠枕躺在沙發上，他覺得很累，難以言喻的累。身體累、心裡累、靈魂也累；他的身心靈都累。他閉上眼睛，他需要休息，他沒有辦法再思考，也不想再思考，他只想睡覺。慢慢地一切都停止了，在孤獨的寂靜裡他睡著了。

　　不知過了多久，任翔手機的電話聲響起，他模模糊糊地拿起手機，閉著眼睛對著手機說了一聲：「喂！」

　　「任翔，我是言真！」莫言真的聲音從手機裡傳出來。「我現在……就在你公寓的樓下，你方便……讓我……讓我上去找你嗎？」她囁囁嚅嚅地說，聲音有些猶豫有些膽怯。

　　任翔還沒有完全清醒，他睡眼惺忪勉強地看了一下手機上的時間，快12點了。「我從來沒有聽過，莫言真說話這麼吞吞吐吐的。她一定是發生了什麼事，否則她不會這麼晚來找我。」他思忖後，立刻回答說：「好吧！十分鐘，妳十分鐘之後上來，我在這裡等妳。」他掛了電話馬上從沙發上起身，將地上的玻璃碎片收拾乾淨。

　　門鈴聲響起，任翔快步走到門口打開門，將莫言真迎進門。莫言真隨著任翔走到客廳，然後逕自走到落地窗前，倚窗看向窗外黃

浦江的夜景。

「景色依舊，人事全非！聽說你的女朋友朱慧恩走了？」莫言真注視著窗外隨興而言。

「出去旅行了，不知道什麼時候會回來？」任翔不經意地說，接著好奇地問：「妳怎麼會知道我的新手機號碼？」

任翔的手機號碼今天下午才剛換新，他自己都還沒記住這個新號碼，他不知道莫言真為何如此神通廣大？馬上就知道他的手機號碼。

「我打你的舊手機號碼，打了一個下午都沒人接聽。所以剛才我打電話去問余雯雯，是她告訴我你的新手機號碼。我真搞不懂，你沒事幹嘛換手機號碼，總不會是跟你那位美麗的女朋友分手了，怕她一哭二鬧三上吊，打電話騷擾你吧？」莫言真語帶詼諧地說。

任翔仰頭看向窗外的夜空，靜默不語並沒有回答。莫言真沒想到任翔會有這樣的反應，以為他默認了。她睜大眼睛一副不可置信的樣子，驚訝地問：「你不會真的跟你那位美麗的女朋友分手了吧？」

「沒有分手，也不會再有聯絡了。」任翔平淡地說。

莫言真注視著任翔，他神情落寞，眼底有訴說不盡的憂愁。明眼人一看就知道，他一定是遇到什麼難以解決的問題；而這個問題一定跟他的女朋友有關。

「你的女朋友為什麼會出去旅行？你又為什麼不會再跟她有聯絡了呢？」莫言真關心地問。

「我媽媽反對我跟她在一起，所以她必須暫時出去旅行，我也暫時不能跟她有聯絡。」任翔無精打采地說。

任翔和莫言真雖然已經分手，沒有常常往來但還是朋友。因為曾經是戀人，有過一段時間的交往，彼此都互相了解。所以他對莫言真很信任，並不介意把一些事情告訴她。

「不會吧！朱慧恩長得這麼漂亮，她的美麗連女人看了眼睛都會被吸住；何況她又那麼賢慧。這種打著燈籠都找不到的好媳婦，你媽媽怎麼會反對呢？」莫言真錯愕地問。她實在無法了解任翔的媽媽是怎麼想的？以前她反對任翔和她在一起，是因為她不願意放

棄如日中天的演藝事業。慧恩雖然演過一部電視劇，但她從此之後就沒有再演過戲；這不應該是她反對的理由吧！

「她是基督徒，我媽媽反對我娶基督徒為妻，所以反對我們在一起。」任翔輕描淡寫地說。

「原來是宗教問題！」莫言真恍然大悟地說。既然是宗教問題，她也不能再說什麼了。話說回來，如果任翔的媽媽反對他和慧恩在一起，那對孝順的任翔來說，娶慧恩是不可能的了。他雖然口中說他們沒有分手，卻又承認他們不會再聯絡；在她看來他們事實上已經分手了。他們既然分手了，那她和任翔就有復合的可能性。

她伸手擁抱任翔，將她的面頰靠在他的胸膛上，溫柔地說：「既然你們不能在一起，那就讓我們重新開始吧！」

任翔伸手抱了一下莫言真，然後輕輕地將她推開，說：「情況看起來是前所未有的糟糕，環境看起來是前所未有的困難，但並不表示我要放棄。當你愛的人同時也愛你，那是非常棒的感覺，但是找到靈魂伴侶的感覺更棒。靈魂伴侶是沒有人比她更了解你，沒有人比她更愛你；不管任何情況，她都會在你的身邊。慧恩就是我的靈魂伴侶，她愛我、懂我、留意我、尊重我。她知道我一切的需要，也滿足我一切的需求。三年來，不管任何情況，她都陪伴在我的身邊，為我犧牲玩樂毫無怨言。除了她之外，我不會再愛任何女人包括妳。」

莫言真和任翔曾經也是一對令人稱羨的情侶，他們彼此相愛也互相了解，但任翔從來沒有說過她是他的靈魂伴侶。她不能理解，她和慧恩到底有什麼不同？為什麼在任翔的心目中會有這麼大的差異？難道慧恩在性方面給任翔更大的滿足？她記得任翔曾經說過，他和慧恩沒有性關係，但那已經是兩年前的事了。也許在這兩年內的某個時間點，他們情不自禁自然而然地發生性關係，那也是可以理解的。

「你和朱慧恩有性關係嗎？」莫言真問。

「沒有！她希望婚前守貞，我尊重她的意願，所以沒有跟她有過性關係。」任翔回答說。

莫言真詫異地看著任翔，她和任翔在一起沒有多久就有了性關

係。慧恩跟他住在同一個屋簷下有三年之久，竟然沒有跟他發生性關係。而且他還當她是靈魂伴侶，聽起來有些匪夷所思。

「也對！朱慧恩的確是任翔的靈魂伴侶；靈魂的伴侶，靈魂合而為一，肉體還是分離的。」她略微思量，從另一個角度解釋靈魂伴侶，不禁莞爾一笑。

她伸手牽起任翔的手，把他的手放在她豐腴的乳房上，說：「朱慧恩不能給你的，我都能給你，這點我想你應該心知肚明。」

任翔抽回他的手，說：「如果我願意有一點點不尊重慧恩，我跟她早就發生性關係了。我跟她沒有性關係，並不是她不能或不願意給我，而是我對她要求自己在婚前保持處女之身的尊重。」他的聲音低沉平和，沒有指責、沒有看輕，依舊維持他一貫的溫和蘊藉。

「任翔真是個正人君子！沒錯！如果他願意有一點點不尊重朱慧恩，他們住在同一間公寓裡，早就發生性關係了。只是這種尊重值得嗎？最後還可能是一場空。」莫言真暗自思忖後，不禁好奇地問：「你後悔嗎？你會後悔沒有跟她發生性關係嗎？她那麼單純，如果你跟她發生性關係，她可能就不會離開你了。」

任翔側頭沉思：「我後悔嗎？我後悔沒有跟慧恩發生性關係嗎？如果我跟她有性關係，按照她的個性，她的確就不會離開我。但這樣我在她心裡面，是不是就沒有了高尚的品格呢？高尚的品格和得到慧恩的身體，哪一個比較重要？如果我得到她的身體，卻讓她對我的品格有了懷疑，她還會那麼愛我、敬我、留意我嗎？」

莫言真看任翔沒有回答，又說：「現在這個時代，有婚前性行為的夫妻不勝枚舉，他們很多人過著幸福快樂的日子。你的思想會不會太保守了一點？或許就是因為你的保守，可能讓你和朱慧恩擦身而過。」

任翔從小就被媽媽教導品格操守的重要性，尊重、愛護自己所愛的人並沒有錯。既然自己是堂堂正正做人，仰不愧於天，俯不怍於人，結果如何並不重要。他義正詞嚴地說：「我任翔做事只求對得起自己的良心、無愧天地。如果因為我尊重慧恩，不和她發生婚前性關係，導致她離開我嫁給別人，我也認了；因為一切都是緣

份。即使我們有了性關係，她如果不是我的，依舊不會是我的，只是徒增她的痛苦罷了！」

　　任翔的一番話讓莫言真更加敬佩。她實在很後悔，當初那麼堅持自己的演藝事業，而讓這麼優秀的男人離開她。她伸手撫摸任翔的臉頰，情不自禁地說：「離開你，我真的很後悔。多少午夜夢迴，我的腦海裡全都是你的身影。你和朱慧恩已經是過去式了，你們兩個人彼此相愛卻不可能在一起，你又何必如此折磨自己？你媽媽反對我演戲，我就不演戲；我們原本的問題已經不存在了。我們可以照著我們以前的規劃，建立屬於我們的家庭。」她停了一下，接著說：「你不要現在回答我，等你冷靜考慮清楚了再告訴我。」

　　任翔和莫言真雖然曾經相愛過，但事過境遷，任翔對她的感情，已經因著與慧恩的相戀而不復存在；何況他對慧恩許下非她莫娶的承諾。他要求慧恩記住他的承諾，他怎能自己違背自己的承諾呢？他不想耽誤莫言真有限的青春，站在朋友的立場，他希望她能有個幸福美滿的歸宿。他誠摯地對莫言真說：「言真，除了慧恩之外，我不會娶別的女人為妻。有些舊夢可以重溫，有些舊夢過了就會消失無蹤。我們朋友的情份依舊不變，但感情已經無法挽回。我希望妳不要執著於這份虛空的感情，而能抓住真正屬於妳的幸福。」

　　莫言真微蹙眉頭，眼神裡有藏不住的失望。她怔怔地看著任翔，話語在她的口中如冰融化。任翔迎視莫言真失望的眼神，他有些許的不忍。他不想繼續這個話題，他想改變現在這種沉悶的氣氛。他刻意轉移話題，問莫言真說：「言真，妳這麼晚來找我一定是有事，有什麼我可以幫妳的嗎？」

　　「其實也沒什麼事，我只是心情不好想找你聊聊。對我而言，你是個具有魔幻能力的心靈導師。只要跟你聊聊，聽你開導幾句，我的心情就會好起來。」莫言真一派輕鬆地說。方才失望的神情，瞬間隱去行蹤，她又恢復原本的笑容。她看咖啡桌上還留著任翔剛才喝的酒，便豪氣地對任翔說：「桌上剛好有酒，你去拿酒杯來，我陪你喝幾杯。」說完，她踏出步伐走到長沙發坐了下來。

　　任翔從廚房的酒櫃裡拿出兩只酒杯，走到單人沙發坐了下來。他為莫言真倒了半杯酒，給自己則只倒了少許的酒。

「言真,現在已經很晚了,妳喝完這杯酒,我送妳回家。」他不想留莫言真在這裡,但他也不放心讓她一個人自己回家,他覺得他有責任保護她的安全。

「現在已經過了凌晨一點,你還要趕我走嗎?我想再跟你多聊聊,何況喝酒不開車,你已經喝了酒就不能開車。我今晚睡朱慧恩的房間。早上天一亮,沒人注意的時候,我自己走你不要送我,免得謠言滿天飛。」莫言真自在地說。雖然任翔拒絕與她復合,但她還是喜歡跟他聊天。任翔待人真誠口中言之有物,跟他講話如沐浴在花香氤氳的溫泉裡,讓人覺得舒服。

任翔聽莫言真這麼說,也不好意思拒絕。他自認行得正,也不怕外面的閒言閒語。何況莫言真已經說了,早上天一亮,沒人注意的時候她就會離開。

「好吧!今晚妳就睡慧恩的房間。」他沒有再多想,一口應允。

天一亮,莫言真就從任翔的公寓離開。但從昨天晚上,她進入任翔住的公寓大廈開始,就已經有狗仔隊跟拍。那群狗仔在任翔住的公寓大廈外面熬夜等候,皇天不負苦心人,他們終於拍到她走出公寓大廈的畫面。那個星期影藝新聞最熱門的話題是,莫言真夜宿任翔的公寓,任翔背著朱慧恩劈腿莫言真。謠言、照片鋪天蓋地佔據各種媒體版面,包括網路媒體。

「怕相思,已相思,輪到相思沒處辭,眉間露一絲。」慧恩站在憶慈家的後院,欣賞滿園的玫瑰花,喃喃低吟。一個星期了,已經連續一個星期,她沒有接到任翔的簡訊和電話。她傳給他的簡訊,他沒有回覆;她打給他的電話,他也沒有接聽。他好像無聲無息的就從她的生命裡消失,一點音訊也沒有。她沉思許久,她認為任翔音訊全無的可能性有兩種;一種可能性是他出了意外,不能傳簡訊、打電話給她,這種可能性讓她很擔心;另一種可能性是任翔決定跟她分手了,音訊全無是他分手的通知,這種可能性讓她覺得害怕。

她記得她離開任翔的前一個晚上,曾經對他說:「你一旦有新

的女朋友，就是我們愛情的結束；我不會寬容，也不會等你回頭。你有女朋友的時候，我不想最後一個知道，你也不要直接通知我。你只要一段時間不再跟我聯絡，就算是通知我了，我也可以死心了。」

她心裡開始不安起來。她雖然為了愛任翔而離開他，但他們有五年之約，任翔不是要她等五年嗎？難道他這麼快就放棄不用她等五年了？她搖搖頭試圖擺脫這種想法。她知道任翔很愛她，而且她很了解他；他不是那種說變就變的人，一定有其他原因讓他突然失聯。難道他真的出了什麼意外？她不禁擔心起來。

「任翔是當紅的明星，如果他出了什麼意外的話，新聞一定會有報導。如果新聞沒有報導，那表示他應該沒出什麼意外，這樣我就可以放心了。」

慧恩拿起手機上網查有關任翔的消息。她把任翔的名字輸入，立刻出現一大堆有關任翔的消息；大都是莫言真夜宿任翔公寓，任翔劈腿莫言真的報導。她仔細地看了裡面的內容，她的眼淚如斷線的珍珠，一顆顆沿著臉頰滾落下來。

「任翔的人沒有出意外，是他的感情出了意外。」她仰頭看向藍天，晴朗的蒼穹白雲朵朵緩緩飄動，偶然被突然現身的烏雲所覆蓋。「晴空萬里，為何白雲會瞬間變成烏雲呢？」她無語問蒼天。

「親眼所見的都未必是真實，何況是媒體的報導。也許事實並不是像媒體報導的那樣。」她為自己難過的心，找一個可以得安慰的理由，但這個理由很快就被她推翻了。她記得兩年前，她曾在任翔的公寓裡，看過任翔和莫言真熱情親吻。她也記得任翔曾經向她承認，他和莫言真有過性關係。最重要的一點是，她曾告訴他，他有女朋友的時候，不要直接通知她，只要一段時間不再跟她聯絡，就算是通知她了。他已經有一個星期沒跟她聯絡，如果按照她對他的要求，他的確已經通知她了。

「莫言真夜宿任翔的公寓，再加上一星期的不聯絡；這兩點就足以證明任翔還是決定跟我分手了。」她沉吟不語。這不就是她想要的嗎？她不是要為愛任翔而捨，所以才會離開他來到這裡嗎？希望任翔有新的女朋友，從此過著幸福快樂的日子，不是她對他說的話嗎？他可以不用再為了她兩面為難了，這不也是她的期盼嗎？一

切都按照她原先的期望發生了，但為什麼她不覺到快樂反而覺得痛徹心扉呢？

「為什麼？為什麼？為什麼我會覺得如此的痛？無法忍受的痛！」她蹲在地上掩面痛哭。後院的自動澆水管噴出水來，水花灑落在她的頭上，流到她的身上。她覺得全身冰冷刺骨，宛如受千刀萬剮的酷刑，但酷刑又如何？她有什麼好在乎的呢？再痛也比不上她內心的痛。如果身體的痛能蓋過心裡的痛，那她寧可讓冰冷的水不斷地向她澆灌。

憶慈打開通往後院的滑動門走了出來，她看見慧恩蹲在地上，被自動澆水管噴出來的水，淋得全身溼漉漉的。她趕緊跑回屋內，拿出一條浴巾幫她擦頭擦身體。

「妳幹嘛一大早蹲在這裡淋水？心裡有什麼事就說出來，不要自己折磨自己。凱瑞在門口等妳，妳快去換衣服。等妳晚上回來，我們再好好聊聊。」憶慈一面幫慧恩擦頭擦身體，一面說。

「嗯！」慧恩輕哼了一聲就沒有再說話，她順從地和憶慈一起走進屋內換衣服。

凱瑞這個星期心情特別愉快，因為他沒有聽到慧恩的手機有任翔傳來的簡訊聲，或他打來的電話聲。他認為任翔不是禁不起寂寞，又去找新的女朋友；就是被他最大的幫助者，任翔的媽媽限制行動了。不管是哪個原因，對他來說都是好事，但對慧恩可能就不是好事了。慧恩最近看起來心情好像不太好，常常獨自一個人發呆。跟她說話的時候，她經常會心不在焉，真不知道她到底在想什麼？

凱瑞每天早上都會到憶慈家，把慧恩接到他住的公寓。平常他們會到Spectrum散步、吃東西，或是到公寓附設的健身房運動。今天慧恩看起來怪怪的，好像有些無精打采。就像是今天的天氣一樣，早上還是晴空萬里，中午開始就烏雲密布，眼看著馬上就要下起雨了。

「無情不似多情苦，一寸還成千萬縷；天涯地角有窮時，只有相思無盡處。」慧恩站在凱瑞公寓的窗戶前，看著窗外烏雲密佈的

天空，沉吟低語。

　　凱瑞聽到慧恩好像在說話，卻沒聽清楚她在說什麼。他走到她的身邊，伸手摟著她的肩膀，輕聲地問：「妳剛才說什麼，我沒聽清楚，妳能不能再說一遍？」

　　「我在說無情的人不會有像多情人的相思苦，一寸的相思愁緒，竟幻化成千絲萬縷；天涯地角再遠也有盡頭，只有相思沒有窮盡之處。」慧恩將詩翻成白話文說給凱瑞聽，凱瑞聽了呵呵地笑了起來。慧恩不知道這首詩有什麼好笑的？竟然可以讓凱瑞笑得那麼開心，便問：「這首詩有那麼好笑嗎？」

　　凱瑞帶著滿滿的笑意，說：「這首詩本身沒什麼好笑的！我是在笑妳怎麼也喜歡這首詩？因為這首詩是我三年來，每當想起妳的時候，就會朗朗上口的詩；看來我們真是心有靈犀一點通！」

　　「你是什麼意思？想到我的時候，這首詩就會朗朗上口。你是把你自己當成無情之人？還是把我當成無情之人？說的時候最好先考慮後果！」慧恩嬌嗔地問，又出言警告。

　　「有妳這個兇巴巴的野蠻女友，誰還敢講實話呀？」凱瑞俏皮地說。他迎視慧恩瞪著他的眼睛，快樂立刻躍上心頭。慧恩因為他這麼一鬧，原本憂鬱的神情已經失去蹤影不復存在。他喜歡看快樂的慧恩，就像大學時候的她一樣；那時的她很少會不高興，她似乎是憂鬱的絕緣體，總是像個快樂的天使。不像最近這幾天，她的笑容好像成了稀世珍寶難得一見。

　　「坦白從寬，自首減刑。你還是從實招來，不然我就將你這個大膽刁民，先打三十大板，再嚴刑逼供。」慧恩模仿戲劇裡的官腔說。大學的時候，她和凱瑞就常常這樣抬槓。凱瑞喜歡捉弄她，她也漸漸地能隨他起舞跟他鬥起來。

　　「青天大老爺，小的實話實說就是了，省得您動用大刑。無情之人不是我，當然也絕對不會是妳。無情之人是泛指普天下所有無情的人，譬如說……」凱瑞猶豫了幾秒，接著說：「任翔！」

　　「不要提任翔！我不想提他！」慧恩聽到任翔的名字，原本和凱瑞嬉鬧的愉悅表情瞬間僵住了，接著沉了下去。

　　凱瑞一看慧恩臉上的表情，知道他大概說對了，不禁暗自竊

喜。他吊兒啷噹地說：「不要提他就不要提他，我也懶得提他。我恨不得他的名字，從我們的生活中完全銷聲匿跡，永遠不要再出現。」

凱瑞斜眼偷瞄慧恩一眼，看她會有什麼反應？慧恩對他說的話，似乎聽而不聞沒什麼反應。她看起來鬱鬱悶悶的，就像外面濃雲密佈的天空一樣。他不喜歡慧恩因為任翔而憂愁，他希望她離開任翔依舊能快樂；這樣他才能確定她的心裡不再有任翔。他想轉移她不愉快的情緒，於是興致勃勃地說：「我們到健身房運動，運動能使大腦充氧，讓人遠離憂鬱變得更聰明哦！」

「好啊！我聽說運動會讓人的記憶力變得更好。我希望變好的記憶力，能記住一切應該記住的事，忘掉一切不應該再記憶的事。」慧恩說著，轉動她潔白的頸項，看向外面濃雲密佈的天空。

濃雲密佈的天空，下起了傾盆大雨，這是南加州難得一見的雨天。南加州一年降雨的天數，加起來可能不超過兩個星期。難得的大雨，讓久旱逢甘霖的大地，頓時生氣盎然。慧恩和凱瑞在公寓附設的健身房做運動；這個健身房的規模，比一般公寓附設的健身房大很多，在裡面做運動的人也不少。凱瑞戴著耳機一面聽音樂，一面快步地走在走路機上；慧恩也在凱瑞旁邊的走路機上走著。

慧恩的腳在走路機上走著，整個腦海裡卻全是任翔的影像。她看到她騎腳踏車不小心撞到他時，他臉上的笑容；他的笑容真摯而迷人，純淨而毫無雜質，這是她對他好印象的開始。她看到他第一次騎重機載她奔馳在公路上，停車脫下安全帽，甩頭用手指梳髮的樣子；那是她第一次注意到他真的很帥。她看到他在修女院女生宿舍的會客室，苦口婆心勸她要珍惜與凱瑞的感情時，他略帶憂鬱的神情；那是她第一次發現他高尚的品格。

她記得他怎樣開導她、陪伴她，幫她度過凱瑞給她的情傷。她記得他怎樣激勵鼓舞她，使她勇於接受演戲的挑戰。她還記得她暗戀他的時候，為他喝酒聞香煙，把自己搞得一團糟時，他緊張憂慮的神情、他的細心照顧、他的溫柔勸導，還有他們第一次的親吻；

那是他們戀愛的開始。

　　她記得之後所有甜蜜的互動。她無法忘記，他們每天的柔情繾綣、軟語溫存。她無法忘記，他將他柔軟的唇蓋在她唇上的感覺。她無法忘記，與他親吻時口中的滋味。她無法忘記，他的肌膚碰觸她的肌膚時，銷魂醉魄的感動。她無法忘記，他對她說過的甜言蜜語。她無法忘記，他說要帶她自由邀翔在天地之間的話語。她無法忘記他的承諾，他的承諾？想到他的承諾，她苦笑了一下。

　　「可笑的承諾，不值錢的承諾。今天信誓旦旦，明天就拋到腦後，忘得一乾二淨。」她沉吟不語。心痛的感覺又緊緊地抓住她，讓她覺得呼吸困難快要窒息了，她停止步伐走下走路機。倏忽之間，她彷彿聽到任翔召喚她的聲音，她隨著聲音走出健身房。

　　健身房外面正下著滂沱大雨，她隨著任翔的聲音走入雨中。「翔，你在哪裡？」她在雨中呼喊，冰冷的雨水用力地打在她的頭髮上、她的臉上、她的身體上。凜冽的寒風伴隨著冰冷刺骨的雨水讓她全身凍得發抖，她的身體不由地瑟縮起來。她覺得自己宛若置身在一處無垠的冰原中，白色的雪花不斷地飄落下來，四周的一切都在崩裂，天與地連成一片失去了界線。失去任翔的感覺是那麼的痛，痛得讓她無法前進，痛得讓她看不見眼前的路。

　　「翔，你在哪裡？」她再一次吶喊。「為什麼我找不到你？」她心碎的痛哭。

　　在雨水猛烈的打擊下，淚水出來了又被雨水帶走，她的臉上已分不清是淚還是雨？她舉頭向四周張望，尋找任翔的蹤跡。

　　「翔，你到底在哪裡？為什麼我都找不到你？」她像是個迷路的孩子，無助地哭泣著、呼喊著。

　　凱瑞走完路看慧恩不在旁邊，趕緊跳下走步機，到處找她卻遍尋不著。他開始有些不安，他緊張地衝出健身房，遠遠的就看見慧恩瑟縮著身體，站在雨中淋雨；有時四處張望，有時舉頭望天；似乎在尋找什麼東西，又像是仰頭問蒼天。他不用多想，就可以猜到是怎麼一回事。她和任翔的感情，曾經是那麼深厚、那麼甜蜜。現

在他離開她了，她內心痛苦之深可想而知。他跑近慧恩，雙手抓著她的肩膀，雙眼注視著她那雙因淚水而更顯明亮的眼睛。她的眼神洩露了藏不住的哀淒，她的眼底有著訴說傷心的紅絲。這不是他第一次看到她這樣的眼睛，他記得她曾經用這種紅腫的眼睛看著他，那是他們分手的第二天。

「對不起！都是我不好，才會讓妳受到這麼大的傷害。」他的淚水隨著他的話語湧流，在上天不斷落淚的雨中，他緊緊地抱住她。

「我會賠償妳所受的傷害，我會讓妳恢復原狀，回到從前那個無憂無慮快樂的妳。」他在雨中大聲地說。

「妳本來就不屬於他，他只是我當兵這段期間，上天派來照顧妳的人。他完成任務然後離去，這是必然的結果。忘掉他吧！就像是忘掉一場不值得記憶的惡夢！」他柔情地勸說。

「凱瑞，讓我哭得盡興，淋得透澈。哭過之後，我不會再為他哭泣，我的眼淚不會再為一個不知道我眼淚價值的人而流。雨水淋過之後，我就足夠清醒，能看清楚一切都是虛假，沒有愛情是經得起考驗。我向你保證，今天過後我會是個全新的我，我不再緬懷和他過去的一切。今天我痛得深刻也會悟得透澈，對他的愛曾經悄悄地來，現在我也會讓它無聲無息地消失。」

南加州一整年的雨水，似乎大部分傾倒在今天；雨勢越來越大，好像沒有要停下來的意思。凱瑞抱起全身溼漉漉的慧恩，說：「現在抱妳的感覺，就像抱兩個沒有淋雨的妳。妳已經哭得眼睛都紅了，夠盡興了吧！哭也哭得盡興了，淋雨也淋得透澈了，現在該是回家『改頭換面』的時候了。我不放心妳，今天我要親自照顧妳，就像前一段時間妳照顧我一樣。等一下我打電話給憶慈，告訴她妳今天不回去了。」凱瑞抱著慧恩邊走邊說。

第四十章 秋之戀歌

「恩！不要怕！不要怕！」任翔從夢中驚醒，他夢見慧恩了；他夢見慧恩被雨淋得全身濕透，口中一直喊著「翔，你在哪裡？」他的心痛得宛若被刀割裂成兩半，就如那兩條半心項鍊一樣。在夢裡，他一直告訴她：「恩！不要怕！不要怕！我在這裡！」但她似乎聽不到，依舊不斷地喊著：「翔，你在哪裡？」他的睡意全消，他想打電話給慧恩，但又擔心媽媽知道了會氣得心臟病復發。他不敢冒這個險，他承擔不起不孝的罪名。他下床走到客廳的落地窗前，倚窗看向窗外滿天星辰的夜空。

那顆宇宙中最明亮的恩典之星，彷彿閃爍著晶瑩剔透的淚光，無聲地向他傾訴亙古通今的孤獨。他凝視著恩典之星，心似雙絲網，中有千千結。沒有慧恩的日子，寂寞總是如影隨形，化也化不掉，解也解不開。而思念也如綿綿春草混逐叢生，除也除不完，燒也燒不盡。

「恩，妳現在在哪裡呢？早知道離別這麼苦，我寧可找一個地方把妳藏起來，也不會讓妳離開我。」他低下頭把手壓在額頭上。相思之苦，苦不堪言，勝過黃蓮，超過苦膽，他不禁蹙攏眉頭。

「翔，你在哪裡？」他彷彿又聽到夢裡慧恩的呼喚聲，他驀然一驚抬起頭來。腦海裡慧恩被雨淋得全身溼透，身體瑟縮在一起的影像清晰可見。她的眼神是那麼的無助、那麼的哀淒，她好像一直在尋找他，她不停地東張西望，不斷地呼喊。他的心再度受撕裂之痛，痛得讓他的眼淚不由地掉落下來。

「恩，等我，再等我三個月，我一定會去美國把妳接回來。我不會讓妳再離開我，我一定會想辦法讓妳留在我身邊。」他喃喃低語。

夜空中有一顆流星劃過天際，光芒耀眼奪目瞬間消失。「我任翔願與朱慧恩永結同心，生生世世相伴相隨永不分離。」任翔迅速地許願。

　　流星，永恆裡的瞬間，短暫中的短暫，卻輕易掀起人們的快樂，剎那間點燃人們的希望，只因為那個「實現」的可能性。任翔的唇角微微上揚，流星宛若是希望的使者，帶給他與慧恩重聚的希望，他的痛苦驀然減輕了。他再度舉目看向恩典之星，說：「恩，不要忘了抬頭看我們的恩典之星，因為當妳抬頭看恩典之星的時候，就知道我正在想妳！」

　　晨曦透過百頁窗的狹縫撒進屋內，整個房間漸漸地亮了起來。凱瑞用棉被蓋住自己的眼睛，暗自嘀咕：「有空的時候，該去買些可以遮住光線的窗簾，這樣就可以多睡一會兒。」他忽然想起慧恩，立刻睜開眼睛偏過頭看向旁邊。慧恩穿著一件乳白色的睡衣，正睡在他的身邊。他伸手將散落在她臉上的頭髮挪開，露出她天使般潔白美麗的臉龐。「這不是在做夢，恩恩真的在我的身邊。」他側身注視著她的臉，不禁露出滿足的微笑。

　　「恩恩，妳終於又回到我身邊了。」凱瑞一邊說，一邊輕輕撫摸慧恩柔嫩的臉。慧恩微微睜開眼睛又閉上眼睛，有氣無力地說：「翔，等一會兒我再做早餐給你吃。」隨即將頭靠向凱瑞的肩。

　　凱瑞聽到慧恩叫任翔的名字，瞬間醋勁大發，轉身背對著她生起悶氣。他想起慧恩在雨中淋雨時，對他說的話：「凱瑞，讓我哭得盡興，淋的透澈。哭過之後，我不會再為他哭泣，我的眼淚不會再為一個不知道我眼淚價值的人而流。雨水淋過之後，我就足夠清醒，能看清楚一切都是虛假，沒有愛情是經得起考驗。」

　　他又將身體轉回看著慧恩，慧恩的眼角滲出淚水，口中喃喃地喚著：「翔……翔……」他聽了很心酸，她的心裡還住著任翔，他們的感情似乎超出他想像的深厚。他記得憶慈曾經告訴他，慧恩和任翔並沒有發生過性關係，她還是處女之身。

「那到底是什麼原因，讓恩恩的心被任翔緊緊抓住呢？如果沒有任翔他媽媽的反對，或許恩恩就不會出現在這裡，他們也許已經結婚了。」凱瑞費思量。

他驀然轉念，他們的感情或許曾經很深厚，慧恩的心或許曾經被任翔緊緊抓住，但那些都已經是過去式了。任翔可能已經移情別戀，慧恩也保證過會忘記任翔。對慧恩的保證，他一點都不懷疑。他非常了解她，她對愛情有強烈的佔有慾。她根本容不下她所愛的男人心中有別的女人，何況任翔可能已經有新的女朋友了。

「恩恩可能一時還無法忘得乾淨，假以時日她一定會徹徹底底地忘記任翔。」他相信慧恩，他對她有信心也對自己有信心。他看著她眼角滲出的淚水，心中很是不捨。

「恩恩本來就是我的，只是因為我的過錯，讓任翔有機可乘。我一定要讓恩恩忘記任翔，我要她重新完完全全的屬於我。」凱瑞伸手拭去慧恩眼角的淚水，低聲地對她說：「都是我的錯，讓妳受這麼大的傷害。我向妳保證，只要我秦凱瑞還有一口氣在，我絕對不會再讓妳受一點委屈。」

淚水從慧恩閉著的眼睛流了出來，她翻過身抱住凱瑞，將頭埋進他的懷裡，身體因哭泣而微微地顫動著。凱瑞的面頰靠著慧恩的頭，讓她盡情地在他的懷裡哭泣；哭出她內心的委屈，哭盡她對任翔的愛。哭聲漸漸地停了下來，慧恩睜開她的眼睛，迎視凱瑞柔情似水的雙眸。她的委屈、她的痛，都在他含情凝睇的溫柔裡，化作秋波融入無垠的水中。凱瑞注視著慧恩那雙受淚水滋潤而更顯明亮的眼睛，他的愛情在他的心中激盪倏然泉湧。他將他的唇輕輕地蓋在她的唇上，她沒有拒絕，她閉上她的眼睛全心接納。他忘情地親吻她，這是三年來他第一次親吻她。多少的午夜夢迴，他思念她的吻；多少的幻境裡，他擁有她的吻。如夢似幻的吻，如今都化為真實的擁有。

凱瑞、慧恩和憶慈一起在Spectrum逛街散步。一路上凱瑞緊緊地握著慧恩的手，就像他們在大學的時候一樣。凱瑞知道憶慈是支持他的，所以和慧恩毫不避諱地在她面前秀恩愛。憶慈看得出來凱瑞深愛慧恩，絕不會放慧恩跟她一起回家。她在慧恩的面前對凱瑞

說：「我把我妹妹恩恩交給你，你一定要保證她完整無缺。如果你們真的受不了了，就按照聖經的教導結婚去！」

凱瑞愉快地點點頭，說：「我現在是萬事俱備只欠東風，只要恩恩點頭，我們隨時可以結婚，在結婚前我保證她完整無缺。」

慧恩在一旁聽了凱瑞和憶慈的對話，嬌嗔地抗議說：「你們不要忘了我才是當事人，我說的才算數！」

凱瑞趕緊安撫慧恩，說：「那當然！在我們家妳的話就是聖旨，妳說的話才算數，沒有人敢違抗。」

慧恩聽了凱瑞說的話語，宛若聽到悅耳動聽的天籟之音，不禁露出燦爛的笑容。大學的時候總是遷就她的凱瑞回來了。她太高興了，她覺得自己輕飄飄的要飛起來了。

凱瑞、慧恩和憶慈走進Spectrum的一家餐廳準備用餐，餐廳的大廳站滿了等候用餐的人。憶慈先去上廁所，凱瑞和慧恩則到前面櫃台登記名字，然後拿著感應器走到餐廳外面等候。

凱瑞對憶慈完全陌生，只知道她是慧恩的表姐，和慧恩的關係非常好情同親姐妹，也是最支持他和慧恩在一起的人。他好奇地問慧恩說：「憶慈是學什麼的？她看起來像是個很有主見的人。」

「你說的沒錯，憶慈是個非常有主見的人。當初她申請大學的時候，所有的加州大學包括柏克萊加大、UCLA、聖地牙哥加大、爾灣加大等等都錄取她，她卻堅持要到俄亥俄州的一所私立大學讀護理系。結果我舅媽全力反對，要她在柏克萊加大和UCLA兩所大學中選一所就讀，差點就鬧家庭革命。還好是我舅舅獨排眾議支持她，加上那所大學也主動提供獎學金給她，所以她才能去那裡讀書。後來她到全美心臟科排名第一的Cleveland Clinic實習，現在在心臟科當護士。」慧恩笑著說。

凱瑞曾經聽慧恩說過，憶慈即將上醫學院，將來要當醫生，怎麼會是個護士呢？他撓撓自己的腦袋，不解地問：「妳不是說她明年要去讀醫學院嗎？她是個護士怎麼有資格去讀呢？」

「這就是憶慈與眾不同的地方！她一邊當護士，一邊繼續在爾灣加大修課做研究；還參加業餘管弦樂團，以及教會的事工，都有很好的成績，所以她第一個醫學院的面試就被錄取了。這所醫學院還是全美排名前五名的醫學院，我認為她將來會成為 神所重用的醫生。」慧恩笑得更燦爛，與有榮焉地說。

「原來憶慈是個有主見又有恆心毅力的聰明人。難怪她看事情看得那麼透澈，分析事情也很合邏輯。妳們兩個人的個性看起來有些南轅北轍，為什麼關係會那麼好呢？」凱瑞一副恍然大悟的模樣，又繼續問。

「那是因為她覺得她要保護我；她認為我的外表看起來太溫柔善良了，讓每個人都以為可以欺負我。她最討厭別人欺負我，她會為我用英語罵那些她認為欺負我的人。我樂於讓她出頭保護我，所以我們的關係才會那麼好。」慧恩輕鬆地回答。

憶慈上完洗手間走到慧恩的身邊，此時慧恩手上的感應器開始震動閃爍紅光。他們三人一起走進餐廳，將感應器交給櫃台。有帶位的服務生，帶他們到他們的桌子，然後給每個人各 一份菜單就離開了。沒有幾分鐘，他們的服務生過來，先報上自己的名字，接著問他們要喝什麼飲料？他們各自點了飲料，同時告訴服務生他們可以點餐了。三人各自報了自己要的餐點，服務生迅速寫下後，將他們三人的菜單收走。過了沒多久，服務生將他們點的飲料，和放在小籃子的兩條小麵包、奶油送了過來。他們三人喝著飲料吃著麵包聊了起來。

「最近妳在工作上有沒有遇到什麼新鮮事？快說幾件給我們聽聽！」慧恩興致勃勃地問憶慈。她很喜歡聽憶慈講工作上的事，因為憶慈是護士，接觸的是病人，凡是有人的地方就有故事，她特別愛聽憶慈講工作時的所見所聞。憶慈也恭敬不如從命，樂於將工作時所看到的事，當作故事講給她聽。

「我有一個病人，她的丈夫才剛剛出院，她第二天就進來了。她在急診室的時候，醫生從胸部X光片和心電圖，可以看到她的心臟有些大，但其他的檢查都正常。晚上我去病房照顧另一個和她同病房的病人，她卻在那裡痛哭流涕。她說她丈夫得癌症，常向她交待後事，讓她非常難過。他們才剛度過結婚三十周年紀念日，她說如

果沒有她的丈夫，她不知道怎麼活下去？那天晚上洗碗的時候，突然覺得心臟不舒服就到醫院來了。有時情感上極度的痛苦，會產生像心臟病發作的症狀。從胸部X光和心電圖看，心臟有些擴大，但其他的檢查都正常。這種病人觀察一晚，醫生就會要他們出院。我在Cleveland Clinic實習的時候，醫生曾經說過，像這種情況，一個病人走了，通常另一個病人很快就會走；夫妻感情越好，就越容易發生這種事。」憶慈侃侃而談。

慧恩聽完了憶慈說的故事，不由地偏過頭看著凱瑞。凱瑞看慧恩無緣無故看著他，他心領神會大概知道慧恩的意思，便說：「妳放心！我們兩個人會一起死的。我走了一定不會留下妳，讓妳痛苦的思念我。如果妳先走了，我也活不下去，所以還不如我們兩個人手牽著手一起離開。」

凱瑞的話語如初採的蜂蜜，慧恩品嚐後滿意地露出甜滋滋的笑容。憶慈則呵呵地笑了起來，她挑起雙眉說：「凱瑞，這可是你說的哦！我倒想看看，你們將來會不會手牽手一起離開？不過想做到這一點，還要看我們恩恩會不會選擇跟你在一起？總不能她選擇跟別人在一起，還跟你手牽手一起離開吧？」

「妳不是支持我的嗎？如果有妳的支持，恩恩還選擇別人，那妳說妳和恩恩情同親姐妹，豈不是自打嘴巴？恩恩現在是我的未婚妻，將來是我的妻子。等恩恩點頭後，我們就會馬上結婚。結婚之後，我們就會有小孩，我們會有一個完整的家，一個充滿愛的家；所以將來恩恩和我一定會手牽手一起離開。」凱瑞胸有成竹地說，接著問慧恩：「恩恩，妳現在告訴我和憶慈，妳將來願不願意跟我手牽手一起離開？」

「我願意跟你手牽手一起離開！」慧恩毫不猶豫地說。任翔已經成為過去式，凱瑞卻是現在進行式。她很感激凱瑞對她的寬容，對她的不離不棄，幫她渡過任翔的情傷。她不願再去想任翔，她不願再去想一個放棄她而選擇別的女人的任翔。她想擺脫任翔如鬼魅般揮之不去的影像，她認為最好的方法就是緊緊地跟著凱瑞。凱瑞是她救命的浮木，也是真心愛她的人。凱瑞需要她，她也需要凱瑞；她寧可選擇一個需要她的男人，生生死死都和這個男人在一起。

凱瑞見慧恩不加思索就脫口而出，他心中大樂情不自禁地在她的額頭上親了一下。慧恩的臉頰頓時如春天盛開的櫻花，有著嬌嫩的粉紅。她微微低下頭，神情有藏不住的歡喜。憶慈看慧恩幸福快樂的模樣，不由地露出喜悅的笑容。

　　「你說恩恩是你的未婚妻，但我沒看到任何儀式，或是訂婚戒指之類的東西；空口無憑不是你說了算。你要如何證明恩恩現在是你的未婚妻？你要如何保證一心一意愛恩恩永遠不會改變？」憶慈慎重其事地問。

　　凱瑞立刻舉起右手，嘴裡方才說出「我發誓……」馬上被憶慈阻止。憶慈說：「你不要在我們面前發誓，我們基督徒是不發誓的，我要看到你的實際行動。」

　　凱瑞一直以來都是口頭上講，也認為自己已經做到了一心一意愛慧恩。對於如何再以實際行動證明和保證，實在是一頭霧水，他露出尷尬的表情說：「在我心裏恩恩是我未娶進門的妻子，而且我已經做到一心一意愛恩恩，我不知道還有什麼實際行動可以證明？妳又不准我發誓，我也不知道如何保證？」

　　憶慈看凱瑞態度真誠懇切，她不想刁難他，她直接了當說：「你去買兩只戒指，再找幾個人，我們一起到一家餐廳吃飯。然後，你們互相把戒指套在對方的無名指上，就算完成訂婚儀式；慧恩就真的是你的未婚妻了。至於如何保證永遠愛她……這樣吧，寫一封情書給恩恩，將你的愛意、保證都寫在裡面，交由恩恩保管。將來如果你沒有做到情書裡所寫的，就是自毀人格；我們就視你為可恥。你認為如何？」

　　凱瑞聞之欣喜若狂！表面上憶慈對他的要求很多，事實上是她愛護慧恩的同時也在幫他的忙；她幫他把慧恩套住，成為他真正的未婚妻。即使將來任翔出現了，他也必須尊重這個事實，而不能對慧恩為所欲為。

　　「恩恩，我們等會兒就去買兩只訂婚戒指。然後我們再找幾個朋友到Orange Hill餐廳用餐，正式把戒指套在我們的手指上，這樣我們就成為真正的未婚夫妻了。」凱瑞高興地對慧恩說。

　　慧恩一向尊重憶慈，她相信憶慈是為她好。既然憶慈都這麼說

了，凱瑞看起來也很高興。為了這兩個愛她的人，她也沒有什麼好考慮的了。慧恩點頭同意說：「憶慈說了算！我相信你們，你們都是我愛的人，我們就先訂婚吧！」

凱瑞眼看娶慧恩回家的目標，又向前邁進一大步，心裏有難以言喻的喜悅。他對憶慈真是既佩服又感謝；他佩服憶慈的心思縝密，足智多謀；感謝她真是一位稱職的幫助者。

憶慈看凱瑞如此雀躍，不禁哈哈地笑了起來。她對慧恩說：「恩恩，凱瑞來這裡還沒幾個月，很多地方都沒去過。妳不妨帶他到處走走，譬如Newport Beach離這裡只有十幾分鐘的車程。妳可以帶他去玩水，順便穿上我上次送妳的三點式泳裝，讓凱瑞看看妳的好身材。」

憶慈才說完，凱瑞馬上阻止：「不行！恩恩不能穿三點式的泳裝在外面，如果要穿只能在我的房間穿給我看。」他轉向慧恩說：「把妳的三點式泳裝帶著，在我的房間穿給我看，我要看妳穿三點式泳裝的好身材。」

慧恩的臉頰瞬間紅得宛如天邊的彩霞，她低下頭不敢看凱瑞。憶慈看了又哈哈地大笑起來，她對凱瑞扮了一個鬼臉，說：「自私鬼！只准自己欣賞，讓別人看一下都不行。」

服務生送上了他們各自點的餐點……

夜深了，萬籟俱寂，只有偶而傳來幾聲夜鶯的啁啾聲。清冷的月光籠罩下的大地，萬物都沉睡了。

「靜謐中的安靜，寂寥中的寂寞，是悲傷還是喜悅，是千言萬語還是無言以對。人的情緒總是那麼複雜，那麼多變；方才欣喜雀躍，驀然已是黯然神傷。似多情又是無情，似無情又深深思念。人世間的轉換，為何總在須臾之間？還來不及細細品嚐，已是全然失味。情深是苦，緣淺是難，都在無言中，都在笑談裡。緣起又緣滅，無端的憂愁又能載動幾縷相思？該去的總是揮之不去，掛念的又總是讓人柔腸寸斷。於是，苦中尋樂，樂中尋苦，無永恆的喜樂。」慧恩獨自站在凱瑞公寓的窗前，看向窗外的夜空，喃喃自語。

一種憂傷的情緒莫名地侵襲她，使她無法安睡。夜空中那顆璀璨的恩典之星，才離開任翔的天空，又來到慧恩的蒼穹。一樣的星光燦爛，一樣的耀眼奪目，一樣牽起千絲萬縷的相思。她凝視著恩典之星，不禁潸然淚下。她記得任翔曾說：「以後我不管在什麼地方，我只要看到這顆恩典之星，我就會想起妳。當我不在妳身邊的時候，妳抬頭仰望妳的恩典之星，妳也要想起我；因為我一定也和妳一樣，在看這顆恩典之星。」

　　現在她看恩典之星，還是會想起任翔。但是有了新歡的任翔，他還會去看這顆恩典之星嗎？他還會再想起她嗎？她很懷疑。無情之人怎會知道多情之人的相思之苦？她已經告訴過自己一千次一萬次，任翔不值得她思念。但思念總是那麼不聽話，偷偷摸摸地就爬上心頭；無法阻擋也無法防備。她害怕想起和任翔過往的一切，但過往的一切卻拒絕離去；總是那麼的刁蠻，那麼的不可理喻。他親吻她的感覺，依舊留在她的唇上；他擁抱她的體溫，還吸附在她的身上；他的肌膚碰觸她肌膚的感動，依然深深地刻印在她的皮膚上。為什麼思念總是那麼頑強？雨水淋不去，痛苦也打不掉。

　　她已經要和凱瑞訂婚了！很快的時間內，他們就會結婚。對任翔的思念早就應該成為拒絕往來戶，但為什麼她總是沒有辦法拒絕它呢？

　　一片白雲在黑暗中緩緩飄來，遮住了恩典之星。「任翔是天空中的一片浮雲，偶然停留在我的心湖裡。不多的時間，浮雲就會飄過，不留下一絲痕跡；抓也抓不住，留也留不得。或許我從來沒有真正擁有過任翔，我擁有的只是虛幻的假象。」她嘆了一口氣。

　　「我有什麼資格怪任翔呢？這些不都是我希望的嗎？既然要為任翔而捨就捨到底！」捨到底？說起來容易，做起來卻是那麼的困難。是捨了但卻捨得撕心裂肺，捨得痛苦不堪。人真是後知後覺的動物；總是在有了噪音後，才知道感謝寧靜；在分離後，才知道珍惜相聚；離開任翔後，才知道愛他是如此的刻骨銘心。

　　「任翔沒有錯！只是我們的愛情竟是如此不堪一擊。」她苦笑一聲。她有什麼好抱怨的呢？任翔離開了，凱瑞回來了，誰能有這麼好的運氣？毫無疑問的，凱瑞才是她最正確的選擇。凱瑞愛她，

他的爸爸媽媽也愛她，當她是寶；而任翔的媽媽卻不喜歡她。她本來就不喜歡當刺鳥，任翔離開她，或許是給她最好的一份禮物；讓她能全心全意地愛凱瑞，脫離刺鳥的命運。

「任翔已經找到屬於他的幸福，我應該祝福他。愛情沒有了，我們的聯繫也就沒有了。但願永遠不要再看到他，沒有怨恨只是不想痛苦。」白雲慢慢地飄離，恩典之星又再度重現。她對著恩典之星，大聲喊說：「任翔，我祝福你！但我不想再見到你！永永遠遠都不想再見到你！」

凱瑞突然從慧恩的背後抱起她，一邊將她抱到床上，一邊說：「任翔真可憐！現在他的耳朵一定聽到一聲轟隆巨響，他可能還在猜，何來的河東獅吼？他一定沒有想到，這隻兇猛的母獅竟然遠在美國。妳不好好睡覺，三更半夜對著窗戶喊叫，不知道的人還以為妳在夢遊呢！」

「夢遊哪會對著窗戶喊叫？不過我喊得是有點太大聲了，吵到你真的很抱歉！只此一次下不為例！」慧恩露出天真無辜的表情，撒嬌地說。

凱瑞伸手將慧恩摟入懷裡，說：「我要抱緊妳，免得妳真的夢遊了到處閒逛。」接著在她的耳畔低聲地問：「我們既然已經要訂婚了，我們能不能有進一步的關係？我們甚至可以馬上去登記結婚，不需要有什麼訂婚儀式。我們……」他還沒有說完，慧恩立刻推開他，嬌嗔地說：「我還要再觀察你一陣子，才能決定要不要跟你結婚。沒結婚之前，你已經答應憶慈要保我完整無缺，你不可以失信於她。」

「好！我絕對會遵守對憶慈的承諾。但我實在不能了解，妳觀察我觀察了那麼多年還嫌不夠嗎？我不管！訂婚後最多再讓妳觀察一個星期，我們就去登記結婚。」凱瑞態度堅定地說。

「一星期？會不會太……」慧恩還沒有說完，凱瑞的唇已經蓋在她的唇上，阻止她再說下去。

第四十一章 訂婚儀式

　　十二月初的南加州，白天的溫度依然有華氏80多度。乾燥的氣候，加上時時飄送的微風，坐在室外讓人覺得神清氣爽、心曠神怡。過了感恩節之後，Spectrum裡的棕櫚樹都穿上燈衣，聖誕節的氣氛漸漸地濃起來；商店延長營業時間，購物的人潮也明顯增多。凱瑞和慧恩坐在星巴克咖啡店外面的椅子上，一面喝咖啡一面看書。

　　「有一對夫妻，幸福快樂地度過二十年的婚姻生活。他們各方面都非常融洽，沒有爭執不和睦，一切都配合得天衣無縫。有一天丈夫死了，活著的妻子痛不欲生。她覺得她失去了世界上唯一的愛，她對這個世界不再存有希望，她認為她的生命已經走到盡頭。某一日，她在整理她丈夫留下來的遺物時，找到了她丈夫私人的秘密信件。從這些信件裡，她發現她的丈夫竟然瞞著她，和其他女人有染。在那一剎那間，她從失去丈夫的難過，變成對她丈夫的憤怒。她因為她丈夫的欺騙，鄙視她的丈夫，對他由愛轉為怨恨。她將家中所有能想起他丈夫的東西全部移除，她拒絕聽到她丈夫的名字；任何人不准在她的面前提起她丈夫，包括他們的孩子在內。」慧恩看著書唸唸有詞。

　　凱瑞不加思索立即反應說：「放心！我一定不是那個丈夫。除了妳以外，我不會和任何女人有糾纏，我也不會讓任何女人有機會接近我。」

　　慧恩雙手按著凱瑞的雙肩，睜大眼睛瞪著他說：「你沒有搞清楚重點！這故事的重點是說，有時候我們與我們的好朋友或親人，因為一次的爭執或意見不合，就將他們以前為我們所做的一切好事都忘記了。或僅因對方一次的錯誤，就將持續終身之久的愛或友誼

完全的抹滅掉。就像火可以瞬間燒毀收集千年文物的博物館一樣，怒火也可以在短短的幾分鐘，毀滅掉多年累積的愛與友誼。驕傲的心讓我們不懂得原諒，只是自私的看到我們自己所受的傷害；就像我以前一樣。所以我們絕對不能再犯同樣的錯誤，知道嗎？」

凱瑞也將雙手放在慧恩的雙肩上，說：「我的好老婆，我知道了！這種事絕對不會再發生在我們的身上。我已經得到教訓了，不會再重蹈覆轍。我們即將要訂婚，過不久就會結婚。我們會有屬於我們自己的家，一個和諧安寧的家。妳把我當作是『頭』，處處尊重我。我也把妳當成是至寶，用心珍愛妳。我要永遠守護妳，我說的是永遠，永永遠遠地守護妳！」

慧恩迎視凱瑞溫柔得令人心跳加速的雙眸，濃濃的愛充滿了她。永遠，聽起來多麼迷人，它是與永恆同步嗎？永遠，是心裡的長度，還是時間的距離？她喜歡永恆也追求永恆；她不喜歡短暫的絢爛，她喜歡永恆的持續。有些人不知道永恆是什麼？但她知道，她確確實實地知道；它不存在瞬息萬變的事物上，它存在恆久不變的至高者裡。凱瑞說的永永遠遠是什麼呢？是在永恆裡不斷地持續嗎？兩個精神體能在持續不斷的時間進行中，沒有止盡地彼此相愛嗎？他們有沒有可能在某個時間段落上彼此遺忘呢？如果他們遺忘了彼此，有什麼方法可以讓他們再想起彼此嗎？

「你說你要永遠守護我，如果在某一個時空裡我忘記你了，我要怎樣才能知道你的存在呢？」慧恩微蹙眉頭問。

凱瑞從來沒有想過，在永遠裡還可能存在遺忘。如果他們忘記彼此，那該怎麼辦呢？凱瑞左思右想，怎麼想也想不出方法來。遺忘若非出於自願，有什麼方法可以讓他們再記起彼此呢？肉體的層面是絕對不可能的，但意識的層面就有可能。只要彼此相愛的意識足夠強大，他相信即使在某一個時空裡他們彼此遺忘了，但強大的意識力一定可以讓他們重逢。

「我相信只要我們兩個人愛的夠深、意識夠堅定，即使在某一時空裡我們彼此遺忘了，精神的力量一定會讓我們重逢。妳一定會知道我的存在，我也一定會知道妳的存在。如果我的靈魂知道妳而

妳卻忘了我，那我給妳一個記號；妳會有個夢，夢裡妳會看到一隻大鳥，在風雨飄渺中不斷地衝撞妳的窗戶；妳也會看到一張紙，紙上寫著：『曾經滄海難為水，除卻巫山不是雲。』我會想辦法讓妳知道那就是我，我會永遠守護妳、等待妳。」凱瑞認真地說。

「如果我忘記你，你一定要用各種方法提醒我，好讓我想起你。我要永遠和你在一起，不願片刻與你分離。」慧恩凝視凱瑞的眼睛，深情地說。

「我會的！妳永遠是我的，我也永遠是妳的，我們永生永世都不分離。」凱瑞摟著慧恩的肩，低聲地說。

慧恩忽然想起訂婚的事，她語氣有些著急說：「你邀請的朋友確定會來嗎？我們必須快點確定人數，才能向Orange Hill餐廳訂位。」

「妳這麼急著當我的未婚妻嗎？如果妳同意的話，我們乾脆把訂婚儀式改為結婚儀式。反正都一樣，我們一旦訂婚，我就會把妳當成我的妻子，也用不著再加未婚兩個字。妻子就是妻子，不需要那麼婆婆媽媽，什麼未婚妻子已婚妻子的。」凱瑞笑著說。

「看來，你這位司法官還要重修民法親屬編。不過這次我可不陪你重修，因為我已經『pass』了。」慧恩搖搖頭，語帶詼諧地說。

「如果我必須重修民法親屬編，我一定不會讓妳置身事外。妳忘了理則學那件事嗎？這是要誅連九族的。妳當時只是我的女朋友都被牽連了，現在是我的妻子還能安全脫身嗎？放心！我一定會緊抓著妳不放，拉妳下水一起沐浴在重修民法親屬編的歡樂裡。」凱瑞挑釁地說。

慧恩白了凱瑞一眼，沒好氣地說：「你有病！」

凱瑞看著慧恩似嗔非嗔的表情，不禁起了挑逗她的興致。他吊兒啷噹地說：「如果我有病，妳就必須寸步不離地照顧我，直到我好了為止；這是賢德的女子該做的事。現在快點表現一下，看妳如何照顧妳的老公我？」。

慧恩若有所思地看著凱瑞並沒有反駁。凱瑞看慧恩沒有反應，便將頭湊近她的臉，好奇地問：「妳在想什麼？」

「我是在想，如果一個人生病了，要怎樣才能讓他好起來？」慧恩神情自若地說。

「那妳想到了沒有？」凱瑞表情認真地問。

「我想來想去想出了兩種方法。」慧恩正經八百地說。

「哪兩種方法？」凱瑞睜大眼睛問。

「第一種方法是吃藥，所謂良藥苦口；我在想，到哪裡去找世界上最苦的藥來治你的病，讓你藥到病除。第二種方法是針灸，我在想，要刺你哪個穴位，才能讓你一針見效。我再三考慮後，我認為兩者並用可能效果會更好。不過你放心，讓你吃苦藥的時候，我會附贈你一顆糖；幫你針灸的時候，我會很小心地幫你找對穴位。」慧恩老神在在地說。

凱瑞一聽馬上從椅子上跳起來，說：「妳這是在謀害親夫，罪責不輕呀！聰明如妳，可要慎重考慮，不可任意妄為。」

慧恩怔怔地看著凱瑞，臉上沒有明顯喜怒哀樂的表情，她悠哉地說：「那你還要我照顧你嗎？如果你願意的話，我很樂意現在就照顧你，好好地用心地照顧你。」

凱瑞哈哈地大笑起來，伸手將慧恩拉起來抱住她，心悅誠服地說：「妳現在功力大增，要捉弄妳反而被妳捉弄了！」

慧恩一副勝利者模樣，揚起雙眉說：「這叫做以毒攻毒，以其人之道，反治其人之身。我已經被你訓練得可以和你分庭抗禮了，這都要感謝你的調教有方。」

凱瑞和慧恩的訂婚儀式在Orange Hill餐廳舉行。凱瑞邀請了他的鄰居保羅和彼得，以及他在爾灣加大上英文課時認識的兩位同學；來自南京的胡兵，和來自台灣的陳百鍊。慧恩則邀請了憶慈、憶慈的哥哥大衛、大衛的女朋友馬格麗特、憶慈和慧恩的共同朋友麗莎、史蒂文森、肯恩和琳達。憶慈和大衛的爸爸媽媽認為，這場訂婚儀式邀請的都是年輕人，怕打擾他們的興致，所以包辦了訂婚儀式的所有費用並沒有出席。凱瑞的媽媽婉容，聽到凱瑞要和慧恩訂婚，高興得流出淚來；凱瑞的爸爸漢祥也興奮得拍手叫好。慧恩的媽媽蘭心原本就很喜歡凱瑞，所以和慧恩的爸爸愛華都向他們送上祝福。

凱瑞、慧恩和參加訂婚儀式的親友們，坐在餐廳為他們安排的陽台上用餐。從他們坐的地方，正好可以居高臨下俯瞰整個橘市山谷。南加州清爽宜人的微風，帶著淡淡的花香，輕輕柔柔地吹拂著陽台上用餐的賓客，令在場的賓客都有心曠神宜的舒暢感。用過主餐後，送上甜點之前，慧恩和凱瑞彼此為對方戴上訂婚戒指。凱瑞在大家鼓噪之下，熱情地親吻慧恩，在場所有的賓客，立即響起一陣如雷的掌聲。憶慈準備了一份特別的禮物送給凱瑞和慧恩；那是一張幾天前的舊中文報紙，報紙上的標題是：「任翔片場探班莫言真，互動親密戀愛ing！」

　　慧恩早就知道任翔和莫言真已經復合。她看過網路新聞的報導，知道莫言真夜宿任翔的公寓，而且任翔也以不再聯絡的方式通知她了。只是她一直把這件事藏在心裡，沒有告訴任何人。因為任翔那麼快就移情別戀，表示她根本就是識人不明錯看他了。她在憶慈面前，對他品格操守的誇讚，一下子都成了笑話。然而「掩蓋的事沒有不露出來的，隱藏的事沒有不被人知道的。」雖然她刻意隱瞞不說，但紙包不住火，終於還是被憶慈發現了。

　　凱瑞看起來很高興收到這份禮物。他從慧恩的表現，早就猜到任翔可能已經有新的女朋友，但他從來沒有看過相關的證據；現在他終於看到，證實任翔已經移情別戀的報導了。他轉向慧恩，開心地說：「沒想到任翔也送訂婚賀禮給我們！他既然和他的前女友復合了，那我們乾脆把這個訂婚儀式改為結婚儀式，以示慶祝！」

　　慧恩沒有意見，任翔花心的證據都已經確鑿了，她沒有理由不和凱瑞結婚。今天結婚跟一個星期後結婚，並不會有太大的不同，她微笑默示同意。凱瑞隨即對在場所有的賓客說：「為了慶祝恩恩的老闆找回真愛，我們決定將今天的訂婚儀式改為結婚儀式。我和恩恩從今天開始努力做人，明年這個時候，也許可以請各位喝滿月酒。」聽得懂的人立刻哄堂大笑，聽不懂的人則一臉茫然。

　　憶慈首先發難，說：「訂婚就是訂婚，哪能把訂婚儀式改為結婚儀式。我們恩恩一定要穿著漂亮的白紗禮服，在牧師的證婚，以及眾親友的見證與祝福下，幸福快樂的結婚，絕不能這樣草草了事！」

　　其他在場的賓客也紛紛起哄，表示不同意將今天的訂婚儀式

改為結婚儀式。凱瑞不敵眾怒只好棄子投降，放棄將訂婚儀式改為結婚儀式的想法。他勉為其難地說：「好吧！今天我們的訂婚儀式就不改為結婚儀式了！」接著，他神采飛揚地宣布：「我向各位保證，我一定會給恩恩一個隆重的婚禮。我們不僅在這裏舉行婚禮，在台灣我要為恩恩舉辦一個更大更隆重的婚禮。我要邀請我們所有的大學同學、我們樂團的成員、以及其他的親友，一起共襄盛舉。」凱瑞轉向慧恩，詢問她的意見：「妳看這樣行嗎？」

慧恩露出微笑，低聲說：「我們已經訂婚了，你現在是我的未婚夫，你說了算！」

凱瑞臉上掛著璀璨的笑容看著慧恩。對女人一向高傲冷漠幾近無情的凱瑞，唯獨對慧恩完全不同。他對她溫柔體貼，看她的眼神充滿傾慕與愛意。他常常深情地凝視她，全然忘了周遭的旁人。慧恩看凱瑞笑容滿面地看著她，她的笑顏益發甜美，也含情凝睇著他。

憶慈看他們兩人相視而笑，充滿了濃情蜜意，便開玩笑地說：「你們這樣秀恩愛，是要虐死我們這些單身還沒有男女朋友的人嗎？要秀恩愛回家關起門再去秀吧！」保羅和彼得聽標緻的憶慈說，她是單身沒有男朋友，不禁面面相覷露出愉快的笑容。

慧恩轉向大家，說：「我們憶慈在醫院工作，接觸的是病人，常常可以看到一些發人醒思的事。我們現在請她分享一些，最近在工作上遇到的事好不好？」

「好啊！我們都很想了解一下醫院發生的事情，這樣對我們也有幫助。」彼得首先附和。

「有實際在美國醫院工作的人講的，一定可以讓我們對美國醫院的情況有進一步的了解。我也希望Vicky能說一些給我們聽。」保羅接著說。胡兵、陳百鍊也跟著附和。

憶慈轉向慧恩，對她扮了一個鬼臉，然後轉向大家說：「恩恩喜歡聽我胡扯，你們還跟著她瞎起鬨。我未來的大嫂Margrit，她是小兒科的住院醫生，她知道的應該比我多。我就班門弄斧隨便講一些吧！在講之前，我要邀請我愛的妹妹恩恩和我所支持的凱瑞，明年參加我進入醫學院的授白袍儀式(White Coat Ceremony)。你們答應

我一定會來參加，我才要開始說。」

　　凱瑞與慧恩互望一眼，兩人很有默契地同時綻放出笑容。凱瑞愉悅地說：「我們一定會去參加妳的授白袍儀式，我們去幫妳拍照。我永遠不會忘記妳對我的大恩大德，這種事妳不邀請我們，我們也會去。」慧恩微笑點頭，表示同意凱瑞的說法。

　　保羅、彼得先後要求參加憶慈的授白袍儀式，接著在場所有的賓客也都要求參加。

　　「你們要來我當然很歡迎，但是目前我選擇要去的學校在外州。對你們而言，來參加可能會有些困難度。不過如果你們真的能來，我會非常的開心。」憶慈說畢，略為思考後，開始說起她在工作上的所見所聞：

　　「我有一個剛開完刀的病人，他在病床上不斷地喊痛、喊不舒服。白天照顧他的護士問他哪裏痛？他也說不出個所以然來。那個護士就告訴他，他剛開完刀傷口痛是正常的；對他不斷地喊痛並不在意，只是按照醫生的指示給他吃藥。到了晚上我接班照顧他，他還是不斷地喊痛、喊不舒服。白天的護士告訴我，那是因為他剛開完刀，傷口正常的疼痛。後來我仔細地幫他檢查一遍，發現他的尿管堵住了，就幫他處理好，再將尿管重新插回去。又發現他注射點滴的地方，可能是他的手移動的關係，注射的針已經走掉了。於是又幫他重新打針，他就不再喊痛了。」

　　「我從來不會因為前面的護士講什麼就全盤接受。我還會親自去問病人，了解他們的感覺和情況。護士在病人的照顧上，扮演重要的角色。像我們夜間照顧病人，病人有緊急情況發生，就只有緊急處理小組和我們護士在場幫忙急救。我照顧我的病人，我病人的所有情況我最清楚。所以前天我的病人有緊急情況發生，我就和緊急處理小組在一起四個小時，隨時待命幫助他們。」

　　「我有一位同事，她的病人在她的休息時間發生緊急情況。當時她正在醫院的餐廳用餐，她聽到廣播呼叫緊急處理小組到她所照顧的病房。一般而言，她聽到廣播就應該回去處理，因為只有她最了解她病人的情況。她給她的病人吃了什麼藥，給他做了什麼處理，也只有她知道。但她堅持她的休息時間，她就要休息，並沒有

回去照顧她的病人。而緊急處理小組及其他護理人員，因為不知道
那個病人的情況，不敢隨便給他任何藥物。重新上電腦去查他的病
歷又太慢了，所以她的病人就這樣走了。後來護理長對她說：『如
果他是妳的父親，妳會怎麼想？妳只要回來告訴我們他的情況，我
會給妳更長的休息時間。或許妳回來也沒有辦法救他，但妳沒有回
來，讓我們心中都有個遺憾。』我那位同事聽了眼眶泛淚，我們想
她可能知道她錯了。」

　　大家聽完憶慈的見聞都有些難過。原來多行一里路，可以幫助
一個人脫離痛苦。同樣地，只想到自己的權益，吝嗇跨出幾步來幫
助人，也可以造成無法彌補的傷害。憶慈看大家情緒低迷，便轉移
話題說：「今天是恩恩和凱瑞訂婚的好日子，我們應該講些快樂的
事。我們教會有Peace Center，專門幫助社區有需要的人。我們一起
去服務有需要的人，保證我們每天都會很快樂！」保羅和彼得都想
參加Peace Center的服務工作，於是都向憶慈要了聯絡電話。

　　凱瑞特地帶了他的小提琴來，憶慈、大衛、胡兵、陳百鍊，
都曾說想聽他拉的小提琴。他趁今天這個機會，拉幾首曲子給他們
聽，也給他所鍾愛的未婚妻慧恩聽；她是他的靈魂伴侶，唯有她最
能懂他的音樂，也最能了解他琴聲裡所表達的感情。他開始拉起小
提琴，他分開與肩膀同寬的雙腳微微地擺動，身體也隨之輕輕地搖
動起來。他時而閉目時而睜眼，神情完全的陶醉，他彷彿與肩膀上
的小提琴合而為一。悠揚的小提琴聲，在這景觀壯麗的小山丘，寧
靜雅緻的陽台上隨風飄送；飄入亙古，飄向未來，飄進永恆的空間
裡。所有的賓客甚至餐廳裡的工作人員，都在這銷魂醉魄的旋律
裡，赫然發現原來音樂是蒼茫宇宙中美麗的存在。

　　凱瑞與慧恩的訂婚儀式，就在這動人的小提琴聲，伴隨著歡樂
的氣氛下，圓滿的結束了！

　　離開任翔三個月，慧恩的生活發生了翻轉式的改變。任翔已經
從她的生命裡被淘汰出局，凱瑞重新站上主角的位置。為什麼曾經
愛得那麼深、那麼纏綿、那麼難分難捨，形同陌路卻只是在轉瞬之

間？愛得越深斷得就要越徹底，只因為那隱隱約約的思念，總是在毫無防備下趁機襲擊。

兩個多月來，慧恩沒有再聽到任翔的聲音，也沒有再看到他傳來的簡訊。她偶而還是會情不自禁地上網看他現在的情況；他開始蓄起了鬍鬚，留著鬍鬚的他，看起來有些滄桑、有些頹廢。她有難以言喻的不忍立刻關機，隨即開始責怪自己的意志不堅，總是被那苟延殘喘的思念牽著鼻子走。

「除惡務盡，」她警告自己。「不能讓對他的思念有一點存活的空間。」她再度下定決心。

為什麼還要思念呢？她即將成為凱瑞的妻子，況且她根本不會接納一個已經移情別戀的男人；即使他回頭她也沒有辦法接受。為什麼對一個她完全不能接受的人還如此牽腸掛肚呢？

「沒錯！那是他家的事不關我的事！」她拿起書本往自己的額頭上打了幾下，同時大聲地對自己說：「清醒！清醒！」

凱瑞從浴室裡走出來，看見慧恩拿著書本往自己的額頭上打，嘴裡還大聲地說：「清醒！清醒！」他覺得很有趣，他一面走到她的旁邊，一面笑著說：「才看了沒多久的書就想睡覺，的確該打！」

慧恩突然從椅子上站起來，迅雷不及掩耳地伸出雙手，抱住凱瑞的脖子親吻他的唇。那是一種充滿激情幾近飢渴似的親吻；那是一種令人銷魂無法抗拒的親吻；那是一種隱藏罪惡感的親吻。他熱情地回應她的吻，回應她如發情的雌性動物的吻。他將她抱起來往床的方向走，她的面頰靠著他寬闊的胸膛，聽他的心臟因激動而急速跳動的聲音。每一個跳動的聲音都彷彿是嚴厲的指責聲，訓斥她不該用這種方式來取代她對他的愧疚感。

他將她放在床上，嘴唇又蓋在她的唇上親吻她。她內心不斷地問自己：「妳現在的舉動是發自內心的愛？還是出於欺騙？」出於愛？還是出於欺騙？毫無疑問地她愛凱瑞，但現在的舉動卻是出於欺騙。她沒有真的想親吻他，她熱情地親吻他，只是因為她對任翔的思念，她覺得對不起他，她要隱藏內心的不安。

「我怎能如此待他？」她思忖著。不，她絕對不能這樣對待他。他即將成為她的丈夫，她必須用最真實的愛誠摯地對待他。當

一個賢德的女子是她的理想，她不能自毀理想。她推開凱瑞，她覺得很抱歉；她不應該引誘他，又在他興致高昂的時候推開他。

「凱瑞，我現在肚子很餓，餓得一點愛的感覺都沒有了。我們去Spectrum吃宵夜，等我們吃飽了、喝足了、感覺回來了，我們……」她不好意思說下去憂然而止。

凱瑞抬起頭來看著慧恩，他真的搞不懂這個女人；開始是她，喊停的也是她。哪有人親吻親到興致正濃的時候喊肚子餓的？真是難得一見的奇葩。

「我真搞不懂妳！營造氣氛的是妳，破壞氣氛的也是妳。明天是星期日，放假不上班。星期一一大早我們就去登記結婚，所以今天晚上妳不能再用任何藉口拒絕我。我現在就帶妳去吃宵夜，回來後我們再繼續奮鬥。如果妳今天晚上就有了，那明年這個時候，我們的寶貝就可以陪我們玩了。」

凱瑞的意思很明顯，是要跟她有進一步的性關係。她還沒有心理準備，也不知道該如何做心理準備？以前她和任翔有好幾次差點發生性關係，幾乎每次都是任翔先停止的，否則他們早就發生性關係了。她覺得性關係似乎應該自然而然地發生，預先通知反而產生一種精神壓力；好像變成了一種任務，缺乏愛的感覺。

「但吃飽之後，所有的血液都集中在胃裡，我整個人就會昏昏沉沉的想睡覺。不知道會不會才開始就睡著了？」她用牙齒咬了咬下唇，試著找藉口。

「哪來那麼多藉口？妳放心！我不會讓妳吃太多，我也一定不會讓妳睡著。妳試試看就知道，在我的掌控之下，妳想睡著都不是件容易的事。」凱瑞接著動之以情試圖說服慧恩，他溫柔地繼續說：「我等這一天已經等七年了。從大一起我就開始等，現在好不容易我們成為夫妻了，妳還能狠心拒絕我嗎？媽媽比我還急，她急著抱孫子。她那麼喜歡妳，難道妳忍心讓她失望嗎？」

慧恩不認為自己應該再推辭。這種預約式的性關係，雖然讓她想到就覺得不自在；但丈夫是頭，對她的身體有權利，她不該讓凱瑞失望。她點頭答應說：「好吧！你說了算，我聽你的。我們先去

吃宵夜，吃完宵夜後，也許我就不會那麼緊張，心情會比較放鬆，或許就可以水到渠成。」

凱瑞立刻跳下床，伸手將慧恩從床上拉了起來，說：「現在快十點了，我們快去快回，春宵一刻值千金。」說完，他雀躍地摟著慧恩走出公寓。

凱瑞和慧恩到Spectrum的一家日本料理餐廳吃宵夜，這個時間剛好是這家餐廳的「Happy Hour」時段，他們吃了兩份壽司。當他們步出餐廳時，已經快十一點了。Spectrum除了幾家餐廳還有些客人外，街道上只有零零星星的幾個行人。慧恩看見地上有不斷旋轉的大小雪花光影，不由地玩興大發，踩著大小雪花光影跳來跳去。凱瑞從她的背後抱住她，說：「妳真是童心未泯，還像小孩子一樣跳來跳去。」接著將自己的臉頰依偎著她的臉頰，溫柔地問：「今天晚上，我們就要成為名符其實的夫妻了，妳準備好了嗎？」

慧恩轉過身抱住凱瑞的腰，她的臉頰靠著他的胸膛，低聲地說：「我還是有些害怕！我一想到我們要有進一步的關係，我心裡就會緊張、就會害怕。」

凱瑞緊緊地擁抱慧恩，輕聲地安撫她說：「妳不要害怕！我會很慢很輕很小心，不會弄痛妳的。」

慧恩更用力地抱住凱瑞，怯怯地說：「我還是會害怕！我們能不能再等兩天？等我們正式登記結婚了，我心裡多一些準備，我們再做那件事。」

凱瑞看慧恩對發生性關係這件事那麼害怕緊張，他想她可能還沒有準備好。他不願勉強她，於是答應她說：「好吧！反正妳已經是我的妻子了，遲早我們都要做那件事；這是履行夫妻的義務。我可以再等兩天，讓妳有更充分的心理準備。但妳要向我保證，我們一旦登記結婚，妳就不再用任何藉口拖延。」

「我保證登記結婚後，我就不再用任何藉口拖延，你要怎樣就怎樣好不好？」慧恩高興地說。

凱瑞看著笑容宛若天使般的慧恩，情不自禁地將自己的嘴唇蓋住她的唇，在Spectrum滿是金黃色燈光的棕櫚樹下，忘情地親吻她。

第四十二章 再見任翔

　　旭日溫暖的陽光，方才透過百頁窗的縫隙撒入房間內，慧恩就醒了。她偏過頭看著赤裸著上半身的凱瑞。凱瑞原本就喜歡赤裸著上半身睡覺，以前是怕慧恩害羞不習慣，所以慧恩在的時候，他會穿上衣服睡覺。現在他們已經訂婚，馬上就要登記結婚，凱瑞認為慧恩應該習慣他的身體，所以就毫不避諱地赤裸著上半身睡覺。喜歡運動的凱瑞，有著健美的胸肌，和線條優美結實的手臂。慧恩凝視著凱瑞濃密的眉毛，覺得他整個人散發出一種英雄般的氣魄；像是希臘戰士英勇的雕像注入了生命的氣息。

　　她伸手輕輕觸摸凱瑞微閉的雙唇，一不留神幾隻手指已被凱瑞突然張開的牙齒咬住。她不動聲色將嘴唇湊近凱瑞的臉頰，慢慢地在他的臉上移動。凱瑞受不了慧恩的挑逗，放開她的手指，抱住她的頭，親吻她的唇。然後將她擁入懷裡，說：「士別三日，刮目相看，沒想到妳也開始懂得挑逗我；看來我們精彩的生活是指日可待了。」

　　慧恩的臉頰緊貼著凱瑞的胸膛，紅著臉嬌羞地說：「我只是學習你的動作，想讓你的臉發癢，放開我的手指。我不知道這樣就能挑逗你，讓你有這麼大的反應。我……」她不知道如何說下去，憂然而止。

　　凱瑞看慧恩躲在他的懷裡，羞羞怯怯的樣子，著實覺得好笑。他鼓勵慧恩說：「妳是我愛的女人，我對妳親暱的動作比較敏感，這是正常的。我喜歡妳的挑逗，這是一種生活樂趣。生活要常保新鮮，就要不斷的創新，偶而一些意想不到的動作，會讓我們的生活更有趣味，不會一成不變；賢德的女子在這方面照顧到丈夫的需要是必須的。」

慧恩依偎在凱瑞的懷裡，內心滿溢著柔情蜜意。她輕聲地問：「你要送我的那本記事本現在在哪裡？」

凱瑞眉頭深鎖一副很遺憾的樣子，他嘆了一口氣說：「我想，妳既然把它退還給我，表示妳對它不屑一顧。它是為妳而存在的，妳不喜歡它，它就沒有存在的價值。所以我用一把火把它給燒了，現在已化為灰燼灰飛煙滅了。」

慧恩聽到記事本已被燒毀灰飛煙滅了，不禁悲從中來，在凱瑞的懷裡低聲啜泣；淚水沿著臉頰滴落在凱瑞的胸膛上。凱瑞見慧恩為焚毀的記事本哭泣，他暗自竊喜，故意裝作一副無所謂的樣子，說：「只不過是一本記事本罷了，燒了就燒了吧！難不成妳要以孟姜女哭倒萬里長城的哭功，哭個幾天幾夜看能不能把它哭回原狀？如果妳真的那麼喜歡那本記事本，我再重新寫一本給妳不就好了。」

慧恩生氣地轉過身，背對著凱瑞不發一語。凱瑞見慧恩為了記事本生氣不理他，他不敢再繼續捉弄她。他從慧恩的背後抱住她，溫柔地對她說：「記事本是給妳的，沒有妳的允許，沒有人可以任意處置它；我一直把它放在一個盒子裡保存著。我知道總有一天妳會想要回它，所以我一直把它帶在身邊，就等著妳開口取回它。」

慧恩聽了化悲為喜，轉過身面對凱瑞，欣喜地催促他說：「快把那本記事本給我，我要自己收藏，免得夜長夢多；哪天你心血來潮，莫名其妙的就把它給燒了。憶慈說那本記事本是你的秘密武器，我不能讓你的秘密武器毀於一旦。」

凱瑞一頭霧水，什麼時候他的記事本竟然成為他的秘密武器了？他撓了撓自己的腦袋，隨即起身下床走到衣櫥前，從衣櫥裡的行李箱內，取出了一個盒子。他打開盒子拿出裡面的記事本，仔細審視一番，又把記事本放回盒子裡。他走到慧恩的身旁，在床邊坐了下來，將裝有記事本的盒子遞給她，說：「我剛才仔細地察看了一下，我不知道這本記事本怎麼會是我的秘密武器？憶慈有沒有告訴妳，為什麼它是我的秘密武器？」

慧恩坐直身子接過裝有記事本的盒子，說：「既然是秘密，那當然只有我和憶慈才知道它的用途，如果連你也知道就不能稱為秘密了。」

凱瑞斜睨著慧恩，不解地問：「可是妳不是說它是我的秘密武器？怎麼是妳們兩個人知道秘密，我反而不知道呢？妳越說我越糊塗了！」

　　「你有聽過雍正時期的殺人暗器血滴子吧！知道如何使用血滴子，它就可以取人性命；但如果不知道如何使用血滴子，它就變成了廢物。秘密武器也是一樣，你知道如何使用它，它就是你的秘密武器；如果你不知道如何使用它，它就只是一件普通的東西。不過你已經以正確的方式使用它，它早就是你的秘密武器了。」慧恩煞有其事地說。

　　凱瑞還來不及回應，慧恩手機的來電聲響起。她拿起手機看了一眼，是小偉。小偉已經很久沒有跟她聯絡了，為什麼今天會突然打電話給她呢？她好奇地接起電話，親切地和手機另一端的小偉打招呼說：「喂！小偉你好！」

　　「慧恩，好久不見了，妳還好嗎？」小偉的聲音有些沙啞。

　　「我很好！你呢？你還好嗎？」慧恩愉快地回答。

　　「我很好！但是……任翔……任翔……他不好！」小偉囁囁嚅嚅地說。

　　慧恩聽到小偉說任翔不好，心頭驀然一震，整個心都揪了起來。她連不迭地問：「任翔發生了什麼事？他為什麼不好？他不是在片場拍戲嗎？」

　　小偉停了一會兒，好像在啜泣，他用低沉的嗓音回答說：「他本來是在片場拍戲，但不知道什麼原因，突然覺得身體不適，就被緊急送醫了。」他又停了下來，手機裡傳來陣陣的哭泣聲。過了約莫十秒鐘，他穩住情緒繼續說：「任翔生重病快不行了！他最想見到的人是妳，妳能不能回來看看他？」

　　慧恩腦海裡一片空白，整個人早就被驚呆了。任翔的身體不是一向很好嗎？怎麼說生病就生病了呢？而且還是致命的重病。她實在很難相信這是事實。她回過神來，問小偉說：「任翔是當紅的大明星，他的一舉一動都是媒體注目的焦點。如果他生重病住院了，為什麼沒有任何一家媒體有相關的報導呢？」

小偉停了一下，似乎在思考又好像有些猶豫。他清了清喉嚨說：「那是……因為公司花錢把這個消息封鎖了。除了公司的人，沒有任何人知道這個消息。慧恩，妳能不能看在妳和任翔過去的情份上，儘快在這兩天回來看他？遲了可能就看不到他了。」

　　「好！我儘快在這兩天回去看他，我買好機票再跟你聯絡。」慧恩心裡十分著急，沒有多想就答應了小偉。

　　小偉收起悲傷的情緒，謝不釋口說：「慧恩！謝謝妳！謝謝妳！我就知道妳是個有情有義的人。妳買好機票馬上告訴我，我去機場接妳。」

　　「好！我們再聯絡！」慧恩說完關閉手機。她抬起頭來看著凱瑞，眼眶裡閃爍著晶瑩剔透的淚光。凱瑞蹙攏眉頭注視著慧恩，等待她說明電話的內容。慧恩還沒有開口說話，淚水已毫無招架地從眼眶裡滾落下來。她悲傷地說：「任翔的助理小偉說，任翔生重病，如果這兩天不去看他，恐怕就看不到他了。」

　　凱瑞聽了心裡也很難過，任翔雖然是他的情敵，但畢竟是個可敬的情敵。如今他即將離去，他著實為他感到惋惜。他看慧恩如此的傷心，不加思索脫口而出說：「恩恩，我陪妳一起去看他。」

　　慧恩很想讓凱瑞陪她一起去看任翔，但她考慮到任翔的感受；怕凱瑞的出現會刺激任翔，使任翔的病情加重。她不想節外生枝，於是說：「我還是自己一個人去吧！你去了我怕會刺激任翔，對任翔反而不好。我去最快三天，最晚一星期就會回來。任翔的媽媽不喜歡我，不會讓我留太久的，你放心在這裡等我回來。」

　　凱瑞非常不願意讓慧恩自己一個人去看任翔。但慧恩說的也沒錯，他去了不但沒有助益，反而可能刺激任翔，讓他的病情加重。他勉為其難地叮嚀慧恩說：「那妳要早點回來，不要去太久，而且妳也要天天跟我保持聯絡，讓我安心。」

　　「你放心！我會早去早回，也會天天跟你保持聯絡。」慧恩一邊說，一邊解開她脖子上的金十字架項鍊拿在手上，「這是我爸爸送給我的純金十字架項鍊，他要我把這條項鍊送給我的丈夫；凡是戴上這條項鍊的人，他就當他是女婿。現在我把這條項鍊送給你，代表你是我的丈夫，我的心對你永遠不變。」接著將十字架項鍊，

戴在凱瑞的頸子上。

　　凱瑞將慧恩攬入懷中緊緊地擁抱她，不捨地低語：「我真的不放心讓妳一個人去，妳這一走到妳回來之前，我都沒有辦法安心。」

　　慧恩試圖讓凱瑞安心，她以輕鬆的口吻說：「我去去就回來，又不是一去就不回來了。我們雖然是同班同學，但你不是梁山伯，我也不是祝英台，所以別搞得像梁山伯與祝英台生離死別的樓台會。放心！我不會有事的！」

　　凱瑞馬上用手蓋住慧恩的嘴唇，說：「童言無忌！出遠門要說吉利話！三天，妳三天就要回來。如果妳三天不回來，我就去找妳。」

　　慧恩點頭答應說：「好吧，三天就回來。」

　　上海浦東國際機場，慧恩通過海關的檢查，剛剛步出入境大門，小偉就迎面走到慧恩的身邊，接過她手上的小行李箱。慧恩拿起手機想打電話給凱瑞報平安，小偉立刻阻止她說：「妳先別急著打電話！外面有車子在等我們，我們必須快點走，待會兒到車上妳再打也不遲。」

　　慧恩聽小偉這麼說，便把手機放入外套的口袋裏，隨著小偉快步走出機場大廳。機場外停著一台休旅車，駕駛座與副駕駛座上分別坐著一位年輕男子。小偉將慧恩的行李放入後車箱，然後打開車門讓慧恩先坐進去，自己隨後也進入休旅車坐在慧恩的旁邊。車子離開機場在公路上奔馳，慧恩拿起手機想打電話給凱瑞報平安，卻被小偉從她的手中拿走手機。慧恩驚訝地看著小偉，不知道小偉為什麼要拿走她的手機？她著急地說：「你為什麼要拿走我的手機？我現在不打電話給我的未婚夫，他會擔心的。」

　　小偉看著慧恩白淨柔美宛若天使般的臉龐，愛憐地說：「沒想到妳已經訂婚了，任翔如果知道肯定會很難過。我記得我和任翔第一次見到妳的時候，妳還只是個十八歲的小姑娘，當時我就被妳超凡脫俗的美麗容顏所吸引。任翔要找『天使之眼』的女主角，我第

一個想到的就是妳。沒想到我們真的找對人了，妳的演出讓這部電視劇獲得空前的成功；妳也因這部戲一炮而紅。只是任翔卻自私的把妳藏起來，不管人家出多少酬勞，他都不願意接受。也就是因為這樣，讓妳更加炙手可熱，成為大家競相爭取的明星。」

慧恩面無表情聽著小偉說話，她淡淡地回應說：「這些都是過去式了！任翔是尊重我、為我著想，才會幫我推掉一切的邀約。」

小偉露出鄙視的表情，說：「他存什麼心大家都心知肚明，只是不願明說以免傷感情。不過人算不如天算，沒想到他媽媽竟然那麼反對你們在一起，結果還不是一場空。妳也別以為他對妳有多好，不管有沒有工作都給妳底薪兩萬人民幣；其實妳是被他騙了。五年的底薪合計是一百二十萬人民幣，再加上他給妳的演出費十萬人民幣，總共是一百三十萬人民幣。這一百三十萬人民幣本來就是妳的片酬，他用五年的時間分期給妳，妳還傻傻的對他感激不盡，事實上妳是被騙了。」

小偉的一番話，讓慧恩的心裡有些難過，但她相信她自己的感受。當初她感受到的是任翔真摯的心意，那是不會騙人的。她以堅信的口吻說：「我和任翔當初的合約就是這樣訂的。他為我爭取多少酬勞、抽取多少佣金、一次或分期給我，都與我無關；我們只是按照合約的規定行事。我自己是讀法律的，我既然跟他訂這樣的合約，我就會完全遵守。我們之間沒有存在違約的問題，所以他沒有騙我，我也沒有被騙。」

小偉看慧恩如此信任任翔，他也沒什麼好再說三道四的了。他改變談話的內容，嘗試說服慧恩以遂其目的。他心平氣和地說：「妳現在正當紅，妳應該利用這個機會多賺一點錢。妳要知道這種機會不是常有的，稍縱即逝。只要妳答應跟賀老板簽約，我們可以幫妳處理，妳跟任翔的合約問題。而且我們給妳的演出酬勞，一定比任翔給妳的多上好幾倍，我們一定不會虧待妳的。」

慧恩這時才恍然大悟，曉得自己被小偉騙了。她開始覺得有些害怕，她故作鎮靜地說：「我快要結婚了！我的未婚夫不喜歡我演戲，這是你知道的。演出酬勞不是問題，問題是我的未婚夫。」

小偉露出不悅的臉色，一雙眼睛緊盯著慧恩說：「只要妳同意

簽約，妳未婚夫那邊就不會有問題。我希望妳好好考慮一下，不要敬酒不吃吃罰酒。」

小偉的話語充斥著威脅，慧恩頓時害怕得眼淚奪眶而出，無聲無息地沿著臉頰滑落下來。她身體微微瑟縮，像是個受到驚嚇的小女孩。她強迫自己保持冷靜，她語調平緩地說：「我的身體是 神的殿，如果你污穢我的身體，神必要毀滅你。」

小偉騙慧恩來上海的目的，是要慧恩跟他們簽新的合約。他並不想傷害她，他只想讓她感到害怕。他採取軟硬兼施的策略，他收起不悅的表情，露出笑容說：「放心！我不會讓他們傷害妳！我們只是留妳住幾天，直到妳想通為止。我這樣做也是不得已的，我有我的苦衷，請妳原諒！」

凱瑞一直沒有接到慧恩報平安的簡訊和電話，他打電話到慧恩的手機也沒人接聽；他的心開始忐忑不安。他上網查看慧恩搭乘班機的抵達時間，又不斷地看他手機上的時間。飛機已經抵達上海好幾個小時了，慧恩卻一點消息都沒有，他坐立難安簡直要發瘋了。他後悔極了，他後悔沒有堅持和慧恩一起飛去上海看任翔。現在他想找慧恩，卻不知道從哪裡找起？他不知道如何聯絡任翔？任翔到底在哪裡？他也全然不知。他煩透了，他不停地在房間裡來回踱步。他突然想起憶慈，「或許恩恩會和憶慈聯絡！」他迅速拿起手機打電話給憶慈。

「Hello（哈囉）！」憶慈接起電話說了一聲。

「憶慈，恩恩搭飛機到上海看任翔。她搭的飛機已經抵達上海好幾個小時了，但她一直沒有打電話給我。她有打電話給妳嗎？」凱瑞焦急地問。

「恩恩也沒有打電話給我，這不太像恩恩一貫的作風，你有打她的手機嗎？」憶慈既答又問。

「我有打她的手機，但沒有人接聽。」凱瑞回答說。

「你有任翔的電話號碼嗎？或是你知道如何聯絡任翔嗎？」憶

慈問。

「我沒有任翔的電話號碼，也不知道如何聯絡他。我只知道任翔生重病，現在應該在醫院裡。」凱瑞回答說。

「幾天前報紙才說他在拍片，而且還探班他的舊愛兼新歡莫言真。怎麼可能沒幾天就生重病？你們會不會被騙了？你知道是誰告訴恩恩，任翔生重病的嗎？」憶慈問。

「是任翔的助理小偉打電話告訴恩恩的。他說任翔在片場拍戲的時候突然病倒了，還說任翔現在情況不太好。」凱瑞說。

「整件事情表面上聽起來合理，但從恩恩失去聯絡，以及幾天前報紙的報導看來，這件事就好像是預先設好的陷阱。」憶慈憂心地說。

凱瑞聽憶慈這麼一說更加著急，他迫不及待地問憶慈說：「憶慈，妳看我們現在該怎麼辦？」

憶慈嘆了一口氣，說：「再等一個小時，如果還沒有恩恩的消息，我認為你最好搭明天的飛機去上海看看。」

凱瑞心急如焚，整個人就像是熱鍋上的螞蟻一樣。他拿著手機一邊與憶慈對話，一邊在房間裡踱來踱去。聽憶慈這麼講，他馬上回應說：「我搭明天凌晨的飛機去上海。我有任翔公司的地址，我直接到任翔的公司問。好，就這麼決定了。謝謝妳，憶慈。」凱瑞掛了電話，馬上上網訂機票。

夜幕低垂，今晚的夜空十分寂寥，只有半輪明月高掛天空，所有的星星都隱匿無蹤；蒼穹中那顆最明亮的星星也消失不見了。凱瑞拉起百葉窗，看向窗外寂靜的夜空，呢喃自語：「恩恩的星星，妳是不是在遠方的上海陪伴恩恩？如果妳有看到恩恩，你一定要告訴她，我很想念她，我很後悔沒有陪她去上海。妳一定要告訴她，我就要去找她了，她一定要好好的在那邊等我。」

凱瑞悲從中來不禁潸然淚下，他拿起小提琴拉起了「明月千里寄相思」這首曲子。優美繞樑的小提琴聲，瞬間充滿整個房間。他感覺慧恩好像坐在旁邊聆聽他拉小提琴，他停住拉小提琴的手，舉頭向四周張望卻沒有看到慧恩。

「恩恩，沒有看到妳的日子真的很難熬。以後不管任何理由，

我絕對不准妳再離開我。」凱瑞難忍悲傷地說。

慧恩被關在一間公寓的套房裏，他們不准她拉開窗簾，也不准她開燈。房間的外面有小偉和兩個年輕人看守著。慧恩瑟縮在房間的一個角落，她不敢躺在床上，也不敢坐在椅子上。

「『寧可枝頭抱香死，何曾吹落北風中。』我不能與虎謀皮，我絕對不能跟他們簽約。」她沉吟不語。但是不答應跟他們簽約，他們會放過她嗎？她很懷疑。她不知道小偉為什麼要欺騙她？為什麼要這樣對待她？她一直都很喜歡小偉，當他是好朋友。她覺得他溫和有禮、處事認真、聰明伶俐。為什麼這樣一個大家心目中的好人，會在毫無預警之下變成一個加害者呢？

人心多變複雜得讓人難以捉摸；今天喜歡的東西，明天可能變成深惡痛絕的東西；今天是好人，明天可能變成壞人；今天是多情之人，明天可能變成無情之人。「世人的心充滿了惡！」她想著。但她從來沒有想到小偉會是壞人，就像她從來沒有想到任翔會變心一樣。

任翔雖然變心了，但她還是希望他一切都好；她希望他幸福快樂、健康平安，這些才是她要的。她以為她會怨恨任翔；當小偉告訴她，任翔病重的時候，她才知道她從來沒有真的怨恨過他。她因為聽到任翔生重病而柔腸寸斷，也因為知道他健康平安而欣喜若狂。她今天才真正體會到「愛是犧牲，愛是捨得。」她做到了；她樂見他有新的女朋友，樂見他快樂地當一個孝順的兒子。

她想起凱瑞，「凱瑞現在一定很著急！」她不禁擔心起來。任翔已經是過去式了，不可能再擁有的過去式；她對他已不再有掛念。她現在最掛念的是凱瑞，他才是她唯一的牽掛。她很後悔沒有讓凱瑞一起來上海，如果有他在也許她就不會被關在這裡。但她又有些慶幸凱瑞沒有來，因為她怕小偉會傷害他；小偉如果傷害凱瑞，她一定會痛不欲生。

很多事情她無法理解，她與世無爭不追求名利，為什麼會遭遇這樣的事呢？她不知道他們會對她做什麼事？她害怕他們會玷

污她，所以她不敢吃他們送進來的食物，也不敢喝他們送進來的飲料；她甚至不敢睡覺。她一生追求身、心、靈的潔淨，她的身體只屬於她的丈夫，她必須保守她身體的潔淨。她有太多的疑問了，她開始禱告，她開口問她的 神：

「主啊！我不知道我為什麼會遭遇這樣的景況？我用我自己的眼睛看這件事情，我看不明白，我覺得心痛，覺得自己被遺棄了。我不知道為什麼一個好人，會突然拋棄他的良知變成一個加害人？我不知道自己是不是應該站穩立場絕不動搖？還是當一個隨風搖曳的棕櫚樹能屈能伸？我甚至不知道能不能吃喝他們送進來的食物飲料？能不能睡他們提供的床舖？我彷彿站在一片濃霧中，看不到前面的路。主啊！我該何去何從呢？主啊！你的話語是我腳前的燈、路上的光。祈求你對我說話，也讓我能明白你的話語，祈求你保守我身體的潔淨。」

她想到小偉和那兩個年輕人，心裡產生憐憫，她流出眼淚哽咽地繼續禱告：「主啊！求你憐憫小偉和外面那兩個人，讓他們能悔改。主啊！你的道是我一生所追求的，你的話語常在我裡面；你在我裡面，我也在你裡面。求你恩澤全地，讓我眼睛所看到的人都能悔改。」

她跪在地上不斷地流淚，不知道過了多久，突然有一段經文出現在她的腦海裡：「我豈沒有吩咐你嗎？你當剛強壯膽！不要懼怕，也不要驚惶；因為你無論往哪裏去，耶和華你的 神必與你同在。」她抬起頭來環顧四周，驀然間她覺得全身宛若電流通過，眼睛的四周有電光轉動，有能量在她的手上流動。她不知道發生了什麼事？只知道在黑暗的房間裡，她卻看得異常的清楚。

外面的人開門進入房間內，把食物飲料放在桌上，又把原先的食物飲料帶走。他們看慧恩瑟縮在牆角，面對牆壁跪著好像在禱告。他們並沒有打擾她，他們認為只要把她關在黑暗的房間裡幾天，她應該就會屈服，於是就隨她去了。

凱瑞來到上海，立刻直奔任翔所屬的公司，詢問任翔的情況。

公司的員工說，任翔正在外地拍片，凱瑞才確定他們真的被騙了。他請求公司的員工聯絡任翔，因為他的未婚妻慧恩，被任翔的助理小偉騙到上海來看任翔；她音訊全無已經失蹤兩天了。公司的員工聽凱瑞說，慧恩被小偉騙到上海，又已經失蹤兩天了，趕緊通知在外地拍戲的任翔。任翔得知消息後，立刻趕了回來。凱瑞見到任翔，迫不及待地對他說：「你的助理小偉打電話給我的未婚妻恩恩，說你得重病要她立刻趕來看你。她到上海已經兩天了音訊全無，你能不能幫我找到小偉，讓他把我的未婚妻還給我。」

任翔聽凱瑞稱慧恩是他的未婚妻，心頭驀然一震。他無法相信自己的耳朵所聽到的，這怎麼可能呢？慧恩和他有五年之約，怎麼可能短短三個月，她就忘記她自己的承諾和凱瑞訂婚了呢？他不相信，他絕對不相信；他知道慧恩很愛他，而且她是個信守承諾的人，她不可能說變就變。他認為一定是凱瑞故意騙他的，他有些生氣，正要質問凱瑞，卻看到凱瑞的脖子上，戴著慧恩的金十字架項鍊。他的心彷彿被一陣凜冽的寒風吹過，瞬間冰冷起來。「你們什麼時候訂婚的？」任翔面無表情地問。

「上星期六！我們原本打算這個星期一去登記結婚。但是你的助理小偉打電話給恩恩說你生重病，恩恩趕著來看你，所以就耽擱了。你能不能快點找到小偉？讓他把我的未婚妻還給我，我要立刻帶她回美國。」凱瑞的聲音有些著急，他的話語清清楚楚地告訴任翔，他和慧恩即將結婚的消息。

任翔對慧恩很生氣，但想到她因為他的緣故，被小偉騙到這裡來，已經兩天音訊全無了，不禁又覺得心疼。他明白事有輕重緩急，他不能意氣用事耽誤了救慧恩的時間。「現在最重要的是找到慧恩，其他以後再說。」他沉吟不語，把對慧恩的不悅隱藏起來。他平心靜氣地對凱瑞說：「小偉幾天前已經自動請辭，我現在也不知道他在哪裡？不過我會打電話給他，確定誰是帶走慧恩的人？如果真的是他帶走的，那就比較好辦些。你先回賓館休息，有消息我會通知你。」

凱瑞已經兩天幾乎沒有闔眼，累得眼底都出現了血絲，著實

疲憊不堪。他的確需要休息一下，才能繼續尋找慧恩。他打了個哈欠，說：「好！我就到你們公司附近的賓館休息一下。如果有我未婚妻的消息，請你保證一定要通知我。」

任翔原本不想讓凱瑞參與其中，但想到若不是因為自己的緣故，慧恩就不會失蹤，凱瑞也不需要來這裡。於是勉為其難地答應他說：「好吧！把你的手機號碼給我，有消息我一定通知你。」

凱瑞把手機號碼給任翔後，便離開到賓館休息了。任翔拿起手機打電話給小偉，小偉接起電話愉快地說：「任翔，好幾天不見了，你還好嗎？怎麼突然想到我了呢？」

「小偉，慧恩是不是在你那裡？她的前男友說你把她騙回上海了。」任翔不悅地問。

「他搞錯了吧！我哪有那個能耐把慧恩騙回上海？」小偉驚訝地說。

任翔聽小偉不承認有些動怒，語帶威脅地說：「如果不是你，那我只好報警處理了！」

小偉聽任翔說要報警有些慌張，著急地說：「你先別急！給我幾天時間，我去查查看是不是有人用我的名字請慧恩來上海？」

任翔從小偉說的話，大概能猜到慧恩可能在小偉那裏，他態度強硬地警告小偉說：「你最好現在馬上去查清楚！如果今天晚上十二點以前，我沒有看到慧恩，我馬上報警處理。而且我還要警告你，如果任何人敢動她一根寒毛，我就讓你吃不完兜著走！」溫文儒雅口不出惡言的任翔，有生以來第一次對人落下狠話。

小偉曾跟過任翔相當長的一段時間，他從來沒有見過他用這種態度對人說話，也從來沒聽他說過狠話；他知道自己已經碰觸到他的痛點。他不想再惹毛任翔，他態度謙卑語氣和善地說：「你放心！如果慧恩真的被請來了，大家一定會好好待她，不會讓她受一點委屈。」

任翔得到小偉的保證稍稍覺得安心，但態度絲毫沒有妥協，仍強硬地說：「這樣最好！你現在馬上去查，我在這裡等你的消息，我要慧恩安然無恙的回來。」說完，隨即掛了電話。

任翔走到他專屬辦公室的窗戶前，倚窗看向窗外的天空。蔚藍的天空白雲朵朵，巧妙地變化出各種形狀。他彷彿看到慧恩微笑的臉，出現在千變萬化的雲朵中。

「慧恩的心就像是天空中變化無窮的白雲；現在看是這樣，沒有多久的時間又變成另一個樣。」任翔喃喃自語。他和慧恩共同生活了三年，他一直覺得他很了解她；他覺得她是個信守承諾的人；他覺得她深愛他；他覺得她是個感情專一的女人。但現在看起來，他的感覺顯然是錯誤的。

「我們的愛情竟然走不到美國，才三個月的時間，她就變心回頭去找她的前男友。」氣憤的熊熊烈火在任翔的心中燃燒著。

「難怪她以前說不等我，原來她早就打算離開我，回到她前男友的身邊。」慧恩在任翔的心目中，瞬間從貞潔烈女變成了水性楊花的女人。

他走到沙發坐了下來，順手拿起放在咖啡桌上的雜誌和報紙；這些是他的助理為他保留的有關他的報導。雜誌的封面大大的標題寫著：「莫言真夜宿任翔公寓，任翔疑隱瞞朱慧恩，劈腿舊愛莫言真。」他看了一下標題，又看了一下日期，「兩個多月前的舊雜誌。」他把雜誌放回桌上拿起報紙，報紙的標題寫著：「任翔片場探班莫言真，互動親密戀愛ing！」他看了一下日期，不到一個星期。對於媒體有關他的報導，他都不會太在意。他認為謠言止於智者，太多的解釋反駁，反而有此地無銀三百兩的感覺，而且還會幫報紙雜誌打廣告。他把報紙放回咖啡桌上。

這是他將近三個月來第一次進公司，辦公桌上堆了一疊的東西。他從沙發上站起來走到辦公桌前，隨便拿起一封信函拆開來看；那是戰神科技公司邀請慧恩，成為他們公司新產品代言人的信件。戰神科技公司開出來的代言酬勞相當優渥，甚至比他的代言酬勞還高很多，但代言的時間很長有十年之久。

「我從來沒有看過時間這麼長的代言合同，我必須好好考慮一下。」他將信件放回辦公桌上，又走回到沙發坐了下來。

「其實也不能怪慧恩，慧恩那麼純真善良，難免經不起她前男

友甜言蜜語的誘惑；何況我已經兩、三個月沒有跟她聯絡了。」想到這裡，他驀然一驚。他拿起桌上的雜誌和報紙再看了一遍，他整個人愣住了。

他想起慧恩曾經對他說過的話：「我的愛情很自私，我絕對不願意和任何女人分享愛情。你一旦有新的女朋友，就是我們愛情的結束；我不會寬容，也不會等你回頭。你有女朋友的時候，我不想最後一個知道。你也不要直接通知我，你只要一段時間不再跟我聯絡，就算是通知我了；我也可以死心了。」他恍然大悟，難怪她會和她的前男友訂婚，原來她以為他已經和莫言真復合了。

「誤會！誤會！大誤會！」他自言自語。但這個誤會怎能解釋得清楚呢？他實在很後悔；他後悔讓莫言真到他的公寓；他後悔讓她夜宿他的公寓；他後悔在片場探班，剛好也在同一個片場拍戲的她，但木已成舟一切的後悔都無濟於事。

他記得他曾夢見慧恩全身被雨淋濕，口中不斷地喊著：「翔，你在哪裡？」他的心頓時如萬針穿刺般痛楚難耐。「慧恩一定是看到媒體的報導，而我又剛好跟她斷了聯繫。她以為我變心了，所以才會那麼難過；她當時一定是非常徬徨無助。」如果不是這樣，為什麼他會夢見那麼無助的慧恩呢？這幾個月來，他全心全意在片場拍戲，回家的時候就是睡覺休息，根本沒有注意到媒體的報導。沒想到這麼一點疏忽，竟帶給慧恩無以倫比的痛苦，也可能讓他完全失去她。

他想到剛才凱瑞告訴他，他和慧恩馬上就要結婚了，他開始緊張起來。「不，我不能讓慧恩嫁給她的前男友，我一定要想辦法挽回她。沒有她的日子孤獨寂寞讓人難以忍受，我不想再過這樣的日子。」他喃喃低語。

他想要挽回慧恩，但該如何挽回呢？情況看起來很糟糕，環境看起來很困難，他完全無計可施。但他絕對不能放棄，一旦放棄就注定他和慧恩從此無緣。他從沙發上站起來，在他的辦公室裡走來走去不斷地思考。偶而停下來片刻，又繼續走來走去不停地思忖。

凱瑞走進賓館的房間，連外套都沒有脫就躺到床上睡著了。他實在太累了！慧恩失蹤了兩天，他除了第一天有稍微睡一下，到上海後他幾乎沒有闔眼。他沉睡著，整個房間寂靜無聲，只有偶爾從空調發出來的風聲。

　　「恩恩！恩恩！」凱瑞從睡夢中驚醒。他夢見慧恩了，他夢見慧恩跪在一處黑暗的角落禱告；淚水從他的眼眶裡悄悄地滑落。他記得當年因為自己沒有留意慧恩，讓她困在夢之湖的樹林裏；因為他沒有在她的身邊，讓歐陽傑有機會強吻她；他覺得這一切都是他的錯。他恨自己為什麼沒有從這些錯誤中學習，還讓慧恩自己一個人搭飛機來上海看任翔。

　　「我已經得到教訓了，我再也不離開恩恩，以後我要和恩恩相伴相隨永遠在一起。」他忽然想起夢裡慧恩在一處角落跪地禱告，於是他自己也跪下來禱告：「恩恩的神，我確確實實知道你是存在的。因為你上次聆聽我的禱告，賜給我第二次機會，所以我和恩恩現在才能在一起。請求你讓恩恩毫髮無傷地回到我的身邊，好讓我們兩個人一起服事你。阿們！」

　　禱告之後，他起身坐在床上，覺得心情舒暢了些。他想起任翔，他從來沒有真正地看過任翔，今天算是第一次和他正面近距離接觸。任翔跟他差不多高，容貌氣勢都不凡，並不像一般的奶油小生。聽憶慈說，他的品格操守也非常好，是個潔身自愛的優秀男人。

　　「還好任翔的媽媽不喜歡恩恩，反對他們在一起。否則我要從任翔的身邊要回恩恩，恐怕比登天還難。沒想到我最大的幫助者，竟然是我情敵的媽媽。我是衷心的感謝她，希望任翔早日找到一位他媽媽喜歡的媳婦，幸福快樂的過日子；讓她能高興地含飴弄孫。」他慶幸地想著，也真心地祝福任翔。

　　凱瑞從床上站起來走到落地窗前，拉開窗簾靜靜地看向窗外。天空中出現了一片色彩豔麗的晚霞，一天又即將結束。他無心欣賞上海的市景與繁榮，他整個心思意念都是慧恩。他只想快點找到她，然後帶她馬上回美國。他們在那裡還有很多事要做，很多計劃要完成。而這些如果沒有慧恩的參與，一件也沒有辦法達成。

「恩恩，妳現在到底在哪裡？我真的好想妳！」凱瑞凝視窗外色彩逐漸變化的蒼穹，喃喃自語。

小偉和任翔通完電話後，在沙發上呆坐了許久。他拿起手機看了一眼螢幕上的時間，心裡暗自思忖：「時間也差不多了，該是時候強迫慧恩簽合同了。她不吃不喝已經兩天，再下去可能會出人命，這我可承擔不起。」

小偉起身走到關著慧恩的房間門口，扭轉門鈕推開門走進房間內。房間裡一片黑暗，只有從打開的門透進來的些許光線。小偉瞥見在一處角落有一個發光體，微微地發出光芒。他走近一看是慧恩，她跪在地上低著頭好像是在禱告。他輕輕地喚了一聲：「慧恩！」慧恩抬起頭來緩緩地轉向小偉。小偉看到慧恩的臉，瞬間臉色發青露出恐懼的表情；他看見她臉上發出光芒，原本就異常明亮的雙眸更加燦爛耀眼。他不禁後退了幾步，在眨眼的剎那間，他看見她的身上倏然長出了潔白發光的翅膀，宛若傳說中的天使一般。小偉嚇得全身發抖，驚恐地凝視著她。慧恩微蹙眉頭看著小偉，她的嘴唇微閉並沒有開口說話，但小偉卻聽到她的聲音說：「小偉，現在去把任翔帶來，我要離開這裡了。」小偉馬上不由自主地衝出房間，匆匆地拿起放在茶几上的車子鑰匙，打開門跑了出去。

兩個在外面看守的年輕人，不知道小偉為什麼那麼匆忙地跑出去？於是起身一前一後走進關著慧恩的房間。他們看到臉上發出光芒、眼睛燦爛耀眼、身上長出潔白發光翅膀的慧恩，嚇得三魂七魄都飛走了。他們睜大眼睛驚慌地喊著：「天使！天使！」慧恩依舊微閉雙唇並沒有開口說話，但他們卻聽到她說：「痛苦已經抓住你們的心，你們還不悔改嗎？」立即，他們的心似乎受到沉重的打擊痛苦到不行，他們受不了錐心之痛雙雙跪了下來。

慧恩看小偉面露驚恐匆匆地跑出去，又看那兩個年輕人莫名其妙的跪在她的面前，好像很痛苦的樣子。她真是一頭霧水，搞不清楚他們到底是怎麼一回事？她從地上站起來，她不敢隨便走動，只是站在原地露出疑惑的表情看著他們。

第四十二章 再見任翔

　　小偉用他的手機打電話給任翔，要任翔在公司等他，他要帶他去見慧恩。任翔掛了電話，馬上通知凱瑞到公司等小偉。小偉讓任翔和凱瑞坐進他開的車子，一路向關著慧恩的公寓急駛。他臉色蒼白，全身仍微微顫抖著。坐在小偉旁邊的任翔，看小偉臉色蒼白，身體微微發抖，以為慧恩發生了什麼事。他緊張地問小偉說：「為什麼你的臉色這麼不好看，身體還有些發抖，是不是慧恩發生了什麼事？」小偉面露驚恐，嘴巴喃喃地說：「天使！天使！」任翔和凱瑞不知道小偉為什麼一直喊著天使？便異口同聲問：「天使在哪兒？」小偉沒有再說話，他雙眼直視前方開著車，好像沒有聽到他們的聲音一樣。

　　到達目的地，小偉停好車子，帶著任翔和凱瑞坐電梯上到關著慧恩的公寓。小偉打開大門穿過客廳，直接走進關著慧恩的房間，任翔和凱瑞也前後跟著進去。在從打開的門透進房間的微亮光線下，任翔和凱瑞都看到慧恩微蹙眉頭，站著看那兩個跪在她面前的年輕人並無異樣。但小偉卻指著慧恩，口中一直喊著：「天使！天使！」任翔愣了一下正要走近慧恩，凱瑞已經毫不猶豫地經過任翔的身旁走到慧恩的身邊，雙手抱住她說：「妳是天使，我就是天使。妳是Angel Grace，我就是Angel Victor。我要成為妳的守護，永生守護妳。」

　　任翔站在原地看著凱瑞緊緊擁抱慧恩，向她深情地表達心意，而自己什麼都不能做。他只能靜靜地站在那裏，看情況往自己心碎的方向發展卻不能阻止。他的愛與痛摻雜在一起，喜、怒、哀、樂的表情從他的臉上消失了。他愣愣地看著他們，好像在看一齣令人心痛的舞台劇。

　　慧恩看著凱瑞頸子上的金十字架項鍊，露出璀璨的笑容。這個男人的真情有誰能比呢？他的話語如此的甜美，字字句句宛若荒漠裡清涼的甘泉，銷魂醉魄沁人心脾。她含情凝睇著凱瑞，完全沒有注意到任翔。凱瑞摟著她的肩，帶她走出黑暗的房間。她經過任翔的身旁，卻無意間感受到任翔對她深深的愛戀與痛楚。

　　她放慢腳步，正要走出大門，她停了下來對凱瑞說：「等我一

574

下！」然後轉身走向任翔。她從外套口袋裡，拿出裝有半心項鍊的紅色絨毛盒，放在任翔的手上，說：「你已經有新的女朋友了，我們對彼此的承諾算是一筆勾銷。我把這條半心項鍊還給你，你可以把它送給莫言真，這樣兩條項鍊就可以合起來成為快樂的全心。我們雖然沒有緣份，但我會永遠記住你對我的好。」她的聲音一如往常的平靜，沒有生氣也沒有怨恨。

任翔凝視著慧恩，他的眼神依舊是那麼溫柔，他的眼底隱隱約約透露著憂愁；她的心因他眼神的溫柔而震顫，因他眼底的憂愁而融化。她不敢直視他的眼睛，不由地低下頭。

「這條半心項鍊只有一個主人，那就是妳。妳可以自由處置它，但我絕不收回。我沒有新的女朋友，我們對彼此的承諾依舊存在，無法一筆勾銷。」任翔說著，將紅色絨毛盒遞還給慧恩。

慧恩驟然抬頭看著任翔。她無法理解他話中的意思，他的話語如此的艱深，宛若無底的深淵，無法一探究竟。

「你……和莫言真分手了嗎？不過即使你和莫言真分手了，也不能改變我們的承諾已經失效的事實。我曾經對你說過，你一旦有新的女朋友，我們的愛情就結束了；我不會寬容，也不會等你回頭。」她按著能讓自己感到心安的方式，解釋任翔的話語。

任翔的眼神依舊溫柔，在他的臉上看不出情緒的變化。「我和莫言真一直都是普通的朋友，沒有分手與否的問題。妳不是要我當個智者，不要被眼睛看到的表象所矇騙。為什麼妳反而被矇騙了呢？妳為什麼不求證？妳有雯雯的電話號碼，妳可以打電話問她，妳為什麼不打？妳為什麼那麼輕易就放棄我們的愛情？」他問了好幾個為什麼，每個為什麼都在剝奪她的幸福。

她啞口無言，她不知道如何回答他的為什麼？但不再聯絡又是怎麼一回事？這是她唯一可以心安，可以和凱瑞幸福過日子的機會。她理直氣壯地說：「我曾經說過，如果你有新的女朋友，你不要通知我，只要一段時間不再跟我聯絡，我就知道了。你已經兩個多月沒有跟我聯絡了，這不就是分手的通知嗎？」

「妳不是要我答應妳，不要為了妳讓媽媽生氣嗎？媽媽看了我們的簡訊，氣得差點心臟病發作。我只好順著她的意思，暫時不跟

妳聯絡。我本來打算最近就去美國把妳接回來,沒想到妳卻和妳的前男友訂婚了。」他的每字每句都像重拳,重重地擊打她的幸福。

她無言以對,她眼眶閃爍著晶瑩剔透的淚光,接著淚水如斷線的珍珠滾滾滑落。「你是一片浮雲,一片抓不住的浮雲,偶然投映在我的心湖裡;不多的時間,浮雲就要漂過,不再留下痕跡。我抓不住你,你不屬於我。」她句句傷情,痛苦地說。

他伸手為她拭淚,淚水從他溫柔的眼睛裡滲出來。他情不自禁緊緊地擁抱她,他的臉頰依偎著她的頭,在她的耳畔輕聲低語:「我不是浮雲,我是妳湖面上的激灩波光,我的心和妳的心緊緊相連。我要妳守住妳的承諾,正如我守住我的承諾;我不准妳反悔,正如我未曾反悔。」

他的深情觸動她的心,讓她的心全然消化。但她已經有了凱瑞,她不能傷害他;她知道他經不起她的傷害。她推開任翔,舉目凝望他憂鬱的雙眸;她的愛在她的心中激盪。她想逃避也想安慰任翔的心,她伸出她的右手放在他的心臟上,閉眼為他禱告。她不知道她的手上有能量,這股能量就宛如一座橋樑;它將任翔內心的深情傳給她,也將她內心的深情傳給了任翔。但因為這股能量太過強大,她的深情侵入他的肌膚,穿過他的骨頭,刻印在他的靈魂上;他的深情也侵入她的肌膚,穿過她的骨頭,刻印在她的靈魂上。

任翔感受到慧恩的深情露出笑容,慧恩感受到任翔的深情,卻記住了他的笑容。她轉身離開任翔慢慢地走向凱瑞,不長的距離卻數度回眸,因為有一個來自內心深處的聲音:「他深愛著妳!」提醒她任翔的深情。但她不能回到任翔的身邊,她絕不能傷害凱瑞。她強迫自己忽視那個聲音,她不再回頭看他,毅然決然地走到凱瑞的身旁緊握他的手。凱瑞露出燦爛的笑容,迎視慧恩充滿愛意的凝望;他們兩人互視而笑,然後一起走出大門。

任翔看著慧恩離去的背影,神情盡是落寞。「怎能忘記妳?戀過天使後,還能愛上凡人嗎?我任翔頂天立地一言九鼎,我說過的承諾就會嚴守到底。除了妳朱慧恩,我終身不娶!」他內心激動不已。

「兩年，我和她還有兩年的合同，我們至少還有兩年的時間。」他拿起手機打電話給余雯雯。「雯雯，明天早上妳跟戰神科技公司聯絡一下，我答應讓慧恩成為他們新產品的代言人。還有，妳現在馬上打電話給慧恩，把她留下來，不要讓她回美國。」任翔說完，拿著手機昂首走出大門。

國家圖書館出版品預行編目資料

怎能忘記你 / 孫莉玲
作. -- 初版. -- 臺北市：博客思, 2019. 9
　面；　公分
ISBN　　978-957-9267-28-1(平裝)

863.57　108011140

現代文學55

怎能忘記你

作　　者：孫莉玲
編　　輯：楊容容
美　　編：楊容容
校　　對：沈彥伶・古佳雯
封面設計：陳勁宏
出 版 者：博客思出版事業網
發　　行：博客思出版事業網
地　　址：台北市中正區重慶南路1段121號8樓之14
電　　話：(02)2331-1675或(02)2331-1691
傳　　真：(02)2382-6225
E─MAIL：books5w@gmail.com或books5w@yahoo.com.tw
網路書店：http://bookstv.com.tw/
　　　　　https://www.pcstore.com.tw/yesbooks/
　　　　　博客來網路書店、博客思網路書店
　　　　　三民書局、金石堂書店
總 經 銷：聯合發行股份有限公司
電　　話：(02) 2917-8022　　傳　真：(02) 2915-7212
劃撥戶名：蘭臺出版社 帳號：18995335
香港代理：香港聯合零售有限公司
地　　址：香港新界大蒲汀麗路36號中華商務印刷大樓
　　　　　C&C Building, 36,Ting, Lai, Road, Tai,Po, New,Territories
電　　話：(852)2150-2100　　傳真：(852)2356-0735
出版日期：2019年9月初版
定　　價：新臺幣 350元整（平裝）
ISBN：978-957-9267-28-1